大岡信全軌跡

年譜

大岡信ことば館

凡例

『大岡信全軌跡』凡例

『大岡信全軌跡』は、大岡信の全軌跡をまとめる計画の一環として、まずその骨格を『年譜』『書誌』『あとがき集』の三分冊の書籍のかたちで表すものである。

『大岡信全軌跡』は、著書・雑誌・新聞・カタログ・パンフレットといった刊行物のみならず、未発表ノート・手帖などの資料、家族・関係者から提供された情報などをもとにしているが、二〇一三年時点で複数の情報源によって確証が得られたことがらのみを掲載することを基本方針とした。大岡信の全貌を後世にわたって調査・研究し続けていくためのきっかけとして供するに過ぎない。今後、時々刻々調査が進行し、新たな確証が得られたことがらを追加することで、全軌跡はより完備されていくことになる。

『大岡信全軌跡』全三巻の構成は次のとおり。
『年譜』は大岡信の行動と業績をまとめた。二〇一三年時点で判明する限りの事実を網羅した。
『書誌』は大岡信の業績のうち、著書のみ取り上げて書誌を掲載した。「著書」の定義は、『書誌』凡例を参照されたい。
『あとがき集』は、『書誌』で選定した著作のうち「あとがき」の添えられたものを全文掲載した。大岡信の自著に対する考え、初出に関する情報、刊行の背景を窺い知ることができる。

刊行物のタイトルや引用文中などでは原資料の表記を生かし、旧仮名遣いや旧漢字を残した。かつて出版物において人名を本来の表記によらず新字体に改める時期があったため、同一人物であっても時期によって表記の異なる場合がある（ex. 滝口修造など）が、これも原資料のままである。

引用文中に、現代においては差別的用語とされる語句や表現が残っているところがある。作品成立時の時代背景と文学性を考慮に入れてそのまま残した。

『年譜』凡例

大岡信に関する事実・できごとを月単位で並べた。同じ月の中では、日にちまで判明するものを先頭におき、あとは順不同とした。年のみわかっているものは《――この年》として該当年の末尾にまとめた。

事実・できごとの記述は《　》で囲んだ。関連する大岡信の著作からの引用も参考のために添えたが、最小限にとどめた。とくにあとがきに関しては『あとがき集』を参照されたい。

事実・できごとの内容のうち、項目数の多いジャンルについては、読者の便宜のために次のようなアイコンを用い定型の記述に収めた。
【本】【雑誌】【新聞】【展覧会】【講演】【公演】

【本】【新聞】に関しては、それぞれ書名・紙名に続く8桁の数字によって刊行年月日・掲載号を表した（ex.1990-10-25）。

【雑誌】に関しては、実際の発刊月と巻号とはズレがある場合があり、「◎月号」とすると掲載号特定の手段としては不正確であるため、巻号で示した（ex.「現代詩手帖」二四巻二号）。

連載は、第一回目にまとめて記述した。

大岡信　著作一望

『年譜』は詳細にわたるため目次に代わるものとして本書冒頭に「著作一望」を掲げた。年号と照らしながら著作を一望することで、関心の変遷をうかがうことができる。

「著作一望」は、大岡信の主な単著をジャンル別・年代順に並べてある（初期作品は、大岡信の出発点を示しているために、単著ではないが例外的に挙げてある。また、『詩の誕生』をはじめとする谷川俊太郎との対談三点は、自作解説・自叙の様相が比重として高いのでこれも例外的に挙げてある）。

年			詩	評論・伝記	紀行・随筆	その他	できごと
1931	(昭6)	0					生まれる。満州事変。
1937	(昭12)	6					三島南尋常小学校入学。
1941	(昭16)	10					太平洋戦争勃発。
1943	(昭18)	12					沼津中学校入学。
1945	(昭20)	14					敗戦。
1946	(昭21)	15					「鬼の詞」第一号（創刊準備号）発刊。
1947	(昭22)	16					旧制一高入学。日本国憲法施行。
1950	(昭25)	19					東大国文科進学。朝鮮戦争勃発。
1951	(昭26)	20		卒論「夏目漱石」提出			
1952	(昭27)	21	詩「海と果実」発表	評論「エリュアール」発表			メーデー事件。
1953	(昭28)	22					読売新聞社入社。
1954	(昭29)	23	戦後詩人全集（第1巻）				「櫂」参加。第五福竜丸事件。
1955	(昭30)	24		現代詩試論			芸術論執筆開始。
1956	(昭31)	25	記憶と現在				塚本邦雄と論争。シュルレアリスム研究会。
1957	(昭32)	26	櫂詩劇作品集				相澤かね子（深瀬サキ）と結婚。
1958	(昭33)	27		詩人の設計図			長男・玲誕生。
1959	(昭34)	28					キューバ革命。
1960	(昭35)	29	大岡信詩集（全詩集）※1	芸術マイナス1			「鰐」参加。草月アートセンター活発。安保闘争。
1961	(昭36)	30		抒情の批判			伊達得夫急逝。
1962	(昭37)	31	わが詩と真実				キューバ危機。
1963	(昭38)	32		芸術と伝統			長女・亜紀誕生。読売新聞社退職。パリ・青年ビエンナーレ参加。
1964	(昭39)	33					ラジオ作品執筆開始。東京五輪。

1965(昭40)	34		眼・ことば・ヨーロッパ（美術選書）			明治大学勤務。ベトナム戦争。
1966(昭41)	35		文明のなかの詩と芸術			文化大革命。
1967(昭42)	36		現代芸術の言葉			
1968(昭43)	37	大岡信詩集（綜合詩集）※2				
1969(昭44)	38		現代詩人論（角川選書13） 蕩児の家系（現代の批評叢書2） 肉眼の思想		大岡信詩集（現代詩文庫）	東大紛争。アポロ11号月面着陸。
1970(昭45)	39					明治大学教授。大阪万博。三島由紀夫死。
1971(昭46)	40	彼女の薫る肉体	紀貫之（日本詩人選7） 言葉の出現			
1972(昭47)	41	透視図法－夏のための 砂の嘴・まわる液体 螺旋都市（造本加納光於） あだしの	躍動する抽象（現代の美術8） 現代美術に生きる伝統 たちばなの夢（私の古典詩選）	彩耳記（文学的断章）1		沖縄復帰。
1973(昭48)	42		装飾と非装飾	狩月記（文学的断章）2		オイルショック。
1974(昭49)	43		今日も旅ゆく・若山牧水紀行			
1975(昭50)	44	遊星の寝返りの下で	岡倉天心（朝日評伝選4）	星客集（文学的断章）3 風の花嫁たち 青き麦萌ゆ	詩の誕生（谷川共著）	
1976(昭51)	45	悲歌と祝祷		年魚集（文学的断章）4		ロッキード事件。
1977(昭52)	46	大岡信詩集（綜合詩集・増補版）	現代文学・地平と内景 昭和詩史 詩への架橋（岩波新書） 明治・大正・昭和の詩人たち		大岡信著作集・刊行開始	
1978(昭53)	47	春少女に	うたげと孤心	逢花抄（文学的断章）5 片雲の風 ことばの力	批評の生理（谷川共著） 大岡信詩集（現代詩文庫）	
1979(昭54)	48	櫂・連詩（共著）		アメリカ草枕	鬼と姫君物語　お伽草子	「折々のうた」連載開始。志水楠男急逝。
1980(昭55)	49		詩の日本語	宇滴集（文学的断章）6	折々のうた・刊行開始	イラン・イラク戦争。
1981(昭56)	50	水府　みえないまち 歌仙（共著）	現代の詩人たち 若山牧水　流浪する魂の歌 萩原朔太郎（近代日本詩人選10）			父・大岡博逝去。

		現世に謳う夢			
1982(昭57) 51		加納光於論	詩の思想 人麻呂の灰		
1983(昭58) 52		短歌・俳句の発見 表現における近代	マドンナの巨眼		
1984(昭59) 53	草府にて	ミクロコスモス瀧口修造	水都紀行	詩と世界の間で(谷川共著)	雑誌「へるめす」創刊。
1985(昭60) 54	詩とはなにか	楸邨・龍太 万葉集(古典を読む21) 抽象絵画への招待(岩波新書) 恋の歌(詩歌日本の抒情3)			
1986(昭61) 55			うたのある風景		チェルノブイリ原発事故。
1987(昭62) 56	ぬばたまの夜、天の掃除器せまってくる ヴァンゼー連詩(共著)	窪田空穂論			明治大学退官。 バブル景気。
1988(昭63) 57			人生の黄金時間		東京藝術大学教授。
1989(平1) 58	故郷の水へのメッセージ ファザーネン通りの縄ばしご(共著)	詩人・菅原道真 うつしの美学			日本ペンクラブ会長。フランス芸術文化勲章シュヴリエ受章。 昭和天皇崩御。天安門事件。
1990(平2) 59	誕生祭		永訣かくのごとくに候		東西ドイツ統一。
1991(平3) 60					湾岸戦争。バブル景気終焉。ソ連崩壊。
1992(平4) 61	地上楽園の午後	詩をよむ鍵 美をひらく扉	「忙即閑」を生きる 光のくだもの		
1993(平5) 62		私の万葉集(全5巻)	人生の果樹園にて		母・大岡綾子逝去。
1994(平6) 63	火の遺言	一九〇〇年前夜後朝譚		新折々のうた・刊行開始	コレージュ・ド・フランスで講義。
1995(平7) 64	オペラ 火の遺言	あなたに語る日本文学史 日本の詩歌 その骨組みと素肌	光の受胎	大岡信詩集・続(現代詩文庫)	阪神・淡路大震災。地下鉄サリン事件。
1996(平8) 65			ことのは草 ぐびじん草		マケドニア詩祭で金冠賞受賞。
1997(平9) 66	光のとりで		みち草 ことばが映す人生		香港返還。
1998(平10) 67			しおり草	大岡信詩集・続続(現代詩文庫)	「ふるさとで語る折々のうた」第一回。
1999(平11) 68			拝啓 漱石先生	捧げるうた50篇	「しずおか連詩の会」第一回。

2000(平12)	69			おもひ草	日本の古典詩歌・刊行開始	
2001(平13)	70	世紀の変り目にしやがみこんで				アメリカ同時多発テロ。
2002(平14)	71	旅みやげ　にしひがし		日本語つむぎ	大岡信全詩集	大岡信フォーラム開講。
2003(平15)	72					文化勲章受賞。
2004(平16)	73			瑞穂の国うた	大岡信詩集（自選）	レジオン・ド・ヌール勲章オフィシエ受章。
2005(平17)	74					
2006(平18)	75		生の昂揚としての美術			
2007(平19)	76					
2008(平20)	77	鯨の会話体				
2009(平21)	78					「大岡信ことば館」開館。
2010(平22)	79					
2011(平23)	80					東日本大震災。

※1　「今日の詩人双書　7」として書肆ユリイカから刊行された。『記憶と現在』とそれ以降の詩が収録されている。

※2　思潮社刊。既刊詩集『記憶と現在』『大岡信詩集（一九六〇）』『わが詩と真実』の再録および「水の生理」「献呈詩集」「物語の人々」「わが夜のいきものたち」「方舟」などの未刊詩集を収録。

1931年――1952年

□できごと□
沼津中学入学
同人雑誌「鬼の詞」創刊
フランスの詩人エリュアールに惹かれる
詩を作りはじめる
旧制第一高等学校入学・卒業
東京大学文学部国文学科入学・卒業
相澤かね子を知る

□主たる著作□
詩「夏のおもひに」
詩「海と果実」（のちに「春のために」と改題）
エリュアール論
夏目漱石論（大学卒業論文）

■1931・昭和六年――――0歳

■二月

《一六日、静岡県田方郡三島町（のち三島市一二三）に、大岡博、綾子の長男として生まれる。》

幼少期

また水甕が空に傾く季節がきた
五十年以上昔の
二月半ばの朝まだき
ふとんの上へ
はじめて転がり出た愕きが
しみじみとよみがへる

真赤になつて
盥の中でわめいてゐる僕
なんとまあ　ちんぽこまできちんとつけて
御国の宝がまた一人
軍国の田におんまれなすつた

爆死もせず　号令もかけず
銃剣で人をあやめもせず
やつてこられた僥倖が
まだぶよぶよの状態で
盥の中でわめいてゐる

逆さ眼鏡でじつとその子を見てゐると
ただただ　不思議に　怖ろしい。

（詩「誕生祭」）

《大岡家は代々徳川家に仕える旗本であったが、維新後、曾祖父・直時らは駿府へ隠退する徳川慶喜に随行し、のち三島で警察署長に就任。祖父・延時は温暖清流のこの町の生活に安住せず、貿易商を志し、横浜、神戸、ついで上海に渡って客死した。》

中国上海市
虹口区《ホンコウチユイ》呉淞路《ウースンル》義豊里《イーフオンリ》
地番は今では322《サンアルアル》里《リ》。
ぼくの祖父はそこに独り住み　その地で死んだ。
大岡延時《ダーカンイエンシー》。直時《なおとき》＝きんの長男として
明治十六年（一八八三）三月七日静岡で生まれ
昭和十年（一九三五）九月五日上海に死す。
享年五十二。妻と三男一女が静岡県三島に残った。

「上海のぢいちやん」が死んだとき、
ぼくはやうやく四歳。だがいつからか、ぼくには
ぢいちやんが帰国して、抱きあげてくれた記憶があつた。
ほんたうは、彼は二十年余り上海に住み、そのまま死んだ
のだ。

清貧一途、腎臓を病み若死にしたはず。でも
幼いぼくには彼は英雄。藍色の布張りの
ふくらみある感触の旅行鞄、コダックのカメラ、
中国人のばかでかい数々の名刺、お宝の遺品。
（詩「延時《イエンシー》さんの上海」より）

《父・博は、作家を志すも断念し、教育者の道を選び、そのかたわら歌誌「菩提樹（前身は「ふじばら」）」（一九三四年創刊）を主宰した。歌人としては戦前の雑誌「セルパン」に戦争批判の歌を投稿、掲載されるなど活動をしている。「菩提樹」によって多くの弟子を育て、のちに静岡県歌人協会初代会長に就任した。母・綾子は博と同じく、小学校の教師であった。》

大岡博と大岡綾子

『セルパン』一九四〇年三月号は、清水幾太郎らの「ヨーロッパ文化の批判」、室伏高信らの「現代政治の性格」、トマス・マン、ルイス・マンフォードらの「アメリカ文化の再検討」といった特集が並んでいて——主題と執筆者が凄い——、目次に小さく短歌俳句とあり、大岡博の短歌「冬日小閑」五首が掲載されている。詞書は「阿部内閣退陣の日」。

無為にして退きし人をゆふぐれの坂に思ひて尊しとしぬ
米炭の不足をひとり内閣に負はしめて人の言あげつらふ
闇といふ相場をつくりし内閣と人はあざみて当然とせり
移りゆくもの〻冷たさを思ほへば炭なきことのむしろ清しき
年のなかば無為にすごしてしづしづと退きし人を思ひつつ寝む

阿部信行内閣が陸海軍の支持を失って総辞職したのは同年一月十四日。十六日に米内光政内閣が成立している。斎藤隆夫が衆議院で軍部を批判したのが二月二日、衆議院は、三月七日に斎藤を除名し、九日に聖戦貫徹決議案を可決している。大岡博の姿勢、『セルパン』の姿勢がどういうものであったか改めて説明する必要もない。反戦議員・斎藤の側に、当時としてはおそらく危険なほど与しているのである。

略年譜の記述が物語るのは大岡博の政治的姿勢だけではない。これまで『セルパン』と第一書房を中心に述べてきた日本文学あるいは日本文化の流れが、そこに登場する詩人や歌人や画家や学者や出版人——要するにリベラルな芸術家たち——をも含めて、三十三歳の博にとって、きわめて身近な存在としてあったということである。博もまた彼らとまさに同じ空気を吸っていたということだ。そしてそういう本や雑誌が身近にあったということだ。その空気が長男・信の周辺にも漂っていたであろうことは疑いない。空気である以上、それはもっとも気づきにくいものだっただろう。（三浦雅士「大岡信の時代」「大岡信ことば館便り」五号）

彼は情熱をこめて児童たちを教育したが、その情熱の中には、子供たちとの出会いに「耐え難い喜び」を感じる、いちじるしい感じ易さがあった。この感じ易さには、没落士族の家の長男として避けようもなく社会の荒波の真只中にとびこまねばならなかった自分自身への、いとおしみの情も、変形された形で生きていただろう。彼は申し分のない優等生よりも、悲しい境遇の子や、一所懸命であるにもかかわらずどう仕様もなく不器用な子の方をずっと深く可愛がった。（「父　大岡博」）

母と千本松原にて

■1933・昭和八年――――2歳

■三月

《二二日、妹・玲子生まれる。》

■1934・昭和九年――――3歳

■三月

《九日、妹・玲子肺炎にて死去。》

玲子死す

朝曇るひそけき庭にうづくまりみみず掘りをり子も寂しきか

（大岡博歌集『渓流』）

■九月

《六日、妹・雅子《のりこ》生まれる》

掘り抜き井戸が狭い小さい庭にあつた。
茗荷がちよぼちよぼ生えてゐた。
塀ぎはに白萩の　これはりつぱな群生もあつた。
ほんとにちつこい借家だつた、恥づかしいほど。
だが何てつたつて　あの透き徹る
冷たい清水。天の甘露よ　地の玉露。
なまぬるい水道水は引いてなかつた、そのかはり
縄で吊るした西瓜が、真赤に冷えて滴つた。

（詩「三島町奈良橋回想」より）

■一二月

《東海道本線丹那トンネル（熱海駅～函南駅）が開通して、東海道本線三島駅が開業。これまで東海道本線は、現在の御殿場線（国府津駅～沼津駅）のルートであった。三島は、三嶋大社の門前町として、また東海道の宿場町として栄えたまちであったが、ここまで駅がなかった（現在のＪＲ御殿場線・下土狩駅（駿東郡長泉町）が三島駅として稼動していた）。》

■1937・昭和一二年――――6歳

■四月

《三島南尋常小学校入学。》

小学校は三島南小学校、のどかな田園の中にあった。虚弱で

はなかったが腺病質で、しばしば寝込んだ。小学五年の時扁桃腺炎とアデノイドの手術をしてから、割合丈夫になった。手術の時、田中院長の白衣が私の咽喉から飛び散る血であっという間に真赤になるのを見詰めて、強い印象を受けた。咽頭や鼻が弱い体質はその後もあまり変わらない。／飼ったもの――目白（何羽も）、鶏、鶯（傷ついていたため短命）、犬猫、鯰、のちに山羊（ただし牡で何の役にもたたず）。鯰のことは作文に書いて当時中央公論社から川端康成選で刊行された『模範綴方全集』に応募し（本人に黙って父親が応募）、二年の巻に佳作でとられた。入選の作を読んで、私などと段ちがいにうまい文章が並んでいるのに驚いた。／捕ったもの――昆虫さまざま、ハヤ、マルタ、フナなど川の生物、螢たくさん。川の魚は竹製、ガラス製のモジリを仕掛けて捕るか、釣竿（多くは手製）で釣るかだった。どぶの糸ミミズ、川石の底に付着している通称オイベッサンという小虫や飯粒などを餌にした。三島は川の町だったから、藻や水草に情動を刺激されることが多かった。／作ったもの――模型飛行機（多種、多数）、凧（大小いろいろ）。

（略歴『批評の生理』）

信、小学校に入る

手をひきてやればかなしも我が太郎山にゆかむと山を指さす

妹をおきて来しゆゑ帰りには土産をと子の我を見上ぐる

或日

級長の役を今日よりするといふ我が童よ飯はこぼすな

（大岡博歌集『渓流』）

童話で今なおぼくの記憶の底に死なずに残っているのは、アルスから出ていた数十巻の児童読物の全集の中にあった、『印度童話集』の死人たちの世界である。

（「わが前史」『大岡信著作集1』）

誰が鬼に食はれたのか

ある旅人が道に行き暮れて、原のなかの寂しい空き家で一夜を明かしました。

夜半すぎに誰だか外からその空き家へはひつて来るものがあります。見ると、それは一匹の鬼で、肩には人間の死骸を担いでをります。はひつて来ると、どしんとその死骸を床の上へおろしました。すると、その後からすぐまた一匹の鬼が追つ駈けて来ました。

「その死骸はおれのだ。なんだつてお前持つて来たんだ」

「ばかをいへ。これはおれのだ」

たちまち二匹の鬼は取つ組みあつて大喧嘩を始めましたが、ふと先に来た鬼が、

「待て待て、かうして二人で喧嘩をしたつて始まらない。それより、この人に聞いた方がよいぢやないか」

といつて、そして旅人の方を向きながら、

「この死骸を担いで来たのはどつちだ。おれか、それともこいつか」

と聞きました。

旅人は弱つてしまひました。前の鬼だといへば、後から来た鬼が怒つて旅人を殺すだらうし、後の鬼だといへば、また前の鬼が怒つて殺すに相違ない。どつちにしても殺されるくらゐなら、正直にいつたほうが好いと思ひまして、

「それはこの前に来た鬼が担いで来たんです」

と、いひました。

すると、果して後から来た鬼が大いに怒つて、旅人の手を摑まへて体から引き抜いて床の上へ投げつけました。それを見た前の鬼は、すぐに死骸の手を持つて来て、代りに旅人の体にくつつけてくれました。後の鬼はます〳〵怒つて、すぐ旅人のほかの腕を引き抜きました。すると、また前の鬼がすぐに死骸の腕をくつつけてくれました。さういふふうにして、後の鬼が旅人の脚から頭から胴から残らず引き抜きますと、すぐに前の鬼が一々死骸の脚や胴や頭を持つて来てつぎ足してくれました。さうして旅人の体と死骸とがすつかり入れ代つてしまひますと、二匹の鬼ももう争ふのを止めて、半分づつその死骸を食つて口を拭いて行つてしまひました。

驚いたのは旅人です。自分の体は残らず鬼に食はれてしまつたのです。今の自分の体は実はどこの誰ともわからない人の死骸なのです。今かうして生きてゐる自分がいつたいほんとうの自分であるやらないやら更にわけがわかりません。やつと夜が明けて来ましたので、狂気のやうになつて走つて行くと、向うに一軒のお寺が見えました。さつそくその中に飛び込んで、息せき切つて、そこの坊さんに聞きました。

「私の体はいつたいあるのかないのか、どうか早く教へて下さい」

坊さんの方がかへつて驚いてをりましたが、やつと昨夜の話を聞いて合点が行きました。そこで坊さんが申しました。

「あなたの体がなくなつたのは、何も今に始まつたことではないのです。いつたい、人間のこの『われ』といふものは、いろ〳〵の要素が集まつて仮にこの世に出来上つただけのもので、愚な人達はその『われ』に捉へられていろ〳〵の苦しみをしますが、一度この『われ』といふものが、ほんとうはどういふものかといふことがわかつてみれば、さういふ苦しみは一度になくなつてしまふのです」

（『印度童話集』アルス刊）

「誰が鬼に食はれたのか」のような仏教説話が私にもたらした影響は、実に深いものがあったらしいと思う。（中略）無常というのは、二匹の鬼の争いにまきこまれた旅人が、手・足・胴・頭と順々にもぎとられ、誰のものともわからない死骸の手・足・胴・頭を入れ替えに与えられるようなことにほかならず、そして、人間の「われ」などというものは本来つぎはぎだらけのもので、それをはっきり認識するときに解脱もやってくるのだ、という恐ろしく荒っぽい思想こそ、無常観の真の姿にほかならないのではないか——というのが、いわば私の少年期につちかわれた無常観の観念であるらしかった。

（『星客集』）

■1938・昭和一三年——7歳

■四月

《【放送】二七日、ＮＨＫ静岡放送局において唱歌「ぼくのおとうと五郎ちゃん」「積木積みましょ」を独唱。》

NHKでの独唱

放送局は静岡市にあり、私は三島の自宅から汽車に乗って遠い静岡まで、黄色い声を張りあげ、「ぼくのおとうと五郎ちゃん」を唱うため出かけたのだった。雨が激しく降って、自動車の窓にきらきら雨滴の光が走っていたことを鮮明に覚えている。膝の上には何かセルロイドの玩具があった。放送に出るのをいやがる私をなだめるため、親かそれとも祖母が買い与えたものだったろう。（中略）何しろいやなことだった。なぜ同級生の中から一人だけ指名され、放課後も練習のために居残りさせられねばならないのか。私は一、二度逃げ出した。家の押入れにひそんでいる所を、追っかけてきた担任の先生につまみ出され、連れ戻された。

（「恥かしながら少年歌手」『忙即閑を生きる』）

放送

二年生大岡信君の独唱とアナウンサー呼べり待ちゐる我に
子の声のきこえや来ると待ちをれば山より雨のふり移り来る
覚つかなき歌声といへいつしんに歌ひてゐるやわが家の太郎
（大岡博歌集『渓流』）

■1939・昭和一四年――8歳

■五月

《「模範綴方全集二年生」（中央公論社　一九三九年五月一五日）に、作文「なまづ」が佳作入選、掲載される（本人に黙って父・博が応募）。選者は、川端康成ほか。》

模範綴方全集

■1940・昭和一五年――9歳

父親も母親も学校教員だったから、私は小学校から帰ると、家にランドセルを放り出したまま、夕方まで遊んでいることが多かった。幸い、一丁離れたところには母方の祖父母が住み、また子供の足ではかなりの道のりだったけれど、同じ三島の二キロほど離れたところには父方の祖母が叔父・叔母とともに住んでいたから、気分しだいでどちらかの家に出かけるということもできた。母方の祖父母のところで、絵本を読んだり、少年倶楽部や冒険小説を読んだりしていた記憶は鮮明に残っている。（中略）共稼ぎ夫婦は狭い借家に住んで二人の子を育てた。長男の私は、近所の大きな家に住む友だち連中とわが身を比較して、「おらっちは貧乏なんだな」ということをかなり意識していたのではないかと、今振り返ってみて思う。しかし家には何だか立派な本がたくさんあって、悪童仲間はいつも私を「お坊ちゃん」扱いした。それが私の中にある種のコンプレックスを作った。
（「幼き日のこと」『うたのある風景』）

箱根に遊ぶ

トンネルをくぐる楽しみを繰返し今日をたのしきわが童ども

声たてて喜ぶ子らが円き頬真闇のなかにあらはれ来る
（大岡博歌集『渓流』）

■六月

《当時発行されていた静岡県田方地方の児童作文集「田方文園」で、作文「なっぱの種」が「掲載外秀逸」に選ばれる。なお、一九四一年四月二九日に、「田方郡三島町」は三島市新設のため廃止された。》

■1942・昭和一七年――――11歳

《日記帳（当時の配布品で「つはもの日記」とタイトルが付けられていた）に日記を記す。》

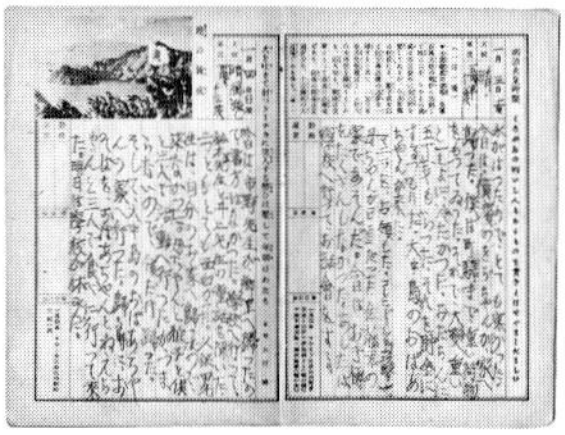

つはもの日記

郷里の家の書斎で探しものをしていると、乱雑に積みあげられた本のあいだから、「つはもの日記」という日記帳が出てきた。（中略）朝四時半とか五時に起きて、神社の清掃、参拝をやっている。防諜ポスターを描いたり、大東亜共栄圏地図を大きな紙に描いたりしている。学級常会（今でいえばホーム・ルームというのだろう）で、たとえば月曜日には必ず日の丸べんとうをもってくること、などの申し合せをしている。「一昨日、世界一大きいレキシントンといふアメリカのかうくう母艦を日本のせん水艦がやつつけたので、一銭をもつていつた」などと書いてある。献金のために一銭をもっていった記事が時々出てくる。今さらながら感心するのは、日記の半分くらいが日本軍の戦果の記事で占められていることだ。

（「公衆はどこにいるのか　奇妙なる近代の超克」『肉眼の思想』）

■1943・昭和一八年——12歳

■四月

《静岡県立沼津中学校（現・静岡県立沼津東高等学校）に入学。三島から沼津までほぼ旧東海道上を結ぶ全長六キロほどの路面電車（駿豆鉄道軌道線・通称「ちんちん電車」、一九六三年廃止）で通う。

沼津市は、三島市の西側に位置し、東海道の宿場町、港町として栄えた。一級河川である狩野川の河口に位置し、駿河湾岸の景勝地・千本松原（通称「千本浜」）に面して御用邸（一九六九年に廃止、現在は記念公園）もあり、避寒用の別荘地としても発展した。一方、三島市は、一九四一年に市制がしかれ、田方郡三島町から三島市になったばかり。市内に男子の県立中学校はなかった。田方郡韮山町（現・伊豆の国市韮山）にも静岡県立韮山中学（現・静岡県立韮山高等学校）があり、三島から電車で通うことも可能であったが、都市部の進学校で、父・博の母校でもある沼津中学を選んだと思われる。》

橋板を踏み鳴らしてはゆく童たのしくあらむ今日の門出を

（大岡博歌集『渓流』）

伊豆の三島に生まれて中学は沼津に通ったから、友人は三島や沼津、また熱海にも御殿場にもその他の土地にもいるという幸せを持った。（中略）同じ中学の大先輩でいえば、芹沢光治良氏は沼津のやや郊外にある港湾の我入道の出身だし、井上靖氏は中伊豆育ちで、そういうさまざまの土地から集ってきた少年たちが形づくる一つの社会は、これでなかなか複雑なものだったと、今にして思う。第一、毎日使う言葉でも、たとえばヤマ線（御殿場線）の通学生と内浦や静浦のような漁港の通学生とではずいぶん違っていた。もちろん私のように三島地方から来た連中の言葉にも、はばかりながら独自の方言はあるのだった。当時はそれが口をついて出ると恥ずかしいと感じたものだったが、今となってはなつかしや、なつかしや。

（「わが沼津」『うたのある風景』）

■五月

《一一日、弟・脩《おさむ》生まれる。》

■1944・昭和一九年――――13歳

■四月
《中学二年に進級。戦争激化にともない、工場動員の日々が続く。》

学校は沼津東郊の香貫山と狩野川に前後を抱きしめられる位置にあった。いい場所にある学校だったが今は北郊の山腹に移転し、昔の中学生の懐旧の情は宙にまよう。戦中の工場動員のため、中学二、三年の授業に関する記憶はほとんどなし。（「略歴」『批評の生理』）

《陸軍幼年学校への進学を教師からすすめられるも、拒否する。》

■1945・昭和二〇年――――14歳

■四月
《中学三年に進級。》

■八月
《一五日、敗戦。父とともに玉音放送を聞く。》

戦争が終ったんだ、ということが実感として納得できるまでに、小半刻はかかっただろう。それからふいに、歓喜が湧いた。すると、はたちで死ななくてもいいのか。（『詩への架橋』）

八月十五日の日本敗戦によって、それまで十五年間続いた戦時体制から開放されたが、勤労動員されていた軍需工場から帰るべき校舎は空襲で丸焼けになっていた。数ヶ月後に、旧軍需工場跡を占拠し居座って始まった中学三年末期の授業は、戦争中に引き続いて混乱したままだったと思う。翌年も授業は悪条件ばかりの中で進められた。しかし、兵役はなくなり、爆弾も焼夷弾ももはや攻撃して来ないという事実は、私たちを開放感で満たした。（「後日の註」『捧げるうた　50篇』）

■1946・昭和二一年――――15歳

■二月
《「沼中文芸懇話会」をつくり、同人誌「鬼の詞」第一号（創刊準備号と称した）発行。同号には短歌五首掲載→のち『大岡信著作集３』初期短歌集「青き麦」に収録。》

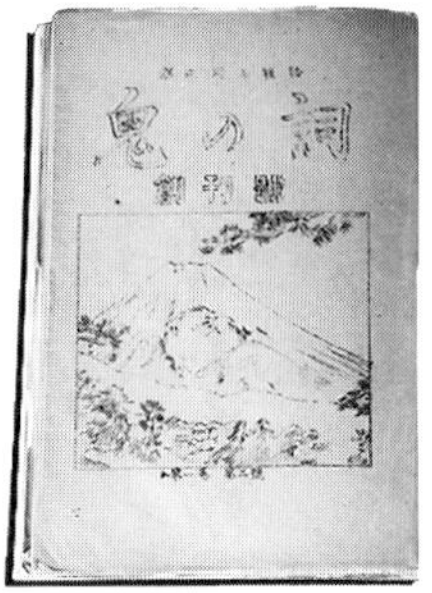

「鬼の詞」表紙

これは前記三人（＊編集部注：太田裕雄、重田徳、山本有幸）および私が、朝鮮で兵役に従って復員してきた若い国語教師茨木清さんを抱きこみ、それに若い英語教師中村喜夫さん（東大の英文学科を出て間もなかった）をも加えて創刊したものである。下級生も二、三人誘ったが、本体となったのは三年生の生徒四人と教師二人だった。「鬼の詞」という誌名は茨木さんの提案によるもので、江戸時代末の歌人橘曙覧の「吾が歌をよろこび涙こぼすらむ鬼のなく声する夜の窓」などの四首の「戯れに」と題する歌や、明治の詩人伊良子清白の『孔雀船』中の一篇「鬼の詞」などから採った。ろくにロマン主義のことなど知らないうちに、私たちは生意気にもロマン派好みの文学少年に、形だけはなったわけだった（中略）雑誌の用紙はすべて、学校の前身だった軍需工場に大量に放置されていた工員の作業日程表を失敬し、その裏側の白い部分を利用して、表紙絵も本文もすべて、絵も字も抜群だった重田がガリ版を切って製作した。五十部足らずを作り、ハンサムボーイだった太田裕雄が県立沼津高女に売りさばきに行ったり、友人たちに買わせたりした。短歌、俳句、詩、訳詩、小品文などから成っていた。内容からすると、当時の中学三年生、四年生としては、たぶん全国的レヴェルでも最も高いものの一つだったろう。

（「後日の註」『捧げるうた　50篇』）

「鬼の詞」は全部で八号出しました。一年と数ヶ月の間に八冊、つまり中学生の癖に大体一ヶ月半に一冊ずつ出したんです。（中略）試験の勉強は何もしないで、あとは全部「鬼の詞」にかけていました。そのくらい仲間にいい連中がいたんです。

（「大岡フォーラム会報一三号」）

「鬼の詞」メンバーと

真昼野の山田の畔《くろ》を一人行けば青き麦萌ゆ生命《いのち》ひた燃ゆ

これが正真正銘私の生まれて初めて作った歌だった。「鬼の詞」創刊準備号（準備号から出すなんて、片田舎の中学生どもとしては随分ませていたもんだ）に載せて、同人仲間では好評だったし、おかげで私も少しは得意だった。しかしずっと後年、若山牧水を読み直している時ハッと気がつき、茫然となった。わが第一作には、終戦直後の一時期熟読した岩波文庫『牧水歌集』の無意識的影響が、あまりにも歴然としているではないか。しかし当時の私は全くそれに気がつかなかったのだから、若いということはカワイイものだ。

（「私が詩を書き始めたころ」『誕生祭』）

編集部注：牧水の歌は次のとおり。

真昼日のひかりのなかに燃えさかる炎か哀しわが若き燃ゆ

《「鬼の詞」の刊行号は次のとおり。四月（創刊号）、五月（五月号）、六月（六月号）、一一月（第五号）、一九四七年二月（第六号）、五月（第七号）、一一月（第八号）。》

■四月

《中学四年に進級。》

《【雑誌】「鬼の詞」創刊号に短歌一一首掲載↓のち「ユリイカ」八巻一四号（一九七六年）、『大岡信著作集3』初期短歌集「青き麦」に収録。同号に詩「憂愁」「春暮」「川邉にて」「旅人よ」「あはれ汝が命こそ」掲載↓のち前二篇は『大岡信著作集3』に収録。》

■五月

《【雑誌】「鬼の詞」五月号に短歌二首、詩「ひとひらの櫻に寄す」「回顧」「いきどほり」「わらび摘み」「ひとりの人」、散文「春の有つ情感」掲載↓のち短歌は『大岡信著作集3』初期短歌集「青き麦」に収録。》

■六月

《【雑誌】「鬼の詞」六月号に短歌掲載↓のち短歌「浮浪児」三

首は「ユリイカ」八巻一四号（一九七六年）、『大岡信著作集3』初期短歌集「青き麦」に収録。同号に詩「夏の訪れ」「四月を惜しむ」、散文「夏のニムフ達」掲載↓のち「夏の訪れ」は『大岡信著作集3』に収録。》

■一一月
《【雑誌】「鬼の詞」五号に詩「憧れ」「虻」、創作「四つの手紙」掲載↓のち「虻」は「ユリイカ」八巻一四号（一九七六年）、『大岡信著作集3』に収録。》

■一二月
《【雑誌】沼津中学学内誌「HUMAN」に詩「幻想」掲載↓のち「ユリイカ」八巻一四号（一九七六年）、『大岡信著作集3』に収録。》

■1947・昭和二二年――16歳

■二月
《【雑誌】「鬼の詞」六号に短歌「別れ」「流星」、詩「朝の頌歌」掲載↓のち短歌「別れ」と詩「朝の頌歌」は『大岡信著作集3』に収録。》

■三月
《旧制第一高等学校入学試験のため、上京。この時点で旧制中学校は五年制であったが、四年で卒業することもできた。》

三月十九日、信、上京す

遠退かる轍の響ききをれば残りしわれの胸疼き来る
若き日を我が秘め持ちし憧れの子が上にして今蘇る

受験して帰宅せし日を思出でて

事畢へぬとその答案のあらましを笑みて告げにきわが家の太郎

（大岡博歌集『渓流』）

■四月
《旧制第一高等学校合格の電報が届く。》

四月三日

わが手なる電報に子の覗きいり歓声あぐる兄ちゃん偉いなあ

心ばかりの祝をするとて

子がための祝ぞこはといささかの赤飯にそへし闇市の魚
生涯に幾度もなき祝ぞといふに頷き笑み出づる子等

（大岡博歌集『渓流』）

《沼津中学校から旧制一高文科丙類に入学、東京駒場の寮に移る。新任教官としてフランス文学者の寺田透が、同級には佐野洋（当時は本名で丸山一郎、のちに推理小説作家）、稲葉三千男（のち社会学者・政治家）、中江利忠（のち朝日新聞社社長）らが、上級には村松剛（のちフランス文学者）、日野啓三（のち作家・読売新聞編集委員）、山本思外里（のち読売新聞記者、読売・日本テレビ文化センター社長）、濱田泰三（当時は中山姓、のち早稲田大学名誉教授）、森本和夫（のちフランス文学者）、工藤幸雄（詩人・ロシア文学者）らが在校。》

ぼくは文科丙類で、フランス語が第一外国語だった。クラスには復員者がかなりいて、その中のひとりは今推理小説を書いている佐野洋だった。本名丸山一郎、海軍経理学校から帰ってきた。ぼくは最年少のひとりだったが、年長者はぼくなどより五、六歳も年上で、その中に、現在のマスコミ理論の学者である稲葉三千男もいた。さきにあげた中学時代の友人も同じクラスに入った。名前は重田徳。これらの名前は、ぼくの高校時代の文学的雰囲気を形成していた名前でもある。（中略）一高文芸部で出していた新聞「向陵時報」に詩を投稿し、編集顧問役だった中山泰三（濱田泰三）が面会にくる。「君はなかなか有望だよ。」しかし、村松剛は、「時報」に掲載されたその詩を読んで、かたわらにいるのがその作者とは知らず、「大岡っていうのの詩は、どうもひどいねエ」という。中山が弁護しているのを見ながら、作者はどこがひどいんだろうとしきりに考えている。

（「わが前史」『大岡信著作集1』）

《『新古今和歌集』を初めて読み、藤原定家の「春の夜の夢のうき橋とだえして峯にわかるるよこぐもの空」に陶酔する。》

十五、六歳以後の私にとって目のさめるような経験だったのは新古今集との出会いで、これは私がフランス文学に興味を持っていたということと関係があったようです。私は大学へ進むときは、成績不良で第三志望の国文科へ回されたのですが、旧制高校時代から、フランス文学、とくにボードレール以後の詩に強くひかれていました。（中略）高等学校の寮の薄暗い部屋の万年床の上で、新古今とボードレールを並べて読んでいたような状態です。

（「貫之のゆかり」『たちばなの夢』）

旧制第一高等学校時代

■五月
《【雑誌】「鬼の詞」七号に詩「森」掲載↓のち「ユリイカ」八巻一四号（一九七六年）、『大岡信著作集3』に収録。》
■春から夏ごろ
《雑誌で福永武彦訳のボードレール「夕べの諧調」など二篇を読む。》
《帰省中の夏の初め、三嶋大社の鹿の柵の前で、小学校時代の年上の女教師と出会い、心ひかれる。》

　私は福永さんの訳詩の日本語に、まさに「眩くような舞心地」を感じたのだ。くるりくるりと舞うように循環してゆく詩句の構成にも見とれた。その年の晩夏、私は「夏のおもひに」という詩を書いた。（中略）福永訳「夕べの諧調」の刺戟によってできたものであることは、並べてみれば一目で瞭かであろう。私はこれを、太田たちと作っていた謄写版雑誌の第八号にのせた。この号がその雑誌の終刊号となったが、私にとっては、この詩がいわば出発点となった。

（「ある青春」『青き麦萌ゆ』）

夏のおもひに

この夕　海べの岩に身をもたれ。
ゆるくながれる　しほの香に夕の諧調《アルモニー》は　海をすべり。
いそぎんちやくの　かよわい触手は　ひそかにながれ。
とほくひがしに　愁ひに似て　甘く　ひかりながれて。

この夕　小魚の群の　炁がく　水脈に
かすかな　ひかりの小皺　みだれるをみ。
いそぎんちやくの　かよわい触手は　ひそかにながれ。
海の香と　胸とろかす　ひびきに呆けて。

とらはれの　魚群をめぐる　ひとむれの鷗らに
西の陽のつめたさが　くろく落ち。
はなれてゆく遊覧船の　かたむきさへ　愁ひをさそひ。

この夕　海べの岩に身をもたれ。
こころひらかぬままに　おづおづと　語らひもせず　別れしゆゑ
ゆゑもなく慕はれる人の　面影を　夏のおもひに　ゑがきながら。
（一九四七・八・二四）

■一一月
《【雑誌】「鬼の詞」八号に詩「夜の歌」「夏のおもひに」掲載↓のち「ユリイカ」八巻一四号（一九七六年）、『大岡信著作集3』に収録。「夏のおもひに」は『大岡信詩集』（一九六八）にも収録。》

■——この年
《稲葉三千男・重田徳・佐野洋ら同級生と回覧雑誌「サンジュ・ヴェール」を作る。》
《レミ・ド・グールモン総合詩集「消閑」から数篇を翻訳。》

■1948・昭和二三年———17歳

■夏
《箱根考古館で案内のアルバイトをしながら夏を過ごす。》

箱根考古館で

箱根町の箱根ホテルの真向いに、旧関所本陣石内家があり、当時「関所考古館」という小さな博物館となっていた。この石内家から、直太郎氏、吉見氏の二人の兄弟が、私の学んだ沼津中学（現在の沼津東高校）の名物教師として出ていて、私は生物教師の吉見先生の方に親しんでいた。その吉見さんが、私や他の二、三人の仲間にこういった。「おいどうだい、どうせ休暇でブラブラしているんなら、考古館の番人やらないか。二階で暮らして、観覧客が来たら下に降りていって陳列品の説明をするだけでいい。メシもちゃんと食えるぞ」おかげで私は考古館の広い二階で涼しい夏を、いやもう寒くなった晩秋のころをも過ごすことになったのだ。振り返ってみると、この二、三年の箱根暮らしは、私自身の詩作と思索にとって、まことに貴重な時の恵みを与えてくれたように思う。

（「箱根が私にくれたもの」『うたのある風景』）

■一一月

《【雑誌】一高文芸部機関紙「向陵時報」一六五号に詩「ある夜更けの歌」を投稿↓のち『大岡信著作集3』に収録。同号の編集委員は大学時代一級上だった日野啓三。》

僕は　疲れてしまつた
埃つぽい空にむかつて一日中僕はなにやら叫んでゐた

（詩「ある夜更けの歌」より）

■――この年

《「夢の散策」「喪失」「心象風景」など後に「水底吹笛」に収められる詩群のいくつかを執筆。》

《「鬼の詞」同人で友人の太田裕雄を通じて、のちに結婚することになる相澤かね子と知り合う。同級生の仲間たちを含め、友人づきあいをする。》

■1949・昭和二四年――――18歳

■六月

《【雑誌】「ＰＴＡ教室」（静岡県出版文化会）六月号にモーパッサン「シモンの父さん」の翻訳を掲載。》

■夏

《昨年に引き続き、箱根考古館で案内のアルバイトをしながら夏を過ごす。》

■――この年

《「青春」「夢のひとに」「水底吹笛」「懸崖」など、後に詩集『記憶と現在』のうち「夜の旅」に収められる一群の作品、および『大岡信全詩集』版初期詩篇集「水底吹笛」に収められる一群の作品を執筆。》

《ボードレール、ランボー、Ｔ・Ｓ・エリオット、オーデン、ヴァレリー、菱山修三などを読む。》

私はすべてに「いいえ」と言った。けれどもからだは、躍りあがって「はい」と叫んだ。

（詩「うたのように　3」より）

■1950・昭和二五年——19歳

■一月

《【雑誌】父・大岡博の主宰歌誌「菩提樹」一五八号に「審美的・倫理的・二・三の問題——社内批評」、「窓に光を——戦没学生の手記について」掲載。》

■二月

《小学校の同級生であった友人・河邊美保さんの結婚祝いに自装の詩篇を贈る。》

《【雑誌】編集を担当した「向陵時報」最終号（一六六号）発行。印刷は三島市にある三島印刷所（「菩提樹」の印刷所）が引き受けてくれる。依頼に応じ、寺田透が佐沼兵助のペンネームで詩「二相系」を寄稿。大岡自身は詩「冬のスケッチ」掲載。》

昭和二十四年（一九四九）の秋から翌年春にかけてのころだったと思う。私は旧制一高の二年生から三年生になった時期だが、一高最後の卒業生の、その最後の文芸部員が私だった。文芸部といっても私一人である。前任者はのちに小説家になった日野啓三だった。その文芸部委員が一年間の任期中になすべき最も重要な仕事は、「向陵時報」という学内文芸機関紙を一人で編集し、刊行の任を負うことだった。サイズは新聞紙大、ページ数は八ページ。量からすれば大したことはないのだが、時代が時代だったから、寮生から応募原稿も少なければ手伝ってくれる者もいない。しかしそれより遥かに重大だったのは、敗戦後の疲弊のどん底にあった東京では、印刷所を探すことも、用紙を見つけることも絶望的に困難だったことである。印刷所はもちろんあった。しかし、たかが旧制高校の文芸紙程度のものを引受けてくれる寛大な印刷所など、必死になって有利な顧客を求めてあがいていた当時の印刷業界にありうべくもなく思われた。第一、印刷するにも、紙がなくては話にならない。そして紙はなかった。追いつめられた私の脳裡に浮かんだのは、ほかでもない、三島の㊉印刷（編集部注：三島印刷所のこと）である。（中略）村山知義（劇作家）、渡辺一夫（フランス文学者）その他一高出身の大先輩をはじめ、何人ものえらい先生たちに原稿を書いてもらうため、いちいち自宅を訪問して依頼をすることから始まって、この文芸紙の編集はなかなか大変だったが、何といっても三島との連絡をとるのが大仕事だったはずである。一高の寮には電話などなかったし、いったいどういう具合にして事を運んだのか、思い出せない。しかし、ゲラが出た段階で、私は三島にあっていちいち校正をしたような気がする。その当時の汽車の様子をご存知の方なら多少は想像できるだろうが、とにかく死にもの狂いだったはずである。

（「三島印刷と菩提樹、向陵時報」『菩提樹　上巻』（一九九三））

■三月

《三島に帰省中の大岡のもとに、しばらく関西方面に移り住む相澤かね子が別れの挨拶に訪れる。》

■四月

《東京大学国文科に進む（前年五月に新制東京大学となった）。栗田勇、飯島耕一、東野芳明らと知り合う。》

一高の三年間を経て旧制大学に入りました。そのとき私は当然のように仏文科を受けようと思ったんですね。で、受けた。でも結果を見に行っても私の名前が出てないんですよ。あれっと思って、次に英文科を見たら英文科にもない。で、英文科のほかのロシア語なんかにもなくて。そのとなりに国文学科があって、そこには私の名前がわりと上のほうにあるんです。「えぇーっ！　国文科」と思ってね。

（「大岡信フォーラム」会報四号）

朝鮮戦争の時代である。血のメーデー、火焔ビンの時代。（中略）国文学科研究室は東大でも最も急進的な研究室のひとつだったように思うが、ぼくはあまり出入りしなかった。活動家たちの自信と自恃にみちた叱咤激励は、肉体的にどう仕様もない違和感をよび起すのだった。「おらおらでしとりえぐも」。へそまがりに違いなかった。ただ、詩だけは信じられると思っていた。ぼくが言葉を書くと、その言葉はたしかに呼吸し、動きだすように思われた。それはぼくを無力感で満たす現実に対して、ぼくが対置できる唯一のリズミカルな統一体のように思われた。言葉ほど自在に動かし得る素材はないと、そのころのぼくは確信していた。

（「わが前史」『大岡信著作集1』）

《【雑誌】歌誌「菩提樹」一五九号に評論「傳統そのほか」、詩「聲のない風物」掲載→のち「傳統そのほか」は『大岡信著作集4』〈滴々集4〉に収録。》

■八月

《丸善に注文してほぼ半年後に届いた『エリュアール詩集』を読み「そして空はおまえの唇の上にある」の一行に衝撃を受ける。》

エリュアール

この詩（編集部注：「朝の少女に捧げるうた」）は、旧制高校から大学に入った年の作品です。よく覚えています。ぼくは東京大学に入って、初めは東京で下宿していたのですが、さぼりですから定期的に大学に行けないんですね。それで下宿代がもったいないということで、三島の家から通うことにしました。三島から東京まで、当時は三時間かかりました。でも、家から通うことができました。一人、熱海か小田原あたりから乗ってくる若い女性がいました。汽車の中で出会った一人の少女の、いわば一種のスケッチを描こうと思ったのです。そういうつもりで書いた。

（「大岡信フォーラム」会報一四号）

■九月

《静岡県立沼津東高等学校（現在地の沼津市岡宮でなく、沼津市御幸町にあった）講堂（香陵会館：前年建てられた。当時、近隣には公共文化施設がなく、校内外の団体が使用した。）で音楽会。帰途、御成橋の近くで偶然前を歩いていた相澤かね子を見かけ、呼び止める。相澤かね子が関西方面から戻っていたことを知り、交際始まる。》

■一一月

《【雑誌】歌誌「菩提樹」一六一号に詩「新装」を掲載↓のち「うたのように　2」と改題して『記憶と現在』に収録。》

■一二月

《三〇日、相澤かね子と初めて二人だけで「遠足」。三島から伊豆長岡の狩野川の土手まで出かけ、かね子持参のお弁当を食べ、詩への思いを語る。》

うちのおかみさんのもってる野性的なところってのが、やっぱり非常にぼくにとってね、何かわけのわからん変な魅力があったわけね。その野性的っていうのはね、単に、いわゆる何ていうのかしら、野性的という言葉で感じるような、パーッと表にでてくるいろんな行動的なものというよりは、むしろぼくなんかにはちょっと理解できないような、不思議な暗い生命力みたいなものがね、あるように思った。

（「大岡信への33の質問」『詩の誕生』思潮社版附録リーフレット）

《「文學界」四巻一二号に掲載された谷川俊太郎の「ネロ他五篇」を読む。》

谷川俊太郎といういかにも響きのいい名前をもった、ぼくと同い歳の青年の詩をはじめて読んだのは、たしか一九五〇年の初冬のことだった。（中略）ぼくはそれを本屋の店頭で読んだ。なるほど、こいつは、切れ味のいい詩だな、と思い、おれにはこういう風には書けない、と思った記憶がある。

（「谷川俊太郎」『現代詩人論』）

■1951・昭和二六年――20歳

■三月

《【雑誌】日野啓三、佐野洋、稲葉三千男、山本思外里、濱田泰三、金子鉄麿らとともに雑誌「現代文学」を創刊。この「現代文学」の前身にはほぼ同じメンバーで発行したガリ版印刷の「ヴァンテ（VINGTET……）」があった。創刊号には詩「夜の旅」（↓のち『戦後詩人全集』『記憶と現在』『大岡信著作集3』に収録）、エリュアール詩抄（「お前は立つ」「パブロ・ピカソに（断章）」「はや齢はなく」）の翻訳（↓のち『大岡信著作集3』に収録）、詩「額のエスキース」「木馬」「鎮魂歌」「壊れた街」「結氷期」（↓のち「額のエスキース」と「壊れた街」は『記憶と現在』に、「木馬」は『大岡信詩集　一九六八』に収録。いずれもそののち『大岡信著作集3』に収録）掲載。》

赤門前の喫茶店タムラに始終あつまってだべり、雑誌の合評をした。ぼくらはいつでも生意気なことをいって小説や評論を書く友人たちに「詩人ってやつは……」ときらわれた。

（「日記抄へのノート」）

■四月

《五日、詩「二十歳」執筆。》

私自身の場合、とにかく不機嫌だった、わけもわからずに不機嫌な日々だった、という風にしか言えないことが、あまりに多い。

（『詩への架橋』）

《一三日、例年のようにアルバイトとして箱根考古館に行き、授業を受けずに夏まで過ごす。》

《最初の詩人論となる菱山修三論を執筆（四月五日〜二一日）。菱山を知ったのは、父・博の教え子で一高時代に世話になった崎田宗夫の影響であった。崎田との親しいつきあいを通じて、

その下宿先の家庭に招かれ、初めて都会の家庭の雰囲気を味わった。》

菱山という詩人の世界は、私が戦後すぐの時期の中学時代に同人誌を仲間とともに作った当時愛読した三好達治、中原中也、中野重治、立原道造といった詩人たちの世界とは、おそろしく違っていた。最初は実にとっつきにくかった。内向的で自虐的な基調の上に、今にして思えば多分に自己満足的である昂然たる孤高性の自負、誇りたかきロマンティストの自己愛といった要素が、一種独特な緊まった文体によって歌いあげられていて、私はしだいにひきずりこまれて、重症に近い菱山ファンになっていった。（中略）菱山を読みすぎて、さすがに自分でも「こりゃ危ない。菱山亜流になんかなったらたまらない」と思いはじめてから、私は妙な話だが、いわばわが愛する詩人に自分勝手に縁切り状を書くつもりで、五十枚前後にも及ぶ「菱山修三論」を書いたのである。初めて詩人論というものを書いたのがこれだった。これでこの詩人の世界ともお別れできると思った。

（「好きな詩『懸崖』『光のくだもの』）

■五月

《八日、沼津中学校時代の同級生で東京藝術大学に在学中の、大賀典雄（のちにCBSソニーレコード初代社長）から歌曲のための詩を依頼され「木馬」「サンサシオン」を執筆。この二つの詩は相澤かね子への思いがモチーフとなっている。》

《このころ、祖母と妹と一緒に暮らす沼津市松下町の相澤かね子の家で、祖母の作る夕食を共にするようになる。》

《箱根考古館滞在中に、詩集「方舟」草稿完成。》

《寮を出て東京都台東区下谷竹町一二一九の知人加藤勝三氏宅に下宿。加藤氏とは父博の歌誌「菩提樹」の創刊時からの弟子。》

■夏

《相澤かね子が上京し、東京の親戚宅に下宿。このころから、交際が深まる。》

■七月

《【雑誌】「現代文学」二号に詩二篇「明日という日の」「死に絶える……死に絶える？」掲載。》

■1952・昭和二七年——21歳

■四月

《大岡博歌集『渓流』、長谷川書房より刊行。》

大岡君の子を愛する歌は特殊なものである。父の愛ではなく母の愛で、むしろ情痴に近いものである。然るにそれが自然で、生きてゐて、実に本物だといふ感を起させる。

（窪田空穂『渓流』序）

■五月

《【新聞】「東大文学集団」に詩作上の転機となった詩「海と果実」（のち「春のために」と改題）を掲載。相澤かね子との交際を通じて、それまでのメランコリックな色調は一掃され、若々しくみずみずしい抒情が前面に打ち出されるようになった。》

雑誌「現代文学」

■九月

《二八日、喜劇役者として一世を風靡していた榎本健一（通称「エノケン」）が箱根の考古館を来訪。考古館の案内をする。》

エノケンに考古館の説明をする。神妙に傾聴していた。随分感じのいい役者である。喜劇的なやつというものは、これはお話にならないのだが、喜劇役者には、どこか、狂的な静けさがあるものらしい。

（「日記抄」『大岡信詩集』）

■一一月

《【雑誌】「現代文学」三号に詩「挽歌」掲載→のち「沈む」と改題して『記憶と現在』収録。また、同号に評論「菱山修三論」掲載→のち『抒情の批判』に収録。》

相澤かね子と

砂浜にまどろむ春を掘りおこし
おまえはそれで髪を飾る　おまえは笑う
波紋のように空に散る笑いの泡立ち
海は静かに草色の陽を温めている

おまえの手をぼくの手に
おまえのつぶてをぼくの空に　ああ
今日の空の底を流れる花びらの影

ぼくらの腕に萌え出る新芽
ぼくらの視野の中心に
しぶきをあげて廻転する金の太陽

ぼくら　湖であり樹木であり
芝生の上の木洩れ日であり
木洩れ日のおどるおまえの髪の段丘である
ぼくら

新らしい風の中でドアが開かれ
緑の影とぼくらとを呼ぶ夥しい手
道は柔らかい地の肌の上になまなましく
泉の中でおまえの腕は輝いている
そしてぼくらの睫毛の下には陽を浴びて
静かに成熟しはじめる
海と果実

彼の詩的出発を端的に言えば、それはみずみずしく温和な日本的感性による抒情と、エリュアールの芸術前衛的ではあるが明澄な表現との合体であった。秀作「春のために」は、その精神的出会いの幸福を示している。それはまた、戦後詩全体における、一つの輝かしいバラ色の約束でもあった。

（清岡卓行「大岡信」『昭和詩集2（新潮日本詩人全集34）』）

《【雑誌】「現代文学」四号に詩「一九五一降誕祭前後」掲載↓

のち「一九五一年降誕祭前後」と改題し『戦後詩人全集』『記憶と現在』に収録。》
《相澤かね子が結核を発病し、東京の下宿を引き払って沼津にもどり、沼津市立病院に入院する。》

■七月

《【雑誌】「現代文学」五号に詩「神話は今日の中にしかない」「生きる」掲載→のち『戦後詩人全集』『記憶と現在』に収録。「現代文学」は五号にて終刊。》

■八月

《エリュアール論を執筆。》

　そして空はお前の唇の上にある
という句によって、ぼくははじめて、詩の中に自然を発見したのである。詩の単なる素材、或いは歌うための単なる手段としての自然ではなく、詩人と全的に共鳴することによって彼に途絶えることない歌を生みださせる、そういう自然を発見したのである。（中略）「生き抜く希望」、ここに極めてエリュアール的なテーマがある。
（「エリュアール論」）

■一一月

《一八日、ポール・エリュアール死去。》

彼のうたは、読みかえすたびに新しい。「としをとる　それはおのが青春を／歳月の中で組織することだ」と彼は晩年長詩「ここ以外の到る所」の中で書き記したが、彼のうたは、いうならばぼくらの内部で青春を組織する。（中略）おそらくエリュアールほど、人間の善なることを信じ、世界の本源的な美しさを信じた詩人はあるまい。
（「エリュアール論」）

《東京都北区王子三―四に下宿。》
《【雑誌】「赤門文学」（復刊一号のみで終刊）に詩「可愛想な隣人たち」「地下水のように」掲載→のち詩「可愛想な隣人たち」は『戦後詩人全集』『記憶と現在』に、詩「地下水のように」は『記憶と現在』に収録。同号に、評論「エリュアール」を掲載。中村真一郎によって「文學界」の同人雑誌評にとりあげられる。「エリュアール」はのちに「エリュアール論Ⅰ」と改題し『詩人の設計図』に収録。》

雑誌「赤門文学」

■一二月

《卒業論文「夏目漱石——修善寺吐血以後」脱稿、提出。漱石の作品の展開とその恋愛観の深まりを緊密に関連させながら、意識と自然の乖離を論じ、併せて漱石の文明批判、個人主義などを批判する。のち『大岡信著作集4』に収録。のち「漱石と「則天去私」」と改題して『拝哲漱石先生』に収録。》

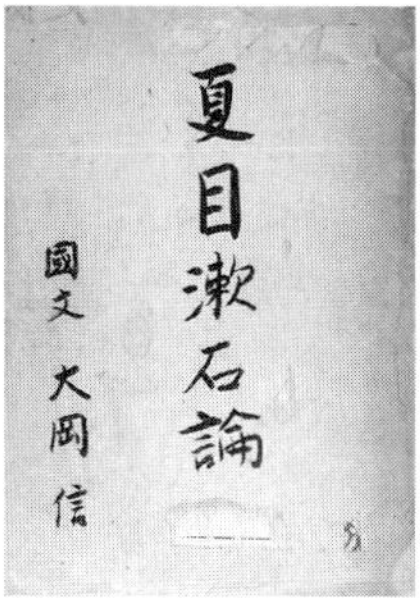

卒論表紙

本来文学者の表現は、凝縮した形でしか思想を定着することはできないものであるし、それ故に又思想に奥行が与えられ、美しくなるのであって、読者は紙上に定着された思想を遡及してその原型にまで達しようとする努力に於いてのみ文学を理解するのである。そしてその遡及して得られるものの実体は、決して観念ではありえず、必ず文学者という人間であろう。その限りに於て文学に究極的な理解がありうる筈はない。いずれ、創造行為という、作家自身にとっても暗黒である機能の中で理解は己れ自身を見失ってしまうであろう。そして言うならば、己れ自身を見失ったことを知る底の理解のみが真実の理解なのである。かかる時、作家論とは、共に生きてみるという平凡な事実以外にはありえない。

（「夏目漱石——修善寺吐血以後」）

漱石を取り上げた動機について言えば、ながいあいだ精神的に沈鬱で動揺していた時期に、漱石の作品、特に『行人』に関心を覚えたんです。主人公が考える内容にではなくて、どうしようもないねじれ方を持って事に処さずにはいられない、そのねじれ方そのものに関心を持ったわけです。生意気ですが、これは俺にずいぶん似てると思った。それが深入りするきっかけになったんです。

（「詩を確かめるために」『大岡信著作集4』）

1953年——1962年

□できごと□

読売新聞入社

詩誌「櫂」参加

相澤かね子と結婚する

塚本邦雄との「方法論争」

書肆ユリイカ・伊達得夫と出会う

南画廊・志水楠男と出会う

シュルレアリスム研究会結成

駒井哲郎を知る

同人誌「鰐」創刊

放送詩及び放送詩劇を作る

サム・フランシスを知る

加納光於を知る

□主たる著作□

『現代詩試論』(書肆ユリイカ)

詩集『記憶と現在』(書肆ユリイカ)

保田與重郎論

『詩人の設計図』(書肆ユリイカ)

『芸術マイナス1』(弘文堂)

■1953・昭和二八年——22歳

■一月

《【雑誌】「文化と教育」四巻一号に「文学者と社会　漱石の場合」掲載↓のち『大岡信著作集4』〈滴々集4〉に収録。「文化と教育」は静岡大学教育学部教育研究所編の雑誌。》

■三月

《東京大学を卒業。》

■四月

《読売新聞社に入社。外報部に記者として配属される。主に、外国からの電報を翻訳する仕事に従事。佐野洋も読売新聞に入り、地方に配属される。一年先輩には日野啓三がいた。野球部に所属し、記者仲間からは「おかぼう」という愛称で呼ばれる。》

読売新聞時代

私が読売に入社したのは、戦後のひどい就職難時代の昭和二十八年で、入ってすぐに外報部に配属され、以来丸十年間、毎日外電と付き合って暮らした。外報部記者の仕事は夜中が一番忙しい。時差のためである。そのため私は夜型人間となり、今もってその習慣が抜けない。（「銀座運河」『うたのある風景』）

大学を出て、新聞社での仕事も外国語を読むことですし、たいていは外国の本を読むことのほうが多かったと思います。当時読売新聞本社のあった銀座界隈の「ブリティッシュ・カウンシル」に関係のあった洋書店でイギリスやアメリカの本を買い、「イエナ」あたりでフランスの本を買っては読む、そんな生活だった。

（「古典と私」『大岡信著作集８』）

最終版のいくさがすんだしののめ、
運河を背にして立ちならぶ
「でんちう」「おばこ」ののれんをわけて
串ざしのモツの煮込みにコップ酒。

（詩「銀座運河」より）

■五月

《「櫂」川崎洋、茨木のり子によって結成。後に大岡も主要メンバーとなる。一九五四年九月の項参照。》

五〇年代、「詩学」という詩の専門誌があり、そこに「詩学研究会」という投稿欄があって、疎開先の九州から引き揚げてきたばかりのわたしは、書き始めていた詩に熱くなっていて、せっせと投稿していた。茨木氏はその常連の一人で、その掲載作にわたしは特に惹かれた。そうこうするうちに、「詩学」から推薦詩人と推挙され、もう投稿できないことになった。当時、同人詩誌を出すという意欲は非常に高かったように思う。ガリ版印刷の詩誌が多かった。活版印刷は高くついたからだ。わたしは、未知の茨木氏に手紙を出し、一緒に同人詩誌をやりませんかと誘い、やりましょうという返事を受け取り、一九五三年三月二九日十一時に東京駅の八重洲口改札口で会うことになった。約束の時刻に、ひとりのすらっとした、原節子に似た絶世の美女が、わたしの横に立った。詩才と美貌を併有することをミューズはお許しになっていないと、頭から信じていたから、この人であるはずはないと思っていたら、その美人が茨木氏だったのだ。わたしが二三歳、茨木氏が二八歳。できたばかりのブリヂストン美術館へ行き、銀座へ出て、オリンピックでコーヒーを飲んだ。

その二か月後、「櫂」一号ができた。アート紙六ページ、印刷費は百二十部で六千円だった。そば（もり・かけ）が、二〇円、米価が一キロ六八円、理髪料金が一四〇円の時代である。更に言えば、茨木（三浦）夫妻にはわれわれ夫婦の仲人までして頂いている。茨木氏と出会った大きな幸運を思う。

（川崎洋『あなたの世界が広がる詩』小学館（一九九八））

■八月

《【雑誌】「詩学」八巻八号に「現代詩試論」掲載↓のち『現代詩試論』に収録。「詩学」は一九四七年創刊の現代詩の専門詩。編集者・嵯峨信之の依頼によるもので、大岡にとっては最初の批評発表。》

■一一月

《【雑誌】「ポエトロア」三号に「シュペルヴィエル」掲載↓の

ち「シュペルヴィエル論」として『詩人の設計図』に収録。「ポエトロア」は三井ふたばこ主宰の雑誌。》

《飯島耕一詩集『他人の空』書肆ユリイカより刊行。》

五三年の暮れに、飯島耕一の第一詩集『他人の空』が出た。（中略）朝鮮戦争とレッド・パージはぼくらの学生時代を通じての最大の事件だったし、大学の正門や赤門の前には、何かというとすぐ鉄カブトのお巡りが整列して門に向かって突進してくるのだった。構内ではジグザク・デモが行なわれ、赤旗やプラカードが銀杏《いちょう》並木を波のように埋めた。ぼくらは第三次世界大戦の予感におびえていた。大学の講義はおよそ身にしみなかった。飯島の、たとえば「他人の空」という詩は、そういう時代の雰囲気を実にみごとに捉えている。とりわけ、「行動的」になることができず、そのことに罪悪感めいたものを感じていた青年たちの心情を。

（「飯島耕一と岩田宏」『現代詩人論』）

■――この年

《【雑誌】「ふらんす」で連載記事欄「Politique」を担当、読売新聞退社後まで継続した。》

■1954・昭和二九年――23歳

■一月

《【雑誌】「新日本文学」九巻一号に詩「いたましい秋」掲載↓のち『記憶と現在』に収録。「新日本文学」は一九四六年創刊の新日本文学会の機関誌。》

■四月

《「櫂」同人の会合に初めて出席。》

次第に同人も増えてゆき、中江俊夫、友竹辰、大岡信氏らが入った。（中略）大岡信氏は、大学を出て、読売新聞、外報部に入ったばかりの頃だが、彼は詩学研究会とは何の関係もなかった。ただその頃、詩学に「シュールレアリズム批判」という、エッセイを発表していて、それが大変良かったので、誰いうとなく、このみずみずしい論客を是非迎えたいということになり、皆賛成して参加してもらった。

昭和二十九年四月十八日、麻布笄町にあった友竹家で、第四回目の櫂の会をした時、大岡信氏と初めて会った。彼もまた初々しい青年で、頬を染めたりはしなかったが、なぜだか、初対面の印象は、頬を染めがちな紅顔の美少年という印象で残っている。しかし言うことは、きびしくて、しょっぱなから「あなたの詩は、以前は即物的な良さがあったんだが、最近のものは観念的になってきて、良くない傾向だとおもう」などと私の詩を批評してくれたりして、その容姿と実力の、似つかわしからざること、佐々木小次郎のごとくであると思わせられた。

（茨木のり子「「櫂」小史」『茨木のり子（現代詩文庫20）』思潮社（一九六九））

■五月

《書肆ユリイカ社主・伊達得夫からユリイカ版『戦後詩人全集』に作品を収録したいと打診される。那珂太郎の強い推輓によることを知り、当時、駿河台の三楽病院に入院していた那珂太郎を訪ねる。》

実は、書肆ユリイカで戦後詩人全集三巻?を企画中なので、貴兄を極力推薦してるのですが、一人四百行以上自選といふことになつてゐますが、詩作品四百行可能でせうか、どうでせうか、一寸お知らせいたゞければ幸です。貴兄東大国文卆の由、実は小生も同科卆です。

（那珂太郎「五月四日大岡信宛ハガキ」より）

《【雑誌】「詩学」九巻五号に「鮎川信夫ノート」掲載↓のち『詩人の設計図』に収録。》

■六月

《【雑誌】「現代評論」（現代文学社）創刊号に詩「眼」掲載↓のち『大岡信詩集』（一九六八）「物語の人々」に収録。》

■七月

《【雑誌】「現代詩」（飯塚書店）創刊号に詩「ある季節のための証言」掲載↓のち『記憶と現在』に収録。》

《【雑誌】「詩学」九巻七号に詩「詩人の死」掲載↓のち『記憶と現在』に収録。》

《一一日、「櫂」同人の会合に招かれ、同じくゲストの三好達治と初対面（於「笹の雪」）。「シュペルヴィエル論」をほめられる。》

雑誌「櫂」同人および三好達治と

■九月

《【本】『戦後詩人全集1』書肆ユリイカ（1954-09-01）刊行。初期主要作品収録。》

ユリイカ社主・伊達得夫らと

《【雑誌】「近代文学」（近代文学社）九巻九号に詩「男あるいはアメリカ」掲載↓のち『記憶と現在』に収録。》

《【雑誌】「櫂」八号に詩「手」掲載↓のち『記憶と現在』に収録。》

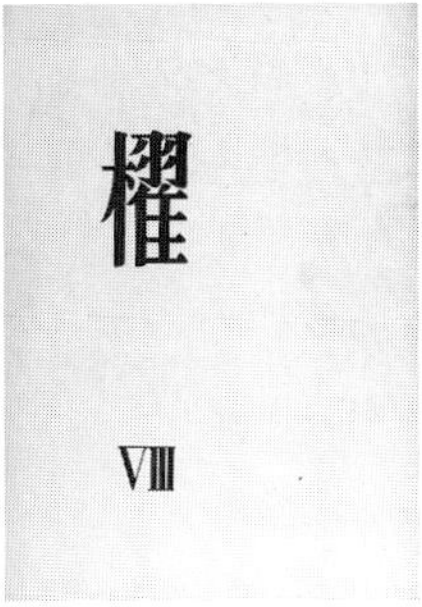

雑誌「櫂」第viii

今号から大岡信氏の参加を得た。昭和六年静岡生。東大国文科卒業後読売新聞社に勤務して現在に至る。彼に今後詩と詩論の両面で多くの期待を寄せることが出来ることと、お互を刺激し得る要素が一つ増えたことは僕等にとつて何にもまして嬉しいことである。僕等は一人一人別々であるけれども一つの意見を持つことが出来る。それはこうして詩の同人誌を出すとゆう事だ。その一つの意見は自身で又新しい別の構成要素を今後も真剣に探していくであろう。洋

（川崎洋「後記」「櫂」Ⅷ号）

大岡　『櫂』グループは最初、茨木のり子と川崎洋が二人で始めました。そして、『櫂』のグループに入ってもらいたい人ばかりを、一人ずつ魚を釣るように釣り上げて、少しずつメンバーを増やしていったんです。谷川君は二号目かな。

谷川（俊太郎）　そうですね。二号目で私が入って、三号目で舟岡遊治郎と吉野弘が入りました。舟岡遊治郎は、今は詩人としては活躍していないけれど、この頃は詩を書いていたんですね。それから水尾比呂志、五号目で中江俊夫、六号目からは友竹辰。亡くなりましたけど、テレビによく出ていたバリトンの歌手ですね。『櫂』のあとがきによると、八号目から大岡信さんの参加を得たと書いてあります。

（中略）

大岡　ぼくは八号で入ったけれど、だいぶ前からお呼ばれしていたよね。

谷川　『櫂』は川崎洋の情熱が原動力になってスタートしたけれど、一九五三年に始まって、五七年には解散していますよ。第一次『櫂』は、わずか四年で終わってしまうんですよ。一九五七年十二月十五日。これ、俺の誕生日なんだけど。「櫂解散式於友竹同人宅。五百円のスキヤキパーティ」と書いてあります。第二次の『櫂』が始まったのが一九六五年だから、結構間があいてるね。

（「大岡信フォーラム」会報二二号）

雑誌「櫂」同人と

《【雑誌】「地球」（地球社）一四号に「新しさについて」掲載↓のち『現代詩試論』に収録。》

■一〇月

《【雑誌】「今日」二号に詩「静けさの中心」掲載↓のち『大岡信詩集（今日の詩人双書7）』に収録。「今日」は一九五四年六月、書肆ユリイカより創刊。主要執筆者は平林敏彦、飯島耕一、清岡卓行、立石巌ら。》

■一一月

《【雑誌】「櫂」九号に詩「遅刻」掲載↓のち『記憶と現在』に収録。》

■一二月

《【雑誌】「囲繞地」（知覚社・呉市）二号に「詩観について」掲載↓のち『現代詩試論』に収録）。》

《【雑誌】「詩学」九巻一二号に「詩の条件」掲載↓のち『現代詩試論』に収録。》

■——この年

《東京都杉並区大宮前六—三九五に下宿。》

■1955・昭和三〇年——24歳

■一月

《【雑誌】「現代詩」二巻一号に詩「道標」掲載↓のち『記憶と現在』に収録。》

《【雑誌】「櫂」一〇号に「詩の構造」掲載↓のち『現代詩試論』に収録。》

《【雑誌】「文章倶楽部」七巻一号に詩「二人」掲載↓のち『記憶と現在』に収録。》

■三月

《【雑誌】「現代詩」二巻三号に「小野十三郎論　歌・批評・リズム」掲載→のち『詩人の設計図』に収録。》

《【雑誌】「今日」三号に書評「平林敏彦著『種子と破片』」、「詩の必要」掲載→のち「詩の必要」は『現代詩試論』に収録。》

■四月

《【雑誌】「櫂」一一号に詩「翼あれ　風　おおわが歌」掲載→のち『記憶と現在』に収録。》

■五月

《【雑誌】「現代詩」二巻五号に書評「小海永二訳『アンリ・ミショオ詩集』」掲載。》

■六月

《【本】『現代詩試論（ユリイカ新書1）』書肆ユリイカ（1955-06-15）刊行→のち『現代詩試論（双書種まく人3）』（一九五六）》

　ぼくの詩論は、ぼくが詩と信じたものの中に飛び込んでつかみとった印象、あるいは判断をそのまま文字にたたきこもうとした努力のあらわれにすぎないといえよう。しかしさらに言うならば、ぼくは散文によってどこまで詩の領域に近づきうるか、ということと、一見それに相容れないようにみえるが、散文によってどこまで詩の領域を拡大しうるか、ということとを同時にためしてみたのだ。なぜなら、この二つはともに、詩について考える上で、最も緊急な問題だと思えたからである。

（『現代詩試論』あとがき）

《【雑誌】「ポエトロア」六号に「ケネス・パッチェン」掲載→のち『芸術マイナス1』に収録。》

　それまで主として詩や詩論を書いていたのが、次第に美術や映画、演劇、音楽、写真などについても論じるようになったわけですけど、これらのいわゆる芸術論的な文章を書き始めた頃の記憶は、割合はっきりと残っています。一番古い文章が、『芸術マイナス1』の「ケネス・パッチェン」で、三井ふたばこさんが出していた「ポエトロア」という季刊雑誌に載りました。（中略）これはまあ詩論といったほうがいいようなものですが、『芸術マイナス1』を作ったとき、第二部の詩論ではなくて、第一部の芸術論のほうに入れました。当時の僕の気持としては、これを現代芸術全体の問題に関する考え方をのべたものとして、あえて芸術論の部に入れたのだろうと思います。

（「芸術と〈ことば〉」『大岡信著作集10』）

《【雑誌】「葡萄」（葡萄発行所）五号に「純粋について」掲載↓のち『現代詩試論』に収録。》

■八月

《【雑誌】「近代詩猟」一四号に詩「夜明けは巨きな洞窟だ」掲載。》

■九月

《【雑誌】「薔薇科」四巻一号「神保光太郎詩集『陳述』批評特集」に「『陳述』について」掲載↓のち『大岡信著作集5』〈滴々集5〉に収録。》

《【雑誌】「近代文学」一〇巻九号に「新しき抒情詩の問題」掲載↓のち『抒情の批判』に収録。》

《【雑誌】「詩学」一〇巻一〇号に詩「六月」掲載↓のち『記憶と現在』》

■一一月

《【雑誌】「三田文学」四五巻一一号の「詩人の頁」コーナーに詩「夢はけものの足どりのようにひそかにぼくらの屋根を叩く」「うたのように1」「同2」「同3」「岩の人間」掲載↓のち『記憶と現在』に収録。》

《【雑誌】「新日本文学」一〇巻一一号に詩「メキシコの顔」掲載↓のち『記憶と現在』に収録。》

《【雑誌】「群像」一〇巻一一号に詩「肖像」掲載↓のち『記憶と現在』に収録。西荻窪の下宿を訪れた「群像」編集部の大久保房男からの依頼による。はじめて文芸誌から原稿料をもらう。》

■一二月

《【雑誌】「現代詩」二巻一二号に「あて名のない手紙」掲載↓のち『芸術マイナス1』に収録。》

《【本】『現代フランス詩人集1』書肆ユリイカ（1955-12-15）に「エリュアール論」とエリュアールの詩の翻訳を掲載。》

《【本】『ポエム・ライブラリイ1』東京創元社（1955-12-25）に「形式について」掲載↓のち『芸術マイナス1』に収録。》

■──この年

《東京都杉並区荻窪一―三七に下宿を移転。》

《沼津中学の同級生で、三共株式会社秘書部に勤務していた高藤鉄雄との交友が始まる。以後互いに信頼しあう。》

■1956・昭和三一年────25歳

■一月

《【雑誌】「詩学」一一巻一号に詩「帰還」掲載→のち『記憶と現在』》

《【本】『不思議な時計』堀内幸枝詩集（書肆ユリイカ）（1956-01-10）に跋「詩人の世界」掲載。》

■二月

《【雑誌】「現代詩」三巻二号に書評「『一九五五年版　列島詩集』」掲載。》

■春ころ

《相澤かね子と荻窪の下宿で一緒に生活を始める。》

■三月

《【雑誌】「短歌研究」一三巻三号に「前衛短歌の〝方法〟を繞つて」掲載→のち「新しい短歌の問題Ⅰ」として『抒情の批判』『短歌・俳句の発見』に収録。塚本邦雄との論争になり、四月、六月と書き継ぐ。この論争をきっかけに岡井隆、高柳重信らと知り合う。これが現代歌人、現代俳人を広く知ることになった。》

一九五六年、私は「短歌研究」誌上で三回にわたり塚本邦雄と「論争」した。これが世に「前衛短歌論争」「方法論争」などとよばれるものとなり、多くの歌人・俳人・詩人まで動員しての賑やかな詩歌壇下の一騒ぎとなつた。私にとつてはこれが塚本邦雄、岡井隆らと直接知り合ふ機縁となり、塚本氏の俳壇における盟友と目されてゐた高柳重信と知り合ふきつかけともなつた。それぞれの人がその時点では歌壇・俳壇の異端児であつた。二十代半ばの若僧だつた私にとつて、重信と知り合へたのはミューズの奇特な引き合はせだつた。下宿もさして遠からず、私はしばしば水道道路のほとりにある重信・苑子がつつましく住む家を騒がせ、重信をして先には加藤郁乎、後には佐佐木幸綱のみと言はしめた大酒飲みの夜の訪問者となつた。思へば多量の若気の至りの放言を、静かな家の畳の上に落としてきた。

（詩「船焼き捨てし船長へ　追悼――高柳重信のための　あとがき付七五調小詩集」より）

■四月

《【雑誌】「現代詩」三巻四号に詩「おれの中には」掲載→のち「présence」第一歌として『記憶と現在』に収録。》

《【雑誌】「短歌研究」一三巻四号に「短歌の存在証明は可能か」掲載→のち「新しい短歌の問題Ⅱ」として『抒情の批判』『短歌・俳句の発見』に収録。》

■五月

《【雑誌】「現代詩」三巻五号　小コラム「窓」に「最初の問題」掲載。》

■六月

《飯島耕一、東野芳明、江原順らと「シュルレアリスム研究会」を結成、「美術批評」誌で連続シンポジウムを行う。後、村松剛、菅野昭正、清岡卓行、針生一郎、中原祐介らを迎え、「美術批評」廃刊後は、「みずゑ」に発表の場を移して続行する（雑誌掲載分では「美術批評」で5回、「みづゑ」で4回、通算9回）。これをきっかけに瀧口修造と知り合う。》

飯島耕一、東野芳明と僕の三人で、シュルレアリスムの本を読もうということになりました。三人とも大学時代に詩を書いていて、僕はエリュアールに夢中になり、飯島君はシュペルヴィエル、東野君は間もなく美術評論家として登場したわけですが、シュルレアリスムの詩や絵画がどうも気になってしょうがない、という点で一致していたんですね。江原順ともそのころ知り合いました。彼はアラゴンの問題、ときにアラゴンにおけるシュルレアリスムとコミュニスムの問題を通じて、シュルレアリスムを検討しようと考えていたと思います。一方、飯島や僕は瀧口修造という人の詩はすごいと思っていた。その当時、瀧口さんを詩人としてそんなふうに見ることができた人はごく少なかったでしょう。武満徹さんなどもそう思っていたことはあとでわかったけれど、既成の詩人たちの中にはいなかったはずです。瀧口さんは美術批評家として知られているけれど、本当はたいへんな詩人だ、しかもその詩はシュルレアリスムと切っても切れないものらしい、これはどうしてもシュルレアリスムを知らなくてはならない――まあそういうことで、実に素朴に始めたわけです。ところが「美術批評」という雑誌の編集長だった西巻興三郎さんがそれを聞きつけて、もっと大勢の人を集めて会を作り、その討議を「美術批評」に載せよう、ということになり、たちまちにして「シュルレアリスム研究会」が発足してしまったんです。

（「詩を確かめるために」『大岡信著作集4』）

《【雑誌】「美術批評」五四号に「シュウルレアリスム研究①シュウルレアリスムと現在」「報告B・詩を中心にして」掲載↓のち「シュルレアリスム」として『詩人の設計図』に収録。また、同報告と東野芳明の報告をめぐっての討論（東野芳明・大岡信・飯島耕一・村松剛（司会）・江原順・菅野昭正）掲載。》

《【雑誌】「短歌研究」一三巻六号に「円環的世界からの脱出」掲載↓のち「新しい短歌の問題Ⅲ」として『抒情の批判』『短歌・俳句の発見』に収録。》

■七月

《【本】第一詩集『記憶と現在』書肆ユリイカ（1956-07-15）刊行。》

《【雑誌】「新日本文学」一一巻七号に「メタフォアをめぐる一考察　詩の方法の問題」掲載↓のち『詩人の設計図』に収録。》

《【本】『風土』小海永二詩集（書肆ユリイカ）（1956-07-25）に跋「詩人の世界」掲載。》

■八月

《【雑誌】「美術批評」五六号に「シュールレアリスム研究②SURREALISMEとSYMBOLISME」として村松剛と菅野昭正の報告をめぐっての討論（村松剛・菅野昭正・江原順（司会）・東野芳明・大岡信・飯島耕一・針生一郎・中原佑介・小島信夫・岡本謙次郎）掲載。》

《【雑誌】「美術批評」五六号に「PAUL　KLEE」掲載↓のち「パウル・クレー　線と胚珠」と改題して『詩人の設計図』に収録。》

《【雑誌】「ポエトロア」八号にてジャック・プレヴェール詩の翻訳（大岡担当「庭」「このアムール」「そして祭は続く」）掲載。また、書評「安東次男著『現代詩のイメージ』」掲載↓のち『芸術マイナス1』に収録。》

■九月

《【雑誌】「美術批評」五七号に「写真の国のアリス」掲載↓のち『芸術マイナス1』収録。》

《一九日、第一詩集『記憶と現在』の出版記念会を東京日本橋の料亭・大増で開く。「櫂」同人をはじめ、飯島耕一、黒田三郎らおよび発行人の伊達得夫が集う。》

■一〇月

《【雑誌】「美術批評」五八号に「シュールレアリスム研究③アポリネール」として飯島耕一と江原順の報告をめぐっての討論（清岡卓行・村松剛・東野芳明・菅野昭正・岡本謙次郎・大岡信（司会）・江原順・飯島耕一）掲載。》

《伊達得夫が詩誌「ユリイカ」を創刊。主要執筆陣は飯島耕一、岩田宏、吉岡実、山本太郎、那珂太郎、中村稔、谷川俊太郎、入沢康夫、渋沢孝輔、清岡卓行、大岡信。》

《【雑誌】「ユリイカ」一巻一号（創刊号）に「今月の作品から」掲載。》

《【雑誌】「調査と技術」（電通）四二号に「創造的な主体性を（第六回日宣美展評）」掲載。六ページにわたって、商業デザインを批評。》

■一一月

《【雑誌】「現代詩」三巻一〇号に「前衛のなかの後衛」掲載↓のち『芸術マイナス1』に収録。》

《【雑誌】「ユリイカ」一巻七（ママ）号（通巻二号）に「中原中也と歌」掲載↓のち「中原中也論　宿命的なうた」として『詩人の設計図』に収録。》

■一二月

《【雑誌】「美術批評」六〇号に「シュールレアリスム研究④DaDa」として中原佑介と針生一郎の報告をめぐる討論（中原佑介・飯島耕一（司会）・東野芳明・清岡卓行・村松剛・大岡信・江原順・針生一郎）掲載。》

《【雑誌】「現代詩」三巻一一号に座談会「現代芸術の方向」（関根弘・飯島耕一・大岡信・林光・武井昭夫・利根山光人・清岡卓行・茨木のり子）掲載。》

《【本】『講座現代詩2』飯塚書店（1956-12-00）に「暗喩について」掲載。》

■——この年

《谷川俊太郎を通して武満徹と知りあう。》

　武満徹が谷川俊太郎と共作で『ヴォーカリズム・A・I』を作曲したのは一九五六年（昭和三十一年）のことである。私はそのころ、読売新聞社の外報部記者で、有楽町にあった読売本社に通っていた。ある日、谷川から、武満徹といっしょに作っている新しい野心的な作品のことを聞かされ、近々に出来あがるから聴いてくれよ、といわれた。（中略）谷川から「出来あがった」と知らされて、私は「A・I」をその制作スタジオで聴くことができた。おぼろげな記憶では、スタジオは有楽町の、旧毎日新聞の近くのビルにあったと思う。私は谷川から連絡をもらって、じゃ今から行くよ、とそこへ歩いていった記憶があるからだ。（中略）『ヴォーカリズム・A・I』を聴きにいったとき、私は武満徹にはじめて会ったのだったが、たぶん挨拶しただけで、何も言葉は交わさなかったと思う、私も人見知りの照れ屋だが、相手もそうだった。私は谷川にむかって感想をしゃべっただけで帰ってきた。帰途《きと》、私の胸には、今聴いたばかりの「ア・イ、ア・イ、ア・イ」というさまざまなアイの叫びが、強い感動となってざわめきをたてていた。武満徹という、おでこの秀でた、鋭く痩せている作曲家の印象も、曲に劣らず強いものだった。

（「武満徹と私」『青き麦萌ゆ』）

■1957・昭和三二年――26歳

■一月

《【雑誌】「ユリイカ」二巻一号に詩「おはなし」掲載↓のち『大岡信詩集（今日の詩人双書7）』に収録。》

《【雑誌】「詩学」一二巻一号に詩「悪い夢」掲載。》

■二月

《【雑誌】「ユリイカ」二巻二号に往復書簡「歌人から詩人へ、詩人から歌人へ」（森岡貞香　大岡信）掲載。》

《【雑誌】「美術批評」六二号に討論「シュールレアリスム研究⑤シュールレアリスムとアンフォルメル」（針生一郎（司会）・東野芳明・飯島耕一・滝口（ママ）修造・大岡信・中原佑介・江原順）掲載。》

■三月

《【雑誌】「今日」七号に詩「さわる」掲載↓のち『大岡信詩集（今日の詩人双書7）』に収録。》

《【本】『山本太郎詩集（今日の詩人双書1）』書肆ユリイカ（1957-03-00）に解説として「山本太郎論」掲載↓のち「山本太郎」と改題して『現代詩人論』に収録。》

《【雑誌】「詩学」に「詩論批評」全一〇回（三月～一二月号）連載↓のち『芸術マイナス1』に収録。》

《【本】『こうしてつくられる（詩の教室1）』飯塚書店（1957-03-15）に「詩人の出発　素描」掲載。》

■四月

《二四日、相澤かね子（のち劇作家・筆名深瀬サキ）と結婚。》

相澤かね子とともに（石川周子撮影）

私は自分自身の性格の中にひそむ傲慢さや独善性、「没落士族」的ひねくれ根性や小心さといった欠点を十分に自覚していたが、その私の前に、一人の心のまっすぐな女性が現れた時、一つの転機が訪れた。彼女は私が持っていないものをたくさん持っていた。ただ、それを嗅ぎつけたのは私であって、彼女自身は自らの美質の多くにまったく気づいていないほどナイーブに見えた。彼女は私が育ってきた精神世界とは、ある意味で対角線上に位置するようなところからやってきたのだった。私は二人の結びつきを運命的なものと感じ、詩の中でも、

　苔の上では星が久しい眠りから覚め
　ぼくの夜がおまえのかすかに開かれた
　唇の上であけはじめる　　　　「神話は今日の中にしかない」

とうたったのだが、現実にはこの恋愛と結婚は、「家」との間に深い亀裂を生んだ。

（「心まっすぐな女性の出現」『ことのは草』）

《仲人は窪田空穂夫妻（新郎側）と椎名麟三夫妻（新婦側）。当初、大岡信は媒酌人を寺田透に依頼した。》

信君から最初かれのための媒酌人になつてもらへまいかと頼まれたのは僕だつたのだ。ところが僕は、自分がひとの手本になるやうな結婚生活経験者でなかつたのを知つてゐたので、その場で断つた。他のことでも僕にはさういふ風に思量のはたらくところがあり、この頃『大学』を読んでゐて、身を修めなければ家は斉はない、家が斉はないやうでは天下は治められないといふ倫理的連続式が、儒教嫌ひを標榜する自分のうちにも、これまで途切れたことのない長い根を張つてゐるのを確認して驚いたが、殊に結婚のやうな、智的作業でも実利的事業でもない人間的所業の先導、仲立ちは、顧みて疾ましいところの皆無のひとでなければ務められない筈のものと思つてゐる。大岡君は僕の言ふことを素直にきいてくれて、その結果大変年嵩の空穂先生の出現となつたのだ。

（寺田透「大岡博氏を偲ぶ」「菩提樹」大岡博追悼号）

寺田透（大岡信、相澤かね子結婚式にて）

椎名さん夫妻は、私たちの結婚の仲人なのである。人にそういうと、たいていの人がびっくりする。椎名さんと私との結びつきが呑みこめないらしい。実は椎名さん夫妻を知っていたのは私ではなく妻の方だった。女学校を出てまもないころ、椎名

さんの愛読者だった親しい年上の女性に連れられて、松原の椎名さん宅を訪問したのがきっかけだという。

（「椎名麟三追悼」『青き麦萌ゆ』）

■五月

《【雑誌】「ユリイカ」二巻五号に「立原道造論」掲載↓のち「立原道造論　さまよいと決意」と改題して『詩人の設計図』に収録。》

《【本】『外国の現代詩と詩人（詩の教室3）』飯塚書店（1957-05-31）に「めざめから自覚的めざめへ」ほか（編集部注：署名のない担当箇所あり）掲載。》

■六月

《【雑誌】「みづゑ」六二三号に「シュールレアリスム研究⑥オートマチスム」の報告Bとして「自働記述の位相」掲載↓のち「自働記述の諸相」として『詩人の設計図』に収録。また、同報告と東野芳明の報告（「みづゑ」六二二号に掲載）をめぐる討論（飯島耕一（司会）・東野芳明・清岡卓行・大岡信・江原順・針生一郎）掲載。》

《【雑誌】「今日」八号に詩「声」掲載↓のち『大岡信詩集（今日の詩人双書7）』に収録。》

《【雑誌】「教育」七巻六号に「子どもの詩大人の詩」掲載↓のち『芸術マイナス1』収録。》

第一次大戦直後のフランスで、若い詩人を中心に起こり、二十世紀前半の唯一の国際的規模をもった詩的運動にまで発展した超現実主義は、夢や潜在意識の世界をさぐり、その富を取り戻すことによって、細分化され社会機構の部分品化した現代人に、もう一度人間としての全体性をとり返そうとした運動だったが、こうした企ては子どもが日常自覚しないでやっていることを、意識してやることにほかならなかった。

（「子どもの詩大人の詩」『芸術マイナス1』）

《三鷹市上連雀一に転居。》

私たちが住んでいた、陋屋と言う以外にない小さな借家も、一九六六年初夏に私たちが同じ三鷹市内の西郊に引っ越した時、あっというまに地主によって清掃され、ガソリンスタンドの洗車場に変わってしまった。引っ越した翌日、その前を通った時の驚きは、今思い出しても笑いがこみあげるほどのものだった。ガソリンスタンドはすでに以前から存在していたが、その片隅に平べったくくっついている新しくできた黒土の猫額大の土地が、妻と男女二人の子供と一緒に私が十年ほど住んでいた土地なのだった。三、四日すると、そこはもうコンクリートが敷かれ、スタンド付属の洗車場に変わっていた。私はそのあまりの狭さにびっくりし、人間はこんなに狭いところにでも住んでいられるものだったのだ、と感じ入った。それでもそこは、新聞社の同僚である先輩記者の好意で借りた気持のいい一軒家だったのだ。それまでは、私は、妻と二人の生活を、国鉄中央線沿線で一間を借りて営んでいたのだった。三鷹のその家に移った時は、壁土がぼろぼろ崩れ落ちて空まで透けて見えるような個所さえあるのにいたく驚いたが、それでも一軒家は一軒家だった。周囲にまだ武蔵野のひなびた面影が残っているのが、とりわけ気持がよかった。この小さな家で暮らしている間に、子供が二人生まれた。

（「『虫の夢』について思い出すこと」『光のくだもの』）

■七月

《【雑誌】「䆟」三九号に「吉野弘論」を掲載↓のち『現代の詩人たち 上』、『大岡信著作集7』〈滴々集7〉に収録。》

《【雑誌】「詩学」一二巻九号臨時増刊「現代詩読本」に「言葉の問題」掲載↓のち『抒情の批判』に収録。》

■九月

《【本】『櫂詩劇作品集』的場書房（1957-09-01）に「声のパノラマ」掲載↓のち『大岡信著作集1』に収録。》

《【雑誌】「みづゑ」六二六号に「シュルレアリスム研究⑦オブジェについて」として江原順と針生一郎の報告をめぐる討論（中原佑介（司会）・江原順・飯島耕一・滝口（ママ）修造・東野芳明・清岡卓行・大岡信・針生一郎）掲載。》

■一〇月

《【雑誌】「みづゑ」六二七号に座談会「ミシェル・タピエ氏をかこんで」（針生一郎・東野芳明・中原佑介・大岡信）掲載。》

■一一月

《【雑誌】「現代詩」四巻一〇号に詩「怪物」掲載↓のち『大岡信詩集』（一九六八）「物語の人々」に収録。》

《【雑誌】「ユリイカ」二巻一一号に「人麻呂と家持」掲載↓のち『芸術と伝統』に収録。》

■一二月

《【雑誌】「みづゑ」六二九号に「シュルレアリスム研究⑧シュルレアリスムのエロチスム」として清岡卓行と中原佑介の報告をめぐる討論（江原順（司会）・針生一郎・東野芳明・大岡信・清岡卓行・中原佑介）掲載。》

■——この年

《【本】『現代作詩講座3』酒井書店（1957-00-00）に「戦後の詩　第一」掲載。》

■1958・昭和三三年――27歳

■一月

《【雑誌】「雲雀笛」（新風社・広島市）一三号の小欄「わが詩劇観」に「大きな関心を」掲載。》

《【雑誌】「季節」（二元社）八号に座談会「詩の音楽性について」（大岡信・山本太郎・三好豊一郎・壺井繁治・村野四郎（司会））掲載。》

■二月

《【雑誌】「文學界」一二巻二号に「詩人の設計図」掲載↓のち「詩人の設計図　現代詩はなにをめざすか」と改題して『詩人の設計図』に収録。》

■三月

《【展覧会】「ユリイカ詩画展」画廊ひろし（三日）に版画家・駒井哲郎との共作「物語の朝と夜」展示。書肆ユリイカ創立一〇周年を記念する展覧会で、伊達得夫は大岡の共作相手として気鋭の版画家・駒井を選んだ。》

■四月

《【雑誌】「ユリイカ」三巻四号特集「ユリイカ詩画展」（三月三日　東京新橋・画廊ひろし）に「物語の朝と夜」（大岡信・駒井哲郎）掲載。》

《【雑誌】「短歌研究」一五巻四号に「日本語をどうするか　現代短歌と現代の詩」掲載↓のち『大岡信著作集6』〈滴々集6〉に収録。》

■五月

《【雑誌】「季節」一〇号に「桑原武夫氏の詩観」掲載。》

《【雑誌】「現代詩」五巻五号に映画評「濁流」掲載。》

《【本】『詩人の設計図』書肆ユリイカ（1958-05-15）刊行。》

詩人論を中心に評論集をまとめてみないか、という伊達さんのすすめで出来たのがこの本である。（中略）「エリュアール論」は、ぼくの評論としてはほとんど処女作といってもいいほどのもので、読み返してみて非常なためらいをおぼえる部分が少なからずあるのだが、僅かな語句の修正を除いて、そのままのせることにした。今のぼくには、たとえばランボオの柔らかい心臓のおののきや哀傷の方が遙かに貴重なもののように思えるし、「エリュアール論」の中でランボオに言及した部分など、無惨なくらい軽薄な辞句の羅列としか思えないのだが、そうしたことはあらためて論じる以外に償いようのないものだろう。そうした意味では、多かれ少なかれどのエッセーも償いを要求している。ぼくはそのことを忘れるつもりはない。

（『詩人の設計図』あとがき）

■六月

《【雑誌】「現代詩」五巻六号に「東洋詩のパタン」掲載↓のち『抒情の批判』に収録。》

■七月

《【雑誌】「みづゑ」六三七号に「シュルレアリスム研究⑨神秘思想とユーモア」として村松剛と飯島耕一の報告をめぐる討論（飯島耕一・江原順・村松剛・清岡卓行・東野芳明・中原佑介・大岡信（司会））（「シュルレアリスム研究会の雑誌に発表する会合および討論会はこれでさいごだ」との宣言あり）、および「日本は美術館です」掲載。》

《【雑誌】「今日」九号に詩「転調するラヴソング」掲載↓のち「転調するラヴ・ソング」と改題して『大岡信詩集（今日の詩人双書7）』に収録。》

《【雑誌】「新日本文学」一三巻七号に詩「背中の生きもの」掲載↓のち『大岡信詩集（今日の詩人双書7）』に収録。》

■八月

《【雑誌】「みづゑ」六三八号に詩「みえる海」掲載。》

《【雑誌】「美術手帖」一四五号に「パリジェンヌたち」（「現代の証人としての画家」第七回展）掲載。》

《【雑誌】「詩学」一三巻九号に座談会「新しい詩の条件」（鮎川信夫・大石一男・大岡信・金子光晴・上林猷夫・清岡卓行・桜井勝美・嶋岡晨・関根弘・竹村晃太郎・谷川俊太郎・壺井繁治・堀川正美・村野四郎）掲載。》

《【雑誌】「ユリイカ」に「詩人と青春」と題して保田與重郎論を全五回連載（八月～一二月号）↓のち「保田与（ママ）重郎ノート――日本的美意識の構造試論」と改題して『抒情の批判』に収録。》

保田氏は古典を論じつつ、実は最も今日的な問題だけをそこに見ていたのだからであり、その今日的な問題とは、つづめて言えば、過渡期、乱世をどう生きるかということにほかならなかった。世界の規模から見れば後進国であり、アジアの規模からみれば唯一の先進国である日本、この独特な地位をもつ日本の、しかも明治の浪漫精神からは遙かに後退した、「小ぢんまりした家庭管理の国民道徳に骨の髄まで訓練されてゐた」昭和の青春を、どのようにして〈世界の規模〉にまで高め、解放するか——それが保田與重郎の自らに課した唯一の文学的課題だったと言ってよい。（中略）結局のところ、保田與重郎の文学はどのような軌跡を描いたのか。失敗に終った現代日本からの逃亡、そして失敗に終った〈日本〉への回帰。

（「保田與重郎ノート——日本的美意識の構造試論」）

「保田與重郎ノート」が決定的に重要なのは、何よりもまず、日本文学の富を掌握するパースペクティヴにおいて保田與重郎が画期的な存在であることを認めていることである。大岡は、保田の『日本の橋』をはじめとする初期の著作が、たとえば小林秀雄の『無常といふ事』をはるかに先取りしているのみならず、より肉感的であって、そこに圧倒的な新しさがあったことを指摘している。戦後十年になるやならずの段階、六〇年代安保闘争以前の段階でこのような視点を明瞭に示すことは、ほとんど驚異的なことに思える。むろん、そのうえで大岡は、国文学においてそれほどの見識を示した保田がなぜ国粋主義的な潮流に棹さしたのみならず、その潮流のチャンピオンのように目され、戦後にいたって唾棄されるようになったか、きわめて説得力ある筆致で論じているのである。

（三浦雅士「大岡信の時代」「大岡信ことば館便り」）

■九月

《【雑誌】「ポエトロア」九号に「岸田衿子小論」掲載↓のち『芸術マイナス1』に収録。》

《【新聞】「早稲田大学新聞」（1958-09-30）に「思想のない現代の詩　現代詩のアクチュアリティ」掲載↓のち『芸術マイナス1』に収録。》

《狩野川台風が沼津・三島を襲う。》

■一〇月

《長男・玲誕生。》

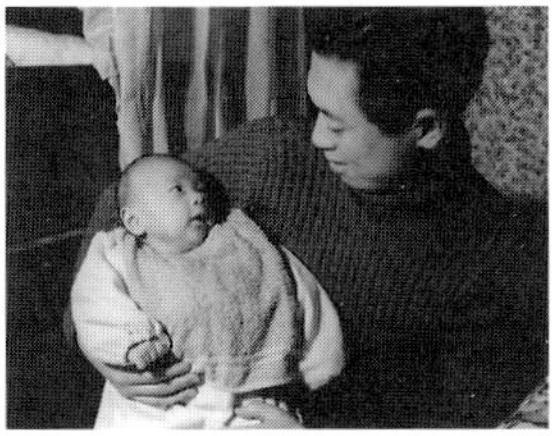

長男玲とともに

■一一月

《【雑誌】「批評」（現代社）創刊号に「提案・想像力の自律性をめぐって」掲載↓のち『芸術マイナス1』に収録。また、同提案をめぐっての討論「想像力について」（大岡信・佐伯彰一・野島秀勝・中薗英助・飯島耕一・矢代静一・村松剛（司会））掲載。》

■一二月

《【雑誌】「今日」一〇号に「鳥二篇」として詩「ひるがえる鳥」「さわぐ鳥」掲載↓のち「さわぐ鳥」は『大岡信詩集』（一九六八）「物語の人々」に収録。なお、「今日」は一〇号で終刊となる。》

《【雑誌】「美術手帖」一五一号に「一九五八海外美術界の動き」掲載。》

■——この年

《「現代詩」（一九五四年創刊）の新日本文学会からの独立、再出発に参加する。編集委員長・鮎川信夫、編集長・関根弘、編集委員・谷川俊太郎、大岡信、瀬木慎一、木島始、吉本隆明、事務局長長谷川龍生。》

■1959・昭和三四年——28歳

■一月

《【雑誌】「詩学」一四巻一号に詩「青年の新世紀」「少年時」掲載↓のち「青年の新世紀」は『大岡信詩集（今日の詩人双書7）』に、「少年時」は『大岡信詩集』（一九六八）「物語の人々」に収録。》

■二月

《【雑誌】「美術手帖」一五三号に「詩と版画（エリュアールとミロ）〈あらゆる試練に耐えて〉」の翻訳と解説を掲載。》

《【雑誌】「ユリイカ」四巻二号に書評「大岡昇平著『朝の歌——中原中也伝』」掲載↓のち『現代詩人論』に収録。》

《【雑誌】「現代批評」一巻二号に詩「調理室」掲載↓のち『大岡信詩集（今日の詩人双書7）』に収録。》

《【本】『三好達治・草野心平（近代文学鑑賞講座20）』角川書店（1959-02-25）に「三好達治論」掲載↓のち『抒情の批判』に収録。》

■三月

《【雑誌】「俳句評論」七号に「詩の心理学素描」を掲載↓のち『芸術マイナス1』に収録。》

《【雑誌】「映画評論」一六巻三号に「アンドレ・マルローの映画論」掲載→のち『芸術マイナス1』に収録。》

■四月

《【本】『中原中也研究』書肆ユリイカ（1959-04-00）に「宿命的なうた」掲載→のち『中原中也研究　近代作家研究叢書127』有精堂（一九九三）に収録。》

《【雑誌】「批評」三号に書評「吉岡実詩集『僧侶』」掲載→のち『芸術マイナス1』に収録。また同号に座談会（飯島耕一・大岡信・大久保典夫・菅野昭正・清水徹）掲載。》

■五月

《【雑誌】「みづゑ」六四八号に書評「ジョルジュ・ユニエ著『ダダの冒険』江原順訳」掲載。》

《【雑誌】「ユリイカ」四巻五号に「シュルレアリスムの防衛」掲載→のち『芸術マイナス1』に収録。》

《【雑誌】「現代詩」六巻五号に詩「議論」掲載→のち『大岡信詩集（今日の詩人双書7）』に収録。》

《【本】『現代文学講座5』飯塚書店（1959-05-15）に「自働記述の諸相」、補遺「シュルレアリスムの防衛――解説「処女懐胎」」掲載。》

《【本】シモーヌ・ボーヴォワール著『長い歩み　中国の発見上・下』内山敏との共訳で紀伊國屋書店（1959-05-01）／下巻（1959-06-30）より刊行。→のちの合本『中国の発見　長い歩み』として再版（一九六六）。》

《【雑誌】「文学」二七巻五号に書評「三枝康高著『日本浪曼派の運動』」掲載。》

《【本】マルセル・ブリヨン著『抽象芸術』瀧口修造・東野芳明との共訳で紀伊國屋書店（1959-05-30）より刊行。→のちの新装版『抽象芸術』（一九六八）、復刻版『抽象芸術』（一九九九）》

■六月

《【雑誌】「現代詩」六巻六号に「わたしのアンソロジー」掲載→のち「わたしのアンソロジー――日本の古典詩」と改題して『抒情の批判』に収録、のち「たれか謂ふわが詩を詩と――良寛」と改題して『わが愛する詩　私のアンソロジー』に収録。》

《【雑誌】「短歌研究」一六巻六号に座談会「日本の詩に賭けるもの」（塚本邦雄・大岡信・高柳重信・寺山修司（司会））掲載、一九五六年三月号から「短歌研究」誌上で続いた前衛短歌論争の総括。》

■七月

《【雑誌】「新日本文学」一四巻七号に詩「冬の太陽」掲載→の

ち『大岡信詩集（今日の詩人双書7）』に収録。》
《【雑誌】「批評」四号に詩「裏のない世界」掲載→のち『大岡信著作集1』に収録。のち「詩「心中で生き残った青年と帰らないたびに出た娘について三面記事が語らなかったいくつかのうた」に改作」、と「鰐」九号（一九六〇年一〇月）掲載時に註あり。》
《二五日、伊達得夫宅で「鰐の会」初会合。以後九月二六日、一〇月三一日、一二月一日、一二月二一日に開催。》

■八月
《吉岡実、飯島耕一、岩田宏、清岡卓行らと同人詩誌「鰐」を創刊。》

この時期（＊注・一九六〇年ごろ）には僕は「今日」というグループにも参加しておりましたが、その中でまたひとつ小さなグループ「鰐」を作りました。吉岡実、清岡卓行、飯島耕一、岩田宏と僕の五人で、書肆ユリイカ発行で雑誌「鰐」を十号出したわけです。「鰐」ができたために「今日」が自然解消したような感じになっているかもしれません。「鰐」に載った詩が、詩集でいうと『わが詩と真実』に主として入っていることになります。シュルレアリスム研究会、「鰐」の時期は、僕なりに一所懸命詩を変えることも考えたし、少くとも言葉の質感とか詩の作り方、構成の仕方を何とか変えてみようとした時期です。かなり危なっかしい詩があるんじゃないかと思います。」

（「異物を抱え込んだ詩」『大岡信著作集1』）

一九五九年四月・「紀伊国屋」喫茶部に五人が集合し「蘭苑」二階で長時間談合、題名「鰐」を決定、（他の候補名に「楽隊」「火喰鳥」「河馬」「獅子座」などがあった）、深夜、伊達得夫宅を急襲、出版を快諾してもらった。

（飯島耕一「編集後記」「鰐」6号）

《【雑誌】「鰐」創刊号に詩「夢の書取り」、エッセイのコーナー「開かれた窓」に「伝統」掲載。》

雑誌「鰐」

《【雑誌】「みづゑ」六五二号に書評「〈菅井汲の挿絵本〉ランベールの詩集『はてしない探索』」掲載。》

《【雑誌】「音楽芸術」一七巻九号に「アメリカの沈黙」掲載↓のち『芸術マイナス1』収録。》

《【雑誌】「ユリイカ」四巻八号にプレヴェールの詩「フランス国パリ市における仮面晩餐会の描写の試み」の翻訳掲載。↓のち「ジャック・プレヴェール抄　フランス国パリ市における仮面晩餐会の描写の試み」と改題して『大岡信著作集3』に収録。》

《【雑誌】「近代文学」一四巻八号に詩「死に関する詩的デッサンの試み」掲載↓のち『大岡信詩集　(今日の詩人双書7)』に収録。》

《【雑誌】「詩学」一四巻一〇号に「昭和十年代の抒情詩――「四季」「コギト」その他」掲載↓のち『抒情の批判』に収録。》

《【雑誌】「國華」八〇九号に書評「吉沢忠著『渡辺華山』」掲載↓のち『芸術と伝統』に収録。》

■九月

《【雑誌】「現代詩」六巻九号に「飯島耕一と岩田宏」掲載↓のち『芸術マイナス1』、『現代詩人論』に収録。》

《【雑誌】「ユリイカ」四巻九号に座談会「「ある午後の雑談」……映画「セーヌの詩」(プレヴェール詩　サドール原案　イヴェンス監督)をめぐって」(大岡信・飯島耕一・岩田宏・嵯峨信之・鮎川信夫・三井ふたばこ・清岡卓行・山崎剛太郎)掲載。》

《【雑誌】「ユリイカ」四巻九号に書評「岩田宏詩集『いやな唄』」掲載。》

《【雑誌】「現代詩」六巻九号に「俳句や歌のこと」掲載↓のち「俳句や歌のこと二」と改題して『言葉の出現』に収録。》

《【雑誌】「鰐」二号に詩「お前の沼を」掲載↓のち『わが詩と真実』に収録。》

《【雑誌】「短歌研究」一六巻九号に詩「いくつもの顔」掲載↓

のち『大岡信詩集』（一九六八）に収録。》

■一〇月

《【雑誌】「近代文学」一四巻一〇号に「エヴリマン氏」掲載↓のち『芸術マイナス1』に収録。》

《【雑誌】「鰐」三号にテネシー・ウィリアムズの詩「身の上ばなし」の翻訳掲載↓のち『大岡信著作集3』に収録。》

■一一月

《【本】『世界名詩集大成5　フランスⅣ』平凡社（1959-11-10）にポール・エリュアール他の翻訳を掲載↓のち『大岡信著作集3』に収録。》

《【展覧会】「フォートリエ展」カタログに、アンドレ・マルローの「「人質（オタージュ）」について」、ジャン・ポーランの「フォートリエの偉大さ」、フォートリエについてのエリュアールの詩、フォートリエ自身によるエッセー「現実（レアリテ）について」の翻訳を掲載。現代美術を中心に仕事をはじめていた南画廊社主、志水楠男の依頼による。以後、南画廊を中心に現代美術家と親交をむすぶ。》

「フォートリエ展」カタログ

私はこの展覧会の豪勢な（当時では）カタログ造りに協力を頼まれ、初めて彼（編集部注：志水楠男）と会った。これが縁となってごく親しい間柄となり、その死に至るまで常に変らぬ友達であった。

（「後日の註」『捧げるうた50篇』）

《【雑誌】「ユリイカ」四巻十一号に東野芳明との対談「世界は大きな疑問符だ　新しいヨーロッパ芸術の動向」掲載。》

《【雑誌】「俳句研究」一六巻一一号に「現代俳句遠望」掲載↓のち『抒情の批判』に収録。》

《【雑誌】「鰐」四号にジャン・ポーランのエッセイ「フォートリエの偉大さ」の翻訳を掲載。》

■一二月

《【雑誌】「囲繞地」一〇号に「私信に代えての感想」掲載。三

沢浩二詩集『存在のかすかな声』の書評として。》
《【本】『トルストイ3（世界文学大系39）』筑摩書房　月報に「アウステルリッツの空」掲載↓のち『本が書架を歩みでるとき』に収録。》

■――この年
《【本】ミッシェル・スーフォール著『モンドリアン（紀伊國屋アート・ギャラリー15）』の翻訳を紀伊國屋書店（1959-00-00）より刊行。》

■1960・昭和三五年――29歳

■一月
《一五日、伊達得夫宅で「鰐の会」。以後二月一五日、三月二〇日に開催。》
《【雑誌】「ユリイカ」五巻一号に「捧げる詩篇」掲載↓のち『大岡信詩集（今日の詩人双書7）』に収録。》
《【雑誌】「美術手帖」一六七号に「青年美術家による前衛的冒険への期待　第一回パリ・ビエンナーレ展の成果」ピエール・レスタニ　大岡信訳掲載。》
《【雑誌】「鰐」五号に詩「冬」掲載↓のち『わが詩と真実』に収録。》

■二月
《【雑誌】「みづゑ」六五八号に「フォートリエ　あるいは表面をつくる深さ」掲載↓のち『芸術マイナス1』に収録。》
《【雑誌】「ユリイカ」五巻二号にウジェーヌ・イオネスコ著「言語の悲劇」の翻訳掲載。》
《【雑誌】「鰐」六号に「疑問符を存在させる試み」掲載↓のち『芸術マイナス1』に収録。》

知覚とその表現とのあいだに横たわるまやかし、迷い、意図とその具体化とのずれといったもの（中略）観念連合の世界のさらに下方で流動している意識、この純粋な主観性は、補捉されたとき同時に不動の死骸と化していた。（中略）運動をとらえ、表現しようとすれば、ぼくらは必ずこの矛盾にまきこまれざるを得ない。なぜなら、運動とは、定義すれば、ここにあってここにないものにほかならないからだ。しかるに表現は、ここにないものをもここにあらしめてしまう。それは表現の名誉であると言い切ってしまえば済むものなのか。少なくともひとはこれまで、フィクションという甚だ語義曖昧な概念を援用して、表現の名誉を救うことに専念してきた。だが、深淵は、常に表現の裏側につきまとっているのである。ぼくらはそれを逃れるすべがない。(「疑問符を存在させる試み」『芸術マイナス1』)

一九五八、九年から六〇年の頃は、ですから僕の中で、詩と美術が次第に接近してきて、まざり合ってしまった時期と言えるのか。美術について書くのは、初めのうちはかなりまごついたと思いますけども、それよりも魅力のほうが強かったんですね。(「詩を確かめるために」『大岡信著作集4』)

■三月

《【雑誌】「ユリイカ」五巻三号に「戦後詩人論」第一回掲載↓のち『大岡信著作集3』に収録。》

《【放送】九日、NHKラジオにて放送詩集「宇宙船ユニヴェール号」放送。》

《【雑誌】「近代文学」一五巻三号に「芸術マイナス1」掲載↓のち『芸術マイナス1』に収録。》

《【雑誌】「鰐」七号に詩「大佐とわたし」掲載↓のち『わが詩と真実』に収録。》

《【本】『現代詩全集6』書肆ユリイカ(1960-03-20)に既刊詩集より詩掲載。》

■四月

《【雑誌】「みづゑ」六六〇号に「ビュッフェのアフォリズム」掲載。》

《【新聞】「日本読書新聞」(1960-04-25)に書評「中原中也全集 全集で読むべき詩人」掲載↓のち『大岡信著作集5』〈滴々集5〉に収録。》

《出光興産の出光佐三の招待を受け、伊達得夫、安部公房、富永惣一、瀧口修造、飯島耕一、東野芳明、江原順、礒永秀雄らと、一九五七年に完成した徳山の新工場及び出光佐三の出身地である九州、宗像大社などを訪ねる。》

■五月

《【雑誌】「ユリイカ」五巻五号に「戦後詩人論」第二回掲載↓のち『大岡信著作集3』に収録。》

《【雑誌】「鰐」八号に詩「悪い習慣」掲載↓のち『わが詩と真実』に収録。》

■六月

《【雑誌】「みづゑ」六六二号にデュビュッフェ著「ひげの花」の翻訳掲載。》

《【雑誌】「美術手帖」一七四号に「MaxErnst 幻視の芸術家」掲載。》

《モダン・ジャズ、現代音楽の活動の場として発足した草月アート・センターの活動を通して、武満徹、一柳慧ら同世代の音

楽家と知り合い、親しむ。》

赤坂に草月会館ができ、あそこのホールで多くの若い音楽家や映像作家や舞台人の最も新しい仕事が定期的に発表されるようになって、私は武満徹をはじめ何人もの同世代の音楽家たちを親しく知るようになった。今私の手もとには「SAC」という約十七センチ平方の大きさの、ほぼ正方形の小冊子が三十冊ほどある。第一号は一九六〇年三月、草月アート・センターから出ていて、その末尾ページに「SACの会」の規約が出ている。この会は草月アート・センターによる各種の催しを毎月鑑賞し支持するための会員組織であることがのべられ、定例の催しとして、一、草月ミュージック・イン（モダンジャズ）毎月下旬、二、草月コンテンポラリイ・シリーズ（現代音楽、実験劇場）毎月下旬、三、草月シネマテーク（映画鑑賞）五月発足予定、という三本だての方針が明らかにされている。そして、その月の草月コンテンポラリイ・シリーズ第一回が林光《はやしひかる》、翌四月の第二回が武満徹、という具合に「作曲家集団」参加の人々の作品を毎月一人ずつ特集形式でとりあげ、演奏会を開いた。私のような出不精な人間でさえ、月に二回平均はこのホールに出かけたほどだから、この安保の年にはじまって数年間続いた草月ホールの時代は、振り返ってみればずいぶん濃密な、試みと発表の一時代だったといえるのである。

（「武満徹と私」『青き麦萌ゆ』）

《【雑誌】「SAC」（草月アート・センターの機関誌）四号に「ケルアックのジャズ・ポエム」を掲載。以後、六六年の同誌終刊まで、演劇映画批評を中心に断続的に寄稿。同誌の常連執筆者にはほかに東野芳明、秋山邦晴、飯島耕一、植草甚一らがおり、武満徹の「吃音《どもり》の宣言《マニフェスト》」も同誌に連載。》

■七月

《一六日、伊達得夫、飯島耕一ら「鰐」の同人四人、平林敏彦とともに渡辺藤一（美術家）の案内で日光一泊旅行。伊達の不調を気にする。》

伊達得夫（日光にて　大岡信写す）

《【雑誌】「ＳＡＣ」五号に「レネと作家との関係」掲載↓のち「スクリーンからもらった言葉　レネと作家との関係」と改題して『大岡信著作集10』に収録。》

《【雑誌】「みづゑ」六六三号にジョゼ・ピエール著「シュルレアリスムと現代美術」の翻訳掲載。》

《【雑誌】「ユリイカ」五巻七号にジュール・シュペルヴィエル著「詩法について考えながら」の翻訳掲載↓のち『現代フランス詩論大系（世界詩論大系1）』に収録。》

■八月

《【本】『エルンスト（現代美術　第五巻）』みすず書房に「もうひとりの輝やかしい使者」ヘンリイ・ミラー　大岡信訳、「マックス・エルンスト」ニコラス・カラス　大岡信訳掲載。同巻の月報に「マックス・エルンストの詩」掲載↓のち「見える詩　エリュアール、ミショー、エルンストなど」（後半）として『眼・ことば・ヨーロッパ』に収録。》

《【雑誌】「ユリイカ」五巻八号に「戦後詩人論」第三回　として「行方不明の詩人（前田耕のこと）」掲載↓のち『文明のなかの詩と芸術』『現代詩人論』に収録。》

《【雑誌】「文学」二八巻八号に「都市の崩壊と愛の可能性　戦後詩のある状態」掲載↓のち『芸術と伝統』に収録。》

《【展覧会】「駒井哲郎展」日本橋白木屋（三〇日〜九月四日）カタログに「駒井哲郎と銅版画——黒と白が生む深さ」（駒井哲郎の世界）掲載↓のち『現世に謳う夢』『青き麦萌ゆ』『大岡信著作集12』に収録。》

　駒井哲郎は、眼を大きくひらいたままで夢の世界に入ろうとする。眼を開いたまま見る夢とは、必ずや外的視覚と内的思考との精妙でエロティックな合体であろう。それはすでに、画家の思考内容そのものにほかならない。駒井氏が銅版画家として独自の道を歩みつづけてきた理由は、おそらくこうした点にある。ぼくらは銅板のなめらかな面に彫り刻まれた形態のむこう側に、画家の思考の量塊を感じとる。それがぼくらに伝えてくるのは、今日の絵画がほとんど意識的に切り捨てようとしているあの深さの感覚である。

（「駒井哲郎の世界」）

■九月

《【雑誌】「ユリイカ」五巻九号に絵画論「力へのアメリカ的な夢」掲載→のち『大岡信著作集10』〈滴々集10〉に収録。》

《【雑誌】「近代文学」一五巻九号に「小説についての空談」掲載→のち『文明のなかの詩と芸術』に収録。》

《【本】『芸術マイナス1　戦後芸術論』弘文堂（1960-09-05）刊行。→のちの新版『芸術マイナス1　戦後芸術論』一九七〇》

ぼくは、今、見通しの少しもきかない地点にたっている。それがぼくの、詩を書き、エッセーを書く立場にほかならない。しかし著者としてみれば、どんなささやかな文章の中でも言うべきことは言っていたと考えたいものだ。同時代の芸術についてのこれらの試論の中に、何らかのポジティヴな像が見てとられ得るならば、著者にとっては大きな喜びである。

（「あとがき」『芸術マイナス1』）

■一〇月

《一四日、日本大学にて講演。》

日本大学の講演
（後列右から２人目が大岡信）

《【雑誌】「ユリイカ」五巻一〇号に「駒井哲郎の世界」掲載→のち『大岡信著作集3』に収録。》

《【雑誌】「現代詩」七巻一〇号に「本の紹介から始まる」掲載→のち「JAZZ」と改題して『文明のなかの詩と芸術』に収録。》

《【雑誌】「朝日ジャーナル」二巻四四号に書評「ハーバード・リード著『現代絵画小史』（洋書）」掲載。》

《【雑誌】「鰐」九号に詩「心中で生き残つた青年と帰らない旅に出た娘について三面記事が語らなかつたいくつかのうた――恋人たちに」掲載→のち『わが詩と真実』に収録。作中に著者注あり：この作品は「裏のない世界」（編集部注：「批評」（一九

五九年七月）に掲載）の改作である。》

《【雑誌】「美術手帖」一七九号に「メキシコ的黙示録幻想」掲載。》

《【本】『現代絵画への招待』南北社（1960-10-01）に絵画の周辺「芸術マイナス1」掲載。》

《【本】『近代絵画事典』紀伊國屋書店（1960-10-31）刊行。フランス・アザン社版　ロベール・マイヤール編　瀧口修造監修。大岡は翻訳者の一人として参加。》

■一一月

《【放送】三日、遠藤利男プロデュースにより一月からはじまったNHK放送詩集で、清岡卓行、茨木のり子、岩田宏の諸作につづいて、初めての放送詩劇「宇宙船ユニヴェール号」（作：大岡信、演出：遠藤利男、出演：岸田今日子ほか）が放送される。》

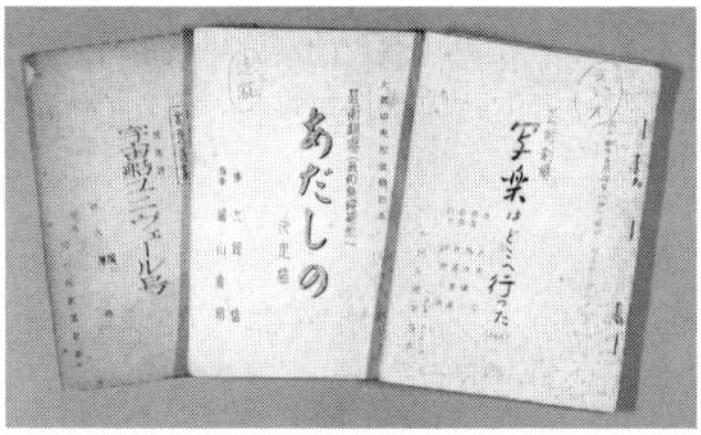

台本（「宇宙船ユニヴェール号」「あだしの」「写楽はどこへ行った」）

それまでは高村光太郎や島崎藤村などの詩を放送していた「放送詩集」という番組が、遠藤利男さんという担当者を得て方針大転換をやってのけた。遠藤さんが僕のところへもみえたんですが、僕は台詞というものを書けなくて、苦しまぎれに書いたのが、「宇宙船ユニヴェール号」という作品なんです。この中には他の作品として発表している詩の断片も使っていて、苦労して結局いろんな声をコラージュする方法をとったわけです。結局詩の延長として書かざるを得なかったんですね。

（「異物を抱え込んだ詩」『大岡信著作集1』）

《【雑誌】「文學界」一四巻一一号に詩「家族」掲載→のち『わが詩と真実』に収録。》
《【本】『ペタルの魂』木島始詩集　飯塚書店（1960-11-25）に解説掲載。》

■一二月
《【雑誌】「ユリイカ」五巻一二号に「戦争前夜のモダニズム　新領土を中心に」掲載→のち『芸術と伝統』『超現実と抒情』に収録。》

この詩（編集部注：「方舟」）は、ベトナム戦争という背景がありますが、これにもやはり恋愛詩の要素があります。それはこの詩の最後の一行「愛するものよ　おまえの手さえ失いがちに」というところです。表には出てこないけど後ろを支えているものとして、自分たちが愛しているいろいろなものがすべて失われてしまうような、そういう状況が現在起きている、という認識があります。
（「大岡信フォーラム」会報一四号）

《【本】『大岡信詩集（今日の詩人双書7）』書肆ユリイカ（1960-12-20）刊行。解説として寺田透「大岡信につき」掲載。》

■——この年
《画家サム・フランシスを知り、親しむ。》
《南画廊での個展「燐と花と」で加納光於を知る。》

加納光於展にて（加納光於、大岡信、瀧口修造）

■1961・昭和三六年——30歳

■一月
《【雑誌】「教育」一一巻一号に「教室の詩について」掲載。》
《一六日、書肆ユリイカの伊達得夫急逝。享年四十歳。「ユリイカ」は二月号で終刊となる。》

詩のみならず演劇、音楽、美術、写真その他の分野の若い芸術家たちに協力を求めようとしているやさきに、死が彼をとつぜん襲ったのだった。

（「素描　現代の詩」『文明のなかの詩と芸術』）

他の多くの先輩、友人にとって同様、ぼくにとっても彼の死は言葉に尽せない悲しみであり衝撃であった。彼は詩集や詩誌という、この国ではおよそ出版業の間尺に合わないものを、詩へのはにかみに満ちた愛と造本への自信ある熱意によって出版しつづけた。彼はこちらが書きたいと思うものを書かせ、言葉少なにほめることがうまかった。雑誌「ユリイカ」に連載した「保田與重郎ノート」なども、彼のそうしたはげましがなければ、あるいは書かれなかったかもしれない。

（あとがき『抒情の批判』）

会話の柴が燃えつきて
ぼくらがひっそり夜の中で黙ったとき
ひとりの男が荘厳な死体となって
眼の前のさわれない河を
くだっていった
さわれないぼくらの親友
さようなら
君は遠ざかるにつれて
細長い猫背をとりもどし
燃えている空の一角を横切ってしまった
もうぼくらとは逢えない湖水を
君はひとりで泳いで渡り
形而上学も恋愛もない
不在によって存在する
あの不思議な領土へ入ってしまった

（詩「会話の柴が燃えつきて　伊達得夫に」より）

《【本】『今日の世界絵画　未来の象徴と記号の探検（世界名画全集25）』平凡社（1961-01-00）に「戦後ヨーロッパの抽象絵画」掲載。》

■二月

《【雑誌】「教育」一一巻二号に「直接交渉の成否にかかるドゴール計画」掲載。》
《【本】『世界名画全集14』平凡社（1961-02-25）にキリコ画「イタリアの広場」口絵解説、「未来派と形而上派絵画」、「詩人と画家」掲載→のち一部は「見える詩」（前半）として『眼・ことば・ヨーロッパ』に収録。》
《【雑誌】「中央公論」七六巻二号に「単独航海者の歌」掲載↓

のち『芸術と伝統』に収録。》

当時「中央公論」の若い編集者で、今は「海」の編集長の塙嘉彦さんが、アメリカの現代美術を中心にして何か書いてみませんか、ということだったんです。「中央公論」という雑誌にそういうものが載るなんてことはかなり異例なことだったんですけれど、東野芳明や僕にそういう依頼があった。それで書いたのが「単独航海者の歌」で、これは詩と現代美術の問題とを一緒にして、現代美術の行方を考えようとしたものだったと思います。アメリカの現代美術と、例えば司馬江漢や杉田玄白などが考えたことを並列させ、その中に現代日本の芸術にとっての問題をも置いて考えるというやり方をしていまして、僕が評論を書く時のある型みたいなものが出ているように思います。自分が今いる場所をどういう点に見定めるかということ、自分の中では詩も美術も音楽も何もかも一緒くたになっているはずで、それをどう捉え、そこからどうクリエイティヴな要素をひき出すことができるか、ということを考えようとしたわけです。

（「日本的美意識の構造を探る」『大岡信著作集5』）

■三月

《【雑誌】「詩学」一六巻三号　詩劇特集に「宇宙船ユニヴェール号」掲載。》

《【本】『朝の河』天沢退二郎詩集　国文社（1961-03-28）に「跋」掲載→のち「天沢退二郎『朝の河』を読む人のために」と改題して『現代の詩人たち　下』に収録。》

■四月

《【本】『抒情の批判——日本的美意識の構造試論』晶文社（1961-04-20）刊行。「保田與重郎ノート」「三好達治論」「菱山修三論」を含む評論集。三島由紀夫に絶賛される。》

保田與重郎氏といふ存在は一つの無気味な神話であり、美と死と背理の専門家の劇的半生であり、戦後の永い沈黙がまたそれ自体一つの神話である以上、はじめ昭和七年ごろの知識人のデカダンスから説き起こされたこのエッセイはスピーディーな精神史的展望と共に、おもしろい小説的興味をも喚起する。一つの時代とともに生き滅びること、自分の人生と思想をドラマにしてしまうことが、いかに恐ろしく、戦慄的で、また魅惑的であるかを、このエッセイほど見事に語つた文章はまれである。

（三島由紀夫『抒情の批判』書評）

《【雑誌】「SAC　JOURNAL」一四号に「芝居ふたつ——「地獄のオルフェウス」と「ベケット」」掲載→のち「舞台を歩む夢と現実　芝居ふたつ「地獄のオルフェウス」と「ベケット」」

と改題して『大岡信著作集10』に収録。》
《【雑誌】「三田文学」五一巻四号に詩「会話の柴が燃えつきて」掲載↓のち『大岡信詩集』(一九六八)に収録。》

■五月
《【展覧会】「BLUEBALLS展」(五月)日本橋南画廊カタログに詩「サムのブルー」掲載↓のち『眼・ことば・ヨーロッパ』収録。》

サム
きみの絵の青い胎児らは
つるつるの無を包んで輝いている
存在しない岸のまわりで
風が吹きすさんでいるときも

(詩「サムのブルー」より)

《【雑誌】「SAC　JOURNAL」一五号に「日曜日には埋葬しない」掲載↓のち「スクリーンからもらった言葉」として『大岡信著作集10』に収録)。》
《【雑誌】「國文学　解釈と鑑賞」二六巻六号に「夢の花橘」掲載。》

■六月
《【雑誌】「短歌研究」一八巻六号に書評「岡井隆著『土地よ痛みを負え』」掲載↓のち『言葉の出現』に収録。》
《【雑誌】「文学」二九巻六号に「道元について」掲載↓のち「華開世界起　道元の世界」と改題して『芸術と伝統』に収録。》
《【雑誌】「SAC　JOURNAL」一六号に「荒馬と女」掲載↓のち「スクリーンからもらった言葉」として『大岡信著作集10』に収録。》
《【雑誌】「秋」六月・七月号合併号に「三好達治の遠景」を掲載↓のち『言葉の出現』『大岡信著作集6』に収録。『しのび草』には部分収録。「秋」は石原八束と松澤昭の共同主宰による俳誌。》

■七月
《【雑誌】「俳句」一〇巻七号に「現代俳句についての私論」を掲載↓のち『言葉の出現』に収録。》
《【雑誌】「SAC　JOURNAL」一七号に「ふたりの女」掲載↓のち「スクリーンからもらった言葉」として『大岡信著作集10』に収録。》

■八月

《【雑誌】「音楽芸術」一九巻八号に座談会「若き芸術家の主張　現代詩と音楽」（飯島耕一・大岡信・関根弘・武満徹・林光・吉田秀和（司会））掲載。》
《【雑誌】「新潮」五八巻八号に「詩人であること」掲載↓のち「こちらは詩人の……」と改題して『青き麦萌ゆ』に収録。》
《【新聞】「日本読書新聞」（1961-08-00）に「寺田透・理智と情念（上）　異常な豊かさ」掲載↓のち『本が書架を歩みでるとき』に収録。》
《【雑誌】「國文學　解釈と鑑賞」二六巻一〇号に「若い世代と芭蕉」掲載。》

■九月
《【雑誌】「SAC　JOURNAL」一八号に「雨のしのび逢い（モデラート・カンタービレ）」掲載↓のち「スクリーンからもらった言葉」として『大岡信著作集10』に収録。》
《【雑誌】「SAC　JOURNAL」一八号に「イオネスコ作『椅子』」掲載↓のち「舞台を歩む夢と現実」として『大岡信著作集10』に収録。》

■一〇月
《【講演】一〇日、日本大学にて講演。》
《【雑誌】「文學界」一五巻一〇号に「曖昧さの美学　戦後詩試論」掲載↓のち『芸術と伝統』に収録。》
《【雑誌】「SAC　JOURNAL」一九号に「夜と霧」掲載↓のち「スクリーンからもらった言葉」として『大岡信著作集10』に収録。》

■一一月
《【雑誌】「みづゑ」六八〇号に詩「ピカソのミノタウロス」掲載↓のち『眼・ことば・ヨーロッパ』に収録。》
《【雑誌】「國文學　解釈と鑑賞」二六巻一四号に「金子光晴」掲載↓のち「金子光晴論」として『芸術と伝統』『しのび草』に収録。》
《【雑誌】「美術手帖」一九六号に瀧口修造との対談「既成の美学をこばむ『生の芸術』作家研究デュビュッフェの芸術」掲載↓のち「デュビュッフェ　既成の美学をこばむ「生の芸術」として『生の昂揚としての美術』に収録。》
《【放送】二九日、NHKラジオ放送詩集にて、詩劇「新世界」（作：大岡信、演出：遠藤利男、出演：岸田今日子・井上昭文・米倉斉加年・黒柳徹子ほか）放送。》
《【雑誌】「SAC　JOURNAL」二〇号に「ブレヒト作『シモーヌ・マーシャルの幻覚』」掲載↓のち「舞台を歩む夢と現実」として『大岡信著作集10』に収録。》

■一二月

《【雑誌】「みすず」三巻一二号にジャンヌ・モディリアニ著「モディリアニ」の翻訳掲載。》

《【雑誌】「みづゑ」六八一号に「パウル・クレーと死――晩年の作品」掲載→のち「眼の歩み　クレーの世界」（後半部）として『眼・ことば・ヨーロッパ』に収録。》

《【雑誌】「文学」二九巻一二号に「戦争下の青年詩人たち――モダニズムの黒い歌」掲載→のち「戦争下の青年詩人たち」として『芸術と伝統』に収録。》

《【雑誌】「無限　詩と詩論」九号に「日本古典詩人論のための序章」掲載→のち『芸術と伝統』に収録。》

■1962・昭和三七年――――31歳

■一月

《【雑誌】「教育」一二巻一号に「新段階に入るベルリン問題」掲載。》

■二月

《【放送】NHKラジオにて放送詩劇「運河」放送。》

《【雑誌】「詩学」一七巻二号に「サムの青」掲載。》

《【雑誌】「SAC　JOURNAL」二二号に座談会「芸術運動の展望（1）　芸術の偶然性をめぐって」（飯島耕一・東野芳明・大岡信・中原佑介・一柳慧・武満徹）掲載。》

■三月

《【雑誌】「詩学」一七巻三号に「西脇順三郎論」掲載→のち『芸術と伝統』に収録。》

《【新聞】「東京大学新聞」（1962-03-07）に「東大詩人の画一性　現代文学の沈滞を示す」掲載→のち「東京大学学生の詩一九六二」と改題して『現代の詩人たち　下』に収録。》

《【雑誌】「美術手帖」二〇一号に「今月の顔　工藤哲己」掲載。》

《【雑誌】「SAC　JOURNAL」二三号に座談会「芸術運動の展望（2）」（飯島耕一・東野芳明・大岡信・中原佑介・一柳慧・武満徹）掲載。》

■四月

《【雑誌】「現代詩」九巻四号に「終末の予感と詩」掲載→のち「終末の思想と詩」として『文明のなかの詩と芸術』に収録。》

《【雑誌】「國文學　解釈と鑑賞」二七巻五号に「戦後の短歌型文学――短歌・俳句を中心に」掲載。》

《【本】『近代文学鑑賞講座　第23巻　近代詩』角川書店（1962

-04-05）に「近代詩の抒情」掲載。》

■五月

《【雑誌】「SAC　JOURNAL」二四号に「オルフェの遺言」掲載↓のち「スクリーンからもらった言葉」として『大岡信著作集10』に収録。》

《【雑誌】「秋」二巻四号に三好達治俳句鑑賞「水に入るごとくに」掲載↓のち『大岡信著作集7』〈滴々集7〉に収録。》

《【雑誌】「文藝」一巻三号に詩「わが詩と真実」掲載↓のち『わが詩と真実』に収録。》

《【雑誌】「本の手帖」二巻四号に書評「エルンスト・エリュアール共著『視覚の内面・八つの見える詩』」掲載↓のち『本が書架を歩みでるとき』に収録。》

■六月

《【雑誌】「本の手帖」二巻五号に「朔太郎の反語の意味するもの」掲載↓のち『芸術と伝統』に収録。》

《【雑誌】「俳句評論」二三号に書評「富沢赤黄男『黙示』」、追悼文掲載。追悼文は、のち「富沢赤黄男――その『俳句』と『近代』一」として『言葉の出現』に収録)。》

《【雑誌】「現代の眼」三巻六号に「メード・イン・ジャパン」掲載↓のち『青き麦萌ゆ』に収録。》

《【本】『ピカソのピカソ』ディヴィッド・ダグラス・ダンカン著　大岡信訳　美術出版社（1962-06-01）刊行。》

■七月

《【雑誌】「SAC　JOURNAL」二六号に「太陽はひとりぼっち」掲載↓のち「スクリーンからもらった言葉」として『大岡信著作集10』に収録。》

《【雑誌】「藝術新潮」一三巻七号にアルプ作品解説「アルプ・わが道程」掲載。》

■八月

《【本】『ミロ　（世界名画全集　続巻15）』平凡社（1962-08-10）に人物論「ホアン・ミロ　その人と芸術」、「ミロの言葉」翻訳、年譜編集。》

■九月

《【雑誌】「みづゑ」六九〇号に「親しい現代絵画〈クレーからフォンタナまで二十一人展〉より」掲載↓のち『大岡信著作集10』〈滴々集10〉に収録。》

《【雑誌】「現代詩」九巻九号に現代詩時評「青春　その他」掲載。同号の特集「スペイン現代詩抄」にて複数のスペインの詩人の翻訳掲載↓のち「小さな星座」とまとめて『大岡信著作集

3』に収録。同号、同特集に評論「スペイン現代詩に関する四つのエスキース」掲載↓のち『大岡信著作集3』〈滴々集3〉に収録。》
《【雑誌】「鰐」一〇号に詩「マリリン」掲載↓のち『わが詩と真実』に収録。八月五日に急死したマリリン・モンローを悼む。ユリイカ社主・伊達得夫の死後長く休刊していた「鰐」の終刊号。この号のみ「鰐の会」の発行で発行所は大岡方。》

マリリン
君の魂は世界よりも騒がしく不安で
エビのひげより臆病で
世の女たちの鑑だった
アジサイの茂みからのぞく太陽
君の笑いに
かつてヤンキーの知らなかった妖精伝説の
最初の告知があった
君が眠りと眼覚めのあわいで
大きな回転ドアに入ったきり
二度と姿を見せないので
ドアのむこうとこちらとで
とてもたくさんの鬼ごっこが流行った
とてもたくさんの鬼ごっこが流行ったので
君はほんとに優しい鬼になってしまい
二度と姿を見せることが
できなくなった
そしてすべての詩は蒼ざめ
すべての涙もろい国は
蒼白な村になって
ひそかに窓を濡らさねばならなかった

＊

マリリン
マリーン
ブルー

（詩「マリリン」より）

ぼくらに雑誌刊行の意欲を失わせた最大の原因が、伊達得夫の急逝にあつたことだけはたしかである。（中略）ぼくらは過去二年間に何事も起らなかつたかのように、第10号を出す。それは多くの何事かがたしかに起つたからである。（大岡）

（「編集後記」「鰐」一〇号）

■一〇月

《【新聞】「読売新聞」（1962-10-04）に「不思議な親和力　ミロ版画展から」掲載。》
《【本】『近代絵画史』ハーバート・リード著　大岡信訳　紀伊國屋書店（1962-10-30）刊行。》

■一一月

《【雑誌】「藝術新潮」一三巻一一号に「秋の美術展に何をみたか」掲載。》
《【雑誌】「現代詩手帖」五巻一一号に「詩的伝統の裏にあるもの（中村稔氏への反論）」掲載→のち『芸術と伝統』に収録。》
《【雑誌】「短歌」九巻一一号に「『桐の花』周辺」掲載→のち『芸術と伝統』に収録。》
《【雑誌】「本の手帖」二巻九号に「現代画家論　CALENDRIER周辺」掲載→のち『大岡信著作集12』に収録。》
《【楽曲】詩「環礁――武満徹のために」による武満徹作曲の「ソプラノとオーケストラのための『環礁』」初演。文化放送より放送。》
《【雑誌】「現代詩」九巻一一号に詩「環礁――武満徹のために」掲載。》

ソプラノの声に溶けこんだぼくの言葉は、キラキラ輝く水滴になって空に飛散してしまったような鮮烈な印象を与えた。

（「覚書一九六五」）

《【雑誌】「SAC JOURNAL」二七号に「野いちご」掲載→のち「スクリーンからもらった言葉」として『大岡信著作集10』に収録）。》
《【雑誌】「美術手帖」二一二号に「1948年・ニューヨーク――20世紀美術の視点（11）」掲載。》

■一二月

《【雑誌】「國文學　解釈と鑑賞」二七巻一四号に「西脇順三郎――現代詩鑑賞「南画の人間」」掲載→のち「西脇順三郎『近代の寓話』前後」として『昭和詩史』に収録。》
《【雑誌】「現代の眼」三巻一二号に映画評「商品価値を失った人間「ウンベルト・D」（伊　デ・シーカ・アマート映画）掲載。》
《【雑誌】「現代詩手帖」五巻一二号に「現代詩年鑑'63「わが詩と真実」〈文藝〉五月」掲載。》
《【雑誌】「短歌」九巻一三号に「詩壇展望」掲載。》
《【本】『わが詩と真実（現代日本詩集9）』思潮社（1962-12-01）刊行。》
《【雑誌】「無限　詩と詩論」一二号に「朔太郎問題」掲載→のち『芸術と伝統』に収録。》

1963年——1978年

□できごと□

読売新聞退社

パリ・青年ビエンナーレ参加のため渡仏

草月アートセンターの活動に参加

連句を始める

「エナジー対話」で谷川俊太郎と対談

文化大革命直後の中国訪問

断章シリーズ執筆

□主たる著作□

『眼・ことば・ヨーロッパ』（美術出版社）

詩集『彼女の薫る肉体』（湯川書房）

『紀貫之』（筑摩書房）

『彩耳記』（青土社）

詩集『透視図法—夏のための』（書肆山田）

『岡倉天心』（朝日新聞社）

『うたげと孤心』（集英社）

■1963・昭和三八年――――32歳

■一月

《【雑誌】「現代詩手帖」六巻一号に瀧口修造との対談「創ることと壊すこと」掲載↓のち『言葉という場所』『ミクロコスモス瀧口修造』に収録。》

《【雑誌】「國文學　解釈と鑑賞」二八巻一号に「村野四郎――現代詩鑑賞「鹿」」掲載↓のち「村野四郎」と改題して『現代詩人論』に収録。》

《【雑誌】「美術手帖」二一五号に「知られざるダリの世界」掲載。》

《【雑誌】「藝術新潮」一四巻一号　特集「これがアメリカだ」での原色図版解説掲載。》

■二月

《長女・亜紀誕生。》

長女亜紀とともに

《【雑誌】「みづゑ」六九六号に「近代彫刻の一世紀――J・ハーシュホーン・コレクション展」掲載。》

《【展覧会】「フレッド・マーティン展」南画廊（二月一二日〜二三日）カタログにフレッド・マーティン「ことば」翻訳を掲載。》

《【雑誌】「現代詩」一〇巻二号に「私の万葉集」掲載。》

《【雑誌】「文藝」二巻二号　現代詩特集に座談会「現代詩の問題点」（鮎川信夫・大岡信・篠田一士・高見順）掲載。》

《【雑誌】「國文學　解釈と鑑賞」二八巻三号に「三好達治――現代詩鑑賞「砂の錨」」掲載↓のち「三好達治「風狂」のうらおもて」として『昭和詩史』に収録。》

《【新聞】「読売新聞」（1963-02-08）にジャン・ジャック・ルベル「抵抗する芸術家」の翻訳掲載。》

《【新聞】「図書新聞」（1963-02-23）に書評「空間論の視点に

共感　栗田勇著『伝統の逆説』」掲載↓のち「伝統の逆説」と改題して『現代の詩人たち　上』に収録。》
《【新聞】「週刊　読書人」（1963-02-18）に「新しい詩的認識の誕生」掲載↓のち『現代の詩人たち　下』に収録。》

■三月
《【展覧会】「ティンゲリー展」南画廊（三月二〇日～四月六日）カタログにカルヴィン・トムキンス「ティンゲリー物語」翻訳を掲載。ティンゲリー来日の際はともに川崎の工場へ出向き、作品のための部品を集めた。》
《【雑誌】「朝日ジャーナル」五巻九号に書評「片桐ユズル著『詩のことばと日常のことば』」掲載↓のち「片桐ユズル・詩のことばと日常のことば」として『本が書架を歩みでるとき』に収録。》
《【雑誌】「國文學　解釈と鑑賞」二八巻四号に「田村隆一——現代詩鑑賞「沈める寺」」掲載↓のち「田村隆一」と改題して『現代詩人論』に収録。》
《【新聞】「読売新聞」（1963-03-13）に「開放された物質——アンデパンダン展から——中西夏之「クリップは攪拌行動を主張する」」掲載。》

■四月
《読売新聞社を退職。》
ぼくは外電の翻訳をしながらつねづね感じてきた違和感に、だんだん耐えられなくなってきていた。「消息筋によれば」「信頼すべき筋によれば」というあの一種独特な客観主義的言いまわし、あれによって代表される海外ニュースの報道というものは、ぼくが家でやっている仕事の性質と、どうしても相容れないところをもっていると思われた。（中略）もうじき子供が生れそうなときに、ぼくは妻に言った。「素寒貧になってもいいかい？」女房は答えた、「今だって素寒貧じゃないの」。それから数日後、ぼくは辞表を部長に出した。（中略）家へ帰って女房に「（＊編集部注・退職金が）これだけだった」と小切手を見せると、彼女はいった。「デパートの女子店員の退職金より少なそうね」。知り合いに最近やめたデパートの店員がいたのだった。生れたばかりの娘が、そばでホンギャア、ホンギャアと泣いていた。「こりゃ喜劇だ」とぼくは思った。
（「満十年目の喜劇」『青き麦萌ゆ』）

僕としては、暫くの間は退職金で食いつないで、とにかく翻訳で稼いで、あとは自分の仕事をやろうと思った。ところが僕が翻訳するものは美術の本とか、堅い本ですからね、売れるはずがないんです。翻訳で食えると思ったところが、呆れ返るくらい無知だったわけです。

（「『肉眼の思想』のころ」『大岡信著作集11』）

《読売新聞退社後は、志水楠男の「南画廊」で、外国語のパンフレットや図録の翻訳・整理を担うため、当時銀座にあった南画廊に通った。連日、夕方から志水とともにバー「ローザンヌ」から「ガストロ」へというのがお決まりだった。大岡にとって、まさに「青春」と呼べる時期であった。》

《【雑誌】「藝術新潮」一四巻四号に「カロー礼賛」掲載→のち「線が詩を書いているカローとゴーキー（カロー）」と改題して『眼・ことば・ヨーロッパ』に収録。》

《【雑誌】「現代詩手帖」六巻四号に安東次男との対談「文学者の姿勢」掲載→のち『言葉という場所』に収録。》

《【雑誌】「文学」三一巻四号に「割れない卵——近代詩に関するいくつかの問題」掲載→のち『超現実と抒情』に収録。》

《【雑誌】「國文學　解釈と鑑賞」二八巻五号に「吉田一穂——現代詩鑑賞「白鳥」」掲載→のち「吉田一穂」と改題して『現代詩人論』に収録。》

《【新聞】「日本読書新聞」（1963-04-15）に書評「伊達得夫著『ユリイカ抄』」掲載→のち『本が書架を歩み出るとき』『しのび草』に収録。》

《【新聞】「日本読書新聞」（1963-04-29）に「長篇の愉しみ（三一）ハックスリ〈恋愛対位法〉」掲載→のち『本が書架を歩みでるとき』に収録。》

《【雑誌】「国語と国文学」四〇巻四号に「超現実主義詩論の展開」掲載→のち『超現実と抒情』『ミクロコスモス瀧口修造』に収録。》

■五月

《【本】『ガラのダリ』美術出版社（1963-05-05）ロベール・デシャルヌ著大岡信訳。》

《【雑誌】「美術手帖」二二〇号に「INTERVIEW　東京のティンゲリー」掲載→のち「機械の自由と人間の中の機械　ティンゲリー（後半）」と改題して『眼・ことば・ヨーロッパ』に収録。》

《【雑誌】「藝術新潮」にて連載「フランス・ロマンティシズム」全八回（五月〜一二月号）→のちに「ロマン主義の領土」として『装飾と非装飾』に収録。》

《【雑誌】「美術手帖」二二〇号に「東京のニュー・リアリスト　ティンゲリー著　東野・大岡共訳掲載。》

《【雑誌】「SAC JOURNAL」三一号に「現代時評」掲載。》

■六月

《【本】『芸術と伝統』晶文社（1963-06-10）刊行。古典論、現

代詩試論、金子光晴、西脇順三郎、萩原朔太郎、北原白秋についての文章を含む評論集（装幀・駒井哲郎）。》

本書の表題を決めるにあたっては、本の構成が右のようなものであるためにひどく難渋し、友人吉岡実や飯島耕一をも一夕悩ましたが、結局東野芳明の示唆に従って現在のものとした。よき友たちに感謝する。／装幀は敬愛する駒井哲郎氏による。表紙の銅板画は駒井氏のアトリエでぼくが選んだものだが、最も好きな駒井氏の作品のひとつでこの本が覆われることは、この上ない喜びである。／この本は最近新聞記者生活と別れたばかりのぼくにとって、ささやかながら記念的な意味をもつものになるだろう。

（『芸術と伝統』あとがき）

《【雑誌】「本の手帖」三巻四号　金子光晴特集号に「『鬼の児の唄』」掲載。》

《【雑誌】「みづゑ」七〇〇号に「現代作家の発言」東野芳明・大岡信編訳　掲載。》

《【展覧会】「宇佐美圭司展」南画廊（六月）カタログに詩「5つのヴァリエーション――宇佐美圭司のために」掲載↓のち『大岡信詩集（増補版）』（一九七七）などに収録。》

■七月

《【新聞】「読売新聞」にて連載「現代の芸術　詩」全一三回（七月五日〜二四日号）↓のち「素描・現代の詩」として『文明のなかの詩と芸術』に収録。》

《【展覧会】「アーシル・ゴーキー素描展」西武百貨店（七月）カタログに「ゴーキーに捧げる十九行詩」掲載↓のち「死んでゆくアーシル・ゴーキー」と改題して『眼・ことば・ヨーロッパ』に収録。》

《【雑誌】「現代詩手帖」六巻七号に座談会「想像力の方向」（大岡信・飯島耕一・岩田宏・堀川正美）掲載。》

《【雑誌】「SAC JOURNAL」三三号に「アーノルド・ウェスカー作『みんなこまぎれ』」掲載↓のち「舞台を歩む夢と現実」として『大岡信著作集10』に収録。》

■八月

《【雑誌】「みづゑ」七〇二号に「ゴーキーのデッサン――日本で初めての素描展を機に」掲載↓のち「線が詩を書いているカローとゴーキー（ゴーキー）」として『眼・ことば・ヨーロッパ』に収録。》

《【雑誌】「現代詩手帖」六巻八号に栗田勇との対談「構造性の獲得へ――言葉・芸術・伝統」掲載↓のち『言葉という場所』に収録。》

《【新聞】「日本読書新聞」（1963-08-12）に書評「寺田透著

『表現の思想』」掲載↓のち『大岡信著作集6』〈滴々集6〉に収録。》

■九月

《【雑誌】「短歌」一〇巻九号に「やぶにらみ韻律論」掲載↓のち「短歌と俳句」の一部として『言葉の出現』に収録。》

■一〇月

《【雑誌】「太陽」一巻四号に詩「水と女」掲載↓のち『大岡信詩集』(一九六八)「水の生理」に収録。》

《【雑誌】「現代詩手帖」六巻一〇号に詩「ことばことば」掲載↓のち『大岡信詩集』(一九六八)「わが夜のいきものたち」に収録。》

《【雑誌】「文学界」一七巻一〇号に詩「裸かの風景」掲載↓のち『大岡信詩集』(一九六八)「わが夜のいきものたち」に収録。》

だれにも見えない馬を
ぼくは空地に飼っている
ときどき手綱をにぎって
十二世紀の禅坊主に逢いにゆく　(詩「ことばことば」より)

《パリ青年ビエンナーレ詩部門に参加のため渡仏。最初に滞在したホテルは、c/o Hôtel Tríanon Palace 1 bís, rue de Vaugírard París (6e) FRANCEだった。パリ市近代美術館で講演。自らフランス語に訳し、観世栄夫に朗読を依頼して録音した詩作品を紹介し、日本の戦後詩について論じる。作品は、谷川俊太郎「水の輪廻」、飯島耕一「携帯用火山」、辻井喬「樹」、岩田宏「閉塞する五つの唄」、大岡信「大佐あるいは爆弾」(のち「大佐とわたし」と改題)の五篇。》

じつはむこうへ行くまで全然、それがどういうものだかを知らなかったんだ。パリの「青年ビエンナーレ」というものがあることは知っていたし、そこで造形美術のほうの展覧会が行なわれるということも知っていたけど、そこに詩部門まであるということは知らなかった。(中略)ぜんぶで三十二カ国参加したんだ。毎週火曜日と水曜、午後六時から始まって、一晩に二カ国ずつやった。日本の場合は十月十六日にやったわけだ。(中略)このビエンナーレの詩部門っていうのは、「ドメーヌ・ポエティック」っていう詩の団体があってね、それは若い詩人の団体らしいんだけれど、それとフランス国立放送局の共同の催しになっているわけ。(「ある対話」『眼・ことば・ヨーロッパ』)

《この時はじめて画家菅井汲と出会う。》

パリにて菅井汲と

当時、パリにいて、美術界のヌーベルバーグとして有名な連中の中に画家の菅《すが》井《い》汲《くみ》さんがいました。僕は日本を出るときから菅井さんのことは知っていて、菅井さんについてのフランス語の評論を翻訳して、日本で雑誌「みずゑ」に発表したことがありました。菅井さんもそれを知っていたから、僕は話がしやすかった。菅井さんの家に行って、（編集部注：ビエンナーレ詩部門での）詩の朗読のときと講演のときに、後ろで黒板に垂らした日本の和紙に、墨汁で、読まれている詩を日本語の原文で一行から三行ぐらい書いてくれませんかとお願いした。横一メートル、縦五メートルくらいの、和紙を糊で貼った長い巻きものを作りました。

それが非常に良かったんですね。日本語で読まれると、わけがわからない変なものだなという印象しか与えない恐れがありますから。彼が墨汁でさーっと書くと、墨がたらたらっと垂れる。これはまずかったけど、美術的にいうと一種の効果になって、フランス人にとっては珍しいという感じがしたらしいですね。ぼくの講演は、日本の詩についてですから決してわかりやすい話ではなかったと思いますから、菅井さんが書いてくれたのがとてもよかった。でも、話が終わって、ふと見たら、もうその紙がなかったのです。観客の中の一人が菅井汲の絵として持っていったのでしょう。エキゾチックな面白さ、魅力があるということがわかりました。（「大岡信フォーラム」会報二六号）

《パリのビエンナーレ終了後、山村硝子株式会社社長で現代美術コレクターの山村徳太郎と合流。現代美術館設立の構想を持つ同氏の依頼で画廊などを共にまわり、ミロ、エルンスト、レジェ、ポロックなどの作品を選定、アルプやカンディンスキー夫人のところへは直接訪問して作品を選んだ。これらのうち七点はのちに国立西洋美術館に寄贈された。それまで作品を「鑑賞する」立場であったが、この時に山村と同行し、「購入する」立場で作品を観たことは、大岡の美術に対する感覚・考え方に大きな影響を与えた。》

ぼくは一緒だつた、無口な学者風の実業家山村さんと。
彼は、私設現代美術館を作りたい一心で
直ぢかにアルプに突撃したのだ、旧知のぼくの
浅い知識と　かぼそい会話力が、唯一の頼り。
アルプはみんなを庭に連れ出す、「珍客だからね」
未完成の作品が、台に雑多に置かれてゐる
二棟《ふたむね》の素朴なアトリエ。
「こつちは絵の、あつちは彫刻のアトリエなんだ」
（詩「ソフィー・タウベルの住んだ庭で　フランス」より）

《山村氏帰国の後は、翌年の一月まで読売新聞社パリ支局に滞在し、展覧会や芝居を観て過ごす。滞在ホテルは、c/o m.tatsu OKUYAMA 14, rue Eugène Manuel París（16e）FRANCE だった。》

■一一月

《【本】『ポロック　（現代美術17）』みすず書房（1963-11-00）に本文解説掲載。》
《【雑誌】「現代詩手帖」六巻一一号に三好達治との対談「詩人の境地」掲載↓のち『言葉という場所』掲載。》

■一二月

《【雑誌】「現代詩手帖」六巻一二号　現代詩年鑑'64に詩「ことばことば」〈現代詩手帖十月号〉掲載。》
《【雑誌】「短歌」一〇巻一二号に書評「島田修二著『花火と星』」掲載↓のち「短歌と俳句」の一部として『言葉の出現』に収録。》
《【新聞】「読売新聞」（1963-12-07）に「シャガール会見記」掲載。》

■——この年

《パリ青年ビエンナーレ詩部門に参加のため渡航する直前の大岡に、瀧口修造より「リバティ・パスポート」を贈られる。》

「リバティ・パスポート」を作る技法は、正にシュルレアリストとしての技法だったと思いますね。例えば僕にくれたパスポートは小さいです。折りたたんで一〇ページぐらい、紙は半透明のグラシン紙、それを一冊のパスポートにしてある。一枚ずつに全部彼が何か書いてある。「曲がり角を彼が曲がった」とか一行書いてあって、ろうそくとか線香の火で穴をあけたりしてある。書いてある字の色もいろいろ違う色を使って塗ってある。中には引用文もあり、ルネ・シャールの詩とかアンドレ・ブルトンなどを引用してあって、豪勢なものですよ。綴じてあるのが糸ではなくて、釣り糸みたいなもの。だから時々、

きゅっとしめてやらないとばらばらになってしまう。小学生の工作のお遊びみたいなものですけど、それを毎晩毎晩、夜中に一人で、一生懸命作っているのですね。

もらったのは、順番で言うと僕は二番目ではないかな。一番が東野芳明だと思う。それぞれの大きさが違うんですよ。

（「大岡信フォーラム」会報二五号）

■1964・昭和三九年――33歳

■一月
《前年の一〇月から滞在していたパリから帰国。》
《【雑誌】「新婦人」にて連載「SHINFUJINクリティックの中の〈美術〉」全一二回（一月〜一二月号）→のち部分的に『眼・ことば・ヨーロッパ』『文明のなかの詩と芸術』『詩人と美術家』に収録。》

■二月
《【本】『サム・フランシス（現代美術20）』みすず書房（1964-02-25）に「沈黙のアニメーター」ジョルジュ・デュテュイ著　大岡信訳と詩「サムのブルー」掲載。》
《【雑誌】「青衣」三四号　西垣脩特集に「『一角獣』について」掲載。》

■三月
《【雑誌】「藝術新潮」一五巻三号に「西欧ではじめて開かれた菅井汲回顧展」掲載→のち「菅井汲」と改題して『眼・ことば・ヨーロッパ』に収録。》
《【新聞】「日本読書新聞」（1964-03-02）に書評「唐木順三著『無常』」掲載→のち「本の旅　唐木順三著『無常』」と改題して『本が書架を歩みでるとき』『しおり草』に収録。》

■四月
《五日、三好達治死去。「三好達治論補遺」を執筆→のち「本の手帖」六月号に掲載。》
《【雑誌】「フィルハーモニー」三六巻四号に「ロマン主義芸術の一面」掲載。》
《【雑誌】「現代詩」にて連載「日本――パリ――日本」（ジャン・タルディウとの往復書簡）全三回（四月〜六月号）→のち『眼・ことば・ヨーロッパ』に収録。》
《【雑誌】「現代詩手帖」七巻四号に東野芳明との対談「人間対人間」掲載→のち「ある対話」「インテルメッツォ」として『言葉という場所』に収録。》
《【雑誌】「週刊読売」二三巻一六号に書評「映画に似た手法の

傑作　J・ルノワール著『わが父ルノワール』粟津則雄訳」掲載。》

《【雑誌】「世界」二二〇号に「抽象絵画と〈世界〉スーラージュをめぐって」掲載↓のち『眼・ことば・ヨーロッパ』に収録。》

■五月

《【雑誌】「みづゑ」七一一号にヴォルス・S・W「ヴォルスの言葉――付・ヴォルスの見出した言葉」の翻訳掲載。》

《【雑誌】「世界」二二一号に「自発性のおくりもの――ミロについて」掲載。》

《【雑誌】「美術手帖」二三六号に「構成と不確定性の作家たち　シェフェール、ヴァザルリなど」掲載↓のち『眼・ことば・ヨーロッパ』に収録。》

《【新聞】「読売新聞」(1964-05-17)に「〝音〟にかえた〝言葉〟『武満徹↑一九三〇―８』」掲載↓のち「武満徹の本」と改題して『文明のなかの詩と芸術』に収録。》

《【本】『ピカソ　芸術の秘密』(現代教養文庫476)社会思想社(1964-05-30)に「ピカソと二十世紀芸術」掲載。》

■六月

《【展覧会】「フランス現代美術展」西武百貨店(六月)カタログに「《迷路》および《愛の部屋》の作者たち」掲載。》

《【雑誌】「現代詩手帖」七巻六号に三好達治追悼のための座談会「この世のパッサーン」(鮎川信夫・大岡信・中村真一郎・菅野昭正)掲載。》

《【雑誌】「朝日ジャーナル」六巻二六号に書評『鮎川信夫詩論集』」掲載。》

《【雑誌】「本の手帖」四巻五号三好達治追悼号に「三好達治論補遺」掲載↓のち『超現実と抒情』に収録。》

《【放送】一三日、NHKラジオ第二放送でラジオ小劇場「一日の終わりの神話」(大岡信脚本　久保博演出　鈴木瑞穂出演)放送。》

《【新聞】「読売新聞」(1964-06-30)にJ・C・ランベール著「新しい建設のきざし　破壊と否定を脱して詩的芸術へ　フランス現代美術展によせて」の翻訳掲載。》

《【公演】一七日、「行動詩(ポエジー・ダクシオン)の夕べ」として、南画廊にて、大岡信訳・演出のロベール・フィリウー「ポイポイ」上演。ロベール・フィリウーは一九六三年にパリで知り合った詩人。出演は劇団NLTの若手俳優たち(勝部演之ほか)。画廊の外まで人が溢れる盛況だった。のち「ポイポイ」は「現代詩」一〇月号に掲載。》

《【放送】二一日、NHKラジオ第二放送で「暗黒への招待」

（一柳慧作曲・大岡信構成）放送。》
《【雑誌】「映画芸術」一二巻六号に「散り急ぐ花の美しさ」掲載↓のち「スクリーンからもらった言葉」として『大岡信著作集10』に収録。》

■七月
《【公演】一～一〇日、草月実験劇場にて、「鍵穴」ジャン・タルデュー著　大岡信訳上演。出演は、ＮＬＴの俳優（北見治一）。》
《【雑誌】「SAC JOURNAL」特集号にて草月実験劇場第一回の特集。ジャン・タルデュー作『鍵穴』のあらすじと「ジャン・タルデューのこと」掲載。》
《【雑誌】「太陽」二巻七号に「インディアンの生首からピカソの怪物まで」掲載。》
《【雑誌】「朝日ジャーナル」六巻二七号に「大学の庭（七〇）東京芸術大学」掲載↓のち連載「大学の庭」全体がまとめられ『大学の庭　上下』弘文堂（1964-12-00）として刊行。大岡の文章は「実験段階」として収録。》
《【新聞】「日本読書新聞　」（1964-07-20）に書評「『西脇順三郎詩論集』」掲載↓のち「西脇順三郎」と改題して『現代の詩人たち　上』に収録。》

■八月
《【雑誌】「藝術新潮」一五巻八号に「標的・旗・ポップ・アート」ジャスパー・ジョーンズ著　大岡信訳掲載。》
《【雑誌】「藝術新潮」一五巻八号に「フランス現代美術展にみる人間と自然の追求」掲載↓のち「自然の復権　風景画から自然画へ（後半）」として『眼・ことば・ヨーロッパ』に収録。》
《【本】『現代フランス詩論大系　（世界詩論大系1）』思潮社（1964-08-00）に「詩法について考えながら」ジュール・シュペルヴィエル著の翻訳掲載↓のち『現代フランス詩論大系（世界詩論大系1）新装版』（一九七〇）。》

■九月
《【展覧会】「ダリ展　幻想美術の王様」東京プリンスホテル、愛知県立美術館ほか巡回（九月～一一月）カタログ編集に瀧口修造、東野芳明と共に携わる。》
《【雑誌】「朝日ジャーナル」六巻三九号に鑑賞席「ダリ」掲載。》
《【雑誌】「美術手帖」二四一号にドニーズ・ルネに関する「複製に関するノート」掲載。》
《【新聞】「読売新聞」（1964-09-07）に「小劇場への期待」掲載↓のち『大岡信著作集11』〈滴々集11〉に収録。》
《【本】『クレー　（世界の美術24）』河出書房新社（1964-09-18）

に評伝・解説掲載。》

■一〇月

《【雑誌】「みすず」六巻一〇号にエリュアール著「娘への手紙」の翻訳掲載。》

《【雑誌】「現代詩」一一巻一〇号にロベール・フィリウー著「ポイポイ」の翻訳（※訳者ノートあり）掲載↓のち『大岡信著作集3』に収録。》

《【雑誌】「現代詩手帖」七巻一〇号にジャン・クラランス・ランベールとの対談「〈より大きな言葉〉への責任　フランスの若手前衛詩人、詩の精神を語る」掲載。》

■一一月

《【雑誌】「世界」二二七号に「森の魅惑――マックス・エルンストの世界」掲載↓のち「森の魅惑（エルンスト）」と改題して『文明のなかの詩と芸術』に収録。》

《【雑誌】「朝日ジャーナル」六巻四七号に書評「高階秀爾著『ピカソ　剽窃の論理』」掲載↓のち「高階秀爾・ピカソ剽窃の論理」と改題して『本が書架を歩みでるとき』に収録。》

《【雑誌】「文学」三二巻一一号に「大正詩序説」掲載↓のち『蕩児の家系』に収録。》

《【雑誌】「本の手帖」四巻九号にマックス・エルンスト　ポール・エリュアール共著『視覚の内面・八つの見える詩』（大岡信訳）掲載。》

《【本】『ピカソ／レジェ（世界の名画8）』（1964-11-15）に評伝・解説掲載。》

《【本】『三好達治全集5』筑摩書房（1964-11-00）月報に「長州の長脇差」と「豚ぶた」掲載。》

《欧州の美術館館長とともに、伊勢、京都、奈良、広島、徳山、博多を旅行する。この旅で、ストックホルム近代美術館館長（のちポンピドゥー・センター国立近代美術館初代館長）のポントゥス・フルテン、ルイジアナ美術館館長クヌート・イエンセンと親しみ、交友は以降長く続く。》

出光の旅行

出光の旅行クヌートとは一九六四、東京で初対面。
出光《いでみつ》佐三《さぞう》が欧州の美術館長十三人を
仙厓《せんがい》絵画巡回展への答礼のため招いたのだ。
ぼくは頼まれ、お相手役で、関西、博多を一緒に回る。
『イセ、キョウト、ハギ、ハカタ！　なんてファンタステイックな招待だ！』
初めて会つた日、クヌートの驚きの声は　本物だつた。
京都ではできたばかりの前川《まえかわ》を　先に立つて案内したのは彼。
『見取り図や写真でじつくり研究してきたのさ』
ストックホルム近代美術館館長の　ポントゥス・フルテン
のちのポンピドゥー美術館の伝説的な初代館長も
一緒に来てゐた。たちまち仲良し。
滑稽な失敗談の数々も珍道中も経験した。

（詩「ルイーズの館《やかた》　デンマーク」より）

■一二月

《【雑誌】「現代詩手帖」七巻一二号に「現代詩年鑑’65「ゴーキーに捧げる十九行」〈ゴーキー展カタログ〉」掲載。》

《【雑誌】「別冊みづゑ」四二号に「ギュスターヴ・モロー論――アラベスクへの愛」掲載↓のち『装飾と非装飾』に収録。》

《【雑誌】「現代詩手帖」七巻一三号に座談会「詩人の人間形成と時代」（鮎川信夫・岩田宏・堀川正美・大岡信）掲載。》

■――この年

《ラジオドラマ「墓碑銘」で放送記者会賞最優秀賞を受賞する。》

一九六四年、長崎に題材をとった「墓碑銘」というのを書いた。セリフというものを意識して書いた最初の作品といっていい。これがその年の放送記者会賞最優秀賞を与えられ、ドラマ形式というものが五里霧中の感じだった私にとっては、ちょっとした出来事になった。

（「あだしの」覚書）

■1965・昭和四〇年――34歳

■一月

《【雑誌】「現代詩手帖」にて連載「覚書　一九六五年」全八回（一月～十月号）↓のち『文明のなかの詩と芸術』に収録。》

《【雑誌】「現代美術」（創刊号）に「サム・フランシスに沿って」掲載↓のち『文明のなかの詩と芸術』に収録。》

《【雑誌】「詩学」二〇巻一号に二人の画家のための詩「don't

touch my water baffalo」「ヴォルス」掲載↓のち「ヴォルス」は『眼・ことば・ヨーロッパ』に収録。》
《【雑誌】「美術手帖」にて連載「月評」~個展・グループ展から~東京」全六回（一月~六月号）↓のち「展覧会めぐり」として『大岡信著作集10』〈滴々集10〉に収録。》
《【雑誌】「婦人公論」にて連載「婦人公論画廊」全六〇回（一月~一九六九年一二月号）。一枚の作品とともに作家・作品を紹介するコラムで、うち一九六八年の一年間は「ポスターの名作」というサブタイトルをつけた一二回、一九六九年の一年は「女性美の昼と夜」というサブタイトルをつけた一二回となっている↓のち部分的に『文明のなかの詩と芸術』『加納光於論』に収録。》
《【雑誌】「藝術新潮」一六巻一号に「13人美術館長の日本旅行」掲載。》

■二月

《【本】『眼・ことば・ヨーロッパ　明日の芸術』美術出版社（1965-02-15）刊行。パリ青年ビエンナーレ参加のもたらした成果を主に、美術評論、詩をも加えたエッセイ集。》

　ひとつの文化が、新たな成熟の局面に達するためには、常に大きな爆発的危機の時代を通過せねばならなかったというのは、過去の歴史の示す明らかな事実である。たしかに、ヨーロッパ文化は今ひとつの大きな危機に直面している。だが、それはぼくら自身の運命と無関係にそうなっているのではない。ヨーロッパはぼく自身の中にもある、ということを感じながらでなければ、ぼくはヨーロッパとの明らかな疎隔を感じることもなかっただろうし、ましてそれを書くことはできなかった。

（『眼・ことば・ヨーロッパ』あとがき）

■三月

《【雑誌】「みすず」七巻三号に書評「瀧口修造著『フォンタナ』」掲載。》
《【雑誌】「本の手帖」五巻二号に「エリオット断想」掲載↓のち「詩と詩人抄」として『言葉の出現』に収録。》
《【雑誌】「藝術新潮」一六巻三号にオシコルヌ・J・P著「日本美を食って30年」の翻訳掲載。》

■四月

《明治大学法学部教授で俳人の西垣脩氏より依頼を受け、同大非常勤講師となる。のち、一〇月に助教授。》
《【雑誌】「ENERGY　エナジー」第二巻第二号に「パエトーン譚」掲載。》
《【雑誌】「文学」三三巻四号に「口語自由詩の運命——昭和詩

の問題一」掲載→のち『蕩児の家系』に収録。》

《【本】『現代詩論大系　1　一九四六―一九五四』思潮社(1965-04-15)に「現代詩試論」掲載。『同　2　一九五五―一九五九　上』には「保田与重郎ノート」、『同　4　一九六〇―一九六四　上』(編集巻)には解説および「疑問符を存在させる試み」、『同　5　一九六〇―一九六四　下』(編集巻)には解説および「割れない卵」、『同　6　詩人論』には「山本太郎論」掲載→のち『現代詩論大系(新装版)』(一九七一)。》

《【雑誌】「藝術新潮」一六巻四号に「ニューヨーク近代美術館が選んだ日本の46人」掲載。》

■五月

《【雑誌】「婦人公論」五〇巻五号に「現代の美とはなにか」掲載→のち「美はどこにあるか」と改題して『文明のなかの詩と芸術』に収録。》

《【展覧会】「荒川修作展」南画廊(五月)カタログに「ことば」ジョセフ・ラヴ著　大岡信訳掲載。》

《【放送】ラジオドラマ「夢の浮橋」(朗読・柳川清ほか)ＮＨＫ芸術劇場にて放送。》

《【雑誌】「詩学」二〇巻五号に「女について――付・女性詩人について」掲載。》

《【雑誌】「世界」二三三号に「フォンタナのヴィリリテ」掲載→のち『文明のなかの詩と芸術』に収録。》

《【雑誌】「展望」七七号に「幻影の都市」掲載→のち『文明のなかの詩と芸術』に収録。》

《【雑誌】「美術手帖」二五二号に「詩画集〈びた銭暮らし〉」掲載。》

《【新聞】「読売新聞」(1965-05-17)に「荒れ地をゆく芸術家」掲載。》

《【本】『歴程詩集』歴程社(1965-05-25)に「伊達得夫のこと」掲載→のち『大岡信著作集5』〈滴々集5〉に収録。》

■六月

《作曲家端山貢明と、「言葉とオーケストラによる六楽章の交響曲『象形』」を制作。》

《【雑誌】「現代詩手帖」八巻六号に詩「クリストファー・コロンブス」「水の生理」掲載→のち『大岡信詩集』(一九六八)「水の生理」に収録。》

《【雑誌】「文学」三三巻六号に「萩原と西脇――昭和詩の問題二」掲載→のち「萩原と西脇」と改題して『蕩児の家系』に収録。》

《【雑誌】「藝術新潮」一六巻六号に座談会「国際美術展のベストテン」(針生一郎・瀬木慎一・大岡信・中原佑介)、アラン・ボスケ著「パリの前田常作個展――発表会まで」の翻訳掲載。》

■七月

《【雑誌】「藝術新潮」一六巻七号に座談会「「抽象」の古典」（針生一郎・瀬木慎一・大岡信・中原佑介）掲載。》

《【新聞】「毎日新聞」（1965-07-23）に「毎日書道展　毎日前衛書展を見て」掲載↓のち「筆勢は人の心操行跡　毎日書道展を見て（一九六五）」と改題して『大岡信著作集15』〈滴々集15〉に収録。》

■八月

《【雑誌】「海程」二一号に「合同句集寸感」掲載↓のち「『海程合同句集』寸感」と改題して『短歌・俳句の発見』に収録。》

《【雑誌】「草月」四九号に詩「花Ｉ」「花Ⅱ」掲載↓のち『大岡信詩集』（一九六八）「水の生理」に収録。》

《【雑誌】「太陽」三巻八号に「パウル・クレー（HOMEGALLERY 22）」掲載。》

《【本】『窪田空穂全集20』角川書店（1965-08-00）に「空穂先生の詩」掲載。》

《【本】『ルソー・デュフィ（世界の美術26）』河出書房新社（1965-08-18）に本文解説掲載。》

■九月

《【雑誌】「文学」三三巻九号に「宇宙感覚と近代意識――「歴程」、心平、光太郎――昭和詩の問題三」掲載↓のち『蕩児の家系』に収録。》

■一〇月

《【講演】九日、ブリヂストン美術館にて、「ダリ、エルンスト等とエリュアール」と題して講演。》

《【講演】一六日、昭和女子大にて詩人クラブ一五周年講演会。》

《【雑誌】「藝術新潮」一六巻一〇号に「フォーブ・天才と流行」掲載↓のち「フォーヴ――創造的なる想像力」と改題して『美をひらく扉』に収録。》

《【雑誌】「郵政」一七巻一〇号　文芸特集に詩「祝婚歌」掲載↓のち『大岡信詩集』（一九六八）に収録。》

■一一月

《五日、大原美術館開館三十五周年記念行事に出席。》

大原美術館にて瀧口修造と

《【雑誌】「点」創刊号　加納光於特集に詩「加納光於による六つのヴァリエーション」を掲載。のちの加納との共作「アララットの船あるいは空の蜜」へつながるきっかけとなった。》

《【雑誌】「SD Spacedesign スペースデザイン」一一号に「現代美術と都市」掲載。》

《【雑誌】「太陽」三巻一一号に「美術　世界の子どもは自由を描く」掲載。》

《【雑誌】「文学」三三巻一一号に「抒情の行方——伊東静雄と三好達治——昭和詩の問題四」掲載↓のち「抒情の行方」と改題して『蕩児の家系』に収録。》

《【本】『大原コレクション』大原美術館（1965-11-05）に作品解説掲載。》

■一二月

《【雑誌】「みづゑ」七三〇号に「『人それを呼んで反歌という』によせて」掲載↓のち『本が書架を歩みでるとき』に収録。↓のち「現代画家論　『人それを呼んで反歌という』によせて」として『大岡信著作集12』に収録。》

《【雑誌】「藝術新潮」一六巻一二号に「大原美術館の変貌」掲載↓のち『大岡信著作集14』〈滴々集14〉に収録。》

《【雑誌】「現代詩手帖」八巻一二号に座談会「日本人の経験をめぐって」（金子光晴・鮎川信夫・谷川雁・吉本隆明・谷川俊太郎・大岡信・岩田宏）掲載。》

《【雑誌】「現代詩手帖」八巻一二号　現代詩年鑑'66に詩「クリストファー・コロンブス」掲載。》

《【本】『超現実と抒情　昭和十年代の詩精神』晶文社（1965-12-01）刊行↓のち『超現実と抒情　昭和十年代の詩精神』（一九七七）。》

ぼくにとって、昭和十年代の詩や詩人たちは、自分自身が詩を読み、そして書くようになったそもそものはじめから、ぼくの先導者であり、そして常に、関心をそそられる対象として眼前に存在していた。これら年長の詩人に対する関心は、ある点まで、彼らによって育てられてきた自分自身に対する関心とも重なり合っていたように思われる。しかし、それだけではなしに、昭和十年代の詩人たちの運命は、明治以来日本の近代文化が経てきた歴史の一断面を、ある意味で、濾過装置にかけたように鮮明に示していると、ぼくには思われるのである。

（『超現実と抒情』あとがき）

《【本】『私の日本詩史ノート1』安西均著　思想社（1965-12-01）に解説「この本の余白に」掲載。》

■1966・昭和四一年――35歳

■一月

《【雑誌】「三彩」にて連載「美術時評」全一二回（一月〜一二月）（※一二回目は対談（昨年担当の高階秀爾と今年の担当の大岡信））→のち部分的に『大岡信著作集10』〈滴々集10〉『現代詩人論』『肉眼の思想』に収録。》

《【雑誌】「美術手帖」二六二号に特集「世界、今日の美術・五〇人の作家」として、グドムンドゥル・グドムンドソン・フェロー　ポル・ブリ　六人グループ（ガルシア・ロッシ　ジュリオ・ル・パルク　フランシスコ・ソブリノ　ジョエル・スタイン　フランソワ・モルレ　イヴァラル）　ニコラ・シェフェール　菅井汲の作家評掲載。》

《【新聞】「日本読書新聞」（1966-01-24）に書評「悪と死のエネルギー　広末保著『もう一つの日本美』」掲載→のち『本が書架を歩みでるとき』に収録。》

《【雑誌】「放送朝日」にて連載全三回（一月〜三月号）「Ⅰ紀元二千年」「Ⅱ紀元一九六五年」「Ⅲ紀元零年」→のちまとめて「言葉の現象と本質　はじめに言葉ありき」と改題して『現代芸術の言葉』に収録。》

《【雑誌】「テアトロ」三三巻一号に「想像力を培養した条件――NLT・紀伊国屋ホール第2回提携公演「サド侯爵夫人」評」→のち『現代芸術の言葉』に収録。》

《【雑誌】「俳句評論」五二号に「赤黄男における「俳句」と「近代」」掲載→のち「富沢赤黄男――その「俳句」と「近代」2」として『言葉の出現』に収録。》

《加納光於より版画の手ほどきを受ける。》

■二月

《【雑誌】「現代詩手帖」九巻二号　特集「詩はほろびたか？谷川雁の発言と今日の詩の問題点」のなかでインタビュー、「新人評論　選評」（選評者の一人として）掲載。「今月の新人作品　選評」（こちらも選評者の一人として〜六号まで）掲載。》

《【雑誌】「文学」三四巻二号に「守備の詩と攻勢の詩」掲載↓のち『蕩児の家系』に収録。》

■三月

《【本】『文明のなかの詩と芸術』思潮社（1966-03-15）刊行↓のち『文明のなかの詩と芸術　新装版』（一九七〇）。芸術論を第一部、詩論を第二部とするエッセイ集。》

過去を現在に呼び寄せるという方法でしか、人間は過去と交渉を持つことができない。その時にはすでに、過去は過去でなくなっていて、むしろ、現在に含まれつつ未来に展開すべき可能性として、そこに甦っているのである。詩や芸術の本体なるものが仮りにあったとしても、それがそれ自体破片化したものでしかないかもしれぬ、という現状は、多分に右のような人間精神の特殊な働きと関係があろう。本体は、かりにあったとしても、われわれの現在と交渉をもつ限りにおいて本体なのであり、しかもわれわれの現在が、世界の破片化という共通の病に深く犯されている以上、詩や芸術の本体もまた、その病を共有せざるを得ないだろう。だが、こうした状況以外のところに救済を求めるということ自体、すでに本来われわれの現在の内にしか求め得ない本体の把握を、みずから放棄することにほかならないだろう。

（『文明のなかの詩と芸術』あとがき）

《【新聞】「産経新聞」（1966-03-26）に「高村光太郎の近代性一〇年忌に思う　残された論点」掲載↓のち「高村光太郎」と改題して『現代の詩人たち　上』に収録。》

■四月

《三鷹市井口一六番地に転居。》

■五月

《【放送】二二日、ラジオドラマ「写楽はどこへいった」（脚本：大岡信　出演：小池朝雄、藤村志保ほか　音楽：湯浅譲二）NHK「芸術劇場」にて放送。脚本は『あだしの』に収録。放送記者会賞最優秀賞受賞。のち一九六八年にテレビドラマとなっている。》

私は劇作家としてはまったくの素人であって、その点については何の幻想もいだいていない。ただ、劇の形を借りて言うのが一番言いやすい種類の思念・感情が、私のうちにもあるだろうということは考える。たとえば、白状しておくが、ラジオの「写楽はどこへ行った」で私に興味があったことの一つは、写楽という謎めいた絵かきを通して、芸術家の自己抹消ということの意味を考えることであり、二つは、蔦重という出版人の中に、私にとって特別に懐しい故人、一九六一年一月に四十歳そこそこで死んだ書肆ユリイカ社主の伊達得夫を二重写ししてみることであった。
（『あだしの』あとがき）

《【雑誌】「世界文学」三号に「話し言葉と自動記述　シュルレアリスムをめぐる私的覚書」掲載→のち『現代芸術の言葉』に収録。》

《【雑誌】「太陽」四巻五号に「山門」石元泰博（写真）大岡信・唐木順三（文）掲載。》

《【雑誌】「短歌」一三巻五号に「歌のわかれ？」掲載→のち『言葉の出現』に収録。》

《【雑誌】「美術手帖」二六七号に「ファイニンガー——あるいは情緒の奥行き」掲載。》

《【雑誌】「無限　詩と詩論」二〇号に「芭蕉私論」掲載→のち「芭蕉私論　言葉の「場」をめぐって」と改題して『現代芸術の言葉』に収録。》

《【雑誌】「いけばな草月」にて連載「女……その神話」全三四回（五月〜一九七三年一〇月号）（※季刊のため年四回刊、途中「草月」と改称）→のち『風の花嫁たち』に収録。》

■七月

《【雑誌】「藝術新潮」一七巻七号に「挫折した私設美術館——西洋美術館にモダン・アートを寄贈した山村氏」掲載→のち「作られなかった私設美術館」と改題して『大岡信著作集11』〈滴々集11〉に収録。》

《【雑誌】「現代詩手帖」九巻七号に新人作品選考座談会「自分といかに闘うか」（大岡信・中江俊夫・入沢康夫）、座談会「現代芸術の課題　現状をどのように克服するか」（栗田勇・林光・羽仁進・大岡信）掲載。》

《【雑誌】「三彩」二〇三号に一月から連載中の美術時評の第七回として「画家のことばについて　アルプ、ジャコメッティその他」掲載→のち『大岡信著作集10』〈滴々集10〉に収録。ジャン・アルプ死去（六月七日）の報をうけて、「美術手帖」一九五六年一月号「画家のことば」特集に目を留めたとある。》

《【本】『クレー／カンディンスキー／ミロ（現代世界美術全集10）』河出書房新社（1966-07-15）にカンディンスキーとミロの解説掲載。》

■八月

《【雑誌】「現代詩手帖」九巻八号に「魔と愉楽」掲載→のち『大岡信著作集11』〈滴々集11〉に収録。》

《【雑誌】「詩と批評」にて連載ロベール・フィリウー著「基本日本語詩一〇〇〇」の翻訳全四回（八月〜一一月号）→のち『大岡信著作集11』〈滴々集11〉に収録。》

《【雑誌】「世界」二四九号に「光に滲透される幸福な空間――ファイニンガーの絵画」掲載。》

■九月

《【雑誌】「展望」九三号に「現代芸術批判」掲載↓のち「現代芸術批判」として『現代芸術の言葉』、『詩・ことば・人間』『ぐびじん草』に収録。》

《【雑誌】「櫂」一四号に詩「ひとりの腹話術師が語った」掲載。》

《【雑誌】「婦人之友」六〇巻九号に「藤尾とその他の女たち　漱石のヒロイン」掲載↓のち『大岡信著作集15』〈滴々集15〉に収録。》

《【雑誌】「本の手帖」六巻七号に評論「ミロの鉱脈」、ホアン・ミロ著「最近作について」の翻訳掲載。》

■一〇月

《【放送】一三日、NHK「芸術劇場」にてラジオドラマ「化《あだ》野《しの》」（脚本：大岡信　演出：久保博　出演：小池朝雄・市原悦子ほか）放送↓のち脚本は『大岡信著作集2』に収録。（のちに小池朝雄の要請を受けて、劇団「雲」のための「あだしの」を再度書き、一九六九年七月に紀伊國屋ホールにて上演。）》

《【雑誌】「現代詩手帖」九巻一〇号に書評「生田幸吉著『抒情と造型』」掲載↓のち「生野幸吉・叙情と造型」と改題して『本が書架を歩みでるとき』に収録。》

《【雑誌】「三田文学」五三巻三号に詩「薔薇・旗・城」掲載↓のち『大岡信詩集』（一九六八）「わが夜のいきものたち」収録。》

■一一月

《【雑誌】「本の手帖」六巻九号にアンドレ・ブルトン詩抄　大岡信訳掲載。》

《【本】『現代詩大系』全七巻　思潮社（一一月〜一九六七年一二月）刊行開始。通巻解説「戦後詩概観」全七回掲載↓のち『蕩児の家系』にまとめて収録。第三巻には未刊詩篇「心にひとかけらの感傷も」「ことばことば」二篇を収録。》

それにしても、思潮社の『現代詩大系』七巻の解説として書いた「戦後詩概観」という文章は、非常に書きにくかったように憶えています。現代詩について書くときは実に重苦しさを感じるのですけど、これを書いた当時は特に難しかったような気がします。いわゆる六〇年代詩人といわれる人々がそれぞれ詩集を出し始めていて、現代詩においても、言葉を扱う態度にある種の変化が生じそうな感じがあったからです。今考えてみると、実際に変化した面もあるけど、途中でうやむやになってしまった問題もあると思いますが。そういう書きにくさもあって、「はじめに」という項では何度読み返しても新鮮な「本」とはどういうものか、といったことについて一般論を書いています。現代詩がそういう「本」でありうるか、という問いがいつも僕の中にはわだかまっているため、そのことから書き出したわけです。所々で具体的な作品を引合いに出しつつ、そういう問題についても触れることができたと思いますけど、とにかく書きづらくて、僕の文章ができないために『現代詩大系』の刊行が徐々に遅れたという記憶があります。

（「詩史を書くということ」『大岡信著作集7』）

■一二月

《【雑誌】「東宝」に「現代演劇の夢と現実——わが俳優待望論」掲載↓のち「演劇とその「言葉」　現代演劇の夢と現実Ⅲわが俳優待望論」と改題して『現代芸術の言葉』に収録。》

《【雑誌】「無限　詩と詩論」二一号に詩「悲歌」掲載↓のち『大岡信詩集』（一九六八）「わが夜のいきものたち」に収録。》

《【本】『大岡昇平　（われらの文学4）』講談社（1966-12-15）に解説「大岡昇平の無垢の夢」を掲載↓のち『言葉の出現』に収録。》

《【本】『愛と美について』太宰治著　大和書房（1966-12-25）に解説掲載。》

■——この年

《この頃より、本格的に妻・深瀬サキを助手（秘書）とする。》

《【展覧会】「谷川晃一展」銀座村松画廊（一九六六年）カタログに「ひとりの腹話術師が語った」掲載。》

■1967・昭和四二年——36歳

■一月

《【雑誌】「ことばの宇宙」八号に「現代俳句の表情——季感と季語の裂け目」掲載↓のち「季節と形式言葉の「進歩主義」を排すⅠ　現代俳句について」と改題して『現代芸術の言葉』に収録。》

《【雑誌】「音楽芸術」二五巻一号に「古謡の力」掲載。》

《【雑誌】「現代詩手帖」一〇巻一号に第七回現代詩手帖賞発表選考座談会「自分の作品にきびしく」（大岡信・入沢康夫・中江俊夫）掲載。》

《【雑誌】「国語通信」九二号に「主に現代短歌について」掲載↓のちに「「季節と形式　言葉の「進歩主義」を排す」Ⅱ現代短歌について」と改題して『現代芸術の言葉』に収録。》

■二月

《【雑誌】「現代詩手帖」一〇巻二号に書評「清岡卓行詩集『四季のスケッチ』」掲載↓のち書評「清岡卓行詩集＝異郷」と改題して『現代詩人論』に収録。》

《【雑誌】「新劇」一四巻二号に「新劇とその「言葉」――主として日本と西洋の問題につき」掲載↓のち「演劇とその「言葉」現代演劇の夢と現実Ⅰ　日本と西洋の問題」と改題して『現代芸術の言葉』に収録。》

《【本】『三好達治（日本詩人全集21）』新潮社（1967-02-00）に解説掲載↓のち「三好達治」と改題して『現代詩人論』に収録。》

《【新聞】「週刊　読書人」二月一三日号に書評「小林秀雄著『芸術随想』」掲載↓のち『しおり草』に収録。》

《【雑誌】「櫂」一五号に「アイ・ラブ・ユウ」川崎洋　大岡信　飯島耕一（合作戯曲）掲載。》

■三月

《【雑誌】「中央公論」八二巻三号に「ミスティックな空間」掲載。「現代絵画の一二人」シリーズ第三回として前田常作の作品「形而上の空間「火」」の写真に文章を添える↓のち「ミスティックな空間　前田常作」として『人麻呂の灰』に収録。》

《【雑誌】「SD Spacedesign　スペースデザイン」二八号に「〈美観〉を語って欲しくない」掲載。》

《【雑誌】「音楽芸術」二五巻三号に「武満徹をめぐる二、三の観察」掲載↓のち『肉眼の思想』に収録。》

《【雑誌】「世界」二五六号に口絵解説「形が暗喩をかたる　ゴーキーの世界」掲載。》

《【新聞】「読売新聞」（1967-03-19）に詩「石と彫刻家」掲載↓のち『大岡信詩集』（一九六八）「わが夜のいきものたち」に収録。》

■四月

《【雑誌】「三彩」二一三号に「季節と文明　日本画私観」掲載↓のち『肉眼の思想』に収録。》

《【雑誌】「文藝春秋」四五巻四号に詩「春の内景」掲載↓のち『大岡信詩集』（一九六八）「水の生理」に収録。》

《【雑誌】「藝術新潮」一八巻四号に「ユトリロの「白」」掲載↓のち『装飾と非装飾』に収録。》

《【本】『日本現代文学全集77』講談社（1967-04-00）月報に「中原中也の幸福」掲載↓のち『現代詩人論』に収録。》

《【本】『詩について（ヴァレリー全集6）』筑摩書房（1967-04-30）に「詩学叙説第一講」「詩学講義概説」「わが《詩学》」大岡信訳掲載。『同全集補巻』（一九六八）には「詩学講義」（大岡信訳）掲載↓のち（一九七三～七四）、さらに一九七八年（※こ

の際に「補巻」は「補巻二」となった）の新装版にも収録。》
《【雑誌】「季刊藝術」一巻一号（創刊号）に「眼の詩学――絵画を考える試み」掲載→のち「眼の詩学　絵画の言葉」と改題して『現代芸術の言葉』に収録。》

そもそも、眼の機構というものが神秘なものなのだ。僕は自分の眼の焦点距離について知らない。僕はなぜ、一枚の画布の上の色や斑点に、深さや動勢を読みとるのか、そのメカニズムを知らない。しかし、眼の中では、たしかにある出来事が生じるのだ。いや、眼の中で出来事が生じるのかどうか、だれが知るだろう。眼を通じて、眼の奥のどこかで、出来事が生じているのだといっても、そうではないと、否定する理由はどこにもない。その、眼の奥のどこか、とは一体どこであろうか。それは、現象世界が超越的なものとまじり合う領域であるにちがいない。知覚と認識が、われわれにはまだよくわからない仕方で、交流しあっている領域であろう。しかし、それは決してわれわれとは別の神秘の領域ではなくて、われわれが日常の精神活動を営みながら、常にみずから出入りしている領域にほかならない。

おそらく、こういう領域の存在が、たしかにわれわれによって知られているからこそ、人は、「詩」の存在を信じることができるのである。詩とは、汲みつくすことのできない精神の生産行為に対して、人が与える名前にほかならない。眼の奥のどこかで生じる出来事が、絵画的な出来事であって同時に詩的な出来事でもありうるのは、そのためであるだろう。そこでは、三次元が、二次元において、四次元と接触し、交流しているのである。

今日のすぐれた画家たちの思想が、それぞれの仕方で、魅力的な哲学の相貌を帯びる例が多いのは、画家たちが、物質との直接の接触行為を通じて、精神の生産行為、あるいは、シャルダンのいう意味での「感覚」の世界の秘密を、ますます明瞭に自覚し、その秘密の解明に途方もなく心を惹かれているからにほかなるまい。それは、いいかえれば、人間の創造行為という、この最も魅力的な謎に対する接近の試みにほかならないのである。

（「眼の詩学　絵画の言葉」『現代芸術の言葉』）

《【雑誌】「現代詩手帖」一〇巻四号に詩「地名論」掲載→のち『大岡信詩集』（一九六八）に収録。》

水道管はうたえよ
御茶の水は流れて
鵠沼に溜り
荻窪に落ち
奥入瀬で輝け

サッポロ
バルパライソ
トンブクトゥーは
耳の中で
雨垂れのように延びつづけよ
奇体にも懐かしい名前をもった
すべての土地の精霊よ
時間の列柱となって
おれを包んでくれ
おお　見知らぬ土地を限りなく
数えあげることは
どうして人をこのように
音楽の房でいっぱいにするのか
燃えあがるカーテンの上で
煙が風に
形をあたえるように
名前は土地に
波動をあたえる
土地の名前はたぶん
光でできている
外国なまりがベニスといえば
しらみの混ったベッドの下で
暗い水が囁くだけだが
おお　ヴェネーツィア
故郷を離れた赤毛の娘が
叫べば　みよ
広場の石に光が溢れ
風は鳩を受胎する
おお
それみよ
瀬田の唐橋
雪駄のからかさ
東京は
いつも
曇り

（詩「地名論」）

この詩（編集部注：「地名論」）については思い出すことがいくつかあります。『現代詩手帖』の大ベテランの編集者で、詩人でもある八木《やぎ》忠栄《ちゅうえい》君という人がいます。ある年末、僕は彼に頼まれて詩を書くことになったのですが、放っているうちに気が付いたら明日が締め切りなんですね。その頃の僕は読売新聞ではなく、すでに明治大学に勤めていました。入学試験の問題を徹夜に近いことをして作り終え、はっと気付いたら八木君に明日の朝、詩を渡さなくてはならない。それでものすごく慌てて、午前三時頃だったと思いますが、寝る前に大急ぎで書いたのがこの詩です。急いで書こうとしているときに、思いつくことと言ったら身の回りのことです。水を飲んだ瞬間に、水道の詩を書こうと思ったんですね。

（「大岡信フォーラム」会報二四号）

■六月

《【雑誌】「SD Spacedesign　スペースデザイン」三一号に「PENINSULAR! 加納光於展」掲載→のち『加納光於論』に収録。》

《【雑誌】「現代詩手帖」一〇巻六号に武満徹との対談「言葉と音の世界」掲載→のち『言葉という場所』掲載。》

■七月

《【雑誌】「現代詩手帖」一〇巻七号に谷川俊太郎との対談「休暇の経度と緯度」掲載→のち『言葉という場所』に収録。》

《【雑誌】「短歌」一四巻七号（窪田空穂追悼特集号）に「窪田空穂論序説——空穂における近代」掲載。》

《【本】『島崎藤村必携』学燈社（1967-07-30）に「藤村詩管見」掲載。》

■八月

《【雑誌】「あいなめ」一八号に詩「夜が雷管をもって」掲載→のち『透視図法——夏のための』に収録。》

《【雑誌】「中央公論」にて連載「芸術時評」全九回（八月〜一九六八年五月号）→のち『肉眼の思想』に収録。一部『ミクロコスモス瀧口修造』にも収録。》

《【本】『昆虫記　少年少女世界の文学　別巻2』河出書房新社（1967-08-10）に本文翻訳とまえがき掲載。》

《【新聞】「朝日新聞」にて連載「詩・言葉・人間」全四回（八月一七日号、一九六八年五月二〇日号、一九六九年六月一六日号、一九七〇年二月一二日号）→のち『言葉の出現』『ぐびじん草』に収録。》

《【本】『日本の旅名詩集3』三笠書房（1967-08-20）に詩「心にひとかけらの感傷も」掲載。『現代詩大系3』からの再掲。》

■九月

《【新聞】「明治大学新聞」（1967-09-14）に「いい詩には毒がある」掲載→のち「詩集を読むことについて」と改題して『大岡信著作集3』〈滴々集3〉に収録。》

《【本】『現代芸術の言葉（晶文選書）』晶文社（1967-09-30）刊行→のち『現代芸術の言葉　晶文選書　第二版』（一九六九）。詩、美術、演劇における言葉の問題を論じたものを集めた評論集。》

われわれ自身や行為はいうまでもないが、そもそもわれわれを取巻いている事物や行為は、すべて言葉とみなされるべきではないか？

（『現代芸術の言葉』あとがき）

《【雑誌】「展望」一〇五号に座談会「現代芸術と美のゆくえ」掲載。》

《【新聞】「明治大学新聞」（1967-09-14）に「いい詩には毒がある」掲載→のち「詩集を読むことについて」と改題して『大岡信著作集3』〈滴々集3〉に収録。》

■一〇月

《瀧口修造の誕生日と『詩的実験』の刊行を祝う会の後、飯島耕一、吉岡実と西脇順三郎宅を訪問。》

《【本】『窪田空穂全集27』角川書店（1967-10-00）の月報に追悼座談会Ⅱ「人間空穂とその周辺」（森伊左夫・大岡信・窪田升二・武川忠一）（座談：五月三〇日）掲載。》

《【雑誌】「波」一巻四号に書評「大江健三郎著『万延元年のフットボール』」掲載。》

《【雑誌】「菩提樹」九・一〇月号に「「まひる野」の短歌と詩」掲載。》

《【本】『詩の本一　詩の原理』筑摩書房（1967-10-20）に「日本近代詩の流れ――詩論の展開」掲載→のち『詩の本一　詩の原理（新装版）』筑摩書房（一九七四）。》

《【雑誌】「天秤」一二号に「水と空気の捕捉者　津高和一個展」掲載→のち「津高和一　水と空気の捕捉者　津高和一個展」として『生の昂揚としての美術』に収録。》

■一一月

《【雑誌】「藝術新潮」一八巻一一号に「現代のリリスム」掲載→のち『肉眼の思想』に収録。》

《【雑誌】「文學界」二一巻一一号に宮崎譲について書いたエッセイ「ある詩人の話」掲載→のち『青き麦萌ゆ』に収録。》

《【本】『言語教育の問題点（言語教育学叢書6）』文化評論出版（1967-11-20）に「人格的現象としての言葉」掲載→のち「言葉と人格」と改題して『詩とことば』に収録。》

■一二月

《【放送】一〇日、NHK「芸術劇場」にてラジオドラマ「麟太郎」（脚本：大岡信　出演：森雅之・西山辰夫・桝谷一政）放送。》

《【雑誌】「朝日ジャーナル」九巻五〇号に書評「長広敏雄著『東洋の美・こころとかたち』」掲載。》

《【雑誌】「文藝」六巻一二号に「百年後に知己を持つ　『榎本武揚』」掲載→のちに「舞台を歩む夢と現実」として『大岡信著

作集10』に収録。》

《【本】『日本の近代詩』読売新聞社（1967-12-20）に「佐藤春夫と堀口大学」掲載。》

■1968・昭和四三年――37歳

■一月

《【雑誌】「ジュニア文芸」二巻一号に「第一回ジュニア詩人大賞　選者のことば」掲載。》

《【雑誌】「現代詩手帖」一一巻一号に瀧口修造との「往復書簡」掲載→のち「瀧口修造」として『現代詩人論』『ミクロコスモス瀧口修造』に収録。》

《【雑誌】「現代詩手帖」一一巻一号に「〈ひらかれた詩〉のためのテーゼ」ジャン・クラランス・ランベール　大岡信訳掲載。》

《【雑誌】「詩と批評」三巻一号に詩「通過する男の夜の歌」掲載→のち「渡る男」と改題して『悲歌と祝祷』に収録。》

■二月

《【本】『大岡信詩集』思潮社（1968-02-15）刊行。単行本としては未刊の詩集群「物語の人々」「水の生理」「献呈詩集」「わが夜のいきものたち」「方舟」を含む総合詩集。

《【雑誌】「バルコン」（劇団四季・第四七回公演プログラム）に「夢の結晶が舞台のうえを歩む」を掲載→のち「舞台を歩む夢と現実」『大岡信著作集10』に収録。》

《【雑誌】「展望」一一〇号に「建築思想の地平をひらく有孔体理論」掲載→のち「三人の現代芸術家　原広司」と改題して『肉眼の思想』に収録。》

《【本】『中原中也詩集（日本の詩集10）』角川書店（1968-02-00）に「評伝」掲載→のち「二・中原中也の詩と思想」と改題して『現代詩人論』に収録。》

《【新聞】「日本読書新聞」（1968-02-19）に書評「澁澤龍彦・幻想の画廊から」掲載→のち『本が書架を歩みでるとき』に収録。》

《【雑誌】「藝術新潮」一九巻二号に「カルダーの「サーカス一座」」掲載。》

■三月

《【雑誌】「インテリア」一〇八号に伊原通夫作品に添える文章として「伊原通夫三題」掲載。》

《【雑誌】「群像」二三巻三号に書評「現代詩人による現代小説批判　藤枝静男著『空気頭の幻想と現実』」掲載→のち「藤枝静男・空気頭」と改題して『本が書架を歩みでるとき』に収録。》

《【雑誌】「現代詩手帖」一一巻三号に天沢退二郎との対談「書くことの新しい視点」掲載↓のち『言葉という場所』に収録。》
《【本】『現代詩評釈』学燈社（1968-03-20）に鑑賞「三好達治／草野心平」掲載。》

■四月
《【雑誌】「美」五号に「中原佑介三題」掲載。》
《【雑誌】「美術手帖」二九六号に「ボナール――または人間よ、きみ自身に親切なれ」サム・フランシス　大岡信訳掲載↓のち「小さな星座ボナール」と改題して『大岡信著作集3』に収録。》
《【本】『わが愛する詩』思潮社（1968-04-01）に「たれか謂ふわが詩を詩と」掲載↓のち『忘れえぬ詩　わが名詩選　詩の森文庫　思潮社　（二〇〇六）。》
《【本】『日本文学の歴史　第一二巻　現代の旗手たち』角川書店（1968-04-20）に「ダダイズムから戦後詩まで」掲載。》
《【講演】二五日、思潮社創立一〇周年記念シンポジウム「詩に何ができるか？」（於厚生年金会館小ホール）に、山本太郎、岩田宏、中江俊夫、入沢康夫、富岡多恵子、谷川俊太郎、天沢退二郎、長田弘、鈴木志郎康、（司会・菅谷規矩雄、渡辺武信）らとともに出席。第一部は詩人たちの朗読、第二部は大岡信の講演、第三部は討論会という構成であった。》

開場は五時三〇分の予定だったが、すでに三時三〇分頃から会場にやってきた人たちがあり、たちまち長い行列ができたので、時間を繰り上げて五時に開場。入場者の長蛇の列を呑み込んだホールは開演時間の六時には、すでに定員を大幅にオーバーしてしまった。通知を出したにも関わらず、各新聞社の案内欄にはついに載せてもらえず、当日会場に行くまで客足を懸念していた思潮社の全員もこれにはまったくドギモを抜かれた。いや、詩人たちも、入場者自身さえもあっけにとられていたようであった。あまりに入場者の数が多く、ホールの事務所から再三強硬に「入場ストップ！」をかけられた。しかし客足はおとろえず、ホールの事務所側と主催者、主催者と入場者のあいだで「まだ入る余地がある」「これ以上定員をオーバーしては責任が持てません！」「ちょっと聴くだけでいい」……などのやりとりがあり、多くの熱心な人たちに入り口でお帰り願う破目になってしまった。　（「現代詩手帖」七月号）

《【講演】三〇日、「なにかいってくれいますがす」（草月会館）連続シンポジウム第五回　仮面座の四人に大岡信自身も加わり五人で上演。のち「きらきら」と改題して『遊星の寝返りの下で』に収録。》

■五月

《二一日、「朔太郎忌」に西脇順三郎とともに出席。》

《【雑誌】「みづゑ」七六〇号に対談「作家登場　菅井汲」（菅井汲　山城隆一　大岡信）」掲載。》

《【雑誌】「國文學　伝統と現代」創刊号に「私の中の古典」掲載↓のち「序にかえて――私の中の古典」と改題して『たちばなの夢』に収録。》

《【本】『ジャム詩集（世界の詩人7）』河出書房新社（1968-05-15）に翻訳掲載↓のち『大岡信著作集3』に収録。》

《【雑誌】「藝術新潮」一九巻五号に前田常作との対談「省略と消去の芸術」掲載。》

■六月

《【雑誌】「現代詩手帖」一一巻六号　特集「入沢康夫」に「入沢康夫」掲載↓のち『現代の詩人たち　上』に収録。》

《【雑誌】「現代詩手帖」一一巻六号に「『わが出雲・わが鎮魂』への伴奏的称讃」掲載。》

《【雑誌】「國文學　解釈と教材の研究」一三巻七号に「お伽草子」掲載↓のち「お伽草子――世俗性と芸術性について」と改題して『たちばなの夢』に収録。》

《【雑誌】「朝日ジャーナル」一〇巻二五号に「鑑賞席　現代日本美術展」掲載。》

《【雑誌】「展望」一一四号に「三次元的造形からの脱出」掲載↓のち「三人の現代芸術家　山口勝弘」と改題して『肉眼の思想』に収録。》

■七月

《【雑誌】「デザイン批評」六号に「さわる、きらきら――舞台のための構成」掲載。》

《【雑誌】「現代詩手帖」一一巻七号に「声としての詩――朗読を聴いて即興的に」掲載。》

《【雑誌】「三彩」二三〇号に書評「寺田透著『わが中世』」掲載↓のち「わが中世」と改題して『言葉の出現』に収録。》

《【雑誌】「本の手帖」八巻五号に「マルセル・プルースト」フィリップ・スーポー著　大岡信訳掲載。》

《【雑誌】「無限　詩と詩論」二四号に座談会「現代詩と美術」（栗田勇・針生一郎・東野芳明・土方定一・大岡信（司会））掲載。》

■八月

《【雑誌】「三彩」二三三号　特集「白隠」に「白穏督見」掲載↓のち『装飾と非装飾』に収録。》

《【雑誌】「日本文学」一七巻八号　抒情詩集「私にとって抒情とは何か」に「火をください」掲載↓のち『言葉の出現』に収録。》

《【雑誌】「櫂」一七号に「きらきら――舞台のためのエチュード」掲載↓のち「きらきら」と改題して『遊星の寝返りの下で』に収録。》
《【放送】一七日、NHKラジオ芸術劇場にて「次郎」(大岡信脚本　守口爽和・劇団三十人会出演)放送。》
《【新聞】「読売新聞」(1968-08-24)に詩「在りし日」掲載↓のち「そのかみ」と改題して『悲歌と祝祷』に収録。》
《【放送】二二日、NHK劇場にてテレビドラマ用に改作した「写楽はどこへ行った」(出演:佐藤慶・山形勲・露口茂・岸田今日子ほか　音楽:湯浅譲二　演出:遠藤利男)を放映。のちイタリア賞参加。》

私はこの改作に難渋し、最後は遠藤さんと二人で渋谷の旅館にとまりこんで苦吟したが、窓が極端に小さいその部屋は、設計上の感じからすると、原稿執筆に向いている部屋というよりは連込み客専用の部屋と考えた方が自然な部屋で、なぜなら連込み客にとっては窓など小さいものであった方がむしろ都合がよく、それゆえ遠藤さんと私は通風のわるさに悩まされながら、交互にひっくりかえっては天井をながめて呻っていたのだった。

(『あだしの』あとがき)

■九月

《【展覧会】「藤松博展」南画廊(九月)カタログに詩「壜とコップのある」掲載↓のち『透視図法――夏のための』に収録。》
《【雑誌】「展望」一一七号に「テクノロジーでひらく造形言語」掲載↓のち「三人の現代芸術家　宇佐美圭司」と改題して『肉眼の思想』に収録。》
《【雑誌】「短歌」一五巻九号に窪田空穂全集完結記念座談会「空穂縦横　近代文学史上の位置」(大岡信・武川忠一・藤平春男・富士田元彦(司会))掲載。》
《【本】『エルンスト/ミロ/ダリ　(世界美術全集23)』河出書房新社(1968-09-15)に解説掲載。》
《【本】『画集　岡本太郎』美術出版(1968-09-00)に「苦悩とともにある歓喜　岡本太郎論」掲載↓のち『現代美術に生きる伝統』に収録。》
《【本】『現代人の思想6』平凡社(1968-09-20)に「美はどこにあるか」掲載。『文明のなかの詩と芸術』からの再掲。》

■一〇月

《【雑誌】「現代詩手帖」一一巻一〇号に詩「壜とコップのある」掲載↓のち『透視図法――夏のための』に収録。》
《【雑誌】「現代詩手帖」一一巻一〇号　特集「瀧口修造」に座談会「瀧口修造の存在」(粟津則雄・飯島耕一・武満徹・大岡信)掲載。》

《【雑誌】「國文學　解釈と教材の研究」一三巻一二号に「平家物語のこころ」↓のち「平家物語のこころ――死の描きかたについて」と改題して『たちばなの夢』『古典のこころ』に収録。》

《【本】『丸山薫　田中冬二　立原道造　田中克己　蔵原伸二郎（日本の詩歌24）』中央公論社（1968-10-15）に「詩人の肖像」（丸山薫　田中冬二　立原道造　田中克己　蔵原伸二郎　についてそれぞれふれている）掲載。のち作家ごとに「丸山薫」↓『現代詩人論』『昭和詩史』『しのび草』に収録、「田中冬二」↓『昭和詩史』『しのび草』に収録、「立原道造」↓『昭和詩史』『しのび草』に収録、「田中克己」↓『現代詩人論』『昭和詩史』に収録、「蔵原伸二郎」↓『昭和詩史』に収録↓のち『日本の詩歌24　丸山薫・田中冬二・立原道造・田中克己・蔵原伸二郎（中公文庫）』（一九七六）、『日本の詩歌24　丸山薫　田中冬二　立原道造　田中克己　蔵原伸二郎（新訂版）』（一九七九）。》

《【本】『アラゴン　エリュアール　プレヴェール詩集（世界詩人全集18）』新潮社（1968-10-20）のプレヴェールの詩訳を担当↓のち『大岡信著作集3』に収録。》

《【本】『島崎藤村（現代日本文学大系13）』筑摩書房（1968-10-00）月報2に「藤村詩の朗読」掲載。》

《【楽曲】二〇日、埼玉県立春日部工業高等学校校歌（大岡信作詞　牧野統作曲）制定。》

■一一月

《四日、「西脇順三郎展」文春画廊（一一月）オープニングに出席。》

《【雑誌】「映画芸術」一六巻一二号に「断ち切られた生への願望」掲載↓のち「スクリーンからもらった言葉」として『大岡信著作集10』に収録。》

《【雑誌】「文学」三六巻一一号に「古今集の新しさ――言語の自覚的組織化について」掲載↓のち『たちばなの夢』に収録。》

《【雑誌】「文藝」七巻八号に「芸術家の「偽善性」――藤田嗣治追悼展」掲載。》

《【本】『語るピカソ』みすず書房（1968-11-05）刊行。ブラッサイ著　飯島耕一　大岡信訳。》

《【新聞】「産経新聞」（1968-11-21）に書評「詩の生成の根源つく　寺田透著『詩のありか』」掲載↓のち「詩のありか」と改題して『本が書架を歩みでるとき』に収録。》

■一二月

《一八日、沼津中学時代の同人誌「鬼の詞」の仲間であり親友でもある、太田裕雄死去。》

波のきらめく狩野川のふちで

たちはら　みちざう
だざい　をさむ　を
教へてくれたのはかれだ

戦ひに敗れた日の
空腹と愁ひをそそる夏雲に
ぼくらはともづなを解いたのだが

苦しみの車馬を幾台も幾台も乗りつぶし
なだめすかしてぶらさげてきた
胃下垂の裾野のはてには闇があつた

かれは去年　ひと夏を甦つてすごし
それからふはりと軽くなり
冬のさなかに　息が消えた
胃袋にくらひついた蟹をかかへて

希望といふ残酷な光は
水平線にまだ漂つてゐる時刻なのに

（詩「そのかみ」より）

《【雑誌】「現代詩手帖」一一巻一二号「現代詩年鑑'69」の「詩人が選んだ今年の代表作」に詩「壜とコップのある」掲載。》
《【本】『谷川俊太郎詩集（角川文庫）』角川書店（1968-12-20）に解説掲載→のち『現代詩人論』に収録。》
《【雑誌】「文学」三六巻一二号に「言葉の出現」掲載→のち「告知」と改題して「告知」へのノートも加え『透視図法——夏のための』『言葉の出現』に収録。》

「言葉の出現」でやったのは、自分自身を外に押し出す、脈絡を立てて自己主張するということとはむしろ反対の行為なんですね。むしろ自己主張をできるだけ押えることを方法的に実行して、それによって裏返しに自分を書くという方法です。僕が自分を出そうとしたようにみえるものが、そういう形をとったということが、自分でも考えてみると面白いのですね。こういう行き方は、自分なりにシュルレアリスムに関心を持ってきたこととも関係があるかもしれません。また、その後書くことになる「うたげと孤心」という文章にも、これは理論的に繋がっているわけです。

（「出合いから生まれる要素」『大岡信著作集6』）

■——この年
《【本】『昭和批評大系4』番町書房（一九六八）に「抒情の批判——昭和十年代の抒情詩」掲載。》

《【本】『人生の名著19』大和書房（一九六八）に解説掲載。》

■1969・昭和四四年――――38歳

■一月

《【雑誌】「藝術新潮」にて連載「現代作家のなかの伝統」全一二回（一月～一二月号）↓のち「現代作家の中の伝統」として『現代美術に生きる伝統』に収録。》

《【雑誌】「朝日ジャーナル」一一巻一号に「現代の創造――謀反する肉体」掲載↓のち「現代の創造――序にかえて」と改題して『肉眼の思想』に収録。》

《【新聞】「読売新聞」にて連載コラム「詩壇」全一二回（一月～一二月号）↓のち「詩壇時評　一九六九」として『現代の詩人たち　下』に収録。》

《【本】『黒いユーモア選集　下巻』国文社（1969-01-20）にジャック・プレヴェールの翻訳掲載↓のち『黒いユーモア選集二（河出文庫）』（二〇〇七）。》

■二月

《【本】『現代詩人論　（角川選書13）』角川書店（1969-02-20）刊行↓のち『現代詩人論　講談社文芸文庫（二〇〇一）。詩人論のみを集めた評論集。》

はじめて書いたのは、大学二年のときの「菱山修三論」で、そのころ読んでいたこの詩人の作品に、いわばある別れを告げるつもりで書いた。その次に書いた詩人論は、ポール・エリュアール論で、これはむしろ友人のだれかれに、詩人発見の喜びをつたえたい気持で書いた。詩人論は、ぼくにとっては、そんな必要から始まった。本書におさめたものは、多くの場合、求められて書いたものだが、なんらかの意味でぼくにとって必要だった詩人たちについてのものであることには変わりがない。

（『現代詩人論』あとがき）

《【雑誌】「婦人之友」六三巻二号に前田常作作品評「金色の夢」掲載。》

《【本】『言語空間の探検　（現代文学の発見13）』學藝書林（1969-02-10）に「記憶と現在」と解説「「現代詩」の成立――「言語空間」論」掲載↓のち「現代詩と「言語空間」」と改題して『言葉の出現』に収録。》

《【雑誌】「俳句研究」三六巻二号に「俳句という詩」（第5回現代俳句全国大会講演）掲載。》

■三月

《【雑誌】「日本歌人クラブ」三五号に短歌・俳句の定型詩と現代詩についての論考「歌壇と詩壇」を掲載→のち「短歌と俳句　俳句や歌のこと一」として『言葉の出現』に収録。》

ぼく自身は、歌人である父親の書斎で、幼いころから歌書や歌誌に接して育ったためもあって、短歌の本を読むのを好む。友人の詩人たちの中には、吉岡実のように、少年時代白秋ばりの短歌を書いていた者もいるし、また、食わず嫌いで（ぼくらが詩というものを知ったころ、ちょうど小野十三郎、桑原武夫などの短歌、俳句否定論が出て、ぼくらはそれに大きな影響あるいは感銘を受けているのだ）短歌を読まないものもいる。そういう、短歌嫌いの友人たちからみると、ぼくの詩は短歌的な情緒の尻尾をぶらさげているらしいのだが、他方、寺田透氏は、ぼくの詩集のために書かれた長い文章で、ぼくの詩が、歌人を父親にもつ人間として、あまりといえばあまりなほどに、短歌的な性質を欠いているといって嘆かれた。そして当のぼく自身は、どちらの意見にも賛成したいような、複雑な感じをもっている。

戦後詩人として、戦前のモダニズムの詩にひとつの完成をもたらした田村隆一は、ぼくの家へ酒を飲んで寝巻姿のままあらわれ、日本近代の大詩人は茂吉と虚子、と何度も咆哮した。「眼は一代、味は三代」と田村はいうのだ。「モダニストは、結局、眼で生きているのだ。一代かぎりの存在なのだ。だから立派なんだぞ。しかし、だから茂吉や虚子にはかなわないのだ」と田村はいう。そういう言葉の裏側には、モダニズムから出発した田村隆一自身の、ある種の深い絶望感もあろう。だが、そもそも現代詩などというものを書きながら、絶望感をもっていないような詩人はいないにちがいないのである。ぼくとしては、今のところ、この絶望感を飼いつづけてゆくほかないだろうと思っている。これは、現代詩がその出発当時からすでに内包していた可能性のひとつであって、今さら歴史を逆回転させることはできない相談だ。

ただ、ぼくにはたとえば啄木が「食ふべき詩」のような晩年の評論で論じていることが、たえず気にかかる。いかに観念の世界に深く入りこんでいっても、詩の根源にはつねに「生活」があり、啄木はかれのやり方で、その問題にひとつの決着をつけた。かれの短歌とかれの生活との結びつきの密接さは、現代詩と生活という問題を考えるとき、つねにぼくの頭にある強い影をおとす。窪田空穂の歌を読むときにも、ぼくはたえずそういう問題に自分の思考が誘われてゆくのを感じる。短歌の問題は、そういう点で、現代詩の問題になるし、これからもなるだろうと思うのだ。

（「短歌と俳句　俳句や歌のこと　一」『言葉の出現』）

《【雑誌】「三彩」二四二号（増刊号）に「竹久夢二の詩」掲載

↓のち「竹久夢二――ロマネスク趣味から嘆きの深みへ」と改題して『明治・大正・昭和の詩人たち』に収録。》
《【雑誌】「郵政」二一巻三号に「アンケート――あなただったら？「残したい日本の伝統は」　今月のゲスト　大岡信」掲載。》
《【雑誌】「本の手帖」九巻二号に詩「恋する男のいる」掲載↓のち「王城・黙秘する塵のいる」「不能・恋する青年のいる」となって『透視図法――夏のための』に収録。》
《【本】『寺田透・評論I　一九三五――一九四九　現代一瞥1』思潮社（1969-03-15）に解説「わが寺田透入門」掲載↓のち「寺田透入門」として『言葉の出現』に収録。》

■四月
《【本】『蕩児の家系　（現代の批評叢書2）』思潮社（1969-04-01）刊行↓のち『蕩児の家系（新装版）』（一九七五）、『蕩児の家系（復刻新版）』（二〇〇四）。「昭和詩の問題」、思潮社版『現代詩大系』（全七巻）の解説として書かれた「戦後詩概観」を含む評論集。この年の藤村記念歴程賞受賞作となる。》

　蕩児の家系という題名は、いうまでもなく〈蕩児の帰郷〉という例の物語（編集部注：新訳聖書にある、放蕩ざんまいの息子が改心して家に帰ってきたとき、父が寛大に迎え入れたという話）に由来する。（中略）近代日本における新しい詩的表現は、いわゆる近代詩・現代詩という形をとって歴史をきざんできたが、短歌、俳句、あるいは文語定型詩という旧家からとびだした放蕩息子である口語自由詩の足跡を、ぼくなりの観点から追跡し、再構成してみようとしたのが、この本のおおよその成りたちである。

（『蕩児の家系』あとがき）

　この本が出て間もなくの頃、山本太郎さんから「オレが今から言うことにイヤだといってくれるなよ」という電話があって、この本ならびに僕の批評活動に対して歴程賞を与えることになったから受けてくれということでした。詩人たちが集まって選んでくれた賞ですから、喜んでありがたく頂戴しました。まあ詩史というものはいろんなやり方で書かれ得るし、実際に書かれているわけですが、できればもっと若い詩人たちの中から、僕などとは違う観点に立って現代詩史を書いてくれる人が出るといいな、と思っています。

（「詩史を書くということ」『大岡信著作集7』）

《【雑誌】「國文學　解釈と教材の研究」にて連載「日本詩歌の鑑賞」全二一回（四月～一九七四年二月号）↓のち部分的に『明治・大正・昭和の詩人たち』『たちばなの夢』『ことばの力』に収録。》

《【本】『現代詩鑑賞講座1』角川書店（1969-04-00）にシンポジウム「詩とは何か」（小海永二（司会）・大岡信・田村隆一・宗左近）掲載。》

■五月

《【本】『世界名詩集　（世界文学全集　別巻1）』河出書房新社（1969-05-00）にポール・エリュアールの翻訳掲載。↓のち『大岡信著作集3』に収録。》

《【本】『われわれにとって万博とはなにか』田畑書店（1969-05-00）に「未来芸術への模索」掲載。》

《【雑誌】「図書」二三七号に「さつきはるばると」掲載↓のち『言葉の出現』に収録。》

《【雑誌】「世界」二八二号に「日本の前衛絵画側面観　北脇昇をめぐって」掲載↓のち『生の昂揚としての美術』に収録。》

《【雑誌】「文芸広場」一七巻五号に「菅井さんの話」掲載。》

《【雑誌】「文藝春秋」四七巻五号に詩「風景・恋する少年のいる」掲載↓のち『透視図法――夏のための』に収録。》

■六月

《【本】『肉眼の思想』中央公論社（1969-06-30）刊行。↓のち『肉眼の思想　現代芸術の意味（中公文庫）』（一九七九）。芸術時評を中心とした評論集。》

現代芸術は今大きな過渡期の瀬を渡っている。その瀬の荒い流れ、大小さまざまな波にもまれつつ、自分の位置をたしかめ、全体の展望を得ようと努力している一人の人間の、展望と批評の書として読んでいただければ幸いである。

（『肉眼の思想』あとがき）

《【雑誌】「三彩」二四五号に書評「粟津則雄著『思考する眼』」掲載↓のち『本が書架を歩みでるとき』に収録。》

《【展覧会】「菅井汲展」京都国立近代美術館（六月）カタログに「菅井汲との対話」↓のち『大岡信著作集11』〈滴々集11〉に収録。》

《【雑誌】「郵政」二一巻六号に「ご意見拝聴　郵便番号のこと」掲載。》

■七月

《【公演】二五日〜二九日、ラジオドラマ「あだしの」（一九六六年一〇月二三日放送）を大きく改作した戯曲「あだしの」が劇団「雲」によって紀伊國屋ホールで上演（出演：小池朝雄、藤村志保ほか　舞台：伊原通夫）。》

右（『あとがき集』参照）はラジオの「あだしの」を書くにあ

たって心覚えのために書きとめておいた下書きである。（中略）のち散文詩風の作品『彼女の薫る肉体』（「都市」創刊号、のち湯川書房より三百部限定出版）を書いたとき、ふたたびこの下書きのテーマにもどった。下書きの内容そのものは、「あだしの」よりはむしろこの作品においての方が、生きているかもしれない。

（『あだしの』あとがき）

《【雑誌】「ユリイカ」にて連載「断章」全一一九回（七月～一九八三年一月。ただし確認分のみ。）↓のち一九七一年一月号までを『彩耳記』、一九七一年二月～一九七二年九月号を『狩月記』、一九七二年一〇月～一九七三年一一月号を『星客集』、一九七三年一二月～一九七四年一二月号を『年魚集』、一九七六年四月～一九七七年一〇月号を『逢花抄』、一九七七年一二月～一九七九年五月号を『宇滴集』に収録。以降は未収録。他の書籍にまとめられたものもある（別途記述）。》

清水康雄氏が「ユリイカ」を復刊したいという希望をもち、伊達得夫の「ユリイカ」に比較的深いつきあいのあった人々に意見をききたいというので、皆で集ったことがある。集った人の大半は、新しい詩誌の発行について楽観的ではなかった。実は私もその一人だった。しかし清水さんはやれると思うといった。かつての「ユリイカ」の気風を受けつぎながら、新しいものをつけ加えた雑誌を作りたい、頑張ればやれると思う、といった。私は、楽観的な予想はもてないながら、できるだけの協力はしようと思っていた。何本かの連載ものが必要だね、という話になったが、私には成案はなかった。私が用事で一足先に帰ったあと、大岡はノートに断片を書いたものをもっているのではないか、それを雑誌に発表させたらどうか、という話が出たらしい。私にそんな隠し財産があるわけもないが、それでもあちこち引っくりかえせば、ノートの一冊、二冊は出てくるものである。連載「断章」はそういう形で、いわば泥縄式に開始されることになった。

（『彩耳記』あとがき）

《【雑誌】「櫂」一八号に詩「あかつき葉っぱが生きている」掲載↓のち『透視図法――夏のための』に収録。》

《【新聞】「毎日新聞」（1969-07-26）に「毎日書道展を見て」掲載↓のち「書には流露するものを　毎日書道展を見て（一九六九）」と改題して『大岡信著作集15』〈滴々集15〉に収録。》

《【本】『大岡信詩集　現代詩文庫24』思潮社（1969-07-15）刊行。》

《【本】『日本詩人全集34　昭和詩集2』新潮社（1969-07-00）の編集解説と詩篇収録。》

《【本】『現代詩鑑賞講座8　現代詩篇2　歴程派の人びと』角

川書店（1969-07-00）に「菱山修三」掲載→のち『昭和詩史』に収録。》

■八月

《【雑誌】「新劇」一六巻八号に「あだしの四景」掲載→のち『あだしの』に収録。》

《【雑誌】「世界」二八五号に書評「外山滋比古著『近代読者論』」掲載→のち「外山滋比古・近代読者論」と改題して『本が書架を歩みでるとき』に収録。》

《【雑誌】「本の手帖」九巻四号に詩「瀧口修造に捧げる一九六九年六月の短詩」掲載→のち『透視図法――夏のための』『ミクロコスモス瀧口修造』に収録。》

《【本】『わが内なる言葉』広島同時代人の会（1969-08-00）に詩「言ってください　どうか」掲載→のち改稿して『遊星の寝返りの下で』に収録。》

《【本】『現代詩鑑賞講座12　明治・大正・昭和詩史』角川書店（1969-08-00）に「昭和詩史　一」掲載→のち『昭和詩史』に収録。》

■九月

《【雑誌】「現代詩手帖」一二巻九号に詩「わが妻のアドレッセンスを憶いおこす詩」掲載→のち「親しき者の幼き日への遠望」と改題して『透視図法――夏のための』に収録。》

《【本】『現代結社代表歌人選集　近代短歌シリーズ・人と作品　別巻』桜楓社（1969-09-00）に「窪田章一郎」掲載→のち「窪田章一郎の歌」と改題して『短歌・俳句の発見』にも収録。》

《【本】『講座日本文学11　近代編』三省堂（1969-09-00）に「現代詩の動向――その基礎概念を形成するための試み」掲載→のち「現代詩の出発」と改題して『言葉の出現』に収録。》

《【雑誌】「國文學　解釈と教材の研究」一四巻一二号に「現代詩の誘惑」掲載。》

《【新聞】「毎日新聞」（1969-09-01）に詩「夏の終り」掲載→のち『透視図法――夏のための』に収録。》

《【新聞】「読売新聞」（1969-09-08）に「日本人の美と自然」掲載→のち『子規・虚子』収録。》

《【本】『正岡子規・伊藤左千夫・長塚節・高浜虚子・河東碧梧桐（日本の詩歌3）』中央公論社（1969-09-15）の月報に「子規文章讃」掲載→のち『子規・虚子』に収録。》

《【本】『現代詩鑑賞講座11　現代詩篇5　戦後の詩人たち』角川書店（1969-09-30）に「戦後の詩」「疑問符を存在させる試み」掲載。》

■一〇月

《【雑誌】「郵政」二二巻一〇号に評論「生活と表現」掲載。》

■一二月

《【雑誌】「ユリイカ」一巻六号に詩「接触と波動」掲載↓のち『透視図法——夏のための』に収録。》

《【雑誌】「現代詩手帖」一二巻一二号　現代詩年鑑'70に「瀧口修造に捧げる一九六九年六月の短詩」〈本の手帖　八月号〉掲載。》

《【雑誌】「短歌」一六巻一二号に「塚本邦雄の世界」掲載。》

《【雑誌】「文藝」八巻一二号に「「見る」ことをめぐる思索の連なり——寺田透「芸術の理路」」掲載↓のち「芸術の理路」と改題して『言葉の出現』に収録。》

《【雑誌】「都市」創刊号に詩「彼女の薫る肉体　または私の出会った狂女」掲載。全二章の形で収録。最後に著者註記「この作品第一章は、一九六八年六月一七日付の週刊「読書人」に発表した「彼女と彼——または詩について」を原型としている」あり↓のち『彼女の薫る肉体』『遊星の寝返りの下で』に収録。》

《【放送】ＮＨＫ教育テレビで、ミロを囲む座談会に今泉篤男、佐野繁次郎、高階秀爾とともに出演。》

NHK 教育テレビ　ミロを囲む座談会

テレビに出た時の話の内容は、今まったく記憶にない、ミロと何を話したのかも覚えがない。私の手もとには、出演者がスタジオで一緒にいる写真があるのだから、ミロがそこにいたことは確かである。ミロは無言で、しかし少しも窮屈げにではなく、まるで浜辺の流木か石ころにでもなったような感じで、彼の作品の複製がたくさんカメラの眼にさらされている放送局スタジオの情景を見ていたにちがいない。

（「ミロ回顧展」図録一九八四年）

■1970・昭和四五年——39歳

■一月

《【新聞】「週刊読書人」(1970-01-26)に書評「瀧口修造著『画家の沈黙の部分』」掲載↓のち「『画家の沈黙の部分』」として『ミクロコスモス瀧口修造』に収録、のち「瀧口修造」として『現代の詩人たち　上』に収録。》

《【新聞】「読売新聞」(1970-01-27)に「帰巣者の芸術」掲載↓のち『本が書架を歩みでるとき』に収録。》

■二月

《【雑誌】「文学」三八巻二号に「窪田空穂の出発」掲載↓のち『窪田空穂論』に収録。》

《【放送】二一日、ＮＨＫＦＭ「芸術劇場」でラジオドラマ「木の仏」(大岡信脚本)放送。》

《【本】『菅井汲版画集』美術出版社(1970-02-25)に「菅井汲あるいは洗練された野蛮」掲載↓のち『現代美術に生きる伝統』に収録。》

■三月

《【雑誌】「季刊フィルム」五号に「パゾリーニ断章」掲載↓のち「スクリーンからもらった言葉」として『大岡信著作集10』に収録↓のち「パゾリーニとはだれか」と改題して『表現における近代』に収録。》

《【雑誌】「波」四巻二号に書評「高橋巌著『ヨーロッパの闇と光』」掲載。》

《【雑誌】「國文學　解釈と教材の研究」一五巻四号に「夢のうたの系譜」掲載↓のち「夢のうたの系譜――多義的な「夢」の氾濫について」と改題して『たちばなの夢』、『みち草』に収録。》

《【本】『日本の詩歌27　現代詩集』中央公論社(1970-03-15)に詩「うたのように3」「地下水のように」「礁湖にて――戦士のうたえる」掲載↓のち『日本の詩歌27　現代詩集 (中公文庫)』(一九七六)、『日本の詩歌27　現代詩集 (新訂版)』(一九七九)。》

■四月

《【雑誌】「國文學　解釈と教材の研究」一五巻五号に「漱石における詩歌」掲載↓のち『明治・大正・昭和の詩人たち』に収録、のち「漱石――「則天去私」と漢詩の実景」と改題して『ことのは草』に収録。》

《【雑誌】「文学」三八巻四号に「空穂の受洗と初期詩歌」掲載↓のち『窪田空穂論』に収録。》

■五月

《【展覧会】「ヴァザレリ展」南画廊(五月)のカタログに「ヴ

アザレリ・ノート」掲載↓のち『詩人と美術家』に収録。》
《【雑誌】「藝術新潮」二一巻五号に「万国博美術展――不易なる「かなたへ」」掲載↓のち『詩人と美術家』に収録。》
《【雑誌】「本の手帖」別冊（森谷均追悼文集）に「ある詩書出版者の死――伊達氏と双璧の森谷氏も失って」掲載。》

■六月

《【展覧会】「マールボロコレクション展」西武百貨店（六月）カタログに「一枚の絵を前にして」掲載↓のち『青き麦萌ゆ』に収録。》
《【雑誌】「ユリイカ」二巻六号に一連の連載の一つ「断章XII」掲載↓のち文章的断章シリーズ『彩耳記』に収録されたのみならず、一部を詩「透視図法――夏のための」と独立、『透視図法――夏のための』に収録。》
《【雑誌】「文学」三八巻六号に「空穂歌論の構造」掲載↓のち『窪田空穂論』に収録。》
《【本】『芭蕉の本4』角川書店（1970-06-10）に「現代詩歌と芭蕉」掲載↓のち『たちばなの夢』『おもひ草』に収録。》

■七月

《【講演】日本近代文学館主催夏季講座「現代世界文学と日本」にて講演「現代世界の芸術」↓のち『詩歌折々の話』に収録。》
《【雑誌】「ユリイカ」二巻八号（臨時増刊号）「宮沢賢治」に「賢治断章」掲載↓のち「宮沢賢治　片カナ語の問題」と改題して『昭和詩史』に収録。》
《【雑誌】「藝術新潮」二一巻七号に「東京ビエンナーレを問う（東京ビエンナーレを告発する）」掲載。》
《【雑誌】「諸君！」二巻七号に「オピニオン　大岡信」掲載。》
《【雑誌】「太陽」八巻八号に書評『ゴーガン私記』ポール・ゴーガン著　前川堅市訳掲載。》

■九月

《【雑誌】「ユリイカ」二巻一〇号に共同討論「恩寵の詩人　中原中也」（大岡昇平・鮎川信夫・中村稔・大岡信）掲載。》
《【雑誌】「世界」二九八号に「ファン・ゴッホの世界――「ファン・ゴッホ書簡全集」その他によせて」掲載↓のち「ファン・ゴッホの世界」として『本が書架を歩みでるとき』に、のち「本の旅『ファン・ゴッホ書簡全集』ほか」として『しおり草』収録。》
《【雑誌】「展望」一四一号に対談「文明のすがたと芸術の位置」（山崎正和　大岡信）掲載。》
《【雑誌】「郵政」二二巻九号（臨時増刊号）に「秋の贈りもの」掲載。》
《【雑誌】「國文學　解釈と教材の研究」一五巻一二号に「ジョ

ン・ダンの詩そのほか」掲載↓のち「詩における「知性」と「感性」」と改題して『表現における近代』に収録。》
《【本】『アンドレ・ブルトン集成3』人文書院（1970-09-10）に「溶ける魚」の翻訳掲載。『同4』（1970-11-30）には「自由な結びつき」翻訳掲載↓のち『大岡信著作集3』に収録↓のち『アンドレ・ブルトン集成3』『同4』（一九七六）。》
《【展覧会】「瀧口修造とジョアン・ミロによる詩画集　手づくり諺展」南画廊（九月）カタログに「「手づくり諺」への旅」掲載↓のち『現代の詩人たち　上』『ミクロコスモス瀧口修造』に収録。》
《【本】『戦後詩大系1　アーオ』三一書房（1970-09-30）に詩集『記憶と現在』から「青空」「神話は今日の中にしかない」「いたましい秋」「帰還」掲載、詩集『大岡信詩集』から「さわる」「お前の沼を」「マリリン」「守護神」「地名論」掲載。》

■一〇月

《一二日、安東次男、丸谷才一、川口澄子らとはじめて連句の会（於赤坂・溜池山王「山の茶屋」）。店が閉店後、丸谷宅に移って、翌朝午前四時すぎまで続け、中断。結局、この歌仙を巻きあげたのは、一九七一年五月五日午前三時五十五分、安東宅においてであった。》

はじまりは筑摩書房の編集者川口澄子さんからの電話だった。安東次男さんの『与謝蕪村』ができあがったが、そのお祝いもかねて、安東さんと、丸谷才一さんと三人で連句をやりませんか、というものである。安東さんの希望だという。連句には興味があったので、当日は指定の場所へといそいそと出かけた。定刻についてみると、流火山房主人こと安東さんはすでに早くに到着、いざカワイガッテやろうず、とばかりわれわれを待ち構えている。もちろん、目ざすは三十六句の歌仙一巻である。しかし、たかが三十六句と思ったら大変な思い上りというもので……ということを、十二時間後に私は身にしみて思い知らされたのだった。

十月を撃つすがたまで威しかな　流火
壜吹く風に遠い鬼灯　信
かりがねもしづかに聞かば枯らびずや　越人
酒強ひならふこのごろの月　芭蕉
アフリカの旅の本のみ読みつづけ　才一
ジャガタラ文を売って三年　流火
冬凪に鋭き眉の辺を薫らせて　信
すみれ撒きたる内海の航　澄子
群青といふ名の囀りを聞いてゐし　流火
白痴ばかりの暮の春なり　才一

（『連詩の愉しみ』）

《明治大学教授に就任。》

《【雑誌】「すばる」二号に書評「述志の歌　『川浪磐根全歌集』」掲載。》

《【雑誌】「ユリイカ」二巻一二号に対談「日本の世紀末」（高階秀爾　大岡信）掲載。》

《【雑誌】「短歌」一七巻一〇号に書評「撥ね返る光のごときもの『星気流』石本隆一歌集」掲載↓のち『短歌・俳句の発見』に収録。》

《【雑誌】「文学」三八巻一〇号に「空穂の古典批評」掲載↓のち『窪田空穂論』に収録。》

《【雑誌】「別冊小説新潮」二二巻四号に詩「秋景武蔵野地誌」掲載↓のち『透視図法――夏のための』に収録。》

《【本】『群黎　Ⅱ』佐佐木幸綱著　青土社（1970-10-00）にあとがき「『群黎』に寄す」掲載↓のち「佐佐木幸綱――『群黎』」として『言葉の出現』に収録。》

■一一月

《【展覧会】「野崎一良作品展」今橋画廊（一一月）カタログによせて「野崎一良の「シカミ」について」掲載。》

《【雑誌】「朝日ジャーナル」一二巻四三号に書評「安東次男著『与謝蕪村』」掲載↓のち「与謝蕪村」として『本が書架を歩みでるとき』、『しおり草』に収録。》

《【新聞】「読売新聞」（1970-11-15）に詩「一九七〇年・秋」掲載。》

《【新聞】「読売新聞」（1970-11-27）に「子規の『病牀六尺』」掲載↓のち『言葉の出現』に収録。》

■一二月

《【雑誌】「ユリイカ」二巻一三号に共同討議「現代詩一〇〇年の総展望」（吉本隆明　清岡卓行　大岡信　鮎川信夫）掲載。》

《【雑誌】「ユリイカ」二巻一三号　現代詩一〇〇年アンソロジーに誌「さわる」掲載。》

《【雑誌】「美術手帖」三三六号（臨時増刊号）に「埃が笑うまで私にとってのシュルレアリスム」掲載↓のち『現代の詩人たち　下』に収録。》

■――この年

《【本】『ジョルジュ・ブラック（ファブリ世界名画集54）』平凡社（一九七〇）に解説掲載。》

《【本】『ブラック・レジェ・モンドリアン・ドンゲン・ドローネ・ノルデ・キリコ・スーチン・デュビュッフェ・ポロック・ドスタール・マグリット（現代絵画の展開　ほるぷ世界の名画12）』ほるぷ出版（一九七〇）に本文解説掲載。》

《【出版案内】『日本近代文学大系』出版案内（一九七〇年配本開始）に推薦文掲載。》

■1971・昭和四六年――40歳

■一月

《【雑誌】「婦人公論」五六巻一号に「金子国義の美の世界」掲載→のち『詩人と美術家』に収録。》

《【雑誌】「文芸」一〇巻一号に「人間が人間であることの回復――吉田健一「ヨオロッパの世紀末」」掲載→のち「『ヨオロッパの世紀末』について」と改題して『言葉の出現』、のち「吉田健一「ヨオロツパの世紀末」」と改題して『しのび草』に収録。》

《【新聞】「朝日新聞」(1971-01-24)に「連句の楽しさ」掲載→のち「連句、その楽しみ」と改題して『青き麦萌ゆ』に収録。》

■二月

《【雑誌】「みづゑ」七九三号に「ディアローグ一四　高松次郎　大岡信（聞き手）」掲載。》

《【雑誌】「三彩」二六九号に〈異色作家紹介〉「富永太郎の絵と画帖」掲載。》

《【雑誌】「潮」一三六号に「手の話」掲載。》

《【本】『西東三鬼全句集』都市出版社(1971-02-15)に「三鬼への小さな花束」掲載→のち「西東三鬼への小さな花束」と改題して『言葉の出現』にも収録。》

《【本】『日本近代文学大系17』角川書店(1971-02-00)月報に「三人の歌人」掲載→のち『青き麦萌ゆ』に収録。》

《【本】『現代世界文学と日本』読売新聞社(1971-02-05)に「現代世界の芸術・美術」掲載→のち『大岡信著作集12』〈滴々集12〉に収録。》

■三月

《【放送】二〇日、NHK・FM「ラジオ芸術劇場」にてステレオドラマ「イグドラジルの樹」(脚本：大岡信　演出：平野敦子　出演：小池朝雄・市原悦子・菅貫太郎・青柳ひで子ほか)放送→のち『大岡信著作集2』に収録。》

《【雑誌】「ユリイカ」三巻三号に「富永太郎の画帖」掲載。》

《【雑誌】「太陽」九巻三号に書評「竹山道雄著『日本人と美』」掲載。》

《【雑誌】「朝日ジャーナル」一三巻九号に詩「風の説」掲載→のち『悲歌と祝祷』に収録。》

■四月

《【展覧会】「重田良一展」南画廊（五日〜一七日）カタログに「重田良一の世界」掲載↓のち『詩人と美術家』に収録。》

《【本】『森鷗外　（現代日本文学大系8）』筑摩書房（1971-04-00）月報に鼎談「人間鷗外と秘密」（丸谷才一・川村二郎・大岡信）掲載。》

《【雑誌】「ENERGY　エナジー」八巻二号　特集「リズムと文化」に「生命現象としてのリズム」掲載↓のち「いのちとリズム」と改題して『ことばの力』に収録。また同号に座談会「七五調の周辺」（大岡信・大野晋・小泉文夫・佐藤覚・塚本邦雄）掲載。》

《【雑誌】「太陽」九巻四号に書評「竹山道雄著『日本人と美』」掲載。》

《【雑誌】「中央公論」八六巻四号に「人間追跡――加納光於」掲載↓のち「加納は冬でも」と改題して『加納光於論』に収録。》

《【雑誌】「朝日ジャーナル」一三巻一三号に書評「岡本謙治郎著『ブレイク』」掲載。》

《【新聞】「毎日新聞」（1971-04-10）に「空穂の詩境」掲載↓のち『青き麦萌ゆ』に収録。》

《【新聞】「朝日新聞」にて書評（無署名）全四三回（ただし四月一九日号〜一九七四年四月一五日号の確認したもののみ）↓のち『本が書架を歩みでるとき』、また一部は『しおり草』『楸邨・龍太』に収録。》

■五月

《【楽曲】『私は月には行かないだろう』大岡信詩　小室等作曲の音楽アルバム発売。》

《【展覧会】「タル・ストリーター展」南画廊（五月三一日〜六月一二日）カタログに「穹窿の原野にたつドルメン　タル・ストリーターの芸術」ジョセフ・ラヴ著　大岡信訳掲載。》

《【本】『彼女の薫る肉体　または私の出会った狂女』湯川書房（1971-05-20）刊行。限定三百部。》

《【本】『人名詩集　（現代女性詩人叢書1）』茨木のり子著　山梨シルクセンター出版部（1971-05-10）に解説「茨木のり子の詩」掲載。》

■六月

《【雑誌】「SD Spacedesign スペースデザイン」八一号に「多田美波をめぐる六つの断章」掲載↓のちに「現代画家論　多田美波」として『大岡信著作集12』に収録。》

《【本】『立原道造全集1』（角川書店）（1971-06-00）月報に「譬へば神が」掲載↓のち「立原道造を想う」と改題して『言葉の出現』に収録。》

《【本】『砂漠のロバ（現代女性詩人叢書2）』高田敏子著　山梨シルクセンター出版部（1971-06-30）に解説「高田敏子の詩」掲載。》
《【本】『西脇順三郎研究　近代日本文学作家研究叢書』右文書院（1971-06-12）に「西脇順三郎論」掲載。》

■七月

《【展覧会】「追悼平井進展」南画廊（六月）カタログに「平井進さん」掲載。》
《【展覧会】「渡辺藤一ユリイカ表紙絵展」紀伊國屋画廊（七月）カタログに「紫斑病にかかった純潔の翳り」掲載。》
《【雑誌】「詩学」二六巻六号に「研究作品合評」（大岡信・川崎洋・飯島耕一・谷川俊太郎・水尾比呂志）掲載。》
《【雑誌】「文学」三九巻七号に「文学のひろば」掲載。》
《【本】『詩人たち　ユリイカ抄』日本エディタースクール出版部（1971-07-20）に解説掲載↓のち「伊達得夫」と改題して『現代の詩人たち　上』に収録。》

■八月

《東京都調布市二七二九―一八に転居。》
《【雑誌】「群像」二六巻八号に「好きな言葉はと問われて」掲載↓のち『青き麦萌ゆ』に収録。》
《【雑誌】「無限　詩と詩論」二八号に「草野心平の天の思想」掲載↓のち「草野心平」として『現代の詩人たち上』に収録。》
《【本】『贋の年代記（現代女性詩人叢書3）』多田智満子著　山梨シルクセンター出版部（1971-08-00）に解説「多田智満子の詩」掲載。》

■九月

《【出版案内】『加納光於・大岡信共作オブジェアララットの船あるいは空の蜜』青地社（1971-09-00）出版案内に『アララットの船あるいは空の蜜』由来記」掲載↓のち『加納光於論』に収録。》

「アララットの船あるいは空の蜜」制作中の加納光於と大岡信

《【雑誌】「藝術新潮」二二巻九号に「女は女、男は……「女性・その自負と偏見」展のこと」掲載↓のち『大岡信著作集

15』〈滴々集15〉に収録。》
《【本】『紀貫之（日本詩人選7）』筑摩書房（1971-09-25）刊行↓のち『紀貫之（ちくま文庫）』（一九八九）。》

漢詩文ならぬ西洋の詩文への崇拝、憧憬模倣のくりかえしの中で、近代日本語による詩歌のフォルムを創造すべく努めてきた私たち近代以後の詩歌にも、少なからぬ道真がいたし、また貫之がいたのではなかったか――この連想が、私にこの章を書かせたもう一つのかくれたモチーフだったのである。道真も貫之も、そういう点から見るなら、けっして遠い過去の、われわれとは無縁の人間とのみは思われない、新墾道《にいばりみち》の先行者だったのである。

（『紀貫之』より）

■一〇月

《【雑誌】「新潮」六八巻一一号に「七七と五七五と」掲載↓のち『青き麦萌ゆ』に収録。》
《【雑誌】「ENERGY　エナジー」特別号「論集＝日本文化」（既刊Energyからの再録号）に座談会「七五調の周辺」（大岡信・大野晋・小泉文夫・佐藤覚・塚本邦雄）（四月二九日号掲載）掲載。》
《【雑誌】「國文學　解釈と教材の研究」一六巻一三号に粟津則雄との対談「戦後詩とは何か」掲載。》
《【雑誌】「出版ニュース」八八二号に「わが著書を語る『紀貫之』」掲載。》
《【新聞】「朝日新聞」（1971-10-05）に「国語問題に思う「汚水」が「お水」の漢字制限――考え直す時期に」掲載↓のち「漢字の制限について」と改題して『青き麦萌ゆ』に収録。》
《【本】『アントナン・アルトー全集1』現代思潮社（1971-10-25）に「冥府の臍」の翻訳、「初期詩篇（一九一三―一九二三）」の一部の翻訳掲載↓のち『大岡信著作集3』に収録。》
《【本】『現代詩論大系3一九五五～一九五九　下（新装版）』思潮社（1971-10-01）に「近代詩の抒情」掲載。》
《【本】『言葉の出現』晶文社（1971-10-30）刊行。詩論を中心とする評論集。》

長短さまざま、手ざわりも異なる文章を集め、中の一篇の題名をとり、『言葉の出現』と名づける。旧いものは十数年以前に書いたものまで含まれるので、手ざわりにおのずと違いが出てくるのはやむを得ないが、書いた本人が感じるほどには読者の目にそれが際立っては感じられず、むしろ十数年の歳月を経て相変らず同じようなことを繰返し書いている人間を憐れまれるかもしれない。実はそのどちらの感じも、私自身が校正刷りを読みながら抱いたものであった。

（『言葉の出現』あとがき）

■一一月

《【雑誌】「ユリイカ」三巻一二号に遠山啓との対談「ことばは自然をどうとらえるか　共鳴する詩と自然科学」掲載↓のち『海とせせらぎ』に収録。》

■一二月

《【雑誌】「ユリイカ」三巻一四号　特集「戦後詩の全体像」に共同討議「戦後詩の全体像」（吉本隆明・清岡卓行・大岡信・鮎川信夫）掲載。》

《【雑誌】「海」三巻一三号に書評「塚本邦雄著『夕暮の諧調』」掲載↓のち「『夕暮の諧調』を読む」と改題して『短歌・俳句の発見』に収録。》

《【本】『月に吠える・青猫・純情小曲集（講談社文庫）』講談社（1971-12-00）に解説掲載↓のち「萩原朔太郎Ⅰ――〈故郷〉愛憎」と改題して『明治・大正・昭和の詩人たち』に収録。》

《一九日、京都市岡崎白川院にて「櫂の会」。初めて「連詩」の試みがなされる。題して「截り墜つ浅葱幕の巻」（友竹辰・中江俊夫・川崎洋・茨木のり子・水尾比呂志・岸田衿子・谷川俊太郎・吉野弘・大岡信）。以降、継続して連詩を行う。》

《【本】『人生受難詩集（現代女性詩人叢書4）』牧羊子著　山梨シルクセンター出版部（1971-12-00）に解説「牧羊子の詩」掲載。》

■――この年

《【楽曲】静岡県富士市立広見小学校校歌作詞（湯浅譲二作曲）。》

1972・昭和四七年――――41歳

■一月

《【本】『ボナール／マティス（現代世界美術全集11）』集英社（1972-01-00）の本文解説掲載。》

《【本】『古今和歌集・新古今和歌集（カラー版現代語訳日本の古典10）』河出書房（1972-01-24）に解説「言語空間の輝き」↓のち「新古今集を読んだころ」として『大岡信著作集8』〈滴々集8〉に収録↓のち「新古今集との出会い」として『表現における近代』に収録。》

春の夜の夢のうき橋とだえして峯にわかるるよこぐもの空
（藤原定家朝臣）

この歌は――もう何度か書いたことだが――私にとって、いわば新古今集全体を一挙に開いてみせてくれた鍵だった。いやそういうことは言う必要もないことで、ただ私はこの歌に夢中にさせられたというべきだろう。（中略）もとより私はフランス文学に憧れをもっていて、ボードレールやランボーをともかくフランス語で読めるようになるということに、恐ろしく大きな期待や希望をもっていたにちがいない。（中略）そういうフランス文学崇拝者の、自分ではもう充分大人になったつもりでいた十七歳の少年が、こういう中世和歌にいかれてしまった場合、内面世界でのある種の混乱は避けられない。それは、「いくらボードレールを読んだところで、こういう歌が、前人未踏にわかってしまったようには、深くわかりゃしないのではないか」という恐ろしく生意気な疑惑の種子を私の中にまいたように思われる。

（「新古今集を読んだころ」『大岡信著作集8』〈滴々集8〉）

《【雑誌】「現代詩手帖」一五巻一号に詩「群青の哀歌」掲載↓のち「燈台へ！」と改題して『悲歌と祝祷』に収録。同号に「中村真一郎――押韻定型詩をめぐって」掲載↓のち『明治・大正・昭和の詩人たち』に収録。》

《【雑誌】「現代詩手帖」一五巻二号（二月増刊号）に「「俗」ということ――戦後詩概観」掲載。》

《【雑誌】「現代詩手帖」一五巻二号（二月増刊号）に「戦後詩論の焦点」（「詩学」に書いた「荒地」に関する記述抜粋）掲載。》

《【雑誌】「新潮」六九巻一号に詩「弧」掲載↓のち「光の弧」と改題して『悲歌と祝祷』に収録。》

《【本】『擇　西脇順三郎詩画集』別冊「輪のある旅人」詩学社（1972-01-00）に「蒼い陽射し　西脇順三郎の絵について」掲載↓のち「西脇さんの陽差し」と改題して『昭和詩史』に収録。》

《【雑誌】「櫂」一九号に詩「朝・卓上静物図譜」掲載↓のち『悲歌と祝祷』に収録。》

《【雑誌】「婦人之友」六七巻一号に「ものをつくること」掲載↓のち『大岡信著作集14』〈滴々集14〉に収録。》

《【本】『彩耳記　文学的断章』青土社（1972-01-15）刊行↓のち『彩耳記』（一九七五）、『彩耳記　文学的断章』（一九七九）。》

《【雑誌】「朝日ジャーナル」一四巻三号に「教育の国語・文学の国語」掲載↓のち『青き麦萌ゆ』に収録》

私は今、自分を被験者にして、歴史的かなづかいと新かなづかいの、文学表現における質感の相違をためしてみようと思っている。さしあたっては、詩を歴史的かなづかい（ただし、送りがなについては場合によって変化もありうる）で書いてみることをやっている。人は馬鹿なことを、というかもしれない。しかし、私の考えでは、今のような日本語の状態は、こういうことをためしてみるにはかえって都合がいいのだ。

（「教育の国語・文学の国語」『青き麦萌ゆ』）

《【展覧会】二四日～二月五日、東京日本橋南画廊において、加納光於との合作「アララットの船あるいは空の蜜」（詩集『砂の嘴・まわる液体』を加納光於作の箱状オブジェのなかに密封装置・三十五点制作）展示。（のちに詩集は、二〇〇二年刊行の『大岡信全詩集』で公開される。）》

「アララットの船あるいは空の密」

この詩集は加納光於氏と私の共作（といっても九割は加納氏の一年余にわたる労作だが）の箱形オブジェ作品『アララットの船あるいは　空の蜜』（三十五個限定）の内部に固定され、いわば最初から封印された詩集として刊行された。すでに五年近くを経過しており（注：一九七六年現在）、公表してはどうかと人から言われたこともたびたびある。私としても、格別公表をいとうわけではない。ただ、奇妙なことに、加納氏がこの詩集を密封した行為が私自身に及ぼした効果というものを、近年しだいに強く考えさせられることがあって、つまり私は『砂の嘴まわる液体』という未公表の詩集を一冊持っていることによって、どこかでたえず何ものかに挑撥されているような気分を味わっているのである。この気分はまだしばらく保っていたい。加納氏が本来公表されることを前提とする活字の作品を、いわば有無をいわさずオブジェの中に閉じこめてしまったことの、ある必然的な結果が、私の中で今醗酵しているように感じられる。開けてみれば、なあに一向に大した詩があるわけではないことがわかるはずだが、その事と今いった事とは、どうも別の問題らしく思われる。

（「あとがき」『大岡信詩集（増補新版）』（一九七七））

アナタハ言葉ガキライ
デショウ
　ワカッテイルンダ
トツゼンの
　ひび割れが
好キソウダモノ。
闇ト鏡ニ
ヒビヲ入ラセテ下サイ。

（詩集『砂の嘴・まわる液体』より）

《【新聞】「朝日新聞」（1972-01-29）に「詩人研究の大冊三つ感得される時代の息吹き」掲載。》

《三〇日、立川の水尾比呂志の家に集まって、昨年末（十二月十九日）の「櫂」の仲間との連詩「截り墜つ浅葱幕の巻」の続きを完成させる。》

■二月

《【雑誌】「ユリイカ」四巻二号に詩「水の皮・瑪瑙の縞」掲載↓のち「水の皮と種子のある詩」と改題して『悲歌と祝祷』に収録。》

《【雑誌】「数学セミナー」一一巻二号に「語源を気に病む」掲載↓のち「語の履歴を気に病む」と改題して『青き麦萌ゆ』に収録。》

《【雑誌】「世界」三一五号に書評「ある書簡集のこと『山本鼎の手紙』」掲載↓のち「『山本鼎の手紙』のこと」として『大岡信著作集14』〈滴々集14〉に収録。》

《【雑誌】「藝術新潮」二三巻二号に「志賀直哉の美意識」掲載↓のち『装飾と非装飾』に収録。》

《【本】『躍動する抽象（現代の美術8）』講談社（1972-02-05）刊行↓のち「生の昂揚としての抽象絵画」として『装飾と非装飾』『生の昂揚としての美術』に収録。》

《【本】『道元・下（日本思想大系13）』岩波書店（1972-02-00）月報に「寺田透と『正法眼蔵』」↓のち『大岡信著作集6』〈滴々集6〉に収録。》

《【本】『壊れた庭（現代女性詩人叢書5）』会田千衣子著　山梨シルクセンター出版部（1972-02-00）に解説「会田千衣子の詩」掲載。》

■三月

《『紀貫之』で第二三回読売文学賞を受賞。》

信、読売文学賞を受く。二月二十五日受賞式。その日を。

事一つ遂げて手にせる歓びを往きて我が見むその子が上に

（大岡博『童女半跏』）

《【雑誌】「ユリイカ」四巻三号に共同討議「詩の成立を考える」（金子兜太・馬場あき子・大岡信）掲載。》

《【雑誌】「美術手帖」三五三号に「加納光於＋大岡信共作『アララットの船』」掲載。》

《【新聞】「読売新聞」（1972-03-16）に「姿勢について」掲載↓のち『青き麦萌ゆ』に収録。》

■四月

《【雑誌】「詩学」二九巻四号に「第二二回H氏賞「感想」」掲載。》

《【雑誌】「ユリイカ」四巻五号（臨時増刊号）に「ああ都会！

――萩原朔太郎断章」掲載↓のち「萩原朔太郎――ああ都会！」と改題して『詩をよむ鍵』に収録。》
《【雑誌】「現代詩手帖」一五巻五号に座談会「日本語をめぐって」（大岡信・那珂太郎・山本太郎）掲載。》
《【雑誌】「新潮」六九巻四号に「語に出合うこと」掲載↓のち「語に出会う」と改題して『青き麦萌ゆ』に収録。》
《【雑誌】「早稲田文学」四巻四号に詩「花と鳥にさからつて」掲載↓のち『悲歌と祝祷』に収録。》
《【雑誌】「草月」八一号に「螺旋都市」掲載↓のち『遊星の寝返りの下で』に収録。加納光於による絵画作品との共作。のち私家版九九部刊行（非売）。》
《【雑誌】「波」六巻三号に「私の中の日本人――瀧口修造」↓のち『ミクロコスモス瀧口修造』に、のち「瀧口修造」と改題して『現代の詩人たち　上』に収録。》
《【雑誌】「文藝春秋」五〇巻五号（臨時増刊号）「目で見る日本史　古都・奈良と京都」に「壬申の乱・大海人皇子進撃す」掲載↓のち「史跡「壬申の乱」」と改題して『おもひ草』に収録。》
《【雑誌】「小説新潮」二六巻四号に詩「みのむし」掲載↓のち「冬」と改題して『悲歌と祝祷』に収録。》
《【雑誌】「図書」二七二号に「紐と紙のこと」掲載↓のち『本が書架を歩みでるとき』に収録。》

《【本】『現代美術に生きる伝統』新潮社（1972-04-20）刊行。「藝術新潮」連載を中心とした評論集。》
《【本】『能・狂言集　（日本の古典　現代語訳16）』河出書房新社（1972-04-25）に「作品鑑賞のための古典」として「世阿弥・風姿花伝」「大蔵虎明・わらんべ草」の訳掲載。》
《【本】『田久保英夫集（新鋭作家叢書）』河出書房（1972-04-28）に「田久保英夫と「見る」こと」掲載。》

■五月

《【講演】一二日、「日本詩の伝統――合わすということ」紀伊國屋ホール。》
《【講演】二〇日、東京都高等学校国語教育研究会総会（於都立小山台高校）。この講演を「貫之のゆかり」としてまとめ、「國文學　解釈と教材の研究」（七月号）に掲載（のち『たちばなの夢』に収録）。》

貫之という人は、職業詩人、プロフェッショナルなうたびという面がありまして、ある一首の歌がありますと、その歌とアイディアが同じ、あるいは言葉が似通っている、そういう種類の歌をいくつもいくつもつくるわけですね。（中略）それがどういう意味をもつことだったのか、を考えてみるのは大切だ、と思いました。たとえば？　風歌作者としての貫之、ひいては「独創性」以外のところに価値の中心をおいているようにみえる日本の伝統文芸の諸様相も、このあたりからさぐってみることができそうだ、と思いました。近代の詩人のように自分の個性を非常に強く主張して、ほかのだれもがやったことのないような、そういう個性の輝きというものだけで勝負する、そういう行き方とは違って、ほかの人がつくったものを自分が受け止めて、それに何かを加えてゆくという、悪くいえば折衷的な態度でつくるということは、昔の歌人にとっては全くふつうのことだったわけです。

（「貫之のゆかり」『たちばなの夢』）

《【雑誌】「朝日ジャーナル」一四巻二一号に書評「中原佑介著『見ることの神話』」掲載。》

《【本】『螺旋都市』私家版九九部（1972-05-00）大岡信　加納光於　刊行（非売）。※加納光於による絵画作品との共作。》

《【雑誌】「國文學　解釈と教材の研究」一七巻六号に「詩の革新と万葉集」掲載→のち『『万葉集』とわたし』と改題して『古典のこころ』『ことばの力』に収録。》

《【雑誌】「日本の将来」通巻四号に「宇佐美圭司の人と作品」掲載。》

《【本】『日本文学24講』学陽書房（1972-05-20）に「近代詩」掲載。》

《【本】『大岡信・天沢退二郎（現代詩論7）』晶文社（1972-05-31）に「現代詩試論」「詩の条件」「新らしい抒情詩の問題」「メタフォアをめぐる一考察」「言葉の問題」「想像力の自律性をめぐって」「疑問符を存在させる試み」「戦争前夜のモダニズム」「都市の崩壊と愛の可能性」「華開世界起」「終末の思想と詩」「エッセー風のモノローグ」掲載。（※いずれも既刊書籍からの再掲。）》

《【本】『日々変幻（現代女性詩人叢書6）』牟礼慶子著　山梨シルクセンター出版部（1972-05-00）に解説「牟礼慶子の詩」掲載。》

■六月

《一七日、安東次男の手引きにより、初めて俳人・加藤楸邨宅を訪問する。安東、楸邨、知世子（楸邨妻）、丸谷才一、川口澄子とともに深夜一時まで、歌仙を巻く。》

《【展覧会】「カルダー　アルバース展」南画廊（六月）カタログによせて「幾何学の抒情と風　ジョセフ・アルバースとアレクサンダー・カルダーの仕事」（ジョセフ・ラヴ著　大岡信訳）掲載。》

《【雑誌】「群像」二七巻六号に書評「わりない闇の世界　高井有一著『遠い日の海』」掲載。》

■七月

《【本】『透視図法──夏のための』書肆山田（1972-07-03）刊行（特装版と同時）→のち『透視図法──夏のための　現代詩叢書２（縮刷普及版）』（一九七三）、『透視図法──夏のための（縮刷普及版の新装版）』（一九七七）。「ユリイカ」連載「断章」に発表された夢の記述をそのまま散文詩「透視図法──夏のための」として収録する。》

この中の「透視図法──夏のための」と「接触と波動」という作品は、「ユリイカ」に連載の「断章」に書いたもので、詩と散文の接点ということをしきりに考えていたわけです。

「透視図法──夏のための」という作品は、夢で見たものをきっかけにして、あとはそこから出てくるイメジを書きながらふくらましていくという形をとりました。いわば書きながらその場で夢を見るというような状態で書いたものです。この作品は、僕自身割合に好きなものなんですが、この中には現実に見た絵の印象とか、知人の印象とか、幼い時の遊びの記憶とか、家の近所に住んでいた女の人の思い出とか、そういうものも入っているんですね。しかし全体としては、夢という形を枠組みにしておいて、一種のロマネスクなイメジの構図みたいなものを作りたかったんです。それが「透視図法」という題名にもかかわっているわけですが、「夏のための」という限定がついているのは、作品全体の感じが、ある美しい夏へのあこがれというようなものでありたいと思ったからです。

「接触と波動」の方は、世界を形造っている一番基本的な元素、そういうものから発してくる音とか光とか触覚とか、つまり人間が世界を認識する時に、最も素朴に認識の要素としていくものについて、それを単に描写するのではなく、一度僕の内部を通して、あるコンストラクションを持ったものとして書いてみたいと思ったんです。表現形態としては、アフォリズムふうなものが混じっています。音はどういうふうに発するか、音と音が繋がるとどういうものになっていくか、水とか風は人間との関係でどう捉えられるか、人間の言葉は世界の中でどういう位置を持つものか、人間の魂とはどういうものか、そういうモチーフの組合せです。しかし、抽象的に、観念世界で自働運動を起こすことなく、要素的な自然にできるだけ接していたいというのが、書いているときの気持ちでした。少々理窟っぽい部分もあるかもしれません。まあ結果として、一種の詩論・芸術論のような形になっているかと思います。この当時数年間、僕が詩を書く難しさを感じていたというのは、詩と散文の境界線を歩いてみるという強い関心が一方にあったものですから、行分けの作品の方が書きにくくなっていたのか、という気もするんです。でも『透視図法──夏のための』の初めの方に載っているいくつかの行分けの作品、「あかつき葉っぱが生きている」「榛名みやげ」「夜が雷管をもって」「壜とコップのある」

などは、嫌いではないんです。
（「台詞のこと、共同制作のことなど」『大岡信著作集2』）

《【雑誌】「ENERGY エナジー」三三号に「古典詩歌の色――「色離れ」をめぐって」（↓のち『詩の日本語』『日本の色』『おもひ草』に収録）、磯崎新との対談「日本の住いと色――文芸の色との対比において」（↓のち『日本の色』に収録）、座談会「日本の伝統文化と色」（安東次男・川村二郎・高階秀爾・水尾比呂志・山本健吉・大岡信）（↓のち『日本の色』『詩の日本語』に収録）掲載。》

《【講演】「歌と詩の別れ」岡山ノートルダム清心女子大学和歌文学講座にて。のち『詩歌折々の話』に収録。》

《【雑誌】「國文學　解釈と教材の研究」一七巻九号に「貫之のゆかり」掲載↓のち『たちばなの夢』に収録。》

《【雑誌】「文藝」一一巻七号　現代詩特集号に詩「木霊と鏡」掲載↓のち「四季の木霊」と改題して『悲歌と祝祷』に収録。》

《二一日、「櫂」の仲間との第二回の連詩の会を、北軽井沢大学村の谷川俊太郎の山荘で開催。翌朝御代田の水尾比呂志の山荘に移って夕刻前に終わる。「迅速の巻」（谷川俊太郎・水尾比呂志・友竹辰・中江俊夫・大岡信）。》

《【雑誌】「美術手帖」三五七号に「詩の光と色の形――「クロマトポイエマ」展望」掲載↓のち「西脇順三郎」と改題して『現代の詩人たち　上』収録。》

《【本】『あだしの』小沢書店（1972-07-25）刊行。↓のち『大岡信著作集2』〈滴々集2〉に収録。ラジオ作品「写楽はどこへ行った」を含む戯曲集。》

女性の有する予知能力、透視力という主題は、戯曲「あだしの」においても終始私の興味の中心を占めていた。語り部という種族も、女の超人的な記憶力があってこそ存在しえたであろう。この場合、記憶力とは、歴史の尨大な堆積をつらぬく透視力と、けっして別ものではないと私は思っている。稗田阿礼が男ではなく女だったという柳田国男の考えに、私は感銘を受けたことがある。「知」にもいろいろな性質のものがあるが、女性の「知」は男性の「知」とは異る領域に触手をゆらめかしていると思う。
（「あとがき」『あだしの』）

《【本】『日本文化の表情　論集・日本文化3（講談社現代新書283）』講談社（1972-07-00）に座談会「七五調の周辺」（「ENERGY」一九七一年四月号に掲載されたもの）掲載。》

■八月

《【雑誌】「無限　詩と詩論」二九号に座談会「輪のある世界　西脇順三郎を囲んで」（西脇順三郎・田村隆一・入沢康夫・大岡

信）掲載。》
《【新聞】「朝日新聞」にて連載「流域紀行　熊野川」全一〇回（八月二三日〜九月五日号）↓のちに「熊野川」として『流域紀行』、のち「熊野川紀行」として『片雲の風』に収録。》

熊野川へ行ってみませんか、といわれて、はじめためらった。紀行文を書かねばならない旅は少々気が重い。（中略）しかし、熊野川という名には魅力があった。それは熊野という地域全体のもつ魅力と分かちがたいものだろうが、熊野川なら行ってみたいと思わせる何かがある。（中略）熊野というところは霊魂の群れつどう暗い棲処《すみか》のように感じられる。超人間的、超歴史的な気配がたちこめている土地、影の土地、死と再生の暗転交替する土地。（中略）熊野川を訪れるについて、私はともかく新宮に滞在すること、あとはあちらへ行ってから決めよう、と思っていた。新宮に行って、たずねてみたいところが二、三あった。ひとつはもちろん、この市の名前にもなっている「新宮」、つまり熊野三社の一つである熊野速玉神社だったが、そのほかに、佐藤春夫の育った場所と、大石誠之助の墓を訪れたいと思っていた。敗戦の時、私は中学三年だった。ハタチごろにはどうせ軍隊で死ぬ命、と思っていたのが、とつぜん生き延びることができそうな形勢になってきて、わくわくするような思いで本というものを読みはじめた。そのときぶつかった「最初の詩集」が、岩波文庫の『春夫詩鈔』だったのだ。中学の恩師の蔵書だったが、私は詩集前半を白紙に筆写し、自分で製本までしたほど、この詩集には夢中だった。

（「熊野川紀行」『片雲の風』）

《【本】『マニエリスムの人魚（現代女性詩人叢書7）』新藤千恵著　山梨シルクセンター出版部（1972-08-00）に解説「新藤千恵の詩」掲載。》
《【本】『芸術のすすめ』筑摩書房（1972-08-30）に「今日、芸術とは何か」掲載↓のち『装飾と非装飾』に収録。》
《【本】『エリオットの詩と芸術』清水弘文堂（1972-08-30）に「エリオット断想」掲載。》
《三一日、「櫂」の仲間との第三回の連詩の会を、調布市深大寺の大岡信宅で開催。「珊瑚樹の巻」（川崎洋・茨木のり子・吉野弘・大岡信）。》

■九月
《【雑誌】「寒雷」三五〇号記念号に「和唱達谷先生五句」掲載↓のち『悲歌と祝祷』に収録。》
　暗に湧き木の芽に終る怒濤光
　鳥は季節風の腕木を踏み渡り

ものいはぬ瞳は海をくぐつて近づく
それは水晶の腰を緊めにゆく一片の詩
人の思ひに湧いて光の爆発に終る青

＊

つひに自然の解説者には
堕ちなかつた誇りもて
自然に挨拶しつつある男あり
ふぐり垂れ臀光らしめ夏野打つ
受胎といふは　機構か　波か

＊

蟹の視野いつさい氷る青ならむ
しかし発生しつづける色の酸素
匂ふ小動物にはつぎつぎに新しい名を与へよ
距離をふくんだ名前を
寒卵の輪でやはらかく緊めて

＊

水音や更けてはたらく月の髪
地下を感じる骨をもち
塩をつかんで台所にたつ
謎の物体が目の奥を歩み去るとき
好す
キ心の車馬はほのかに溢れる

＊

石を打つ光の消えぬうちに
はてしないものに橋梁をかける
掌《て》から発するほかない旅の
流星に犯されてふくらむ路程
喇嘛僧と隣りて眠るゴビの露

（詩「和唱達谷先生五句」）

■一〇月

《【雑誌】「國文學　解釈と教材の研究」一七巻一三号に中村稔との対談「昭和の抒情とは何か」掲載↓のち『詩歌歴遊』に収録。》

《【雑誌】「ユリイカ」四巻一二号（一〇月臨時増刊号）現代詩の実験一九七二に詩「豊饒記」「和唱達谷先生五句」「とこしへの秋のうた　藤原俊成による」掲載↓のち『悲歌と祝祷』に収

録。》

月を前に

恋の思ひでいつぱいになつて
空をながめてゐる
私の思ひのこまかな粒子が空に満ち
月がそのなかをわたつてゆく
恋すれば　月だとて心のうちに閉ざされるのだ

　こひしさのながむる空にみちぬれば月も心のうちにこそすめ

色

遠い日の高砂の尾上の桜
心もそらに見飽きなかつた
いとほしくも悲しい思ひ出
色を愛《め》で　色に執《しふ》し　色にまどひ
牛がおのれの尾を愛するのに
いかによく似てゐたことだらう

　高砂の尾上の桜みしことも思へばかなし色にめでける
　（詩「とこしへの秋のうた　藤原俊成による」より）

《【本】『和泉式部・西行・定家他　（日本の古典　現代語訳11）』河出書房新社（1972-10-30）の月報に「訳者のことば「俊成の歌」」掲載→のち「とこしへの秋のうた　藤原俊成による」として『悲歌と祝祷』に収録。》

■一一月

《【雑誌】「國文學　解釈と教材の研究」一七巻一四号に「福永武彦の詩――その〈原型〉について」掲載→のち「福永武彦――恍惚たる生と死の融合」と改題して『明治・大正・昭和の詩人たち』に収録。》

《【雑誌】「藝術新潮」二三巻一一号に「装飾へのあくなき執念」掲載→のち「平家納経」として『装飾と非装飾』に収録。》

《【本】『ゴーギャン GAUGUIN（世界の名画10）』中央公論社（1972-11-10）の本文解説掲載。》

《【本】『たちばなの夢　私の古典詩選』新潮社（1972-11-25）刊行→のち『私の古典詩選　同時代ライブラリー86』（一九九一）。「國文學」連載の「日本詩歌の鑑賞」を主とした評論集。》

私がこれらの文章を書いたのは三十代の終りごろの数年間だ

が、その当時の私には日本の詩歌について知りたいこと、納得したいことがいっぱいあった。（中略）私は一千年以上の歴史をもつ短歌、数百年の歴史をもつ俳句に対してせいぜい百年の歴史しか持たない現代詩が、それ自身の存在理由をどのように堅固な基盤の上に築きあげてきたのか、あるいはそのような基盤はいまだに確立されていないと考えるべきなのか、長いあいだ自分ひとりの悩ましい疑問としてきた。

（『私の古典詩選』岩波同時代ライブラリー版あとがき）

《【本】『全集・戦後の詩　第四巻』角川書店（1972-11-30）刊行。編集者の一人。》

《【本】『日本の詩集13　丸山薫詩集』角川書店（1972-11-20）に解説掲載。》

《【本】『海もえる（現代女性詩人叢書8）』石川逸子著　山梨シルクセンター出版部（1972-11-00）に解説「石川逸子の詩」掲載。》

《【本】『現代の文学36』講談社（1972-11-16）に「作家論」（高井有一）掲載。》

■一二月

《【雑誌】「櫂」二〇号に櫂同人と試みた三回分の「連詩」掲載（第一回　截り墜つ浅葱幕の巻、第二回　迅速の巻、第三回　珊瑚樹の巻）。連詩作品とともに「執筆記録《しゆひつのこころおぼえ》」として大岡による振り返りも掲載↓のち『櫂・連詩』に収録。》

《【雑誌】「ENERGY エナジー」第九巻第四号に座談会「イメージの世界史」（藤岡喜愛（司会）・梅棹忠夫・大岡信・岡本太郎・米山俊直）掲載（八月一五日京都・土井にて）。》

《【雑誌】「ユリイカ」四巻一二号（臨時増刊号）「現代詩の実験一九七二」に詩「豊饒記」「和唱達谷先生五句」「とこしへの秋のうた　藤原俊成による」掲載。》

《【雑誌】「ユリイカ」四巻一四号に詩論「詩論とは何か」（吉本隆明　清岡卓行　大岡信　鮎川信夫）掲載。》

《【雑誌】「海」四巻一二号に書評「出口裕弘著『京子変幻』」掲載。》

《【雑誌】「世界」三二五号に「「落丁」がうまる歓び」掲載↓のち『「忙即閑」を生きる』に収録。》

《【雑誌】「俳句評論」創刊一五周年記念号に「第四回俳句評論賞選評「読後」」掲載。》

《【雑誌】「國文學　解釈と教材の研究」一七巻一六号に「詩歌芥川龍之介における抒情——詩歌について」掲載↓のち「芥川龍之介——空みつ大和言葉の逆説」と改題して『明治・大正・昭和の詩人たち』に収録。》

《【新聞】「朝日新聞」（1972-12-04）に書評「安東次男著『画家との対話』」掲載↓のち「画家との対話」と改題して『本が

書架を歩みでるとき』に収録。》
《【本】『現代日本文學大系41　千家元麿　山村暮長　福士幸次郎　佐藤惣之助　野口米次郎　堀口大學　吉田一穂　西脇順三郎　集』筑摩書房（1972-12-20）の月報に鼎談「近代詩成熟期の詩人たち」（大岡信・川村二郎・篠田一士）掲載。》

■――この年
《【本】『生きがいのある人生（教養の書67）』通信教育振興会（一九七二）に「生活と表現」掲載。「郵政」一九六九年一〇月号に掲載されたもの。》
《【出版案内】『日夏耿之介全集』出版案内に推薦文掲載。》
《【本】『日本文学24講　女子学生講座』学陽書房（一九七二）に「近代詩」掲載。》

■1973・昭和四八年――――42歳

■一月
《【新聞】「読売新聞」（1973-01-01）に「泉よ　よみがえれ」掲載→のち『詩とことば』に収録。》
《【雑誌】「ユリイカ」五巻一号に対話「音とことばの現在」（武満徹　大岡信）掲載。》
《【雑誌】「群像」二八巻一号に書評「彫刻された美しい女　大原富枝著『海を眺める女』」掲載→のち「大原富枝・海を眺める女」と改題して『本が書架を歩みでるとき』に収録。》
《【雑誌】「波」七巻一号に書評「山崎正和著『鴎外　闘う家長』」→のち『本が書架を歩みでるとき』に掲載。》
《【雑誌】「文学」四一巻一号に「文学のひろば」掲載→のち「古典を訳する」と改題して『青き麦萌ゆ』に収録。》
《二二日、「櫂」の仲間と、東京国際文化会館で第四回連詩の会。「鳥居坂の巻（乾・坤）」（乾：谷川俊太郎・友竹辰・水尾比呂志・茨木のり子　坤：中江俊夫・川崎洋・吉野弘・大岡信）。》

■二月
《【雑誌】「みすず」十五巻二号に「一九七二年読書アンケート」掲載。回答者の一人。》
《【雑誌】「展望」一七〇号に鼎談「末世をさぐる小説の道」（大岡信　黒井千次　柴田翔）掲載。》
《【雑誌】「婦人之友」六七巻二号に「親子でつくったはなし「すてられた国」（大岡亜紀　大岡信）」「見ること　書くこと」（大岡信）掲載。》
《【新聞】「朝日新聞」（1973-02-11）に「秋成の歌」掲載→のち『青き麦萌ゆ』に収録。》
《【本】『全集・戦後の詩　第一巻』角川書店（1973-02-15）に

解説掲載。》
《【本】『恋人たち（現代女性詩人叢書9）』高良留美子著　山梨シルクセンター出版部（1973-02-00）に解説「高良留美子の詩」掲載。》

■三月

《【雑誌】「コスモス」二一巻二号に「「鬼の詞」の頃」掲載↓のち『青き麦萌ゆ』に収録。》
《【雑誌】「朝日ジャーナル」一五巻一〇号に書評「開かれた古典の世界　筑摩書房刊『日本詩人選』」掲載↓のち『本が書架を歩みでるとき』に収録。》
《【雑誌】「日本古典学会会報」三月一五日号に「『古今集』撰者の編集者魂」掲載↓のち『詩をよむ鍵』に収録。》
《【本】『全集・戦後の詩　第三巻』角川書店（1973-03-20）編集参加、解説掲載。》
《【本】『流域紀行』朝日新聞社（1973-03-30）に「熊野川」掲載↓のち『流域紀行　朝日選書69』（一九七六）。》

■四月

《【雑誌】「朝日ジャーナル」一五巻一六号に書評「堀木正路著『私的金子光晴論』」掲載。》
《【本】『現代日本文學大系93　現代詩集・現代』筑摩書房（1973-04-05）の月報に「「櫂」のことなど」掲載。》
《【本】『和歌の本質と展開』桜楓社（1973-04-15）に「近代の短歌と詩」掲載。一九七二年七月にノートルダム清心大学（岡山市）で開かれた和歌文学講座より。↓のち『大岡信著作集6』〈滴々集6〉に収録。》
《【本】『昼顔（現代女性詩人叢書10）』吉原幸子著　サンリオ出版（1973-04-00）に解説「吉原幸子の詩」掲載。》

■五月

《【雑誌】「文藝春秋」五一巻五号（臨時増刊号）に特別企画「万葉名歌五〇首」井上靖、大岡信、宮柊二、大浜厳比古、村野四郎がそれぞれ分担掲載↓のち大岡担当分は「万葉の歌いくつか」と改題して「青き麦萌ゆ」掲載。》
《【雑誌】「國文學　解釈と教材の研究」一八巻六号に安東次男との対談「芭蕉をどう読むか」掲載↓のち『詩歌歴遊』に収録。》

■六月

《【雑誌】「現代詩手帖」一六巻五号特集「谷川俊太郎」に座談会「詩人の意味」（飯島耕一・大岡信・入澤康夫）掲載。》
《【雑誌】「すばる」に連載「うたげと孤心」全六回（六月～一九七四年九月号）「歌と物語と批評」「贈答と機智と奇想」「公子と

浮かれ女」「帝王と遊君」「今様狂いと古典主義」「狂言綺語と信仰」→のち『うたげと孤心』『古典のこころ』に収録。》

「うたげと孤心」という文章は、大方はゆくえ定めぬ古典世界の彷徨にほかならないが、ただ私は、日本の詩歌あるいはひろく文芸全般、さらには諸芸道にいたるまで、何らかのいちじるしい盛り上りを見せている時代や作品に眼をこらしてみると、そこには必ずある種の「合す」原理が強く働いていると思われることに、興味をそそられているのである。これを方法論についていえば、懸詞や縁語のような単純な要素から本歌取りまで、また短連歌から長大な連歌、俳諧まで、あるいは謡曲の詞章にその好例を見ることのできる佳句名文の綴れ織りスタイルのごときにいたるまで、一様に「合す」原理の強力な働きを示すものだといわねばならないし、これを制作の場についていえば、協調と競争の両面性をもった円居《まとい》、宴《うたげ》の場での「合せ」というものが、「歌合」において典型的にみられるような形で、古代から現代にいたるまで、われわれの文芸意識をたえず支配してきたということを考えずにはいられないのである。短詩型文学における「結社」組織をはじめ、おびただしい「同人雑誌」の存在は、「結」とか「同」といった言葉に端的にみられるように、「合す」原理の脈々たる持続と健在ぶりを示しているといわねばなるまい。けれども、もちろんただそれだけで作品を生むことができるのだったら、こんなに楽な話はない。現実には、「合す」ための場のまっただ中で、いやおうなしに「孤心」に還らざるを得ないことを痛切に自覚し、それを徹して行なった人間だけが、瞠目すべき作品をつくった。しかも、不思議なことに、「孤心」だけにとじこもってゆくと、作品はやはり色褪せた。「合す」意志と「孤心に還る」意志との間に、戦闘的な緊張、そして牽引力が働いているかぎりにおいて、作品は稀有の輝きを発した。私にはどうもそのように見える。見失ってはならないのは、その緊張、牽引の最高に高まっている局面であって、伝統の墨守でもなければ個性の強調でもない。単なる「伝統」にも単なる「個性」にも、さしたる意味はない。けれども両者の相撃つ波がしらの部分は、常に注視と緊張と昂奮をよびおこす。

（「帝王と遊君」『うたげと孤心』）

《【雑誌】「三彩」三〇四号（増刊号）に「人工世界の漂泊者・詩人川上澄生」掲載→のち「川上澄生――人工世界の漂泊者」と改題して『明治・大正・昭和の詩人たち』に収録。》

《【雑誌】「短歌研究」三〇巻六号に「戦後百冊の歌集鑑賞55大岡博著『南麓』」掲載→のち「父の歌集」と改題して『青き麦萌ゆ』に収録。》

《【雑誌】「波」七巻六号に「円地源氏の一特質」掲載。》

《【雑誌】「アニマ」一巻三号に「ヒヨドリと犬のこと」掲載↓のち「ヒヨドリのころ」と改題して『青き麦萌ゆ』に収録。》

《【本】『世界の中の日本文学 (講座比較文学1)』東京大学出版会(1973-06-00)に「中世和歌の象徴主義——「色」と「色離れ」を中心に」掲載↓のち「中世和歌の象徴主義」と改題して『詩の日本語』に収録。》

《【本】『全集・戦後の詩2』角川書店(1973-06-10)に編集参加。》

《【本】『志賀直哉全集5』岩波書店(1973-06-00)月報に「私の志賀直哉」掲載↓のち「志賀直哉を読んだころ」と改題して『青き麦萌ゆ』に収録。》

■七月

《【雑誌】「子どもの館」一巻二号に巻頭評論「仙人が碁をうつところ——子どもの言語経験について」掲載↓のち「仙人が碁をうつところ」と改題して『青き麦萌ゆ』に収録。》

《【雑誌】「婦人之友」六七巻七号の口絵「窓」(飯田隆夫写真)に添えて「窓をのぞく」掲載↓のち『青き麦萌ゆ』に収録。》

《【本】『現代日本文學大系96 文芸評論集・文藝評論集』筑摩書房(1973-07-10)に「詩の条件」「戦争前夜のモダニズム」「抒情の行方」掲載。(※いずれも再掲。)》

《【本】『現代日本文學大系67 金子光清 小熊秀雄 北川冬彦 小野十三郎 高橋新吉 萩原恭次郎 山之内獏 伊東静雄 中原中也 立原道造 草野心平 村野四郎 集』筑摩書房(1973-07-20)の月報に鼎談「昭和詩を語る」(大岡信 川村二郎 篠田一士)掲載。》

■八月

《【雑誌】「たね」一四号に「椎名さん」掲載↓のち「椎名麟三追悼」と改題して『青き麦萌ゆ』に収録。》

《【雑誌】「世界」三三三号に書評「次代に階梯する 尾崎雅嘉著『百人一首一夕話』」掲載。》

《【雑誌】「早稲田文学」五巻八号に詩「小父さんも春の途中」掲載。》

《【雑誌】「俳句とエッセイ」一巻八号に「管見飯田龍太の句」掲載↓のち「飯田龍太」として『ことばの力』『楸邨・龍太』に収録。》

《【本】『鮎川信夫著作集 1詩集』思潮社(1973-08-01)に解説「鮎川信夫の詩」掲載↓のち「鮎川信夫」と改題して『現代の詩人たち 上』に収録。》

《【本】『装飾と非装飾』晶文社(1973-08-30)刊行。美術評論を中心とした評論集。》

《【本】『現代短歌大系 柴生田稔 生方たつゑ 窪田章一郎 五』三一書房(1973-08-31)に「窪田章一郎論」掲載↓のち

「窪田章一郎」と改題して『ことばの力』に収録。》

の対談「卵形の世界から」掲載。》
《【雑誌】「ユリイカ」五巻一〇号　特集「吉岡実」に吉岡実と

■九月

《【雑誌】「ユリイカ」五巻一一号（臨時増刊号）現代詩の実験一九七三に詩「霧のなかから出現する船のための頌歌　M・Kに捧ぐ」掲載↓のち『悲歌と祝祷』『大岡信詩集（増補新版）』『加納光於論』に収録。》

《【雑誌】「文藝春秋」五一巻一四号（臨時増刊号）に「特別企画——芭蕉・蕪村・一茶秀句八〇選による新歳時記」安東次男　大岡信　加藤楸邨　栗山理一　暉峻康隆　水原秋桜子　森本哲郎　山本健吉がそれぞれ分担掲載↓のち大岡担当分は「芭蕉、蕪村、一茶の句いくつか」と改題して『青き麦萌ゆ』収録。》

《【雑誌】「國文學　解釈と教材の研究」一八巻一一号に鼎談「中世という巨大なもの」（丸谷才一・由良君美・大岡信）掲載↓のち『海とせせらぎ』、『おもひ草』に収録。》

《【本】『狩月記　文学的断章』青土社（1973-09-25）刊行（革装版も同時に）↓のち『狩月記　文学的断章』（一九七九）。》

《【本】『一角獣（現代女性詩人叢書11）』村松英子著　サンリオ出版（1973-09-00）に解説「村松英子の詩」掲載。》

《【本】『岡鹿之助（日本の名画47）』講談社（1973-09-00）に「岡鹿之助の世界——典雅の底にひそむ反抗者の構築精神」掲載↓のち『現世に謳う夢』に収録。》

《【本】『芭蕉七部集評釈』安東次男著　集英社（1973-09-15）に「芭蕉をどう読むか」（きき手　大岡信）掲載。》

■十月

《五日、「櫂」の仲間と第五回の連詩の会を調布市深大寺「深水庵」で開催。引き続き九日に水尾比呂志の家で開催。「雁来紅の巻（天・地）」（天：水尾比呂志・茨木のり子・中江俊夫・岸田衿子・友竹辰・大岡信　地：川崎洋・谷川俊太郎・吉野弘・友竹辰・岸田衿子）。》

《【雑誌】「藝術新潮」二四巻一〇号に「東京芸大私蔵コレクション」掲載↓のち「美術品収集の意味——東京芸大コレクションをめぐって」と改題して『美をひらく扉』に収録。》

《【雑誌】「別冊新評　澁澤龍彦の世界」六巻五号に人と作品「幻想の画廊から」掲載。「読書新聞」一九六八年二月一九日号よりの再掲。》

《【雑誌】「芸術倶楽部」一巻四号に「床屋さんと装幀のこと」掲載↓のち『大岡信著作集14』〈滴々集14〉に収録。》

《【本】『南蛮屏風（平凡社ギャラリー4）』平凡社（1973-10-00）に解説掲載↓のち「南蛮屏風と近世の心——現世に謳う夢」として『現世に謳う夢』に収録。》

■一一月

《一八日、「鬼の詞」同人重田徳死去。追悼詩「薤露歌《かいろか》」はのち「現代詩手帖」一九七四年一月に掲載、「ユリイカ」連載中の「断章」三回分（同年四～六月号）でその経緯と回想を掲載。》

難波の北の蘆原わけて
思ひきやひとりの死者をおくる日に逢ふ
この道の土堤《どて》のひかりのくるしみ
黄金《こがね》なす野とは名のみの
秋の底を掃いて走る刀《かた》ッ風《な》は
骨にひびくぜ
死号《あいごう》を受けとめるてのひらなんか
この場のだれの手にもない
いとけないこどものふたり
おれはつひに見ることを避け避けつづける
向ひのうちの屋根の普請は
夢ではないか
涙も出ぬおれのかうべは石になつて
薤《にら》の葉にたちまち乾く露の身の
それにしてもあんまり急《せ》いて乾いてしまつた
重田《しげた》の徳《あつし》よ

岡ノ宮の一本道の夕陽のなか
五本の指をアヒルの水掻《か》く風情《ふぜい》に振つて
元気にすすむ　野を分けてすすむ
中学生のきみとおれたち
きみの大きな百姓家の二階にのぼつて
「鬼の詞《ことば》」の合評をやつたのだ

わがなげし木ぼくりながら流れけり（失意）　徳

小癪《こしゃく》なほどにつつましい句のかがやきを
おれたちは吐息を捧げて祝つたのだ

（詩「薤露歌――重田徳に捧げる挽歌」より）

《【雑誌】「ユリイカ」五巻一四号（臨時増刊号）「谷川俊太郎による谷川俊太郎の世界」（谷川俊太郎編集）に「紳士の皮を着た野獣　馬場礼子」掲載。谷川の要請により馬場礼子のロールシャッハ・テストを受け、対談。「紳士の皮を着た野獣」と評される。のちに吉本隆明、澁澤龍彦、吉行淳之介、谷川俊太郎の五氏のロールシャッハ・テストと併せて『心の断面図』として一九七九年に青土社より刊行される。》

自分がネコをかぶっているのならそれがどんな三毛ネコなのかドラネコなのか眺めてみたいものだという気がしたから、二つ返事で引受けた。

結果はどうだったか。ネコをかぶっているその化けの皮がはがれるなんてことには、残念ながらならなかった。人間は、ワレナガラ呆レカエッタ、オドロイタナアと嘆ずべきほどの意外な無意識の世界など、持ってはいないのじゃないかと思う。

その代り、私は馬場先生の分析をうかがって、いくつかの点で深く心中に納得するところがあった。自分ひとりでは「俺はこういうタイプの性格だ」と思っているのに、世間ではどうも違った具合に見られているところがある、その点について、馬場分析は明確に私の自己評価を裏付けてくれるところがあった。それが一、二にとどまらなかった。私は馬場先生の犀利な物の見方に敬服した。(中略)「紳士の皮を着た野獣」と馬場先生が私を評したことにいたく私が喜んで、早速「ユリイカ」のこの号を十冊ばかりかかえ、銀座のバアで女の子たちにくばって歩いたという噂がとんだそうである。ほんとうならそれもオモロイだろうが、そうはいかなかった。「ユリイカ」が私のために十部多く売れるということもなかった。ネコかぶりの紳士でもなく、紳士かぶりの野獣でもなく、私は銀座界隈からだんだん遠ざかって暮らしている。ただしあの評言は男性的虚栄心を大いに満足させてくれたことはたしかであった。

(「ロールシャッハテスト被験者として」『心の断面図』)

《【雑誌】「群像」二八巻一一号に「〈一槌一語〉私の中世」掲載→のち『青き麦萌ゆ』に収録。》
《【雑誌】「文藝」一二巻一一号に「現代詩の展望――最近の主要作品をめぐって」掲載。》
《【本】『定本高濱虚子全集』全一五巻+別巻 毎日新聞社(一一月~一九七五年一一月刊)の月報に「虚子俳句瞥見」連載→のち『子規・虚子』に収録。》
《【雑誌】「國文學 解釈と教材の研究」一八巻一四号に三好行雄との対談「詩的近代の位相をめぐって――藤村・光太郎・朔太郎を中心に」掲載→のち『海とせせらぎ』に収録。》
《【雑誌】「草月」九一号に「世阿弥の「花」」掲載→のち『詩とことば』『古典のこころ』『ことのは草』に収録。》
《【本】『マックス・エルンスト(シュルレアリスムと画家叢書骰子の七の目5)』河出書房新社(1973-11-25)刊行。「マックス・エルンスト」サラーヌ・アレクサンドリアン著 大岡信訳→のち『マックス・エルンスト(シュルレアリスムと画家叢書骰子の七の目5)(増補新版)』(二〇〇六)。》
《【本】『講座日本現代詩史3 昭和前期』右文書院(1973-11-00)に「新文学の成立と展開」掲載。》
《【本】『青い廃墟にて 田村隆一対話集』毎日新聞社(1973-

11-15）に対話者のひとりとして掲載。》

■一二月

《【雑誌】「ユリイカ」五巻一五号（臨時増刊号）「現代詩の実験一九七三」に「霧のなかから出現する船のための頌歌　K・Mに捧ぐ」掲載。》

《【本】『福永武彦全小説』新潮社（1973-12-00）月報に「ある青春」掲載↓のち『青き麦萌ゆ』に収録↓のち「特別な詩人福永武彦」として『しのび草』に収録。》

《【本】『ゴーギャン（カンヴァス世界の名画10）』中央公論社（1973-12-25）の解説掲載↓のち「ゴーギャンと画家の宿命——われ何処より来たるや」として『現世に謳う夢』に収録。》

■——この年

《【本】『レジェ・モンドリアン・ドローネ・ノルデ・マルク・キリコ・スーチン・マグリット（ほるぷ世界の名画15）』ほるぷ出版（一九七三）に本文解説掲載。》

《【出版案内】『校本宮澤賢治全集』出版案内に推薦文掲載。》

《【本】『MATISSEDUFYBRAQUE　マティス　デュフィ　ブラック（世界の名画9）』ほるぷ出版（一九七三）の本文解説掲載。》

■1974・昭和四九年——43歳

■一月

《九日、「櫂」の仲間と第六回連詩の会を、調布市深大寺「深水庵」で開催。引き続き二月二八日に神奈川県葉山の「佐島マリーナ」で、三月二三日に水尾比呂志の家で開催。「夢灼けの巻」（吉野弘・友竹辰・川崎洋・中江俊夫・谷川俊太郎・茨木のり子・水尾比呂志・岸田衿子・大岡信）。》

「櫂」同人と連詩を巻く

《【展覧会】「出光コレクション　サム・フランシス展」出光美術館（一月〜二月）カタログに詩「サム・フランシスを夢みる」掲載↓のち『悲歌と祝祷』『捧げるうた50篇』に収録。》

《【雑誌】「みすず」一六巻一号に「一九七三年読書アンケート」掲載。回答者の一人。》

《【雑誌】「現代詩手帖」一七巻一号に詩「薤露歌」掲載→のち『悲歌と祝祷』に収録。》
《【雑誌】「波」八巻一号に書評「混然たる豊かさを暗示　中西進著『万葉の世界』」掲載。》
《【雑誌】「東アジアの古代文化」創刊号に詩「血沼壮士晩歌」掲載→のち『悲歌と祝祷』に収録。》

■二月

《【雑誌】「群像」二九巻二号に座談会「日本文学通史への試み　万葉集――その抒情性の特質」（寺田透・大岡信・中西進（司会））掲載。》

■三月

《【雑誌】「群像」二九巻三号に座談会「日本文学通史への試み　西行と新古今」（山本健吉・大岡信・中西進（司会））掲載→のち『自然と芸術　山本健吉対談集』に収録。》
《【雑誌】「婦人画報」八四六号に「フーは見ている」掲載→のち「犬は見ている」と改題して『人麻呂の灰』に収録。》
《【雑誌】「文学」四二巻三号（特集絵巻）に「絵巻と和讃」掲載→のち『詩の日本語』に収録。》
《【雑誌】「図書」二九五号に歌仙「新酒の巻」（石川淳・安東次男・大岡信・丸谷才一）掲載→のち『歌仙』に収録。》

鳴る音にまづ心澄む新酒かな　夷斎（石川淳）
　木戸のきしりを馳走する秋　流火草堂（安東次男）
月よしと訛うれしき村に入り　信（大岡信）
　どこの縁にも柳散る朝　才一（丸谷才一）
島ぐるみ住替る世と便り来て　流
　引くに引かれぬ邯鄲の足　夷
モンローの傳記下譯五萬円　才
　どさりと落ちる軒の殘雪　信
櫻湯の朝のわかれに未練なく　夷
　居なりがくれるよく馴れた小鳥《とり》　流
みちづれのすごろく打が寝言癖《へき》　信
　名所とぼしき北の山中　才
（「新酒の巻」『歌仙』）

■四月

《【雑誌】「詩学」二九巻四号に「第二四回H氏賞「感想」」掲載。》
《【雑誌】「群像」二九巻四号に座談会「日本文学通史への試み　芭蕉――その俳諧形式の特質」（山本健吉・尾形仂・大岡信（司会））掲載→のち『自然と芸術　山本健吉対談集』に収録。》
《【雑誌】「現代詩手帖」一七巻四号に「連句・連詩の場から」

掲載→のち『櫂・連詩』『詩とことば』に収録。》

《【雑誌】「文藝春秋」五二巻五号に「連歌の苦楽」掲載→のち「連句、その苦しみ、そして楽しみ」と改題して『青き麦萌ゆ』に収録。》

《【雑誌】「草月」九三号に「深められるいけばなへの考察――第二回作文コンクール授賞式の審査委員講話として「守・破・離」を掲載。授賞式は一月一〇日で受賞者は福島光加。》

《【新聞】「日本経済新聞」(1974-04-19)に「「座の文学」の復権」掲載→のち「連句、そして連詩」と改題して『青き麦萌ゆ』に収録。》

《【雑誌】「音楽現代」四巻四号に「武満徹と私――知り合った頃」掲載→のち『青き麦萌ゆ』『しのび草』に収録。》

《【本】『土へのオード13 (現代女性詩人叢書12)』新川和江著 サンリオ出版(1974-04-00)に解説「新川和江の詩」掲載。》

■五月

《【雑誌】「雲母」六〇巻六八一号に「秀句の条件を問われて」掲載→のち『ことばの力』『ぐびじん草』に収録。》

《【本】『現代の詩と詩人 (有斐閣選書)』有斐閣(1974-05-00)に「田村隆一」掲載→のち「田村隆一」として『現代の詩人たち 上』に収録。》

《【雑誌】「國文學　解釈と教材の研究」一九巻六号に対談「万葉集をどう読むか」(梅原猛　大岡信)掲載。》

《【本】『全集・戦後の詩5』角川書店(1974-05-30)に編集参加、解説掲載。》

《【本】『日本の歴史5』青木和夫　小学館(1974-05-20)月報5に青木和夫との対談「万葉集と大伴氏」掲載(対談:二月二三日　阿家にて)→のち『詩歌歴遊』に収録。》

■六月

《【展覧会】「ヴィクトル・ヴァザレリ展」南画廊(六月一〇日〜二二日)カタログに「ヴィクトル・ヴァザレリの美術」ジョセフ・ラブ著　大岡信訳掲載。同カタログに「ヴァザレリ・ノート」掲載。》

《【雑誌】「gq」六号に現代作家論「サム・フランシス――徴候と夢」掲載→のち『大岡信著作集12』に収録。》

《【本】『萩原朔太郎研究』青土社(1974-06-00)に「ああ都会!」掲載。》

《【本】『現代文学への証言　三好行雄対談集』(1974-06-05)に三好行雄との対談「詩的近代の位相」(対談:一九七三年七月一八日)掲載。》

■七月

《【展覧会】「清水九兵衛展」南画廊(七月)カタログに「単純

な原理・多産な結果　清水九兵衛の新作」掲載。》
《【雑誌】「世界」三四四号に書評「アンデルセンの一面」掲載↓のち『本が書架を歩みでるとき』に収録。》
《【雑誌】「帖面」（帖面舎）五四号に「「藍」と日本人」掲載。》
《【雑誌】「本の手帖」一〇号に「大槻玄澤のこと」掲載↓のち『青き麦萌ゆ』に収録。》
《【本】『日本の詩歌　人麿・家持・貫之・定家・芭蕉』河出書房新社（1974-07-20）にＮＨＫテレビ「市民大学講座」（一九七二年五月の毎週一回、五週放映された）での鼎談掲載。》

■八月

《【雑誌】「波」八巻八号に前田常作との対談「『創造の小径』を語る」掲載。》
《【雑誌】「現代詩手帖」一七巻八号に自詩自註「あかつき葉っぱが生きている」掲載↓のち『大岡信著作集2』〈滴々集2〉に収録。同号に自詩自註「霧のなかから出現する船のための頌歌」掲載↓のち『大岡信著作集3』〈滴々集3〉に収録。》
《【本】『ドガ（新潮美術文庫25）』新潮社（1974-08-25）に解説掲載。》

■九月

《【雑誌】「ユリイカ」六巻一一号での一連の連載の一つ「断章六—IX」掲載↓のち「八　牧水の酒と死——稲玉医師の牧水臨終記」と改題して『若山牧水　流浪する魂の歌』に収録。》
《【雑誌】「俳句」二三巻九号に丸谷才一との対談「唱和と即興」掲載。》
《【雑誌】「出版ダイジェスト」九月二一日号に対談「詩篇一夕話」（矢野峰人　大岡信）掲載。（『日本現代詩大系』河出書房新社初回配本記念。昭和二五年版は全一〇巻で矢野峰人編。新版は大岡編の三巻分を加えた全一三巻。）》
《【雑誌】「銀座百点」二三八号に「銀座の夜から夜明けまで」掲載↓のち『大岡信著作集15』〈滴々集15〉に収録。》
《【雑誌】「俳句とエッセイ」二巻九号に座談会「紀貫之」（目崎徳衛・大岡信・馬場あき子）（座談：七月一九日　於三笠会館）掲載。》
《【本】『白い夜（現代女性詩人叢書13）』滝口雅子著　サンリオ出版（1974-09-00）に解説「滝口雅子の詩」掲載。》

■一〇月

《【雑誌】「出版ダイジェスト」一〇月一日号に「書と芸術性」掲載↓のち『青き麦萌ゆ』に収録。》
《【雑誌】「gq」七号に「現代画家論　加納光於」掲載↓のち『大岡信著作集12』に収録。》
《【雑誌】「文藝」一三巻一〇号に書評「不協和の蘇活作用　日

野啓三著『此岸の家』掲載↓のち『本が書架を歩みでるとき』に収録。》

《【雑誌】「アートシアター」一一二号に「シナリオ、特に言葉について」掲載↓のち『大岡信著作集２』〈滴々集２〉に収録。》

《【雑誌】「現代詩手帖」一七巻一一号（臨時増刊号）に詩「地球人Ｔの四つの小さな肖像画」掲載↓のち『遊星の寝返りの下で』『ミクロコスモス瀧口修造』に収録。同号に座談会「瀧口修造の人と作品」（大岡信・入沢康夫・磯崎新・清水徹）掲載。同号に瀧口修造論再録「超現実主義詩論の展開」掲載。》

《【雑誌】「國文學　解釈と教材の研究」一九巻一二号にドナルド・キーンとの対談「伝統詩と現代詩」掲載↓のち『詩歌歴遊』に収録。》

《【新聞】「読売新聞」（1974-10-07）に「中世の精神の新しさ」掲載↓のち『青き麦萌ゆ』に収録。》

《【本】『今日も旅ゆく　若山牧水紀行』平凡社（1974-10-28）刊行。↓のちに新稿も加え『若山牧水　流浪する魂の歌』（中公文庫）（1981-09-00）。》

　私は牧水について、いささかの個人的な思い出をもっている。そのひとつは、父の書斎に並んでいた『牧水全集』のことである。牧水はこれまでに二種類の全集が出ていて、ひとつは没後一年余りして出はじめた改造社版全集（全十二巻、昭和四年十一月〜五年七月）、もひとつは戦後出た雄鶏社版『若山牧水全集』（全十三巻）である。私が見慣れていたのは、もちろん前者であって、茶色のボール函にしるされていた『牧水全集』という表題を、私ははじめマキミズゼンシュウと読んでいた。ボクスイと読むのであることを知ったとき、私は恥ずかしいと感じ、その時たしかに、牧水の名は私の頭にはっきり印象づけられたのだった。（中略）私は三島から沼津中学に通ったのだが、そのころ三島と沼津の間には、チンチン電車と通称される駿豆鉄道の電車が走っていて、その黒瀬橋停留所で降り、狩野川にかかっている黒瀬橋を渡って七、八分歩くと中学の校門についた。牧水の旧居はこの道筋からちょいと回り道したところにあって、私は中学への入学式の日、父から「この家がむかし牧水の住んでいた家だ」と教えられたのだった。門前に小川が流れていて、右の引用文（編集部注：牧水の長女石井みさきの『父・若山牧水』中の文章）にあるように、小さな土橋が渡され、あたり一帯は熊笹が繁り、門の内側は誰が住んでいるのか、ひっそり閑として、ただ鬱蒼と樹木が生い茂っている様子だけが見てとられた。

（『今日も旅ゆく　若山牧水紀行』）

《【放送】『あさき夢みし』監督：実相寺昭雄　脚本：大岡信　ＡＴＧ系で上映。「文芸」一一月号に脚本を掲載。》

実相寺監督は中世を題材にとって新作を作りたいのだ、と言った。ついては、ぜひシナリオを書いてもらいたいのだ、と言った。シナリオなど書けるはずがない、と私は言った。が、何度か会っているうちに、私は実相寺さんの熱心さに負けた。この監督が大変な勉強家であることはすぐにわかったが、彼が中世に寄せる関心の質が、ほぼ同じ世代に属する私自身のそれとも、決して別種のものではなさそうだと知ったとき、私はとうとう慣れない仕事に首をつっこむ羽目に陥ったのである。『問はず語り』の作者、後深草院二条をモデルにしてシナリオを書くまでの間に、若干の試行錯誤もあったが、結局、主な材料をこの赤裸に後宮生活の実態を書いた日記文学から借り、そこにこちらの持っている主題を押しこんでゆく形になった。作者としては、ある角度から見た王朝崩壊時の日本の精神的パノラマを描いたつもりなのだが、シナリオを見ないうちから、世評は王朝ポルノというレッテルをこれに貼ってくれたらしく、そのことは私を楽しませた。

（「シナリオばなし」『人麻呂の灰』）

《【雑誌】「櫂」二一号に連詩「第四回鳥居坂の巻（乾　坤）」「第五回雁来紅の巻（天　地）」「第六回夢灼けの巻」とともに大岡による振り返り「執筆記録《しゅひつのこころおぼえ》」掲載↓のち『櫂・連詩』に収録。》

■一一月

《【雑誌】「文藝」一三巻一一号に「あさき夢みし」（シナリオ）掲載↓のち『大岡信著作集2』に収録。》

《【本】『対談　谷川俊太郎』すばる書房盛光社（1974-11-20）に谷川俊太郎との対談「八ヵ月の欧米旅行から帰って」掲載。》

《【雑誌】「展望」にて連載「断章」三回（一一月～一九七五年一月号）（※断章というシリーズ表記はない）↓のち「ユリイカ」での連載「断章」とあわせ、『年魚集』に収録。》

■一二月

《【公演】一〇日、演劇『トロイアの女』（原作・エウリピデス、翻訳・松平千秋　潤色　大岡信）を早稲田小劇場により岩波ホールで上演、演出・鈴木忠志、出演・観世寿夫、市原悦子、白石加代子ほか。上演の詠唱として詩「呪《じゅ》」を発表。》

死者よ　この乾ききった岩石に棲み　そして遙かな樹根に
棲め
たとえば色なら　しののめの色　溢れる泪《なみだ》の真珠母色の光《つ》
沢《や》となれ
死者よ　二つの凍った極を持つこの遊星の　千の頂きに
同時に棲め

たとえば足なら　ハイエナ　駝鳥　襲うコブラのつむじ風
となれ
死者よ　光のとどく限りの涯の　暗黒の淵に去って棲め
たとえば手なら　海に湧く大渦巻《メエルシュトレエム》　糸を刺す乙女の指の
すばやさとなれ
死者よ　足跡を消し　清浄な空の道をたどり　黄おう金ご
んの波に
横たわって棲め
たとえば歌なら　はてしない軍旅の歌　恋の歌　永遠の地
虫の歌の涼しさとなれ
死者よ　日光《ひかげ》もささぬ沼に棲むわれらを見捨て　舌にひび
く果実となって再臨せよ
たとえば息なら　阿吽《あうん》　嬌喘《ためいき》　鬼吹《おにのいき》の浄火となって再臨せ
よ　再臨せよ
再臨せよ

死者たち

（詩「咒」）

鈴木忠志さんにこの作品の潤色を依頼されたときからいよいよ上演となるまでの間、私は多くの新しい経験をした。鈴木さんの構想は、エウリピデスの原作が展開される敗戦のトロイア城下の悲惨に加えて、現代の大戦後の悲惨を重ね合わせにしようというものだったので、松平千秋氏訳の原作を随所でカットし、そのカット部分に私の詩やセリフや、もっと断片的な章句を新たに挿入してゆく方法がとられた。つまりコラージュとかモンタージュというようなことになろうか、それが鈴木さん独得の劇構成の方法である。（中略）そればかりでなく、私は別に、どこに挿入されることになるのやら見当もつかない断片的なセリフを、かなりたくさん書かねばならなかった。芝居の根本テーマに照らして、どこかで使えそうに思われる言葉を、いわばやみくもに書いては鈴木さんに渡してゆくのである。鈴木さんはそれらのあるものは使い、あるものは捨てた。最初に置かれていた場所から、稽古の過程で別の場所に移された章句もある。だから、最後まで私は、自分自身の詩句章句が置き場所によって思いがけない表情と意味を示しはじめるのを見守るという得がたい経験をしたのだった。私としては、とにかく日本語としてぴんと背筋の張った言葉を書くことを念願した。

（「潤色について」岩波ホールカセット講座冊子）

《**【雑誌】**「ユリイカ」六巻一五号（臨時増刊号）現代詩の実験一九七四に詩「声が極と極に立ちのぼるとき言語が幻語を語る」掲載↓のち『悲歌と祝祷』に収録。同号「現代詩の実験一九七四」に歌仙「鳥の道の巻」「だらだら坂の巻」（安東次男　丸谷才一　大岡信）掲載↓のち『歌仙』に収録。※「ユリイカ」

一九七五年五月号でこの歌仙についての鼎談掲載。》
《【雑誌】「波」八巻一二号に丸谷才一との対談「展望・現代日本の文学」掲載。》
《【雑誌】「サンデー毎日」「特集　川上澄生の世界」の中で「故郷喪失の思いを抱く人工世界の旅人」掲載。》
《【本】『ミロの版画　デッサン／銅版画／石版画／木版画／書籍／ポスター』河出書房新社（1974-12-15）刊行。イヴォン・タイヤンディエ著　大岡信訳。》
《【新聞】「朝日新聞」にて連載「文芸時評」全五十回（一二月二三日〜一九七六年一二月二八日号）↓のち『現代文学・地平と内景』に収録。》
《【雑誌】「現代詩手帖」一七巻一三号　現代詩年鑑'75に詩「薤露歌」掲載。》
《【雑誌】「現代詩手帖」一七巻一三号にポエム・ロッカー「誰が何をしまったか？」（発案：谷川俊太郎　大切なもの、捨てたいもの、隠しておきたいくせに自慢したいものなどをしまってください）二八人のうちの一人として掲載。》
口上　谷川俊太郎様タッテノオ求メニヨリ、ワガろっかあノアカズノ扉ヲ開帳ニオヨビ候段ナントモハヤ口惜シキコトニテ候。オイラヒトリノ告白ヲココニ封ジテオイタニナア。アイヤ俊サマ、カクナル上ハ、ドンナニソナタガ誘イナスッテモ、ヤッパリナンテッタッテ《私は月にはいかないだろう》。
（ポエム・ロッカー「誰が何をしまったか？」）
《【本】『現代文学講座7　現代の詩歌　解釈と鑑賞別冊二号』至文堂（1974-12-00）に「斎藤茂吉における近代——写生説を中心に」を掲載↓のち『表現における近代』に収録↓のち『現代文学講座　第七巻　現代の詩歌』（一九七六）。》

■——この年
《【講演】秋から冬にかけて新潮社主催の講演会「詩、あるいは現代芸術」全六回を紀伊國屋ホールで行う↓のち一部は「菩提樹」に掲載↓のち『日本詩歌の特質』に収録。》

■1975・昭和五〇年——44歳

■一月
《【雑誌】「みすず」一七巻一号に「一九七四年読書アンケート」回答者の一人として掲載。》
《【雑誌】「現代詩手帖」一八巻一号に鈴木忠志との対談「表現としての言葉と演劇」掲載↓のち「表現としての言葉と芸術」と改題して『言葉という場所』に収録。》
《【雑誌】「創」五巻一号「現代作家肖像風景展より」に、直筆

文の写真掲載。》
《【雑誌】「文藝春秋」五三巻一号に「シナリオばなし」掲載↓のち『人麻呂の灰』『大岡信著作集2』に収録。》
《【雑誌】「国際交流」四号に対談「合一の世界」（バーナード・リーチ　大岡信）掲載。》
《【本】『安東次男著作集5　百首通見　近世の秀句5』青土社（1975-01-30）に解説「安東次男の方法」掲載↓のち「安東次男」と改題して『現代の詩人たち　上』に収録。》
《二六日、「櫂」の仲間と連詩の会を調布市深大寺「深水庵」で開催。続いて三月一四日、五月一六日、六月七日に同地で開催。同人が二つに分かれて同時進行で巻いた（第七回、第八回）。「アイウエオの母の巻」（谷川俊太郎、吉野弘、水尾比呂志、岸田衿子、大岡信）、「蒸し鮨の巻」（茨木のり子、川崎洋、中江俊夫、友竹辰、吉野弘、岸田衿子、水尾比呂志、谷川俊太郎、大岡信）。「蒸し鮨の巻」は、途中で茨木のり子氏の夫三浦安信氏逝去のため参加できず、終わりの部分で、吉野、岸田、谷川、大岡が参加している。》

■二月

《【雑誌】「朝日ジャーナル」一七巻五号に鼎談「論理的言語の創造を」（丸谷才一・大岡信・大野晋）掲載↓のち『日本語を考える』に収録。》
《【雑誌】「藝術新潮」二六巻二号に「『トロイアの女』潤色ノート」掲載。》
《【雑誌】「朝日ジャーナル」一七巻六号に書評「寺田透著『道元の言語宇宙』」掲載。》
《二八日、「ENERGY」誌（エッソ・スタンダード石油株式会社広報部刊）の「エナジー対話」シリーズの第一回として、谷川俊太郎と「詩の誕生」を主題に対話。三月一日、三月二五日に引き続き対話（於伊豆山温泉）。五月に同誌第一号として刊行。》

僕の場合わりと自分で意識していることなんだけれども、あれが僕のなかの一種のポエジーの誕生の瞬間だろうと思うことがあるんだ。たぶん小学校一年生か二年生ぐらいのとき、ある日わりあい朝早く起きたのね。それで庭へ出たわけ。陽がちょうど昇りかけたところだったんだな。筋向いの家の敷地の角に、ニセアカシアの大きな木が生えていた。その向うから太陽が昇りつつある瞬間で、よく晴れた日で、とってもきれいだったわけね。そのとき、それまでまったく経験したことのない、一種の感情に僕は襲われた。それは悲しみとか喜びとか、不安とか怒りとかっていう心理的な感情とは、まったく違う感情だったわけだよね。おもしろいのは、それを感じたことを日記に書きとめているのよ。毎日つけてる日記じゃなくて、熱が出たとか本を買ったとかぽつぽつ書いてある日記に、その日だけなぜか「今朝生まれてはじめて朝を美しいと思った」と書いている。詩の形じゃないけれども、それを書きとめたということが、詩と結びついているような気がする。いま振りかえってみると、そのときの、言葉によらず風景によって、自然のある状態によって喚起された感動というものが、自分が詩を考える上でのいちばんの核になってるように思うんだ。（『詩の誕生』）

■三月

《【雑誌】「世界」三五二号に鼎談「現代演劇の可能性——「トロイアの女」に即して」（大岡信・中村雄二郎・鈴木忠志）掲載。》

《【雑誌】「國文學　解釈と教材の研究」二〇巻三号に「井上靖における詩人」掲載→のち「井上靖——〈詩〉を閉じこめる箱である詩」と改題して『明治・大正・昭和の詩人たち』に収録。》

《【本】『星客集　文学的断章』青土社（1975-03-25）刊行→のち『星客集　文学的断章』（一九七九）。》

■四月

《吉岡実にうながされて、「ちくま」（五月号）のために岡倉天心について執筆するため茨城県五浦へ旅行。》

昭和五〇年四月に入ったばかりの日、五浦へ出かけた。（中略）私たちが泊った旅館は、大観邸がかつてあったところの、やや天心旧居寄りの海辺にあった。酒豪だった天心をしのんで、心ゆくまで飲んで眠ったのはいいが、翌朝、私の部屋のならびに子供づれで泊った何組かの若い夫婦たちが、夜明けとともにコンクリートのヴェランダを下駄ばきで大声あげながら濶歩する音に夢をやぶられ、ついで部屋のものすごい暑さに朦朧となって起きあがる羽目となった。部屋に暖房が入っていたのではない。海からのぼる巨きな太陽が、真向いに部屋のカーテンを突き抜けて射し入り、部屋を熱していたのである。眠り足りない目には、海の照り返しといっしょになった日の光はあまりに強烈すぎた。私はしばらく手で目を覆い、おそるおそる指を開いていった。久しくお目にかかったことのない太陽が、ここにはあった。これだけは、かつて天心が見たものと変わりのないものだった。私は鷗か海鵜か判然としない鳥影が遠くに舞うのを茫然と見つめつづけた。じつに唐突に、私の中に浮びあがり、口をついて出た言葉があった。

「憂鬱だなあ」

私はこの言葉をゆっくり呟いていた。次の瞬間、はっとわれにかえって、私は、なぜこんな言葉を口にしたのかいぶかしんだのだが、そのとき私の中に浮んだ想念は、人に言ったら一笑されるほかない奇妙なものだった。つまり——私は自分が一瞬前にそういう状態におちいっていたのをたしかに感じ、確認したのだが――「憂欝だなあ」と呟いたとき、私はなぜか、在りし日の天心になったつもりでそう呟いていたのである。

（「五浦行」『岡倉天心』）

《【展覧会】「20世紀の美術から　南画廊'75年展」南画廊（四月）カタログにミロ「夜の人と鳥」、ヴォルス「風の中の構成」の作品解説掲載。》

《【雑誌】「三田文学」六二巻四号「特別企画（インタビュー）現代文学のフロンティア（No.一〇）大岡信」掲載。》

《【雑誌】「婦人之友」六九巻四号の口絵「心の美術館」（牧直視による能装束の写真）に添えて「夢の器」掲載→のち『人麻呂の灰』に収録。》

《【本】『安東次男著作集Ⅲ　芭蕉七部集評釈1』青土社（1975-04-25）に対談「芭蕉をどう読むか」（安東次男　大岡信）掲載。》

《【本】『風の花嫁たち　古今女性群像』草月出版（1975-04-28）刊行→のち『風の花嫁たち　古今女性群像　現代教養文庫1208』（一九八七）。「いけばな草月」「草月」での連載をもとにした、古今東西の女性をめぐる随筆集。》

《【本】『万葉集の言葉と心』毎日新聞社（1975-04-00）に「東アジアの古代文化を考える会」の第十回講演会とシンポジウム掲載。大岡の講演タイトルは「『万葉集』巻十六のこと」、シンポジウムは「万葉集の言葉と心」。》

■五月

《【雑誌】「季刊　アニマ」創刊号に「夜の鶴と仙家の霊鳥」掲載→のち『ことばの力』に収録、のち「「鶴」の見方」と改題して『みち草』に収録。》

《【雑誌】「ちくま」七三号に「五浦行」掲載→のち「序　五浦行」として『岡倉天心』に収録。》

《【雑誌】「ユリイカ」七巻四号　特集「日本語イメージの論理」に鼎談「鳥の道の巻について」「だらだら坂の巻について」（安東次男・丸谷才一・大岡信）掲載→のち『歌仙』に収録。※「ユリイカ」一九七四年一二月の臨時増刊号に掲載の歌仙「鳥の道の巻」「だらだら坂の巻」（安東次男・丸谷才一・大岡信）についての鼎談。》

《【雑誌】「詩の誕生　エナジー対話1」（エッソ・スタンダード石油広報部）に谷川俊太郎との対談掲載→のち『詩の誕生』に収録。》

《【本】『紅葉する炎の15人の兄弟　日本列島に休息すれば（現代女性詩人叢書14）』白石かずこ著　サンリオ出版（1975-05-00）に解説「白石かずこの詩」掲載。》

■六月

《【雑誌】「みづゑ」八四三号に「画商の横顔――志水楠男のこと」掲載。》

■七月

《【雑誌】「ユリイカ」七巻六号に「加納光於論　うち震える極限を無限に分割せよ」掲載→のち『加納光於論』『大岡信著作集12』に収録。》

《【本】『PTOLEMAIOS SYSTEM　翼・揺れる黄緯へ』加納光於画集　筑摩書房（1975-07-00）に「加納光於論　または《うち震える極限を無限に分割せよ》」掲載（「ユリイカ」七月号からの再録）。》

《【雑誌】「現代詩手帖」にて連載鼎談「近代詩再検討」（鮎川信夫・吉本隆明・大岡信）全四回（七月、九月、一一月、七六年一月号）→のち『討議近代詩史』に収録。》

《【本】『本が書架を歩みでるとき』花神社（1975-07-10）刊行。本をめぐっての文章、二年間担当した朝日新聞の書評欄も収める。》

《【本】『遊星の寝返りの下で（限定版）』書肆山田（1975-07-22）刊行→のち『遊星の寝返りの下で（普及版）書肆山田』（一九七七）、一部は『捧げるうた50篇』にも収録。》

■八月

《【雑誌】「現代詩手帖」一八巻八号　特集「鮎川信夫と戦後詩三〇年」に討議「生の経験と感情――鮎川信夫の詩と詩論」（北村太郎・大岡信・菅野昭正・長田弘）掲載。》

《【雑誌】「國文學　解釈と教材の研究」二〇巻一〇号に「歌謡の生理――主に『閑吟集』について」掲載→のち『日本語つむぎ』に収録。》

《【雑誌】「文学」四三巻八号に鼎談「『古今集』の歴史的新しさ」（寺田透・奥村恒哉・大岡信）掲載→のち『海とせせらぎ』に収録。》

《【本】『谷川俊太郎の33の質問』谷川俊太郎著　出帆社（1975-08-00）に回答者の一人として掲載。》

■九月

《【講演】二日、「歴程フェスティバル」にて「詩人としての天心」講演（於紀伊國屋ホール）→のち『詩歌折々の話』に収録。》

《【本】『金子光晴詩集（現代詩文庫1008）』思潮社（1975-09-00）に「金子光晴論」（『芸術と伝統』晶文社（一九六三）より）掲載。》

《【本】『鑑賞日本古典文学7』角川書店（1975-09-30）に「幻の世俗画――屏風絵と屏風歌のこと」掲載→のち「幻の世俗画

王朝屏風絵への空想」として『詩の思想』に収録。》
《【雑誌】「文藝」一四巻九号「おもに金子光晴の散文のこと」掲載↓のち『現代の詩人たち　上』に収録。》
《【雑誌】「國文學　解釈と教材の研究」二〇巻一一号「特集　吉本隆明と大岡信」に吉本隆明との対談「古典をどう読んできたか」掲載↓のち『詩歌の読み方』に収録。》
《【本】『道化のような芸術家の肖像』新潮社（1975-09-10）刊行。J・スタロバンスキー著　大岡信訳。訳者解説「人ミナ道化を演ズ」は、のち『表現における近代』に収録。》
《【本】『大岡信詩集』五月書房（1975-09-30）刊行。革装・箱入の限定版。》

■一〇月

《【雑誌】「現代詩手帖」一八巻一一号（臨時増刊号）「谷川俊太郎」に「谷川俊太郎小論」掲載↓のち『現代の詩人たち　下』に収録。同号に「谷川俊太郎の詩で嫌いな一篇をあげてください」掲載↓のち『現代の詩人たち　下』に収録。同号に詩「初秋午前五時白い器の前にたたずみ谷川俊太郎を思ってうたふ述懐の唄」掲載↓のち『悲歌と祝祷』に収録。》
《【新聞】「山梨日日新聞」（1975-10-03）に「『山の木』を読む」掲載↓のち「雲母」（一一日号）、『短歌・俳句の発見』『楸邨・龍太』に収録。》
《【本】『詩の誕生　対話（読売選書）』読売新聞社（1975-10-10）刊行↓のち『詩の誕生（思潮ライブラリー）』（二〇〇四）。》
《【本】『岡倉天心（朝日評伝選4）』朝日新聞社（1975-10-15）刊行↓のち『岡倉天心（朝日選書274）』（一九八五）。詩人としての天心を論じ、新しい天心像を提示。》
《【本】『十月生まれ（現代女性詩人叢書15）』山口洋子著　サンリオ出版（1975-10-00）に解説「山口洋子の詩」掲載。》
《加納光於のリーブル・オブジェ「索具・方晶引力」（大岡信詩集『遊星の寝返りの下で』を収める）を南画廊で発表。》

■一一月

《七日、「櫂」の仲間と第九回連詩の会を京都市内の旅館上田家で開催。引き続き一九七六年五月一二日、一〇月六日に調布市深大寺「深水庵」で開催。「大原女あざみの巻」（中江俊夫、谷川俊太郎、川崎洋、友竹辰、吉野弘、水尾比呂志、茨木のり子、岸田衿子、大岡信）。》
《【展覧会】「山口長男展」南画廊（一一月〜一二月）カタログに「山口長男論」掲載↓のち「現代画家論　山口長男」と改題して『大岡信著作集12』『詩人と美術家』に収録。》
《【雑誌】「雲母」六一巻六九九号に書評「澄んだ硬質の光　飯田龍太句集『山の木』」掲載。》
《【雑誌】「藝術新潮」二六巻一一号に「日本の夜の絵画」掲載

↓のち『現世に謳う夢』に収録。》

《【本】『日本語を考える　大野晋対談集』（1975-11-00）中央公論社に鼎談「論理的言語の創造を」（大岡信・丸谷才一・大野晋）掲載（「朝日ジャーナル」二月七日号よりの再掲）。》

■一二月

《【楽曲】五日、男声合唱曲「転調するラヴ・ソング」（大岡信作詞　遠藤雅夫作曲）神田共立講堂にて初演。》

《【雑誌】「ユリイカ」七巻一二号（臨時増刊号）「現代詩の実験一九七五」に鈴木志郎康との対談「詩・批評・小説」掲載。同号に詩「少年」掲載↓のち『悲歌と祝祷』に収録。》

《【雑誌】「季刊　アニマ」三号に「狐のうそとまこと」掲載↓のち『ことばの力』に収録。》

《【雑誌】「世界」三六一号に「『清代社会経済史研究』著者逸聞」掲載↓のち「重田徳」と改題して『現代の詩人たち　上』に収録。》

《【本】『日本現代詩大系　第一一巻　戦後期1』河出書房新社（1975-12-00）に「戦後期一」（↓のち『現代の詩人たち　下』に収録）、および解説掲載。》

《【本】『現代文学のフロンティア』出帆社（1975-12-05）にインタビュー「詩・ことば・批評」（インタビュー：一月二五日）掲載。※「現代文学のフロンティア」は「三田文学」誌上に掲載されたシリーズインタビュー。》

《【本】『青き麦萌ゆ　現代の視界2』毎日新聞社（1975-12-10）刊行↓のち『青き麦萌ゆ』中公文庫（一九八二）。さまざまな雑誌に寄稿したエッセイをまとめた。》

私は都下の神代植物園のすぐわきに住んでいる。深大寺に歩いて二、三分のところで、林に恵まれているから、春先以後、わが小庭への鳥の訪れが急に頻繁になる。ひとつには、鳥たちは私の家の飼犬の食べものをねらってやってくるらしい。スズメが大半で、それにヒヨドリがまじる。このあたりの林にはオナガもおびただしく棲んでいて、早春の植物園を散歩していると、枯れはてたナラやケヤキの高い枝々から、ふいにすごい勢いでオナガの群が飛びたつ。この連中、長い尾を張って飛ぶ姿はいいし、翼や尾の灰青色も美しいが、声ときたらひしゃげた悪声の大声で、にぎやかに騒々しい。見目うるわしい女たちが集まって、遠慮のない大声で下着バーゲンセールの買いものの値段くらべをやっている図そのものである。私はそういうオナガが好きである。

（『青き麦萌ゆ』「ヒヨドリのころ」）

《【雑誌】「櫂」二二号に連詩「第七回　アイウエオの母の巻」「第八回　蒸し鮨の巻」および大岡による振り返り「執筆記録」掲載↓のち『櫂・連詩』に収録。》

■――この年

《【教科書】高等学校検定教科書「改訂　現代国語二」東京書籍（一九七五年発行）に「言葉の力」掲載。》

《【楽曲・公演】「『記憶と現在』～大岡信による三つの詩～」野平一郎作曲、東京芸術大学奏楽堂にて初演。》

《【楽曲】「転調するラヴ・ソング」が、男声合唱曲として遠藤雅夫により作曲される。》

《【本】『百人一首（グラフィック版日本の古典　別巻二）』世界文化社（一九七五）刊行→のち『百人一首　講談社文庫』（一九八〇）、『ビジュアル版日本の古典に親しむ②　百人一首　王朝人たちの名歌百選大岡信世界文化社（二〇〇五）。》

《【出版案内】『岩波講座「日本歴史」』出版案内に推薦文掲載。》

■1976・昭和五一年――45歳

■一月

《【雑誌】「劇場」六号に「パゾリーニのこと」掲載→のち「パゾリーニとはだれか」として『表現における近代』に収録→のち「スクリーンからもらった言葉」として『大岡信著作集10』に収録。》

《【展覧会】「カンディンスキー展」西武美術館（一月～二月）カタログに「カンディンスキー頌」掲載。》

《【雑誌】「現代詩手帖」一九巻一号に詩「星空の力　恋うたなれど心をこめて飯島耕一に」掲載→のち『春　少女に』掲載。》

《【雑誌】「中央公論」九一巻一号に「新しい花鳥諷詠のこころ（雑談・世相走馬灯）」（岡野弘彦・大岡信・飯田龍太）掲載。》

《【雑誌】「文学」四四巻一号に鼎談「短詩型の伝統と現在」（寺田透・吉本隆明・大岡信）掲載→のち『詩歌の読み方』に収録。また同号に「長歌作家窪田空穂」掲載→のち「長歌に見る歌人空穂の本質」と改題して『窪田空穂論』に収録。》

《【新聞】「読売新聞」（1976-01-17）に「子規と露伴の首都展望」掲載→のち『子規・虚子』に収録。》

《【雑誌】「旅」一月号に「万葉歌の南限　薩摩長島の風光」掲載→のち「『万葉集』南限の歌」として『詩とことば』に収録。》

《【雑誌】「文芸展望」一二号に詩「丘のうなじ――エスエフに」掲載→のち『春少女に』に収録。》

《【本】『年魚集　文学的断章』青土社（1976-01-20）刊行　のち一部は『みち草』『しおり草』にも収録→のち『年魚集　文学的断章』（一九七九）。》

■二月

《【雑誌】「現代詩手帖」一九巻二号　特集「漱石と鷗外」に座談会「様式と態度　詩人としての漱石・鷗外」（大岡信・岡田隆彦・川村二郎）、「第六回高見順賞発表　選評」掲載。》
《【雑誌】「野性時代」三巻二号に「因縁ばなし」掲載↓のち『詩とことば』に収録。》
《【雑誌】「風景」一七巻二号に「鶏頭の十四五本も」掲載↓のち「寒雷」（四月号）、『子規・虚子』に収録。》
《【雑誌】「國文學　解釈と教材の研究」二一巻二号に飯田龍太との対談「俳句・日本語・日本人」（対談：一九七五年一〇月三一日）掲載↓のち『楸邨・龍太』に収録。》
《【本】『日本現代詩大系12　戦後期2』河出書房新社（1976-02-00）に「戦後期二」（↓のち『現代の詩人たち　下』に収録）、および解説掲載。》

■三月

《【本】『ウイリアム・ブレイクを憶い出す詩』飯島耕一詩集　書肆山田（1976-03-00）に対談「『鰐』とその周辺」（飯島耕一・大岡信）掲載。》
《【本】『汽水の光』高野公彦歌集　角川書店（1976-03-25）に解説「意識の夜の歌」掲載↓のち『短歌・俳句の発見』に収録。》
《【雑誌】「新潮」七三巻三号に詩「はじめてからだを」掲載↓のち『春　少女に』に収録。》
《【本】『日本古典文学全集25』小学館（1976-03-00）月報に「古代歌謡私記」を掲載↓のち『大岡信著作集8』〈滴々集8〉に収録。》

■四月

《【雑誌】「季刊　蕾」春季号に「金重道明　陶板記」掲載↓のち『人生の黄金時間』に収録。》
《【展覧会】「野崎一良彫刻展」南画廊（四月）カタログに「ただそこに在って　奥深いもの——野崎一良の鉄彫刻」掲載。》
《【雑誌】「学燈」七三巻四号に「丹波口から尼寺へ」掲載↓のち『人麻呂の灰』に収録。》
《【本】『三橋鷹女全句集』立風書房（1976-04-00）附録に「鷹女私記」掲載↓のち「三橋鷹女の俳句」と改題して『短歌・俳句の発見』に収録。》

■五月

《【雑誌】「月刊美術」二巻五号に「平山郁夫の位置」掲載↓のち「平山郁夫寸感——平山郁夫の位置」として『人生の黄金時間』に収録。》
《【雑誌】「現代詩手帖」一九巻五号に高階秀爾との対談「サンボリスムと遊び」掲載↓のち『詩歌の読み方』『大岡信著作集

9』〈滴々集9〉に収録。》
《【雑誌】「現代詩手帖」一九巻五号に「詩人としての天心」掲載↓のち『大岡信著作集9』〈滴々集9〉に収録。》
《【本】『レンブラント（世界美術全集9）』小学館（1976-05-00）に本文解説掲載↓のち「レンブラントへの旅——内部の光と闇」として『現世に謳う夢』に収録。》
《【本】『日本人の価値観（講座・比較文化7）』研究社出版（1976-05-15）に「日本の詩学」掲載↓のち『詩の日本語』に収録。》
《【本】『クレー（新潮美術文庫50）』新潮社（1976-05-25）に本文解説掲載。》
《【本】『日本風景画集成』毎日新聞社（1976-05-00）に「日本風景画論」掲載↓のち『現世に謳う夢』に収録。》

■六月

《【展覧会】「アメリカ美術の30年　新しきものの伝統、ホイットニー美術館コレクションから」展　西武美術館（六月一八日〜七月二〇日）カタログに「私のアメリカ」掲載↓のち『大岡信著作集10』〈滴々集10〉に収録。》
《【雑誌】「早稲田文学」第八次復刊一号に「次代の書き手?」掲載↓のち『大岡信著作集1』〈滴々集1〉に収録。》
《【本】『萩原朔太郎　文芸読本』河出書房新社（1976-06-00）に「朔太郎問題」掲載。》
《【本】『子規・虚子』花神社（1976-06-20）刊行↓のち『子規・虚子（新装版）』（一九八二）、『子規・虚子』（一九八九）、『子規・虚子』（二〇〇二）。『定本・高濱虚子全集』月報に「虚子俳句瞥見」と題して連載した文章を中心にするエッセイ集。》
《ロッテルダム・アーツ・ファウンデーションの招きにより、ロッテルダム国際詩祭に翌月まで参加、スペイン（「フンダシオ・ジョアン・ミロ」「カタルニア美術館」などを見学）、フランス（大原美術館の藤田慎一郎、南画廊の志水楠男と合流）を旅行。》

ロッテルダム国際詩祭にて

《パリでは、ポール・エリュアールの恋人だったブランコ乗りの女流詩人ディアーヌ・デリアスと会い、『ルウにあげる詩』

（アポリネール）を贈与されるも、帰途の航空機内で紛失してしまう。》

「エリュアールは腹をたて、笑い話をひとつ作って、私にそれをくれたの。こういう話」といって彼女がした話。

ある日、サーカスの例の座長のところへ電話がかかってくる。何しろ座長さんはとても忙がしい。同時に二本も三本もの電話に出なくちゃならないほど忙がしい。で、受話器をとると、怒鳴る。

「ああ、用件は？　用件早く言って」

相手はとっても奇妙な声で、

「モオシ、モオシ、アンタ、座長サンデエスカ」

「そうだ。お前さん誰？　用件言って」

「ワタアシ、ヤトッテクラサイマシエンカ」

「それで、何ができる？　早く言って」

「シ……ヲヨミマアス」

「シ？　何だそりゃあ」

「ソオデエス、シヲヨミマアス。ポ……ポ……ポオオル……エリュアアルサンノ、シヲヨミマアス」

「あの馬鹿野郎の詩だって？　ふざけるのもいい加減にしろ。いらんいらん」

「デエモ……アナタ、ワタアシ、ヤトッタホウガ、トクトオモイマアス」

「忙がしいんだよ、馬鹿。いったい、手めえは誰なんだ、へんな声出しやがって」

「ワタアシデエスカア。ワタアシ……馬デエス」

そういうと、相手はガチャンと電話を切ってしまう。

「糞ったれが」と呟いて受話器を置いた座長は、一瞬後にとび上がって、大声で叫ぶ。

「何だって。馬！　馬が詩を読むって？　ああ、しまった、オイ、何とかしてくれ、詩を朗読する馬がいるんだ、今電話してきた、ああ、しまった」

もちろん、馬の行方はわからなかった、というお話。

ロッテルダム国際詩祭にて

ディアーヌはその日、私にアポリネールの詩集『ルウにあげる詩』と、小さな絵皿をくれた。詩集の扉にはフランス語で「ささやかな記念として」と書かれ、その脇に、不思議な平仮名が並んでいる。彼女は去年数ヵ月日本語学校に通ったが、中断してしまったと言いながら、その日本文字を読んでくれた。「おおかさん、おあついですね」というのだった。いくつかの字は正しかったが、いくつかの字は解読不可能に近い絵文字だった。私たちは大笑いした。その本を、私は飛行機の中で失ったのだ。モスクワで給油と乗員の交替が行われるあいだ、乗客は空港待合室に移っていた。読みかけたその詩集を、私は前の座席のうしろについている網袋に入れたまま外に出た。一時間ほどして座席に戻り、ふと見ると、本が消えている。他の荷物は何ともないのに、あの小さな本だけが消えている。私はスチュアーデスたちに本の行方をたずねた。血相が変っているのを自分で感じた。「人が署名してくれた本なんだ。だいじな本なんだ。こんな場所で、なくなるはずがないでしょう。僕は出る時は一番あとから出たんだ。客がとったはずはない」相手は困惑している。乗員は全員交替してしまったのだ。掃除の連中もとっくに機を離れている。文句を言っているうちに、飛行機は滑走を始め、アポリネールはモスクワのまちのどこかへ消えてしまった。オノレ・シュブラック氏（＊編集部注・「オノレ・シュブラックの失踪」はアポリネールの作品集に収録されている短編）のように。消えてしまったエリュアールの馬のように。

（「エリュアールの馬」『片雲の風』）

■七月

《【本】『岩波講座文学6　表現の方法3』岩波書店（1976-07-00）に「中世詩歌の成立」掲載→のち『詩の日本語　日本語の世界11』に収録。》

《【雑誌】「学士会報」七三二号に「辞書二題」掲載→のち『ことばの力』に収録。》

《【新聞】「朝日新聞」（1976-07-19）に「「国際詩祭」に参加して」掲載→のち「国際詩祭見聞」と改題して『人麻呂の灰』に収録。》

《【本】『日本の色』朝日新聞社（1976-07-31）刊行。「季刊エナジー」の特集を単行本とした編著書→のち『日本の色』朝日選書（一九七九）。》

《【本】『中古の文学　（日本文学史　第2巻）』有斐閣（1976-07-05）に「中古文学私記」掲載→のち『大岡信著作集8』〈滴々集8〉に収録。》

《【本】『日本現代詩大系13　戦後期3』河出書房新社（1976-07-15）に「戦後期三」（→のち『現代の詩人たち　下』に収録）、および解説掲載。》

■八月

《【雑誌】「現代詩手帖」一九巻九号に詩「空気に腰掛はあったか？　見つかった小さな詩　一九五二・九――一九七六・六」掲載→のち『春　少女に』に収録。》

《【新聞】「読売新聞」（1976-08-00）に「歳時記の楽しさ」掲載→のち「歳時記について」と改題して『ことばの力』『みち草』に収録。》

《【雑誌】「國文學　解釈と教材の研究」二一巻一〇号に「幸田

露伴の東京論」掲載→のち『表現における近代』に収録。》

《【本】『討議　近代詩史』思潮社（1976-08-01）刊行。「現代詩手帖」（一九七五年七月〜七六年一月号）での全四回連載鼎談「近代詩再検討」（鮎川信夫・吉本隆明・大岡信）を収録→のち『討議近代詩史　新体詩抄から明治・大正・昭和詩まで（新装版）』（一九八〇）。》

■九月

《【雑誌】「文学」四四巻九号に「言葉に花を咲かすこと」掲載→のち『詩とことば』に収録。》

■一〇月

《【放送】ＮＨＫラジオ「文化シリーズ　古典講読」で一三回にわたり「古今和歌集」について語る（毎日曜、一二月まで）。》

《【展覧会】「志村ふくみ展」資生堂ギャラリー（一〇月）カタログに「生命の色」掲載→のち「志村ふくみの染織　生命の色」として『人生の黄金時間』『しのび草』に収録。》

《【雑誌】「現代詩手帖」一九巻一一号　特集「蒲原有明」に座談会「象徴と内部への参入――蒲原有明における近代文学精神」（寺田透・中村真一郎・大岡信）掲載。》

《【展覧会】「菅井汲展」「菅井汲版画展」南画廊（一〇月）カタログに詩「円盤上の野人」掲載→のち「ユリイカ　臨時増刊現代詩の実験」（一一月号）、のち『草府にて』に収録。》

《【雑誌】「文藝」一五巻一〇号に「ヨーロッパの馬」掲載→のち「ヨーロッパの馬……ロッテルダムの馬／エリュアールの馬」と改題して『片雲の風』に収録。》

■一一月

《【雑誌】「ユリイカ」八巻一三号（臨時増刊号）「現代詩の実験一九七六」に詩「女は広場に催眠術をかけた」掲載→のち「いつも夢にみる女」と改題して『春　少女に』に収録。》

《【雑誌】「ユリイカ」八巻一三号（臨時増刊号）「現代詩の実験一九七六」に詩「円盤上の野人」掲載。》

《【雑誌】「藝術新潮」二七巻一一号に「ゴッホの遠近」掲載→のち『現世に謳う夢』に収録。》

《【雑誌】「寒雷」四〇〇号に「『大きな耳』の論」掲載→のち『短歌・俳句の研究』『楸邨・竜太』に収録。》

《【展覧会】「重田良一展」香川県文化会館（一七日〜二九日）カタログに「重田良一の絵」掲載。》

《【本】『中原中也　文芸読本』河出書房新社（1976-11-00）に「宿命的なうた　中原中也論」掲載。》

《【本】『鮎川信夫著作集　第一〇巻　研究』思潮社（1976-11-15）に「戦後詩人論――鮎川信夫ノート」（『詩人の設計図』より）、「『俗』ということ」（『蕩児の家系』）、「現代社会のなかの

詩人――『鮎川信夫詩論集』（朝日ジャーナル書評より）掲載。》
《【本】『悲歌と祝祷』青土社（1976-11-01）刊行。同詩集以降、詩作品の表記が旧仮名遣いに統一される。》

詩を表記するとき用いる文字言語は、僕らにとって重要な道具だが、その道具の構造はできるだけ怪しげなところのないものを使いたい。ただ簡便なだけではどうも不安だ。そういう気持ちが押さえきれなくなって、もう一度、青年時代まで使っていた歴史的仮名づかいへと戻ったわけだ。（中略）

歴史的仮名づかいで詩を書きはじめたら、復古主義だ反動だと、何人もの人に非難された。文語で詩を書いたら擬古文というレッテルをはられたのも似たようなことだろう。まあレッテルはどうでもいいけど、事の経過を説明すれば以上のごとし。

一九八二年三月三日
（『詩と世界の間で』）

《一一月二九日から一二月一五日まで、中国人民対外友好協会から日中文化交流協会を通じて招かれ、日本作家代表団の一員として井上靖、清岡卓行、辻邦生ら総計一〇人で中国訪問。文化大革命が終息し、「四人組」が逮捕された直後の時期であった。》

中国旅行にて

羽田を午前九時一〇分に離陸した日本航空機は、一〇時一〇分に大阪空港に着き、一一時同空港を発って、まず上海に向かう。日本時間で一三時五〇分（中国時間一二時五〇分）上海空港に着く。（中略）私の祖父は一九四〇年に上海で客死した。貿易商会を経営していた。祖父の遺した書画幅や文房具、また中国人のきわめて大型の名刺などを通じて幼いころに思い描いていたはずの上海のイメジは、今となってはどんなものだったか思い出すこともできないが、上空から見た上海の周辺の土は、豊沃な陶土を思わせる色をしていた。たぶん非常にキメのこまかい、よく耕された土だろうという印象があった。

（中略）

夜汽車の中では、日本語のテニヲハのことも話題になった。テニヲハ、と私が言ったとき、張氏も呉氏も（＊編集部注・中国の通訳）ごく自然に「フンフン」と聞いているので、内心驚く。日本の大学生でも、テニヲハをいっただけでは何のことやらわからない学生はかなりいるかもしれないのに、と思う。芭蕉が去来の句——

凩の地迄おとさぬ時雨かな

を、「迄」と限定したところが「いやしい」と言って、

凩の地にもおとさぬ時雨かな

と改めさせた話を私が披露し、日本語におけるテニヲハの微妙さを説明し、それ自身では独立できる語でないにもかかわらず、一句の死命を制するほどの働きをしてしまうのが、日本語におけるこういう最小単位の語の特性で、中国語の場合とはその点がまったく異質であること、そしてどうも、言語のこういう点での相違は、想像以上に大きく、中国人と日本人のものの考え方の相違に関わりあっているように思われること、したがって、古くからの文学作品の伝統においても、日本は中国の影響を大いに受けたにもかかわらず、言語構造のこの種の違いのために、まるで異質の文学を生むことにもなったのではないかと思われることなどを話すと、張氏も呉氏も、さすがに事柄が七面倒なことになってきたのを感じたらしく、あまりはかばかしい返事はしなかった。

（「中国の旅」『片雲の風』）

《二〇日、駒井哲郎死去。》

■一二月

《【雑誌】「ユリイカ」八巻一四号「特集　大岡信詩と批評の現在」に初期詩篇掲載↓のちこの初期詩篇は「方舟」を増補改訂して「水底吹笛」とし『大岡信著作集3』に収録。同号にインタビュー「方法としての感性」掲載。同号に「文学者と社会——漱石の場合」（一九五二・一二執筆（卒業論文））掲載（※「文化と教育」一九五三年一月号掲載）。》

《【雑誌】「太陽」一四巻一二号に「書のさまざまな用——個性的な墨蹟の楽しさをたずねる」掲載。同号に「書のおどろき・書のたのしみ」掲載↓のち『ことばの力』『ぐびじん草』に収録。》

《【雑誌】「問題小説」10巻12号に「わたしの夢——引張る私が引張っている」掲載↓のち『大岡信著作集1』〈滴々集1〉に収録。》

《一二日、「櫂」の仲間と第一〇回、第一一回連詩の会を、忘年会を兼ねて伊東市の旅館いなばに一泊して開催。引き続き一九七七年三月五日深水庵、五月二八日伊豆三津浜の旅館安田家、一〇月一五日深水庵にて開催。同人を二つに分けて同時進行した。「一碧の巻」（友竹辰・茨木のり子・水尾比呂志・中江俊夫・大岡信）、「湯の波の巻」（吉野弘・谷川俊太郎・川崎洋・岸田衿子）。》

《【新聞】朝日新聞（1976-12-28）文芸時評で先月歿した駒

井哲郎の著書『銅版画のマチエール』を取り上げる。一九七四年一二月から全五〇回分の大岡担当連載の最終回。》

■1977・昭和五二年――――46歳

■一月

《【雑誌】「現代詩手帖」二〇巻一号に詩「きみはぼくのとなりだつた　見つかった小さな詩　一九五二――一九七六・一二」掲載↓のち『春　少女に』に収録。》

《【雑誌】「新潮」にて連載「古歌新詩」全一六回（一月〜一九七八年五月号）↓のち『日本詩歌紀行』に収録。》

《【雑誌】「世界」一月号、二月号に「詩人たちの祝祭――ロッテルダム詩祭即事」掲載↓のち『片雲の風』に収録。》

《【雑誌】「國文學　解釈と教材の研究」二二巻一号に竹西寛子との対談「『百人一首』をめぐって」掲載↓のち『詩歌歴遊』に収録。》

《【本】『菱田春草　（日本の名画8）』中央公論社（1977-01-25）に「時分の花からまことの葉へ――〈落葉を中心に〉」掲載↓のち「菱田春草の意味――時分の花からまことの葉へ」と改題して『現世に謳う夢』に収録↓のち『カンヴァス日本の名画　菱田春草』（一九七九）。》

《【新聞】「読売新聞」（1977-01-31）に「和紙の危機へ寿岳氏の警鐘」掲載↓のち「和紙の危機と寿岳文章氏」と改題して『「忙即閑」を生きる』に収録。》

《一月末よりポンピドゥー・センター開館式出席のため渡仏し、ジャン・ティンゲリとニキ・ド・サンファールに会う。その後、二月にスペイン（バルセロナでピカソ美術館、サグラダ・ファミリアなどを見学）経由で帰国。》

バルセローナ。小路の奥に少年ピカソが並んでゐる
美術館を　はじめて訪ねた何年か前
ぼくは思はず　膝が慄へた。
かつて知らない驚きの経験だつた。
十六歳の少年が　スーッと引いた　弓なりの線。
世界にはじめて目鼻を引いた
神とよばれる存在と　意識もせずに
立ち向かひ　堂々と闘つてゐる　優雅な凄さ。

あれが二十世紀の夜明けだつた。
天才といふものはゐると　はじめてぼくに教へてくれた
バルセローナの小路の奥の小美術館。けれど
ぼくらは今　佇んでゐる、世紀末の東京の粉塵の中。

（詩「バルセローナ万華鏡　スペイン」より）

■二月

《【雑誌】「現代詩手帖」二〇巻二号に「第七回高見順賞　選評」掲載。》

《【新聞】「読売新聞」（1977-02-28）に「政治は北から文化は南から　江戸時代の日中関係論」掲載↓のち「諏訪春雄・日野龍夫編『江戸文学と中国』」と改題して『しおり草』に収録。》

《【本】『昭和詩史』思潮社（1977-02-01）刊行↓のち『昭和詩史（新装版）』（一九八〇）、『昭和詩史　運命共同体を読む　詩の森文庫005』（二〇〇五）。》

《【本】『大岡信詩集〔増補版〕』思潮社（1977-02-01）刊行。一九六八年に思潮社より刊行された綜合詩集の増補版。》

《【本】『大岡信著作集』青土社　全一五巻（二月〜一九七八年四月）刊行開始。月報は同社編集者高橋順子・石田晶子による。各巻の内容は次のとおり。1〜3巻「詩」（訳詩含）、4〜7巻「詩論」、8巻「古典詩論」、9巻「近代詩人論」、10〜12巻「芸術論」、13〜14巻「文学的断章」、15巻「随想」》

《【本】『ユーラシア大陸思索行』色川大吉著　中央公論社（1976-02-10）に解説掲載。》

■三月

《【雑誌】「みづゑ」八六四号に「駒井哲郎の軌跡」掲載↓のち『美をひらく扉』に収録。》

《【雑誌】「ユリイカ」にて連載中の「断章」のうち中国での滞在についての三回分（三月〜五月号）を、ほかの回とは別にのち『片雲の風』に収録。》

《【雑誌】「群像」三二巻三号に「北京三話」掲載↓のち「「夏」のこと」「「柏」のこと」「白い一頭の馬のこと」として『片雲の風』に収録。》

《【雑誌】「國文學　解釈と教材の研究」二二巻四号に「「無垢」と「小宇宙」への夢」掲載↓のち「大岡昇平」と改題して『現代の詩人たち　上』に収録。》

■四月

《【雑誌】「草月」一一一号に「中国紀行三話」掲載↓のち「「女帝」のこと」「雲岡石窟のこと」「水と酒と石と刺繍のこと」と改題して『片雲の風』に収録。》

《【雑誌】「波」一一巻四号に「『枕草子』再生」掲載。》

《【雑誌】「俳句とエッセイ」五巻四号に「西湖ばなし」掲載↓のち「西湖周辺」として『片雲の風』に収録。》

《一五日、石川啄木についての取材および、芭蕉の旅路を辿るため東北地方を旅行する。》

《二四日、「エナジー対話」で、谷川俊太郎と対談、それぞれの最新作を批評しあう（於軽井沢）。続いて五月一八日、二九日に

伊豆山温泉で対談を行い、「エナジー」の対話シリーズ第八号『批評の生理』として九月に刊行。》

僕の場合には、詩を書きはじめて間もなく批評を書くようになった。詩を書くと同時に批評を書く人はほかにも何人かいるわけだけど、そういう人の場合、批評だけを書いている人とはちょっと生理が違うだろうという気がする。（中略）中学時代は短歌を書いてみたり長歌を書いてみたり、散文みたいなものも書いてみたり、詩のほかの表現形式というものも一応なんとなく小当りにはやってみた。そうするとどうも、詩を書きながらいつでも、ひょっとしたらほかの表現形態でも書けるのじゃないかということを考える習性がついたようなところがあるんだね。高等学校へ入り大学へ入っていくあいだに、いろんな種類の友達ができる。そういうなかで詩を書いていくと、詩というものをいつでも友達連中の目で見る、つまり相対化して見ていく習性が、かなりついていたと思う。それが僕のなかで、詩を書きながら同時にそれを批評的に眺めていく習性ができてきた最初の出来事じゃないかと思うんだ。しかし、ただそれだけでは、詩を書いている人間が批評まで書くようになる強い動機にはならないわけで、結局は活字を通して好きな詩人の詩と対話する、つまり文字と自分が対話していくことの繰り返しが、批評的な心の動き方を導き出す最大の動機だったろうとは思う。

（「まえがきの章　他者及び趣味《テイスト》のこと」『批評の生理』）

■五月

《【雑誌】「海」九巻五号に「光のくだもの」というまとめタイトルの中に詩「光のくだもの」「人は流体ゆゑの」「銀河とかたつむり」「夜の貴重品」掲載→のち『春　少女に』に収録。》

《【雑誌】「現代思想」五巻五号に対話「眼はことばの深みをさぐる」（大岡信　東野芳明）掲載。》

《【本】『子規全集6』講談社（1977-05-00）に解説掲載→のち「革新家子規と歌人子規」として『詩の日本語』に収録）。》

《【雑誌】「天理　心のまほろば――心の本」に「図書館にはいり頭に血がのぼるの記」掲載。》

《【本】『現代文学・地平と内景』朝日新聞社（1977-05-31）刊行。朝日新聞での全五〇回の連載「文芸時評」をまとめた。》

■六月

《【本】『詩への架橋（岩波新書黄版12）』岩波書店（1977-06-10）刊行。詩との出会いをめぐる回想的記述。》

私はこの本で、自分自身の青年期に読んだ詩や詩集のことを中心に、詩を読むという体験の意味について考えてみたいと思うが、それを始めるにあたって、まずこのような序章を置いたのは、詩というものがある時代のある限られた環境の中で生きるある個人によって生みだされたものでありながら、時空の枠をとびこえ、思いがけない時に現代人の胸をうちにやってくる不思議な飛行体であり流体であることを、あらかじめ言っておきたかったからである。（中略）私は、はじめて詩や歌や句に接したころの驚きや歓びをもう一度たぐり寄せるようなつもりで、あれこれの諸作品に自分がどんな風に接し、どう読んだか、そして今の目にはそれらがどう見えるか、というようなことを書いてみようと思う。それを通じて、多様で広大な詩の世界に対するある種の通路を開くことができるなら幸いである。

（『詩への架橋』プロローグ）

《【雑誌】「ちくま」九八号に「バルセロナの光と風」掲載→のち『片雲の風』に収録。》

《【雑誌】「現代詩手帖」二〇巻七号（臨時増刊号）に座談会〈寺田透を囲んで〉「原理的なものへのまなざし」（寺田透・森本和夫・大岡信・清水徹）掲載。》

《【雑誌】「草月」一一二にサム・フランシス著「一つの大洋一つの茶碗」の翻訳掲載→のち『美をひらく扉』に収録。》

《【雑誌】「太陽」一五巻八号に「東北仏像旅行」（立木義浩・写真　大岡信・文）掲載→のち「東北の仏たち」として『おもひ草』に収録。》

《【本】『みつけたぞぼくのにじ　岩波の子どもの本』岩波書店（1977-06-24）刊行。ドン・フリードマン著　大岡信訳。→のち『みつけたぞぼくのにじ　岩波の子どもの本』（一九九二）。》

《七月まで、『トロイアの女』欧州公演（演出：鈴木忠志、出演：白石加代子ほか）、に同行。パリ、ローマを訪れる。》

■七月

《【雑誌】「世界」三八〇号に「詩と批評の根拠――七つの断片と一つの詩」掲載→のち「詩と批評の根拠」と改題して『詩とことば』に収録。》

《【新聞】「読売新聞（大阪版）」（1977-07-14）に「窪田空穂の長歌」掲載→のち『人麻呂の灰』に収録。》

《【本】『明治・大正・昭和の詩人たち』新潮社（1977-07-25）刊行。主に「國文學」に執筆した詩人論を収める評論集。》

《【本】『一つの大洋　一つの茶碗　（秘冊　草狂8）』サム・フランシス（1977-07-00）（私家版七七部　刊行者版二〇部）に「一つの大洋　一つの茶碗」サム・フランシス著　大岡信訳を掲載。》

■八月

《【本】『山口誓子全集9』明治書院（1977-08-00）月報8に「誓子俳句私見」掲載→のち「山口誓子の俳句」と改題して

『短歌・俳句の発見』に収録。》
《【本】『クレーと現代絵画　（グランド世界美術　25）』講談社（1977-08-00）刊行。》
《【雑誌】「海」九巻八号に「こんこん出やれ——井伏鱒二の詩について」掲載→のち「井伏鱒二の詩」と改題して『現代の詩人たち　上』に収録。》
《【雑誌】「現代詩手帖」二〇巻九号に詩「馬具をつけた美少女」掲載→のち『春　少女に』に収録。》
《【本】『岡鹿之助・鳥海青児・海老原喜之助　（日本の名画6）』講談社（1977-08-00）刊行。編著者の一人。》

■九月

《【雑誌】「批評の生理　（エナジー対話8）」（エッソ・スタンダード石油株式会社広報部）に谷川俊太郎との対談掲載→のち『批評の生理』に収録。》
《【雑誌】「早稲田文学」復刊第一六号に座談会「表現における眼」（大岡昇平・大岡信・平岡篤頼）掲載。》
《【本】『赤尾兜子　飯田龍太　石原八束　上村占魚　加藤郁乎　角川源義　（現代俳句全集1）』立風書房（1977-09-05）に「明敏の奥なる世界（飯田龍太の句）」掲載→のち「明敏の奥にあるもの」と改題して『短歌・俳句の発見』『楸邨・龍太』『しのび草』に収録。》
《【雑誌】「図書」三三七号に石川淳との対談「我鬼先生のこと」掲載。》
《【雑誌】「藝術新潮」二八巻九号に「数えきれない三十六の顔」掲載→のち『人麻呂の灰』に収録。》
《富山県立近代美術館設立・開館に向けて、東野芳明とともに相談役を委嘱される（一九八一年七月開館）。》

■一〇月

《二一日、美術評論家で友人の宮川淳死去。翌年一一月「エピステーメー」に詩「死んだ宮川淳を呼びだす独りごと」掲載。》

宮川淳
きみの何が不思議だといつて
（緬羊むれるのどかな野原が眉間に浮かんでゐるやうな）
しづかなきみの微笑の　そのしづけさほど
なつかしい不思議はなかつた
（それで何に　きみは興味があつたのか）
死の前日　きみはもう別の世界へ遊離しながら
夫人にかうつぶやいたといふ
「大岡信がきてゐるから　二人きりにしておいてくれ」
二日にわたつて　このぼくは　きみを訪れてゐたといふ

何をぼくは　きみと話してゐたのだらう
まるで　また　聞くやうだ（こんどはきみから）
「アス　マタ　タズネ　ナホシテ　クレ」

（詩「死んだ宮川淳を呼びだす独りごと」より）

《【展覧会】「ムンク版画展」巡回展・西武美術館など七館（一〇月～一九七八年五月）カタログに「マドンナの巨大な眼　ムンクの多義性と深さについて」掲載。》

《【講演】明治大学の第一回学内公開講座「日本人の精神構造」において講演会「うたげと孤心――日本人の文学的創造の特色」。（のち『詩歌折々の話』に「うたげの場に孤心をかざす」として収録。）》

《【雑誌】「すばる」三一号に鼎談「身にきまりのついた幸福なんて真平だ」（久保貞次郎　小田切秀雄　大岡信）掲載。》

《【本】『プレヴェール詩集　やさしい鳥』偕成社（1977-10-00）刊行。大岡信訳。新潮社刊『世界詩人全集』第一八巻（一九六八年）で翻訳を担当したプレヴェールの詩をまとめた。》

《【雑誌】「海」九巻一〇号吉田健一追悼特集号に「荒地を越えて」掲載→のち「吉田健一」と改題して『現代の詩人たち上』→のち「荒地を越えて――吉田健一追悼」と改題して『ことのは草』に収録。》

《【雑誌】「波」一一巻一〇号に「言葉遊びを支える批評的精神『想像力の散歩』プレヴェール著について」掲載。》

《【雑誌】「文学」四五巻一〇号に木下順二との対談「詩・劇・ことば」掲載→のち『海とせせらぎ』に収録。》

《【雑誌】「國文學　解釈と教材の研究」二二巻一三号に「埋みし犬の何処にか」掲載。》

《【雑誌】「コスモ」一〇号小特集「谷元益男詩集『夢の器』をめぐって」に「スピーチ・再録」掲載（一九七七年七月一〇日夕刻　渋谷・万葉会館での出版記念会にて）。》

《【本】『東福寺（古寺巡礼　京都18）』淡交社（1977-10-20）に「東福寺周辺」掲載→のち『私の古寺巡礼〈一〉／京都』淡交社（一九八七）、『私の古寺巡礼（一）京都Ⅰ』知恵の森文庫（二〇〇四）。》

■一一月

《【講演】三日、成城大学にて講演「私と万葉集」。》

《【講演】一九日、「大阪国語教師の会」にて講演会（於大阪）「詩と言葉」。》

《【講演】二七日、三島市民サロンにて講演「何が詩を生み出させるか」。》

《【展覧会】「KANO mitsuo 1977《稲妻捕り》」南画廊（一一月）カタログに「響　加納光於に――」掲載→のち「彎曲と感応　加納光於に」と改題して『加納光於論』に収録。》

《【雑誌】「ユリイカ」九巻一二号に対話「愛の作家　夏目漱石」（小島信夫　大岡信）掲載。》

《【雑誌】「現代詩手帖」二〇巻一二号の特集「いま詩とはなにか」座談会「詩意識の変容と言葉のありか　七〇年代の新鋭をめぐって」（大岡信・安藤元雄・鈴木志郎康・清水哲男）掲載。》

《【展覧会】「備前藤原雄　百徳展」日本橋高島屋（一一月）カタログに「藤原雄　人と徳利の手ざわり」掲載↓のち『人生の黄金時間』に収録。》

《【雑誌】「文藝」一六巻一一号に「観想曲」というまとめタイトルで詩七篇掲載。「そのとき　きみに出会つた」（↓のち『春　少女に』に収録）、「時間」（↓のち『草府にて』に収録）、「外は雪」（↓のち加納光於石版画集『稲妻捕り』（南画廊一九七七／一一）、のち『草府にて』に収録）、「私といふ他人」（↓のち『草府にて』に収録）、「谿声の山色」（↓のち加納光於石版画集『稲妻捕り』（南画廊一九七七／一一）、のち『草府にて』に収録）、「世界を描くに必要な条件」（↓加納光於石版画集『稲妻捕り』（南画廊一一月）、のち『草府にて』に収録）、「観想曲」（↓加納光於石版画集『稲妻捕り』（南画廊一一月）、のち『草府にて』に収録）。》

《【本】『新修日本絵巻物全集15』角川書店（1977-11-00）月報に「絵巻誕生のころ」掲載↓のち『詩の思想』に収録。》

《【本】『宮沢賢治　文芸読本』河出書房新社（1977-11-30）に「疾中」詩篇と「文語詩稿」と」掲載。》

■一二月

《【雑誌】「ユリイカ」九巻一四号（臨時増刊号）「現代詩の実験一九七七」に詩「詩と人生」「神の生誕」掲載↓のち『春　少女に』に収録。》

《【本】『塚本邦雄論集』審美社（1977-12-00）に「主に現代短歌について」、書評「息づまるような求道者の情熱　塚本邦雄著『夕暮の諧調』」掲載。》

《【雑誌】「現代詩手帖」二〇巻一三号　現代詩年鑑'78に詩「光のくだもの」（〈海〉五月号）掲載。》

■――この年

《【出版案内】『安西冬衛全集』宝文館出版の出版案内に推薦文掲載↓のち「透明な梯子『安西冬衛全集』」として『人麻呂の灰』に収録。》

《【出版案内】『水原秋櫻子全集』講談社の出版案内に推薦文掲載↓のち「現代俳句を展望させる『水原秋櫻子全集』」として『人麻呂の灰』に収録。》

■1978・昭和五三年―――47歳

■一月

《【雑誌】「現代詩手帖」二一巻一号に詩「稲妻の火は大空へ」掲載↓のち『春　少女に』に収録。》

《【雑誌】「世界」三八六号に「言葉の力」掲載↓のち『ことばの力』『ぐびじん草』に収録。》

《【雑誌】「太陽」一六巻一号に「おお　片雲の風」↓のち「片雲の風――『おくのほそ道』紀行」と改題して『片雲の風』『おもひ草』に収録。》

《【雑誌】「中央公論」九三巻一号に「私の書斎」掲載。》

《【雑誌】「文学」一月号、二月号に「空穂作「捕虜の死」論」(上)(下)掲載↓のち「空穂の長歌「捕虜の死」と大戦」と改題して『窪田空穂論』に収録。》

《【本】『阿部完市　飴山実　飯島晴子　宇佐美魚目　大井雅人　大岡頌司　川崎展宏　河原枇杷男　後藤比奈夫　鷹羽狩行(現代俳句全集5)』立風書房(1978-01-05)に「動きの微妙さ面白さ(飴山実の句)」(↓のち「動きの微妙さ面白さ」として『短歌・俳句の発見』にも収録)、「さかさ覗きの望遠鏡(大岡頌司の句)」(↓のち「さかさ覗きの望遠鏡」として『短歌・俳句の発見』にも収録)、「「遊び」の内景(川崎展宏の句)」(↓のち「「遊び」の内景」として『短歌・俳句の発見』にも収録)掲載。》

《【本】『新選大岡信詩集(新選現代詩文庫108)』思潮社(1978-01-10)刊行。》

《【本】『堀辰雄全集4』筑摩書房(1978-01-00)月報に「1952年2月の堀辰雄論」掲載↓のち『現代の詩人たち上』に収録。》

《【本】『飯島耕一詩集1』(1978-01-00)、『飯島耕一詩集2』(1978-02-00)小沢書店に「飯島耕一　詩のありか」掲載↓のち『現代の詩人たち　下』に収録。》

《【新聞】「朝日新聞」(1978-01-10)に詩「春　少女に」掲載↓のち『春　少女に』に収録。》

《【新聞】「日本読書新聞」(1978-01-30)に書評「渋沢孝輔詩集『越冬腑』」掲載↓のち『現代の詩人たち　下』に収録。》

《二八日~二九日、京都、聖護院御殿荘にて櫂の会。》

■二月

《【本】『うたげと孤心　大和歌篇』集英社(1978-02-13)刊行↓のち『うたげと孤心　大和歌篇　同時代ライブラリー三一』(一九九〇)。》

私はある時期、無我夢中というに近い状態で、この本のもとになった季刊誌「すばる」(現在の月刊「すばる」の前身)の連載を六回にわたって書いた(一九七三年六月――一九七四年九月)。一体自分が何を書きつつあるのかも、半ば夢うつつの状態でしか意識していなかったように回想される。自分にとってはずっと若いころから頭の中でもやもやと絶えず醱酵しては崩れ、波立っては収まりしていたさまざまの想念に、何らかの形を与える必要に、創作的立場から、否応なしに迫られはじめていたことはたしかだったが、その他のことは大方は行き当たりばったり、綱渡りの実感だけが自分の支えといってもよかった。そして今、十七、八年前のころに毎回四百字詰で五十枚から七十枚ほどの原稿を夢中で書いては当時の「すばる」編集者新福正武さんに渡していたころにはほとんど予想していなかったような形で、私が思い知らされていることがある。それは、私がこの本を書いたことは事実であるにしても、その後二十年近い期間の私の生活を振返ってみると、実は、この本が私を書いていていたのだった、という疑いようのない実感に迫られるということである。

（『うたげと孤心』岩波書店同時代ライブラリー版に寄せて）

《【雑誌】「ことば」二巻二号に「文章読本如是我聞」掲載↓のち『ことばの力』に収録。》

《【本】『空海の風景（中公文庫）』司馬遼太郎著　中央公論社（1978-02-00）に解説掲載（朝日新聞文芸時評（1975-12-22）での「司馬遼太郎著『空海の風景』」、『地平と内景』からの再掲）↓のち『詩とことば』『光の受胎』に収録。》

《【本】『松尾芭蕉　文芸読本』河出書房新社（1978-02-00）に「芭蕉私論言葉の「場」をめぐって」（『現代芸術の言葉』より）掲載↓のち『おもひ草』に収録。》

■三月

《【雑誌】「現代詩手帖」二一巻三号に「テレビ不精ばなし」掲載。》

《【雑誌】「思想の科学」八七号に多田道太郎との対談「世界の中の日本語・日本語の中の自分のことば」掲載↓のち『ことばと響き　多田道太郎対談集』（一九八二）に収録。》

《【雑誌】「文体」三号に「移植」掲載↓のち『ことばの力』に収録。》

《【雑誌】「本」（1978-03-00）に「『和泉式部』という小冊子」掲載↓のち「窪田空穂との機縁」と改題して『短歌・俳句の発見』『しのび草』に収録。》

《【新聞】「短歌新聞」（1978-03-10）に書評「永遠なものの象徴　前登志夫の歌集『縄文紀』」掲載↓のち『しのび草』に収録。》

《【本】『日本文学研究資料叢書　大岡昇平・福永武彦』有精堂出版（1978-03-00）に「大岡昇平の無垢の夢」（『言葉の出現』より）掲載。》

《【本】『友岡子郷　中村苑子　林田紀音夫　原裕　広瀬直人　福田甲子雄　福永耕二　富津昭彦　森田峠　鷲谷七菜子（現

代俳句全集6)』立風書房(1978-03-05)に「「非時」の世界の消息(中村苑子の俳句)」(↓のち「「非時」の世界の消息」として『短歌・俳句の発見』に収録)、「自然を押してその窓をひらく(広瀬直人の俳句)」(↓のち「自然を押してその窓をひらく」として『短歌・俳句の発見』に収録)掲載。》

《【本】『中野重治全集23』筑摩書房(1978-03-00)月報一七に「「のに」のこと」掲載↓のち「中野重治」として『現代の詩人たち 上』に収録。》

《【本】『昭和批評大系5 昭和四〇年代』番町書房(1978-03-10)に「紀貫之――なぜ、貫之か」掲載。》

■四月

《【雑誌】「現代詩手帖」二一巻四号に鼎談「詩歌への感応」(寺田透・吉本隆明・大岡信)掲載↓のち『詩歌の読み方』に収録。》

《【雑誌】「まひる野」三三巻四号に「黎樹 寸感」掲載↓のち「橋本喜典『黎樹』を読む」として『短歌・俳句の発見』に収録。》

《【本】『山本太郎詩全集』思潮社 全四巻(四月~八月刊)の通巻解説として座談会(飯島耕一・入沢康夫・大岡信・谷川俊太郎)掲載。》

■五月

《【講演】一三日、都市銀行研修会にて講演「詩の世界とわたし」(於大磯プリンスホテル)。(のち『詩歌折々の話』に収載)》

《【雑誌】「無限大」三九号に「大正詩の中の科学と化学」掲載↓のち『詩とことば』に収録。》

《【雑誌】「俳句」二七巻五号に鼎談「詩と俳のあいだ」(大岡信・佐藤朔・山本健吉)掲載。(鼎談:三月一五日)》

《【展覧会】「堂本尚郎個展」南画廊(五月)カタログに「堂本尚郎のコスモス」掲載↓のち『美をひらく扉』に収録。》

《【本】『古典それから現代 丸谷才一対談集』構想社(1978-05-20)に対談「唱和と即興」(大岡信 丸谷才一)掲載。》

《【本】『片雲の風 私の東西紀行』講談社(1978-05-26)刊行。講談社より紀行文集『片雲の風』刊行。一九七六年夏のロッテルダム国際詩祭参加の記、中国旅行、一九七七年のヨーロッパ旅行、熊野川、おくのほそ道の旅の紀行を収めた。》

■六月

《私家版詩集「おくりもの」作成。『大岡信著作集』完結記念として著作集第三巻より抜萃作製 表紙意匠榊莫山氏作 印刻〈岡〉字 限定三六六部発行。》

《【雑誌】「研究誌」一三号 尾形亀之助「底をつくということ」掲載↓のち「尾形亀之助寸感」と改題して『現代の詩人たち 上』に収録。》

《【雑誌】「諸君！」にて連載「草木虫魚」（選歌と文）全十二回（六月〜一九七九年五月号）↓のち『詩歌歴遊』に収録。》

《【本】『日本人の心性　対談』綱淵謙錠編　ＴＢＳブリタニカ（1978-06-01）に鼎談「日本語の再確認——新仮名遣いの言語感覚」（丸谷才一・川村二郎・大岡信）掲載。》

《【新聞】「朝日新聞」（1978-06-12）に「忘れられない本　高倉輝著『印度童話集』」掲載↓のち『人麻呂の灰』に収録。》

《【雑誌】「週刊朝日」六月二三日号に「私の文章修業」掲載↓のち「綴方から大学ノートまで」と改題して『人麻呂の灰』に収録。》

《【雑誌】「短歌現代」二巻六号に「窪田空穂の歌論」掲載↓のち「短歌とわたし」として『ことばの力』に収録。》

■七月

《【雑誌】「波」一二巻七号に「大槻文彦と『言海』——『言葉の海へ』を読む」掲載。》

《【雑誌】「子どもの館」六巻七号に「にほんご　一」（安野光雅　大岡信　谷川俊太郎　松居直）掲載。「小学校一年国語教科書」を試作↓のち『にほんご』福音館書店（1979-11-30）として刊行。同号に座談会「「にほんご　一」を作ってみて——その意図と理念をめぐって」、ドキュメント「「にほんご　一」のできるまで」掲載。》

《【本】『現代詩読本1　中原中也』思潮社（1978-07-01）に討議「述志とイメージ　中也的なるものとは何か」（中村稔　大岡信　北川透）、論考「中原中也　幸福の希求と慈愛の世界」（『現代詩人論』より再掲）、代表詩五〇選（中村稔・大岡信・北川透・編）掲載。》

《【本】『現代詩読本2　石原吉郎』思潮社（1978-07-01）に「「墓」解読私案」（『石原吉郎全詩集』手帖　一九七六／四より）掲載。》

《【本】『批評の生理』思潮社（1978-07-15）刊行↓のち『批評の生理（新装版）』（一九八四）、『批評の生理（新版）』（二〇〇四）。》

《【本】『文車日記』田辺聖子著　新潮文庫　に解説掲載↓のち「『文車日記』について」として『詩とことば』に収録。》

《【本】『定本那珂太郎詩集』小沢書店（1978-07-30）附録に「那珂太郎」掲載↓のち『現代の詩人たち上』に収録。》

■八月

《【講演】七日、高岡市にて講演会「人はなぜ本を読むか」。》

《【講演】八日、富山市にて講演会「人はなぜ本を読むか」。》

《【放送】二七日、ＮＨＫ「日曜美術館　岡鹿之助　人と芸術」に出演。》

《【出版案内】『加納光於・瀧口修造画集『《稲妻捕り》

Elements』出版案内に「時のふくらみ、闇のなぞなぞ《稲妻捕り》Elements（加納光於／瀧口修造共作）のために」掲載↓のち『加納光於論』『草府にて』に収録。》

《【雑誌】「海」一〇巻八号に書評「「死」と「転生」の『夏』――中村真一郎『夏』」掲載。》

《【雑誌】「現代詩手帖」二一巻八号に詩「げに懐かしい曇天」掲載↓のち『春　少女に』に収録。》

《【雑誌】「現代詩手帖」二一巻八号に櫂同人による連詩と討議「迅速の巻」「珊瑚樹の巻」（大岡信・谷川俊太郎・茨木のり子・川崎洋・中江俊夫・吉野弘・水尾比呂志・友竹辰・岸田衿子）掲載。》

《【雑誌】「図書」三四八号に「利賀村の夏の一夜」掲載。》

《【雑誌】「青春と読書」五五号に座談会「日本の詩を再発見しよう」（伊藤信吉・大岡信・中村真一郎）掲載。》

《【新聞】「北日本新聞」（1978-08-13）に「早稲田小劇場の利賀公演「独特の構成で描く宴の夜」二十五日から」掲載↓のち『人麻呂の灰』に収録。》

■九月

《【雑誌】「ユリイカ」一〇巻一〇号「特集　堀辰雄」に鼎談「堀辰雄の生と詩」（中村真一郎・大岡信・清水徹）掲載。》

《【雑誌】「別冊太陽　近代詩人百人」二四号に「詩の鑑賞ということ」掲載↓のち『詩の日本語』『日本語つむぎ』に収録。同号で稲垣達郎とともに近代詩人百人の選。》

《【雑誌】「文藝春秋デラックス　川上澄生の世界」五巻九号に「哀歓の詩人」掲載↓のち「川上澄生」と改題して『現代の詩人たち　上』に収録。》

《【雑誌】「週刊文春」九月二一日号「私の原点」に「ドンドンとプール」掲載↓のち『人麻呂の灰』に収録。》

《【本】『新選吉増剛造詩集（新選現代詩文庫111）』思潮社（1978-09-01）に解説「ワレヲ信ゼヨ、シカラズンバ……」掲載↓のち『現代の詩人たち　下』に収録。》

《【本】『酔っぱらい読本1』講談社（1978-09-20）に「或る主治医の記録」掲載。》

《【本】『現代詩読本3　金子光晴』思潮社（1978-09-15）に論考「金子光晴論　自己形成と西洋」（『芸術と伝統』より再掲）掲載。》

《【講演】一四日、中野サンプラザにて講演会「書物との出会い」。》

《九月から一〇月まで、ニューヨークのジャパン・ソサエティ（知的交流プログラム計画）の招待で渡米。ロサンゼルスに着いて、友人の画家サム・フランシスを訪ね、西部のグランドキャニオン、ソルトレークシティ、ニューヨーク、ボストン、シカゴ、ロサンゼルス、サンフランシスコと旅をする。この旅中、紀行文の代用として短歌の形で印象を記録することを思い立ち、短歌を残す。このときの記録は、「世界」に全九回連載（一月〜十月）し、のち紀行文集『アメリカ草枕』岩波書店（1979-10-19）としてまとめる。》

　アメリカへ行ってみませんか、という誘いを受けたのは一年近く前のことだった。（中略）知的交流プログラムという言葉をきいて、私は少々ひるんだ。学問研究にかかわることだと、私にはその資格はあまりなさそうだと思ったからである。「いえ。あちらの理事会は、来年度は詩人を招きたいということで、大岡さんを指名してきたんです。最低一ヵ月以上は滞在して、アメリカ国内行きたいところはどこでも、自由に行ってアメリカを見てもらいたいというのです。ただし、ニューヨークのジャパン・ソサエティーで一回講演を——日本語でもいいのです——していただきたいのですが、それ以外の義務はありません。もっとも、滞在中、大学その他での内輪の集まりに招かれたりすることもあると思います。そんな時いろいろあちらの人たちと話し合って下さるといいと思います」なんと気前のいい招待だろう。しかし、実際行ってみると、すべて加藤氏（＊編集部注：国際文化会館企画部長）の言った通りだった。私は行きたいところへ行き、見たいものを見、会いたい友人たち、また未知の人々に初めて会った。アメリカの自然も都市も建築物も道路も美術館も、私に多くのことを知らせ、感じさせてくれたが、何といっても最も印象的だったのは、そこで暮らしている人間そのものだった。あ、これはヨーロッパではあまり感じたことがない親近感だな、と感じさせられるような出会いがしばしばあった。

（『アメリカ草枕』「プロローグ」）

■一〇月

《【雑誌】「ユリイカ」一〇巻一二号（臨時増刊号）「現代詩の実験一九七八」に詩「時のふくらみ、闇のなぞなぞ」「彫像はかく語つた」と、小特集「二四人の詩人がユリイカ気付で——宛に寄せたハガキ」内で「加納光於宛大岡信」掲載。↓のち「彫像はかく語つた」は『土門拳写真集現代彫刻』（産経新聞社・一九七九）、『草府にて』に収録。》

《【雑誌】「現代詩手帖」二一巻一〇号に「はしがき「丘のうなじ」」掲載。》

《【雑誌】「俳句」一〇月臨時増刊「飯田龍太読本」に「龍太近作瞥見」掲載↓のち『涼夜』とその後」と改題して『短歌・俳句の発見』に収録。》

《【雑誌】「國文學　解釈と教材の研究」二三巻一三号に那珂太郎との対談「朔太郎の新しい貌」掲載。》

《【本】『ことばの力』花神社（1978-10-20）刊行↓のち『ことばの力』（一九八〇）、『ことばの力（新装版）』（一九八七）。》

今、言葉を大切にしようと多くの人が言う。言葉を愛しましょう、言葉を守りましょうと多くの人が言う。その場合、根本の問題は、その大事な素晴らしい言葉というのは、実はそのへんにごろごろ転がっているあたりまえの日常の言葉なんだということに対する徹した認識があるかないかということだろう。そのへんに転がっている言葉以外に、素晴らしい言葉なるものはないんだということに気がついてくると、私たちの口をついて出てくる一語一語の大切さが、しんからわかってくるということにもなる。どこか別の場所に、万人が一せいに認めるような、誰が見ても素晴らしいという特別な言葉があって、それを崇め奉っているのが言葉を愛することであり、言葉を大事にすることであるならば、こんな簡単な話はない。よく、「詩を書こうと思っても、語彙が貧弱で……」と言う人がいる。私はつねづねそういうことがありうるものかどうか疑わしく思っている。自分以外のどこかに「語彙」の宝庫があるかのように聞こえるからだ。問題は紛糾していないのに野望が紛糾している一例ではないかと思う。

日常用いているありふれた言葉が、その組合せ方や、発せられる時と場合によって、とつぜん凄い力をもった言葉に変貌する。そこにこそ、「言葉の力」の変幻ただならぬあらわれがあり、そこにこそ言葉というものを用いることの不思議さ、恐ろしささえあるということだ。なぜそういうことが生じるのだろうか。結局のところ、事柄は次の一点に帰着するだろう。つまり、われわれが使っている言葉は氷山の一角だということである。氷山の海面下に沈んでいる部分はなにか。それは、その言葉を発した人の心にほかならず、またその心が、同じく言葉の海面下の部分で伝わり合う他人の心にほかならない。私たちが用いている言葉は、そういう深部をほんのちょっぴりのぞかせる窓のようなものであって、私たちはそれをのぞきこみながら相手の奥まで理解しようとたえず務めているのである。現代の作品を読む場合でも、自分が非常に感動したある作品を、他人が、なんだこれは、つまらない、と言い捨てるのは、その人には、たまたま言葉の氷山の下側の部分の面白さが感じとれないからである。

（中略）

美しい言葉とか正しい言葉とか言われるが、単独に取り出して美しい言葉とか正しい言葉とかいうものはどこにもありはしない。それは、言葉というものの本質が、口先だけのもの、語彙だけのものではなくて、それを発している人間全体の世界をいやおうなしに背負ってしまうところにあるからである。人間全体が、ささやかな言葉の一つひとつに反映してしまうからである。そのことに関連して、これは実は人間世界のことではなく、自然界の現象にそういうことがあるのではないか、ということについて語っておきたい。

京都の嵯峨に住む染織家志村ふくみさんの仕事場で話していた折、志村さんがなんとも美しい桜色に染まった糸で織った着物を見せてくれた。そのピンクは、淡いようでいて、しかも燃えるような強さを内に秘め、はなやかでしかも深く落着いている色だった。その美しさは目と心を吸いこむように感じられた。「この色は何から取り出したんですか」。「桜からです」と志村さんは答えた。素人の気安さで、私はすぐに桜の花びらを煮詰めて色を取出したものだろうと思った。実際はこれは桜の皮から取出した色なのだった。あの黒っぽいゴツゴツした桜の皮からこの美しいピンクの色がとれるのだという。志村さんは続けてこう答えてくれた。この桜色は、一年中どの季節でもとれるわけではない。桜の花が咲く直前のころ、山の桜の皮をもらってきて染めると、こんな、上気したような、えもいわれぬ色が取出せるのだ、と。

私はその話を聞いて、体が一瞬ゆらぐような不思議な感じにおそわれた。春先、もうまもなく花となって咲き出ようとしている桜の木が、花びらだけでなく、木全体で懸命になって最上のピンクの色になろうとしている姿が、私の脳裡にゆらめいたからである。花びらのピンクは、幹のピンクであり、樹皮のピンクであり、樹液のピンクであった。桜は全身で春のピンクに色づいて、花びらはいわばそれらのピンクが、ほんの尖端だけ姿を出したものにすぎなかった。

考えてみればこれは真実その通りで、樹全体の活動のエッセンスが、春という時節に桜の花びらという一つの現象になるにすぎないのだった。しかしわれわれの限られた視野の中では、桜の花のピンクしか見えない。たまたま志村さんのような人がそれを樹木全身の色として見せてくれると、はっと驚く。

このように見てくれば、これは言葉の世界での出来事と同じことではないかという気がする。言葉の一語一語は、桜の花びら一枚一枚だと言っていい。一見したところぜんぜん別の色をしているが、しかしほんとうは全身でその花びらの色を生み出している大きな幹、それをその一語一語の花びらが背後に背負っているのである。そういうことを念頭におきながら、言葉というものを考える必要があるのではなかろうか。そういう態度をもって言葉の中で生きていこうとするとき、一語一語のささやかな言葉の、ささやかさそのものの大きな意味が実感されてくるのではなかろうか。それが「言葉の力」の端的な証明であろうと私には思われる。

（「言葉の力」『ことばの力』）

■一一月

《【講演】六日、千葉県図書館大会にて講演「古典と私」。のち『日本詩歌紀行』に収録。》
《【講演】九日に、岩波文化講演会「詩を考える」。》
《【講演】短歌結社「創作」社大会にて講演「牧水の歌と旅」。》

《【本】『逢花抄　文学的断章』青土社（1978-11-00）刊行↓のち『逢花抄　文学的断章』（一九七八）（※すぐに重版　あとがきのページに違いアリ）。》
《【本】「立原道造　現代詩読本4」思潮社（1978-11-00）に「立原道造論――さまよいと決意」掲載。『詩人の設計図』（書肆ユリイカ　一九五八年）よりの再掲。》
《【本】『新選吉原幸子詩集（現代詩文庫112）』思潮社（1978-11-01）に詩人論「吉原幸子の詩」掲載。詩集『昼顔』（サンリオ出版　一九七三年）解説よりの再掲。》
《【本】『日本詩歌紀行』新潮社（1978-11-15）刊行。「新潮」での連載を収める。のち一部『みち草』にも収録。》
《【本】『まっくろけのまよなかネコよおはいり』岩波書店（1978-11-16）刊行。J・ワグナー文　R・ブルックス絵　大岡信訳。》

■一二月

《【雑誌】「現代詩手帖」二一巻一三号　現代詩年鑑'79に詩「げに懐かしい曇天」（八月号）掲載。》
《【本】『現代詩「シンポジウム」日本文学20』学生社（1978-12-10）に報告「昭和詩の展開」掲載。》
《【本】『高村光太郎（現代詩読本5）』思潮社（1978-12-20）に、討議「超越性に向かう詩人の方法　その生涯をつらぬいたもの」（鮎川信夫・吉本隆明・大岡信）、代表詩五〇選（鮎川信夫・吉本隆明・大岡信編）掲載。》
《【本】『室生犀星・佐藤春夫集（日本の詩8）』集英社（1978-12-25）刊行に「抒情詩の野性と洗練」掲載↓のち「室生犀星」「佐藤春夫」として『現代の詩人たち　上』に収録。》
《【本】『春　少女に』書肆山田（1978-12-05）刊行。恋人・相澤かね子に書いた詩「春のために」から二十五年を経て、妻となったかね子（深瀬サキ）に贈る詩「丘のうなじ」を収める↓のち『春　少女に（特装版）』（一九八一）。》

丘のうなじがまるで光つたやうではないか
灌木の葉がいつせいにひるがへつたにすぎないのに

こひびとよ　きみの眼はかたつてゐた
あめつちのはじめ　非有だけがあつた日のふかいへこみを

ひとつの塔が野に立つて在りし日を
回想してゐる開拓地をすぎ　ぼくらは未来へころげた

凍りついてしまつた微笑を解き放つには
まだいつさいがまるで敵《かたき》のやうだつたけれど

こひびとよ　そのときもきみの眼はかたつてゐた
あめつちのはじめ　非有だけがあつた日のふかいへこみを

こゑふるはせてきみはうたつた
唇を発《た》つと　こゑは素直に風と鳥に化合した

火花の雨と質屋の旗のはためきのしたで
ぼくらはつくつた　いくつかの道具と夜を

あたへることと　あたへぬことのたはむれを
とどろくことと　おどろくことのたはむれを

すべての絹がくたびれはてた衣服となる午後
ぼくらはつくつた　いくつかの諺と笑ひを

編むことと　編まれることのたはむれを
うちあけることと匿すことのたはむれを

仙人が碁盤の音をひびかせてゐる谺のうへへ
ぼくは飛ばした　体液の歓喜の羽根を

こひびとよ　そのときもきみの眼はかたつてゐた
あめつちのはじめ　非有だけがあつた日のふかいへこみを

花粉にまみれて　自我の馬は変りつづける
街角でふりかへるたび　きみの顔は見知らぬ森となつて茂つた

裸のからだの房なす思ひを翳らせるため
天に繋つた露を溜めてはきみの毛にしみこませたが

きみはおのれが発した言葉の意味とは無縁な
べつの天体　別の液になつて光つた

こひびとよ　ぼくらはつくつた　夜の地平で
うつことと　なみうつことのたはむれを

かむことと　はにかむことのたはむれを　そして
砂に書いた壊れやすい文字を護るぼくら自身を

男は女をしばし掩ふ天体として塔となり
女は男をしばし掩ふ天体として塔となる

ひとつの塔が野に立つて在りし日を
回想してゐる開拓地をすぎ　ぼくらは未来へころげた
ゆゑしらぬ悲しみによつていろどられ
海の打撃の歓びによつて伴奏されるひとときの休息
丘のうなじがまるで光つたやうではないか
灌木の葉がいつせいにひるがへつたにすぎないのに
（詩「丘のうなじ」）

■――この年
《【出版案内】『石川啄木全集』筑摩書房出版案内に推薦文「天才の本質的な活力　『石川啄木全集』」掲載→のち『人麻呂の灰』に収録。》
《【出版案内】『定本上田敏全集決定版』教育出版センター出版案内に推薦文掲載。》
《【出版案内】『遠山啓著作集』太郎次郎社出版案内に推薦文掲載→のち「たのしさの真実『遠山啓著作集』」として『人麻呂の灰』に収録。》
《【出版案内】『室生犀星全詩集』冬樹社出版案内に推薦文掲載→のち「生けるものの純なる叫び『室生犀星全詩集』」として『人麻呂の灰』に収録。》

1979年――1993年

□できごと□

「折々のうた」連載を始める

海外での活動盛ん（講演、連詩）

父・大岡博逝去

雑誌「へるめす」の編集に携わる

日本ペンクラブ会長に就任

母大岡綾子逝去

□主たる著作□

『アメリカ草枕』（岩波書店）

連詩『揺れる鏡の夜明け』（筑摩書房）

『古典を読む　万葉集』（岩波書店）

『窪田空穂論』（岩波書店）

詩集『ぬばたまの夜、天の掃除器せまつてくる』（岩波書店）

『詩人・菅原道真　うつしの美学』（岩波書店）

■1979・昭和五四年――――48歳

■一月

《【雑誌】「現代詩手帖」にて連載詩「みえないまち」全一六回（一月～一九八一年一月号）三〇篇（志水楠男を悼む「千日谷」、瀧口修造を悼む「西落合迷宮」を含む）掲載→のち『水府　みえないまち』に収録、「千日谷」は『鯨の会話体』に収録。》

《【雑誌】「國文學　解釈と教材の研究」二四巻一号　特集「伊勢物語と業平の世界」に「『伊勢』と『大和』　ひとつの読みかた」掲載→のち『詩の日本語』『ことのは草』に収録。》

《【雑誌】「図書」三五三号に「言葉を考える」掲載。前年一一月九日の岩波文化講演会の内容。》

《【雑誌】「世界」にて連載「アメリカへの旅」全九回（一月～一〇月号）→のち『アメリカ草枕』に収録。》

《【雑誌】「芸術新潮」三〇巻一号に多田美波との対談「日本のデザイン」掲載。》

《【展覧会】「前田常作展」スズカワ画廊／ギャルリーユマニテ／ギャラリー上田／東京画廊（一月～三月）カタログに「前田常作の曼荼羅」掲載→のち『美をひらく扉』『詩人と美術家』に収録。》

《【本】『石川啄木集（日本の詩3）』集英社（1979-01-25）に解説「空想の詩から「食（くら）ふべき詩」へ」掲載→のち「石川啄木」として『現代の詩人たち　上』に収録。》

《二五日、「朝日新聞」に「折々のうた」を連載開始。第一回目は高村光太郎の短歌「海にして　太古の民の　おどろきを　われふたたびす　大空のもと」。》

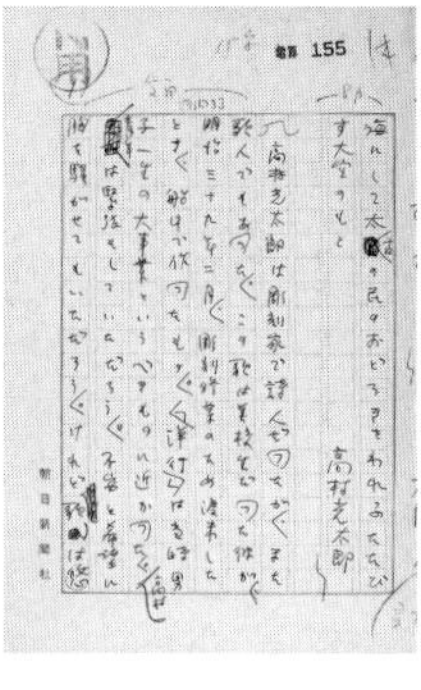

「折々のうた」第一回原稿

朝日新聞学芸部からこのコラムの連載の話があったのは、開始前年の暮秋のころだった。引用詩句も含めて二百字ほどのスペースで連日詩歌の鑑賞をすること、という以外には新聞社側にも成案はなかったようだが、話を持込まれた私にとっては、これは初手から無理難題と思われた。辞退と要請が繰り返されたあげくに私は折れ、採りあげる作品を短歌、俳句に限らないということを条件に始めることにした。（『折々のうた』あとがき）

草稿段階で私に不可欠のもの、それが二百字詰原稿用紙の書き損じなのである。つまり原稿用紙の裏側を私は使う。罫線がくっきり印刷されている表側は、このコラムの草稿を書く場合にはあまり役に立たない。ためしてごらんになればすぐに分かるが、二枚以上の原稿用紙を裏返しにして重ね合わせると、表側の罫線が虔ましげにうっすら浮かびあがってくる。（中略）私はその状態にしておいて「折々のうた」百八十字分の草稿を書く。何しろ短い文章だから、書いたり消したりが多い。その作業にとっては、明瞭に二百字の桝目が見えているよりは、あるか無きかの、いわば目安程度の桝目の方がずっといい。心が自由に動く。明瞭な線の窮屈な圧迫感がないからである。

（「みみっちく思える話」『忙即閑を生きる』）

■二月

《【雑誌】「すばる」三九号に「アメリカで出会った「日本」」掲載。》

《【雑誌】「諸君！」一一巻二号に対談「花・杜鵑・月・紅葉・雪――王朝和歌がつくった日本人の美意識」（丸谷才一　大岡信）↓のち「花・ほととぎす・月・紅葉・雪」と改題して『詩歌歴遊』に、のち「和歌と日本人の美意識――対談者・丸谷才一」と改題して『しおり草』に収録。》

《【本】『アラネア　あるクモのぼうけん』岩波書店（1979-02-15）刊行。J・ワグナー文　R・ブルックス絵　大岡信訳。》

《【本】『鬼と姫君物語　お伽草子（平凡社名作文庫）』平凡社（1979-02-23）刊行。↓のち『大岡信が語る　お伽草子かたりべ草子』（一九八三）、『おとぎ草子　遠いむかしのふしぎな話　岩波少年文庫三一三一』（一九九五）、『おとぎ草子　岩波少年文庫576新版』（二〇〇六）。》

■三月

《【雑誌】「文藝春秋」五七巻三号に「不思議な縁」掲載↓のち『うたのある風景』『ことのは草』に収録。》

《【雑誌】「言語生活」三二七号の「わたしの好きな地名」で「奈良橋」掲載↓のち『詩とことば』に収録。》

《【本】『私の文章修業』朝日新聞社（1979-03-30）に「綴方から大学ノートまで」掲載。「週刊朝日」一九七八年六月二三日号に掲載されたもの。》

《二日、南画廊主・志水楠男死去。四月七日に千日谷会堂で営まれた追悼会において、大岡は葬儀委員長を務めた。志水の死を悼んで、サム・フランシスをはじめとする、南画廊が展覧会を開催した作家たちなど、一千人ほどが参列した。》

志水楠夫（柿沼和夫撮影）

死んだ人が横たはつてゐる。
浅黒い顔は昨日の陽やけのなごり。
生まれてこのかた、こんなに
ぐつすり眠つたことはない顔で、
お香につつまれ、のびのびと横たはつてゐる。

Shimizuよ、ひでえもんだね。
浪荒れ狂ふ夜の海では、
舵・櫂・エンジン・綱・帆、帆柱
これらほど頼りにならないものもなかつたとは。
ひでえもんだ。でもいい、もう。おやすみ。

もつともよく戦つた者だけが、もつとも深く
眠る権利を有するのだ。おやすみ。消える友よ。

（詩「高井戸——志水楠男を哀しむ」）

なぜ志水楠男という若い画商がこれほどにも愛され、敬意を持たれたかは、身辺にいた私にはわかりかねるところもあるが、少なくとも絵描きの懐ろにまっすぐとびこむことのできる純情さと、無鉄砲とも思えるほどの行動力において抜群だったことは確かだった。人を信じたらとことん付き合った。それゆえ、攻撃に強く防御に弱かった。オイルショックのような経済事情にみじめにやられた。短い生涯に栄光と悲惨との両方を経験して、春浅い日の夕刻、死を急いでしまった。私の「高井戸」という詩は、彼の家にかけつけた時の、何とも言い表わしようのない哀しみの心にひたっていた状態で書いた。

（「後日の註」『捧げるうた50篇』）

■四月

《【本】『世界文学全集49』学習研究社（1979-04-01）に「訳詩集と私」掲載→のち『現代の詩人たち　下』に収録。》

《【本】『菱田春草　（カンヴァス日本の名画）』中央公論社（1979-04-00）に解説掲載。》

《【本】『論文演習』古関吉雄／大岡信編　桜楓社（1979-04-05）に「『言海』おくがきへの註」掲載（「ユリイカ」連載の「断章」で『言海』おくがきをめぐって書いたエッセイ。→のち『逢花

抄』にも収録）。》

《【本】『建礼門院右京大夫（講談社文庫）』講談社（1979-04-15）に解説「『建礼門院右京大夫』について」掲載↓のち『詩とことば』に収録。》

《【雑誌】「樹」創刊号に「樹霊賦——駒井哲郎の「腐刻画」に寄せて」掲載↓のち「現代詩手帖」九月号で「水樹府」として掲載↓のち『水府　みえないまち』に収録。》

■五月

《前年に引き続き、アメリカ国会図書館の招きで、アメリカ再訪。自作詩の朗読を行う。同時期に『トロイアの女』ニューヨーク公演が行われたため、早稲田小劇場一行と同行した。》

《【雑誌】「芸術新潮」三〇巻五号に「志水楠男を悼む」掲載↓のち『人麻呂の灰』『しのび草』に収録。》

《【雑誌】「海」一一巻五号に詩「草原歌」掲載↓のち『草府にて』に収録。》

《【雑誌】「広告批評」一号に座談会「コピー作法批判」（稲葉三千男・大岡信・梶祐輔）掲載。》

《【本】『三好達治（現代詩読本7）』思潮社（1979-05-01）に討議「余情と伝統その虚飾の世界　国民詩人から孤立の詩人へ」（中村稔・大岡信・谷川俊太郎）、論考「三好達治論補遺」大岡信（「本の手帖」一九六四年六月号より）、代表詩六〇選（中村稔　大岡信　谷川俊太郎編）掲載。》

《【本】『四季の歌恋の歌　古今集を読む』筑摩書房（1979-05-30）刊行。一九七六年一〇月～一二月、NHKラジオ「文化シリーズ古典講読」で「古今和歌集」として一三回にわたって放送したもの↓のち『四季の歌恋の歌　ちくま文庫』（一九八七）。》

《【本】『駒井哲郎版画作品集』美術出版社（1979-05-24）に「駒井哲郎——晩期の仕事」掲載↓のち『美をひらく扉』に収録。》

■六月

《【本】『櫂・連詩』思潮社（1979-06-01）刊行。》

どうしてこういう試みが始まったのか。友竹辰が異国留学あるいは放浪の旅に出るという。その旅の馬のはなむけに、「櫂」一同で何かひとつまとまったことをしようではないか、というのだったか。それとも友竹辰自身が、編集同人として、旅立ちの前に一号どうしても雑誌をまとめて行きたいと考えたのだったか。どうやらそれの、そしてもっと別の諸理由が一緒になって、一九七一年（昭和四六）十二月十九日、京都で集まることになった。しかし、私は浮き浮きと京都におもむいたわけではなかった。京都の集まりでは大岡を宗匠役にして、連句にならって連詩を巻こうということを、たぶん谷川俊太郎が言いだし、とんでもない冗談にも宗匠なんてことばはやめるべし、だいいち俺はなんにも知らない、何行もの詩と一行の句を同じに見るわけにはいかないはずだ、ほんとに俺はそんなこと出来ないのだ、と反対したにもかかわらず、賛同者圧倒的多数につき反対意見はあえなくしりぞけられたのである。もとはといえば、安東次男、丸谷才一、川口澄子と共に巻いている連句のノートを、谷川俊太郎や水尾比呂志に見せた私がわるかったのだ。

（「執筆記録《しゅひつのこころおぼえ》」「櫂」二〇号）

第一回目を見て、受け渡しをどういうふうにしているかという点に関して言えば、かなりわけのわからないところがある。見方によっちゃ面白いとなるかも知れないけど、一方これではかないという気もする。つまり、「櫂」というグループが、それぞれ仕事をやる傍らで二十年以上も前からグループとして親しくやってきていることの意味が、もう一つはっきりしないと思うのね。「櫂」のようなグループの内部でさえ、きちんと受け渡しが出来ないような詩句を互いに書いているんだったら、現代詩ってほんとに何なんだ、ということになるでしょう。だって、読者との受け渡しは、もっとはかないものになっているかも知れないからね。そういうことについても、見てみたいという気があるんです。現代詩がどう読まれているかというのは、本当によくわからない。連詩をやってみることの大きな意味は、作者であると同時に、神経を細かく働かせながら読む読者の立場に各人がなるということでね。どう作るかだけでなくて、相手をどう読むかということがまず問われているわけです。

（「座談会　連詩をめぐって」『櫂・連詩』）

《【雑誌】「ユリイカ」一一巻八号（臨時増刊号）特集「世界の詩論アリストテレスからエリュアールまで」にシュペルヴィエル著「詩法について考えながら」の翻訳掲載（『現代フランス詩論』よりの再掲）。》

《【雑誌】「月刊教育の森」四巻六号にエッセイ「私が子どもだったころ　模型飛行機と短歌と」掲載→のち「幼き日のこと」と改題して『うたのある風景』に収録。》

《【本】『萩原朔太郎（現代詩読本8）』思潮社（1979-06-00）に「萩原と西脇——現代詩と自然主義について」掲載。『蕩児の家系』（一九六九）よりの再掲。》

《【雑誌】「諸君！」一一巻六号に「ある日の散歩」（カラーページ）掲載→のち「植物園周辺」と改題して『人麻呂の灰』に収録。》

《【本】『島崎藤村　文芸読本』河出書房新社（1979-06-00）に「藤村詩管見」掲載。『島崎藤村必携』（一九六七）よりの再掲。》

■七月

《一日、瀧口修造死去。》

《【本】『西脇順三郎（現代詩読本9）』思潮社（1979-07-01）に論考「西脇順三郎　その官能的詩観」掲載。『現代詩人論』（角川書店　一九六九年）よりの再掲。》

《【新聞】「朝日新聞」（1979-07-04）に「「言語」の探求者　瀧口修造氏のこと」掲載→のち「瀧口修造氏のこと」と改題して『ミクロコスモス瀧口修造』に収録。》

《【雑誌】「文学」四七巻七号に「文学のひろば」掲載。》

《【新聞】「日本経済新聞」（1979-07-22）に詩「消えた運河」掲載→のち「銀河運河」と改題して『水府　みえないまち』に収録。》

■八月

《【雑誌】「月刊アドバタイジング」二四巻八号にシリーズ対談「コミュニケーション・アセスメントをめざして12　日本語の構造とその文化」（大岡信　後藤和彦）掲載。》

《【本】『伊東静雄（現代詩読本10）』思潮社（1979-08-00）に「抒情の行方——伊東静雄と三好達治」掲載。『蕩児の家系』（一九六九）よりの再掲。》

《【雑誌】「同時代」三四号に「『土方久功遺稿詩集』を読む」掲載。※文章の終わりに詩「若いひとに」がそえられている。》

《【雑誌】「郵政」三一巻八号　創刊三〇周年記念号に詩「プヌー」掲載。》

《【雑誌】「國文學　解釈と教材の研究」二四巻一〇号　特集「建礼門院右京大夫集と問はず語り」に「星空のあわれ——女流日記終焉期のふたり」掲載→のち『詩をよむ鍵』に収録。》

《【本】『現代詩集（二）（日本の詩25）』集英社（1979-08-25）に「死と再生——戦後詩の出発と展開」掲載→のち『現代の詩人たち　下』に収録。》

《二一～二三日、「エナジー対話」シリーズの第八回として、尾形仂と「芭蕉の時代」を主題に対話（於山中温泉　かよう亭）。続けて十月二十一日～二十二日（於伊豆山　桃李境）でも対話し、一九八〇年六月に同誌一六号として刊行。》

《【放送】二七日、NHK教育テレビスペシャル「テレビ評伝（1）夏目漱石」に出演。》

■九月

《【雑誌】「朝日ジャーナル」に「近代日本美術の歩み展から悲痛な生の自覚、中村と岡本」を掲載。》

《【雑誌】「グラフィックデザイン」七五号に「前田常作のまんだら」掲載（「前田常作展」東京画廊ほか（一月～三月）のカタログより抜粋）。》

《【展覧会】「太陽とマヤの神々——メキシコ　利根山光人展」いよてつそごう百貨店（九月）カタログに「利根山光人のメキ

シコ」掲載↓のち『人麻呂の灰』に収録。》

《【雑誌】「文藝」一八巻八号に「瀧口修造覚え書」掲載↓のち『ミクロコスモス瀧口修造』『ことのは草』に収録。》

《【雑誌】「國文學　解釈と教材の研究」二四巻一一号　特集「現代詩をどう読むか」に那珂太郎との対談「現代詩を読む眼」掲載。》

《【雑誌】「無限　詩と詩論」四二号に座談会「富士山のエクリチュール」（粟津則雄・大岡信・渋沢孝輔）掲載。》

《【本】『おふろばをそらいろにぬりたいな』岩波書店（1979-09-21）刊行。R・クラウス文　M・センダック絵　大岡信訳。》

《【講演】二一日、第38回朝日ゼミナール総合テーマ「知的人生の生き方」のなかで、「〝折々のうた〟の世界」というテーマで講演。朝日新聞掲載中の「折々のうた」を季節ごとに取り上げるシリーズ講演のきっかけとなる。↓のち、ほかの登壇者とともに『知的人生の生き方』に収録。》

《【本】『利根山光人素描集』総合出版社（1979-09-15）に「利根山光人の『おどろき』の能力」を掲載。》

《【本】『子どもの発達と教育（岩波講座6）』岩波書店（1979-09-00）月報に「最初に選んだ表現形式」掲載↓のち『詩とことば』に収録。》

《【本】『現代詩集（二）（日本の詩26）』集英社（1979-09-25）に「詩への希望」掲載↓のち『現代の詩人たち　下』に収録。》

《【講演】二一日、第三八回朝日ゼミナールで講演「〝折々のうた〟の世界」。のち『知的人生の生き方』に収録。》

■一〇月

《『春　少女に』で無限賞を受賞。》

《【展覧会】「志水楠男と作家たち」南画廊（一〇月）カタログに詩「高井戸・千日谷」掲載。》

《【雑誌】「現代詩手帖」二二巻一〇号に座談会「〈絶対〉への眼差し——もう一つの物質＝言葉を求めて」（武満徹・岡田隆彦・大岡信）、詩「ロンドン天空」掲載。詩「ロンドン天空」は、のち「倫敦懸崖」と改題して『水府　みえないまち』に収録。》

《【本】『現代詩入門（現代詩読本11）』思潮社（1979-10-00）に「詩とことば——意味とイメージ」掲載↓のち『詩とことば』と改題して『詩とことば』に収録。》

《【雑誌】「思想の科学」一一一号に「聞き書きとは編纂のこと」掲載↓のち『詩とことば』に収録。》

《【雑誌】「みすず」二一巻一〇号に「「手づくり諺」への旅」掲載（『ミクロコスモス瀧口修造』からの再掲）。》

《【本】『アメリカ草枕』岩波書店（1979-10-18）刊行。》

《【本】『短歌の本1』筑摩書房（1979-10-20）に「日本の恋歌——奈良朝と平安朝を中心に」掲載↓のち『詩の日本語』に収

録。》
《【講演】「読売教養講座」（一〇月中旬〜一二月中旬　毎週一回各二時間）於西武百貨店池袋パーキングビル。のち『日本詩歌読本』に収録。》

■一一月

《【講演】二日、第三九回朝日ゼミナール総合テーマ「日本の色」のなかで、「日本詩歌の色――色と詩人たち」というテーマで講演。のち『歴史と文化を彩る　日本の色』に収録。》
《【雑誌】「ユリイカ」一一巻一四号（臨時増刊号）「現代詩の実験一九七九」に詩「うた供養」掲載。》
《【本】『高村光太郎　文芸読本』河出書房新社（1979-11-00）に「高村光太郎論――「彫刻家」と「芸術思想家」」掲載。》
《【雑誌】「子どもの館」七巻一一号に詩「ちずをかこう」掲載。》
《【雑誌】「図書」三六三号に鼎談「躾　しつけ」（谷川俊太郎・大岡信・高橋康也）掲載。》
《【本】『菱山修三全詩集2』思潮社（1979-11-01）に解説「菱山修三」掲載。『昭和詩史』（思潮社　一九七七年）よりの再掲。》
《【新聞】「日本読書新聞」（1979-11-19）に「詩史における菱山の独自性」掲載→のち「菱山修三」と改題して『現代の詩人たち　上』に収録。》
《【本】『川上澄生全集14　単品一四ほか』中央公論社（1979-11-20）の月報に解説「川上澄生の詩と短歌」掲載。》
《【本】『現代詩集（三）（日本の詩27）』集英社（1979-11-25）に「時代と感性」掲載→のち『現代の詩人たち　下』に収録。》
《【本】『にほんご』福音館書店（1979-11-30）刊行。》

■一二月

《調布市深大寺七二九―一二一に転居。のちに南町に町名変更となる。》
《【新聞】「朝日新聞」（1979-12-01）に詩「ほんとのライオン」掲載→のち「裾野禽獣」と改題して『水府　みえないまち』に収録。》
《【雑誌】「現代詩手帖」二二巻一二号　現代詩年鑑'80に詩「草原歌」（「海」五月号）掲載。》
《【雑誌】「草月」一二七号に詩「群女戯むる」掲載。蒼風筆「群女戯夕陽（寒山詩）」の写真とともに→のち「夕陽府」として「現代詩手帖」一九八〇年二月号に掲載→のち『水府　みえないまち』に収録。》
《【本】『心の断面図　芸術家の深層意識』馬場禮子著　青土社（1979-12-10）に「紳士の皮を着た野獣」（大岡信・馬場禮子）掲載。「ユリイカ」一九七三年一一月増刊号掲載記事の再掲。

馬場禮子氏によるロールシャッハテストを受け、その結果とコメントをまとめたもの。》

《【本】『飛鳥・奈良（日本の彫刻1）』土門拳著　美術出版社（1979-12-10）に「奈良歩き」掲載→のち『詩の思想』に収録。》

《【本】『雷鳴の頸飾り　瀧口修造に』書肆山田（1979-12-10）に「瀧口修造控」掲載。》

私が一九六九年以降に書いた瀧口修造に関するエッセー、また瀧口修造に捧げる詩篇の中から、ある場合は抄出により、ある場合は全篇をそっくりそのまま掲げるという形で、作者自身が新たに一篇の瀧口修造控として編輯したものである。

（『雷鳴の頸飾り』作者ノートより）

《【本】『宮沢賢治（現代詩読本12）』思潮社（1979-12-15）に討議「四次元幻想の宇宙　改稿追跡が明らかにしたもの」（大岡信・入沢康夫・天沢退二郎）、代表詩五〇選（大岡信　入沢康夫　天沢退二郎編）掲載。》

■――この年

《日本現代詩人会会長就任（翌年まで）。》

《【本】『世界名詩集　別巻3（グラフィック版）』世界文化社（一九七九）刊行。大岡責任編集巻。》

《【出版案内】『定本与謝野晶子全集』（講談社）出版案内に推薦文「気品ある率直さ　『与謝野晶子全集』」掲載→のち『人麻呂の灰』に収録。》

《【出版案内】『夏目漱石遺墨集』求龍堂出版案内に推薦文掲載→のち「装飾性と精神性の融合　『夏目漱石遺墨集』」として『人麻呂の灰』に収録。》

《【雑誌】「文芸三島」創刊号にて詩の選評。》

《サントリー学芸賞選考委員（藝術文学部門。二〇〇六年まで）、野間文芸新人賞選考委員（第五回一九八三年まで）を務める。》

戯れに　サントリー学芸賞専攻十条

一．安らかに読めること
二．面白いこと（知的刺戟にみちていること）
三．広く人々に推奨できること
四．どこかに人を驚かすオリジナリティがあり、人に目を開かせる要素があること
五．オリジナリティを包み込む普遍性があること
六．専門分野の内輪話や内輪もめ的な文章でないこと
七．研究方法が明確な方針をもっていること
八．文章に品格があること
九．他分野のかかえている問題にも示唆的なこと
十．若い研究者や広く読者に元気を与えるものたること

（編集部注：選考にあたり、個人的な判断基準を自らの手帖に書きとめたもの。）

《パリにて、七〇年代半ばから親交のあるジャン・カルマン（のちに舞台照明・演出家）の紹介で、美術コーディネーター白羽明美と知り合い、親しむ。》

■1980・昭和五五年――49歳

■一月

《八日、詩人黒田三郎死去。》

《【放送】二七日、NHK教育「日曜美術館　私と瀧口修造」に出演。》

《【新聞】「東京新聞」（1980-01-18）に「先駆者の栄光と孤独　駒井哲郎のこと　駒井哲郎展（東京都美術館）」掲載。》

《ジャン・カルマンから調布市の自宅でインタビューを受ける。》

■二月

《【放送】一一日、NHK「明るい農村」で大岡博と対談「西富士開拓地の人々に囲まれて」。》

《【展覧会】「岡本太郎展」小田急百貨店（二月〜三月）カタログに「岡本太郎の「眼玉」」掲載→のち『美をひらく扉』に収録。》

《【本】『知的人生の生き方（朝日ゼミナール選書）』講談社（1980-02-15）刊行。第三八回朝日ゼミナール「知的人生の生き方」（一九七九年九月一四日〜一〇月二六日）の登壇者講演録。大岡は「〝折々のうた〟の世界」（九月二一日講演）。》

《【雑誌】「ひと　別冊」特集「遠山啓追悼　その人と仕事」に巻頭弔辞「その声は、ひとびとに告げていた。……」（一九七九年九月二三日　遠山先生告別式の日に）、「遠山啓と文学・芸術」掲載。》

《【雑誌】「文藝」一九巻二号に詩「西部」掲載→のち「加州黙喫」と改題して『水府　みえないまち』に収録。》

■三月

《【本】『折々のうた（岩波新書）』岩波書店　刊行開始。岩波書店より全一〇冊＋総索引（三月〜一九九二年九月）朝日新聞掲載のコラム「折々のうた」を収める。》

日本の詩の歴史を、短歌、俳句、近代以降の詩という三つの分野について見るだけで足れりとしがちな世の「常識」を、私は大いに疑問とする。そういう「常識」がいかに貧寒で、自らを卑しめるものでもあるかについて、及ばずながら語りたいと思う。その上で私自身は、私の「現代詩」をこれからも書いていくつもりである。言うまでもなく私が日本の詩歌について知るところははなはだ狭くとぼしい。もし、古今の秀作をすべて網羅しようなどと考えてこの企てに乗出したのだったら、その重荷に耐えず、たちまち挫折してしまっただろう。私にはそういう野心はない。代りに私は古今の詩句を借りて、それらをあるゆるやかな連結方法によってつなぎとめながら、全体として一枚の大きな言葉の織物ができ上がるように、それらを編んでみたいと思ったのである。そこにでき上がる言葉の織物が、日本語で書かれた詩というものの全容を思いみる上で、ひとつの見本帖のごときものになり得ていたらどんなにいいだろう。これが私のいわば希望的観測というものにほかならなかった。

（『折々のうた』あとがき）

《【本】『日本百景』家庭画報編　世界文化社（1980-03-01）に「富士山は水という事」掲載↓のち『人生の黄金時間』に収録。》

《【雑誌】「文学」四八巻三号に鼎談「江戸俳諧を読む」（飯田龍太・尾形仂・大岡信）掲載↓のち『海とせせらぎ』に収録。》

《【雑誌】「文体」一一号に鼎談「言葉つまりたる時を」（安東次男・大岡信・粟津則雄）掲載↓のち『詩歌の読み方』に収録。》

《【雑誌】「文藝春秋」五八巻三号に「旧著再読——橘南谿「東西遊記」」掲載↓のち「今泉みね述『名ごりの夢』雑感」と改題して『しおり草』に収録。》

《【雑誌】「國文學　解釈と教材の研究」二五巻三号　特集「文体としての古典——伝統と創造」に渡辺実との対談「文体・人と言葉と」掲載。》

《【本】『平安前期（日本の彫刻2）』土門拳　美術出版社（1980-03-31）に「神護寺まで」掲載↓のち『詩の思想』に収録。》

■四月

《【雑誌】「歴程」二五八号（黒田三郎追悼号）に「黒田三郎　二題」掲載↓のち『しのび草』に収録。》

《【本】『歴史と文化を彩る　日本の色』講談社（1980-04-15）刊行。第三九回朝日ゼミナール「日本の色　歴史と文化を彩る」（一九七九年一一月二日〜一二月一四日）の登壇者講演録。大岡は「日本詩歌の色——色と詩人たち」（講演：一一月二日）。》

《【本】『西垣脩詩集』角川書店（1980-04-20）に「西垣脩の詩業」掲載。》

《【本】『私の現代芸術（岡本太郎著作集3）』講談社（1980-04-30）に解説「眼の人の思想」掲載。》

■五月

《【講演】一三日、「“折々のうた”と連句の骨法」富士通にて四五歳従業員向け研修として三回に分けて四時間ずつ計二〇〇名余りに対して講演（↓のち再編成して『折々のうたの世界』に収録）。》

《【雑誌】「すばる」二巻五号に詩「天地玄黄」掲載↓のち「ヒトのあめつち」として『草府にて』に収録。》

《【雑誌】「ユリイカ」一二巻五号　特集「芭蕉」に「雪月花　とくに花――芭蕉にいたるまで」掲載↓のち「雪月花」として『詩の日本語』に収録。》

《【雑誌】「海」一二巻五号　特集「現代詩一九八〇」に詩「こだまする港に遠く」（一．夜の歌　二．暁の歌　三．午前の歌　四．正午の歌　五．日没前の歌）掲載↓のちそれぞれ改題して『草府にて』に収録。》

《【雑誌】「言語生活」三四一号に座談会「語感とイメージ」（大岡信・谷川俊太郎・辻邦生・中村明（司会））掲載。》

《【本】『知られざる魅力　伊豆』（読売新聞社）（1980-05-15）に「詩の風土としての伊豆」掲載↓のち『詩の思想』に収録。》

■六月

《【展覧会】「勅使河原蒼風展」西武美術館（六月）カタログに「勅使河原蒼風――書と彫刻」掲載↓のち『美をひらく扉』に収録。》

《【雑誌】「芭蕉の時代　（エナジー対話16）」（エッソ・スタンダード石油株式会社広報部）に尾形仂との対談掲載↓のち『芭蕉の時代』（一九八一）に収録。》

《【雑誌】「芸術新潮」三一巻六号に「冷泉家の蔵の中には」掲載↓のち『ことのは草』に収録。》

《【雑誌】「月刊ハミング」六巻六号に湯浅譲二・半音対談6として対談「言葉と音楽」（湯浅譲二　大岡信）掲載。》

《【本】『瀧口修造　（現代詩読本15）』思潮社（1980-06-00）に討議「未完結性の世界　書くことの違和」（渋沢孝輔　岡田隆彦　大岡信）掲載。》

■七月

《【雑誌】「芸術新潮」三一巻七号に「志村ふくみ」掲載↓のち「秘色の人　志村ふくみ」として『人麻呂の灰』『人生の黄金時間』に収録。》

《【雑誌】「新潮」七七巻七号に「彼岸と富草」掲載↓のち『人麻呂の灰』に収録。》

《【雑誌】「太陽」二〇八号に小特集「父と息子・父と娘」に二一歳の玲とともに掲載。》

《【本】『平安後期・鎌倉　（日本の彫刻3）』土門拳　美術出版社（1980-07-01）に「阿弥陀堂のほとりにて」掲載↓のち『詩の

思想』に収録。》
《【本】『谷川俊太郎の33の質問』出帆新社（1980-07-10）に「大岡信への三三の質問」（一九七五年五月一二日　東京　深大寺深水庵にて）掲載。》

■八月

《【放送】二七日、NHK教育テレビスペシャル「テレビ評伝（二）岡倉天心」に出演。》
《【本】『宇滴集　文学的断章』青土社（1980-08-14）》

■九月

《【雑誌】「別冊太陽」三三号　特集「日本のこころ　夏目漱石」に「私の卒業論文」（「漱石と私」各界五五人の語る漱石文学）掲載→のち『人麻呂の灰』『しのび草』に収録。》
《【雑誌】「芸術新潮」三一巻九号に「ウィレム・ドレースマン寸描」掲載→のち『人麻呂の灰』に収録。》
《【雑誌】「短歌」二七巻九号に三好行雄との対談「短歌の出発」掲載→のち『詩歌歴遊』に収録。》
《【雑誌】「週刊文春」二二巻三六号にカラーページ「私の高校三年生」掲載→のち「高等学校時代」と改題して『人麻呂の灰』に収録。》
《【本】『日本文学研究資料叢書　斎藤茂吉』有精堂出版（1980-09-00）に「斎藤茂吉における近代――写生説を中心に」掲載。『現代の詩歌（現代文学講座2）』至文堂（一九七四）よりの再掲→のちに『表現における近代』にも収録。》
《【本】『詩歌折々の話』講談社（1980-09-10）刊行。》
《【本】『小説の読みかた　日本の近代小説から（岩波ジュニア新書21）』岩波書店（1980-09-22）に「夏目漱石「坊ちゃん」の鑑賞」掲載→のち「愛と痛癢」と改題して『光の受胎』にも収録。》
《【新聞】「図書新聞」（1980-09-27）に佐佐木幸綱との対談「言葉の花を継ぐ宴　伝統と表現について」掲載→のち『詩歌歴遊』に収録。》

■一〇月

《【講演】五日、加藤楸邨の主宰する俳誌「寒雷」創刊四〇周年記念全国大会で記念講演（於静岡市中島屋ホテル）。演題は「うたげと孤心」。》
《【本】『内村鑑三全集2』岩波書店（1980-10-00）月報に「地理の書　思想の書」掲載→のち「内村鑑三　地理の書・思想の書」として『詩の思想』に収録。》
《【雑誌】「現代詩手帖」二三巻一〇号　特集「吉岡実」に作品「秋から春へ・贋作吉岡実習作展」掲載。》
《【雑誌】「國文學　解釈と教材の研究」二五巻一二号　特集

「谷川俊太郎」に「谷川俊太郎論――芝生に立つフェルメール」掲載↓のち「芝生に立つフェルメール」と改題して『現代の詩人たち　下』、のち「谷川俊太郎が詩を変えた」と改題して『しのび草』に収録。》

《【新聞】「読売新聞」（1980-10-11）に「ボナール色礼讃」掲載↓のち『人麻呂の灰』に収録。》

《【本】『詩とことば』花神社（1980-10-30）刊行。》

■一一月

《朝日新聞連載「折々のうた」で菊池寛賞を受賞。》

《【雑誌】「ユリイカ」一二巻一三号（臨時増刊号）「現代詩の実験一九八〇」に「多古鼻感情旅行」掲載↓のち『草府にて』に収録。》

《【展覧会】「加納光於展」アキラ・イケダ・ギャラリー（一一月）カタログに「「胸壁にて」まで　加納光於論新考」掲載↓のち『加納光於論』に収録。》

《【雑誌】「太陽」一八巻一一号（石川啄木特集号）に「精神の軽やかな飛翔　啄木の歌と詩」掲載↓のち「石川啄木のユーモア」として『人生の黄金時間』に収録。》

《【雑誌】「文学」四八巻一一号に対談「翻訳ということ」（中野好夫　大岡信）掲載。》

《【本】『小倉百人一首』世界文化社（1980-11-01）刊行。本文訳と「こころよい美感の世界」掲載。》

《【本】『百人一首（講談社文庫）』講談社（1980-11-15）刊行。『百人一首　（グラフィック版日本の古典　別巻一）』（世界文化社一九七五年）の補筆改訂版。本文訳と『小倉百人一首』を読む人のために」掲載↓のち『詩をよむ鍵』『みち草』に収録。》

《【雑誌】「信濃教育」一一二八号　特集「窪田空穂」に「空穂先生と私」掲載↓のち「空穂先生の恵み」と改題して『しのび草』に、「私的なつながり」と改題して『短歌・俳句の発見』に収録。》

《【本】『詩の日本語　（日本語の世界11）』中央公論社（1980-11-20）刊行↓のち『詩の日本語　二〇〇一（中公文庫）』》

《【本】『薬師寺　（古寺巡礼奈良15）』淡交社（1980-11-27）に「変りゆく伽藍と塔の雪」掲載↓のち『私の古寺巡礼〈3〉奈良』淡交社（1987-09-00）↓のち『私の古寺巡礼奈良3（知恵の森文庫）』（2004-12-00）》

《【本】『椿の海の記　（朝日文庫）』石牟礼道子著　朝日新聞社（1980-11-00）に解説「生命界のみなもとへ」掲載↓のち『光の受胎』に収録、のち「石牟礼道子　生命界のみなもとへ」として『現代の詩人たち　下』に収録。》

《【本】『平山郁夫シルクロード素描集　ローマから大和へ』集英社（1980-11-30）に「シルクロードの平山郁夫」掲載↓のち『人麻呂の灰』に収録。》

■一二月

《【公演】九日、混声合唱組曲「方舟」木下牧子作曲　大岡信作詞　東京外国語大学混声合唱団「コール・ソレイユ」により石橋メモリアル・ホールにて初演。組曲「方舟」は「水底吹笛」「木馬」「夏のおもひに」「方舟」。》

《【展覧会】「SIZUSIMADA　島田しづ展　新作とその回想二〇年」東京セントラルアネックス（一二月）カタログに「水晶の腰を緊めるための六つの詩——島田しづに」掲載。》

《【本】『吉田健一著作集27』集英社（1980-12-00）月報に「うたげと孤心の人」掲載↓のち「吉田健一——うたげと孤心の人」と改題して『詩をよむ鍵』に収録。》

《【雑誌】「現代詩手帖」二三巻一二号　現代詩年鑑'81に詩「天地玄黄」（「すばる」五月号）掲載。》

《【雑誌】「図書」三七六号に「波津子・天心・周造」掲載↓のち『表現における近代』に収録。》

《【雑誌】「文藝春秋」五八巻一二号に第二八回菊池寛賞発表。「折々のうた」が選ばれる。》

■——この年

《【本】『文化の現在』岩波書店　全一三巻（一一月〜一九八二年七月）刊行開始。叢書全体の編集委員として参加。『言葉と世界（一巻）』（一九八一年三月）に「言葉の生れる場所」（当該巻における叢書全体の位置付けを明らかにし執筆者と読者をつなぐ役割の〈媒介者〉として参加）、『中心と周縁（四巻）』（一九八一年三月）に「創造的環境とはなにか　中心は周縁　周縁は中心」（↓のち「創造的環境とはなにか」として『表現における近代』に収録）、『美の再定義（九巻）』（一九八二年三月）に「It' sbeautiful!は「うつくしい」か」掲載。》

《【出版案内】『加藤楸邨全集』講談社出版案内に推薦文掲載↓のち「時みちて巨きな城が『加藤楸邨全集』」として『人麻呂の灰』に収録。》

《【出版案内】『観世寿夫著作集』平凡社出版案内に推薦文掲載↓のち「現代を生きた芸術家『観世寿夫著作集』」として『人麻呂の灰』に収録。》

《【楽曲】詩「死と微笑」、独唱曲として座光寺公明により作曲。》

《【雑誌】「文芸三島」二号に詩の選評。》

■1981・昭和五六年——50歳

■一月

《【展覧会】「第一回響韻会展」玉英画廊（一月）カタログに

「響韻会展のために」掲載。》
《【公演】「橋の会」公演パンフレットに「ティンゲリーが語ったこと」掲載。》
《【本】『自選　井上靖詩集（旺文社文庫）』旺文社（1981-01-00）に解説「詩人井上靖」掲載↓のち「詩人井上靖——主題と方法」として『詩をよむ鍵』に収録。》
《【雑誌】「海」一三巻一号に書評「有明解嘲の記念碑的労作　渋沢孝輔著『蒲原有明論』」掲載。》
《【雑誌】「菩提樹」四八巻一号に「提案数件」掲載。内容は父大岡博の病状を案じた大岡信から父および菩提樹会員への提案。》

（前略）……今回の臥床を一つの良き機会と考え、従来のようにお一人で会員の全作品の選をなさることは、この際残念ではありますが、おやめになって頂きたく存じます。（中略）できれば、会員諸氏にもこれを読んで頂きたいという気持ですが、いかがなものでしょう。

一九八一年一月　　信

父上

社告　会員の作品については、従来すべて大岡博がその選に当ってきましたが、健康上の理由により非常に困難となってきた為、二月号からは何名かの同人にその選歌を担当して貰うことにしました。……（後略）

（提案を受けた同号の社告）

《【新聞】「ほるぷ図書新聞」（1981-01-01）に「自装礼讃」掲載↓のち「自装も少しはやってみたい」と改題して『人麻呂の灰』に収録。》
《【本】『書簡Ⅱ・詩（岡倉天心全集7）』平凡社（1981-01-30）に解説掲載↓のち「憂愁の滋味」と改題して『表現における近代』に収録。》
《三一日、「折々のうた」を翌日（二月一日）以降一九八二年三月一五日まで休載。》
《【雑誌】「国際交流」二六号に座談会「文学者たちの仕事」（アイップ・ロシディ　大岡信　舟知恵）掲載。》

■二月

《【雑誌】「文学」四九巻二号に「文学のひろば」掲載。》
《【雑誌】「図書」三七八号に「日本詩歌の読みとりかた」掲載↓のち『詩の思想』に収録。》
《【本】『木喰五行上人（柳宗悦全集7）』筑摩書房（1981-02-05）に「木喰発見の意味するもの」掲載↓のち「柳宗悦　木喰発見の意味するもの」として『詩の思想』に収録。》

《【本】『歌仙』石川淳　丸谷才一　安東次男　大岡信共著　青土社（1981-02-15）刊行。》

《【本】『続　折々のうた（岩波新書黄版146）』岩波書店（1981-02-20）刊行。》

《【本】『芭蕉の時代』朝日新聞社（1981-02-20）刊行。尾形仂との対談集。エッソ・スタンダード広報部発行「エナジー対話」一六号（一九八〇年）がもととなっている。》

《【本】『世界版画美術全集4』講談社（1981-02-25）に「ブレダン・ルドン・駒井哲郎」掲載↓のち「駒井哲郎が畏敬した先人たち」として『しのび草』に収録。》

■三月

《【講演】五日、桐朋女子高等学校にて講演会。》

《【本】『MARGINALIA Hommage to Shimizu』Marginalia 刊行会（1981-03-00）刊行。南画廊主志水楠男の三回忌のためのポートフォリオ。サム・フランシス、ティンゲリー、ジョーンズ、クリスト、オルデンバーグら五人の作家の版画とともに詩「Marginalia to the Life & Death of a Man　Midnight, March 二〇、一九七九」掲載。》

「Marginalia」

《【展覧会】「『MARGINALIA』刊行記念展」南天子画廊（三月）。》

《【雑誌】「現代詩手帖」二四巻三号　特集「大岡信の現在」にて、入沢康夫との相互模作掲載。大岡の詩「潜戸へ・潜戸から――二人の死者のための四章」（のち入沢康夫詩集『死者たちの群がる風景』に収録）、入沢康夫の詩「四悪趣府（雁作・見えないまち）」、これらの経緯についての対話「〈引用〉と〈オリジナリティ〉――相互模作への註」（入沢康夫　大岡信）掲載。》

《【本】『古今集・新古今集（現代語訳日本の古典3）』学習研究社（1981-03-28）刊行↓のち『古今集・新古今集（学研M文庫　二〇〇一）》

《【新聞】信濃毎日新聞（1981-03-29）に「八十年代期待の画家宇佐美圭司氏『思考』から豊かな感性根源的に絵を描く行為に」掲載↓のち「不敵にかつ繊細に　宇佐美圭司」として『人

麻呂の灰』に収録。》
《下旬より、明治大学から一年間の研究休暇。アメリカを経てヨーロッパへ。ほぼ半年の間パリに滞在する。パリ滞在は「7, rue de Venise - 7500 Paris」。ポンピドゥ・センター（国立近代美術館）初代館長で友人のポンティス・フルテンが手配してくれた借家。》

■四月

《【雑誌】「現代詩手帖」二四巻四号に評論「なぜ私は古典詩歌を読むか――『折々のうた』拾遺」掲載↓のち『詩の思想』『ことのは草』に収録。》
《【雑誌】「菩提樹」四八巻四号に翌五月号からの連載「詩歌の読み方」予告掲載（旅信　四月三日　ニューヨークより）。》
《【新聞】「朝日新聞」にて随時連載「欧米折々の記」全五回（四月二三日〜一九八二年一月二二日）開始↓のち『詩の思想』に収録。》
《【本】『現代短歌全集15　昭和三八年――四五年』筑摩書房（1981-04-25）に解説掲載↓のち「現代歌集二冊」と改題して『短歌・俳句の発見』に収録。》

■五月

《【本】『フランシス・ジャム全集　第一巻』青土社（1981-05-00）に翻訳掲載。》
《【雑誌】「海」一三巻五号に詩「古今新調」掲載。序詩「冬の思想」と二〇篇の「古今新調」からなる。著者付記「本篇に想を与へくれたる紀貫之氏、凡河内躬恒氏、大江千里氏、小野小町嬢、和泉式部嬢、西行法師、藤原定家氏、藤原家隆氏、およびそれに倍するいわゆる無名のすぐれたるうたびとたちに感謝す（順不同）。」》
《【雑誌】「新潮」七八巻五号に「友達の装幀」掲載↓のち『人麻呂の灰』に収録。》
《【雑誌】「菩提樹」にて連載「詩歌の読みかた」全九回（五月〜一九八二年一月）。一九四七年の秋から冬にかけて、週一回、六回にわたって新潮社主催で紀伊国屋ホールにて行われた講演会「詩、あるいは現代芸術」を九回に分けて収める。》
《【雑誌】「現代詩手帖」二四巻五号に「訳詩　岡倉天心英文詩集」として翻訳掲載。》
《【雑誌】「週刊朝日」五月二二日号に「値段の風俗史（85）蚊帳」掲載↓のち「蚊帳」として『人麻呂の灰』に収録。》
《【本】『《折々のうた》の世界』講談社（1981-05-25）刊行。一九五四〜五五年の講演集。》
《【本】『現代の詩人たち　上』『現代の詩人たち　下』青土社（1981-05-29）刊行。》
《【本】『タゴール著作集1』第三文明社（1981-05-30）に「タ

ゴールの詩　そして岡倉天心」掲載↓のち『詩の思想』に収録。》

《【本】『詩歌歴遊　大岡信対談集』（1981-05-30）刊行。》

■初夏

《辻邦生とフランスの田舎を一週間ほど旅する。ブルゴーニュ、オーベルニュ一帯の寺院のロマネスク美術を見にゆく日本人の女性美術史家も同行の、三人の車での旅であった。》

「どう、行かない？　もう一人、きれいな女性美術史家が一緒なんだが」

辻さんは、この地方をすでにたっぷり見て回っているうえ、自ら車を運転してくれるというのだから、願ってもない話だった。私たちはある晴れた日にロマネスク美術の旅に出発した。四十歳をすぎてから車の運転を習得したという辻邦生の運転ぶりは、みごとなものだった。僕は運転するのが好きなんだよ、という。運転を覚えようなどという気のさらさらない怠け者にとっては、それだけでも驚異的なことだった。辻邦生の作品を支えている晴朗な明晰さ、人間と事物、事象への生き生きした好奇心、生の歓びへの敏感さといったものの基盤をなすライフ・スタイルが、車の運転ひとつにもありありと示されていることは、気楽な助手席にいてお喋りしているだけの人間にとっては今さらのように印象的だった。出発して数十分した頃、ハイウェーを一路南へ突っ走る車の中で、私は突然たいへんなことに気づいた。一週間分の衣類、その他をバッグに詰めるだけでも、私にとってはおおごとだったためか、なんと私はラフな服に着替えて出るにあたって、肝心の財布もキャッシュレス・カードも、すべてアパートへ置き忘れてきてしまったのだ。大声で叫んだ私に、辻邦生も後ろのD夫人もびっくりしたのは当然として、事態の真相がわかると辻さんは大笑いした。

「大丈夫だよ。金なら僕がもってる分で足りるさ。足代は全然要らないんだしさ。心配ないよ」

なんとも落ち着かないことになってしまった。私はわれとわが身の迂闊を恥じ、しばらくの間はウーンと心中唸り続けの状態となってしまった。（中略）辻さんはしかし、そういう情けない心境にある人間をさりげなくいたわって、こちらがいい出す前になにがしかの金をまず貸してくれる。現金なもので、ポケットに金が収まるともう安心という気分になる。フランスの田舎の初夏の風景は、いうまでもなく快適そのものだし、ハイウェーを飛ばす感覚はおのずと鼻唄も出てくるようなもので、私はすっかり陽気になった。いい気なものである。

（「ロマネスクの土地で地酒を」『忙即閑を生きる』）

■六月

《ユヴァスキュラで開催された「日本・フィンランド文化交流シンポジウム」に日本側代表の一人として出席。フィンランドの日本文学研究家である、カイ・ニエミネンと知り合う。》

《【本】「新名将言行録　西洋篇（別冊人生読本）」に「マタ・ハリ」掲載。『風の花嫁たち』（草月出版　一九七五年）よりの再掲。》

■七月

《【展覧会】富山県立近代美術館開館。常設展示「20世紀美術の流れ」カタログに解説掲載。》

《【本】『水府　みえないまち』思潮社（1981-07-01）刊行。「現代詩手帖」での連載「みえないまち」（一九七九年一月〜八一年一月号）三〇篇などを収める。》

《【本】『バラ色の時代　（ピカソ全集2）』講談社（1981-07-20）に「ひたすら「愛」を語り続けて」掲載→のち「道化を描くピカソ」として『美をひらく扉』に収録。》

《【本】『木の国の旅』文化出版局（1981-07-06）刊行。ル・クレジオ文　H・ギャルロン絵　大岡信訳。》

《【本】『祝婚歌』谷川俊太郎編　書肆山田（1981-07-25）に「素朴な妻を持つための祈り」フランシス・ジャム著　大岡信訳掲載。》

親父とおふくろが同時に病気になって、もう半年近く病院暮しをしている。僕の渡欧・渡米は、去年のはじめから決まっていて、特に九月からのアメリカ行きは、君も知っての通り、ミシガン州オークランド大学に滞在するわけだ。これは単なる通行人程度のことではすまないある種の義務を負った滞在だから、すっぽかすわけにいかない旅行で、このアメリカ滞在の予定が決まってしまったあとで、二親が病気になるという事態が生じたため、実は大変に困った。幸い、今年の長期旅行にそなえて、去年から今春にかけ、まあ言ってみれば気ちがいじみた努力をして、仕事を片づけてきたので（それでもまだ、いくつも残してしまったけれど）、それがこの不測の事態に対して、経済的にはかなり役に立った。しかし実際には大変な重荷であることはたしかでね、もしわが妻にして多年の仲間なる深瀬サキの常人離れした協力がなければ、今こんな所にうかうかしてはいられないだろう。今は彼女もパリに来ているが、僕が東京を離れたあと、彼女はすべての面倒な用件を次々にかかえこんで処理しながら、戯曲を一つ書きついで、出発前に完成してきた。僕はたえず彼女を自分の用事の巻き添えにしてきたから、僕の不在の間に彼女が戯曲を仕上げることができたので、ほっと安堵した。僕は心ならずも彼女に対して常に一種の加害者の役割を果たしつづけてきたと思ってるからね。

一九八一年七月末日

（『詩と世界の間で』）

■八月

《一日より家族（妻・深瀬サキ、長男・玲、のち玲の妻となる玲子、長女・亜紀）でスイス、イタリアを旅行する。》

《【本】『文藝復興』（中公文庫）中央公論社（1981-08-10）に解説掲載。》

■九月

《【雑誌】「現代詩手帖」にて連載「水府逍遥　往復書簡」（谷川俊太郎　大岡信）全一二回（九月〜一九八二年九月号）。↓のち『往復書簡　詩と世界の間で』に収録。》

《【本】『若山牧水　流浪する魂の歌』（中公文庫）』中央公論社（1981-09-10）刊行。『今日も旅ゆく——若山牧水紀行』（平凡社　一九七四年）よりの再掲も含む。》

《【本】『萩原朔太郎』（近代日本詩人選10）』筑摩書房（1981-09-25）刊行↓のち『萩原朔太郎』（ちくま学芸文庫）』（一九九四）。》

《ミシガン州立オークランド大学英文学部に客員教授として招かれ（一二月まで）、パリからアメリカのミシガンに移り、同大学をはじめアメリカやカナダの大学で講演と詩の朗読を行う。》

■九月下旬

《入院していた父の病状悪化を知り急ぎ帰国。》

■一〇月

《一日、父・大岡博死去。》

　十月一日早暁僕の親父が死んだ。その四日前の九月二十七日夜、アメリカの僕のアパートに息子から電話がかかり、爺さまがどうも容態がおかしいよ、帰ってきた方がいいのではないか、という。一時間後には病院にかけつけていた女房からも電話がかかり、やはり同じことをいう。すぐに帰る、と答えて、真夜中から明け方にかけて荷物の整理をした。

　飛行機の便の都合で、むこうを出たのは二十九日早朝になった。トマス・フィッツシモンズ夫妻の家に前夜から泊まり、翌朝六時起きで、湖のほとりの家からデトロイト空港まで約一時間、お互い寝不足の眼をしょぼつかせながらトマスの車で送ってもらい、そこからサンフランシスコまでは国内線、シスコから成田までは国際線と乗りついで、こちらに着いたのは三十日の午後五時すぎになった。成田から親父の入院している四谷の病院まで、ひどい交通渋滞の中でいらいらしながら——こんな交通渋滞のこと、半年余りのあいだ忘れていたっけ——九時ごろようやく病院にたどりついた。父は三日前から昏睡に陥っていて、酸素吸入の手当てを受けていた。大きな声で呼んでも醒めなかった。それでも、その日の状態は前日、前々日よりもずっと落ちついてきているということだったので、不安の中にもややほっとして、翌日あらためて来ることにし、いったん家に帰った。
　うとうとするまもなく、電話がかかり、父親が逝ったことを知らされた。それまで深い呼吸を繰り返していたのが、すーッと息をとめて、それきりだったと教えられた。死の苦痛はなかったわけだ。僕の到着を待って死んだと直覚した。

（『詩と世界の間で』）

白鳥の浮き舟の去つた
湖づらの緋ちりめんを
静かに引き裂け
鴨の列よ。
おまへらの滑稽なしやがれ声で
割つて通れ
おれの重たい沈黙の水を。

千里のかなたに
父親は病む。
母親も病む。

病むうたびと
わが父親は
にせ伯爵マルドロールも顔負けの
幻の修羅の世界に旅をする。
記憶の倉が
焼き打ちに遭つて燃えあがつてゐる。
千里離れて
おれはその火を感じてゐる。

ああ　ただ一人
闇にさまよひ咆哮する
怒りの歯ぎしり。
人間にはだれにも知られぬ一生がある。
息子などが
せきれいの尻尾ほどにも
触ることの許されぬ
深淵がある。

墨絵のやうに暮れてゆく
ミシガン湖畔の家の
硝子戸の中
気づかつて

強ひて陽気に
とつておきの紫の酒をついでくれる
TとKよ。

人間の中で渦まいてゐる
荒涼として不可解な大海にくらべ
人間とは
なんて小さな容れ物だらうか。

乾杯しようか。
静かにただ。
乾杯。

（詩「秋の乾杯」より）

あきらめのよすぎるところのある人だった。現世的な欲というものを、人間がふつうもっていておかしくない程度には十分もっていたはずだが、いつもその量を減らそうと心がけているような人だった。現世的な欲に乏しいというよりは、執着をもちすぎることから来るわずらわしさ、汚らしさに、はなっから耐えていけない神経の鋭さと細さがあった。それは自尊の心と表裏していたから、一方では非常に優しい人であると同時に、他方では人を寄せつけない厳しさを人に印象づける人でもあった。ご一新と同時に落魄《らくはく》した旗本の子孫としては、実際にはよくあるタイプの一人だったのかもしれない。出生と育ちが作りあげた、うつむきがちでいて、常に昂然としているような、複雑な精神構造をもっていた。

（「大岡博のこと」『しのび草』）

《父の葬儀を終えて再びアメリカへ向かう。》

《【展覧会】「漂泊の詩人　芭蕉展——遺墨でたどるその詩と人生——」松坂屋上野店ほか巡回（一〇～一一月）カタログに「芭蕉と外国の人びと」掲載↓のち『人麻呂の灰』に収録。》

《【本】『現代絵画の展開（世界の名画15　原色版）』大岡信　岡田隆彦　八重樫春樹共著　ほるぷ出版（1981-10-07）刊行。レジェ、ノルデ解説部分を担当。》

《【本】『絵画の青春（世界の名画9　原色版）』穴沢一夫　大岡信　八重樫春樹共著　ほるぷ出版（1981-10-07）刊行。ブラック解説部分を担当。》

《【本】『音楽の手帖　武満徹』青土社（1981-10-00）に「武満徹をめぐる二、三の観察」掲載（『肉眼の思想』からの再掲）。》

■一一月

《【雑誌】「ユリイカ」一三巻一四号（臨時増刊号）「現代詩の実験一九八一」に詩「秋の乾杯」掲載↓のち『草府にて』に収録。》

《トマス・フィッツシモンズと共同して英訳選詩集"A String

Around Autumn』の決定稿を作る過程が、英語による連詩制作に発展する。それぞれ自分が受けることになる直前の詩の、最終行の最後のことば（単語でも短いフレーズでも）を自分のタイトルにして新しい世界を展開してゆく、といういわば「しりとり」であった。この連詩は、「揺れる鏡の夜明け」として、「新潮」一九八二年三月号に掲載（↓のち『揺れる鏡の夜明け』筑摩書房（1982-12-00）刊行）。》

十一月中旬のある夜、フィッツシモンズの家での夕食後、私は日本の詩歌の歴史について、トマスと夫人のカレン（画家、日本で墨絵を学んだこともある）にいろいろ話していた。とくに私は、日本の詩の歴史の幹線をなしていると思われる共同制作詩の伝統の重要性について強調して話した。すなわち古代から近世、さらに近代にかけての歌合、連歌、連句の伝統。トマスもカレンも、あえて陳腐な決まり文句を用いれば、目を丸くして、という感じで私のつたない英語が語る、彼らにとっては物珍しい話を聞いていた。（中略）歌合や連歌、連句の話を私がしていた時、トマスの頭にひらめいたアイディアは、私のこの短詩（＊編集部注：「水と皮と種子のある詩」中「沈め。詠ふな。ただ黙して　秋景色をたたむ紐と　なれ。」）に彼が一つ詩をつけてみるということだった。つまり彼は、客である私の作に付句をもって応じる主人になろうというのだった。その際、英訳の最後の一語がautumnであったことは、具合がよかった。なぜなら、折しも十一月中旬、湖沼に富むミシガンの、その湖の一つコマース湖を庭前に見るフィッツシモンズの家は、やがて訪れてくる厳寒の冬を前に、秋の最後の自然界の美しさに包まれていたからである。湖上には鴨や白鳥や雁が舞い、対岸の森は緑や紅や黄の最後の彩りも果てたあとの、静かなたたずまいを見せていた。

（「制作ノート」『揺れる鏡の夜明け』）

■一二月

《【本】『現世に謳う夢　日本と西洋の画家たち』中央公論社（1981-12-20）刊行↓のち『現世に謳う夢　日本と西洋の画家たち（中公文庫）』（一九八八）。》

《【雑誌】「現代詩手帖」二四巻一三号（臨時増刊号）に自詩自註「巴里情景集」掲載。》

《【本】『音楽のコスモロジーへ　湯浅譲二対談集』青土社（1981-12-01）に湯浅譲二との対談「言葉と音楽」掲載。前年「月刊ハミング」に掲載されたもの。》

■——この年

《【教科書】中学校検定教科書「国語2」光村図書（一九八一年発行）に「言葉の力」掲載。》

《【教科書】高等学校検定教科書「最新　現代国語3」教育出版

（一九八一年発行）に「春のために」掲載。》

《【雑誌】「文芸三島」三号に詩の選評。》

■1982・昭和五七年——51歳

■一月

《七日、一年間の研究休暇を終えて帰国。》

《【雑誌】「草月」一四〇号にインタビューシリーズ「この人に聞く」第一回「「一つの大洋　一つの茶碗」の深みで」サム・フランシス（きき手大岡信）掲載。（インタビュー：一月二、三日）》

《【雑誌】「朝日ジャーナル」二四巻一号に「車座を組む日本人の不気味さ」掲載→のち「「車座」日本人」として『詩の思想』に収録。》

《【雑誌】「現代詩手帖」二五巻一号に詩「巴里情景集」掲載。》

《【展覧会】「ジャン・デュビュッフェ展」西武美術館　国立国際美術館（一月~二月）カタログに瀧口修造との対談「既成の美学を拒む「生の芸術」」掲載。》

■二月

《【本】『近代絵画抄・モーツァルト他・四季の歌抄』（向学社現代教養選書4）』向学社（1982-02-05）に「四季の歌抄」掲載。『四季の歌　恋の歌』（一九七九）よりの再掲。のち『近代絵画抄（向学社現代教養選書2）』向学社（一九八五年）。》

《【本】『加藤楸邨全集4　俳句四』講談社（1982-02-25）に解説「孤心とエロス——楸邨短歌瞥見」掲載→のち「孤心とエロス」と改題して『短歌・俳句の発見』『楸邨・龍太』に収録。》

■三月

《【講演】三日、日本教育会館で催された「「核戦争の危機を訴える文学者の声明」のつどい」にて詩の朗読。》

《【新聞】朝日新聞（1982-03-10）に詩「言って下さい　どうか〈八二・三・三「反核文学者の集い」の発言〉」掲載。》

《【放送】一四日、NHK教育テレビ「日曜美術館　アトリエ訪問（二）堀内正和」に出演。》

《一五日、「折々のうた」の休載期間を終了し、連載を再開する。》

《二九日、昭森社社長・森谷均一三回忌に出席、「われわれの青春はあの場所（昭森社の歩けば床の鳴る小さな部屋）で終わった」と挨拶。森谷均は一九六九年三月二九日に七一歳で逝去した。昭森社は、雑誌「本の手帖」を刊行する神田にあった出版社で、一九五四年に書肆ユリイカ、一九五六年からは思潮社も同居し、この三社で現代詩の書籍を数多く出版した。》

《【雑誌】「朝日ジャーナル」二四巻一二号に「ペーパーバックスの今——危機の予感と実感をはらんだ過渡期」掲載。》

《【雑誌】「新潮」七九巻三号に「連詩　揺れる鏡の夜明け」およびその「ノート」掲載→のち『揺れる鏡の夜明け　連詩』に収録。》

《【出版案内】『會津八一全集』（中央公論社）出版案内に推薦文「流露する命の大河　『会津八一全集』」掲載→のち『人麻呂の灰』に収録。》

■四月

《【講演】一三日、日仏学院（東京）にて開催されたシュルレアリスム・シンポジウムにアラン・ジュフロワ、ジャン・ピエール・ファイユらと出席。》

《二六日、弘文堂を経て晶文社をたちあげた小野二郎死去。ウィリアム・モリスの研究者で明治大学で大岡と同僚。のちの追悼文集『大きな顔　小野二郎の人と仕事』（非売品　一九八六年）には大岡も文章を寄せている。》

《【本】『加納光於論』書肆風の薔薇社（1982-04-30）刊行。これまでに展覧会カタログや雑誌で加納氏について書いた文章をまとめる。あとがきには「「熊野川紀行」について」掲載。》

《【雑誌】「文学」五〇巻四号に「文学のひろば」掲載。》

《【雑誌】「芸術新潮」三三巻四号に前田常作との対談「'82美大卒業制作展」掲載。》

■五月

《【講演】一五日、ブリヂストン美術館において講演会「フランス現代美術に見るものと精神」。》

《【雑誌】「実業の日本」八五巻九号に特別対談「詩歌に学ぶ日本語感覚の粋」（山本健吉　大岡信）掲載。》

《【雑誌】「潮」二七七号（増刊号）に詩「言つてください　どうか」掲載。》

《【雑誌】「婦人公論」六七巻五号にカラーページ「私の愛蔵する絵　駒井哲郎「物語の朝と夜」」、関連文章「詩画展のために」掲載→のち「むかし詩画展にて　駒井哲郎」と改題して『人麻呂の灰』、のち「ふたりだけの物語」と改題して『しのび草』掲載。》

《【雑誌】「図書」三九三号に「野遊」掲載→のち「古代ピクニック」として『人生の黄金時間』に収録。》

《【新聞】「日本経済新聞」（1982-05-20）朝刊第二部特集「加藤唐九郎の世界」展に「物腰に恋のある女のよう　ほとばしる清新さ」掲載→のち「物腰に恋のある　加藤唐九郎」と改題して『人麻呂の灰』に収録。》

《【本】『会津八一全集5』中央公論社（1982-05-00）月報5に「『南京新唱』自序のこと」掲載→のち「会津八一『南京新唱』

自序のこと」として『短歌・俳句の発見』に収録。》

■六月

《五日、西脇順三郎死去。一一日、芝・増上寺での葬儀・告別式にて弔辞。》

《【講演】八日、窪田空穂全歌集記念講演（安田生命ホール）。》

《【講演】一七日、明治大学付属明治高等学校にて講演「欧米で考えたこと」。》

《一八日、中村喜夫（沼津中学恩師）死去。弔電を送る》

さる年六月十八日　愛知県蒲郡市ナカムラ家より電報あり
「ヨシオ一八ヒシス　ソウギ二一ヒ　一〇・三〇」
中村喜夫氏はわが稚き日同人誌「鬼の詞」に同人として参加せし若き英語教師なり　結核回復期の色白く清潔なる浪曼的抒情詩人にして　のち愛知の大学教授となり　丸山薫氏とも席を同じくせり　葬儀不参　即ち電報にて

ハルカナル　ヌマヅノナツノ
ヤケアトヲ　トモニアユミシ
トモドチノ　フタリサンニン
イチハヤク　ユクサヘアルニ
オモヒキヤ　イママタキミノ
トコシヘニ　タビダチタマフ
シロガスリ　ムギワラバウニ
ニホヒタツ　ワカキミスガタ
ハヂラヒテ　シヲカタリタル
オモワノミ　ワレニノコシテ
ユキシキミハモ

（詩「詞書つき七五調小詩集」より）

《【雑誌】「芸術新潮」三三巻六号に鼎談「いろはにほへと――加藤唐九郎展を機に」（大岡信、加藤唐九郎　志村ふくみ）掲載。》

《【雑誌】「短歌現代」六巻六号に「山にゆかむと」掲載↓のち『短歌・俳句の発見』に収録、のち「大岡博のこと　山にゆかんと／『春の鷺』まで」の前半部として『しのび草』に収録。》

《北日本新聞にて座談会「瀧口修造と戦後美術」。》

《新宿「玄海」にて三浦雅士と対談↓のち『詩歌の読み方』に収録。》

《【本】『詩の思想』花神社（1982-06-30）刊行。》

■七月

《【講演】九日、札幌にて講演「日本の詩歌――私の読みかた」。》

《【雑誌】「形象ニュース」夏号に「駒井哲郎　ブックワークの驚き」を掲載。》

《【雑誌】「現代詩手帖」二五巻七号　特集「西脇順三郎追悼」

に座談会「比類ない詩的存在」（吉岡実・那珂太郎・入沢康夫・鍵谷幸信・大岡信）、「弔詞」、粟津則雄との対談「詩の空間を開く——対話あるいは批評行為としての引用」掲載。》

《【本】『余白に書く　Ⅰ・Ⅱ・別冊』瀧口修造　みすず書房（1982-07-00）に祓文「『余白に書く』の余白に」掲載↓のち『ミクロコスモス瀧口修造』に収録。》

《【展覧会】「瀧口修造と戦後美術」展　富山県立近代美術館（七月）カタログに「詩人瀧口修造」掲載↓のちに『ミクロコスモス瀧口修造』に収録。》

《【講演】「瀧口修造と戦後美術」展　富山県立近代美術館にて講演↓のちに「瀧口修造入門」として『ミクロコスモス瀧口修造』に収録。》

《【雑誌】「ユリイカ」一四巻七号　小特集「追悼・西脇順三郎」に「シャイロッキアードなど」掲載。》

《【雑誌】「海燕」一巻七号に組詩「ネコザクラ散るころ猫女がくる」掲載。組詩には「ネコザクラ散るころ猫女がくる」「双眸」「美形」「聖譚」「ある日美術館へ」が入っている。「双眸」はのち『草府にて』に収録。》

《【雑誌】「雑誌ニュース」三巻七号に「雑誌と私」掲載↓のち「群像」に書いて下さい」と改題して『人麻呂の灰』『しのび草』に収録。》

《【新聞】「読売新聞」（1982-07-21）に「未知の孤立者　瀧口修造」掲載↓のち『ミクロコスモス瀧口修造』に収録。》

《二三〜二五日、富山県利賀村で行われた「第一回世界演劇祭利賀フェスティバル」の行事に出席。演出家鈴木忠志が早稲田小劇場（現SCOT）の活動拠点を一九七六年に利賀村に移し、開催したイベントで、一九八二年より一八年間にわたって開催された。初回は大岡信作、鈴木忠志演出、白石加代子出演の「トロイアの女」が上演された。》

　富山県の山奥の過疎村まで、日本各地から延べ一万人近い人がわざわざやってくるという事実の重みです。もちろん、物珍しいから行ってみようという程度の動機でくる人も相当混じっているのかもしれない。けれども、いったん申込みをし金を払ってしまった瞬間から始まるのは、わざわざ利賀村まで出かけてゆくという具体的な旅の計画で、これがもう、単に物珍しいから、という程度の動機だけではすまない、ある種の積極的加担を必然的に含んでしまうのだ。（中略）

　家を出た時から、自分自身が積極的に演劇への参加者になっているという感覚が生じるのだ。「観劇」というような言葉はもう存在しない。「演劇」、劇を演じること、それが、一人一人の観客のささやかな旅の中で起きている心的現象のように観察される。

（『詩と世界の間で』）

《【講演】三一日、短歌結社竹柏会会誌「心の花」記念講演「好きな歌いろいろ」。》

■八月

《【講演】四日、桐朋学園にて講演会「友人の画家たち——日・仏・米」。》

《【講演】二八日、朝日カルチャーセンター立川（開館前）にて記念講演会。》

《【雑誌】「波」一六巻八号に書評「大江健三郎著『「雨の木」を聴く女たち』」掲載。》

《【雑誌】「現代詩手帖」二五巻八号に詩「草府の日日」掲載↓のち「草府にて」と改題して『草府にて』に収録。》

ほろびの街道はさむい。
風かをる野の
猟男《さつを》もゐない。
川を越え盗みだした
露の女もゐない。

海鳥は夕日に酔つて
ほしいままにうたつてゐる。

ワタシラハ空気ノシミ！
ダカラカガヤク！
光ヲ映シテヒカルコトシカ
知ラナイ！
ヒカル空気ノシミ！
ワタシラハ！
風ヲ渡ル挽《ヒ》キ歌！
バンカ！　バンカ！

輝かしかつたものたちの
谺はつどふ　草の日溜り。
渚にはメトロノーム朽ち
ほのあかるむ白桃は
ことしもゆつくりふくらみはじめ
蜥蜴はくらくらコンクリを越え。

ものがそつちものの周囲を囲つて息づく
夜明けの墓六つ。
大脳皮質人　おのおの未来を叫喚する時
蘚苔類は濃みどりに沈み
聞かぬふりする。
石ころは

ふるさとの
土をめざす。

草でできたまちです。
なんにも売つてゐません。
枯れる本。
裏返る文字。

（詩「草府にて」）

■九月

《五日、来日中のトマス・フィッツシモンズ宅（麻布）にて、谷川俊太郎、吉岡実、吉増剛造ら詩人たちの集まり。》

《【講演】一〇日、シンポジウム「幕末維新と山陽道」（岡山市民文化ホール）にて講演「文学・美術にみる幕末」（→のち『シンポジウム　幕末維新と山陽道』山陽新聞社、のち『日本詩歌の特質』に収録）。》

《【雑誌】「現代詩手帖」二五巻九号　小特集「鷲巣繁男追悼」に「弔辞」掲載。》

《【本】『小野茂樹歌集（現代歌人文庫21）』国文社（1982-09-00）に「解説　相聞のうた・ひとりのうた――小野茂樹歌集寸見」掲載→のち『短歌・俳句の発見』に収録。》

《【雑誌】「菩提樹」四九巻別冊（大岡博追悼号）に「『春の鷺』まで」掲載→のち『短歌・俳句の発見』に収録→のち「大岡博のこと　山にゆかんと／『春の鷺』まで」（後半部）として『しのび草』に収録。》

《【出版案内】『八木重吉全集』（筑摩書房）出版案内に推薦文掲載。》

《【本】『ことばと響き　多田道太郎対談集』筑摩書房（1982-09-10）に多田道太郎との対談「自分のことば」掲載。初出は『思想の科学』（一九七八年二月号）（原題「世界の中の日本語、日本語の中の自分のことば」）。》

《【講演】二五日、帯広市開基百年記念文化講演「日本の詩歌　現代詩人より見た伝統詩と現代詩の未来」。》

■一〇月

《【講演】一七〜一九日、箱根観光ホテルにて開催の国際文化会館三〇周年記念シンポジウム「日米文化関係――過去・現在・将来」に出席。》

《【講演】一九〜二三日、盛岡に滞在。滞在中に、講演会「日本の詩歌と私」。》

《【展覧会】「桑原盛行展」ギャラリー上田（一〇月）カタログに「波と浄化の絵画」掲載→のち『詩人と美術家』に収録。》

《【雑誌】「現代詩手帖」二五巻一〇号に座談会「言葉の生きる場所・生まれる場所――往復書簡「水府逍遥」をおえて」（谷川俊太郎・武満徹・大岡信）掲載。》

《【本】『春の鷺　大岡博歌集』花神社（1982-10-00）刊行。父、大岡博の一周忌に合わせ遺稿をまとめる。あとがきも掲載。》

《【雑誌】「新潮」七九巻一〇号に「ある「変な考え」について」掲載→のち『ミクロコスモス瀧口修造』に収録。》

《【本】『日本詩歌読本』三修社（1982-10-10）刊行。一九七九年の「読売教養講座」をまとめたもの。→のち『日本詩歌読本（講談社学術文庫）』（一九八六）。》

《【本】『ゴーギャンと大原美術館　朝日・美術館風土記シリーズ1』朝日新聞社（1982-10-15）に「大原美術館この一点　ゴーギャンの「かぐわしき大地」」掲載。》

《【本】『ロジックの詩人たち　安野光雅対談』平凡社（1982-10-15）に対談「橘南谿」（安野光雅　大岡信）掲載。》

《【本】『宝石の声なる人に　プリヤンバダ・デーヴィーと岡倉覚三・愛の手紙』大岡玲と共訳　平凡社（1982-10-15）刊行。「解説」は「天心とベンガルの女流詩人」として『表現における近代』に収録→のち『宝石の声なる人に　プリヤンバダ・デーヴィーと岡倉覚三　愛の手紙』（一九九七）。》

■一一月

《【楽曲】【講演】一日、校歌を作詞（廣瀬量平作曲）した長野県下諏訪向陽高等学校の竣工落成式に参加、講演「詩との出会い」。》

《【講演】九日、東京都立久留米西高等学校にてＰＴＡ講演会「詩歌を通して見る女性の生き方」。》

《【講演】一三日、筑波学園研究都市にて読売文化講演会「日本のうたの心」。》

《【講演】一八日、日本女子大学にて講演「詩の日本語――「折々のうた」について」。》

《【展覧会】「加藤楸邨・大岡信　書の二人展」（花神社主催）神田・東京堂書店文化サロンで開催。》

加藤楸邨とともに

《【本】『子規のふるさと』（読売新聞社）（1982-11-00）に「永遠の子規」掲載→のち「正岡子規の多産性が意味するもの」と

改題して『表現における近代』にも収録。》

《【雑誌】「現代詩手帖」二五巻一一号　特集「詩はこれでいいのか？」に座談会「何が現代詩を〈詩〉にするか──詩の成立の根拠となる批評性と他者」（谷川俊太郎・吉原幸子・大岡信）掲載。》

《【雑誌】「中央公論」九七巻一二号に書評「丸谷才一著『裏声で歌へ君が代』」掲載。》

《【雑誌】「抒情文芸」二四号に「イラクサ男のうたへる」掲載↓のち『故郷の水へのメッセージ』に収録。》

《【展覧会】「多田美波　minamiTADA展」東京画廊ほか（一一月〜一九八三年二月）カタログに「多田美波の彫刻──夢の器」掲載。》

《【本】『精神・人生（明治大学公開文化講座1）』明治大学人文科研究所（1982-11-15）に「うたげと孤心」掲載。》

《【本】『人麻呂の灰　折々雑記』花神社（1982-11-25）刊行。》

■一二月

《【雑誌】「みづゑ」九二五号に「創造のさなかに──加納光於──油彩──色彩はミクロコスモスの皮膚」掲載↓のち「加納光於──色彩はミクロコスモスの皮膚」として『美をひらく扉』に収録。》

《【雑誌】「ユリイカ」一四巻一三号（臨時増刊号）「現代詩の実験一九八二」に「楸邨ラッキー・セヴン・曲解と唱和」掲載。》

《【雑誌】「文学」五〇巻一二号に「日本人とは何か」ベルナール・フランク　大岡信訳掲載。》

《【本】『揺れる鏡の夜明け　連詩』英文併記　大岡信　トマス・フィッツシモンズ著　筑摩書房（1982-12-00）刊行。うち「過ぎてゆく鳥」はのちに『捧げるうた50篇』にも収録。》

《【雑誌】「文学」五〇巻一二号に座談会「外国人はどのように日本文学を研究しているか」（池田重・ドナルド・キーン・福田秀一・大岡信（司会））掲載（座談日：一〇月五日）。》

《【雑誌】「國文學　解釈と教材の研究」二七巻一六号　特集「日本語の謎」に鼎談「日本語の未来に何があるか」（林大　大岡信　藤崎博也）掲載。》

■──この年

《【教科書】高等学校検定教科書「精選　国語Ⅰ」明治書院（一九八二年発行）に「言葉の力」掲載。》

《【本】英訳詩集〝A String Around Autumn〟（トマス・フィッツシモンズ訳）をOakland University, Katydid Booksより刊行。》

《【雑誌】「文芸三島」四号に詩の選評。》

■1983・昭和五八年――――52歳

■一月

《【展覧会】「アンリ・ミショー展」西武美術館ほか（一月〜六月）カタログに「アンリ・ミショー――存在のアルファベットの探究」掲載↓のち『美をひらく扉』に収録。》

《【放送】二〇日、NHK教育テレビ「NHK教養セミナー　日本語再発見「地名は何をかたる？」」に出演。》

《【雑誌】「銀座百点」三三八号に「新春のうた」掲載↓のち『うたのある風景』に収録。》

《【本】『現代の詩人』中央公論社　全一二巻（一月〜一九八四年二月）刊行開始。通巻編集　大岡信・谷川俊太郎　月報　大岡信・谷川俊太郎通巻対談。巻立て（一　吉岡実／二　鮎川信夫／三　田村隆一／四　黒田三郎／五　石垣りん／六　清岡卓行／七　茨木のり子／八　川崎洋／九　谷川俊太郎／一〇　飯島耕一／一一　大岡信／一二　吉原幸子）。》

《【雑誌】「文学」五一巻一号　創刊五〇周年記念号に座談会「「文学」の五十年」（中野好夫・永積安明・猪野謙二・益田勝実・大岡信）（座談：一九八二年一一月二二日）掲載。》

《【雑誌】「文藝春秋」六一巻一号に「旧著再読――橘南谿「東西遊記」」掲載↓のち「橘南谿著『東西遊記』と私」として『しおり草』に収録。》

《【雑誌】「墨」四〇号に「加藤楸邨・大岡信　書の二人展」のための談話掲載。》

《【雑誌】「現代詩手帖」二六巻一号に詩「闇の王」掲載。》

《【新聞】「毎日新聞」（1983-01-07）に「響き合わせた句と句」掲載↓のち「句々交響」と改題して『短歌・俳句の発見』『楸邨・龍太』『ことのは草』に収録。》

《【雑誌】「小説新潮」三七巻一号に詩「雌雄」掲載↓のち『草府にて』に収録。》

《【本】『マドンナの巨眼』青土社（1983-01-10）刊行。「ユリイカ」連載の「断章」のうち（一九七九年七月〜一九八一年四月号）掲載分から書籍未収録の一八回分を収録。》

《【新聞】「日本経済新聞」（1983-01-10）に「連詩――詩の心、詩の現場」（於　西武百貨店コミュニティカレッジ）掲載。》

《【本】『言葉という場所』思潮社（1983-01-25）刊行。対談集。》

《【雑誌】「ひと」にて連載全一一回（一月〜一九八四年六月）開始↓のち再編成して『日本語の豊かな使い手になるために』に収録。》

いやはや、たいへんなことになっちゃったなァ。そう思いながら本郷郵便局のわきを重い心で太郎次郎社めざして曲がったことも何度かあります。もうこれ以上、話すことなんか何もありゃしませんよ。ぼくは空っぽになってしまいましたぜ。そう思いながら本郷郵便局前の大通りを空っぽの心で東大の側へ渡ったことも何度かあります。（中略）少年時代以来ずっと、ものを書くことが好きで書きつづけてきた人間が、ひとの問いに答えるという形式のなかでさまざま思いつくことを、みずからの体験にそのつどすばやく反響させて手ざわりを確かめながら、ともかくえんえんと話したことを内容としています。話題の中心がいつも「ことば」であり「日本語」であったのは、もともと雑誌「ひと」編集部の意向がそこにあったからであるのはもちろんですが、同時に、この私という人間が、要するにこの主題についてなら、むかしから手さぐりでずっと考えつづけてきたことについて、多少は話す能力も、またたぶん資格も、あるという私自身の思いこみからもきていました。そして不思議なことに、私は毎回、もう話すことなどありゃしないと思いつつ、ほんとうにクタクタのボロみたいになって車に揺られて帰宅するにもかかわらず、雑誌「ひと」に発表されたその回ごとの自分の話を読むたびに、ともかくまだ何か話題がありそうな気がするなァ、と思うのでした。

（『日本語の豊かな使い手になるために』「おわりに」より）

■二月

《【雑誌】「ちくま」一四三号に「英文連詩集始末記」掲載↓のち『詩をよむ鍵』に収録。》

《【雑誌】「國文學　解釈と教材の研究」二八巻三号　特集「短歌に何を求めるか」に鼎談「歌の伝統とは何か」（大岡信・寺山修司・佐佐木幸綱）掲載。》

《【展覧会】平山郁夫展「天竺への道」日本橋高島屋ほか（二月～七月）カタログに「平山郁夫の位置」掲載。》

■三月

《【雑誌】「短歌」三〇巻三号に「「日本人霊歌」再読」掲載↓のち『短歌・俳句の発見』に収録。》

《【展覧会】「野崎一良彫刻展」佐谷画廊（三月）カタログに「野崎一良展のために」掲載↓のち「「ふたりの京都人　野崎一良」として『しのび草』に収録。》

《【新聞】「読売新聞」に連載「短歌・俳句の発見」全八回（三月一日～一二日号）開始↓のち『短歌・俳句の発見』『しおり草』に収録。》

《高見順賞の選者の一人となる。》

《【雑誌】「樹木」（高見順文学振興会会報）一号に選評者の感想掲載。以後、一九八四年～八九年、一九九九年～二〇〇三年の同誌にも感想掲載あり。》

《【本】『新編・折々のうた』朝日新聞社　刊行開始。朝日新聞掲載のコラム「折々のうた」から、カラー写真を用いた大型本

「新編・折々のうた」（朝日新聞社）として全五冊（三月〜一九九四年一一月）↓のち『新編・折々のうた（朝日文庫）』全六冊（一九九二年二月〜五月）。》

《【本】『色の歳時記』朝日新聞社（1983-03-01）に「詩歌に見る日本の色」掲載↓のち『人生の黄金時間』に収録。》

■四月

《【雑誌】「芸術新潮」四〇〇号記念特大号にて「日本の百宝」アンケートの回答者の一人として掲載。》

《【本】『第三　折々のうた（岩波新書黄版226）』岩波書店（1983-04-20）刊行。》

《【本】『詩歌の読み方』思潮社（1983-04-25）刊行。》

《【本】『大きな顔　小野二郎の人と仕事』晶文社（1983-04-20）に「弘文社時代の小野二郎」掲載。》

■五月

《【雑誌】「広告」二四巻三号に「短詩の伝統とコピー」掲載。》

《【雑誌】「実業の日本」八六巻九号に「鈴木治雄の好奇心談」ゲスト（一七）として「大岡信——詩歌は日本人の心の乱れを救うか」掲載。》

《【本】「禅の世界　道元禅師と永平寺」読売新聞社（1983-05-00）に「古仏の微笑——道元禅師の和歌」掲載。》

《【本】『色（日本の名随筆7）』大岡信編集　作品社（1983-05-00）刊行。「日本の名随筆」は一〇〇巻＋別巻一〇〇巻の全二〇〇巻（一九八二年一〇月〜一九九九年五月）で、既刊書籍から各テーマごとの編集者が名随筆を選び、まとめたもの。第七巻が大岡編集巻で、「あとがき」は、のち「色彩の世界」と改題して『光のくだもの』にも収録。またこの巻の収録文章は「詩歌にみる日本の色」（『色の歳時記』一九八三年朝日新聞社）。以下、大岡文章の掲載巻と文章（出典）。

一四巻：夢「夢のうたの系譜——多義的な「夢」の氾濫について」（『大岡信著作集8』一九七七年　青土社）

二三巻：画「半可通ということ」（『大岡信著作集10』一九七七年　青土社）

二五巻：音　巻頭詩「接触と波動」抄（『透視図法——夏のための』一九七二年　書肆山田）

二七巻：墨「崇徳院、王義之、空海の書」（『マドンナの巨眼』一九八三年　青土社）

三六巻：読「私の中の古典」（『大岡信著作集8』一九七七年青土社／『本が書架を歩み出るとき』一九七五年　花神社／『詩の日本語』一九八〇年　中央公論社）

三九巻：芸「ものをつくること」（『大岡信著作集14』一九七八年　青土社）

六三巻：万葉（三）「『万葉集』とわたし」（『ことばの力』一九

七八年　花神社）
六九巻：男　「女は女、男は……——「女性・その自負と偏見」展のこと」（『大岡信著作集15』一九七七年　青土社）
七〇巻：語　「漢字とかなのこと」（『ことばの力』一九七八年花神社）
七二巻：夜　「夜の鶴と仙家の霊鳥」（『ことばの力』一九七八年花神社）
八七巻：能　「世阿弥の「花」」（『詩とことば』一九八〇年　花神社）
九一巻：時　「瞬間が時間ではないこと」（『大岡信著作集15』一九七七年　青土社）
一〇〇巻：命　「いのちとリズム」（『ことばの力』一九七八年花神社）
別巻四：酒場　「銀座の夜から夜明けまで」（『大岡信著作集15』一九七七年　青土社）
別巻二二：名言　「年をとる　それはおのが青春を」（『人生の黄金時間』一九八八年　日本経済新聞社）
別巻二五：俳句　「わたしの芭蕉」（『人生の黄金時間』一九八八年　日本経済新聞社）
別巻三〇：短歌　「わが短歌今昔」（『人麻呂の灰』一九八二年花神社）
別巻八九：生命　「芹沢光治良氏を悼む　平成五年四月六日」（『ことばが映す人生』一九九七年　小学館）》
《スウェーデン協会の招きにより、現代文学シンポジウム出席のためスウェーデン・ストックホルムへ。ストックホルムで一〇日間を過ごす。この旅は、加藤周一夫妻、大庭みな子と令嬢の谷優、大岡信夫妻の三組であった。大岡は、まず妻の深瀬サキと、パリに入り、井上靖の代理で日仏翻訳者の会に出席。このとき、東洋・日本学者ベルナール・フランクと妻の仏蘭久淳子を識る。また、日本外務省の「日仏賢人会」にも出席する。》
《【講演】三一日、シンポジウム「日本語から西欧語への翻訳は、信頼しうる純正なものか」に参加（パリ）。》
《【展覧会】「時間の風景——日本・ギリシア展」東京堂書店文化サロン（五月）カタログに「カレン・フィッツシモンズ紹介」掲載。》

■六月
《【講演】一日、ストックホルム大学で、加藤周一、大庭みな子、大岡信による講演、自作朗読と討論。》
《六日、大庭みな子、谷優、深瀬サキとともに、デンマークのルイジアナ美術館見学、館長のクヌート・イエンセンと旧交（一九六四年に東京で初めて会う）を温める。》

ルイジアナ美術館にて

彼は出版について相当な経験を積んだのち、往年の狩猟監督官が残した邸宅を買った。これが一九五八年ルイジアナ美術館誕生の際の、館本体である。（中略）

美術館の中をくまなく見て歩くと、一つにはデンマークの二十世紀芸術（ヨルン、ペデルセン、モルテンセンその他）を中心にした集団が核をなしていることがわかる。これは力強くすぐれた作品群だ。二つにはヨーロッパの両大戦間の前衛芸術、ときにシュルレアリスムや抽象芸術の主要作家たち、三つには一九四五年以降の国際美術界の、いくつかの主要な運動に参加した、多くは現役ぱりぱりの作家たちに収集の焦点があてられている。（中略）

「大岡さん、ご一緒してよかったわ、ほんとに。旅の終りにこんなすてきな美術館にめぐり合えるなんて、最高だわ」大庭さんは美術館の中でもこのレストランでも、くりかえしそう言った。彼女は小説を書き出す前、詩を書き、絵を描いていた人だから、美術館で一九五〇年代、六〇年代の抽象絵画をたくさん見出した時、ふるさとに帰ったような気分を味わったらしい。私もまた、五〇年代の抽象美術に感動し、同時代感情を自らのうちにはぐくんだ一人だから、大庭さんの気持に共感できた。妻もまた同じだったろう。食事を了えると、私たちはそのまま波止場のはずれまで行き、漁船がつぎつぎに帰港してくる賑やかな夕暮れのひとときをすごした。クヌートは日本のハッピをひっかけていた。その濃い藍色が、暮れなずむオーアソン海峡の光のたゆたいの中で、ひときわ鮮やかだった。

（「ルイジアナの午後」『水都紀行』）

《**【講演】**一一日、「連句懇話会」全国大会にて講演（芝・増上寺）。》

《**【雑誌】**「海」一五巻六号に詩「序曲」掲載。》

《**【雑誌】**「現代詩手帖」二六巻六号に「寺山修司——去年のこと、二十五年前のこと」掲載→のち「追悼　寺山修司」と改題して『光のくだもの』に、「寺山修司からの便り」と改題して『しのび草』に収録。》

《**【雑誌】**「実業の日本」八六巻一〇号に「鈴木治雄の好奇心談」

ゲスト（一七）の続篇「もう一人の自我が名作を生む」掲載。》
《【本】『短歌・俳句の発見』読売新聞社（1983-06-30）刊行。》

■七月

《八日、高柳重信急逝。荻窪の願泉寺で仮通夜、密葬。「海燕」一〇月号、「俳句評論」一二月号に追悼文掲載。》

高柳重信は私が俳人という存在に出会った最初の人だった。最初に識り合った俳人が重信だったことは、私にとっては運命的だったように思う。昭和初年代の新興俳句運動の戦後における後継者として、彼が既成俳壇に対してとった態度は、概して闘争的、否定的だったが、さりとて戦後のある時期までわが世の春を謳歌するほどの威勢を誇ったいわゆる前衛俳壇に対して肯定的だったかといえば、まったくそうではなかった。むしろ高浜虚子の大きさを、他の俳人たちよりも素直に認めていた。ただし憎悪の思いをまじえて。私は重信と親しく話すようになるとすぐに、彼の家を訪れるようになり、中村苑子さんには随分迷惑な客だったろう。何しろ暁け方まで酒を飲み続け、酒徒重信をして大岡信、加藤郁乎、佐佐木幸綱の三人にはすっかり脱帽したと言わしめたほどだった。（中略）彼はたくさんの俳人の句集を私に読ませ、期せずして現代俳句の見取り図を私の脳中にたたきこむ導師の役をつとめてくれた。

（「後日の註」『捧げるうた50篇』）

《【講演】二〇日、近代文学館講座「萩原朔太郎」。》
《【講演】二三日、朝日ゼミナール特別講座「日本語シンポジウム　言葉のしつけ」東京・新橋ヤクルトホール（↓のち『言葉のしつけ　豊かな言語表現——日本語シンポジウムV』に収録）。》
《【講演】朝日カルチャーセンターのシリーズ講座「わたしの古典発掘」全四回（一九八三年七〜一二月）。のち『私の古典発掘』に収録。》

■八月

《【講演】四日、朝日カルチャーセンター立川にて講演「日本の詩歌」。》
《【講演】七日、短歌結社「コスモス」三〇周年大会にて講演「近代短歌の骨格」。》
《二七日、フランス国営TVインタヴューを受ける。》
《【放送】NHKニュースワイドに出演。》
《【本】『井上靖エッセイ全集1』学習研究社（1983-08-00）月報に「少年歌人井上靖について」掲載↓のち『詩をよむ鍵』に収録。》
《【雑誌】「現代詩手帖」二六巻八号に詩「七夕恋唄」（↓のち『草府にて』に収録）、対談「日本詩歌におけるハレとケ」（岡井

隆　大岡信）掲載。》

《【本】『日本の原爆文学15〈評論／エッセイ〉』ほるぷ出版（1983-08-01）に「言って下さい　どうか〈八二・三・三「反核文学者の集い」の発言〉」（『朝日新聞』一九八二年三月一〇日号）掲載。》

《【本】『表現における近代　文学・芸術論集』岩波書店（1983-08-10）刊行。》

《【本】『現代俳句集成　現代俳論集』河出書房新社（1983-08-30）に「明敏の奥なる世界——飯田龍太の句」掲載。『現代俳句全集（一）』（一九七七）よりの再掲。》

■九月

《【講演】三日、大阪・大丸にて講演「折々のうた」。》

《【展覧会】「加納光於　PAINTINGS '80——83展」北九州市立美術館（九月）カタログに「「胸壁にて」まで——加納光於新考」掲載。アキラ・イケダギャラリーでの個展（一九八〇年）テクスト転載とある。》

《【講演】一五日、北九州市立美術館で開催の「加納光於展」にて講演会。三浦雅士が同行する。》

《【講演】二四日、沼津にて講演「うたに見る日本の心」。》

《【雑誌】「週刊朝日」に司馬遼太郎との対談「室町の面白さ」掲載。》

《【雑誌】「ユリイカ」一五巻九号に酔ひどれ歌仙「雨の枝の巻」（大岡信・丸谷才一・石川淳・杉本秀太郎）掲載↓のち『酔ひどれ歌仙』に収録。》

《【雑誌】「現代詩手帖」二六巻九号に詩「わがひと」掲載↓のち「わがひと　a」「わがひと　b」として『草府にて』に収録。》

《【雑誌】「新潮45」二巻九号に巻頭随筆「猫の手術」掲載↓のち『みち草』に収録。》

《【本】『古典のこころ（ゆまにて選書）』ゆまにて（1983-09-15）刊行。いずれの文章も『四季の歌　恋の歌』などの既刊書籍からの再掲。》

■一〇月

《【講演】八日、大阪・大丸にて講演「折々のうた」。》

《【講演】一六日、洲本市にて講演「色ごころから心の色へ」。》

《【講演】二〇日、朝日ゼミナール特別講座「折々のうたを読む——秋の巻」（於東商ホール。今秋より「朝日ゼミナール特別講座」として年四回の定期独立講座として開始）。》

《【講演】二五日、調布市にて講演「折々の歌～日本の心～」。》

《三〇日、奥浜名にて「櫂の会」。》

《【雑誌】「海燕」二巻一〇号に「高柳重信を悼む」掲載。》

《【新聞】「朝日新聞」（1983-10-18）に「心まっすぐな女性の

出現」掲載→のち『ことのは草』に収録。》

■一一月

《【講演】二日、津島市図書館にて講演「野口米次郎と金子光晴」。》

《【放送】二日、NHK総合テレビ「日本語探検 〝愛してる〟と言えますか」に出演。》

《【講演】五日、大阪・大丸にて講演「折々のうた」。》

《【講演】八日、静岡県文化財団シンポジウムに鈴木忠志、村松友視らと出席。》

《【講演】一二日、静岡にて明治大学公開講演「日本の詩のこころ」。》

《【講演】二二日、清心女子大学にて講演「日本詩歌の特質」。》

《【講演】二六日、富岡成人文化大学講演「古典への誘い――平安朝の人と文化」。》

《【講演】二七日、早稲田大学（国文学会五〇周年）にて講演「わが窪田空穂像」。》

《【展覧会】二七日、「菅井汲展」西武美術館ほか巡回（一一月～一九八四年四月）カタログに「菅井汲――回想と展望」掲載（→のちに『美をひらく扉』に収録）。早稲田大学での講演の午後、同展皮切りの西武美術館にて菅井汲と共同で「一時間半の遭遇」を制作する。》

「一時間半の遭遇」公開制作

菅井汲と私は、会場内の床に長々とのべ広げられた紙（縦一・二、横一〇メートル）の上に、絵と詩による共同制作の作品をつくるというイヴェントを行なった。なぜ私が共同制作に興味をもつかといえば、互いに個性の最も確かな核心を、それがありありと見せてくれるからである。第一、一緒になって作品を作るのだから、相手の手の内もドキドキするほど身近かに見えてくるのだ。しかも、共同で協力するからといって、互いに譲り合ったり妥協したりすると最悪の結果を招く。その意味では、互いに自我がよほど強くないと、共同の仕事はできないのである。仮にできても、質は劣る。（中略）わがスガイは、独立独往、強烈な自我意識の持主として鳴る人だから、共同制作を呼びかける意味は十分あった。スガイは大いに乗り気でこの提案を受けてくれた。百人か百五十人か、とにかく大勢の人々がまわりにひしめいていた。息をつめ、固唾をのんで、という形容がぴったり。さすがに緊張する。事前の打合わせは何もなし。私は当日、大小の筆や竹やペンを計七、八本つかんで出かけた。美術館が用意した墨汁は菅井愛用のドイツ製の漆黒の墨汁で、これはほんとに真黒。実に気持がいい。会場に広げられている紙を初めて見た時は、十メートルという長さに一瞬わが目も驚いたが、同時に「こいつは面白い」という気もむらむらと起きた。しばらく眺めて考える。菅井さんが左端部分から始めたので、私は中央右寄りの部分から始める。最初に大きく六行に書いたのは、

　一羽でも宇宙を満たす鳥の声
　二羽でも宇宙を満たす鳥の静寂

という詩句だった。

（「菅井汲　一時間半の遭遇」『生の昂揚としての美術』）

《【講演】三〇日、朝日ゼミナール特別講座「折々のうたを読む——冬の巻」（於東商ホール）。》

《【楽曲】ニューヨークのカーネギーホールで武満徹作曲による「揺れる鏡の夜明け」演奏。》

《【展覧会】「日本現代美術　先駆者志水楠男・南画廊の軌跡展」西武百貨店（一一月）カタログに「日本現代美術　先駆者志水楠男・南画廊の軌跡展に寄せて」掲載→のち「志水楠男と南画廊」として『美をひらく扉』に収録。》

《【雑誌】「翻訳の世界」八巻一一号に座談会「どう読み、どう訳す？『ハックルベリー・フィンの冒険』をテクストにして」（大岡信・野崎孝・由良君美）掲載。》

《【本】『酔ひどれ歌仙』共著（石川淳・井上ひさし・大岡信・杉本秀太郎・野坂昭如・丸谷才一・結城昌治）青土社（1983-11-10）刊行。》

《【本】『西東三鬼全句集』沖積舎（1983-11-15）に栞文「三鬼への小さな花束」掲載。》

■一二月

《【雑誌】「みすず」二五巻一一号に「中村草田男私観」掲載。》

《【雑誌】「ユリイカ」一五巻一三号（臨時増刊号）「現代詩の実験一九八三」に「楸邨十句交響」掲載。》

《【雑誌】「俳句評論」終刊号（追悼　高柳重信号）に「高柳重信を悼む」掲載。》

■——この年

《【教科書】高等学校検定教科書「国語二」尚学図書（一九八三年発行）に「折々のうた」掲載。》

《【教科書】高等学校検定教科書「現代文」光村図書（一九八三年発行）に「訳詩の歴史が語るもの」掲載。》

《【教科書】高等学校検定教科書「現代文」教育出版（一九八三年発行）に「折々のうた」掲載。》
《【教科書】高等学校教科書準拠「演習国語Ⅱ」筑摩書房（一九八三年発行）に「春のために」掲載。》
《【楽曲】長野県下諏訪町立下諏訪社中学校開校二年目にあわせ、校歌作詞・大岡信　作曲・一柳慧。》

こぶしの花は　清らかに
諏訪の社の　春たけて
歴史も古き　ふるさとの
新しき朝　ひらきゆく
ああわれら　下諏訪社中学校

砥川のそそぐ　みずうみの
かなたはるけき　青山河
信濃をめぐる山山へ
かけりゆく夢　はてもなし
ああわれら　下諏訪社中学校

高ゆく風と　きそいつつ
新樹の夏も　雪の日も
丘の斜面を　友とゆく
絆はとわに　結ばれん
ああわれら　下諏訪社中学校

（「下諏訪社中学校　校歌」）

《【雑誌】「文芸三島」五号に詩の選評と詩「螢火府」掲載。》

■1984・昭和五九年――53歳

■一月

《【放送】一五日、NHK「日曜美術館　アトリエ訪問（一）加山又造」に出演。》
《【講演】二一日、太田市にて講演「ことばと人生」。》
《【雑誌】「コスモス」三三巻一号にコスモス創刊三〇周年記念講演「近代短歌の骨格」掲載（講演：一九八三年八月七日　於京王プラザホテル）。》
《【雑誌】「ミセス」にて様々な芸術家をとりあげる連載「目と遊ぶ」全一二回を二シリーズ、計二四回（一月〜一九八五年一二月号）↓のち部分的に『生の昂揚としての美術』『しのび草』『詩人と美術家』に収録。》
《【雑誌】「海燕」三巻一号に詩「筆府の日日」掲載↓のち『草府にて』に収録。》
《【雑誌】「季刊　民族学」八巻一号に「ラップランドにて」掲

載。》

《【雑誌】「現代詩手帖」二七巻一号に詩「山羊を飼ふ」掲載↓のち『草府にて』に収録。》

《【新聞】「読売新聞」(1984-01-06)に詩「一九八四年一月」掲載↓のち『草府にて』に収録。》

《【新聞】「読売新聞」に連載「百年の日本人」全四回(一月一七日〜二〇日号)↓のち「北原白秋——人工楽園への夢」と改題して『詩をよむ鍵』に収録。》

《【本】『山本健吉全集5　芭蕉』講談社(1984-01-20)に解説掲載↓のち「山本健吉の俳句論」として『ことばが映す人生』に収録)。》

■二月

《【雑誌】「アトリエ」六八四号に作品「パフォーマンス」(菅井汲　大岡信)掲載。》

《【本】『言葉の海へ(新潮文庫)』高田宏　新潮社(1984-02-00)に解説掲載↓のち「〝名編集者〟高田宏ゆえのよき仕事」として『しのび草』に収録。》

《【雑誌】「新潮」八一巻二号に「水都旬日紀行——スウェーデンとの出会い」掲載↓のち「スウェーデンとの出会い」と改題して『水都紀行』に収録。》

《【雑誌】「國文學　解釈と教材の研究」二九巻二号　特集「諸説整理——古歌を読む」に山本健吉との対談「歌のいのちを汲む」掲載↓のち『海とせせらぎ』に収録。》

《【本】『言葉のしつけ　豊かな言語表現　日本語シンポジウムV』小学館(1984-02-01)に講演掲載。朝日ゼミナール特別講座「日本語シンポジウム　第五回　言葉のしつけ」(朝日新聞社主催)として一九八三年七月二三日東京・新橋のヤクルトホールにて開催されたもの。》

《【放送】二九日、NHK教育テレビ「訪問インタビュー　大岡信(一)ことばとの出会い」に出演。》

《【雑誌】「芸術新潮」三五巻二号に田中日佐夫との対談「「大正デカダンス」とは何か」掲載。》

■三月

《【講演】一日、朝日ゼミナール特別講座「折々のうたを読む——春の巻」(於東商ホール)》

《【放送】一日、NHK教育テレビ「訪問インタビュー　大岡信(二)ことばの海の釣人たち」に出演。》

《「折々のうた」を一六日から一九八四年一二月三一日まで休載。》

《【展覧会】「八藤清個人展　ヨーロッパと日本の風景スケッチの旅」ゆふきや画廊(三月)カタログによせて「いい景色だ」掲載。》

《【本】『井上靖詩集　乾河道』集英社（1984-03-00）の付録に「不逞なるもの」掲載→のち「井上靖――不逞なるもの」として『詩をよむ鍵』に収録。》

《【本】『回想の西脇順三郎』（非売品）慶應義塾三田文学ライブラリー（1984-03-00）に「弔詞」、座談会「比類ない詩的存在」（吉岡実・大岡信・那珂太郎・入澤康夫・鍵谷幸信）掲載。どちらも「現代詩手帖」一九八二年七月号よりの再掲。》

《【本】『吉行淳之介全集11』講談社（1984-03-00）に解説「存在と不安とのっぺらぼう」掲載。》

《【雑誌】「世界」四六〇号に鼎談「詩・教育・創造」（トーマス・フィッツシモンズ・大岡信・大岡玲）掲載。》

《【本】『タゴール著作集2　詩集』第三文明社（1984-03-30）に大岡訳掲載。》

頑迷な心は
手の中で真理をだいじに守ろうとして
一握りでつぶしてしまう。
臆病なランプを元気づけようとして
偉大な夜は全天の星に灯をともす。

＊

大地は木に奉仕する代償に
しっかと自分に木を縛りつける、
空は木に何も求めず、なすがままにさせておく。

＊（中略）

真の終りは、
限界に達することにではなく
限界のない完成にある。

＊（中略）

樹木は翼ある精神、
種子の束縛から解き放たれ、
生命の冒険を追い求める、
未知なるものの彼方へと。

＊

あやまちは真理の隣に住んでいる、
それゆえにわれらを惑わす。

＊（中略）

私は人生という劇での
私自身の役割りの意味を見失う、
なぜなら私は他の人の演ずる役を
知らないのだから。

＊

死んだ木の葉が大地に化して自らを喪うとき、
彼らは森の命に参加している。

＊（中略）

死が私のもとにやって来て、こう囁く、

「おまえの寿命は尽きた」

その時は彼にこう言わせてくれ、

「私は愛に生き、かりそめの時には生きなかった」と。

彼は問うだろう、

「おまえの歌は生き残るか」

私は答えるだろう、

「知らない。けれどもこのことだけは知っている、
歌ったとき、私はただただ私の永遠を見つけた」

＊

私の旅が終る前に
願わくば私自身の内側で
かの全なるものに到達できんことを。
自我の外殻を脱ぎ捨てて
それが偶然と変化のまにまに
群集とともに漂い流れ去るままに。

（「螢」（タゴール著　大岡信訳）より『タゴール著作集２』）

《**【本】**『詩と世界の間で　往復書簡』思潮社（1984-03-01）刊行。「現代詩手帖」（一九八一年～八二年）に連載した谷川俊太郎との往復書簡をまとめたもの。武満徹との鼎談も掲載↓のち『詩と世界の間で　往復書簡』（二〇〇四）》

さて、君の手紙だけど、「この世に生まれ出たその瞬間から、人間は言葉の海にほうり出されるんだ」ということを君はある集りで力説した。そして、こういう言い方は、前にどこかで読んだ記憶があったけれど、その集りの時には、もう他人の言った言葉だという気はなくなっていた、と書いている。ここを読んで、僕は思わず「うん、うん」と独りごちた。君がどこかで読んだ記憶があるというその言い方とは、たぶんこの僕が書いたものを指しているのにちがいないと感じたからだ。（中略）十二、三年前に、『現代芸術の言葉』という本を晶文社から出したことがある。その本のあとがきで僕は「言葉の海」という表現を何度も用いながら、そのころ僕につきまとって離れなかったいくつかの考えを書きしるした。

「（中略）自分が言葉を所有している、と考えるから、われわれは言葉から締め出されてしまうのだ。そうではなくて、人間は言葉に所有されているのだと考えた方が、事態に忠実な、現実的な考え方なのである。人間は、常住言葉によって所有されているからこそ、事物を見てただちに何ごとかを感じることができるのだ。自分が持っていると思う言葉で事物に対そうとすることより、事物が自分から引き出してくれる言葉で事物に対することの方が、より深い真の自己表現に導くという、ふだんわれわれがしばしば見出す事実を考えてみればよい。これはい

わば、意識的行為と無意識的行為の差異に似ているが、要するに、われわれは自分自身のうちに、われわれを所有しているところの絶対者を、所有しているのだ。いいかえれば、われわれの中に言葉《ことば》があるが、そのわれわれは、言葉の中に包まれているのである。このように考えたとき、僕は何かひとつの確かなものにぶつかったような思いがあった。」

旧聞に属する拙文をながながと引用してごめん。しかし君の手紙は僕にこれを思い出させてくれた。（中略）僕らは自らの度しがたい自我のシコリに耐えながら、何とかしてそれをより息のしやすい、より高揚感と充実感を与えてくれる世界の中へ押し出してゆくことを欲する。そこでは、自分と同様に度しがたい自我主義者である他の人々との、真剣なワタリアイが必要になってくるので、人間万事共同制作という様相を呈してくるのが、ほんとのところ我々の全生活の実態なんじゃなかろうか。

（一九八二年一月五日　ミシガン州から移動したカリフォルニアにて）

（『詩と世界の間で』）

■四月

《【放送】ＮＨＫ市民大学「詩の発見」開講。教育テレビにて四月～六月毎週木曜日　七時半～八時一五分放送。全一三回を担当。同内容を一九八五年七月～九月にも再放送。》

《【展覧会】「ミロ回顧展　MIRÓ」小田急グランドギャラリーほか（四月～九月）カタログに「ジョアン・ミロ――大地と自由の証人」掲載→のち『美をひらく扉』に収録。》

《【放送】長野放送出演「ミロについて」。》

《【展覧会】「金山康喜　菅井汲　田淵安一　野見山暁治　展」富山県立近代美術館（四月～五月）カタログに「両腕をまっすぐ突張れ――スガイ芸術の意味」掲載。》

《【展覧会】「イサム・ノグチ展」草月プラザ（四月）カタログに「彫刻の詩が立っている」掲載→のち『生の昂揚としての美術』に収録。》

《【雑誌】「草月」一五三号に「イサム・ノグチ展」草月プラザ（四月）カタログによせた「彫刻の詩が立っている」掲載。》

《【雑誌】「朝日ジャーナル」二六巻一六号に「コント五十五号現代の創造――謀反する肉体――既成概念の崩壊過程」掲載。同誌一九六九年一月五日号よりの再掲。》

《【本】『第四　折々のうた（岩波新書黄版261）』岩波書店（1984-04-20）刊行。》

《【本】『ことばよ花咲け　愛の詩集（集英社文庫）』（1984-04-25）刊行。大岡の選によるアンソロジー。解説も掲載。》

■五月

《【講演】一四日、東京で国際ペン大会開催。分科会「東西の文学関係——現代文学における日本文学」において、二〇分間のスピーチ「日本の文学伝統——その普遍的側面」を行う。英訳はクリス・ドレイク。（↓のち「日本の詩を読むために」と改題し、「文学」七、八月号の2回に分けて掲載、のち『詩をよむ鍵』に収録）。》

《【講演】一九日、茅ヶ崎自由大学にて講演「詩歌に見る日本人のこころ」。》

《【講演】二三日、朝日ゼミナール特別講座「折々のうたを読む——夏の巻」（於東商ホール）。》

《【講演】二六日、第8回関東学院大学公開講座の3日目に「詩のリズム」と題して自詩朗読と講演。》

《【展覧会】「ルオーの版画」富山県立近代美術館（五月〜六月）カタログに「一枚の石版画複製から」掲載。》

《【雑誌】「ユリイカ」にて連載「詩とはなにか」全一三回（五月号〜一九八五年五月号）↓のち『詩とはなにか』に収録。》

《【本】『柚木沙弥郎作品集』用美社（1984-05-00）に「柚木沙弥郎——清潔なる無所属」掲載↓のち『美をひらく扉』に収録。》

《【本】『日本語そして言葉　丸谷才一対談集』集英社（1984-05-10）に鼎談「論理的言語のために」（大岡信　大野晋　丸谷才一）掲載。「朝日ジャーナル」一九七五年二月七日号よりの再掲（原題「論理的言語の創造を」）。》

《【本】『萩原朔太郎　（新潮日本文学アルバム15）』新潮社（1984-05-20）に「一枚の写真——美貌の妹」掲載↓のち『詩をよむ鍵』に収録↓のち『萩原朔太郎　（ちくま学芸文庫）』筑摩書房（一九九四年）に「あとがきにかえて」として収録。》

■六月

《【講演】一六日、浜松市にて講演「折々のうたとわたし」。》

《【講演】二二日、プリンセス・トラヤ主催講演会「日本人と詩歌」。》

《【本】『日本の詩人小事典　（エナジー小事典　第三号）』エッソ石油株式会社広報部（1984-06-00）刊行。編著者の一人として関わる。》

《【雑誌】「Will」三巻六号に堤清二との対談「企業は時代情報の「発信基地」」掲載。》

《【雑誌】「芸術新潮」三五巻六号に「第二のルネサンス国際会議」掲載。》

《【雑誌】「現代詩手帖」二七巻六号に中村雄二郎との対談「トポスとしての日本語」掲載↓のち『海とせせらぎ』に収録。》

《【雑誌】「歴史と社会」四号に「ルイジアナのこと」掲載↓のち「ルイジアナの午後」と改題して『水都紀行』に収録。》

■七月

《【講義】一三日、朝日ゼミナール特別講座「折々のうたを読む——続・夏の巻」（於築地・朝日新聞東京本社2F）。》
《【本】『ヴァトー　（カンヴァス世界の大画家18）』中央公論社（1984-07-00）に解説掲載。》
《【雑誌】「芸術新潮」三五巻七号に第一六回日本芸術大賞「選考のあらまし」掲載。同賞の選者。》
《【雑誌】「現代詩手帖」二七巻八号（臨時増刊号）特集「詩的時代の証言」に討議「日本人の経験をめぐって」（金子光晴　鮎川信夫　吉本隆明　谷川雁　大岡信　谷川俊太郎　岩田宏）、討議「詩に何ができるか」（大岡信　谷川俊太郎　入沢康夫　中江俊夫　岩田宏　山本太郎　長田弘　天沢退二郎　鈴木志郎康　富岡多恵子　菅谷規矩雄　渡辺武信）、状況へ「詩的伝統の裏にあるもの」、討議「詩はほろびたか　谷川雁の発言と今日の詩の問題点」（鮎川信夫　大岡信　武満徹　安東次男　インタビュアー渡辺武信）、討議「詩意識の変容と言葉のありか　七〇年代の新鋭をめぐって」（大岡信　安藤元雄　鈴木志郎康　清水哲男）、レクイエム「西落合迷宮　瀧口修造追悼」掲載。》
《【雑誌】「文学」七月号、八月号に「日本の詩を読むためにⅠ」「日本の詩を読むためにⅡ」掲載↓のち「日本の詩を読むために」として『詩をよむ鍵』に収録。》
《【雑誌】「墨」四九号に中村真一郎との対談「漱石の漢詩世界」掲載。（対談：五月七日、東京赤坂「ざくろ」ＴＢＳ店にて）。》
《【本】『日本語の豊かな使い手になるために　読む・書く・話す・聞く』太郎次郎社（1984-07-20）刊行。月刊教育誌「ひと」に一一回にわたって連載された対話をもとにした。↓のち『日本語の豊かな使い手になるために　話す・聞く・読む・書く（講談社＋α文庫）』講談社（一九九七年）、『日本語の豊かな使い手になるために　話す・聞く・読む・書く』太郎次郎社（二〇〇二年）。》

■八月

《ルイジアナ美術館館長クヌート・イェンセンの紹介で、来日したデンマークの詩人クラウス・リフビヤーグと交流する。》
《【本】『月に吠える　青猫　（日本の文学35）』ほるぷ出版（1985-05-00）に「光の受胎へむけて・主に『月に吠える』のころの萩原朔太郎」掲載↓のち「光の受胎へむけて」として『光の受胎』に収録。》
《【雑誌】「現代詩手帖」二七巻九号に往復書簡「詩の伝統と世界性」チェスワフ・ミウォシュ　大岡信　（工藤幸雄訳）掲載。》
《【本】『鈴木忠志対談集』リブロポート（1984-08-03）に鈴木忠志との対談「表現としての言葉と演劇」掲載。「現代詩手帖」一九七五年一月号よりの再掲。》

■九月

《【雑誌】「現代詩手帖」二七巻一〇号に詩「溜息と怒りのうた——古風に病めるエンペラーの小声のうた／卑劣漢をののしるうた」掲載→のち「Ⅱ病める皇帝の祈りのうた」「Ⅲ卑劣漢をののしるうた」として『故郷の水へのメッセージ』に収録。》

《【雑誌】「文学」五二巻九号に丸谷才一との対談「批評の創造性」掲載（対談：六月四日）→のち『海とせせらぎ』に収録。》

《【雑誌】「広告」二五巻五号に「現代「編集者」論」掲載→のち「時代の捌き手」として『忙即閑』を生きる』に収録。》

《【公演】一四日、「風姿華影」草月プラザのパンフレットに「尺八を吹くアメリカ人——クリストファー・ブレイズデル考」掲載→のち「尺八を吹くアメリカ人」として『うたのある風景』に収録。》

《【本】『わたしの古典発掘　（朝日カルチャー叢書14）』光村図書出版（1984-09-15）に「とはずがたり」掲載。朝日カルチャーセンターのシリーズ講座「わたしの古典発掘」全四回（一九八三年）を収録。》

《【新聞】「日本経済新聞」（1984-09-22）に「岡鹿之助「遊蝶花」」掲載→のち「岡鹿之助の「遊蝶花」と「たき火」」（前半部）として『人生の黄金時間』に収録。》

《【講演】二九日、「岡鹿之助展」ブリヂストン美術館（九月）にて記念講演「岡鹿之助の典雅と反骨」。》

■一〇月

《【講演】一三日、新潟県立新潟東高等学校にて講演「青春について」。》

《【講演】二〇日、藤田湘子の主宰する俳句雑誌「鷹」創刊二〇周年記念大会にて講演「『折々のうた』の世界」。》

《【講演】二六日、沼津市にて講演「色ごころから心の色へ」。》

《【講演】二七日、静岡県立浜松北高等学校にて講演「日本の詩のこころ」。》

《【本】詩集『草府にて』思潮社（1984-10-25）刊行。》

私は自分の詩が「箴言」と「うた」という二つの大きな詩のテーマによっていやおうなしにしぼりあげられているのを感じる。今、新しい詩集を編んであらためて思うことは、人間は他の何を変えることができても、自分の性格を変えることはできないということである。

（『草府にて』あとがきより）

《【雑誌】「現代詩手帖」二七巻一一号に談話「現代詩のために、いくつかの「なぜ」」掲載（談話：九月五日）。》

《【雑誌】「中央公論　文芸特集」復刊一巻一号に山崎正和との対談「「都市の文化」のなかの現代文学」掲載。》

《【本】『近代俳句　正岡子規・河東碧梧桐・高浜虚子・飯田蛇

笏・山口誓子（日本文学研究資料叢書）』有精堂出版（1984-10-00）に「鶏頭の十四五本も」掲載。『子規・虚子』よりの再掲。》
《【雑誌】「櫂」二三号に詩「自画像と小さな祈り」掲載。》
《【本】『水都紀行　スウェーデン・デンマークとの出会い』筑摩書房（1984-10-30）刊行。一九八三年の北欧旅行の記録をまとめた。》
《【講演】三一日、朝日ゼミナール特別講座「折々のうたを読む――秋の巻」をこの年、有楽町の旧朝日新聞社跡地にオープンした朝日新聞記念会館ホールで開催。》

■一一月

《来日したオクタビオ・パス夫妻のお別れ会に出席。飯島耕一、吉岡実らとともにアスベスト館（一九五二年に舞踏家・元藤燁（あき）子によって設立され、舞踏家・土方巽らが中心となって運営した舞踏研究所）に招かれる。》
《【雑誌】「marie claire」三巻一一号　小特集「エコール・ド・パリと私」に「根無し草の哀愁と苦悩を画面に塗りこめた繊細な叙情詩人たち」掲載↓のち『ことのは草』『詩人と美術家』に収録。》
《【雑誌】「ELLE JAPON」三巻六号に「私と「たき火」」掲載↓のち「岡鹿之助の「遊蝶花」と「たき火」」（後半部）として『人生の黄金時間』に、のち「岡鹿之助の〈たき火〉」と改題して『ことのは草』に収録。》
《【雑誌】「ちくま」一六四号に「デンマーク詩人一夕話　クラウスとインゲ」掲載。》
《【雑誌】「ユリイカ」一六巻一二号（臨時増刊号）特集（日本語）に「話し言葉・書き言葉」掲載↓のち『「忙即閑」を生きる』に収録。》
《【新聞】「読売新聞」（1984-11-02）「創刊一一〇年特集」に「読売新聞と私」掲載（文中で自詩「銀河運河」に触れている）↓のち「銀河運河」として『うたのある風景』に収録。》
《【放送】ＮＨＫ総合テレビ「ＮＨＫライブラリー選集　日本の伝統」に出演。八日「つつむ」、一五日「かすり」、二二日「竹」、二九日「風」。》

■一二月

《【講演】一日、三鷹市教育委員会主催講演会「詩歌を通じて見た日本の文化」。》
《【講演】四日、下諏訪町立下諏訪社中学校にて講演「信濃の詩と歌」。》
《【講演】六日、駒沢大学にて講演「西欧の詩と私」。》
《【放送】八日、ＮＨＫ「日本語再発見　僕はウナギだ～省略される言葉」に出演。》

《【講演】一〇日、朝日ゼミナール特別講座「折々のうたを読む——冬の巻」（於有楽町朝日ホール）。》
《【講演】二一日、高松市にて瀬戸内文化講座「日本の詩のこころ」。》
《【講演】二二日、広島市にて講演「現代文明と文学・芸術」。》
《【講演】二三日、岩国市にて講演「短詩型文学と現代詩」。》
《【講演】二七日、湯島・東京ガーデンパレスにて講演「日本の詩歌とわたし」。》
《【雑誌】「ユリイカ」一六巻一四号（臨時増刊号）「現代詩の実験一九八四」に「異本　かきのもとの　ひとまろ　かしふ〜「まくらことば」の時空へ」掲載↓のち『詩とはなにか』に収録。》
《【雑誌】「太陽」二三巻一号に「天然記念物を訪ねる（写真・東松照明　文・大貫茂）」のなかで、「松」「竹」「梅」の写真に対応させた詩を掲載↓のち「松竹梅」とまとめて『詩とはなにか』に収録。》
《【雑誌】「國文學　解釈と教材の研究」二九巻一五号　特集「詩集とは何か」に岡井隆との対談「詩集・時代と詩人たち——戦後を中心に」掲載。》
《【本】『ミクロコスモス瀧口修造』みすず書房（1984-12-14）刊行。長年にわたる瀧口修造との交流、往復書簡、講義の記録をおさめる。》
《【本】『富士山　大山行男写真集』グラフィック社（1984-12-25）に「日本人と富士山」掲載。》
《【雑誌】季刊「へるめす」（岩波書店）を磯崎新、大江健三郎、武満徹、中村雄二郎、山口昌男と創刊。創刊記念別巻に基調講演と座談会「都市論の現在」（磯崎新・大岡信・多木浩二）掲載。》

雑誌「季刊へるめす」創刊号

《【雑誌】「へるめす」にて連載「組詩」全一〇回三八篇（一二月〜一九八七年三月号）。うち三六篇は、のち『ぬばたまの夜、天の掃除器せまつてくる』に収録。》

『へるめす』を立上げるに先立つ数年間、私は「例の会」と称する会合の世話役をつとめていた。メンバーは作家の井上ひさし、大江健三郎、詩人の大岡信、建築家の磯崎新、原広司、作曲家の一柳慧、武満徹、演出家の鈴木忠志、映画監督の吉田喜重、そして学者の清水徹（フランス文学）、高橋康也（イギリス文学）、東野芳明（美術評論）、中村雄二郎、山口昌男、渡辺守章（フランス文学）といった諸氏である。このように多彩な芸術家と学者たちからなる会合なので、議論は予測もしない方向に展開することがしばしばあった。普通は楽しくなごやかに深夜に至るまで話が続いたが、時には激論になることがなかった訳ではない。そのような時に、さりげなく両者を媒介し、新しい突破口を発見する役割を果してくれたのは、まず大岡信さんだった。というのは、詩に関しては勿論のこと、文学評論、ひいては都市論にまで、大岡さんは関心を抱いていたからだ。どんな話題にでも、大岡さんはユニークな視点で発言するのだった。私はそうした体験を持っていたので、大岡さんには何としても編集同人として加わってもらわねばならない、と考えたのだった。銀座の風月堂で大岡さんと会って、お願いした。大岡さんは快諾した上で、全面的に協力すると約束して下さった。

（大塚信一「『季刊・へるめす』と大岡信さん」）

■——この年

《【教科書】高等学校検定教科書「現代文選」明治書院（一九八四年発行）に「一語の読み方が語るもの——詩の「鑑賞」の重要性」掲載。》

《【教科書】高等学校検定教科書「新選　国語二」尚学図書（一九八四年発行）に「折々のうた」掲載。》

《【教科書】高等学校検定教科書「国語二」光村図書（一九八四年発行）に「言葉の力」掲載。》

《【楽曲】徳島文理小学校開設。理事長で国文学者の村崎凡人《ただひと》が大岡博の友人という縁で校歌作詞・大岡信　作曲・湯浅譲二。

きらめく川は友だちさ
眉山《びざん》　城山《しろやま》　なかよしさ
あかるくまなぶ教室に
みんなの声がこだまする
われらの文理小学校

海かぜかおる南国《なんごく》の
なぎさに寄せる黒潮は
みんなの夢を運んでく
丸い地球の旅びとだ
われらの文理小学校

心につばさもつならば
思いのままに西東《にしひがし》
飛んでいけるね　本の国

宇宙も胸のなかにある
われらの文理小学校
（徳島文理小学校校歌　作曲：湯浅譲二）》

《【放送】「NHKライブラリー選集」に週一度、四回にわたり出演。》

《【雑誌】「ポエトリ関東」再刊一号に「ある日青年に」（「女流俳句」四三号よりの再掲）、「筆府の日日」（「海燕」一月号よりの再掲）、「山羊を飼ふ」（「現代詩手帖」一月号よりの再掲）掲載。》

《【出版案内】『白秋全集』（岩波書店）出版案内に推薦文掲載。》

《【雑誌】「文芸三島」六号に詩の選評。》

《【雑誌】「文芸三島」七号に詩の選評。》

■1985・昭和六〇年――――54歳

■一月

《一日、「折々のうた」休載期間を終了し、連載を再開する。》

《【講演】一七日、東京家政学院大学にて講演「女性と文化――平安朝から現代」。》

《【放送】二五日、「NHK教養セミナー　芸術への招待　童謡再考　北原白秋生誕100年」に出演。》

《【雑誌】「すばる」七巻一号に歌仙「初霞の巻」（石川淳・丸谷才一・杉本秀太郎・大岡信）掲載→のち『浅酌歌仙』に収録。》

《【雑誌】「ラボの世界」一二二号に「ことばのちから　ことばのいのち」掲載。》

《【雑誌】「芸術新潮」三六巻一号に「冷静な狂熱の人　加山又造」掲載→のち『ことのは草』に収録。》

《【雑誌】「現代詩手帖」二七巻一号に座談会「言語と語源」（オクタビオ・パス・吉岡実・大岡信・渋沢孝輔・吉増剛造）掲載。》

《【雑誌】「俳句」四三巻一号山本健吉特集号に「抜き書きのことなど――山本健吉氏とわたし」掲載。》

《【雑誌】「文学」五三巻一号に伊藤信吉との対談「プロレタリア詩とその周辺」掲載（対談：一九八四年七月二七日）。》

《【雑誌】「立春」四〇〇号に「母の歌というもの」掲載。》

《【雑誌】「Newton」五巻一号に「自然へのまなざし――紋切り型また楽しからずや」掲載→のち「紋切り型また楽しからずや」として『人生の黄金時間』に収録。》

《【新聞】「朝日新聞」（1985-01-01）『白秋全集』（岩波書店）の広告に「白秋清韻」掲載→のち『しのび草』に収録。》

《【新聞】「朝日新聞」（1985-01-14）に「戦後文化四〇年⑦今どこにいるのか」掲載→のち「芸術の存在理由」と改題して『ぐびじん草』に収録。》

■二月

《【雑誌】「アート」一一〇号に「加山又造　技術が精神を語る世界」掲載↓のち『人生の黄金時間』に収録。》

《【雑誌】「現代詩手帖」二八巻二号に談話「詩と自己表現」掲載。》

《【雑誌】「波」一九巻二号に座談会「世界美術辞典の完成」（高階秀爾・黒江光彦・大岡信）掲載。》

《【本】『詩・ことば・人間（講談社学術文庫）』講談社（1985-02-10）刊行。既刊の『現代芸術の言葉』、『言葉の出現』、『ことばの力』、『詩とことば』、『私の文章修業』から再掲、解説（粟津則雄）。》

《【雑誌】「アサヒグラフ　別冊　岡鹿之助」一一巻一号に「岡さんとわたし」掲載↓のち「岡鹿之助回想」と改題して『人生の黄金時間』『詩人と美術家』に収録。》

■三月

《【雑誌】「寒雷」創刊五〇〇号特別記念号に粟津則雄との対談「俳句の道・楸邨の道」、詩「楸邨十句交響」掲載。》

《【本】『新編・折々のうた　第二』朝日新聞社（1985-03-10）刊行。》

《【講演】二二日、朝日ゼミナール特別講座「折々のうたを読む――春の巻」（於有楽町朝日ホール）。》

《【本】『志水楠男と南画廊』「志水楠男と南画廊」刊行会（1985-03-20）に「刊行のことば」、座談会「いま、志水楠男を語る」（海藤日出男・東野芳明・山本孝・山本陽一　大岡信）掲載。志水楠男を悼んで一九八一年に南天子画廊にて開催された「「MARGINALIA」刊行記念展」の収益により製作した非売本。編集委員：東野芳明、青木治男、山本孝、山本陽一、志水陽子、氏家祥子、大岡信。編集：上甲ミドリ。》

『志水楠男と南画廊』

五二歳という壮年で逝った画商の生涯と仕事を、このような形で記録し顕彰するということは、世間の常識からするとあるいは度はずれで大仰なことと思われるかもしれません。刊行委員を代表してこれを書くよう求められて、まず考えるのはそのことです。たぶん、故人の志水楠男自身が、このような出版物の計画を知ったら真先に「やめてよ、ぼくにはそんな人物の過去の仕事なんて興味ないよ」といったのではないかと思います。しかしこの『志水楠男と南画廊』は、そういうありうべき疑問にもかかわらず、ごく自然に出版されることになったのでした。（中略）志水楠男が実行してきたことの中には、単に一人の画商の事業としてのみならず、日本の戦後美術史に深くかかわる重要な意義をもった数々の企画とその実現がありました。そのことについてはすでに多くの人が認めるところで、私がここで新たに言葉を費す必要はありません。刊行の任にあたった志水の友人たちの共通の気持ちは、いったんこの本を刊行することに決めた以上、本書が志水楠男個人を記念するものであるだけでなく、同時に、彼の仕事を通じて浮かびあがってくる日本戦後美術の重要な局面を、できるだけ客観的に、正確に記録するものでもあるようにしたいということでした。

（「刊行のことば」『志水楠男と南画廊』）

《【公演】二九、三〇日、関崎ひで女創作舞「閑と極」（ギャラリー上田・ウェアハウス）のために詩「閑」をおくる→のち『詩とはなにか』に収録。詩「極」は辻井喬が寄せる。》

《【本】『酒と美食のベストエッセイ　サントリークォータリー傑作選』ＴＢＳブリタニカ・ペーパーバックス（1985-03-30）に「閑談」掲載。サントリーＰＲ誌「サントリークォータリー」に掲載されたものから選ばれている。》

■四月

《【講演】一四日、熱海での俳句結社「雲母」大会で講演「飯田蛇笏の文業」。》

《【公演】鋏仙会主催の「フィンランドの詩と文学の夕べ」で司会をする。出演者はニルス・アスラク・ヴァルケアパー（通称アイル）、カイ・ニエミエン、通訳大倉純一郎。》

《【放送】五日、ＮＨＫ教育「ＥＴＶ８　野上弥生子の一世紀時代と文学」に出演。》

《【展覧会】「LI - LAN」南天子画廊（四月）カタログに「リ・ランのための詩二篇」掲載。》

《【雑誌】「詩学」四〇巻四号に巻頭インタビュー「伝統と現代」掲載（インタビュー：二月五日）。》

《【本】『浜口陽三全版画』Ｍギャラリー（1985-04-00）に詩「浜口陽三のために　光の船・四人のサクランボ」掲載→のち「浜口陽三のための光の船」「浜口陽三のための四人のサクランボ」として『火の遺言』に収録。》

《【展覧会】「浜口陽三展　静謐なときを刻むメゾチントの巨匠」西武美術館ほか（四月〜七月）カタログに「浜口陽三のために光の船・四人のサクランボ」掲載。》

《【雑誌】「アサヒグラフ」四月一日号に「昭和俳句ベスト一〇〇」の選出をおえた所感「身の細る思い」掲載。朝日新聞

「折々のうた」の大岡信と毎日新聞「あすひらく言葉」の塚本邦雄がそれぞれ一〇〇の選出をしたもの↓のち「昭和の名句百選」と改題して『しおり草』に収録。》
《【本】『ゴッホ（現代世界の美術5）』集英社（1985-04-10）に「ゴッホという問い」掲載↓のち『美をひらく扉』に収録。》
《【本】『楸邨・龍太』花神社（1985-04-10）刊行。「『子規・虚子』を出したので、その相似形の2冊目」↓のち『楸邨・龍太（新装版）』花神社（一九九〇年）。》
《【新聞】「毎日新聞」（1985-04-17）に「情報化時代の「詩」を問う」掲載↓のち『ことのは草』に収録。》
《【新聞】「信濃毎日新聞」（1985-04-20）に「平山郁夫の世界を寸感」掲載↓のち「平山郁夫寸感――人類の心の原郷を求めて」と改題して『人生の黄金時間』に収録。》
《【本】『万葉集　古典を読む21』岩波書店（1985-04-30）刊行↓のち『万葉集（同時代ライブラリー274　古典を読む）』岩波書店（一九九六年）、『古典を読む　万葉集（岩波現代文庫）』岩波書店（二〇〇七年）。》

わたしがここで書こうとしたものは、現代詩の作者として万葉を論じればどのような点に特に注意が向くか、という側面をも必然的に持つことになった。その上で、今のべたように、現代の批評文学として万葉論を成立させるにはどのような観点から、どのような掘りおこし方でこの古代詞華集を解説することが必要か、という所に私の関心は主として注がれた。そのようにしてみると、柿本人麻呂の巨大さにあらためて感嘆する結果になったし、山上憶良、大伴旅人、同じく家持の文学的創造が、いかに人麻呂以後の必然的課題をになうものだったかも明らかになるように思われた。「万葉」対「古今」という一般に甚だ通りのいい対立図式が、いかに根拠薄弱なものであるかということも、あらためて痛感した。それは裏返せば、歴史の中での詩的・文学的伝統の持続性を、私のやり方で再確認することでもあった。私としては、かつて『紀貫之』（筑摩書房）を書いて以来十五年の後に、あいだにいくつかの古典詩歌論を挟んでようやく『万葉集』にまで達し得たことに多少の感慨をおぼえる。

（『万葉集』あとがき）

■五月

《【講演】二一日、朝日ゼミナール特別講座「折々のうたを読む――夏の巻」（於有楽町朝日ホール）。》
《【講演】二四日、日仏学院にて講演「現代芸術と伝統」。》
《【展覧会】「島田しづ　水彩展・パステル展」ギャラリー上田（五月）カタログに「島田しづの絵とは」掲載↓のち『しのび草』に収録。（＊編集部注：のち「島田」から「嶋田」に改名。）》
《【展覧会】「野上弥生子展　その百年の生涯と文学」伊勢丹美

術館（五月）カタログに「生産的好奇心のかたまり」掲載。》

《【雑誌】「小説新潮」三九巻五号に「三つ児の魂　辻井喬素描」掲載→のち『しのび草』に収録。》

《【雑誌】「現代詩手帖」二八巻五号に「音・人間――ケージ考」（ジョン・ケージ）掲載。》

《【本】『抽象絵画への招待　（岩波新書黄版301）』岩波書店（1985-05-20）刊行。》

私がこれから書こうとするのは、主として「抽象絵画」とよばれている絵についてである。ただし、それについての概論ではない。私は美学者でも美術史家でもない上に、美術批評を専門にやってきた者でもないので、概論風な叙述を遺漏なくおこなう資格も能力もない。私がここで書こうと思うのは、たまたま二十世紀の半ばにいわゆる青春の時代をおくることになった偶然から、一九五〇年代、六〇年代を中心にして現在にいたるまで、深く心に食い入るようにして私の中に浸透してきた現代美術のある種の分野について、それをどのような観点から見つめ、どのように読んできたかについての、いわば一愛好家の証言といったものにほかならない。（中略）言いかえると、私は抽象絵画の傑作とされているものと、壁の落書とのあいだに、本質的で決定的な断絶があるとは考えない。その上で、地上のありとあらゆる絵の何千万分の一にも当らないであろうところの、意図的に構成され、緻密に仕上げられた「作品」の稀少性、その中にこめられた画家の世界認識、人生観、自然観といったものの魅力を、真に貴重なものと考えるのが、私の立場である。

（「芸術の意味」『抽象絵画への招待』）

《【本】『作歌みちしるべ』大岡博　短歌新聞社（1985-05-25）に「まえがき」掲載。》

■六月

《一八～二二日、ベルリン世界文化フェスティバル「ホリツォンテ八五」（ベルリンフェスティバル公社主催。ゲレオン・ジーバニッヒを識る）に参加、連詩を巻く。（のち『ヴァンゼー連詩』として一九八七年に岩波書店から刊行）。》

ヴァンゼー連詩にて

《二六日、ロッテルダム国際詩祭でヨーロッパ・南米・日本の八人の詩人による連詩に参加（この連詩は「現代詩手帖」九月号に掲載）。》

《【公演】ロッテルダムで妻・深瀬サキ、地唄舞の閑崎ひで女、友人である三共株式会社（現第一三共株式会社）ヨーロッパ駐在の庄田隆と合流したため、急遽ロッテルダム詩祭の要請により、大岡信、川崎洋の詩のイメージによる閑崎ひで女の地唄舞二曲の公演。》

《【本】『恋する女たち（夢二美術館2）』（学習研究社）に「竹久夢二の詩と絵」を掲載→のち『詩をよむ鍵』に収録。》

《【本】『ゆたかな日本語の授業（現代教育実践文庫43）』大岡信　川島浩　鏑木成穂　太郎次郎社（1985-06-00）刊行。教育誌「ひと」の掲載記事を整理した文庫。全4章のうち1〜3章は『日本語の豊かな使い手になるために』のもととなった大岡信インタビュー、4章は『にほんご』をもとにした授業実践報告（鏑木成穂）。》

《【本】『新・私の好きな言葉』講談社（1985-06-01）に「年をとる　それはおのが青春を」掲載→のち『人生の黄金時間』、のち「青春の本　その二」として『しおり草』に収録。》

■七月

《【講演】パリ日仏文化サミット（アルケスナン、パリ・デファンスの二か所で開催）に出席（磯崎新、加藤周一らと同席）し、レ・アールの「詩の家」で朗読と講演会。》

《【講演】韓国大邱で開催の韓国日語日文学会で「日本詩歌の展開」を講演。》

《【本】『NHK文化講演会12』日本放送出版協会（1985-07-00）に「色ごころから心の色へ」掲載。》

《【展覧会】「リーガ・パング展」西武アート・フォーラム（七月）カタログに「リーガ・パング紹介」掲載。》

《【雑誌】「雲母」八一五号　飯田蛇笏生誕一〇〇年記念号に記念講演「飯田蛇笏の文業」掲載（講演：四月一四日　於熱海「ホテル大野屋」）→のち『日本詩歌の特質』に収録。》

《【雑誌】「芸術新潮」三六巻七号　特集「第一七回日本芸術大賞　利根山光人」に「利根山光人の業績」、対談「〝感動〟を追った四〇年」（大岡信　利根山光人）掲載。》

《【放送】NHK市民大学（七月――九月期）「詩の発見」放送。一九八四年四〜六月の再放送。》

《【本】『高柳重信全集I』立風書房　編集委員：飯田龍太　大岡信　中村苑子　三橋敏雄　吉岡実（1985-07-08）栞に「気持のきれいなひと――重信について思い出すこと」掲載。》

《【本】『詩歌日本の抒情』講談社　刊行開始。全八巻（五月〜一九八六年一二月）通巻編集　飯田龍太・大岡信、月報には飯田龍太との通巻対談掲載。》

《【本】『文学と近代　中村真一郎対話集2』図書刊行会（1985-07-10）に鼎談「象徴と内部への参入　蒲原有明における近代文学精神」（中村真一郎　寺田透　大岡信）掲載。「現代詩手帖」一九七六年一〇月号の再掲。》

■八月

《【講演】二三日、朝日ゼミナール特別講座「折々のうたを読む――続・夏の巻」（於有楽町朝日ホール）。》

《【講演】二四～二五日、関東ポエトリーセンターにて講演、詩の朗読。》

《【楽曲】義太夫をとりいれた「昔噺おいぼれ神様」（詩集『ぬばたまの夜、天の掃除器せまってくる』巻の一）、間宮芳生により作曲される。》

《【本】『空の青さをみつめていると　谷川俊太郎詩集一（改版）』角川書店（1985-08-00）に解説掲載。》

《【本】『高柳重信全集Ⅲ』立風書房（1985-08-08）に座談会「現代俳句を語る」（高柳重信・飯田龍太・大岡信・吉岡実）（座談：一九七九年六月二二日（於小町園）、九月二五日（於大隅））掲載。》

《【本】『現代詩入門　対談』中央公論社（1985-08-10）刊行。『現代の詩人』全12巻（中央公論社）付録の月報に連載された対談がもととなっている。↓のち『現代詩入門　対談』（中公文庫）』中央公論社（一九八九年）、『対談　現代詩入門　ことば・日本語・詩』（詩の森文庫）』（二〇〇六年）。》

《【本】『詩歌ことはじめ』講談社（1985-08-10）刊行。花神社刊『詩の思想』『ことばの力』『詩とことば』の中から選んだもの。》

《【本】『海とせせらぎ　日本の詩歌　大岡信対談集』岩波書店（1985-08-14）刊行。》

私は耳学問を大切だと思っているものである。文字を黙って目で追うことも大いに必要だが、聴覚を中心として、視覚的印象や身振り、雰囲気などを含めた全体的な感覚を通じて得られる知識というものの大切さは、時に言語道断の域にまで達することがあると思っている。この対談・座談集は、私にとってそのような意味での耳学問の絶好の場となったものの集成である。日本の詩歌史を古代から中世・近世・近代・現代と縦断し、あちらこちらにひろがっている洋々たる言葉の海や、また思いがけない発見の歓びを与えてくれるさまざまなせせらぎを、優れた思索者たちの手びきによって旅してゆくこと、それがこの対談・座談集全体を通じての私の役割りであり、また私に与えられた幸せであった。

（『海とせせらぎ』あとがき）

《【雑誌】「潭」三号に「Easy Poems」と題して詩「少女とタケ

ノコ」「旅愁」「昔噺哲人譚　または鉄人譚？」の三篇掲載↓のち「昔噺哲人譚　または鉄人譚？」のほかは『故郷の水へのメッセージ』に収録（「旅愁」は「慶州旅情」と改題）。》

《【展覧会】「日本写真家協会創立35周年記念写真展　日本'71――'84　人と社会」西武アート・フォーラム（八月）カタログに「日本」「まち」「家族」「こども」「若者」「働く」「遊ぶ」「家」「むら」「まつり」「四季」といったテーマの写真に合わせ短いエッセイ掲載。》

■九月

《【講演】二八日、三島市にて講演「日本人の美意識と折々のうた」。》

《【雑誌】「現代詩手帖」二八巻一〇号に　特集　共同＝詩「RENGA IN ROTTERUDAM」（Aグループ　大岡信　A・ヘンリー　A・シスネロス　H・クネッベ）（Bグループ　川崎洋　H・フルーン　L・ミフカ　O・サヴァリ）掲載。》

《【雑誌】「墨」一〇巻五号に墨らんだむ「一枚で書き上げる楽しさ」掲載。》

《【本】『うたの歳時記』学研（九月～一九八六年八月）刊行開始。「春のうた」「夏のうた」「秋のうた」「冬のうた」「恋のうた人生のうた」の全五巻。》

《【本】今井俊満画集『花鳥風月』美術出版社（1985-09-30）に「今井俊満の新作」掲載↓のち『詩人と美術家』に収録。》

《【本】『文学ときどき酒』丸谷才一　集英社（1985-09-00）に丸谷才一との対談「花・ほととぎす・月・紅葉・雪」掲載。》

《【本】『百年の日本人　その一』読売新聞社（1985-09-00）に「北原白秋」掲載。前年の読売新聞での連載をおさめたもの。》

■一〇月

《【講演】八日、朝日ゼミナール特別講座「折々のうたを読む――秋の巻」（於有楽町朝日ホール）。》

《【講演】一五日、第七三回朝日ゼミナール総合テーマ「よみがえる万葉」のなかで、「万葉の面白さを読む」というテーマで講演。》

《【講演】一八日、近畿化学工業会主催講演会にて講演「詩歌を通じて見る日本人のものの考え方」。》

《【講演】二三日、日立にて講演「『折々のうた』から」。》

《【講演】二六日、朝日カルチャーセンター立川講演会「『折々のうた』を書きつつ」。》

《【本】『日本の名筆（交通公社のMook一流シリーズ14）』日本交通公社（1985-10-00）に対談「書の美・心の美」（篠田桃紅　大岡信）掲載（対談：七月二五日　於よしはし）。》

《【雑誌】「櫂」二四号に詩「画家たちへの「ヤア」」（「Ⅰ中谷千代子の動物園」／「Ⅱリ・ランのための二篇」／「Ⅲ浜口陽三のた

めの二篇」）掲載。「リ・ランのための二篇」は「リ・ラン展」（南天子画廊　四月）カタログより、「浜口陽三のための二篇」は「浜口陽三展」（西武アート・フォーラムほか四月）カタログよりの再掲。》

《【本】『日本の詩　大岡信』ほるぷ出版（1985-10-15）刊行。》

《【本】『詩とはなにか』青土社（1985-10-31）刊行。「ユリイカ」一九八四年五月号から一九八五年五月号までの一三回の連載「詩とはなにか」をおさめる。》

　ある日ふと「詩とはなにか」という題で小さな詩を書いた。それがインキのしみとして紙の上にしるされるのを見たとき、私は前々からこの題をつけて詩を書こうと思っていたのだったことに、あらためて気づいた。この詩集はその日から始まった。（中略）「詩とはなにか」という問を自らに向けて発したとき撥ね返ってくるものに、言葉を与えること。撥ね返ってくるものは当然さまざまである。詩の形状様相もさまざまであらざるを得ない。「……とはなにか」という疑問形をとっている以上、それへの解答という側面がともなわざるを得ないこともたしかである。中でもとりわけ私にとって重い問いかけだったのは、詩を日本語で書く以上、それに伴って必然的に生じる「日本語の詩が歴史的に血肉化してきた数々の表現上の特性をどう考え、どう評価するか」という問いかけであった。」

（『詩とはなにか』あとがきより）

「詩とはなにか」などという題で詩集を出すのは不遜だろうか。私はただこの題で詩を作ることが面白かったのだ。こんな題で書いた詩に、「思わず知らず出来てしまった詩」が多かったのは、とりわけ面白いことだった。『水府』『草府にて』という最近の二冊の詩集から別の場に歩み出るためにも、この詩集の詩を作る必要があったのかもしれぬ。私に今おぼろげながら分っているのは、同人雑誌「へるめす」（岩波書店）に創刊号以来連載している組詩「ぬばたまの夜、天の掃除器せまつてくる」とこの『詩とはなにか』が、骨と肉のような間柄で密接につながっているらしいということである。

（「花信抄一九」『花神』）

■一一月

《【講演】一七日、三国市にて高見順の詩について講演。》

《【雑誌】「SD Space design スペースデザイン」二五四号に書評「伊東順二著『現在美術——ART in Front』」掲載。》

《【展覧会】「花のメタモルフォーゼス　宇佐美爽子＋大岡信」西武百貨店　ザ・コンテンポラリー・アートギャラリー（一一月）にコラボレーション作品出品。》

《【雑誌】「広告」二六巻六号に談話「ことばの国際交流——ヨーロッパで「連詩」を共同制作して」掲載。》

《【雑誌】「中央公論」一〇〇巻一二号に「十年一昔」（※カラーページ「私の書斎」一〇年前と今の比較）掲載。》

《【講演】「野火」一二〇号に巻頭詩「光のくだもの」自詩自註つきで掲載→のち『光のくだもの』に収録。》

《【雑誌】「國文學　解釈と教材の研究」三〇巻一三号に稲岡耕二との対談「万葉へ――歌の新しい読みについて」（対談日：七月三一日）掲載。》

《【新聞】「朝日新聞」（1985-11-10）に「大岡信さんと東西遊記をよむ」掲載→のち「橘南谿著『東西遊記』を読む」と改題して『しおり草』に収録。》

《【雑誌】「KAWASHIMA」一八号に志村ふくみとの対談「色の生命《いのち》」掲載。》

■一二月

《【講演】一一日、朝日ゼミナール特別講座「折々のうたを読む――冬の巻」（於有楽町朝日ホール）。》

《【雑誌】「すばる」七巻一二号に四吟歌仙「紅葉の巻」（石川淳・丸谷才一・大岡信・杉本秀太郎）掲載→のち『浅酌歌仙』に収録。》

《【雑誌】「ユリイカ」一七巻一三号（臨時増刊号）「現代詩の実験一九八五」に詩「わが養生訓」掲載→のち『地上楽園の午後』に収録。》

《【雑誌】「別冊るるぶ」二四号「愛蔵版井上靖の旅」に「井上靖の詩と方法」掲載。》

■――この年

《【教科書】高等学校検定教科書「改訂　国語Ｉ」東京書籍（一九八五年発行）に「ひよどりのころ」掲載。》

《【教科書】高等学校検定教科書「新選国語Ｉ」東京書籍（一九八五年発行）に「折々のうた」掲載。》

《【展覧会】国際交流基金企画の写真展「日本　'71――'84　人と社会」の審査員を務める。》

《【雑誌】「ポエトリ関東」二号に詩「ヒストリー」「文と人生」の二篇を掲載。》

《【出版案内】『高柳重信全集Ｉ～Ⅲ』（立風書房）出版案内に「透徹した史観」掲載。》

《【雑誌】「文芸三島」八号に詩の選評。》

■1986・昭和六一年――55歳

■一月

《ニューヨークの国際ペン大会に出席。》

《【雑誌】「すばる」八巻一号に詩「山に登る」掲載→のち『地

上楽園の午後』に収録。》
《【展覧会】「高橋秀展」東京画廊など（一月〜三月）カタログに「高橋秀のための四楽章の詩」掲載↓うち「ミズスマシと赤トンボ」「割れ目の秘密」二篇は『光のとりで』に収録。》
《【雑誌】「現代詩手帖」二九巻一号に作品「そのやうな女たちよ、どこにゐるのか」（↓のち『故郷の水へのメッセージ』に収録）、詩「高橋秀のための四楽章の詩」掲載。》
《【雑誌】「公明」二八八号に「文化のうちそと」掲載。》
《【雑誌】「世界」にて連載「ヨーロッパで連詩を巻く」全一〇回（一月〜一一月号）↓のち『ヨーロッパで連詩を巻く』に収録。》
《【雑誌】「俳句研究」五三巻一号に「蕉風変革への一視点——蕎麦・俳諧と京俳壇」掲載↓のち「蕎麦と俳諧と京俳壇——芭蕉における元禄時代の意味」と改題して『詩をよむ鍵』に収録。↓のち「芭蕉と京都」と改題して『ぐびじん草』に収録。》
《【雑誌】「俳句」三五巻一号　特集「飯田龍太」に「飯田龍太の近業」掲載。》
《【新聞】「日本経済新聞」にて連載「プロムナード」全二三回（一月七日〜六月二四日）↓のち『うたのある風景』に収録。》

■二月

《【講演】二五日、静岡雙葉学園にて講演「日本文化の中の詩歌・芸術」。》
《【雑誌】「中央公論」一〇一巻二号に三菱鉛筆創業一〇〇周年特別企画として数原洋二社長と対談「文化としての鉛筆の百年」掲載。》
《【雑誌】「文学」五四巻二号に座談会「古今集の〝集〟としての詩的世界」（秋山虔・新井栄蔵・大岡信・小町谷照彦・益田勝実）掲載（座談：一九八五年九月一二日）。》
《【本】『《折々のうた》を語る』講談社（1986-02-04）刊行。朝日新聞社文化事業「朝日ゼミナール」での講義をまとめた。》

■三月

《【講演】二七日、朝日ゼミナール特別講座「折々のうたを読む——春の巻」（於有楽町朝日ホール）。》
《【展覧会】「野崎一良彫刻展」佐谷画廊（三月）カタログによせて「野崎一良　新作展のために」掲載。》
《【雑誌】「Vinotheque」七巻三号に「ロマネスクの土地で地酒を」掲載↓のち「辻邦生との旅」として『「忙即閑」を生きる』『しのび草』に収録。》
《【雑誌】「とやま文学」四号に「瀧口修造——昨日と今日の」掲載↓のち「瀧口修造と無頼の精神」と改題して『詩をよむ鍵』『しのび草』『詩人と美術家』に収録。》
《【雑誌】「現代詩手帖」二九巻三号に往復書簡「伝統（トラデ

ィション）をめぐって」ジャニーン・バイチマン　大岡信（鈴木和枝訳）掲載。》

《【本】『第五　折々のうた（岩波新書黄版333）』岩波書店（1986-03-20）刊行。》

《【本】『定本野口雨情3　童謡Ⅰ』未来社（1986-03-25）に解説掲載。》

■四月

《【講演】九日、朝日カルチャーセンター横浜にて講演「私の中の富士山」。》

《【展覧会】「曽宮一念素描淡彩展」佐野美術館（四月）カタログに「曽宮一念氏」掲載→のち「曾宮一念素描淡彩展」と改題して『生の昂揚としての美術』に収録。》

《【雑誌】「更生保護」（法務省保護局）三七巻四号に「父親というもの」掲載→のち『うたのある風景』に収録。》

《【本】『アジアを夢みる（双書　言談は日本を動かす3）』講談社（1986-04-00）に「柳宗悦」掲載→のち『生の昂揚としての美術』に収録。》

《【雑誌】「歴史と社会」七号に「星座の鳥」と題して詩「星ものがたり一」「星ものがたり二」「星座の鳥」「星ものがたり三」の四篇掲載→のち「星ものがたり　a」「星ものがたり　b」「渡り鳥　かく語りき」と改題して『故郷の水へのメッセージ』に収録。》

《【雑誌】「國文學　解釈と教材の研究」三一巻四号　特集「連句のコスモロジー」に「異国で連詩をつくる意味」掲載。》

《【本】『プルーストと同じ食卓で――辻静雄からの招待状』辻静雄編　講談社（1986-04-02）に「「おいしい」言葉をいくつ知っていますか」（ゲスト・大岡信夫妻）掲載。》

辻家での正月（丸谷夫妻と）

《【本】『ゴーギャン（現代世界の美術4）』集英社（1986-04-10）に「ゴーギャン――高貴なるものの現存」掲載→のち『美をひらく扉』に収録。》

《【本】『アジアを夢みる（言論は日本を動かす3）』講談社（1986-04-28）に「柳宗悦」掲載→のち『生の昂揚としての美

術』に収録。》

《【本】『芹沢銈介画集　あのひと』中央公論社（1986-04-00）に「芹沢銈介礼賛」掲載。限定360部。》

■五月

《【講演】一三日、朝日ゼミナール特別講座「折々のうたを読む――夏の巻」（於有楽町朝日ホール）。》

《【講演】一四日、八戸市民大学講座「日本の詩歌の心とことば」。》

《【放送】一六日、NHK教育テレビ「邦楽百選　名曲を聞く箏曲「乱輪舌」「熊野」」に出演。》

《【本】『井伏鱒二自選全集8』新潮社（1986-05-00）月報に「想像力の逸脱と現実主義と――井伏鱒二の詩」掲載↓のち「井伏鱒二――想像力の逸脱と現実主義と」として『詩をよむ鍵』に収録。》

《【本】『宮脇愛子作品集　うつろひ』美術出版社（1986-05-00）に詩「宮脇愛子のアーチ」掲載↓のち「画家と彫刻家に贈る」の一篇として『火の遺言』に収録。》

《【展覧会】「福島秀子展」南天子画廊（五月）カタログに詩「福島秀子への小さな旅」掲載↓のち「画家と彫刻家に贈る」の一篇として『火の遺言』に収録。》

■六月

《【講演】八日、赤倉にて講演「日本の詩歌と現代社会」。》

《【講演】一四日、富山県立近代美術館「ミロの世界展」にて講演「ミロと日本」。》

《【雑誌】「ポエジー86」（フランス誌）で大岡信特集。》

《【講演】ハンブルグでの国際ペン大会にゲストとして参加、詩朗読。》

《ロッテルダム国際詩祭でオランダの詩人と連詩を巻く（この連詩は翌一九八七年六月二日に巻き終える）。》

《フィンランドのクフモ国際室内楽フェスティバル、フランスの第四〇回アヴィニョン国際演劇祭での閑崎ひで女の地唄舞公演に同道。地唄舞公演の芸術顧問として「日本の舞の特質」を講演。フランスの国営ラジオ放送局「フランス・キュルチュール」のイレーヌ・オメリネンコ記者のインタヴューを受ける。その後、多田美波、閑崎ひで女、妻・深瀬サキとともに旧友のクヌート・イエンセンを訪ねてデンマークのルイジアナ美術館を回り、詩朗読や講演を行う。》

ルイジアナ美術館再訪

アビニヨンの舞台は施療院跡の城壁の中のような広い庭の中で行われた。二本の高いプラタナスの木の間に照明家ジャン・カルマンが舞台を指揮して設え、客席は少しずつ上に段差のあるように設置された。このアビニヨンでカルマンを通してプロデューサーのトマ・エルドス、演出家ピーター・ブルック、アビニヨン芸術祭総監督アラン・クロンベック氏らと親しくなる。「八十六年のアビニヨン芸術祭は地唄舞だった」とクロンベック氏が回顧するように、観客、マスコミに絶賛された。

（深瀬サキ記）

《【本】オランダ語訳選詩集『遊星の寝返りの下で ″On derde Slapeloze planeten』（ノリコ・デ・フローメン訳）刊行。》

《【雑誌】「季刊　日本学」七号に金関寿夫との対談「内と外からみた日本語の世界」掲載（対談：一九八五年九月一一日）。》

《【雑誌】「別冊　墨」五号に「近代芸術家の書」掲載↓のち『うたのある風景』に収録。》

《【本】『野上彌生子全集　別2　対談・座談2』岩波書店（1986-06-05）に対談「午後の対話」（大岡信　野上彌生子）掲載。》

《【本】『思想の流儀と原則――吉本隆明対談集（増補新装）』勁草書房（1986-06-10）に対談「古典をどう読んできたか」（大岡信　吉本隆明）掲載。》

《【本】『無限へのヴィザ　伊藤紫虹作品集』毎日新聞社（1986-06-16）にアラン・ジュフロワ詩　大岡信訳　掲載。》

■七月

《【本】『中村草田男全集　第一〇巻随筆・メルヘンⅠ』みすず書房（1986-07-18）に解説掲載。》

《【本】『遊びといのち――山本健吉対談集』角川書店（1986-07-31）に鼎談「詩と俳のあいだ」（大岡信・佐藤朔・山本健吉）掲載。「俳句」一九七八年五月号に掲載されたもの。》

■八月

《【公演】「漂炎（Drifting Fires）」ジャニーン・バイチマン作　大岡信訳　をつくば万博で初演。のち九月に大本山増上寺で上演。シテは観世流の梅若猶彦。簡易綴じの小冊子作成。》

《【雑誌】「現代詩手帖」二九巻八号に「詠唱」とまとめた四つの詩篇掲載↓のち「あるオランダ詩人の印象」「詠唱」「偶成」「微醺詩」と改題して『故郷の水へのメッセージ』に収録。》

《【雑誌】「週刊朝日」にて連載「日本語相談」（八月一五日～一九九二年五月二九日号）回答者四名（大野晋　井上ひさし　丸谷才一　大岡信）で↓のち『日本語相談（一）～（五）』に収録。》

《【本】『日本合わせ鏡の贈り物』トマス・フィッシモンズ著　大岡信・大岡玲共訳　岩波書店（1986-08-28）刊行。アメリカの詩人トマス・フィッツシモンズの著作の翻訳》

《【本】小野二郎追悼文集『大きな顔　小野二郎の人と仕事』（非売品）晶文社（1986-08-00）に「弘文堂時代の小野二郎」掲載。》

■九月

《【講演】一三日、俳人協会二五周年全国大会にて講演「俳諧と俳句にまなぶ」。》

《【講演】一六日、朝日ゼミナール特別講座「折々のうたを読む――秋の巻」（於有楽町朝日ホール）。》

《【講演】二一日、池袋西武コミュニティカレッジにて講演「萩原朔太郎と現代」。》

《【本】『詩の真珠・連詩』川崎洋　カリン・キヴス　グントラム・フェスパー　大岡信共著　フランツ・グレーノ書店より刊行。第三回世界文化祭「ホリツェンテ85」（ベルリン）での連詩をまとめたもの。『ヴァンゼー連詩』岩波書店（1987-04-17）と同時刊行を計画された。》

《【本】『うたのある風景』日本経済新聞社（1986-09-22）刊行。》

■一〇月

《【講演】五日、前橋市にて萩原朔太郎生誕百年記念講演「もし仮に朔太郎が……」。》

《【楽曲】一二日、校歌を作詞（木下牧子作曲）した群馬県立高崎東高等学校の校舎落成記念、開校記念式典に出席。》

《一七日、詩人・批評家の鮎川信夫急逝。現代詩読本「さよなら鮎川信夫」に追悼文掲載。》

《【雑誌】「現代詩手帖」二九巻一〇号に討議「日本モダニズムとは何か」（大岡信・阿部良雄・多木浩二）掲載。》

《【雑誌】「國文學　解釈と教材の研究」三一巻一二号　特集「正岡子規――日本的近代の水路」に「短歌改革論の思想史的位置」掲載。》

《一五～二三日、ハーバーフロントセンター（カナダ・トロント）での国際作家大会に出席。講演、朗読を行う。》

オランダ最大の輸出入港ロッテルダム、
そのまちの中心部に「デ・ドーレン」がある。
音楽会、種々の催し、詩人祭。ぼくも何度か
詩を朗読した馴染みの場所だ。
ある年ぼくが朗読を了え　壇を降りると、
精悍な　髭もじや男がすつと近づく。
中背の固太り、肩巾雄大、口調せつかち。
「お前に逢ひたくて　探してたんだ」「ん？」

「おれはグレッグ・ゲーテンビー、カナダ人。毎年のやうに
ここへ来る。雰囲気がいい」「ああ、いいな」
「で、来年トロントに来る気はないか、
ことは一味違つたフェスティヴァルだ」

詩人だけではない、散文作家も招くといふ。
グレッグは　その事務局長、ぼくよりハタチも若い。
早口で　断定的な口ぶりを好んでするが、
ぼくらはたちまち馬が合つた。

（詩「イルカに敬礼　オランダ、カナダ」より）

《【講演】二五～二六日、松山・子規記念博物館五周年記念講演会にて講演、座談会。》

《【放送】三〇日、NHK「趣味講座　短歌入門」に出演↓のち「百人一首は百人のもの」として『人生の黄金時間』に収録。》

《【展覧会】「竹田大助の世界展」アートギャラリー小森（一〇月）カタログに「竹田大助への手紙」掲載。》

《三島市・楽寿園に父・大岡博の歌碑建立。「浪の秀《ほ》に裾洗はせて大き月ゆらりゆらりと遊ぶがごとし」（歌集『春の鷺』所収）が刻まれた。》

大岡博の歌碑

《【雑誌】「FOCUS」一〇月三一日号に「グレコの熱いキス――シャンソンになる日本の現代詩」（写真：中村敬子）掲載。》

ジュリエット・グレコとともに

■一一月

《【講演】一〇日、富山県立富山高等学校にて講演「世界の中の日本文化」および砺波市にて講演「ことばと人生」。》

《【講演】一三日、思潮社三周年の記念講演。》

《【雑誌】「アニマ」一六八号　別冊臨時増刊「動物画の世界」に「ワイルドドライフ・アートの出現」掲載。》

《「現代詩手帖」でインタビューを受ける。「あらゆる詩歌が場を得ている言語の共和国へ」。》

《【本】『日本現代詩選（"Anthologie de poesie Japonaise contemporaine."）』ガリマール書店より刊行。井上靖、清岡卓行とともに編集に加わった仏訳詩集刊行。》

《【公演】「ジュリエット・グレコ　リサイタル」朝日ホールほか（一一月）パンフレットに「炎のうた、グレコの家で」掲載。夏にジュリエット・グレコ宅で詩「炎のうた」をもとに二人で作詩したシャンソン「炎のうた」を披露。》

《【本】『宗廣力三作品集』日本経済新聞社（1986-11-00）に「宗廣力三さんのこと」掲載→のち「宗廣力三の人と染織」と改題して『人生の黄金時間』に収録。》

《【本】『現代詩読本　特装版　現代詩の展望』思潮社（1986-11-20）に討議「戦後詩の歴史と理念　規範としての思想と技術」（鮎川信夫　大岡信　北川透）、戦後詩一〇〇選に「さわる」「地名論」掲載。》

《【講演】一三日、思潮社三周年の記念講演。》

■一二月

《パリ日本芸術祭の一事業として、小西財団の派遣により、通訳A・デルテイユ氏とともに渡仏。メゾン・ド・ラ・ポエジー（詩の家）で講演、ポンピドゥー・センターの「前衛美術の日本」展言語部門で連詩制作。》

《七日、ジャン・ピエール・ファイユ、アラン・ジュフロワら

とジュフロワの私邸で連詩一二篇制作。》
《【講演】一一日、ソルボンヌ大学で「イロ（色）の詩学」を講演。》
《一八日、ポンピドゥー・センターで連詩五篇を公開で制作する。》
《【雑誌】「ユリイカ」一八巻一四号にソルボンヌでの講演を「「いろ」の詩学――ある談話のための草稿」として掲載→のち『詩をよむ鍵』『みち草』に収録。》

「いろ」という日本の語は、一方では色彩を表わしますが、他方、心の動き、あるいはものごとの、ある状態から別の状態へ動いていく、その動きの兆しに関しても使われる言葉であります。そのためにこの言葉ば、日常生活において多様な用いられ方をする一方で、詩作品の中でも重要な象徴的意味を帯びた言葉として用いられるのです。従ってここでは、この二つの局面に関わる問題をめぐって考えてみようと思います。（中略）私は日本人の古代から現代に至るまでの色彩についての考え方、色彩観が形成されるにあたって、非常に重要な役割を果たしたと思う一つの事実について話し、それがいかに詩の世界での美しい「いろ」に関する観念と深く結びついているかということについて、私の考えをのべてみたいと思います。

（「『いろ』の詩学」『詩をよむ鍵』）

《フランスの雑誌「ヌーヴェル・オブセルヴァトゥール」に、詩人・批評家クロード・ロワが「日本訪問記」を執筆、大岡との会談および「折々のうた」が紹介される。》
《【本】『現代詩読本　さよなら鮎川信夫』思潮社（1986-12-00）に「弔詞」掲載→のち『光のくだもの』に収録。》
《【展覧会】「黄鋭展」ギャラリー上田（一二月）カタログに「宇宙はわれらの中にある――黄鋭のために」掲載。》
《【雑誌】「すばる」八巻一二号に歌仙「夕紅葉の巻」（石川淳・丸谷才一・大岡信）掲載→のち『浅酌歌仙』に収録。》
《【雑誌】「現代詩手帖」二九巻一二号「現代詩年鑑'87」に入沢康夫との対話「拡散する時代と詩的実験の根底」、詩「巻の二二、東西ひとり寝吟詠集」掲載。》
《【雑誌】「文学」五四巻一二号に座談会「中央文化と地方文化」（西山松之助・横井清・大岡信・尾形仂）掲載（座談：八月九日）。》
《【本】『新川和江』花神ブックス（1986-12-10）に「『ひきわり麦抄』について新川さんに書く手紙」、「新川和江の詩」（『土へのオード13』解説（一九七四年）よりの再掲）掲載。》
《【雑誌】「アサヒグラフ」一二月二〇日号　増刊「昭和短歌の世界」に「昭和短歌『折々のうた』百首抄」、「多くの発見」掲載→のち「昭和短歌『折々のうた』百首選」として『しおり草』に収録。同号に誌上歌集「グランドキャニオン」として一

九七八年のアメリカ滞在中に詠んだ二〇首掲載。『アメリカ草枕』に収録されたもの。》

《【本】『俳句遠近──飯田龍太対談集』富士見書房（1986-12-20）に飯田龍太との対談「俳句・日本語・日本人」掲載。》

《【公演】二二日、混声合唱曲「夢のかたち」詩：大岡信ほか　曲：木下牧子　石橋メモリアルホールにて、コール・ソレイユによる初演。組曲「夢のかたち」のなかに大岡信の「虫の夢」が含まれている。》

《三一日、「折々のうた」を翌日以降一九八七年九月一三日まで休載。》

■──この年

《【楽曲】混声合唱曲「夏のおもいに」（詩「夏のおもひに」より）、山岸徹により作曲。》

《【雑誌】「ポエトリ関東」一九に「螢火府」掲載。》

《【雑誌】「文芸三島」九号に詩の選評。》

■1987・昭和六二年──56歳

■一月

《【講演】二七日、朝日ゼミナール特別講座「折々のうたを読む──冬のく巻」（於有楽町朝日ホール）。》

《【雑誌】「現代詩手帖」三〇巻一号　特集「詩はどこへ行くか」に「『詩の真珠・連詩』を求めて」、詩「楸邨句交響十二章」掲載。》

《【雑誌】「広告」二八巻一号に「ことばのネットワーキング」掲載。》

《【雑誌】「新潮」八四巻一号に詩「懐かしいんだよな　地球も」掲載→のち「懐かしいんだよな　地球も」「時間」「人と静物」の三篇にして『地上楽園の午後』に収録。》

《【雑誌】「芸術新潮」三八巻一号に鼎談「心にひびく書安らぐ書」（大岡信・小松茂美・森田子竜）掲載。》

《【雑誌】「中央公論」にて連載「今月の言葉」全一二回（一月〜一九八八年一二月号）→のち「四季のことば」と改題して『光のくだもの』に収録。（「筆墨のエロス」「ひきさかる」は『ことのは草』にも収録。）》

《【雑誌】「俳句研究」にて川崎展宏との対談全九回（一月〜一〇月号）連載→のち『俳句の世界』に収録。》

《【本】『危機に立つ肉体　土方巽舞踏写真集』PARCO出版（1987-01-20）に序文掲載。》

《【本】『富士山（とんぼの本）』新潮社（1987-01-25）に「富士の歌──文化としての富士」掲載。》

《【雑誌】季刊「子規博だより」六巻三号に「日本の詩歌」掲

載。》

■二月

《【雑誌】「芸術新潮」三八巻二号に「パリ『前衛芸術の日本展』印象」掲載→のち『生の昂揚としての美術』に収録。「前衛芸術の日本展」はポンピドゥ美術館5Fで開催。並行して同館B1Fで開かれた「ことば――日本のエリクチュールとパロール」で共同制作するためにパリに出かけた。》

《【放送】一一日、NHK総合「四季山水を語る」に出演。》

《【展覧会】「文人の書展」埼玉県立近代美術館（二月）カタログに「書は命の舞踏だろう」掲載→のち『美をひらく扉』『ぐびじん草』に収録。》

《【雑誌】「へるめす」創刊二周年記念別巻に編集同人シンポジウム「世界把握の新しいモデルをつくる」（磯崎新・大江健三郎・大岡信・武満徹・中村雄二郎・山口昌男）掲載。》

《【雑誌】「現代詩手帖」三〇巻二号に三浦雅士との対談「〈超越〉と〈不在〉の逆説――詩人鮎川信夫の〈生〉と〈肉体〉」掲載。》

《【雑誌】「文学」五五巻二号に「日本詩歌論への一つの瀬踏み」掲載→のち「日本人の「恋愛・自然」表現　その二」として『日本語つむぎ』に収録。》

《【雑誌】「文學界」四一巻二号に詩「誕生祭」掲載→のち『故郷の水へのメッセージ』に収録。》

《【本】『書蹟　（古美術読本2）』淡交社（1987-02-23）に「書のおどろき・書のたのしみ」掲載→のちの改訂版『書蹟　（古美術読本2）（知恵の森文庫）』光文社（二〇〇六）。》

■三月

《明治大学教授を退く。》

《【講演】一四日、麻生市にて講演「日本文化と俳諧」。》

《【雑誌】「別冊かまくら春秋　想い出の堀口大學」に「それでよかった――最初に出会った堀口大學」掲載。》

《【雑誌】「國文學　解釈と教材の研究」三二巻三号　特集「詩――リズム・イメージ・意味」に座談会「詩の力」（大岡信・吉増剛造・原子朗（司会））掲載（座談会：一九八六年一一月二五日）。》

《【新聞】「朝日新聞」にて連載「仕事の周辺」全一二回（三月三〇日〜四月一一日号）→のち一部『みち草』に収録。》

《【本】『少年少女日本文学館21』講談社（1987-03-15）に随筆「三十年ひとむかし　開高健が……だった頃」掲載→のち『光の受胎』に収録。》

《【展覧会】「堂本尚郎　三〇年・きらめきと波動　展」西武美術館・大原美術館（三月〜五月）カタログに座談会「堂本尚郎・時代の証言者としての画家」掲載。》

《【公演】「特別公演　カルメンの悲劇」銀座セゾン劇場（三月、四月）カタログに「魔性の魅惑」掲載。》

■四月

《【講演】九日、朝日ゼミナール特別講座「折々のうたを読む――春の巻」（於有楽町朝日ホール）。》

《【講演】一九日、福岡市美術館「加藤楸邨の世界」展にて講演会。》

《【講演】二四日、日仏学院にて詩の朗読。》

《【講演】二八日、山形県南陽市にて講演「日本の詩歌」。》

《【雑誌】「季刊アステイオン」四号　カラーページ「私の愛蔵本」に「高浜虚子編『新歳時記』」掲載。》

《【雑誌】「草月」一七一号に「花と人・花の人」（二月一一日の盛岡市での講演記録に加筆）掲載→のち「花の人　人の花」と改題して『みち草』に収録。》

《【本】『ヴァンゼー連詩』岩波書店（1987-04-17）刊行。第三回世界文化祭「ホリツェンテ85」（ベルリン）での連詩をまとめた。》

《【本】『ヨーロッパで連詩を巻く』岩波書店（1987-04-17）刊行。第三回世界文化祭「ホリツェンテ85」（ベルリン）での連詩の記録。》

《【本】『第六　折々のうた（岩波新書黄版370）』岩波書店（1987-04-20）刊行。》

《【本】『料理人の休日（新潮文庫）』辻静雄著　新潮社（1987-04-00）に解説「水甕を運ぶ人」掲載→のち『人生の黄金時間』に収録、のち「水甕座のひと　辻静雄さん」として『しのび草』に収録。》

《【新聞】「読売新聞」（1987-04-20）に「いま「編集者の時代」」掲載→のち『「忙即閑」を生きる』に収録。》

■五月

《【楽曲】九日、詩「言ってください　どうか」を含む無伴奏男声合唱組曲「石の焔」遠藤雅夫作曲、サントリーホールにて初演。》

《九日、小西財団「日仏翻訳文学賞」のためのシンポジウムがパリで開催されるため、井上靖夫妻、大江健三郎、清岡卓行らとともに渡仏。》

一四日、シンポジウム終了後、同行者と別れ、妻・深瀬サキ、白羽明美とともにミラノへ。スカラ座で上演中の『マダム・バタフライ』（浅利慶太演出、ロリン・マゼール指揮）に幕間の障子に写る影絵として蝶々夫人の心を地唄舞で舞っている閑崎ひで女を観ることが目的。ミラノでの閑崎ひで女はその優美さで大評判であった。次いで、最新作を見るため、彫刻家吾妻兼治郎

（ミラノ在住）夫妻を訪ね、のちスフォルツェスコ城に。ロンダニーニのピエタに見入る。

一六日、ローマ。彫刻家安田侃の案内でカラカラ浴場跡、カタコンベ、ローマの下町、アッピア街道などに赴き、さらに翌日はスポレートの教会を経て、アッシジへ。

一七日、夜に安田夫妻らとともに夕食。

一八日、ドイツ・デュッセルドルフで旧知の三共株式会社・庄田夫妻を訪れたのち、夕方ライン川の畔コブレンツに。

一九日、コブレンツ駅よりケルンに行く。教会の美しさに驚きつつも、折しも開催中のミロの大回顧展に寛ぐ。

二〇日朝、コブレンツの船着場よりマインツへ。伝説のローレライや数々の小さな城址を説明されながらマインツ見学。グーテンベルクの事跡を記念館に訪ねた後、街を歩き、列車でハイデルベルクへ。マインツから雨続きであった。古城跡から街を眺め、大学や川を見ながら雨の街を行く。

二二日より二七日までミュンヘン。二二日、アルテピナコティークをはじめ、美術館を訪れる。夜は市庁舎近くのビアホールで地元の人々と乾杯。二三日、ロンドン出張より戻った庄田隆氏と合流、レーゲンスベルク、アウクスブルクまで足をのばす。アウクスブルクではフッガー屋敷を見学。二五日、ミュンヘンの街中でたまたま通りかかった小さな画廊で、ニキ・ド・サンファール展が目に入り、サインと挨拶を書き残す。二六日、ミュンヘンより車でホーエンシュヴァンガウ城、次いでノイシュバンシュタイン城まで。その後、ルードヴィヒ二世の溺死したシュタルンベルク湖のほとりに行く。「この時期（溺死事件のあった時期）、森鷗外が留学していたんだ」と思う。二七日、デュッセルドルフへ。

二八日、列車でパリに戻り、三一日から六月三日まで、大岡ひとりでロッテルダム国際詩祭に参加。オランダ詩人三人と前年開始した「ロッテルダム連詩」三六番まで完成。

四日より、一週間ほどパリ。閑崎ひで女、白羽明美、ジャン・カルマン、嶋田しづ、フランスキュルチュール紙の記者、イレーヌ・オメリネンコ・トム夫妻などと再会。（深瀬サキ記）

《詩歌総合誌「季刊花神」（花神社）を編集創刊。》

現代は情報化時代だという。この新しい文明形態の特徴には次の一事がある。すなわちそこでは情報はつねに氾濫状態におかれており、しかも一刻も休まずさらに過剰に溢れることを宿命づけられているということ。情報には「適度」という尺度がありえない。外界からは隔離された閉鎖空間別天地、かの桃源郷とはまさに正反対の世界に私たちは生きている。過剰な情報は開かれた世界の持つべき宿命であり、他方、情報の最大の存在理由が、世界をさらに開かれたものにしてゆく所にあることもまた事実である。これは客観的にいえば地球規模の壮大な実験の時代だといえるわけだが、一個人の立場に還ってこれを見れば、まあなんと世間にはガセネタのいんちき情報が氾濫していることか。しかも自分自身もそのお仲間生産者の一人というのでは、何をか言わんや。私はそういう時代環境なるがゆえに、いまはとりわけ「編集者の時代」なのだと思っている。一人の物書き自身の仕事さえ、各種情報の編集作業という色合いがどんどん濃くなっているのが実情である。過剰な情報を生産するだけでなく、価値観をもって情報を整理し、それを創造的に再生させることは、とくに芸術や文学の世界で強く求められていることだと思う。そういう考え方に立つため、「花神」は詩歌総合誌と銘うちながら、当然の誌面づくりとして、学問の諸分野にも、芸術や風俗の中にも、随時手をのばしていこうとするものになるだろう。あまり紹介されたことのない外国の詩の翻訳にも多くの誌面をさきたいと思っている。

（「いま編集者の時代」『忙即閑を生きる』）

《【雑誌】「季刊　花神」創刊号から連載「好きな話題」全二〇話（五月〜一九九一年七月）↓のち「猫の話」「アディーばなし」「追悼　アディ嬢」「すごいな女はと思った話」は「猫の話・四篇」とまとめて『光のくだもの』に収録、「『病牀六尺』と「くだもの」――正岡子規について」は「子規の凄さ」として『日本語つむぎ』に収録。同号に西垣通との対談「詩のことば　機械のことば」掲載（対談：一月三〇日　於大岡信宅）。》

《【展覧会】「島田しづ展」フジテレビギャラリー（五月）カタログに「無窮動の詩を絵筆で　島田しづ展のために」掲載↓のち「島田しづ――無窮動の詩を絵筆で」として『美をひらく扉』に収録。》

《【本】『梅　（日本の文様7）』今永清二郎編　小学館（1987-05-01）に「大伴旅人の梅花の宴」掲載↓のち『人生の黄金時間』に収録。》

《【本】『ふるさと日本列島〈第五巻〉東海・中部』毎日新聞社（1987-05-30）に「人の風土の色に染まる」掲載。》

■六月

《【講演】二五日、朝日ゼミナール特別講座「折々のうたを読む――夏の巻」（於有楽町朝日ホール）。》

《【講演】二九日、諏訪季節大学にて講演「信濃の文人・窪田空穂」。》

《【雑誌】「へるめす」にて連載「うつしの美学」全五回（六月〜一九八八年六月号）↓のち『詩人・菅原道真　うつしの美学』に収録。》

《【新聞】「週刊読書人」六月一五日号に飯吉光夫との対談「ヨーロッパへ渡った「連詩」」掲載。》

《【本】『仏像（古美術読本6）』淡交社（1987-06-23）編集および「心に波うつ彫像」掲載。『土門拳　日本の彫刻Ⅰ』（一九七九）よりの再掲。原題「奈良歩き」↓のち『仏像　古美術読本6（知恵の森文庫）』（二〇〇七）。》

■七月

《【放送】一九日、NHK教育「日曜美術館　カンディンスキー　響きあう色と形」に出演。》

《【講演】二八日、倉敷にて講演「日本の文化と世界」。》

《【雑誌】「アート・トップ」一八巻四号に「モンドリアンの初期絵画」、「ハーグ市立美術館にて」掲載↓のち『生の昂揚としての美術』に収録。》

《【雑誌】「俳句とエッセイ」一五巻七号に「好きな詩」掲載↓のち「好きな詩「懸崖」」として『光のくだもの』に収録。》

《【本】『私の古寺巡礼〈1〉京都』淡交社（1987-07-25）に「東福寺周辺――東福寺」掲載↓のち『私の古寺巡礼（一）京都Ⅰ（知恵の森文庫）』（二〇〇四）。》

■八月

《【講演】三日、近代文学館夏季講座「一九一〇年代の文学――詩歌の視点から」。》

《五日、澁澤龍彦死去。弔電を送る。（↓のち「現代詩手帖」九月号に掲載。）》

コトノハノ　アヲゾラノ　ソコ　セウネンノ　オモカゲ
トハニ　シヅミユク　カナ

（「詞書つき七五調小詩集」）

ことの葉の青空の底少年のおもかげ永遠《とは》に沈みゆくかな

大岡信

東慶寺の告別式に参列できなかったため、私は夫人の龍子さんに弔電をうった。その末尾に右の歌をつけた。私には澁澤龍彦は少年の魂を一つの極限まで生きた人のように思われる。

（「澁澤龍彦――少年のおもかげ永遠に」）

《【講演】二八日、御殿場市にて講演「富士山」。》

《【雑誌】「波」二一巻八号に「日本文化とフランス人」掲載↓のち『「忙即閑」を生きる』に収録。》

《【雑誌】「櫂」二五号に詩「命綱」掲載↓のち『故郷の水へのメッセージ』に収録。》

《【雑誌】「季刊　花神」二号に対談「自然と都市計画」（大橋弘　大岡信）掲載（対談：六月二三日）。》

《【本】『地球大紀行4』日本放送出版協会（1987-08-00）に

「日本人にとって地球とは」掲載↓のち「日本人と水」として『人生の黄金時間』に収録。》

■九月

《一日、「折々のうた」休載期間を終了し、連載を開始する。》

《【講演】一六日、朝日ゼミナール特別講座「折々のうたを読む——秋の巻」(於有楽町朝日ホール)。》

《【講演】二四日、第84回朝日ゼミナール総合テーマ「万葉その魅力の世界」のなかで「東歌——その夢の讃歌を読む」というテーマで講演。》

《【本】写真集『Martine Barrat "My Friends"』Y's Company Limited(1987-09-00)に「レンズがスピリットの窓になっている」掲載↓のち『「忙即閑」を生きる』に収録。》

《【展覧会】「榎本和子展」佐谷画廊(九月)カタログに「榎本和子の春のために」掲載↓のち『生の昂揚としての美術』に収録。》

《【公演】「閑崎ひで女独り舞」(九月)パンフレットに「舞うために生まれた人」掲載↓のち『「忙即閑」を生きる』に収録。》

《【雑誌】「現代詩手帖」三〇巻九号に「澁澤龍彦——少年のおもかげ永遠に」掲載↓のち『詩をよむ鍵』『しのび草』に収録。》

《【本】『世紀末そして忠臣蔵——丸谷才一対談集』立風書房(1987-09-01)に座談会「モダニズムが古典となるとき」(丸谷才一・大岡信・清水徹・山崎正和)掲載。》

《【本】『岡井隆全歌集〈2〉』思潮社(1987-09-15)に「『人生の視える場所』の余白に」掲載。》

《【本】『随筆・メルヘンⅡ(中村草田男全集11)』みすず書房(1987-09-18)に解説掲載。》

《【本】『明治・大正・昭和詩歌選(少年少女日本文学館8)』講談社(1987-09-21)刊行。》

《【本】『私の古寺巡礼〈3〉奈良』淡交社(1987-09-21)に「変りゆく伽藍と塔の雪——薬師寺」掲載↓のち『私の古寺巡礼 奈良Ⅲ(知恵の森文庫)』(二〇〇四)。》

《【本】『窪田空穂論』岩波書店(1987-09-29)刊行。窪田空穂は、父・大岡博が師と仰いだ歌人。》

窪田空穂と大岡博（大岡信とかね子結婚式にて）

私は空穂を通じて古典詩歌を読むのも現代の詩歌を読むのと同じ態度でぶつかって、決して間違ってはいないということを教わった。これを端的にいえば、古典を学問研究の対象とのみ見なすのではなく、生きた文芸として読むということである。現在のわが身辺に起きる出来事の一つとして古典を読むということも存在する。そういう接触の仕方をすることである。

（「空穂先生の恵み」『しのび草』）

窪田空穂の達成したもの、というとき、私は空穂の著作やその文学史上の位置を思うよりは、むしろ、ひとつの精神がその不断の運動を通じて至り得た、ある晴朗、澄ちょう明めいな有機的統一の稀まれな達成をまず思う。空穂の業績は、短歌とか小説とか学問上の著作とか批評とかのそれぞれによって測られるものであると同時に、それ以上に、一人の人間がその精神の霊液を、最後の一滴まで完全に生かしきって生きた、その精神的行為そのものによって、測られねばならないだろう。空穂は、短歌その他の作品をつくる以上に、いわば精神そのものを作品としてつくりあげながら生きた人である。精神を作品としてつくりあげるということは、言いかえると、抵抗の対象、克服の対象、達成の対象を、自らの外にもつのではなく、内にもつということである。（中略）既成の権威というものを、頭から尊重すべきものとして無条件に敬うやまうという態度は、空穂の生涯を通じて全く見られない。

（『窪田空穂論』）

■一〇月

《【講演】三日、小諸市にて講演「風土と文化——信濃の文芸」。》

《【講演】四日、松本市にて講演「窪田空穂の文学」。》

《【講演】七日、富山市にて講演「日本詩歌のＡＢＣ」。》

《【本】『大原美術館　OHARAMUSEUMOFART Ⅱ——現代絵画と彫刻——』（1987-10-00）に作品解説掲載。》

《【雑誌】「海燕」六巻一〇号に「現代詩のフランス語訳」掲載。》

《【雑誌】「別冊　太陽」五九巻に「遺書・辞世論」掲載。》
《【本】『ぬばたまの夜、天の掃除器せまってくる』岩波書店（1987-10-28）刊行。「季刊へるめす」創刊号〜一〇号（一九八四年一二月〜八七年三月）の連載をおさめる。》
《【雑誌】「現代詩手帖」三〇巻一〇号　特集「T・S・エリオット」に鍵谷幸信との対談「革新する伝統主義者」掲載。》
《【雑誌】「別冊　墨」七号に「硯由来」掲載→のち『みち草』に収録。》
《【展覧会】「第三回西武美術館版画大賞展」西武美術館（一〇月）カタログに「感想」掲載。》
《【雑誌】「書の歳時記」五号に「毛筆とエロスの論」掲載→のち『人生の黄金時間』に収録。》
《立木義浩の写真と大岡の詩による『未来架橋　瀬戸大橋写真集』（一九八八年三月、四国新聞社刊）のため、建設中の瀬戸大橋を取材旅行。》

■一一月

《三〜七日、谷川俊太郎とベルリン芸術祭に招待され、H・C・アルトマン、オスカー・パスティオールと連詩（「西ベルリン連詩」）。翻訳者・福沢啓臣。（のち『ファザーネン通りの縄ばしご』として一九八九年に岩波書店から刊行。）》

ベルリン芸術祭にて連詩

《【本】『折々のうた』文芸カセット（岩波書店・NHK）刊行。》
《劇団「円」にて橋爪功と対談。》
《【雑誌】「文藝」二六巻四号に座談会「日本人と詩」（大岡信・谷川俊太郎・荒川洋治）掲載（座談：九月一一日）。》
《【本】『窪田空穂歌集（岩波文庫緑155-3）』岩波書店（1987-11-10）に解説掲載。》

■一二月

《【講演】七日、朝日ゼミナール特別講座「折々のうたを読む——冬の巻」（於有楽町朝日ホール）。》
《【雑誌】「現代詩手帖」三〇巻一三号（臨時増刊号　磯田光一）に「磯田光一素描」掲載→のち『詩をよむ鍵』に収録。》

《【雑誌】「季刊　花神」三号に対談「気象・自然・詩歌」（立平良三　大岡信）掲載（対談：一〇月二日）。》

《【本】『新編・折々のうた　第五』朝日新聞社（1987-12-21）刊行。》

■――この年

《【教科書】中学校検定教科書「国語2」光村図書（一九八七年発行）に「言葉の力」掲載。》

《【教科書】高等学校検定教科書「改訂　現代文」東京書籍（一九八七年発行）に「地名論」掲載。》

《【教科書】高等学校検定教科書「改訂版　国語Ⅱ」旺文社（一九八七年発行）に「言葉の力」掲載。》

《【楽曲】「方舟」、男声合唱組曲として木下牧子により作曲。》

《【本】"A Play of Mirrors: Eight Major Poets of Modern Japan"（大岡信、トマス・フィッツシモンズ編集）の緒言として'Modern Japanese Petory: Realitiesand Challenges'（英訳：クリス・ドレイク）を掲載。》

《【本】『ブックス・フロム・フィンランド――文学と風土日本語版』花神社（一九八七）の日本語版編集と「フィンランド素描」掲載。》

《【雑誌】「文芸三島」一〇号に詩の選評と詩三篇「渡り鳥かく語りき」「星ものがたりa」「星ものがたりb」掲載。》

■1988・昭和六三年――57歳

■一月

《【放送】一日、FMラジオ「ちょっと古風なお正月――百人一首の世界」出演。》

《【新聞】「朝日新聞」（1988-01-08）に詩「この世の始まり」掲載→のち『故郷の水へのメッセージ』に収録。》

《【本】『ギュスターヴ・モロー　夢のとりで』パルコ出版（1988-01-15）刊行。文と選を担当。「ギュスターヴ・モローとモロー美術館」はのち『美をひらく扉』に収録。》

《【本】『美の享受と創造（岩波講座　教育の方法7）』岩波書店（1988-01-29）に「美を感じるとはどういうことか」掲載→のち『美をひらく扉』に収録。》

《【本】『書を語る　第一巻』二玄社（1988-01-00）に「書と芸術性」掲載。「出版ダイジェスト」（一九七四年一〇月）の再掲。》

■二月

《【講演】二三日、浦和にて講演「詩歌に見る日本人の心」。》

《【雑誌】「ちくま」二〇三号　特集「ちくまの森」に小コラム

「〈森〉への案内状」掲載。》
《【雑誌】「ミセス」三八六号に「猫はこよなき無用もの」掲載↓のち『人生の黄金時間』『詩人と美術家』に収録。》
《【新聞】「山形新聞」（1988-02-24）に「「わたしの芭蕉」おくの細道紀行三〇〇年　俳論にひかれて」掲載↓のち『人生の黄金時間』に収録。》

■三月

《【講演】二日、NEC泉華荘（東京都港区白金台）にて講演「日本の言語文化と国際化」。》
《【講演】一五日、朝日ゼミナール特別講座「折々のうたを読む――春の巻」（於有楽町朝日ホール）。》
《【講演】二六日、松山にて講演「芝不器男の俳句」。》
《【雑誌】「音楽芸術」四六巻三号に三善晃のシリーズ対談「現代の芸術視座」の三回目として「「うたげ」と「孤心」の循環」（大岡信　三善晃）掲載。》
《【雑誌】「海燕」七巻三号に石川淳追悼対談「石川淳と日本文学」（丸谷才一　大岡信）掲載。》
《【雑誌】「水茎」四号に「晶子と青邨と竹取物語」掲載↓のち『「忙即閑」を生きる』に収録。》
《【雑誌】「文學界」四二巻三号に「私の風景」掲載↓のち『人生の黄金時間』『ことのは草』に収録。》
《【本】『未来架橋　瀬戸大橋写真集』（写真・立木義浩）四国新聞社（1988-03-00）に詩「ミチザネの讃岐」「屋島のむかし」「海どりはいい」「海のまほろば」「橋はつなぐ」「島のくらし」「はる　なつ　あき　ふゆ」掲載↓のち『故郷の水へのメッセージ』に収録。》
《【雑誌】「東京人」三巻二号に「皇居春色」（文・大岡信　写真・三木淳）掲載。》
《【本】『五音と七音の詩学（日本語で生きる4）』福武書店（1988-03-05）にまえがき「俳句も短歌も短いから」、詩と解説「朝の少女に捧げるうた」（「ラ・メール」一九八五年春季号↓『うたのある風景』よりの再掲）、歌仙「新酒の巻」（石川淳　安東次男　大岡信　丸谷才一）（「図書」一九七四年三月号↓『歌仙』よりの再掲）掲載。》
《【雑誌】「季刊　花神」四号に対談「肉体がかたる言語」（白石加代子　大岡信）（対談：二月二日）、第一八回高見順賞　選評掲載。》
《【本】『一語のちから　ブックレット』曹洞宗（1988-03-31）に講演録掲載。》

■四月

《東京芸術大学教授に就任。》
《【楽曲】飯舘村立飯舘中学校開校。校歌の作詞・大岡信、作

曲・一柳慧。》
《【展覧会】「サム・フランシス展」富山県立美術館ほか（四月～一九八九年三月）カタログに「徴候の狩人サム・フランシス」掲載→のち『美をひらく扉』に収録。》
《【雑誌】「すばる」一〇巻五号（臨時増刊　石川淳追悼号）に詩「火の霊がうたふ」掲載→のち『故郷の水へのメッセージ』に収録。》
《【雑誌】「國文學　解釈と教材の研究」三三巻五号　特集「枕草子――見たて・引用・喩」に「芸術家とうた詠み――清少納言寸描」掲載。》
《【講演】三〇日、早稲田大学にて講演「漱石と私」。》

■五月

《七日、山本健吉氏死去。》
《【新聞】「朝日新聞」（1988-05-09）に「山本健吉氏を悼む」掲載→のち『ことのは草』に収録。》
《【新聞】朝日新聞（静岡県版）（1988-05-10）に柿田川みどりのトラストから依頼されて書いたメッセージが掲載される。のちに、このメッセージを「自分の生と思想を支えてくれている物をもっと具体的に書きとめておきたいと思」い、詩「故郷の水へのメッセージ」へと展開させ、季刊雑誌「花神」五号に掲載。》

故郷の静岡県三島市近傍に天下の名水があって、近ごろとみに有名になった。この水の名所を柿田川という。正確には三島と沼津の真中にはさまった駿東郡清水町の東海道わきに猛然と湧きあがり、たった一・二キロの間を川となって流れたのち、伊豆を縦断して駿河湾に流れ入る狩野川に合流し、海の水となってしまう。河川としてはまったくお話にならないほどの小物である。しかし何しろ富士山に積った雪が地下に潜り、神秘的な形状をなして麓にまで下っているはずの何層もの岩盤の、どの路線かを通って、三島市内および清水町などいくつかの個所で湧水となって地上に躍り出ているものの一つだから、清冽この上もない。（中略）私事をいえば、私の詩に現れる川の水のイメージは、多くの場合このあたりの水の記憶から来ている。

（「忙即閑でありたい」『忙即閑を生きる』）

《【講演】二一日、国語学会にて講演「日本の詩歌とことば」（於明治大学）。》
《【展覧会】「マックス・エルンスト展」佐谷画廊（五月）カタログに「エルンスト――無私の方法論的実践」掲載→のち『美をひらく扉』に収録。》
《【展覧会】「タゴール展――偉大なる生涯とその芸術」西武美術館ほか（五月～七月）カタログに前田常作との対談「タゴー

ルの絵画世界」掲載。》

《【雑誌】「新潮」一〇〇〇号記念号に詩「本は語る」掲載↓のち『故郷の水へのメッセージ』に収録。》

《【雑誌】「AJALT」（国際日本語普及協会誌）一一号に「ロッテルダムの一夜」掲載↓のち『人生の黄金時間』に収録。》

《【雑誌】「青藍」創刊号に「虚実の論　結社の説――島田修二のために」掲載。「青藍」は島田修二主宰。》

《【雑誌】「波」二二巻五号に中村元との対談「日本仏教の不思議」掲載。》

■六月

《【楽曲】一〇日、「新日本フィルハーモニー交響楽団特別演奏会」にて大岡翻案のオルフ作カンタータ「カルミナ・ブラーナ」公演（小澤征爾指揮　於昭和女子大学人見記念講堂）。》

《【講演】一四日、朝日ゼミナール特別講座「折々のうたを読む――夏の巻」（於有楽町朝日ホール）。》

《【講演】二五日、東海大学社会教育センターにて講演会「折々のうたをよむ」。》

《【雑誌】「みづゑ」九四七号に対談「宇佐美圭司　創造の現場から」（宇佐美圭司　大岡信）掲載↓のち『生の昂揚としての美術』に収録。》

《【展覧会】「アパルトヘイト否（ノン）！　国際美術展」（一九八八年～一九八九年）カタログに「法治国家の逆宇宙」掲載。》

《【楽曲】「第6回現代日本音楽の展開」で、芭蕉などの古典詩歌から四点、大岡詩一点から構成した「組曲・風姿行雲」（湯浅譲二作曲）国立劇場にて初演。パンフレットに選歌・作歌者のことばとして「日本の歌と天地自然」掲載。》

《【本】『現代の俳人　加藤楸邨』国書刊行会刊（1988-06-01）に「楸邨先生一面」掲載↓のち『人生の黄金時間』『しのび草』に収録。》

《【雑誌】「草月」一七八号に座談会「地唄舞とバレエが出会ってみたら」（閑崎ひで女　ナタリー・カラティエ　大岡信）掲載。》

《【展覧会】「空舞う絵画　芸術凧展　一九八八――一九八九」（大阪ドイツ文化センター企画）宮城県美術館ほか（六月～一九八九年一〇月）カタログに「凧のうた」「凧の思想」掲載↓のち『故郷の水へのメッセージ』に収録。「芸術凧」展は、日本国内だけでなく一九九〇年以降は、ヨーロッパ、アメリカを巡回。》

大阪から二人の客人が訪ねて見える。大阪ドイツ文化センターの館長パウル・オイベル博士と館員松本郁子さん。計画中のアート・カイト展のことで頼みがあるという。（中略）パウル・オイベル館長は大男で、年齢も私よりはずっと若く、潑剌たる学者館長だが、この企画は大阪センターの完全に独自な発想で行われるものだという。全世界の有名な絵描きを網羅しようという意欲もすごいが、実際に彼らに三百号大、五百号大、あるいはそれ以上のサイズの凧用の作品を描かせてしまう実行力は大したものだと感心した。「で、大岡さん、興味がおあり加藤楸邨とともにだったらこの展覧会のために凧の詩を作ってくれませんか。その依頼のためにやってきました。」凧揚げなら、ガキのころは毎年冬になればずいぶんやったものだった。凧作りと模型飛行機作りとは、少年の日のこよなき愉楽と誇りだった。そういう人間として、お断りする理由はなかった。

（「日録風なCreative　Credo」『忙即閑を生きる』）

凧のうた

高く昇つて
青空をさすつてゐると
「おお　なんていい　こッころもちだ」
からだの四隅に響くやうな
大声がする

おれのからだの清潔な
骨と皮の顔のうへを
眩しげに　うつとりと
陽の光が　ただひとり
滑りつこして遊んでゐた

（詩「凧のうた」）

凧の思想

地上におれを縛りつける手があるから
おれは空の階段をあがつていける

肩をゆすつて風に抵抗するたびに
おれは空の懐ろへ一段一段深く吸はれる

地上におれを縛りつける手があるから
おれは地球を吊りあげてゐる

（詩「凧の思想」）

■七月

《【講演】九日、昭和女子大学にて講演「日本の詩歌」。》

《【講演】二二日、長野県諏訪清陵高等学校にて講演「人間を生かしているもの」。》

《【講演】三一日、日本国語教育委員会講演会「詩歌の読み方」。》

《【雑誌】「青春と読書」一三九号に「歌仙の楽しみ」掲載↓のち「歌仙に遊ぶ夷齋先生」として『しのび草』に収録。すばる七月号「日永の巻」では石川淳（夷齋）が発句のみ参加の追善

の連句となったこと、『浅酌歌仙』にも収められていることを語っている。》
《【雑誌】「すばる」一〇巻八号に歌仙「日永の巻」（石川淳・丸谷才一・大岡信）掲載↓のち『浅酌歌仙』に収録。》
《【雑誌】「芸術新潮」三九巻七号　特集「第二〇回日本芸術大賞　高橋秀」に「選評　エロスと自己消化の芸術　高橋秀の仕事について」掲載↓のち「高橋秀――エロスと自己消去の芸術」と改題して『美をひらく扉』に収録。》
《【本】『現代詩読本　特装版　谷川俊太郎のコスモロジー』思潮社（1988-07-10）に討議「〈世界〉の謎を解く想像力　コスモロジカルな感性の軌跡と言葉の倫理」（大岡信・三浦雅士・佐々木幹郎）、代表詩五〇選（大岡信　三浦雅士　佐々木幹郎編）、「感受性の祝祭の時代　一九五〇年代の詩人たち　――「櫂」「氾」「今日」」（『蕩児の家系』（思潮社　一九六九年）よりの再掲）掲載。》
《【本】『浅酌歌仙』石川淳　丸谷才一　杉本秀太郎　大岡信共著　集英社（1988-07-10）刊行。》
《【本】『俳句の世界』富士見書房（1988-07-20）刊行。「俳句研究」一九八七年一月〜一〇月の連続対話「俳句の世界」（川崎展宏　大岡信）をおさめる。》
《【展覧会】「吾妻兼治郎展」西武美術館ほか（七月〜一九八九年九月）カタログに「吾妻兼治郎――「無」と「有」」掲載↓のち『美をひらく扉』に収録。》

■八月

《【雑誌】「墨」臨時増刊〈楷書百科〉に「私の楷書名筆ベスト三」掲載。》
《【雑誌】「太陽」二六巻八号に私の日本建築礼讃「「床」――踵で触れる生活」掲載↓のち「踵で触れる生活」と改題して『光のくだもの』、のち「「床」礼讃」と改題して『ことのは草』掲載。》
《【雑誌】「短歌」〈追悼詩集・山本健吉氏を偲ぶ〉に「山本健吉の一句」掲載↓のち「山本健吉が求めたもの」として『しのび草』に収録。》
《【本】『「国家秘密法」私たちはこう考える　（岩波ブックレット118）』日本ペンクラブ編　岩波書店（1988-08-03）に「警察の前を通った思い出」掲載。》
《【新聞】「産経新聞」（1988-08-26）に「真の国際化のために」掲載↓のち『ことのは草』に収録。》

■九月

《【放送】一二日、NHK教育「ETV8　わが心の風の盆」に出演。》
《【講演】二〇日、朝日ゼミナール特別講座「折々のうたを読む

――秋の巻」（於有楽町朝日ホール）。》
《【雑誌】「へるめす」にて連載「連詩大概（続　うつしの美学）」全四回（九月～一九八九年五月号）↓のち『連詩の愉しみ』に収録。》
《【雑誌】「高砂香料時報　The Takasago times」九七号に「ラヴェンダーと沈香木」掲載↓のち『光のくだもの』に収録。》
《【雑誌】「銀座百点」四〇六号に「銀座サロン――ベルリンにて歌仙を巻く」（大岡信　吉行淳之介　小田島雄志）掲載。》

■一〇月

《山中温泉にて、井上ひさし、丸谷才一と歌仙「菊のやどの巻」を巻く。》
《【放送】二〇日、NHK総合「国宝への旅　明月の宴・歌人の夢――京都　冷泉家・古今和歌集――」に出演。》
《【出版案内】『飯田龍太全集』全3巻（筑摩書房）出版案内に「龍太文章賛」掲載。》
《【展覧会】「スーシー展」ライカ社（一〇月）スーシーの作品に多くの詩人が詩をつけた展示。大岡は「地表の七割は水……」（「故郷の水へのメッセージ」の一節）。》
《【展覧会】「戸村浩個展」かわさきIBM市民文化ギャラリー（一〇月）カタログに「原理を感覚にかえしてやろう（戸村浩について）」掲載↓のち『詩人と美術家』に収録。》
《【雑誌】「國文學　解釈と教材の研究」三三巻一二号　特集「短歌――「歌集」のベクトル」に「新派和歌以前」掲載。》
《【雑誌】「別冊　國文學」三五号に「日録風な Creative Credo」掲載↓のち『「忙即閑」を生きる』に収録。》
《【雑誌】「季刊　花神」六号に対談「サーミの詩」（N＝A・ヴァルケアパー　大岡信）（対談：五月二八日　於山の上ホテル）、対談「日本で詩を書く」（カイ・ニエミネン　大岡信）（対談：五月二八日　於山の上ホテル）、「ロッテルダム連詩」（大岡信　ウィレム・ファン・トールン　J・ベルンレフ（ヘンケ）　ロバート・アンカー　紀子・デ・フローメン訳）、「ロッテルダム連詩へのあとがき　オランダ文芸誌「デ・ヒッツ」のために」掲載。》
《【雑誌】「サントリークォータリー」季刊三一号にインタビュー「新たな前衛の誕生へ」掲載。》
《【公演】二一日、「閑崎ひで女独り舞　源氏物語の女」銀座セゾン劇場パンフレットに閑崎ひで女との対談「折々の対話――上演を前に」掲載。昼の部では大岡信特別講演「王朝女性の愛と怨」もあり。》

■一一月

《【講演】七日、日本福祉大学三五周年シンポジウム（名古屋）出席。》
《【公演】「ジュリエット・グレコ　リサイタル　ブレルを歌う」

東京・簡易保険ホールほか（一一月）パンフレットに「詩人としてのグレコそしてブレルとジュアネスト」掲載。》

《【講演】一七日、国立婦人教育会館講演「詩歌と女性」。》

《【講演】二一〜二八日、日仏文化サミット出席。初日には記念講演「フランスにおける日本文化観の深まり」（築地　朝日新聞社2Fホール）。》

《【公演】「作曲家の個展――'88　一柳慧」サントリー音楽財団コンサート（於サントリー・ホール）にて『交響曲　ベルリン連詩』（一柳慧作曲）初演。パンフレットに「ダイナミックな共鳴へ向けて　連詩と交響連詩」掲載。》

《【雑誌】「Livralia」創刊0号（インターシフト）に「古典和歌を解くアリアドネの糸」を掲載↓のち『詩をよむ鍵』に収録。》

《【雑誌】「短歌」三五巻一一号　窪田空穂特集号に「評釈する窪田空穂」掲載。》

《【雑誌】「國文學　解釈と教材の研究」三三巻一三号　特集「人麻呂・貫之・定家」に座談会「和歌とは何か、名歌とは何か――「日本名歌集成」をめぐって」（秋山虔・大岡信・佐竹昭広・久保田淳）（座談会：八月二日）掲載。》

《【本】『人生の黄金時間』日本経済新聞社（1988-11-17）刊行↓のち『人生の黄金時間　（角川文庫）』（二〇〇一）。》

《【雑誌】「国際交流」四八号に往復書簡「詩人の国際的連帯をめぐって」（大岡信　イブ・ボンヌフォア）掲載。》

■一二月

《【講演】四日、静岡県歌人協会講演会「近代短歌について」。》

《【講演】八日、朝日ゼミナール特別講座「折々のうたを読む――冬の巻」（於有楽町朝日ホール）。》

《【講演】一〇日、詩人クラブにて講演「私にとっての現代詩」。》

《【雑誌】「現代詩手帖」三一巻一三号　特集「追悼・草野心平」に「在天蛙声満満」、「アンソロジー1988」に「故郷の水へのメッセージ」、城戸朱理によるインタビューに答え「大岡信氏に聞く――「遊び」であり「荒び」である世界を書きたい」掲載。》

《【雑誌】「文化庁月報」二四三号に「現代のことばを哀しむ」掲載↓のち『光の受胎』に収録。》

《【雑誌】「櫂」二六号に詩「詞書つき七五調小詩集」掲載↓のち『故郷の水へのメッセージ』に収録。》

《【本】『野に遊んだ子らへ――われらの青春図鑑』柏原怜子著　佼成出版社（1988-12-04）に少年時代のエピソード掲載。》

《【本】『堤清二＝辻井喬対談集』リブロポート（1988-12-20）に対談「企業は時代情報の「発信基地」」（辻井喬　大岡信）掲載（雑誌「Will」（一九八四）での対談の再掲）。》

■——この年

《【教科書】高等学校検定教科書「新編国語Ⅰ」東京書籍（一九八八年発行）に「折々のうた」掲載。》

《【教科書】高等学校検定教科書「新選　国語一　三訂版」尚学図書（一九八八年発行）に「言葉の力」掲載。》

《【本】オランダ語訳詩集〝Spiegel International Moderne Poezie uit 2・1 Talen〟がアムステルダムの Meulenhoff 社より刊行。》

《【雑誌】「ポエトリ関東」五号に「星ものがたり　a」「星ものがたり　b」「渡り鳥かく語りき」掲載。》

《【雑誌】「文芸三島」一一号に詩の選評。一一号まで選者を担当。》

■1989・昭和六四／平成元年——58歳

■一月

《【雑誌】「現代詩手帖」三二巻一号に詩「産卵せよ富士」掲載↓のち『故郷の水へのメッセージ』に収録。》

《【雑誌】「新潮」八六巻一号に「草野心平と昭和詩」掲載↓のち『ことのは草』に収録。》

《【雑誌】「婦人画報」に連載全一二回（一月～一二月号）「巻頭時計（アンティーク）とめぐる一二の瞬間（とき）「ときの詩」掲載↓のち『光のくだもの』に収録。》

《【雑誌】「文学」五七巻一号に「文学のひろば」掲載。中学一年で習った「國語　巻一」のこと。》

《【雑誌】「文學界」四三巻一号に「おくのほそ道」三〇〇年記念歌仙「菊のやどの巻」（丸谷才一・大岡信・井上ひさし）掲載↓のち『とくとく歌仙』に収録。》

《【雑誌】「AERA」一月一七日号表紙写真と関連記事「「言葉の富」を耕して春までに続けて四冊出す」掲載。》

《【雑誌】「季刊思潮」三号に「寺山・啄木・賢治：北方の想像力について」掲載。》

《【本】『国宝への旅15』日本放送出版協会（1989-01-05）に「俊成・定家ファミリー」掲載↓のち『詩をよむ鍵』『みち草』に収録。》

《【本】『第七　折々のうた（岩波新書新赤版56）』岩波書店（1989-01-20）刊行。》

■二月

《【講演】四日、調布にて講演「日本の詩歌」。》

《【楽曲】二四日、混声合唱のための「原子力潜水艦『ヲナガザメ』の性的な航海と自殺の唄」（一柳慧作曲）、東京にて初演。》

《【本】村井修写真集『光・形——竹中工務店の仕事』（求龍堂）

に「村井修の写真」掲載↓のち『生の昂揚としての美術』に収録。》

《【雑誌】「國文學　解釈と教材の研究」三四巻二号　特集「俳句——句集を考える」に森澄雄との対談「名句集を語る」掲載。》

《【本】『黒田三郎著作集1　全詩集』思潮社（1989-02-01）月報に「黒田三郎　二題」（初出「歴程」一九八〇年四月号）掲載。》

《【本】『遥かなる斑鳩の里　（日本美を語る1）』ぎょうせい（1989-02-01）に「詩の思想　奈良歩き」掲載（『詩の思想』『土門拳　日本の彫刻1』よりの再掲）。》

《【雑誌】「毎日グラフ別冊　俳句HAIKU」二月二八日号の「日本人と四季」コーナーに「春」の選句と文「姿勢について」掲載。》

■三月

《【放送】一九日、NHK教育「日曜美術館　美術館への旅〜MOA美術館」に出演。》

《【本】『木下順二8』岩波書店（1989-03-00）月報に「木下順二の知盛卿」掲載↓のち『詩をよむ鍵』に収録。》

《【講演】二三日、朝日ゼミナール特別講座「折々のうたを読む——春の巻」（於有楽町朝日ホール）。》

《【楽曲】二六日、混声合唱組曲「春のために」（尾形敏幸作曲）、多治見市にて初演。》

《【雑誌】「NFU」（日本福祉大学評論誌）四二号　法音寺学園・日本福祉大学創立三五周年記念特別号にシンポジウム「これからどうなる人間・科学・文化」（江橋節郎　大岡信　樋口敬二安江良介　飯島宗一）掲載。》

《【公演】一七日、出雲讃歌「天地のるつぼ」大岡信作詞　鈴木輝昭作曲　出雲市民会館にて初演。》

《【本】『鮎川信夫全集　I全詩集』思潮社（1989-03-01）に「鮎川信夫の詩」、「弔詞／お別れの言葉」掲載（いずれも既刊書籍よりの再掲）。》

《【新聞】「読売新聞」（1989-03-04）に詩「きさらぎ　弥生」掲載↓のち『地上楽園の午後』に収録。》

《【新聞】「読売新聞」（1989-03-11）に詩「箱舟時代」掲載↓のち『地上楽園の午後』に収録。》

《【新聞】「読売新聞」（1989-03-18）に詩「沖のくらし」掲載↓のち『地上楽園の午後』に収録。》

《【新聞】「読売新聞」（1989-03-19）に「情報化時代の生き方」掲載↓のちに『ぐびじん草』に収録。》

《【本】『ファザーネン通りの縄ばしご　ベルリン連詩』岩波書店（1989-03-24）刊行。独文併記、カセット・テープ1巻付き。》

《【新聞】「読売新聞」（1989-03-25）に「世相四章（「パソコン少年篇」「宰相釈明篇」「北洋漁業篇」「コンピュータ独白篇」）」掲載↓のち『地上楽園の午後』に収録。》

《【本】『現代詩読本　草野心平　るるる葬送』思潮社（1989-03-00）に「弔辞　草野心平様」掲載↓のち『光のくだもの』に収録。》

《【本】『日本語相談』朝日新聞社　全五巻刊行開始（三月〜一九九二年一一月）。「週刊朝日」のコラム「日本語相談」（回答者大野晋／丸谷才一／大岡信／井上ひさし）をまとめた↓のちに回答者別に再編集した『大岡信の日本語相談（朝日文芸文庫）』（一九九五）↓のち『大岡信の日本語相談』（二〇〇二）》

問い：詩は、作者が自分自身の感情を表現したもので、他の人が正確に解釈できるはずがないと思います。（中略）なぜ詩を学ばなければならないのでしょうか

解答：「感情」そのものについて見れば、この考えは当たっている所があると思います。「私が今感じていることを正確にわかってくれる人なんて、いるはずがない」という思いを一度もいだいたことのない人は、たぶんいないでしょう。けれども、詩というものは、「感情」を表現しているだけではありません。散文が思想をも感情をも表現するように、詩は感情のみならず思想をも表現するのです。いうまでもなく、詩もそれを表現するとき、「言葉」という媒体を通して表現します。日本人の詩なら、日本語という媒体を通して表現されるのが普通です。そして、いったん日本語という容器に盛られた以上、「感情」も「思想」も作者自身にしか通じないものではありえなくなるのです。言葉というものには、二人以上の人々に共有されるもの、という本質が備わっているからです。その本質をしっかり支えているのが普遍的な文法という法則で、文法のない言葉は言葉とはいえない。というよりありえないのです。つまり、あなたが仮にどんなに特別で唯一無二と思える感情をいだいたとしても、それをいったん言葉で表現すれば、その瞬間からその詩は大勢の人に共有される可能性をもってしまうのです。本当は、「感情」そのものも、「言葉」になることによってはじめてはっきり自覚されるのではないでしょうか。（中略）このように見てくれば、詩を「学ぶ」ことは決して不可能ではないし、「解釈」することもできないわけではないということがわかります。ただ、ここで問題になるのは、あなたの質問にもある「正確」な解釈がありうるかどうかということです。これは二段階に分けて考える必要があることで、第一には「言葉」そのものの、普通の意味での正確な解釈。これはできる限りやらねばならないことでしょう。散文の場合と変わりありません。しかし、第二の段階があります。つまり、いやおうなしに普遍性を備えている言葉によって言いあらわされたところ

の、最も言葉にしにくい、しかしそれこそ当の詩を書かせた根本の動機であるはずの、作者自身の独自の感情や思想、これをどこまで「正確」に「解釈」できるだろうかという問題。実はこれこそ、「詩」というものを学ぶ上での最大の問題点です。この作業は、いわば作者が、言葉という客観的な容れ物に包んで外部へさし出してきたものを、あらためてその言葉を通じて、言葉となる以前に作者の中で揺れ動いていた感情・思想の原料の状態にまで、戻してみることを意味するでしょう。はたしてそれはできるでしょうか。私はそれについては答えを保留します。ただ（中略）これはやってみる値打ちのあることではないかしら。

（『大岡信の日本語相談』）

■四月

《一日、姫路城前広場にて行われた「芸術凧展　アート・カイト」の芸術凧・凧揚げイヴェントに出席。》

《【雑誌】「季刊アステイオン」一二号に鼎談「もの狂いの美学」（司馬遼太郎・大岡信・谷沢永一）掲載（対談：一九八八年一一月二六日　大阪能楽会館において、物狂の能として「三井寺」が演じられた。その演能に先立つ鼎談抄録）。》

《【本】『英語の強化書――すぐ効く　よく効く　タメになる』田中康夫　ＢＯＸ編集部編　ダイヤモンド社（1989-04-06）に第四章「こうすれば会話力が向上する」の一人として掲載。》

《【本】『故郷の水へのメッセージ』花神社（1989-04-10）刊行。》

詩集をまとめる時期がたまたま昭和時代の終焉と合致した。けれども私の中では昭和は相変らず続いているし、死ぬまで続くだろう。単なる元号の問題ではないのだから当然である。私はどこから眺めてみても自分が「昭和の子」であるのを感じる。体験も、知識も、対人関係も、想像力も、飲み食いも、思考方法も、文体も、卑小さも、憧憬も、残念ながら自分が生きてきたこの時代を離れては成り立たないものだった。

（「あとがき・独白」『故郷の水へのメッセージ』）

《日本ペンクラブ第一一代会長に選ばれる（一九九三年まで）。第五代会長芹沢光治良（一九六五～一九七四）、第九代会長井上靖（一九八一～一九八五）に続く、沼津中学出身の会長である。なお、第一〇代会長は遠藤周作。》

《【放送】一六日、ＮＨＫ教育「芸術劇場　一柳慧の音楽」に出演。》

《【新聞】静岡新聞（1989-04-18）に「狩野派の巨匠たち」展について掲載。静岡県立美術館開館三周年記念展。》

《【講演】二〇日、大川美術館（桐生市）開館記念講演会「美と

人生」（桐生市文化センター）。》

■春

《外科手術をし、快気祝いとして俳句を詠み、友人らに送る。》

自祝ものの芽の嵩ほど減りし自重《じぢゅう》かな　信

御見舞いに謝し奉り　あはせて　積年養育しきたりし恩義を忘れ蜂起せし木の芽小集団を遂に切り捨てしほろ苦き思ひを拙き一句に託して　笑覧に供し奉る　冀はくは一瞬の微笑をもて

久しき朋友《ポンユウ》と訣別せし小子が春愁を憐みたまはらんことを

一九八九年仲春吉日　都下深大寺　旧芋畑主人

■五月

《【講演】一四日、弘前大学にて講演「日本の詩歌——その勘どころ」。弘前大学医学部教授の案内にて、弘前や青鬼温泉をめぐり、十和田湖畔に宿泊。十和田湖、奥入瀬渓谷などに遊ぶ。》

《【講演】二八日、東京芸大・京都市立芸大・金沢美工大・愛知県立芸大合同の「四芸祭」にて講演「詩・芸術における共同制作」。》

《【公演】銕仙会能楽研究所でジョン・アッシュベリーの朗読会の司会・訳詩朗読。》

《【放送】ＴＢＳ土曜ニュースプラザ「ビッグインタビュー」（インタビュアー・草柳文恵）に出演。》

《【展覧会】「多田美波　超空間へ」有楽町アートフォーラム（五月）カタログに「光を集める人　多田美波のために」掲載。》

《【本】『三橋鷹女全集』立風書房（1989-05-00）に「鷹女私記」掲載。『三橋鷹女全句集』（立風書房　一九七六年）附録よりの再掲。》

《【雑誌】「週刊新潮」三四巻二〇号に小コラム「レジャー」掲載。》

《【雑誌】「菩提樹」六〇〇号に「若き日の大岡博断面」掲載↓のち「父　大岡博」として『光のくだもの』に収録。》

《【本】『鮎川信夫全集Ⅵ　時評Ⅱ』思潮社（1989-05-01）に「戦後詩人論——鮎川信夫ノート」、「「俗」ということ」、「現代社会のなかの詩人」——『鮎川信夫詩論集』掲載。いずれも既刊書籍からの再掲。》

《【本】『大歳時記』全四巻　集英社（五月〜一二月）の編著者の一人として参加。執筆文章（蛙／蝶／桃の花／若草／蝉／杜若／立秋／天の川／秋風／花野／凩／水鳥／枯蘆／恋／老い／ことば／文芸）は、のち「ことのは抄」として『みち草』に収録。》

■六月

《【講演】三日、甲府市にて講演「日本人のうたごころ」。》

《【講演】六日、朝日ゼミナール特別講座「折々のうたを読む——夏の巻」（於有楽町朝日ホール）。》

《【放送】TV静岡「日曜サロン」出演。》

《【雑誌】「ちくま」二一九号に「緩やかにみつめる愉楽」掲載↓のち『光の受胎』『詩人と美術家』に収録。》

《【雑誌】「別冊るるぶ　愛蔵版46　奥の細道の旅」に巻頭エッセイ「世界の中の芭蕉」掲載↓のち『詩をよむ鍵』に収録。》

《【本】『昭和文学全集28』小学館（1989-06-01）に「うたげと孤心——大和歌篇」より」掲載。『うたげと孤心』よりの再掲。》

《【本】『万葉恋歌——宮田雅之切り絵画集』中央公論社（1989-06-20）宮田雅之：切り絵、大岡信：本文解説　刊行。》

■七月

《二日からパリ、一七日よりローマに滞在。システィーナ礼拝堂のミケランジェロの天井画を観せてもらう。一八日、彫刻家・安田侃とエトルリア人の墓地を訪れる。》

タルクィーニア。紀元前六、七世紀　この地において
エトルスク人栄華をきはむ。
あへなくローマ大帝国の軍靴に屈し
遺跡すなはち墳墓群に残り香を漂はすのみ。

ぼくはある年　夏の盛りに、この残り香を嗅ぎに行つた。
案内役は大理石の彫刻家　安田侃《かん》
ピエトラサンタに住居《すまゐ》を持ち、三〇トンの原石から
石が億年包み隠してきた形を　戛戛《かつかつ》と掘り起こす人。

夾竹桃の紅《くれなゐ》の花　艶やかな柘榴《ざくろ》の花と咲き乱れ
海風は吹きわたるだけ。大地は灼熱。
麦藁帽子のぼくたちは「牡牛の墓」へ
数人の観光客の後尾について潜りこんだ。

（詩「『牡牛の墓（トムバ・デイ・トーリ）』にて　イタリア」より）

《二一日、パリ・モンマルトルのスーシーの家で夕食会。》

《ヘルシンキにて地唄舞の閑崎ひで女、清女一行と合流。ヘルシンキのサヴォイ劇場の地唄舞公演。さらに二回目となるクフモ室内楽フェスティバル公演に同道。地唄舞公演の芸術顧問として日本の舞の特質について講演。》

《【公演】「地唄舞　JIUTA - MAI」Savoy Theatre（ヘルシンキ）、Culture House（ストックホルム）パンフレットに「Like a

Crystal of snow: The Dance of Knzaki Hidejo」掲載。》

教会でも　小学校でも　公民館でも、音楽は戸外の草のいきれと共に鎮まつて、半透明の夜空がひろがる。午前二時。すべてのものが　ひとときは白夜の軽さを増し、踊り狂つてゐたピアニストの酔つぱらひも、笑ひころげてゐたハーピニストも、とつぜんの　あくび　睡気に襲はれて深い眠りに落ち入つてゆく　しあはせな夜。

（詩「ソ連国境の室内楽」フィンランド）

《三〇日、ヘルシンキに戻り、大倉純一郎の翻訳でフィンランドの三人の詩人（カイ・ニエミネン、ラッセー・フルデーン、ニルス・アスラク・ヴァルケアパー）と連詩。》

《フランス芸術文化勲章シュヴリエを受章。》

《**【雑誌】**「アスベスト館通信」一〇号に「土方巽——キラキラ輝く泥田の言葉」掲載→のち『美をひらく扉』に収録。》

《**【雑誌】**「へるめす」二〇号に「水炎伝説　笛と言葉と舞のための」掲載。》

《**【雑誌】**「芸術新潮」四〇巻七号　特集「第二一回日本芸術大賞　宇佐美圭司」に「人型から宇宙像へ——宇佐美圭司の作品について」掲載→のち「宇佐美圭司——人型から宇宙像へ」として『美をひらく扉』に収録。》

《**【本】**『寿岳文章と書物の世界』沖積舎（1989-07-00）に「人を励ます書物論」掲載。》

《**【本】**『青空』金子國義画集（1989-07-00）に詩「金子國義のための少女三態」掲載。》

《**【本】**『風の強い夕暮れ'89』日本文芸家協会（1989-07-00）に「くまのい」掲載。》

《**【雑誌】**「季刊現代短歌　雁」一一号　特集「永田和宏」に「永田和宏の歌の方法的手ざわりが今後どうなるか興味ぶかいということについて」掲載。》

《**【雑誌】**「東京人」四巻五号に座談会「東京ジャーナリズム大批判　歳時記は暦で百科事典で　俳句名作選」（丸谷才一・俵万智・大岡信）掲載。》

《**【本】**『朝の頌歌　大岡信詩集（ジュニア・ポエム双書　53）』銀の鈴社（1989-07-20）刊行。》

《**【本】**『やまとことば　ことば読本』河出書房新社（1989-07-30）に「「合」という言葉」掲載。》

《**【展覧会】**「静岡100周年記念　芹沢銈介の創造」静岡市立芹沢銈介美術館（七月～九月）カタログに「芹沢銈介礼賛」掲載。》

■八月

《**【講演】**二八日、サントリーホール　トーク・アフター・ファイブ「詩を味わう」で詩を朗読。》

《【雑誌】「現代詩手帖」三二巻八号に「友なる造形家たちに」とする三篇「光を集める人　多田美波のために」「少女三態　金子國義のために」「萌え騰る八百の坊主頭よ　速水史朗のために」掲載。「光を集める人　多田美波のために」は、のち「画家と彫刻家に贈る　多田美波　光を集める」として『火の遺言』、『鯨の会話体』に収録。「少女三態　金子國義のために」（初出は「青空」金子國義画集（七月））は、のち「画家と彫刻家に贈る　金子國義のための少女三態」として『火の遺言』に収録。「萌え騰る八百の坊主頭よ　速水史朗のために」は、のち『鯨の会話体』に収録。》

《【雑誌】「ＡＥＲＡ」八月二一日号に森下洋子との対談「トゥシューズと言葉のうた」掲載（対談：六月十六日）。》

《【本】『詩人・菅原道真　うつしの美学』岩波書店（1989-08-30）刊行↓のち『詩人・菅原道真うつしの美学（岩波現代文庫文芸136）』（二〇〇八）。

一九七一年の『紀貫之』、一九七九年の『うたげと孤心』に続く、日本文学における文芸創作の特徴をテーマとしている。当初、『うたげと孤心』の副題「大和歌篇」に対応する「漢詩篇」として菅原道真について書く予定であったのが、十年余の時を経て完成した論考である。》露草をすりつぶした時出る汁は、花と同じ色の麗わしいコバルト色ですが、水に濡れるとすぐに消えてしまうので、染料としてはほとんど無価値でした。けれども、その欠点が逆にこの花を「移花」として活躍させるもとになったのです。つまり、古代の人々は——いや、現代においても、たとえば友禅の下絵を書く人々や絣織りを織る人々は——この花の汁をその消失のしやすさのために逆に珍重して利用しているのです。まずこの花の汁をしぼり、紙に染めて乾燥したものを保存しておきます。今はこれを「青花」とよぶのが一般です。なかなか高価です。必要が生じると、この紙の塊りを水につけます。色素は簡単に水に溶けて、青い水溶液ができます。この液で布に紋様の下絵を描いたり、糸にしるしをつけたりするのです。この下絵やしるしに基いて染め上げた布や糸からは、露草の汁の下絵は跡かたもなく簡単に消え去ります。したがって目指す紋様には一切邪魔とならないのです。（中略）ここには、「移す」という語が奥底に隠し持っている興味深い一つの働きが、具体的な形で現前しているように思われます。つまり、「移す」という語には、単にある物を別の物に「成り変らせる」、あるいはもっと正確に言えば、「成り入らせる」行為も含まれているということです。露草の汁の線は、下絵としての用を果たせばあっさり消されてしまいますが、それは実は消えるのではなく、もう一段高次のものの中に完全に融け入ってしまうのです。（中略）それが場合によっては物理の領域から心理の領域、そして形而上学の領域まで覆うことのできる語となってゆく理由もわかるというものです。「うつし」や「うつり」という語が、日本の詩歌論・文学論・芸術芸道論・風俗用語、いたるところできわめて重要な用語とされて利用されてきた理由も、そこにあるということができます。（中略）菅原道真の詩は、私が「うつし」と呼ぶ精神活動の生んだ最もめざましい古代的実例を示しているのみならず、「うつし」に含まれる創造的側面を、漢語と大和ことばとの接触の現場において、実に興味深い形で、実践的に身をもって示していると私は思っております。

（「はじめに——『うつし』序説」『菅原道真』）

《【講演】一三日、静岡県立美術館にて講演、詩の朗読。「芸術凧のための音楽」（「凧の思想」「凧のうた」、一柳慧作曲）が一柳により演→奏される。》

《【本】『彼岸への憧憬（日本美を語る5）』ぎょうせい（1989-08-01）に「詩の思想　阿弥陀堂のほとりにて」掲載（『詩の思想』、『土門拳　日本の彫刻3』よりの再掲）。》

■九月

《「折々のうた」を一六日から一九九〇年四月三〇日まで休載。》

《【講演】一九日、朝日ゼミナール特別講座「折々のうたを読む——秋の巻」（於有楽町朝日ホール）。》

《【楽曲】二九日、テキスト「日月屏風一双　虚諧」による雅楽、伶楽、声明のめの「伶楽交響曲第二番」（一柳慧作曲）、国立劇場にて初演。》

《『故郷の水へのメッセージ』により第七回現代詩花椿賞受賞。》

《国際ペン・モントリオール大会に出席。》

《【雑誌】「へるめす」にて連載「一九〇〇年前夜後朝譚」全一七回（九月〜一九九四年五月号）→のち『一九〇〇年前夜後朝譚　近代文芸の豊かさの秘密』に収録。》

《【雑誌】「へるめす」二一号に〈Guest From Abroad〉（17）として鼎談「現代詩の風景——アメリカと日本」（ジョン・アッシュベリー・大岡信・谷川俊太郎）掲載。》

《【雑誌】「東京人」四巻七号に「東京の女（五）　森下洋子」掲載。》

《【本】『現代の芸術視座を求めて　対話十二章　三善晃対談集』音楽之友社（1989-09-30）に三善晃との対談「「うたげ」と「孤心」の循環　大岡信さんと」掲載。》

《【本】『多彩なる墨趣（日本美を語る8）』ぎょうせい（1989-09-01）に「水墨画私観」掲載（『装飾と非装飾』『芸術と伝統』よりの再掲）。》

■一〇月

《【講演】一八日、子どもと伝統芸能との出会いの場を提供する

事業を行う「伝統芸術振興会」にて講演、「日本のうた」。》
《【講演】一三日、関東学院大学講演「日本の詩をどう読むか」。》
《【講演】二九日、奥の細道300年シンポジウムにて講演「国際的視点からの芭蕉「奥の細道」の世界」(草加市文化会館)。》
《【講演】一〇日、八ヶ岳高原音楽堂にて、武満徹企画の詩の朗読会「三人の詩人たち――自然と音楽」に谷川俊太郎、辻井喬とともに出席、NHK教育「ETV8　詩のコンサート　～高原音楽祭から～」として放送される。》

八ヶ岳高原音楽堂にて

《【雑誌】「季刊藝術」(臨時増刊号)「「季刊藝術」の一三年」に「眼の詩学――絵画を考える試み」掲載(「季刊藝術」創刊号(一九六七年四月号)の再録)。》
《【雑誌】「季刊　花神」九号に「フィンランド連詩　1989」(大岡信　カイ・ニエミネン　ラルス・フルデン　ニルス＝アスラク・ヴァルケアパー　大倉純一郎)掲載。》
《【本】『丸谷才一と16人の東京ジャーナリズム大批判』青土社(1989-10-16)に鼎談「歳時記は暦で事典で俳句名作選」(大岡信　俵万智　丸谷才一)掲載(鼎談：四月一二日　銀座「八百善」にて。「東京人」二二号(七月号)よりの再掲)。》
《【本】『俳句はかく解しかく味う　(岩波文庫)』高浜虚子　岩波書店(1989-10-16)に解説掲載→のち「高浜虚子とは誰か――一冊の入門書を通して見る」として『詩をよむ鍵』に収録。》

■一一月

《【公演】一日、サントリー音楽財団創設20周年記念コンサート「武満・湯浅・一柳」サントリー音楽財団委嘱3作品「オリオンとプレアデス」「啓かれた時」「交響曲　ベルリン連詩」の再演。》
《【雑誌】「花椿」四七四号に第七回現代詩花椿賞『故郷の水へのメッセージ』(選考委員：北村太郎　新川和江　中村稔　吉野弘)掲載。》
《【講演】五日、山梨県立文学館にて講演「蛇笏と龍之介」。》

《【講演】一一日、第四回国民文化祭（埼玉県）プレイベントにて講演「日本の短詩型文学」。》

《【講演】一二日、東京都立大学にて開催された日本T・S・エリオット協会のシンポジウムで講演、「エリオット初心」。》

《【講演】二六日、東京大学駒場祭にて講演「日本の詩を面白く読むために」。》

《【楽曲】二九日、英訳詩集「A String Around Autumn」（「秋をたたむ紐」）からタイトルをとった武満徹作曲のヴィオラとオーケストラのための作品「ア・ストリング・アラウンド・オータム」、パリで初演（二〇〇六年、細川俊夫によりヴィオラとピアノのための作品がアレンジ）。》

《【雑誌】「中央公論　文芸特集」復刊六巻四号に高柳重信七回忌のための詩「船焼き捨てし船長へ　追悼」掲載↓のち『地上楽園の午後』に収録。》

　船焼き捨てし
　船長は
　泳ぐかな

この二十代半ばに書かれた彼の句の、「船」をたとへば「俳句形式」と読みかへても潔癖漢の重信に噛みつかれることはないだらう。この船長はみづから船を焼き捨てるのだ。泳いでゐるのは、泳げる限り泳ぐことにおのれのすべてを賭けてるからだ。重信の多行形式は、いはば夭折志願者の句界に贈る遺言となる筈だつた。その悲壮、その純情は、同じやうに純情な重信ファンをたくさん生んだが、如何せん青春孤立の発明品なるこの詩形は、多くの人に選ばれるよりは、人を選ぶ形式だった。「死ぬまでに、三句でもいい句ができたら、それで本望とおもつてゐるの」

（詩「船焼き捨てし船長へ　追悼　高柳重信のための　あとがき付七五調小詩集」より）

《【雑誌】「Will」八巻一一号にインタビュー「大岡信（詩人・日本ペンクラブ会長）」掲載。》

《【展覧会】「六甲アイランドCITY彫刻展　「たわむれ」——海に育つ子供たちへの贈り物」六甲アイランドシティヒル多目的広場（一一月）カタログに「街の中の彫刻群——その意味を考える」掲載。》

《【本】『中村真一郎詩集（現代詩文庫97）』思潮社（1989-11-20）に「押韻定型詩をめぐって」掲載。「現代詩手帖」一九七二年一月号よりの再掲。》

《【本】『絵と物語の交響（日本美を語る6）』ぎょうせい（1989-11-01）に「絵巻と和讃」掲載（『詩の日本語』よりの再掲）。》

■一二月

《【講演】五日、朝日ゼミナール特別講座「折々のうたを読む——冬の巻」（於有楽町朝日ホール）。》

《【本】『瞑想と悟りの庭（日本美を語る7）』ぎょうせい（1989-12-01）の責任編集、「東福寺周辺」掲載（『古寺巡礼 京都第18巻東福寺』よりの再掲）、「心の艶——枯山水と室町和歌に通底するもの」掲載→のち『詩をよむ鍵』に収録。》

《【本】『近代絵画の熟成と展開（大原美術館美術講座3）』用美社（1989-12-16）に「世紀末芸術の遺産と近代絵画——ナビ、フォーヴの画家たち」大岡信掲載。大原美術館美術講座は一九七五年より一九八四年まで全一〇回毎夏開講され、本書は第三回（一九七七年八月三日、四日 倉敷アイビースクェア・アイボリーホールにて）の講演記録。》

■——この年

《【教科書】高等学校検定教科書「基本国語Ⅱ 新版」明治書院（一九八九年発行）に「言葉と人格」掲載。》

《【教科書】高等学校検定教科書「国語Ⅱ 新版」学校図書（一九八九年発行）に「言葉の力」掲載。》

《【楽曲】東京都立国際高等学校開校。校歌作詞・大岡信 作曲・一柳慧。》

《【雑誌】「文芸三島」一二号に詩「故郷の水へのメッセージ」掲載。》

■1990・平成二年——59歳

■一月

《【雑誌】「現代詩手帖」三三巻一号に詩「クレーの店」「クレーのまちの遠景」掲載→のち『地上楽園の午後』に収録。》

《【雑誌】「東京人」五巻一号に「私だけの空間」松村映三写真 大岡信文 掲載→のち『みち草』に収録。》

《【雑誌】「季刊 文学」一巻一号に座談会「研究の対象としての文学」（高橋康也・佐竹昭広・益田勝実・大岡信（司会））掲載。》

《【新聞】「日本経済新聞」（1990-01-07）に「八十過ぎて新しき詩人」（編集部注：佐藤朔について）掲載→のち『「忙即閑」を生きる』に収録。》

■二月

《【雑誌】中国雑誌「世界文学」で大岡信特集。》

《【展覧会】「東京藝術大学美術学部大学院一九八九年度修了生有志制作展」カタログ「Presentation」に「現代社会のなかの芸術 有志修了制作展の画家たちへ」掲載→のち『詩人と美術

家』に収録。》

《【雑誌】「文學界」四四巻二号に歌仙「大魚の巻」（大岡信・丸谷才一・高橋治）掲載→のち『とくとく歌仙』に収録。》

《【雑誌】「歴程」三六九号（追悼・草野心平号）に「草野心平と昭和詩」掲載。『ことのは草』からの再掲》

《【本】『永瀬清子詩集 （現代詩文庫1039）』思潮社（1990-02-01）に「詩人の成熟の意味」掲載。『続・永瀬清子詩集』思潮社（1982-00-00）解説よりの再掲。》

《【雑誌】「文藝」二九巻一号に詩「竹林孵卵」「ハレー彗星独白」掲載→のち『地上楽園の午後』に収録。》

《【雑誌】「季刊 花神」一〇号に「楸邨「忘帰抄」二〇句交響」掲載。》

私はこれまでにも楸邨句に七七を付け、二句一体の別の世界を産み出す試みをたびたびしてきた。この試みは、さかのぼれば「寒雷」三五〇号記念号（一九七二年九月）に寄稿した「和唱達谷先生五句」（のち『悲歌と祝祷』に収録）から始まっている。その時は楸邨氏の句を、四行から成る私の詩作品の中に一句丸ごと拝借し、そのようにして出来た五行詩を五篇並べたのだった。……右に掲載したのは、「寒雷」の「忘帰抄」一九八八年一月号以降一九八九年一二月号までの中から選び出した二〇句に、それぞれ七七を付けて新しい詩的世界を構成した付合集である。

（「楸邨「忘帰抄」二〇句交響」著者註より）

《【本】『第八 折々のうた（岩波新書新赤版111）』岩波書店（1990-02-20）刊行。》

■三月

《『詩人・菅原道真』により芸術選奨文部大臣賞を受賞。》

《【講演】日本ペンクラブ開催「第6回平和の日」静岡市民文化会館にて会長挨拶。》

《【雑誌】「Front」二巻六号に「[WATER MIRROR]（18）——水が感じ、水が考えている」掲載。》

《【雑誌】「ミセス」四一八号に私の原風景「水の中なるわが故郷、三島」掲載→のち「水の中なるわが故郷」と改題して『ことのは草』『詩人と美術家』に収録。》

《【雑誌】「東京人」五巻三号に座談会「東京ジャーナリズム大批判 國華は日本で一番贅沢な美術雑誌」（大岡信・水尾比呂志・丸谷才一）掲載→のち『丸谷才一と16人の世紀末ジャーナリズム大批判』に収録。》

《【公演】一四日、「銕仙朗読会」を谷川俊太郎とともに企画・組織し、第一回開催。詩人による自作朗読や能・狂言の役者による現代語作品の朗読などの試み。第一回の出演者は、茨木のり子、観世栄夫、大江健三郎。以降、隔月開催（於銕仙会能楽

研究所)。》

詩が何よりもまず口頭でうたわれ、語られることによって、人類の成長に不可欠な生きる力そのものになったという古来の事実を顧みるなら、朗読を通じて詩を伝達し、享受することは、最も本然的な仕方で詩と接することにほかならないでしょう。

(大岡信・谷川俊太郎「『鋏仙朗読会』のお知らせ」より)

《【講演】二〇日、朝日ゼミナール特別講座「折々のうたを読む――春の巻」(於有楽町朝日ホール)。》

《【楽曲】二四日、詩「産卵せよ富士」による、合唱と吹奏楽のための交声詩曲「富士へ」(三善晃作曲)、浜松市で初演。》

《【本】『永訣かくのごとくに候　(叢書死の文化11)』弘文堂(1990-03-30)刊行→のち『ひとの最後の言葉　(ちくま文庫)』(二〇〇九)、一部は『ぐびじん草』に収録。》

私たちはいつも「さりながら死ぬのはいつも他人」という条件の中で、しかも必ず自らに訪れてくるこの人生最大の事件について、一度も体験することなしに考え、語り、書かねばならない。この大事件だけは、「事後報告」が決して存在しない。(中略)情報化がどれほど極端に進んでみても、それは現世の生活をいっそう表層において多忙にさせるにすぎず、人々は幸福感というものを実感する機会さえ、しだいに見失っているにすぎないのが実態だろう。だから、死について考えることは、現実には、あの人この人の生前の思想・行動について、とりわけ死という事件に対して、彼らが語ったり書いたりしたことについて、考えることを除いてはあり得ない。そしてそれは、彼あるいは彼女がいかに死んだか、ということよりも、以下に彼或いは彼女が決定的瞬間を前にして生きたか、ということを考えることにほかなるまい。さらに具体的に言えば、彼あるいは彼女が、死を眼前にして、いかに彼ら独自の生の証しを示し得たかを考えることにほかならない。私はこの本で、さまざまな時代のさまざまな人々が、自らの死に臨み、あるいは愛する者の死を前にして、書き遺したり行動したりした事跡のいくつかのケースを追ってみるつもりだが、究極において私が素描しようとしているのは、彼らの「死」ではなく、最後的に昂揚し、あるいは凝縮・結晶した彼らの「生」そのものであるだろうと思う。

(「序」『永訣かくのごとくに候』)

■四月

《【公演】横笛奏者赤尾三千子の委嘱による演劇的音楽作品「水炎伝説」(石井眞木作曲、実相寺昭雄演出)東京バリオホール(四月)初演。九月にはロサンジェルス、ニューヨークでも公演。パンフレットに作者のことば「美と永遠の物語を」掲載。》

《【放送】三〇日、NHK総合「モーニングワイド」で「柿田川・夢の川床」に出演。》
《【本】『昭和文学全集35』小学館（1990-04-20）に詩一五篇と「昭和詩史」掲載。》
《【新聞】「東京新聞」（1990-04-27）に「「死と再生」水炎伝説を上演して　横笛という求心的楽器」掲載→のち『「忙即閑」を生きる』に収録。》

■五月
《一日、「折々のうた」休載期間を終了し、連載を再開する。》
《【公演】九日、「鋏仙朗読会」第二回開催。出演者は、岸田今日子、谷川俊太郎、野村万之丞。》

観世栄夫さんの場合には今までにも多くの経験があったが、野村万之丞さんは詩の朗読ということをした経験がほとんどないはずである。そこが言ってみればこちらの付け目だった。狂言師が自分の方に作品をひきつけて読もうとすれば、どうしてもそこにはある種の「うたいあげる」調子が出てくることになる。しかし、そうしようと思ってもおいそれと彼の言いなりにならない作品を読む場合にはどうなるだろうか。私は万之丞さんに、草野心平の「秋の夜の会話」「ケロッケ自伝」、金子光晴の初孫をうたった詩集『若葉のうた』からの数篇を材料として送った。万之丞さん自身は柳田国男の『遠野物語』の文語体の文章に心が動いていたらしい。何しろ現代詩など、狂言師から見れば遠野のさらにずっと遠くの言葉なのだもの。しかし、ある期間がたったのち、万之丞さんが読むことに決めたのは、心平・光晴だった。そしてそれらの詩は読まれ、場内の静寂は身震いするような圧力となって高まり、彼が読み終えた時、桟敷席から跳ねるように立ちあがって拍手する人も出た。私は私で、野村万之丞の芸域に今までと違ったもう一つのレパートリーが加わったことに感動してしまっていた。

（「貧相な人間に陥らないために」『ことのは草』）

《三一日、詩人吉岡実死去。六月二日に、真願寺で通夜。三日の告別式にて、弔辞「吉岡実を送ることば」を読む。》

人間はいつも人生の途中で死ぬのです。君もまた、途中で死にました。けれども、僕は君の生前最後の著作となった二十歳当時の日記『うまやはし日記』を今あらためてめくりながら、実に不思議な思ひにとらはれてゐます。二十歳の日記にも、吉岡実は完全な形で存在してゐるのを見るからです。人間はいつも途中で死ぬけれども、どの瞬間にも完全な形で存在してゐるのです。君の若き日の日記のやうなものがあつてそれを僕らに教へてくれるのは、何といふ美しい人生の贈り物でせうか。君はかうしてぼくらの心に生き続けます。

（「吉岡実を送ることば」『地上楽園の午後』）

《【雑誌】「太陽」二八巻五号に「備前の器に瀬戸内の海の幸を盛る」掲載→のち「岡田輝の焼きものと私」と改題して『忙即閑」を生きる』、のち「岡田輝と私」と改題して『しのび草』収録。》

《【雑誌】「東京人」五巻五号に「都市の歳時記・座談会（一）おつきあいはおみやげから始まる」（ジャニーン・バイチマン　クリストファー遥盟　大岡信）掲載。》

《【新聞】「読売新聞」にて連載「詩歌の森の散歩」全一二回（五月八日〜七月一六日号）→のち「詩歌の森の散歩」として『詩をよむ鍵』に収録→のち「詞華集の役割」として『おもひ草』に収録。》

《【本】現代俳人アンソロジー『現代俳句ニューウェイブ』立風書房（1990-05-25）に「長谷川櫂集」の冒頭に「櫂のために」掲載。》

■六月

《【講演】五日、朝日ゼミナール特別講座「折々のうたを読む――夏の巻」（於有楽町朝日ホール）。》

《【講演】一六日、名古屋市民大学にて講演「芭蕉の臨終と日本の詩」。》

《【講演】二八日、「国際花と緑の博覧会」にて講演および座談会（大阪）。》

《【雑誌】「国際交流」五三号に「車座社会に生きる日本人」を掲載。》

　私は自分が生まれる以前からすでに体内に流れこんでいた日本語というものの伝統を離れて自分自身が存在しうるとは、片時たりとも考えられなかった。それゆえ、少年時代から日本語でものを考え、あまつさえ詩というものを作ることに無上の快楽と必要を感じ、まさに一九四五年八月十五日を境にそれを実行し始めてしまった人間にとっては、最も大きな、そして困難な課題とは、この強固で巨大な車座社会に内部で生きつつ、同時にそこから身を引き離して生きる方策をさぐることとならざるを得なかった。それはある意味で、同質社会特有の、車座を組むことを本能的に求める日本島人の生き方に、それなりの必然性と積極的価値を見出さねばならないことを意味すると同時に、そのような社会のあり方に対してたえず嫌悪《けんお》をいだかずにはいられない心情を養いつづけることを意味していた。私は少年時代から、家の環境からしてごく自然に、日本の短歌のリズムを身につけていたと思っているが、まもなく欧米文学に強く惹《ひ》かれるようになり、現代詩を作るようになった。そこにはすでにしてこういう相反する二つの命題からの襲撃があったように思われる。

（「車座社会に生きる日本人」『詩をよむ鍵』）

《【雑誌】「フィルハーモニー」六二巻六号にインタビュー「《連詩》へのアプローチ　一柳慧　大岡信氏に尋ねたこと」船山隆掲載。》

《【本】『夏目漱石　新文芸読本』河出書房新社（1990-06-00）に小島信夫との対談「愛の作家夏目漱石」掲載。》

《【雑誌】「婦人之友」八四巻六号に座談会「水、そして人のいのち」（大岡信・小堀巖・阿部なを）、詩「故郷の水へのメッセージ」掲載。》

《【本】『樹のこころエッセイ'90』日本文芸家協会（1990-06-05）に「猫の教訓」掲載（「ONION」一九八九年三月号よりの再掲）。》

《【本】『声で楽しむ美しい日本の詩　和歌・俳句篇』『声で楽しむ美しい日本の詩　近・現代詩編』（各CD付）大岡信・谷川俊太郎編　岩波書店（1990-06-07）刊行。声で読むという観点で選ばれた作品。注記は和歌・俳句篇を大岡信、近・現代詩篇を谷川俊太郎がが担当。》

《【本】『二〇世紀絵画の夢と反逆　（大原美術館美術講座5）』（1990-06-23）に第五回「夢と意識下の世界　――超現実主義の画家たち」講座掲載（一九七九年八月一日、二日　於倉敷アイビースクェア・アイボリーホール）。》

■七月

《【公演】一八日、「銕仙朗読会」第三回開催。出演者は、佐佐木幸綱、粟津則雄、野村万作。》

《【講演】一九日、小田原市にて講演「永訣かくのごとくに候」。》

《【講演】二八日、「アパルトヘイト否《ノン》！」日本展終了記念講演。》

《【雑誌】「芸術新潮」四一巻七号　特集「第二二回日本芸術大賞　靉嘔（あいおう）」に「色の狩人――靉嘔の作品について」掲載↓のち「靉嘔――色の狩人」として『美をひらく扉』に収録。》

《【雑誌】「VOICE」一六三号に「醒めきって茫洋たる」掲載↓のち「井田照一」として『しのび草』に収録。》

《【本】『多田美波』平凡社（1990-07-00）に「多田美波の創作原理」を掲載。》

《【本】『芥川龍之介　新文芸読本』河出書房新社（1990-07-00）に石川淳との対談「我鬼先生のこと」掲載。「図書」（一九七七年九月）での対談再掲。》

《【雑誌】「群像」四五巻七号に「貧相な人間に陥らないために」掲載↓のち『ことのは草』に収録。》

《【雑誌】「現代詩手帖」三三巻七号に「弔詞」（吉岡実に）掲載↓のち詩「吉岡実を送ることば」として『地上楽園の午後』に収録。》

《【新聞】「毎日新聞」（1990-07-16）に書評「風巻景次郎著『中世の文学伝統』」掲載↓のち『しおり草』に収録。》

■八月

《【講演】七日、《第一生命（東戸塚）にて講演「日本詩歌の勘どころ」。》

《【放送】二五日、ＮＨＫ教育「実践はなしことば　豊かな表現力を獲得するために」に出演。》

《【雑誌】「月刊ASAHI」八巻二五号の「面白いから古典を読む」の一つとして「「下手な歌よみ」貫之の狡猾と洗練」掲載↓のち「狡智と洗練」として『光の受胎』に収録。》

《【雑誌】「新潮」八七巻八号に「吉岡実追悼　卵形の生と死」掲載↓のち「卵形の生と死――吉岡実追悼」として『ことのは草』に収録。》

《【雑誌】「東京人」五巻八号に「都市の歳時記・座談会（四）詩の言葉　舞台の言葉　翻訳の言葉」（谷川俊太郎・松本幸四郎・大岡信）掲載。》

《【雑誌】「文學界」四四巻八号に歌仙「加賀暖簾の巻」（丸谷才一・大岡信・高橋治）掲載↓のち『とくとく歌仙』に収録。》

《【本】『現代俳句（鑑賞日本現代文学33）』安東次男編集　角川書店（1990-08-15）に平井照敏との対談「現代俳句の時代」掲載。》

> 大岡信君の協力を条件に編集を承諾したのは昭和五十五年の末だった。（中略）因に、大岡・平井両君の対談は、あらかじめ資料を用意し、談後三たびに亙って整理・加筆してもらった。いわゆる対談ではない。「俳句とは何か」を考えるために、自由の利く形式を用いたまでである。
>
> （「編集後記」『現代俳句（鑑賞日本現代文学33）』）

■九月

《【公演】一二日、「銕仙朗読会」第四回開催。出演者は、馬場あき子、中村真一郎、観世銕之丞（八世）。》

《【講演】一三日、朝日ゼミナール特別講座「折々のうたを読む――秋の巻」（於有楽町朝日ホール）。》

《【講演】二〇日、公演「地唄舞　閑崎ひで女　舞の世界」三越劇場にて最終日に講演「閑崎ひで女の「舞い」について」。》

《【講演】二五日、朝日ゼミナール特別講座「魅力の万葉」にて「人麻呂の世界――作歌の魅力」講演。》

《【展覧会】「戸村浩展　天才は忘れた頃にやってくる」シブヤ西武シードホール（九月）カタログに「原理を感覚にかえして

やろう」掲載。》
《【雑誌】「へるめす」二七号に「日本の詩と世界の詩」（八月のリエージュ国際詩人祭での講演）掲載→のち「芭蕉の国際性」として『ことのは草』に収録。》
《【雑誌】「國文學　解釈と教材の研究」三五巻一〇号に座談会「いま、詩は」（谷川俊太郎・大岡信・高橋源一郎）（座談会：五月二三日）掲載。》
《【新聞】「朝日新聞」（1990-09-11）に「折々のうた三千回インタビュー」掲載。》
《【新聞】「読売新聞」（1990-09-30）に「透明な文　絵の豊かさ」掲載→のち『「忙即閑」を生きる』に収録。日曜版一頁「日本の四季」の芥川喜好氏担当がこの日で丸一〇年、五〇〇回目の記事になることを紹介。》

■一〇月

《【楽曲】二日、「四季の木霊」による、伝統楽器群と声明、舞のための「道Ⅱ」（一柳慧作曲）、フランクフルトにて初演。》
《三〜六日、フランクフルト・ブックフェアに招待され、谷川俊太郎、ガブリエレ・エッカルト、ウリ・ベッカー（翻訳者福沢啓臣）と連詩制作（「フランクフルト連詩」）。のち、「へるめす」二九号（一九九一年一月）に掲載。》

フランクフルト連詩にて

《演劇プロデューサー　トマス・エルドスのプロジェクトによる旧西ベルリンならびに旧東ベルリンの劇場で公演する関崎ひで女、清女の地唄舞一行と合流。旧東ベルリン市フォルクス・ビューネ劇場及び西ベルリン市のヘベル劇場で講演。》
かつて東ベルリンだった地区の美術館・博物館を見学。ポツダム宣言（一九四五年七月二六日）を発した場などを回って後、一同と一旦別れ、スペインを訪れる。
　バルセロナに着き、この地のカタラン（スペインの古語）を守っている学会で、「日本詩歌のＡＢＣ」につき講演。翌日、海岸通りで待ち合わせしていたアルテガスと会い、彼の広大な家に迎えられる（アルテガスとは、一九六五年ミロ来日の際、ミロの親友であり共作者でもあるアルテガスの息子として日本に滞在の折、年齢も近いため親しくなった。夫人は日本人でテキスタイルの仕事をしていた。アルテガス本人は陶器作者）。さっそく、アルテガスの手料理でパエリヤを振舞われ、ミロや父アルテガスの作品が多く飾られた部屋や広い庭で寛ぎ、一泊。

翌、フランスのリヨンに急ぐ。リヨンで再び地唄舞一行に合流。「ダンス劇場」で「日本の舞と西洋のダンス」につき講演。地唄舞はリヨンに学ぶダンサー達に好評で、一日だけの公演がさらに一日のびる、満席の状況であった。

翌日、地唄舞のパリ公演。「シャトレ劇場」のフォアイエでの公演も満員の客の拍手はやまなかった。（深瀬サキ記）

《【雑誌】「寒雷」五六七号　「寒雷」創刊五〇周年特別記念号に「「忘帰抄」二〇句交響」掲載。》

《【本】『丸谷才一と16人の世紀末のジャーナリズム大批判』丸谷才一　青土社（1990-10-09）に鼎談「「国華」は日本でいちばん贅沢な美術雑誌」（大岡信　水尾比呂志　丸谷才一）掲載。》

《【本】『新編・折々のうた　第四』朝日新聞社（1990-10-10）刊行。》

《【本】『地球派読本』福武書店（1990-10-16）に「日本人にとって地球とは」掲載（『NHK地球大紀行4』（一九八七）よりの再掲。》

《【本】『群像日本の作家12　宮沢賢治』小学館（1990-10-20）に「「疾中」詩篇と「文語詩稿」と」掲載（『校本宮澤賢治全集第五巻』筑摩書房（一九七四年）月報、『昭和詩史』思潮社（一九七七年）よりの再掲。》

《【講演】三〇日、網野義彦との対談「海と日本を語る」朝日ホールにて。》

■一一月

《【公演】一四日、「鋏仙朗読会」第五回開催。出演者は、武満徹、一噌幸政、大岡信。》

《【講演】二九日、朝日カルチャーセンター福岡開講20周年記念講演「詩人　菅原道真」。》

《【展覧会】「利根山光人アトリエ展」アルテ・トネヤマ（一一月）カタログに「TONEさんの……」掲載。》

《【展覧会】「粟津杜子個展」大手町画廊（一一月）カタログに「歓喜する絵画現象　粟津杜子のために」掲載。》

《【雑誌】「現代詩手帖」三三巻一一号に長編詩「友だちがまた一人死んだ」掲載↓のち『地上楽園の午後』に収録。》

《【展覧会】「相沢常樹個展」沼津市民文化センター（一一月）カタログに「相沢常樹のために」掲載↓のち『詩人と美術家』に収録。》

《【雑誌】「東京人」五巻一一号に「都市の歳時記・座談会（七）辞書の世界歳時記の世界」（高田宏・平井照敏・大岡信）掲載。》

《【雑誌】「T. S. ELIOT REVIEW」（日本T・S・エリオット協会）に詩「倫敦懸崖」掲載（『水府』より再掲）。》

《【本】『美しい四季　児童図書館・絵本の部屋』評論社（1990-11-05）に竹田津実写真　大岡信詩監修。》

《【本】『対談集　東と西』司馬遼太郎　朝日新聞社（1990-11-10）に司馬遼太郎との対談「中世歌謡の世界」掲載。「週刊朝日」一九八三年一一月一一日号、一一月一八日号よりの再掲。》

■一二月

《【講演】四日、朝日ゼミナール特別講座「折々のうたを読む――冬の巻」（於有楽町朝日ホール）。》

《【講演】八日、秩父にて講演「折々のうた――詩歌の楽しみ」。》

《【講演】一〇日、社団法人社会経済国民会議に招かれて講演。「日本人の心と文学――詩心にみられる国際性」（のち「クセジュ文庫VOL・六七」に収録。）》

《【雑誌】「現代詩手帖」三三巻一二号　特集「現代詩年鑑1990」に詩「竹林孵卵」掲載（「文藝」春季号より再掲）。》

《【雑誌】「櫂」二七号に詩「名づけ得ぬものへの讃歌」掲載。》

《【本】『井伏鱒二　（群像日本の作家16）』小学館　（1990-12-10）に「こんこん出やれ――井伏鱒二の詩について」掲載（「海」特別号一九七七年八月号より再掲）。》

《【本】『星野徹全詩集』沖積舎（1990-12-21）に栞文「星野徹の詩業について――とくに「成熟」の問題」掲載。》

《【本】『誕生祭　現代詩人コレクション』沖積舎（1990-12-31）刊行。既刊詩集からの詩の再掲のほか、あとがきとして「私が詩を書き始めた頃　文語七五調で詩を書き始めた頃のこと」掲載→のち「私が詩を書き始めたころ」として『「忙即閑」を生きる』に収録。》

《【公演】「かもめ　YAŇKA」アントン・チェーホフ（原作）渡辺守章（脚本・演出）銀座セゾン劇場（一二月）パンフレットに「守章版『かもめ』日本語台本」掲載。》

■――この年

《【教科書】中学校検定教科書「国語2」光村図書（一九九〇年発行）に「言葉の力」掲載。》

《【教科書】中学校検定教科書「新しい国語1」東京書籍（一九九〇年発行）に「虫の夢（春少女に）」掲載。》

《【教科書】高等学校検定教科書「新編　現代文」筑摩書房（一九九〇年発行）に「春のために」掲載。》

《【教科書】高等学校検定教科書「現代文」東京書籍（一九九〇年発行）に「地名論」掲載。》

《【教科書】高等学校検定教科書「新現代文」大修館書店（一九九〇年発行）に「言葉と人格」掲載。》

《【雑誌】「文芸三島」一三号に詩「産卵せよ富士」掲載。》

《【出版案内】『コレクション瀧口修造』（みすず書房）出版案内に推薦文「瀧口修造さん」掲載↓のち『しのび草』に収録。》

■1991・平成三年――60歳

■一月

《【講演】七日、ハワイ大学の国際翻訳者会議（Translation East and West: ACross—Cultural Approach）の第一日目全体会議で「翻訳の創造性――日本の場合」を冒頭特別講演（英文テキストは、明治大学大学院日本文学研究科に文部省奨学生として留学中のアラン・カスナー氏（カナダ）の協力）。この模様は「季刊　文学」春号（四月）に掲載↓のちに『ぐびじん草』に収録。》

現在のところ、地球上の現実の動きの多くは、情報化文明の急激な発展に応じて諸民族間の共通理解と和解的雰囲気が深まる方向へと進んでいるとは言えません。しかし、それならなお一層、私たちは相手が自分と異なっている部分にこそ敬意をいだき、それを徐々に学びとり、相互理解への道を少しずつ前進することを心がけねばならないでしょう。相互理解とは何よりもまず、相互の異質性を明瞭に認識し、それを強引なやり方で解消しようとする兇暴な行為に対してはあくまで抵抗し、反対してゆく態度のことをいうでしょう。その観点からすると、「翻訳者」の仕事は、まさに今私がのべた事を常時行っている仕事なのだということになりはしないでしょうか。翻訳者の仕事とは、別の言語と自分の言語との間に、きわめて興味深く、また示唆に満ちた相違があることを発見しつづけてゆく仕事です。そして言うまでもなく、翻訳は、今日のように急激に世界の多様性が露出してきた時代にあっては、世界の死活の鍵をにぎる領域になってきました。翻訳の価値、翻訳書の存在理由の重要性が、このような世界情勢の中で一層明らかになってきたことには、たぶん大きな意味があるのだと思います。なぜなら、このような情勢であるがゆえに、翻訳という仕事が単なる言葉の置き換えではなく、まさに創造的な仕事にほかならないことが、切実な実感とともに大勢の人々に理解されるに違いないからです。私はこの講演を終るに当たって、最初に申しあげた言葉をもう一度くり返したいと思います。『すべてのコミュニケーションは究極において翻訳である』。

（「翻訳の創造性」『詩をよむ鍵』）

《【本】『コレクション瀧口修造』全一三巻＋別巻一　みすず書

房　刊行開始。武満徹　鶴岡善久　東野芳明　巌谷國士と共編。》

《【講演・シンポジウム】『コレクション瀧口修造』刊行開始にあわせたシンポジウム。赤瀬川原平　秋山邦晴　巌谷國士　大岡信。》

《【雑誌】「へるめす」二九号に「フランクフルト連詩」（ガブリエレ・エッカルト　ウリ・ベッカー　谷川俊太郎　大岡信　訳者：E・クロッペンシュタイン　福沢啓臣）、谷川俊太郎との対談「「フランクフルト連詩」とその背景」掲載。》

《【雑誌】「現代」二五巻一号に〈特別大企画〉「明治、大正、昭和の「文化」を白熱討議近代日本の一〇〇冊を選ぶ〈前編〉」（伊東光晴・大岡信・丸谷才一・森毅・山崎正和）掲載。》

《【雑誌】「現代詩手帖」三四巻一号に詩「ある塼塔　北京城外天寧寺廃趾」掲載（「志野陶石カレンダー一九九一年用」よりの再掲）→のち『地上楽園の午後』に収録。》

《【本】『石川啄木　新文芸読本』河出書房新社（1991-01-00）に「石川啄木のユーモア」掲載（『人生の黄金時間』よりの再掲）。》

《【本】『連詩の愉しみ　（岩波新書　新赤版156）』岩波書店（1991-01-21）刊行。》

《【講演】二三日、アサヒビール文化講座にて「詩を作る楽しみ読む楽しみ」。》

《二九日、井上靖死去。二月二〇日の青山斎場における葬儀で弔辞。》

■二月

《【放送】NHKラジオ「名作劇場」で再放送「あだしの」（四日）、「イグドラジルの樹」（二五日）。》

《【雑誌】「現代」二五巻二号に〈特別大企画〉「三島由紀夫、小林秀雄はなぜ落ちたか　近代日本の一〇〇冊を選ぶ〈後編〉」（伊東光晴・大岡信・丸谷才一・森毅・山崎正和）掲載。》

《【雑誌】「東京人」六巻二号に「都市の歳時記・座談会（一〇）」（福島加寿美・中村敬子・大岡信）掲載。》

《【雑誌】「文藝春秋」六九巻二号に詩「枝の出産」掲載→のち『地上楽園の午後』に収録。》

《【本】『夏目漱石　（群像日本の作家1）』小学館（1991-02-10）に夏目漱石の作品選と解説、「漱石の小説に見る恋愛」（東京大学国文学科卒業論文（一九五二年秋））掲載。卒業論文は『大岡信著作集4』よりの再掲。》

《【新聞】「毎日新聞　創刊一一九年記念特集」（1991-02-21）に「「わからない」を出発点に」掲載→のち「情報化時代の相互理解」として『ことのは草』に収録。》

■三月

《【講演】三日、日本ペンクラブ「平和の日　仙台の集い」にて講演。》

《【公演】一三日、「鋏仙朗読会」第六回開催。出演者は、伊藤比呂美、山本東次郎、金関寿夫。》

《【講演】二六日、朝日ゼミナール特別講座「折々のうたを読む――春の巻」(於有楽町朝日ホール)。》

《【展覧会】「HIRAYAMA Sur la route de la soie　平山郁夫シルクロード展」ギメ国立東洋美術館(パリ)ほか(三月～一一月)カタログに「シルクロードの平山郁夫」掲載↓のち『美をひらく扉』に収録。》

《【公演】「la tempête　テンペスト」ウィリアム・シェイクスピア(原作)ピーター・ブルック(演出)銀座セゾン劇場(三月～四月)パンフレットに「緻密で芳潤な舞台」掲載。》

《【公演】二三、二四日、国立劇場第五回特別企画公演「小さき者の聲――民俗芸能と現代音楽」。民俗芸能の部と現代音楽の部があり、現代音楽の部で国立劇場委嘱作品「小さき者のうたものがたり　飛倉戯画巻――命蓮の鉢」初演。大岡信(作・構成)間宮芳生(作曲・音楽監督)、パンフレットに「「飛倉戯画巻」の背景――台本の由来とねらい」掲載。》

《【講演】二五日、国際シンポジウム「企業の文化的役割」。》

《【雑誌】「国際交流」五五号に特別鼎談「ラテンアメリカの詩と感受性」(アントニオ・シスネロス　大岡信　野谷文昭)掲載(鼎談：一九九〇年九月一四日)。》

《【本】『井上靖(群像日本の作家20)』小学館(1991-03-10)に「井上靖における詩人」掲載(「國文学　解釈と教材の研究」一九七五年三月号よりの再掲)。》

■四月

《【出版案内】『浜口陽三自選作品集』(小学館)出版案内に推薦文「浄福光にみちた色の小宇宙」掲載。》

《【放送】七日、NHK総合テレビ「日曜インタビュー宇宙を満たす言魂(ことだま)」に出演。》

《【本】英訳古典和歌論集 The Colorsof Poetry―Essayson Classic Japanese Verse‹ を Katydid Books より刊行。》

《【雑誌】「ザ・ゴールド」(JCB発行　小学館編集)にて連載「乾坤の一滴」全二四回(四月～一九九三年三月)↓のち『人生の果樹園にて』、一部『みち草』に収録。》

《【本】『現代詩読本　吉岡実』思潮社(1991-04-00)に討議「自己侵犯と変容を重ねた芸術家魂『昏睡季節』から『ムーンドロップ』まで」(大岡信　入沢康夫　天沢退二郎　平出隆)、代表詩四〇選(大岡信　入沢康夫　天沢退二郎　平出隆編)、「弔辞」掲載。「現代詩手帖」一九九〇年七月号よりの再掲。》

《【雑誌】「月報司法書士」二三二号に「'91人間くろ～ずあっぷ

（一二）日本ペンクラブ会長・詩人大岡信さんに聞く」掲載。》

《【雑誌】「文学」二巻二号に「翻訳の創造性——日本の場合」（ハワイ大学で一月七日～一一日に開催された会議 "Translation East and West: A Cross–Cultural Approach" の第一日目の全体会議で行った記念講演の原文）掲載→のち『ぐびじん草』に収録。》

《【雑誌】「文學界」四五巻五号に「井上靖先生——弔辞」掲載。二月二〇日の青山斎場における葬儀で読んだ弔辞→のちに『光のくだもの』『ことのは草』に収録。》

《【本】『大化の改新は存在したか　古代政変と律令国家誕生（史話日本の歴史6）』作品社（1991-04-15）に「万葉の青春悲歌——動乱の中の恋と死について」掲載。『大岡信著作集8』よりの再掲。》

《【講演】三〇日、東京大学にて講演「日本の言語文化のうちと外」。》

■五月

《【放送】三日、NHK総合テレビ「こちら・ことば探偵局　ワタシ、日本人ワカリマセン！」に出演。》

《【公演】八日、「銕仙朗読会」第七回開催。出演者は、那珂太郎、山本順之、白石加代子。》

《【講演】一九日、「塔」短歌会主催高安国世記念詩歌講演会（京都）「現代社会と詩歌——とくに共同制作」。》

《【本】英訳選詩集 "Elegy and Benediction, Selected Poems 一九四七——八・九" を Jitsugetsu–kan（編集部注：日月館）より刊行。》

《【雑誌】「文學界」四五巻六号に歌仙「ぶり茶飯の巻」（井上ひさし・大岡信・丸谷才一）掲載→のち『とくとく歌仙』に収録。》

《【CD】『一柳慧作品集Ⅰ』（フォンテック）ライナーノーツに「ベルリン連詩」の一柳慧」掲載→のち「一柳慧が追い続けるもの」として『「忙即閑」を生きる』『しのび草』に収録。》

■六月

《【講演】四日、朝日ゼミナール特別講座「折々のうたを読む——夏の巻」（於有楽町朝日ホール）。》

《【講演】五日、日仏学院にてイヴ・デュテイユと対談。》

《【講演】スウェディッシュ・インスティテュートに招待され、ストックホルムで詩朗読・講演。》

《一七～一九日、フィンランドのラフティ国際作家会議の招請により、フィンランドの詩人カイ・ニエミネン、ラッセ・フルデーンとエストニアの詩人レイン・ラウドの三人（翻訳者大倉純一郎）と、連詩制作・発表。》

《ロッテルダム国際詩祭のポエトリー・オンザロード・プログラムに参加。》

《【本】中国語訳『大岡信詩選』（蘭明訳）三聯書店　刊行。》

《【本】『中原中也（群像日本の作家15）』小学館（1991-06-10）に討議「恩寵の詩人――中原中也」（大岡昇平　鮎川信夫　中村稔　大岡信）掲載。「ユリイカ」一九七〇年九月号よりの再掲。》

《【本】『四季歌ごよみ（ワインブックス）』学習研究社　刊行開始。夏・恋・秋・冬・春　の全五巻（六月～一九九二年三月）↓のち『名句歌ごよみ（角川文庫）』として夏・恋・秋・冬・春全五巻（一九九九年三月～二〇〇〇年五月）。》

■七月

《【放送】ＮＨＫラジオ「こころをよむ」にて「岡倉天心を語る」全四回放送（七、一四、二一、二八日）放送。》

《【講演】六日、富山県立近代美術館一〇周年記念講演「芸術と人生」。》

《【公演】一〇日、「銕仙朗読会」第八回開催。出演者は、石垣りん、野村武司（のちの野村萬斎）、河島英昭。》

《【講演】二二日、高岡にて富山県民カレッジ夏季講座「日本の詩歌」。》

《【放送】二八日、ＮＨＫ教育テレビ「日曜美術館　ギュスターヴ・モロー」に出演。》

《【本】『花鳥風月　いけばな日本の美〈水の巻〉』（講談社）に「季節と花」掲載↓のち『詩をよむ鍵』に収録。》

《【本】『萩原朔太郎　新文芸読本』河出書房（1991-07-00）に那珂太郎との対談「朔太郎の新しい貌」掲載。》

《【雑誌】「文學界」四五巻八号に徹底討論「いま現代詩はどうなっているのか」（大岡信　辻井喬）掲載。》

《【雑誌】「季刊　花神」一三号に「うたものがたり「飛倉戯画巻――命蓮の鉢」」掲載。》

《【雑誌】「芸術新潮」四二巻七号に第二三回日本芸術大賞　蟻田哲「選評」掲載。》

《【本】『三島文学散歩』中尾勇　静岡新聞社（1991-07-00）に協力記事が掲載。》

《三〇～八月二日、ハワイ大学サマー・セッションに招かれ、現地の詩人ジョセフ・スタントン、ジーン・トヤマ、ウィン・テク・ルムの三人と連詩を制作する。その後、講演と詩朗読。》

　連詩は、数人の詩人によって作られるつながりあった詩で、一三世紀以来、日本の多くの古典詩人たちによって愛用された連歌及び連句という詩型を適用した集団的な詩です。私は一九七〇年代に、「櫂」という雑誌に属している私の数人の友人の詩人たちと一緒に書き始めました。（中略）共同制作の始まりにおいては互いに全く見知らぬ人だった詩人たち、外国人でさえある詩人たち、そのような詩人たちは、一緒に協力して彼らの作品を作ってゆく過程で、ある種の目覚めの経験をします。我々の一人一人は、最後的にはある程度の度合において、彼あるいは彼女の創造経過の秘密を明らかに示すという結果になります。そして一人一人が、他の詩人たちの秘密を一瞥する結果になるでしょう。このようにして参加者各人の人生についての観念、彼あるいは彼女の現実感覚、世界観、そして個人的傾向とか表現技法における趣向までもが、だんだん明らかになってきます。それを目にするだけでも、深い所で刺激的であり、感動的でもあります。この友情的な協力の雰囲気の中で、詩人たちは心の奥底で、一つの笑い、一つの沈黙が何を意味するかということを理解するでしょう。（中略）一九九一年夏、ハワイで始まったジョゼフ・スタントン、ジーン・トヤマ、フィン・ティク・ルムとの連詩は、私が日本に帰って来てからもファックスを通じて継続され、最後に三六の詩を完成することが出来ましたが、この連詩の制作は、私に非常に大きな喜びと誇りとをもたらしました。わずか二日間同席しただけという事実に反して、私はこれら三人のアメリカの詩人たちに対して、極めて近しいものを感じます。彼らも、私と同じようなことを感じていました。これは実際、まことに目覚しい経験でした。我々が初めて会った日から三日後、ジェファーソンホールで大勢の聴衆の前で、連詩を読み、かつ我々の一人一人の経験について話したことの記憶と、聴衆に対する親しみの気持ちと、好奇心と、親密感は、忘れられない美しさであります。ハワイ大学の夏期講座は、この連詩計画を実行するにあたって、現代詩は決して孤立した精神の低いつぶやきではないことを証明することに、大変に貢献してくださいました。

（ハワイ大学講演「イントロダクション」より。英語による講演を自身で和訳。）

■八月

《増進会出版社創立六〇周年記念出版『牧水全集』監修のため、静岡県に本社のある株式会社増進会出版社を訪れ、社長（当時）の藤井史昭を知る。》

《【雑誌】「現代詩手帖」三四巻八号に詩「黄鋭四彩」掲載。》

《【本】『竹取物語・大和物語・宇津保物語（新潮古典文学アルバム3）』新潮社（1991-08-10）に「『宇津保』の思い出に誘われて」掲載。》

《【本】『第九　折々のうた（岩波新書新赤版184）』岩波書店（1991-08-21）刊行。》

《二四、二五日、第一三回国際比較文学会東京会議で、金容稷（韓国）、ロゼアン・ルンテ（カナダ）、谷川俊太郎と四人で連詩を制作（「ＩＣＬＡ連詩」）。》

■九月

《【公演】一一日、「銕仙朗読会」第九回開催。出演者は、安藤元雄、是永駿、陳淑梅、浅見真州。》

《【講演】一二日、朝日ゼミナール特別講座「折々のうたを読む——秋の巻」（於有楽町朝日ホール）。》

《【雑誌】「ユリイカ」二三巻一〇号に「今月の作品」大岡信選＋選評掲載。》

《【本】『石川啄木（群像日本の作家7）』小学館（1991-09-10）に「石川啄木私観」掲載（別冊国文学「石川啄木必携」一九八一年一一月よりの再掲）。》

《【講演】二二日、「日本の詩歌——その美と力」神奈川近代文学館ホール。》

《【本】『世界文学大系88　名詩集』筑摩書房（1991-09-25）にブルトン著「自由な結びつき」の翻訳掲載。『大岡信著作集3』よりの再掲。》

■一〇月

《【講演】一日、三島市制五〇周年市民文化講演「故郷の水　故郷の文化」。》

《【講演】三日、日本ペンクラブ主催第11回「獄中作家の日」紀伊國屋ホールにて会長挨拶。》

《【講演】一二日、「言海」完成一〇〇周年記念シンポジウム「言葉と日本文化」（一関市）にて朗読、座談会（大野晋・高田宏・大岡信・丸岡才一）。》

《【雑誌】「建築文化」五四〇号に「アンケート　他者から見た磯崎」掲載→のち『詩人と美術家』に収録。》

《【公演】アメリカの詩人・ゲイリー・スナイダーと銕仙会能楽研究所で朗読会。》

《【展覧会】「日本の詩歌展——詩・短歌・俳句の一〇〇年」神奈川近代文学館（一〇月〜一一月）カタログに「詩歌をその全体で見る意味」掲載。》

《【雑誌】「ミセス」四三八号に「いい女は女たちと共にある」掲載→のち『「忙即閑」を生きる』『詩人と美術家』に収録。》

■一一月

《【楽曲】五日、「女声合唱と笙のための「朝の頌歌」」（一柳慧作曲）東京芸術劇場にて初演。》

《一一日、大原美術館六〇周年公開座談会出席。》

《【公演】一三日、「銕仙朗読会」第一〇回開催。出演者は、辻井喬、宝生閑、吉岡一彦。》

《【公演】一四日、シャンソン歌手ジュリエット・グレコと朝日ホールで公開対談「グレコ・大岡　シャンソンと対談の夕べ」。》

《【講演】一六日、静岡市にて一九九一年度新村出賞贈呈式記念講演「日本語を知る面白さ」。新村出記念財団創設一〇周年と広辞苑第四版の完成記念も。》

《【講演】二三日、第六回国民文化祭（千葉県）にて講演「日本

の詩歌」。》

《【講演】三〇日、鹿児島市にて講演「自己を見つめる――人間発見と文学」。》

《【展覧会】「KUMI SUGAÏ　菅井汲展」南天子ギャラリーSOKO（一一月〜一二月）カタログに「菅井汲が真にラジカルな理由」掲載→のち『しのび草』『詩人と美術家』に収録。》

《【雑誌】「現代詩手帖」三四巻一一号に「ジョン・アッシュベリー」大岡信　飯野友幸共訳　掲載。》

《【本】『とくとく歌仙』丸谷才一　井上ひさし　高橋治　大岡信共著　文藝春秋（1991-11-01）刊行。》

《【本】『吉行淳之介（群像日本の作家　21）』小学館（1991-11-10）に「存在と不安とのっぺらぼう」掲載（『吉行淳之介全集　第一一巻』講談社（一九八四年三月）解説より再掲）。》

《【本】『漱石作品論集成12　明暗』桜楓社（1991-11-10）に『明暗』掲載。東京大学卒業論文「夏目漱石論　修善寺吐血以後」一九五二年一二月提出『大岡信著作集4』よりの再掲。》

《【本】『啄木詩集（岩波文庫）』岩波書店（1991-11-18）編集解説掲載→のち「啄木の詩」として『日本語つむぎ』に収録。》

《【雑誌】「國文學　解釈と教材の研究」三六巻一三号　特集「芭蕉の謎／蕪村の謎――いま何が論点か」に座談会「名句とは何か、鑑賞・批評とは何か」（尾形仂・大岡信・川崎展宏・森川昭・山下一海）掲載（座談会：七月一七日）。》

《【雑誌】「クロワッサン」一一月二五日号に「彩ふたり会　仕事の中に見つけた青春」掲載。染織家の佐々木健・美智夫妻（妻・深瀬サキの妹夫妻）について。のち「彩ふたり」として『光のくだもの』『詩人と美術家』に収録。》

■一二月

《【講演】三日、朝日ゼミナール特別講座「折々のうたを読む――冬の巻」（於有楽町朝日ホール）。》

《【雑誌】「波」二五巻一二号に伊藤ていじとの対談「日本の名建築の条件」掲載。》

《【雑誌】「現代詩手帖」三四巻一二号に一九九一年アンソロジーとして「安田侃に名づけ得ぬものへの讃歌」掲載。》

《【本】『南天子画廊三十年　一九六〇――一九九〇』南天子画廊（1991-12-30）に「南天子今昔　思い出すままに」掲載。》

■――この年

《【教科書】高等学校検定教科書「国語I　新訂版」東京書籍（一九九一年発行）に「青き麦萌ゆ」掲載。》

《【教科書】高等学校検定教科書「改訂　国語I」教育出版（一九九一年発行）に「折々のうた」掲載。》

《【本】安田侃彫刻写真集『KAN YASUDA Sculpture』（イタリア、Leonardo De Luca Edition 刊）に詩を掲載。》

《【楽曲】山形県立南陽高等学校、宮内高校と赤湯園芸高校が統合して創立。校歌作詞・大岡信　作曲・一柳慧。》
《【楽曲】学校法人秋葉学園園歌「若き日のよろこび」完成。作詞大岡信　作曲武満徹。》
《【雑誌】「文芸三島」一四号に「故郷の水　文化の故郷」掲載。》

■1992・平成四年――61歳

■一月
《【展覧会】「ジョセフ・ラブ作品展」パルテノン多摩　市民ギャラリー（一月）カタログに「光のしたたる絵画――ジョセフ・ラヴの絵について」掲載↓のち『詩人と美術家』に収録。》
《【雑誌】「本」にて連載「私の万葉集」全七〇回（一月〜一九九七年一二月）↓のち『私の万葉集』（一）〜（五）として収録。》
《【雑誌】「海燕」一一巻一号に「フレーフレー」掲載↓のち『「忙即閑」を生きる』に収録。》
《【雑誌】「現代」二六巻一号に「紙が無い」掲載↓のち『「忙即閑」を生きる』に収録。》
《【雑誌】「現代詩手帖」三五巻一号に詩「ある戦争のイメージ」「死の選択」↓のち『地上楽園の午後』収録、shortessay「今考えていること「たれながしの国になってしまった」」掲載。》
《【本】『画家は廃業　九八翁生涯を語る』曾宮一念著　静岡新聞社（1992-01-00）に「発刊によせて　大悟の人の強靭な精神活動」掲載↓のち「大悟の人の強靭な精神活動」と改題して『「忙即閑」を生きる』にも収録。》
《【雑誌】「婦人画報」一〇六二号のカラーページ「新春に舞う天上からの使者（丹頂鶴の写真とともに）」に「神秘ないのちが舞っている」掲載。》
《【雑誌】「歴史Eye」創刊二号に「風狂将軍足利義教の富士山詠」掲載↓のち『「忙即閑」を生きる』『おもひ草』に収録。》
《【新聞】「朝日新聞」（1992-01-01）に詩「優しい威厳」掲載↓のち『地上楽園の午後』に収録。》
《一六日、寿岳文章（書誌学）死去。》

■二月
《【講演】七日、緑のトラスト（さいたま）で講演「詩歌にみる日本の自然と人間」。》
《【講演】一四日、浦和にて国際交流基金日本語国際センター講演会「日本の古典詩歌と社会」。》
《【講演】一五日、ブリヂストン美術館にて開館四〇周年記念講演、「美術・文学・人――一九六〇年前後」。》
《【講演】二二日、いわき市にて講演「詩をつくる　詩を味わ

う」。》

《朝日ホールで加藤楸邨の朝日賞記念公開対談、「俳句的対話」。》

《【雑誌】「アート・トップ」一二三巻二号に「河北倫明と日本近代美術　行動で示した時代批評」掲載。》

《【展覧会】「山村昌明　追悼展」ギャルリーユマニテ・名古屋（一月～三月）カタログに「リリックの希少な時代の中で」（「芸術新潮」一九六七年一月号所載「現代のリリスム」より再掲）。》

《【展覧会】「宇佐美圭司回顧展」セゾン現代美術館ほか（一月～六月）カタログに「宇佐美圭司への展望」→のち『生の昂揚としての美術』に収録。》

《【本】『宮沢賢治研究資料集成16』日本図書センター（1992-02-00）に書評「丹慶英五郎著『宮沢賢治』」掲載。》

《【雑誌】「現代」二六巻二号「連続企画　日本史七つのナゾを解く」で鼎談「第二のナゾ　短詩形文学はなぜ日本文学の中心なのか――柿本人麻呂から「古今集」「新古今集」、芭蕉、子規をへて俵万智にいたる七五調の世界を大解明」（丸谷才一・大岡信・山崎正和）掲載。》

《【雑誌】「東京人」七巻二号に「雨中の大噴水」（大岡信　中島千波）掲載→のち『「忙即閑」を生きる』に収録。》

《【雑誌】「文藝春秋」七〇巻二号　小特集「同級生交歓」内で集合写真、大岡信（詩人・日本ペンクラブ会長）高藤鉄男（三共専務）片山純男（雪印乳業副社長）佐野主税（アサヒビール副社長）大賀典雄（ソニー社長）山口保（東京銀行副頭取）（井上文学館内にて撮影）掲載。紹介文は大岡による。》

《【本】『島崎藤村（群像日本の作家4）』小学館（1992-02-10）に「藤村詩管見」掲載。『島崎藤村必携』（学燈社　一九六七年）よりの再掲。》

■三月

《母校の静岡県立沼津東高等学校（在学当時は旧制沼津中学）に詩碑建立、除幕式。》

ぼくらの
視野の中心に
しぶきをあげて
回転する
金の太陽

沼津東高等学校詩碑除幕式

《【新聞】山梨日日新聞（1992-03-04）に書評「雄大な世界包み込む――闇を背景に鮮明な描写　飯田龍太句集『遅速』」掲載。》

《【放送】七日、ＮＨＫ教育テレビ「土曜フォーラム　話しことば教育への提言」に出演。》

《【放送】八日、ＮＨＫ教育テレビ「日曜美術館　幻の画家　落合朗風」に出演。》

《【公演】一一日、「鋏仙朗読会」第一一回開催。出演者は、白石かずこ、茂山千五郎、渋沢孝輔。》

《【講演】一四日、裾野市民大学講座「日本文化と富士山」。》

《【講演】二四日、朝日ゼミナール特別講座「折々のうたを読む――春の巻」（於有楽町朝日ホール）。》

《【講演】二八日、藤沢市にて講演「文を書くこと　詩を作ること」。》

《【雑誌】「東京人」七巻三号に「東京人インタビュー（三三）松本幸四郎」ききてとして掲載。》

《【本】『日本の詩歌（県民カレッジ叢書29）』富山県民カレッジ（1992-03-20）に一九九一年七月二二日の夏期講座における講演掲載。》

《【本】『日本文化を語る（中村元対談集4）』中村元著　東京書籍（1992-03-25）に中村元との対談「日本仏教の不思議」掲載。》

《【本】『奥の細道の世界』草加市企画財政部広報広聴課（1992-03-31）に第二回奥の細道国際シンポジウム基調講演（一九八九年一〇月二九日）掲載。》

■四月

《【講演】日仏学院にて講演会。のち「へるめす」三八号（七月号）に抄録掲載。》

《【展覧会】「島谷晃展」銀座・愛宕山画廊（四月）カタログに「宇宙樹に咲く顔と生命」掲載。》

《【放送】ＮＨＫラジオ「日本語辞典」出演。》

《【雑誌】「ポエティカ　Poetica」臨時増刊号に「加納光於に学んだこと」掲載→のち『しのび草』『詩人と美術家』に収録。》

《【雑誌】「プレジデント」三〇巻四号に鼎談「心の冒険」（短歌の詠み方、楽しみ方――いま、短歌が静かなブームだ。歌心を知る

当代有名人三人が語る短歌の魅力とそのすすめ）（佐佐木幸綱　俵万智　大岡信）掲載。》
《【雑誌】「現代詩手帖」三五巻四号に討議「定型、非定型の差異をめぐって」（大岡信　粟津則雄　安東次男）掲載（討議：二月二〇日）。》
《【雑誌】「週刊ポスト」二四巻一七号「人間の詩」に「はるなつ　あき　ふゆ」掲載。》
《【雑誌】「新潮」八九号（臨時増刊号　最新日本語読本）に「いま日本語について考えるべきこと」掲載↓のち『「忙即閑」を生きる』に収録。》
《【雑誌】「墨　スペシャル」一一号に「筆で書くと気持がいい」掲載↓のち『「忙即閑」を生きる』に収録。》
《【公演】「吉田真穂ピアノ・リサイタル」津田ホール（四月）パンフレットに「知性と気品」掲載。》
《【本】『菜の花忌――エッセイ'92』日本文芸家協会編　楡出版（1992-04-23）に「水が伝えるメッセージ」掲載。》
《【本】『安田侃彫刻作品集』日本経済新聞社（1992-04-24）に「名づけ得ぬものへの讃歌　安田侃に」掲載。》
《【新聞】「毎日新聞」にて連載「粟津則雄との往復書簡」全三一回（四月二四日～一九九三年一月二八日号）↓のち『ことばが映す人生』に収録。》
《【新聞】「東京新聞」（1992-04-25）に「牧水――源泉への憧れ」掲載↓のち『ことのは草』に収録。》
《一日、「折々のうた」を一日以降一九九三年四月三〇日まで休載。》

■五月

《【講演】一日、国際文化会館にて座談会「日本の近代随筆をめぐって――問題の提起」（ジャン＝ジャック・オリガス　十川信介　大岡信）。国文学研究資料館でオリガス氏を囲んでの随筆をめぐる共同研究会全五回の最終回として行われた。》
《【講演】九日、富士急ハイランドホールにて講演「富士山のうた――その虚と実」。》
《【公演】一三日、「銕仙朗読会」第一二回開催。出演者は、高橋順子、近藤乾之助、川崎展宏。》
《【講演】一六日、名古屋、耳鼻咽喉科学会講演「耳学問そのほか」。》
《【本】『日本和歌俳句賞析』（中国語訳「折々のうた」（抄））鄭民欽訳　譯林出版社刊行。》
《【本】『地上楽園の午後』花神社（1992-05-30）（装画・大岡亜紀）刊行。》

詩といふものは
どんなものでもありうる。

けれどもそれは、
結局のところ何ものかへの
心潜めた呼びかけでなければ、
詩である必要もない
のではなからうか。

しかし私は
これらの詩を書いたとき、
何ものかに呼びかけながら書いたのかどうか、
少しもはつきりしない。

（『地上楽園の午後』「あとがき」より）

《【雑誌】「日本学」一九八号に芳賀徹との対談「エキゾチシズムの詩学」掲載。》
《【本】『森鷗外（群像日本の作家2）』小学館（1992-05-10）に「森鷗外――「夢がたり」の怪しさ」抄掲載。『明治・大正・昭和の詩人たち』（一九七七）よりの再掲。》
《【雑誌】「LAF通信」五号（ジョセフ・ラヴ追悼号）に「葬儀委員長挨拶」、「私の訳した数少ないラヴさんの文章から」掲載（「LAF通信」とは画家・美術評論家ジョセフ・ラヴを支援する組織会報）。》
《【本】『三好達治（近代の詩人9）』潮出版社（1992-05-25）月報に「三好達治の日本語表現」掲載↓のち『しのび草』に収録。》

■六月
《【講演】国際交流基金の派遣で北京日本学研究センターの日中国交回復二〇周年記念シンポジウムに参加、「日本詩歌の特質」と題して講演。「へるめす」三八号（七月号）に掲載。》
《【講演】九日、朝日ゼミナール特別講座「折々のうたを読む――夏の巻」（於有楽町朝日ホール）。》
《【講演】一三日、朝日カルチャーセンター講演「日本の詩歌――その勘どころ」。》
《【雑誌】「リテレール」夏号　特集「書評の快楽」に「賞める書評の条件」掲載↓のち『光の受胎』に収録。》
《【本】詩論集『詩をよむ鍵』講談社（1992-06-25）刊行。対となる美術論集『美をひらく扉』は八月に刊行。》
《【雑誌】「中央公論　文芸特集」復刊九巻二号に詩「エジプトの彫像は」掲載↓のち『火の遺言』に収録。》
《【新聞】「毎日新聞」（1992-06-29）に「雲母終刊の伝えるもの」掲載↓のち『しのび草』に収録。》

■七月
《【公演】八日、「銕仙朗読会」第一三回開催。出演者は、辻征

夫、佐々木幹郎、観世暁夫、チェトラ・プラタップ・アディカリ。》

《一〇日、沼津中学時代の同人誌「鬼の詞」の仲間であった友人・山本有幸死去。追悼詩「牧神の行方」を作る。のち「現代詩手帖」（一九九三年一月）に掲載。》

《【講演】二九日、出光美術館水曜講演会「古今集新古今集のうたびとたち」。》

《【雑誌】「へるめす」三八号に「日本詩歌の特質」掲載↓のち『日本詩歌の特質』に収録。北京で六月に行った特別講演録。同号に「ミロとカタルーニャ」掲載↓のち『生の昂揚としての美術』に収録。日仏学院で四月に行った講演会抄録。》

《【展覧会】「福島秀子展（第一二回オマージュ瀧口修造展）」佐谷画廊（七月）カタログに「福島秀子を発見する」掲載↓のち『生の昂揚としての美術』に収録。》

《【展覧会】「本の宇宙――詩想をはこぶ容器　Livre d'artist Livre object」栃木県立美術館（七月〜八月）カタログに「日本の美術と言語芸術の関わりについて」掲載。》

《【雑誌】「文学」三巻三号にアンケート「日本の随筆」への回答、座談会「日本の近代随筆をめぐって――問題の提起」（ジャン＝ジャック・オリガス　大岡信　十川信介）掲載（座談：五月一日　於国際文化会館）。》

《【本】『魂の叫び　落合朗風（ＮＨＫ日曜美術館　幻の画家回想の画家3）』日本放送出版協会（1992-07-25）に「不思議な画家　落合朗風」掲載。》

■八月

《【講演】一日、近代文学館夏の文学教室にて講演「昭和の文学　萩原朔太郎・三好達治・中原中也」。》

《【公演】二日、第三回「創る会」混声合唱演奏会　中新田バッハホールにて「光のとりで　風の城」（一柳慧作曲　大岡信作詞）初演。》

《【講演】二〇日、神戸にて講演「日本人の詩歌表現」。》

《【雑誌】「群像」四七巻九号に尾形仂との対談「文人について」掲載（対談：六月三日）。》

《【雑誌】「文藝」三一巻三号に詩「恋の暦日《カランドリエ》」掲載↓のち「恋愛創造説」として『火の遺言』に収録。》

《【本】『大江健三郎（群像日本の作家23）』小学館（1992-08-00）に「文学は救済でありうるか」掲載（『肉眼の思想』より再掲）。》

《【本】美術論集『美をひらく扉』講談社（1992-08-05）刊行。対となる詩論集『詩をよむ鍵』は六月に刊行。》

《【本】『講演集　富山県立近代美術館開館・富山近美友の会設立一〇周年記念』富山県立近代美術館（1992-08-10）に「芸術と人生」（一九九一年七月六日　富山県民会館での講演）、富山

県立近代美術館開館一〇周年に寄せて発表した詩二篇「美術館にて　一誰に絵が　二ぼくは家に」）掲載。》
《【展覧会】「世界の名作版画集と挿絵本展」栗山町開拓記念館（八月）カタログに「友田コレクションのすばらしさ」掲載。》
《【本】『大岡信　（現代詩読本　特装版）』思潮社　（1992-08-20）刊行。「往復書簡：一柳慧⇔大岡信」、詩「光のとりで　風の城一柳慧のために」（第三回「創る会」混声合唱演奏会で初演→のち『光のとりで』に収録）、「「あとがき」による自我像の試み」掲載。》
《【本】『「忙即閑」を生きる』日本経済新聞社（1992-08-21）刊行→のち『「忙即閑」を生きる　（角川文庫）』（二〇〇一）。》

会社人間には会社人間の、自宅労働人間には自宅労働人間の、多忙な時というものがある。そういう時に心をよぎるのは、「ああ、ひまが欲しい。ひまなやつが羨ましい」というはかない願いである。しかるに閑暇の時間が与えられた時、われらの考えることときたら、「ああ退屈だ。なんか面白いことないだろうか」。阿呆らしいことだ。それならいっそ、多忙な時と閑暇の時とが別物ではない状態というものを理想に掲げてみてはどうだろうか。そんな状態がありうるものか、と一笑に付す向きもあろうが、私はそれはありうると思っている。我を忘れてある物事に熱中した経験のある人なら――これがないという人は考えられない――必ずやこのような忙即閑の心的状態を知っているはずだからである。要するに閑暇の時間とは、時計で測れる時間ではない。それは時計でなら一秒でも、一時間でも、一週間でもいいのである。心が全身的に忘我状態に入って一つの事に集中して働いている時、私たちは最も深い意味で自由に解放された時間、すなわち閑暇の味を味わっている。仕事をするということが、何者かに強いられてしているのではなく、また自分が自分を支配しつつしているのでもなく、ただ仕事のリズムそのものが仕事をしている状態になっていて、ふと我にかえってみれば、それをしていたのはこの自分という人間だったことに気づく、そういう仕事ができる人は、まさしくこの忙即閑の状態にあるのである。

（『「忙即閑」を生きる』あとがき）

■九月
《【講演】六日、「PEN月例談話会」観世銕之丞との対談銕仙会能楽研修所にて。》
《【講演】八日、朝日ゼミナール特別講座「折々のうたを読む――秋の巻」（於有楽町朝日ホール）。》
《【公演】九日、「銕仙朗読会」第一四回開催。出演者は、丸谷才一、茂山千之丞、ジャニーン・バイチマン。》
《【展覧会】「井上靖展――文学の軌跡と美の世界」日本橋高島

屋ほか（九月〜一九九三年二月）カタログに「井上靖の文学」掲載。》

《【本】『第十　折々のうた（岩波新書新赤版246）』岩波書店（1992-09-21）刊行。》

《【本】『折々のうた　総索引（岩波新書新赤版247）』岩波書店（1992-09-21）刊行。》

《【本】『愛蔵版・折々のうた』岩波書店　全一一冊（1992-09-21）刊行。一九八〇年三月から岩波新書版で刊行されてきた『折々のうた』の全一〇巻と総索引が揃ったことを記念した特別仕様版。》

《【本】『定型の魔力　ことば読本』河出書房新社（1992-09-25）に「いのちとリズム」掲載（『エナジー』八巻二号（一九七一年）、『ことばの力』（一九八七年）よりの再掲）。》

■一〇月

《【講演】一日、第一二回「獄中作家の日」講演会（日本ペンクラブ主催）にて「ルーマニア女性詩人の詩から」講演。於紀伊國屋ホール。》

《【講演】一〇日、上尾市にて講演「折々のうた」。》

《【講演】一四日、第一〇回ナショナル・トラスト全国大会　有楽町マリオンにて講演会「日本人の山水観」。》

《【講演】二五日、新潟にて講演「日本の文化と詩歌の力」》

《【展覧会】「丹阿弥丹波子展」ギャラリー上田デコール（一〇月）カタログに「丹阿弥丹波子の白と黒」掲載→のち『生の昂揚としての美術』に収録。》

《【雑誌】「國文學　解釈と教材の研究」三七巻一二号　特集「菅原道真と紀貫之」に対談「詩の思想・詩の批評」（秋山虔　大岡信）（対談：六月五日）掲載。》

《【雑誌】「短歌現代」一六巻一〇号に「窪田空穂論」掲載→のち『しのび草』に収録。》

《【本】『AZUMA 吾妻兼治郎の彫刻』（写真・村井修）リブロポート（1992-10-10）に「吾妻の無」掲載、また詩「七つの断片　吾妻と村井のために」掲載→のち「画家と彫刻家に贈る　吾妻兼治郎と村井修のための七つの断片」と改題して『火の遺言』に収録。》

《【本】『若山牧水全集』増進会出版社（一〇月〜一九九三年一二月）全一三巻＋補巻刊行開始。佐佐木幸綱　若山旅人とともに通巻監修と編集を担当。》

《【講演】二二日、「PEN月例談話会」野村万之丞との対談「風姿花伝を読む」銕仙会能楽研修所にて。》

《【新聞】「読売新聞（西日本版）」（1992-10-25）に「現代の独創性とは何か」掲載→のち『ぐびじん草』に収録。》

■一一月

《【講演】七日、与謝野晶子没後五〇周年記念国際詩歌会議（堺市）にて基調講演「日本の詩歌と与謝野晶子」。》

《【公演】一〇日、『折々のうた』一〇冊刊行記念として、谷川俊太郎、佐々木幹郎、高橋順子と連詩制作、国際文化会館で公開座談会。》

《【公演】一一日、「銕仙朗読会」第一五回開催。出演者は、宝生欣哉、高橋康也、大岡信。》

《【講演】一五日、沼津マルサン書店九〇周年記念講演「折々のうたの一四年」。》

《【講演】一九日、朝日ゼミナール講演「牧水の世界」と鼎談「今、若山牧水を見直す」（馬場あき子　大岡信　伊藤一彦）、朝日ホールにて。》

《【講演】二一日、豊田文化デザイン会議基調講演「美しい都市のために」。》

《【雑誌】「ていくおふ」六〇号に「詩への旅立ち——戦争、友人たち、父、風土、ことば」掲載。》

《【雑誌】「へるめす」四〇号に「アナ・ブランディアナの詩とルーマニア」掲載。》

《【雑誌】「早稲田文学」一九八号に詩「花と鳥にさからって」掲載（昭和四七年四月号の再掲）。》

《【本】『光のくだもの』小学館（1992-11-10）刊行。》

《【新聞】「日本経済新聞」（1992-11-29）に「よみがえる若山牧水」掲載→のち『ことのは草』に収録。》

《【本】『日本史七つの謎』講談社（1992-11-00）に鼎談「短詩形文学はなぜ日本文学の中心なのか」（丸谷才一・大岡信・山崎正和）掲載。》

■一二月

《【講演】四日、北九州市にて講演「折々のうた」。》

《【講演】八日、朝日ゼミナール特別講座「折々のうたを読む——冬の巻」（於有楽町朝日ホール）。》

《一二日、三好豊一郎（詩人）死去。》

《【公演】一二日、「銕仙朗読会」番外編、百合咲くやの巻。》

《【公演】二三日、「銕仙朗読会」番外編、勝角力の巻。》

《フィンランド大使ヘイッキ・サカリ・カルハと対談。》

《【放送】NHK教育テレビインタヴュー「三島の水とまちづくり」出演。》

《【雑誌】「櫂」二八号に詩「隠せない」掲載→のち『火の遺言』に収録。》

《【雑誌】「LITTÉRAIRE　リテレール」三号に「たまたま書庫で目にした、ほぼ読んだ年代順のリスト」掲載。》

《【本】『昆虫記（上）世界文学の玉手箱3』『昆虫記（下）世界文学の玉手箱4』河出書房新社（1992-12-10）刊行。アンリ・ファーブル著　大岡信訳↓のち『昆虫記（上）（下）ジュニア版　世界文学の玉手箱河出書房新社』（一九九八年）↓のち『ファーブルの昆虫記　上・下　岩波少年文庫』（二〇〇〇）。》

《【本】『清岡卓行大連小説全集　下巻』日本文芸社（1992-12-15）に「清岡卓行寸描」掲載。》

■——この年

《【楽曲】混声合唱曲「木馬」、山岸徹により作曲。》

《【楽曲】女声合唱組曲「春のために」（山本繁司作曲）、全音楽譜出版より刊行。》

《【楽曲】秋田県雄勝郡羽後町立高瀬中学校開校。校歌作詞・大岡信　作曲・一柳慧。》

《日本文化に関するドキュメンタリー映画「夢窓——庭との語らい」（J・ユンカーマン監督）に武満徹らと出演（一九九六年日本公開）。》

《この年より「奥の細道文学賞」の選考委員を務める。》

《【雑誌】「文芸三島」一五号に詩「女について」掲載。》

■1993・平成五年——62歳

■一月

《【新聞】「信濃毎日新聞」（1993-01-01）に「世紀末の文明と芸術　イズムの時代　新たな出発点」掲載。》

《【講演】二三日、津田ホールにて講演「詩歌・その花その実」。》

《【放送】三〇日、NHK教育テレビ「N響アワー　ことばが歌になるとき」に出演。》

《【雑誌】「へるめす」四一号に連詩「目と耳の道の巻」と公開座談会「連詩制作内幕談義」（谷川俊太郎・高橋順子・佐々木幹郎・大岡信）掲載。》

《【雑誌】「現代詩手帖」三六巻一号に詩「牧神の行方」掲載↓のち『火の遺言』に収録。》

《【本】『三溪園（日本名建築写真選集13）』新潮社（1993-01-10）に解説「三溪園とそのあるじ」掲載↓のち『おもひ草』に収録。》

《【講演】「PEN月例談話会」にて観世寿夫との対談「風姿花伝を読む」銕仙会能楽研修所にて。》

■二月

《【本】『死の科学と宗教（岩波講座7　宗教と科学）』岩波書店（1993-02-00）に「死生観私見」掲載。》

《【雑誌】「現代詩手帖」三六巻三号（臨時増刊号　北村太郎）に「北村太郎さん」掲載↓のち『しのび草』に収録。》

《【雑誌】「三田文学」三二号に詩「歌」掲載↓のち『火の遺言』に収録。》
《【雑誌】「新潮」九〇巻二号に「古今秀吟拝借歌仙　百合咲くやの巻／勝角力の巻／由来／もとうた」掲載↓のち『火の遺言』に収録。》

■三月

《【講演会】三日、日本ペンクラブ主催「平和の集い」シンポジウム（高田宏・大岡信・俵万智・小中陽太郎・奥本大三郎）。岐阜市民会館にて。》
《【展覧会】七～二八日、ゲンアート（長野県上田市）にて詩画展。》
《【講演】一一日、「PEN月例談話会」山本順之との対談「風姿花伝を読む」銕仙会能楽研修所にて。》
《【新聞】「東京新聞」（1993-03-12）に「ピカソとマチス」フォービズムと日本近代洋画展に寄せて（国立近代美術館）」掲載↓のち『ことのは草』『詩人と美術家』に収録。》
《二三日、「櫂」の同人、友竹正則（著名・友竹辰）死去。》

　リーダーというか、いい場所うまい物指南役というか、とにかく最初に言挙《ことあ》げして、一同を海辺や湖畔や京の宿やに駆りたてる人、そしてまたたいていの場合最後かまたは最後から二番目に到着する人が、辰さんすなわち友竹正則であるのが通例である。ずぼらなわけでは毛頭ない。舞台稽古や地方公演、ＴＶ出演や本舞台そのものの合間をぬって馳せ参じるのである。だからということもあろう、彼にとってはそういう同人会の集まりは、まさに春宵《しゅんしょう》一刻値《あたい》千金。全存在的逸楽境《いつらくきょう》に没頭せんとする心の傾き抑えがたく、次から次へとくりだす面白おかしい話題の数々に、一同の腹をよじらせることもしばしばである。それがさらに昂進して、面白うてやがて哀しき人生の憂愁までしみじみ漂うにいたって、友竹辰という稀有《けう》な人物を占めている実存的な渇きといおうか、涯しない未知なるものへの憧れに身を焦がしてボロボロになるのも悔いない一種あくの強い火蛾《ひが》の浪漫主義といおうか、とにかくある種悲愴なまでの生きる身振るいに、少なくとも私などはズーンとうたれてしまう仕儀となる。（「辰《たつ》さん　その詩と真実」『しのび草』）

《【講演】二五日、朝日ゼミナール特別講座「折々のうたを読む──春の巻」（於有楽町朝日ホール）。》
《フランス大使館でフランス政府より芸術文化勲章オフィシエ受章。》
《東京都文化賞受賞。》
《詩集『地上楽園の午後』で第八回詩歌文学館賞を受賞。》
《【展覧会】「蟻田哲展」フジテレビギャラリー（三月～四月）

カタログに「蟻田哲の新作展のために」掲載↓のち『詩人と美術家』に収録。》

《【雑誌】「ポエティカ　Poetica」三巻一号（追悼・三好豊一郎号）に「荻窪下宿周辺」（追悼の会での話に加筆）掲載。》

《深瀬サキ戯曲集『思い出の則天武后』（講談社）刊行。出版を祝う会にて大岡信挨拶。》

《日本ペンクラブ第一一代会長辞任。》

■四月

《東京芸術大学教授を辞し、客員教授となる。》

《【講演】八日、代々木オリンピックセンターにて講演「なぜ俳句短歌は短いか」。》

《二六日、パリ、ユネスコ本部にてユネスコ主催国際連詩の会。B・ノエル、A・ジュフロワ（仏）、アドニス（レバノン）、バタチャリア（ベンガル）、ルタール（コンゴ）、大岡信。この「ユネスコ連詩」は、文芸季刊誌CARAVANES第四号（一九九四年一月）に〈RENSHI〉として発表された。》

《【展覧会】「増田感展」リスボン・ジェロニムス修道院（四月）カタログに「Kan Kan of KAN」掲載↓のち『詩人と美術家』に収録。》

《【展覧会】「TARO萬華鏡　岡本芸術の華麗なる創造世界」川崎市市民ミュージアム（四月〜七月）カタログに「岡本太郎の「眼玉」」掲載。》

《【雑誌】「墨　スペシャル」一五号に巻頭エッセイ「折々のうた・折々の書」掲載。同号に朝日新聞コラム「折々のうた」より大岡信精選の二二二首掲載。》

《【雑誌】「サントリークオータリー」四二号に「「いでゆ」と「知盛幻生」のあいだ」掲載。（編集部注：小林古径「いでゆ」、前田青邨「知盛幻生」）》

《【雑誌】「太陽」三一巻四号　特集「瀧口修造のミクロコスモス」に「影どもの住む部屋」掲載↓のち「瀧口修造の書斎」として『ことのは草』『詩人と美術家』に収録。》

《【展覧会】「姫路文学館　万葉——人と歴史　展」姫路文学館（四月）カタログに「大伴家持の位置と意味」掲載↓のち『ぐびじん草』に収録。》

《【雑誌】「文学」四巻二号に「メディアから見た文学——大岡信氏に聞く」掲載。》

《【雑誌】「別冊文藝春秋」二〇三号　スプリング特別号に「ユリヒト・オオツキのこと」掲載↓のち「大築勇吏仁展」UCPギャラリーデコール（一九九四年四月）カタログに掲載↓のち『光の受胎』に収録。》

《【出版案内】「名著通信（出版目録）」（1993-04-00）に推薦文「『広文庫』の楽しみ」、「懐かしさ以上のもの　アルス版『日本児童文庫』」掲載。》

《【本】『万葉集ほか（少年少女古典文学館25）』講談社（1993-04-26）に「あとがきに代えて」掲載→のち「「和歌」という言葉の意味」と改題して『光の受胎』『おもひ草』に収録→のち『万葉集ほか（21世紀版少年少女古典文学館24）』（二〇一〇）。》

■五月

《一日、「折々のうた」休載期間を終了し、連載を再開する。》

《【雑誌】「建築雑誌」一三四二号にて座談会「日本的空間のアイデンティティを探る」（大岡信・川田順造・原広司・三善晃）掲載。》

《【講演】講義「正岡子規論」全五回（五～六月）於岩波書店アネックス講義室→のち『正岡子規――五つの入口（岩波セミナーブックス56）』に収録。》

《【本】『山本健吉俳句読本1　俳句とは何か』角川書店（1993-05-00）月報に「山本さんのヒント」掲載→のち『しのび草』に収録。》

《【雑誌】「版画藝術」八〇号に「蝕果実・その他」掲載→のち『光の受胎』に収録。》

《【本】『ジョン・アッシュベリー詩集　アメリカ現代詩共同訳詩シリーズ4』思潮社（1993-05-01）刊行。飯野友幸　大岡信共訳。》

《【本】『人生の果樹園にて』小学館（1993-05-10）刊行。「ザ・ゴールド」（JCB発行　小学館編集）での連載「乾坤の一滴」をおさめる。》

《【本】『対話――「日本の文化」について』白洲正子著　神無書房（1993-05-10）に白洲正子との対談「桜を歌う詩人達」掲載。》

■六月

《【講演】五日、窪田空穂記念館開館記念講演「空穂は歌をどう詠んだか」（松本市）。》

《【講演】八日、朝日ゼミナール特別講座「折々のうたを読む――夏の巻」（於有楽町朝日ホール）。》

《【放送】一二日、NHK教育「芸能花舞台　地唄舞「葵の上」「鉄輪」」に出演。》

《ロッテルダムのポエトリー・インターナショナル第二四回大会の国際顧問会議に出席、将来の企画について討議、作品朗読。》

《二一～二七日、チューリッヒにおいて、スイスの三言語（独・仏・伊）を代表とする三人（ドイツ語のベアト・ブレヒビュール、フランス語のエリアーヌ・ヴェルネー、イタリア語のアルベルト・ネッシ）の詩人と、谷川俊太郎、大岡信による連詩制作（「チューリッヒ連詩」）・発表。》

白羽明美の紹介によりアンリ・マティスのひ孫でマルセル・デュシャンの義理の孫にあたる彫刻家アントワーヌ・モニエおよびその一家と知り合う。

二九日、フォンテーヌブローにデュシャンの未亡人ティニ（もとアンリ・マティスの息子ピエール・マティスの妻であった）を訪ねる。

三〇日から七月二日まで、イタリアのピエトラサンタに安田侃を訪ね、大理石の石切り場などを見る。その後、安田氏と三人、フェレンツェの小高い台地フィエゾーレに宿泊、のちヴェネツア、ミラノなど旅行。ヴェネツアではベーコンの大回顧展に感激。また、折しも開かれていた今井俊満の個展に寄り、華やかな金色からほとんど黒といっていい画面に驚く。

また九日からは、スペインに赴き、画家・大築勇吏仁とエル・エスコリアル、セゴビアなどに遊ぶ。（深瀬サキ記）

《【本】『菩提樹　上巻』(1993-06-00)に「菩提樹」復刻によせた「三島印刷と菩提樹、広陵時報」掲載。大岡博主宰の歌誌「菩提樹」（創刊当時は「ふじばら」）の復刻。》
《【雑誌】「東京人」八巻六号に巻頭随筆「大内山遠望」掲載。》

■七月

《三日、加藤楸邨死去。》
《【新聞】「朝日新聞」(1993-07-03)に加藤楸邨追悼文として「老大家にして真の前衛」掲載→のち『光の受胎』に収録。》
《【公演】「ロレンザッチョ」アルフレッド・ド・ミュッセ（作）渡辺守章（演出）銀座セゾン劇場（七月）パンフレットに「『ロレンザッチョ』の渡辺守章さん」掲載。》
《【雑誌】「加藤楸邨記念館　館報」に「楸邨と筆墨の世界」掲載→のち『しのび草』に収録。》
《【雑誌】「現代詩手帖」三六巻九号に「『世間知ラズ』とは『詩人』という意味」掲載→のち『光の受胎』に収録。》
《【雑誌】「新潮」九〇巻七号　吉田健一特集に座談会「日本近代文学と対立する文学者」（丸谷才一・大岡信・三浦雅士）掲載。》
《【本】『モーツアルト全集　別巻』小学館(1993-07-20)にエッセイ「言葉が歌になるとき」掲載。『大岡信著作集3』よりの再掲。》

■八月

《六〜八日、第二回　国際文化交流シンポジウム「世界の中の日本文学」（豊田市国際交流協会主催）に参加。フィンランド詩人カイ・ニエミネンとの連詩「豊田連詩　雲の峰」発表。》
《【講演】二一日、姫路文学館にて講演「日本文化と詩歌の伝

統」。》

《【講演】二四日、朝日ゼミナール特別講座「折々のうたを読む——秋の巻」（於有楽町朝日ホール）。》

《【雑誌】「無限大」九四号　特集「愛の表現」に〈セッションⅠ〉「古代から中世へ」司会・大岡信、〈セッションⅡ〉「中世から近世へ」ディスカッサント・大岡信　掲載。国際交流基金設立二〇周年記念の日本研究シンポジウム「愛——日本藝術におけるその表現」一九九二年一二月二日～四日　於京王プラザホテル。》

■九月

《七～一〇日、ベルリン・フェスティバル公社主催の大展覧会「日本とヨーロッパ　一五四三——一九二九」開会式典にて記念講演。その一環として、E・エルプ、D・グリュンバイン、高橋順子と連詩制作（「ベルリン連詩」）・発表。》

《一二日、レセプション挨拶（於ベルリン国立オペラ劇場アポロ・ザール）。連詩とともに「へるめす」四六号（一一月号）に掲載。》

《滞独中に母・綾子の訃報（九月六日死去）を受ける。帰国後、一八日に静岡県三島市の菩提寺である林光寺で葬儀。》

ベルリンの空は東京へつながつてゐる

渡り鳥が消えたあとへ
一筋の飛行機雲
その雲の遙か上へ
おふくろのおれを呼ぶ声が
鐘といつしよに昇つていつた

おふくろは　声になると　昔から
おれの名前を呼ぶだけの声になつた
どんな時　どんな会話をかはしたか
すべて消え去り　おれにはいつも
「マコチャン！」「マコト！」と呼ぶ声だけが
おふくろの声の刻印だつた

ベルリン芸術会館の屋上テラスを
青空が覆つてゐる　青葉がざはめき
その風の上を　暗くもなく
寂しげもなく　むしろ明るく　張りをもつて
おれの名を呼びながら
声になつたおふくろが昇つていくのを
おれはテラスの椅子に座つてありありと見た

ベルリンの空

東京と同じベルリンの空
（詩「母を喪ふ」より）

《【講演】二六日、「第6回奥の細道・芭蕉講演会」でコーディネーターをつとめる。パンフレットに「芭蕉にとっての旅」掲載↓のち『しのび草』に収録。》

■一〇月

《七日、宇佐美圭司の『心象芸術論』刊行を期して、武満徹、宇佐美圭司と「抽象表現のあとに来るもの」をテーマに鼎談。》

《【放送】一〇日、NHKBS「井伏鱒二　人と文学」に出演。》

《【講演】一四日、益田市にて講演「言葉と人生」。》

《【講演】一七日、高松美術館開館五周年記念講演「美をひらく扉」。》

《【本】ハワイの三人の詩人と制作した英語による連詩集 "What the Kite Thinks—A Linked Poem by Makoto Ooka, Wing Tek Lum, Joseph Stanton and Jean Toyama" ハワイ大学出版部　刊行。》

《【本】仏訳『折々のうた』"Poémes de tous les jours"（traduit par Yves-Marie Allioux）ピキエ書店、ユネスコ共同出版により刊行。》

《【雑誌】「図書」五三二号（漱石特集号）に「漱石・虚子・朗読」掲載↓のち『しのび草』に収録。》

《【本】『私の万葉集（講談社現代新書）』講談社　全五巻（一〇月～一九九八年一月）刊行開始。「本」での全七〇回の連載「私の万葉集」をおさめる。》

■一一月

《【放送】三日、NHKBSブックレビュー「公開録画と講演のつどい」（グリーンドーム前橋）にて講演「若き日の萩原朔太郎」。》

《フランスでの「第二回ヴァルドマルヌ国際詩人ビエンナーレ」に参加、詩朗読。》

《ビエンナーレ参加中、脳梗塞を発症し、白羽明美の手配によって応急処置をパリで受けたのち、二五日午後に急ぎ帰国。帰国後、入院も寝込むこともなく仕事に復帰したが、六ヶ月程度はもとのように文字を書くことができず、苦しむ。》

十年前、パリ郊外のいくつかの場所で、
何人かの日本人が招かれて
詩の朗読をしたことがある。その催しの
開始後まもなく、ぼくの頭がこはれた。
殺風景なビジネス・ホテル、暖房設備の不得要領、
治療半ばの奥歯の不具合、いろんな理由で、
朝起きて知る、ナンダカ　ヘンダゾ　オレノ右手ハ。

ホテルに届いたファックスの直し、それで気づいた、
今もすぐ甦る　不吉な縮みの感覚。
訂正する字が　どの字もどの字も　縮んでゆく。
「どうもへんなんだよ」、電話したのがアケミ・シラハ。
それからの数日間　ぼくは彼女の掌の中で暮らす。手はじめは、

日曜日なのに予告通り　午前十時きつかりに
ハース医博が郊外のビジネス・ホテルに来診。てきぱきと
応急の問診をして　処方箋に至る。
血液の凝固に抗する薬品を　大胆に処方。
（中略）
無謀なことだが　ぼくはその時
一日も寝込まなかつたし　まして入院など。
「コンナコトデ　ヤラレテ　タマルカ」無謀に非ず馬鹿もん。
二週間後　約束通り講演二つ。リハビリニナッタ。

後遺症？　そりやあ　あるよ。重大な
損壊事故が起きたのだ、司令塔に。
舌に縺れる発音がある、詩の朗読には致命てき。
長く歩くと右脚ひきずる、いらいらするよ。
だが　そんなことで泣きごと言ふな。だれにでも
問題はある、それより、さうだ、水はちやんと飲め。
無理して体の鍛錬はするな、泳ぐより、プールを歩け。
しかし適度に無理もしろ。時には徹夜も。
（詩「パリ、地中海　わが病ひの地誌　南仏、パリ、日本」より）

《【公演】「小島章司フラメンコ'93　ネオフラメンコ「夢の中で」」メルパルクホール（一一月）によせて「小島章司のダンス」掲載。》
《【雑誌】「へるめす」四六号に「日本とヨーロッパ一五四三―一九二九展」掲載→このうち「レセプション挨拶」を『日本詩歌の特質』に収録。》
《【展覧会】「武満徹展　眼と耳のために」文房堂ギャラリー（一一月～一二月）カタログに「聴かせる人ではなく……」掲載→のち『光の受胎』に収録。》

■一二月
《【講演】七日、朝日ゼミナール特別講座「折々のうたを読む――冬の巻」（於有楽町朝日ホール）。一九七〇年来二三年間に

わたって続いてきた「朝日ゼミナール」を来年からは「朝日文化講座」と変えて再スタート、の旨告知あり。》
《【雑誌】「寒雷」六〇五号　加藤楸邨追悼特集号に「楸邨追悼予定稿のこと」掲載。》
《【雑誌】「雷帝」創刊終刊号に座談会「日本の詩に賭けるもの」（塚本邦雄・大岡信・高柳重信・寺山修司）掲載（「短歌研究」一九五九年六月号の再掲。）》
《【雑誌】「櫂」二九号に詩「母を喪ふ」掲載→のち『火の遺言』に収録。》

■——この年

《【教科書】中学校検定教科書「国語2」光村図書（一九九三年発行）に「言葉の力」掲載。》
《【教科書】中学校検定教科書「新しい国語1」東京書籍（一九九三年発行）に「虫の夢（春少女に）」掲載。》
《【教科書】高等学校検定教科書「新編国語I　新訂版」東京書籍（一九九三年発行）に「折々のうた」掲載。》
《【本】『Wort & Klang』（1993-00-00）に「凧のうた」（一柳慧、チェマ・コボとのコラボレーション作品）掲載。（※ゲーテ・インスティテュート・トリノ企画（一九九三〜）の一連のプログラムの一部として）》
《【雑誌】「文芸三島」一六号に詩「私の祖先」「私の孫」掲載→のち『火の遺言』に収録。》
《【出版案内】『新編日本古典文学全集』（小学館）出版案内に推薦文掲載。》

1994年——

□できごと□

コレージュ・ド・フランス講義
マケドニア詩祭金冠賞受賞
アメリカ訪問（講演・詩朗読）
大岡信フォーラム開講
文化勲章受章
大岡信ことば館開館

□主たる著作□

『日本の詩歌　その骨組と素肌』（講談社）
『捧げるうた五〇篇』（花神社）
大岡フォーラム会報
詩「三島町奈良橋回想」
詩「雪童子」

■1994・平成六年———63歳

■一月

《【楽曲】新作端唄「新春綺想曲」を作詞（本條秀太郎作曲）、TOKYO・FMホール「第二回本條秀太郎の会／端唄　江戸を聞く」にて初演。》

《【雑誌】「新刊ニュース」（トーハン）五二二号に岸田今日子との対談「詩《うた》のある生活《くらし》　花のある生活《くらし》」掲載（対談：一九九三年一〇月二七日）。》

《【雑誌】「文學界」四八巻一号に「三吟歌仙　武蔵ぶりの巻」（丸谷才一・大岡信・井上ひさし）掲載。》

《【雑誌】「月刊都響」に「一柳慧論」掲載↓のち『光の受胎』に収録。》

《【雑誌】「現代詩手帖」三七巻一号　特集「一九九四年現代日本詩集」に作品「掌篇詩集」（「小銭」「ある小さな詩のための素材断片」「樹」「地平線」「見つけた」「七色の夢」「尻　白桃」「ベルヴォワール・ホテル（リュシュリコン）」「火の遺言」）掲載↓のち『火の遺言』に収録。》

《【本】『美しき静岡県——空撮パノラマ』静岡新聞社編　静岡新聞社（1994-01-22）にエッセー掲載。》

《【本】『芭蕉を〈読む〉　没後三百年』三一新書（1994-01-31）に「俳論にひかれて」掲載。「山形新聞」文化欄で「おくのほそ道」紀行三〇〇年を記念して昭和六三年一月二〇日から平成元年三月一日まで「わたしと芭蕉」と題して連載されたものを集成。「俳論にひかれて」は一九八八年二月二四日掲載分。》

《【本】『サム・フランシス（現代美術7）』講談社（1994-01-00）に「内面世界の旅人」掲載。》

■二月

《【雑誌】「図書」五三六号に「われ俳諧において鉄を噛む——尾崎紅葉の俳句」掲載↓のち「尾崎紅葉の俳句」として『しのび草』に収録。》

《【本】『台湾万葉集』孤蓬万里編著　集英社（1994-02-09）に序文掲載。本書中の作者の多くが皇民化教育の下で日本語教育を受けた世代。この『台湾万葉集』および翌年一月刊行の『台湾万葉集続編』のなかから「折々のうた」に約三十首を採りあげている。》

《【本】『電脳汎智学』西垣通　図書新聞（1994-02-21）に西垣通との対談「詩のことば　機械のことば」掲載。「季刊花神」一九八七年五月号よりの再掲。》

《【新聞】「毎日新聞」（1994-02-09）「テレビよ」欄にインタビュー記事「無気力な日本人を生む、目につく「異常な映像」」

掲載。》

■三月

《【放送】三日、ＮＨＫラジオ「ことばの歳時記　歌の味わい」放送。》

《【講演】一〇日、朝日ゼミナールを継承した朝日文化講座「折々のうたを読む――春のうた秀逸集」（於有楽町朝日ホール）。》

《【本】『折々のうた』の英訳A Poet's Anthology; The Range of Japanese Poetry がジャニーン・バイチマン訳でKatydid Booksより刊行。》

《二五日、日仏翻訳文学賞（小西国際交流財団）授賞式にて審査委員として祝辞。》

■四月

《【講演】二二日、姫路文学館にて講演「文学の中の女性像」。》

《【公演】「ジュリエット・グレコリサイタル」サントリーホール（四月）パンフレットに対談（ジュリエット・グレコ　大岡信）掲載。》

《【展覧会】「大築勇吏仁展」ＵＣＰギャラリーデコール（四月）カタログに「ユリヒト・オオツキのこと」掲載。》

《【雑誌】『ビヤホールに乾杯』双思書房（1994-04-00）に「序にかえて」掲載↓のち「菅原栄蔵という建築家」として『生の昂揚としての美術』に収録。》

《【本】『ふるさと文学館　第一四巻　東京1』ぎょうせい（1994-04-00）に「心にひとかけらの感傷も」掲載。》

《【本】『画家たちの四季』芥川喜好著　読売新聞社（1994-04-08）に序文掲載。》

《【本】『近代日本の100冊を選ぶ』講談社（1994-04-27）に座談会（伊東光晴・大岡信・丸谷才一・森毅・山崎正和）（「月刊現代」一九九一年一号、二号よりの再掲）、書き下ろし「百冊の中身とおもしろさ」掲載。》

■五月

《【放送】五日、ＴＶ神奈川「岸惠子プラスワン」にて岸惠子と対談。》

《【講演】一五日、第5回高安国世記念詩歌講演会にて講演「折々のうたと私」（於京都シルクホール）。》

《二〇日、山本健吉七回忌（於山の上ホテル）にて挨拶。》

《【講演】二九日、『台湾万葉集』刊行記念講演会（市ヶ谷）。》

《【本】『飯田蛇笏集成1　俳句Ⅰ』角川書店（1994-05-00）月報に「最後の句について」掲載↓のち『光の受胎』にも収録。》

《【本】『わたしへの旅　牧水・こころ・かたち』増進会出版社（1994-05-12）刊行。『若山牧水全集』全一三巻・補巻一巻が

完結した機会に、鼎談を二つと牧水の長男・旅人氏の随筆を一冊にまとめる。》
《【本】『花梨酒　エッセイ'94』日本文藝家協会（1994-05-24）に編集委員として参加。また「ユリヒト・オオツキのこと」掲載。「別冊文芸春秋」二〇三号よりの再掲。》
《【本】『萩原朔太郎　日本文学研究大成』田村圭司編　国書刊行会（1994-05-00）に「萩原朔太郎の『猫町』」掲載。》

■六月

《七日、「國文學」八月号特集「大岡信　詩と知のダイナミズム」のために大江健三郎と対談、「詩の言葉、詩の思想」。》
《【講演】九日、朝日文化講座「折々のうたを読む——夏のうた秀逸集」（於有楽町朝日ホール）。》
《【放送】一四日、NHK教育「ETV特集　和歌の心に日本文学を解く」でドナルド・キーンと対談。》
《【雑誌】「現代詩手帖」三七巻六号　特集「現代詩の九九篇」に「有用ですばらしい詩」掲載。清岡卓行「石膏」、茨木のり子「木の実」、谷川俊太郎「空」「交合」をあげている。》
《【本】『大雅（水墨画の巨匠11）』講談社（1994-06-16）に「逸話を超えて——大雅小論」掲載。》
《【本】詩集『火の遺言』花神社（1994-06-30）刊行。》
《【本】『クフモの心　Spirit of Kuhmo』（1994-06-00）に詩「クフモの室内楽」「サウナと湖水」「音楽がぼくに囁いた」掲載。英訳はジャニーン・バイチマン→のち『光のとりで』に収録。》

■七月

《【雑誌】「へるめす」五〇号に「編集同人制を締め括るにあたって」（磯崎新・大江健三郎・大岡信・武満徹・中村雄二郎・山口昌男）掲載。》
《【本】『歌と詩の系譜（叢書比較文学5）』中央公論社（1994-07-00）に「叙景歌の抒情性」掲載→のち「日本の古典美学の根本」と改題して『おもひ草』に収録。》
《【雑誌】「季刊　墨スペシャル」臨時増刊号　墨コレクション一号に中村真一郎との対談「漱石の漢詩世界——小説と漢詩のあいだで」掲載（対談：一九八四年五月七日　於東京赤坂「ざくろ」TBS店）。》
《【新聞】「朝日新聞」（1994-07-29）に「日本語の力　見いだす現場「折々のうた」四千回に思う」掲載→のち「日本語の力」と改題して『ぐびじん草』に収録。》

■八月

《【雑誌】「現代詩手帖」三七巻八号に詩「パスの庭で　オクタヴィオ・パスのために」掲載→のち『光のとりで』に収録。》

《【本】『聖なる山河を行く』日本文芸社（1994-08-00）に「風狂将軍足利義教の富士山詠」掲載。『「忙即閑」を生きる』よりの再掲と月刊「歴史Eye」での連載（一九九二～一九九四年）をまとめる。》

《【雑誌】「國文學　解釈と教材の研究」三九第九号「大岡信詩と知のダイナミズム」号に大江健三郎との対談「詩の言葉、詩の思想」、「大岡信・私の好きな絵画と書」、「大岡信が選び語る現代の詩一〇篇」掲載。》

《【雑誌】「国際交流」六四号の表紙裏にエッセイ「既成観念が壊れる快さ——国際的な連詩の試み」掲載。》

■九月

《六日、「清水元彦さんの新しい門出を祝う会」（於ホテル・エドモント）にて発起人代表あいさつ。》

《【講演】八日、朝日文化講座「折々のうたを読む——秋のうた秀逸集」（於有楽町朝日ホール）。》

《【講演】一七日、講演会「ふるさとで語る折々のうた」第一回（増進会出版社主催　於三島市民文化会館ゆうゆうホール）。以後、二〇〇八年まで毎年秋に開催（計一五回）。》

《【雑誌】「Lettre International」誌（ベルリン）九月号にMatthias Hoop 訳による「詩とはなにか」全二四篇掲載。》

《静岡音楽館ＡＯＩ開館（一〇月）予告パンフに「世界にはいっぱいの音楽の種子が」掲載。大岡は企画会議委員。》

《【放送】二九日、ＮＨＫ教育「フランス語会話　ジャック・プレヴェール」に出演。》

《【本】『紅葉全集9』岩波書店（1994-09-00）に解説掲載。》

■一〇月

《コレージュ・ド・フランス（パリ）でフランス語による連続講義〝Poésie et Poétique du Japon Ancien〟を一〇月各週木曜日（午後五時から七時まで）に行う。招聘責任教授ベルナール・フランク氏、翻訳はドミニック・パルメ。同講義は好評につき、翌九五年一〇月にも一回追加される（計五回）。四回分の講義は「群像」一〇月号に、追加の一回は「群像」九五年七月号に掲載、のち『日本の詩歌　その骨組みと素肌』として刊行。》

コレージュ・ド・フランスでの講義

コレージュ・ド・フランスとは、一五三〇年に創立されたフランス文部省直轄の高等教育機関で、数学・物理学・自然科学部門、哲学・社会科学部門、歴史学・言語学・考古学部門の三種類に大別され、専任教授がいるが、外部の人が講義する場合もある。最大の特徴の一つは、講義が無料で一般公開されているところにあり、試験や卒業証書はない。詩人のポール・ヴァレリー、文化人類学者のクロード・レヴィ＝ストロース、哲学者のミシェル・フーコーやロラン・バルトなどが教授として授業をしていた。》

これはもちろん私にとって大きな名誉ですが、それだけでなく、私はこのことを、日本の詩歌そのものが当然受けるべき名誉であると考えています。フランク教授が真先にそれを認めていることですが、日本の古典詩歌は、しかるべき方法で提示されるならば、フランスの聴衆の心をもとらえ得るだけの魅力があると私は思っています。

「しかるべき方法」と書きましたが、私の場合はそれはまず第一に、日本の詩歌というものを本質的なところでとらえるように努め、決して特殊な世界として扱わないこと、従って私自身の叙述も、可能な限り明晰に、しかも十分に相手の興味と好奇心をかきたてるような書き方で書くことを意味していました。

その場合、たえず立ち帰るべき出発点として私が念頭に置いていたのは、日本の文学・芸術・芸道から風俗・習慣にいたるまでを、根本のところで律してきた和歌というものの不可思議な力、それを出来るだけ具体的にとりあげ、説明してみたい、ということでした。

第一回の講義において、その和歌ではなく、漢詩の偉大な代表詩人菅原道真を論じた理由も、実はそこにありました。菅原道真は、その悲劇的な生涯そのものにおいて、その後一千年以上にわたり、日本の文明、文化全般に対する、いわば恐るべきアンチ・テーゼそのものとなってしまった詩人だと私は思います。その彼の業績と生涯を最初に語ることによって、私は以後の全講義を、言ってみれば初めから意図して困難な立場に追い込んだのでした。

道真の詩が偉大であればあるほど、彼の道からどんどん遠ざかって行った和歌というものの針路は、怪しげでうさんくさいものになるのではないだろうか？

この疑問は、日本の詩歌全体の運命に関わる根本的な疑問であらざるを得ないのではないかと私は思います。第二章で紀貫之および勅撰和歌集の本質について論じ、第四章で叙景歌という日本独特の詩歌様式を論じ、あわせて日本の詩歌に自己主張の要素がきわめて乏しい理由について考えたのも、私の脳裏では常に右の疑問が対極に横たわっていたからでした。そして、第三章と第五章で、女性詩人の存在がいかに日本の詩歌史では決定的に重要であったかを論じているのも、同じくこうした疑問に別の側面から照明をあて、また答えようとしてのことでした。

（「あとがき」『日本の詩歌　その骨組みと素肌』）

日本の詩歌は、どういう本質を持っているか、それから現象として出てくる形態はどんなものか、それを支えていたのはどういう人々かということをしゃべったわけです。

（大岡信フォーラム会報三〇号）

《【放送】コレージュ・ド・フランスでの講義の合間に、イギリスのヨークシャーで開催中の安田侃野外彫刻展にて安田とともにＮＨＫ教育「日曜美術館」出演。》

《一七日、在英日本大使館越智淳子書記官のコーディネイトにより、ロンドン大学で英語による講演会（「日本の詩歌」）。在英日本大使館、ロンドン大学、ロンドン・ジャパン・ソサエティ共催。》

《【講演】トゥールーズにて和歌と俳諧を主にした日本詩歌セミナーで講演。聴講者はベルナール・フランク関係の教師たち。トゥールーズからロートレックの生家アルビなどを訪ねながらパリに戻る。》

《【放送】二七日、ＮＨＫ教育「フランス語会話　ジャック・プレヴェール」に二回目の出演。》

《【雑誌】「アステイオン」三四号に「日本近代詩の風景」掲載↓のち『ことのは草』に収録。》

《【雑誌】「群像」四九巻一〇号に長篇評論「日本の詩　四つの柱」掲載。コレージュ・ド・フランスにおける四回の講義をおさめる↓のち『日本の詩歌　その骨組みと素肌』に第一～四章として収録。》

《【本】『ゴーギャン（世界の名画10）』中央公論社（1994-10-00）に解説掲載。》

《【雑誌】「東京人」九巻一〇号に「東京人インタビュー（六四）大岡信」（ききて　伊奈英次）掲載。》

《【本】『高浜虚子（新潮日本文学アルバム38）』新潮社（1994-10-10）に「「選は創作」の覚悟」掲載↓のち『光の受胎』に収録。》

《【本】『一九〇〇年前夜後朝譚　近代文芸の豊かさの秘密』岩波書店（1994-10-21）刊行。「へるめす」での同名連載（一九八九～一九九四年）をおさめる。》

《【本】『新折々のうた（岩波新書）』岩波書店　刊行開始。朝日新聞掲載のコラム「折々のうた」をおさめた『折々のうた』（岩波書店　全一〇冊＋総索引）に続くシリーズ「新折々のうた」（全九冊＋総索引）（一〇月～二〇〇七年一〇月）。》

短歌形式、俳句形式は共にきわめて短い。この短い詩型では、ある思想を充分展開して叙述するようなことは不可能である。勢い、短詩型文学では、省略と暗示が最も重要な表現手段になる。

これを読者の側から言うと、読みこみの深さ、浅さによって、一つの作品の解釈や鑑賞の仕方にも、深い浅いの違いがいろいろ生じてくる可能性があるということである。

実は、これが短詩型文学の魅力をもなしている。もし、単一の作品には単一の解釈しかありえないということになったら、そんな作品は決して永持ちしえないだろう。短詩型文学は極度に短いが、意味するところは豊かな暗示力に富んでいる、というのでなければ、人々の共通の財産にはとうていなりえなかったはずである。

その意味で、一つの作品は決してそれ一つで完結しているものではないということが、短詩型文学の場合とりわけ大切な条件となる。作品は、潜在的にはつねに他の作品を呼んでいるのである。(中略)

一つの作品は、その隣りに置かれた作品によってひそかに照らし出される部分を持っているかもしれないのである。それを見つけて示すことができたなら、それはその作品に新しい可能性を見つけてやることにも通じるのではなかろうか。

私が「折々のうた」でやろうと思っていることのひとつは、以上のべたようなことである。その点について言う限り、この本の作品選択と配列そのものにも、ささやかながら、ある種の創作的な性格があるだろうと思っている。

同じように、私がこの「折々のうた」執筆に当ってひそかな掟としてきたことは、この短い文章の中では、れっきとした「外来語」として日本語に定着しているもの(たとえばポスト、カステラ、ラジオのような)を除いて、まだ訳語さえ確定していないような外来語(たとえばポスト・モダンのような)は使うまいということだった。

意味がさまざまにとれる片カナ語を意味もなく多用する習慣と、言葉の置き換え、言い換えを安直にやる習慣とは、心理的に言えばまったく同じ根から出ているものだが、私はこの習慣の、現代日本における、あまりといえばあまりな、気易い伝播をなさけないと思っている者なので、「折々のうた」ではこれを避けてきた。まったく目にもつかないほどのささやかな自分用の掟にすぎないけれど、事のついでにこのこともしるしておきたい。

(『新折々のうた1』まえがき)

■一一月

《四日、サム・フランシス死去。》

私が彼と友人になったのは、一九六〇年（昭和三十五年）冬、彼が二度目に日本に滞在していたときである。（中略）今回〈私の好きな作品〉ということで選んだ『あるがままのもの他の一切は闇』は、ある日、彼が仕事をしていたアトリエ（昭和通りと歌舞伎座通りの角にあるビルのてっぺん）に行ったとき、「これは、おまえのために描いたんだ」といって、手渡してくれたグアッシュである。見たとたんに、えらく気にいった。題名はあるのか、と聞くと、「そうだなあ」と小時考えてから、すらすらと作品の裏に書いたのが、This is as it is／All the rest is darkness　小さな作品だが、天体の爆発現場を思わせるし、男の欲望の一挙の爆発をも思わせるし……。その芸術家も、今は闇の中で光り輝く星になってしまった。人生無常。
（「『おまえのために』とサムはいった」『しのび草』）

《【展覧会】「濱口陽三展」武蔵野市民文化会館アルテ（一一月～一二月）カタログに詩「光の船」「四人のサクランボ」「くるみ」掲載。》

《【雑誌】「現代詩手帖」三七巻一一号に「返事——横木徳久氏の「手紙」への」掲載。》

《【本】『新編・折々のうた　第五』朝日新聞社（1994-11-01）刊行。》

《【本】『俳句とハイク　シンポジウム短詩型表現をめぐって——俳句を中心に』花神社（1994-11-10）に「ハイクと俳句」掲載。》

《【講演】二六日、日本歩け歩け協会30周年記念講演会「「歩き」について」。》

■一二月

《【講演】八日、朝日文化講座「折々のうたを読む——冬のうた秀逸集」（於有楽町朝日ホール）。》

《作品選定に携わった「ファーレ立川」の作品設置完了。》

《【雑誌】「現代詩手帖」三七巻一二号　現代詩年鑑'95「アンソロジー一九九四」に「火の遺言」掲載（同誌一月号よりの再掲）。》

《【雑誌】「大航海」（「DANCE MAGAZINE　別冊」）一号に丸谷才一との対談「女の歴史・男の歴史」掲載。》

《【雑誌】「櫂」三〇号に詩「建設家と装飾雲——菅原栄蔵頌」掲載→のち「建設家と装飾雲」として『光のとりで』に収録。》

《【本】『ふるさと文学館　第二六巻　静岡』ぎょうせい（1994-12-15）に「産卵せよ富士」「うたのように　1～3」掲載。》

■——この年

《【教科書】高等学校検定教科書「精選　新国語Ⅰ　現代文編」

明治書院（一九九四年発行）に「言葉の力」掲載。》

《【教科書】高等学校検定教科書「現代語」東京書籍（一九九四年発行）に「言葉と心」掲載。》

《【教科書】高等学校検定教科書「新編国語I」東京書籍（一九九四年発行）に「折々のうた」掲載。》

《【教科書】高等学校検定教科書「国語I」教育出版（一九九四年発行）に「折々のうた」掲載。》

《この年より日仏文学翻訳賞選考委員を務める。》

《【雑誌】「文芸三島」一七号に詩「音楽がぼくに囁いた」掲載。》

■1995・平成七年——64歳

■一月

《【本】『ピカソ　剽窃の論理（ちくま学芸文庫）』高階秀爾著　筑摩書房（1995-01-00）に解説掲載。》

《【雑誌】「現代詩手帖」三八巻一号に詩「くるみである私」「音楽の捧げ物」「まだ使つたことのない言葉で書く」掲載↓のち『光のとりで』（「音楽の捧げ物」は「音楽である私」と改題）に収録。》

《【新聞】「朝日新聞」（1995-01-03）に「戦後五〇のうた」（朝日歌壇・俳壇の八氏が戦後に編まれた句集・歌集から選）の冒頭として「何かずしんと重いもの」掲載↓のち「短詩型の明日」と改題して『しおり草』に収録。》

《【本】『詩の新世紀　24人の現代詩人による』新潮社（1995-01-30）に「古今秀吟拝借歌仙」掲載。「新潮」での連載「詩の現在」（一九九二年〜一九九三年）をまとめたもの。「古今秀吟拝借歌仙」は一九九三年二月号掲載分。》

■二月

《【講演】一八日、熊本市にて講演「言葉の力」。》

《【本】Torremozas 書店（マドリード）よりスペイン語訳詩集 Poemas（大築勇吏仁、マリア・パストール共訳）刊行。》

《【雑誌】「すばる」一七巻二号にドナルド・キーンとの対談「ひとの心をたねとして——日本文学の源流に向って」掲載。》

《【雑誌】「海燕」一四巻二号に書評「ドナルド・キーンの文学史の意味」掲載↓のち『光の受胎』に、のち「ドナルド・キーン著『日本文学の歴史』」として『しおり草』に収録。》

《【新聞】「読売新聞」（1995-02-01）第四六回読売文学賞受賞・鈴木真砂女の講評として「生活感に支えられた季語」掲載↓のち「〝お女将〟真砂女は俳人」と改題して『しのび草』に収録。》

■三月

《【講演】六日、和光市司法研究所にて講演「日本文化を探る――日本語と日本人」。》

《【講演】九日、朝日文化講座「折々のうたを読む――春のうた」（於有楽町朝日ホール）。》

《一八～二四日、イェルサレム国際詩人祭出席。》

《五月開催予定の展覧会「大築勇吏仁展――東洋の詩の華　大岡信の詩篇へ」準備中の大築勇吏仁のアトリエをサン・ロレンゾ・デ・エル・エスコリアル（スペイン）にたずねる。》

《大築勇吏仁、ギャラリー57画廊主フォアン・ラモン・サンチエス・デ・ラ・ペーニャと共にトレドを訪問。》

《マドリッドに滞在中、日本より第五一回恩賜賞・日本芸術院賞受賞（「みずみずしい感性と知性による詩風で戦後詩の一典型を成し、評論でも伝統的な詩歌に光をあてて日本の美意識を分析してきた業績」による）の報を受ける。》

《【雑誌】「第一回国際文化交流シンポジウム　報告書　日本文化をいかに伝えるか」（財団法人　豊田市国際交流協会）に「パネルディスカッション」掲載。》

■四月

《【講演】六日、慶応大学湘南藤沢キャンパスにて講演「日本の詩・独自性と普遍性」。》

《【展覧会】「人間国宝　鹿児島寿蔵の人形～幻想とロマンの世界～」佐野美術館（三島市）ほか（四月～六月）カタログに「「わらべごころに人像《ひとかた》つくる」鹿児島寿蔵の短歌」掲載。》

《「折々のうた」を一九九六年四月三〇日まで休載。》

《【講演】二八日、「中原中也生誕90－2年祭」ニューメディアプラザ山口（山口市）にて作品朗読とイヴェマリ・アリューとの対談。》

《【雑誌】「週刊新潮」四〇巻一四号　通巻二〇〇〇号記念特別企画　二一世紀へのメッセージ「生き方の扉」に「失明画家百一年の創造的生涯」掲載→のち「曽宮一念　百一歳の創造的生涯」として『ことのは草』に収録。》

《【雑誌】「週刊新潮」四〇巻一五号に「スペインで食べた美味しいもの」掲載。》

《【本】『論文演習』おうふう（1995-04-00）古関吉雄　大岡信共編。》

《【本】『鮎川信夫全集Ⅱ　評論Ⅰ』思潮社（1995-04-01）月報に「「現代社会のなかの詩人」――『鮎川信夫詩論集』」掲載。「朝日ジャーナル」一九六四年六月二八日号よりの再掲。》

《【本】『雲をよぶ　曽宮一念詩歌集』大岡信編　朝日新聞社（1995-04-01）に「この本の成り立ちについて」掲載→のち「『雲をよぶ』を編んで」として『ことのは草』に収録。》

《【本】『あなたに語る日本文学史　古代・中世篇』新書館

（1995-04-20）刊行。同時に『あなたに語る日本文学史　近世・近代篇』も刊行→のち『あなたに語る日本文学史（新装版）』新書館（一九九八）。》

日本文学の最も重要で面白い肝どころを、編集部の何人かを聞き手にして話してみてはくれないか、と言うのです。できればそれで本を作りたいのだと。

自慢じゃないが僕にはそういう能力だけはないね、と私は当然のことを答えました。

何度かそういう問答が繰返されたのち、ついに私が折れたのは、日本文学について「若い人たち」の手引きになるような本がなければならないと思うと力説されたからです。（中略）そして気がついたことは、この若い人たちの中には大人が常識的に当然知っているはずのことでも、実ははじめから教えられず、そのまま体ばかり大きくなってしまった人も結構多いらしいということでした。難解な用語を使ってだとけっこう喋れるのに、容易に納得できる常識については理解できず、人に迷惑がられているような秀才もいて、こりゃこの人たちの責任ばかりではないよ、と思うようになったのです。

つまり責任は、われわれ以前の「旧」世代と、そのあとのすでに厖大な数を擁する「新」世代とを、どうやら結びつけうるかもしれない私のような世代に、大いにあると思わざるを得なくなった――これが、編集部のたび重なる慫慂に応える気になった理由です。（中略）

さて、この本の内容をなすのは、十回にわたって話したことです。場所は山の上ホテルの小会議室。午後の三時間ないし四時間近く、ひたすら話しました。時には、話し終えた瞬間、ふっと気が遠くなるような感じになったこともあります。私としては、単なる知識の堆積とその披露に終るようなことは、まったく興味がないので、していないはずです。それより、「何が面白いか」を専心語ること。

六十年余り生きてきた人間として、その「責任」の一端をはたし得ていたら、それで満足です。

（「まえがき」『あなたに語る日本文学史　古代・中世篇』）

■五月

《静岡音楽館ＡＯＩ開館。企画会議委員として参加。》

《【講演】一四日、国府台女学院創立七十周年記念講演「言葉の力」。》

《【講演】二二日、「国際メセナ会議'95」司会と開会挨拶。》

《【講演】二七日、詩歌文学館にて講演「折々のうた　こぼれ話」。》

《【展覧会】「大築勇吏仁展――東洋の詩の華大岡信の詩篇へ」ギャラリー57（スペイン・マドリッド）カタログに「フォルムと

色彩を越えて――大築勇吏仁の絵画」掲載→のち『詩人と美術家』に収録。》

《【展覧会】「利根山光人展――太陽と古代・そして永遠への憧憬」世田谷美術館（五月〜七月）カタログに「社会と芸術家の関係を更新する利根山光人の仕事」掲載。》

《【雑誌】「現代詩手帖」三八巻五号に「「櫂」のあやしい魔力」掲載。》

《【本】『集成・昭和の詩』小学館（1995-05-10）刊行。九九人七六〇篇を集めた昭和詩詞華集。》

■六月

《日本芸術院賞・恩賜賞受賞。》

《【講演】一日、慶応義塾大学にて講演「世紀末・私の文学　昭和」。》

《【講演】八日、朝日文化講座「新・折々のうた　一――夏のうた」（於有楽町朝日ホール）。》

《【講演】一五日、郡山市にて講演「言葉の力」。》

《【講演】三〇日、虎ノ門・教育会館にて芸術院賞受賞者講演「日本の詩歌――その勘どころ」。》

《【雑誌】「第二回国際文化交流シンポジウム　報告書　世界の中の日本文学」（財団法人　豊田市国際交流協会）に「討論」、「豊田連詩『雲の峰』」掲載。》

《【本】『牟礼慶子詩集（現代詩文庫128）』思潮社（1995-06-01）に「牟礼慶子の詩」（『日々変幻』解説）掲載。》

《【本】『続・吉岡実詩集（現代詩文庫129）』思潮社（1995-06-10）に吉岡実との対話「卵形の世界から」掲載。「ユリイカ」一九七三年九月号から一部割愛して収録。『吉岡実詩集（新選・現代詩文庫110）』（一九七八）の増補・新編集版。旧版には大岡の文章はない。》

■七月

《三日、姫路文学館夏季大学にて「菅原道真と紀貫之」。》

《【講演】八日、豊田市国際交流協会によるシンポジウムに出席。》

《【講演】一八日、富山県民カレッジ夏季講座「晩年の松尾芭蕉と正岡子規」。》

《【講演】二八日、日本近代文学館「夏の文学教室」（於よみうりホール）にて講演「戦後詩と現代短詩型文学」。》

《【展覧会】「KAN YASUDA Percorso de lla scultura」（ピエトラサンタ市主催の野外彫刻個展）（七月〜九月）カタログに「石の声を聞きながら　安田侃の彫刻」掲載→のち「石の声を聞く　安田侃」として『しのび草』に収録。》

《【雑誌】「現代詩手帖」三八巻七号にモノオペラ「火の遺言」掲載。》

《【雑誌】「群像」五〇巻七号に「日本の中世歌謡――「明るい虚無」の背景をなすもの」（パリのコレージュ・ド・フランスにおける追加一回の講義）掲載↓のち「五　日本の中世歌謡」として『日本の詩歌　その骨組みと素肌』に収録。》

《【雑誌】「芸術新潮」四六巻七号に第二七回日本芸術大賞　白川義員「選評」掲載。》

《【本】『続・新川和江詩集　（現代詩文庫132）』思潮社（1995-07-10）に「新川和江の詩」掲載。新川和江詩集『土へのオード13』（一九七四）解説の再掲。》

《【本】『続・大岡信詩集　（現代詩文庫131）』思潮社（1995-07-10）刊行。『大岡信詩集　（現代詩文庫24）』（1969-07-15）、『新選大岡信詩集　（新選現代詩文庫108）』（1978-01-10）の増補・新編集版。》

■八月

《【講演】五日、静岡県湯ヶ島町立湯ヶ島小学校（現在は伊豆市湯ヶ島、井上靖の母校）にて講演「井上靖に捧げるふるさとの詩」。》

《【新聞】毎日新聞（1995-08-13）「二枚の絵シリーズ」として「海の恐怖と戦慄」掲載。「知盛幻生」前田青邨と「メデューズ号の筏」ジェリコーを挙げている。》

《【講演】二七日、葉山にて関東学院大学セミナー「女性詩人の系譜」。》

《【本】「朝日美術館　岡本太郎」朝日新聞社（1995-08-00）に「「伝統」の救い主　岡本太郎」掲載↓のち「「伝統」の救い主」と改題して『光の受胎』に収録。》

《【本】『100MtFuji 神々の宿る山』（スルガ銀行一〇〇周年企画大山行男　キュウ・フォト・インターナショナル（1995-08-07）に「もう一つのすばらしさ」掲載。『富士山　全案内』朝日新聞社編（一九七五年）の再掲。》

■九月

《【講演】四日、高岡市にて講演「詩歌と日本人」。》

《【講演】七日、朝日文化講座「新・折々のうた　一――秋のうた」（於有楽町朝日ホール）。》

《【講演】一六日、三島市にて講演「ふるさとで語る折々のうた第二回　歌謡の豊かさ――梁塵秘抄」（増進会出版社主催　於三島市民文化会館ゆうゆうホール）。》

《【講演】二〇日、上田女子短期大学にて講演「詩を作ること、詩を読むこと」。》

《【雑誌】「文學界」四九巻九号に詩「白桃の尻が」掲載↓のち『光のとりで』に収録。》

《【本】『自然薯　佐治玄鳥句集』角川書店（1995-09-01）に「跋――佐治玄鳥句集『自然薯』のこと」掲載↓のち『しのび

草』に収録。『自然暮』は一九九六年四月に特装版も刊行。》
《【本】『正岡子規五つの入口 (岩波セミナーブックス56)』岩波書店 (1995-09-26) 刊行。》
《【本】『人間万事塞翁が馬　谷沢永一対談集』潮出版社 (1995-09-30) に鼎談「もの狂いの美学」(大岡信・司馬遼太郎・谷沢永一) 掲載。「アステイオン」(一九八九年四月号) よりの再掲。》

■一〇月

《【講演】二日、新座市・跡見学園女子大学にて講演「日本の詩歌と女性」。》
《昨年の四回の講義に引き続き、コレージュ・ド・フランスでの第五回めの講義のために、パリを訪問。》
《九日、在ノルウェー日本大使館書記官越智淳子のコーディネイトによりオスロ大学で英語による「日本文学と詩歌」を講演。在ノルウェー日本大使館、オスロ大学共催。》
《ベルリンを訪問し、ジーバニッヒと旧交をあたため、連詩の通訳者である友人の福沢啓臣氏に会う。また、マイセン、ドレスデンを訪問。》
《【本】『芹沢光治良先生　追悼文集』芹沢光治良文学愛好会 (1995-10-00) に一九九三年四月六日の弔辞を「芹沢先生へお別れの言葉」として掲載↓のち『しのび草』、『ことばが映す人生』に収録。》
《【展覧会】「嶋田しづ展　地上より──愛をこめて」フジテレビギャラリー (一〇月〜一一月) カタログに「嶋田しづの新作」掲載↓のち『生の昂揚としての美術』に収録。》
《【雑誌】「文部時報 = The monthly journal of Monbusho」一四二六号に「人・この道」掲載。》
《【雑誌】「ビオス」秋号に「ことばが生きているとはどういうことか」掲載↓のち「ことばは生きている」として『ぐびじん草』に収録。》
《【本】『新折々のうた2 (岩波新書新赤版415)』岩波書店 (1995-10-20) 刊行。》

本書『新折々のうた2』に収める作品は、一九九四年 (平成六年) 五月一日付「朝日新聞」朝刊以後、一九九五年 (平七) 四月三十日付にいたるまでの丸一年間、同紙一面コラム「折々のうた」欄に掲載された記事を、加筆修正した上で、岩波新書に収録したものである。(中略) この期間は、私個人にとってはかなり大きな経験がいくつも重なった期間だった。第一には、寝込むことはなかったものの、かなり長期にわたって体調を崩したため、「折々のうた」を一回も休むことなく続けられたことは、何という悪運の強さだったか、とまで自ら思うほどだったこと。体調は崩したが、少なくとも自分自身の見る限り、「折々のうた」の文章には、著しい悪影響を受けてはいないらしいことが、私にとってのひそかな安堵でもあれば誇りでもあったことを、今思い返している。

　第二の経験は、一九九四年十月、一ヵ月にわたってパリに滞在し、毎週一回ずつ、日本の古典詩歌についての二時間枠の講義を、コレージュ・ド・フランスで行なったこと。（中略）この仕事（＊編集部注：折々のうた）を基盤にして考えることのできたこと、いや、それ以前に、この仕事を続けるうちに知り得た数えきれない事どもが、今や私という小さな存在の中で、それなりに厖大な時空のひろがりを反映する反響板のようになってしまったということが、不思議に軽やかで同時に重い実感として、ずっしり感じられるのである。感謝の思いが自然と湧き出てくるのも、そのためだろう。

　以上のような個人的経験の範囲だけで言うなら、この一年間は、他の年にも増して、私にはある種の収穫の時期だったが、ひとたびこの国全体のことを考えるなら、一九九四年七月の松本サリン事件、九五年一月の阪神大震災を経て、一連の堕地獄「教祖」による、口にするさえおぞましい犯罪餓鬼道めぐりの道程が、逐一暴露されつつある最中で、加えてさまざまな分野での崩壊現象が相つぎ、私たちは、束の間享受した経済的・物質的繁栄のむなしさを、今索漠とした思いでかみしめるにいたっている。

　こんなことになるとは夢にも思わなかったと、多くの人が考えるかもしれない事態である。しかし、『折々のうた』で私が取り上げてきた古今の人々の詩歌作品を見れば、「こんなこと」が、過去にも、くり返しくり返し起きていたことに気付くのは容易だろうと思う。私は、そういう意味でも、この仕事を続けてきたことには、多少の意義があっただろうと思いたい。詩歌作品や文学作品を読むことは、少なくとも私たちに、「思わず我にかえる」という貴重な経験をさせてくれるものだと、私は思っているからである。


（「あとがき」『新折々のうた2』）

■一一月

《日本芸術院新会員「詩歌」に内定。》
《【公演】七日、静岡音楽館ＡＯＩにて、折々のうた１「今様・折々」。大岡信解説　豊田喜代美朗読・ソプラノ　谷川賢作ピアノ・鍵盤楽器　宮崎青畝尺八　クリストファー遥盟尺八。》
《【講演】九日、仙台にて講演「日本文学の勘どころ」。》
《【公演】一六日、『オペラ　火の遺言』浜離宮朝日ホールで初演。作曲一柳慧、ソプラノ豊田喜代美のモノ・オペラ。倉敷市芸文館、大阪いずみホール、しらかわホール（名古屋）、水戸芸術館でも公演。》

一幕・二幕を共通して繋いでいるのは、女たちが戦争によってとつぜん投げこまれる理不尽な苦難・迫害、そこに必然的にからんでいる、男たちの暴発、とくに性的暴力の問題です。それをよび出すのは、戦場の異常心理と逆上的興奮である場合が多いでしょうが、これは平安朝の幕切れの時代も第二次大戦末期の時代も、現在ただいまでも、本質的にはまったく変らない問題として、私たちの眼前にも、世界のいたるところにも、おびただしい悲惨な事例とともに存在しています。

(「はじめに」『オペラ　火の遺言』)

《**【雑誌】**「婦人画報」一一〇八号　創刊九〇周年記念特別企画「日本の美と心の再発見」第一一回として「日本人とやきもの」何人かのエッセイの一つとして「石の彫刻とも調和する岡田輝の器と人となり」掲載→のち『詩人と美術家』に収録。》

《**【雑誌】**「漱石研究」五号にインタビュー「明治の青春　漱石と子規」大岡信(聞き手・石原千秋　小森陽一)掲載。》

《**【本】**『オペラ　火の遺言』朝日新聞社(1995-11-01)刊行。解説・粟津則雄。》

《**【本】**『一寸法師/安寿と厨子王——Little Inch / ANJU and ZUSHI二ヶ国語絵本』ラボ教育センター(1995-11-01)に翻訳掲載。》

《**【本】**『現代詩読本　特装版　大岡信』思潮社(1995-11-01)》

《**【本】**『光の受胎』小学館(1995-11-10)刊行。》

《**【本】**『日本の詩歌　その骨組みと素肌』講談社(1995-11-10)刊行→のち『日本の詩歌　その骨組みと素肌　岩波現代文庫　文芸97(二〇〇五)。》

《**【本】**『大岡信の日本語相談』(朝日文芸文庫)刊行。既刊の『日本語相談　1〜5』(大野晋・丸谷才一・井上ひさし・大岡信共著)から回答者別に再編集、著者四人による座談「大岡信氏に聞く「折々のうた」と『万葉集』と『台湾万葉集』」を収録。》

■一二月

《一五日、日本芸術院新会員「詩歌」部門に。文部大臣発令。》

《**【講演】**七日、朝日文化講座「新・折々のうた　一——冬のうた」(於有楽町朝日ホール)。》

《二一日、寺田透死去。》

寺田透氏との初対面は、教室での教師と生徒としてであった。一九四八年(昭和二三年)四月から翌年三月まで、私は旧制一高の二年生として、寺田先生からボードレールの『散文詩集』を習ったのだが、教師としての寺田先生は、ある点において強い印象を生徒たちに与えた。先生に指名された生徒が、起立して十数行のフランス語を訳すのだが、寺田先生はときどき、生徒がすらすら訳すところでつまずくのだった。「その単語をなぜそういう風に訳すんだい」「辞書にそう出ています」「辞書に出ていればそれでいいというわけかい。どうも違うんじゃないかなあ」「……!?」こりゃ面白い先生だ、と思った。こういう教師にそれまで出会ったことがなかった。水際だって鮮やかな教師ぶりというのでは全くなかった。代わりに、フランス語の一語一語がもっている抵抗感、物質的な手触りとでもいうべきものに対して、眼を開かれる思いがした。（中略）批評家としての寺田透の際立った個性は、対象のもつ意味にとどまらず、対象の質感や量感までも、執拗に言葉で表現し尽くし、読者に対象の全容を把握させようとする点にある。そのとき寺田氏は、文章によって彫刻しているようである。（中略）根源的な意味で、自然の産出力を抽象言語によってくまなく再現するため、渾身のみなぎりによって、文章を書くこと。そういう恐るべく畏るべき力業が、昭和十年代の同人雑誌「未成年」時代から、八十歳をもって世を去るまで、一貫して続けられたのが、寺田透の文業というものだった。（「追悼　寺田透」）

《【本】中国語訳『大岡信散文詩選』（鄭民欽訳）を安徽文芸出版社より刊行。》

《【雑誌】「現代詩手帖」三八巻一二号「現代詩年鑑'96」に詩「白桃の尻が」掲載（「文学界」（九月号））。》

《【雑誌】「櫂」三一号に詩「大崩壊」掲載↓のち『光のとりで』に収録。》

《【本】『サンタクロースの辞典』朝日新聞社（1995-12-01）刊行。G・ソロタレフ著　大岡信訳。》

《【本】『芹沢光治良文学館2　夜毎の夢に』新潮社（1995-12-10）月報に「希望のうちに生きる能力」掲載↓のち『ことばが映す人生』に収録。》

《【本】『私の選んだ文庫ベスト3』丸谷才一編　毎日新聞社（1995-12-00）に大岡信・選「松尾芭蕉」①『新訂　おくのほそ道』（角川）②『芭蕉七部集』（岩波）③『去来抄・三冊子』（学燈）掲載。毎日新聞書評欄の同名連載（一九九二～一九九五年）をおさめたもの。》

■――この年

《【教科書】中学校検定教科書「新しい国語1」東京書籍（一九九五年発行）に詩「虫の夢」掲載。》

《【教科書】高等学校検定教科書「現代文」大修館書店（一九九五年発行）に「折々のうた」掲載。》

《【教科書】高等学校検定教科書「国語Ⅱ」角川書店（一九九五年発行）に「車座社会に生きる日本人」掲載。》

《【教科書】高等学校検定教科書「新編現代文Ⅱ」大修館書店（一九九五年発行）に「言葉と人格」掲載。》

《【楽曲】中学生のための音楽コンクール用合唱曲として「神の

生誕」（横山潤子作曲）、「夢の散策」（大熊崇子作曲）発表。》

《同年より始まった「しずおか世界翻訳コンクール」の企画委員長および審査員を務める。》

《【雑誌】「文芸三島」一八号に詩「くるみである私」「音楽である私」掲載。》

■1996・平成八年――64歳

■一月

《一日、NHKラジオ深夜便「新春インタヴュー」出演。》

《七日、岡本太郎死去。読売新聞八日の追悼記事内にコメント掲載。》

《【講演】一四日、静岡音楽館AOIにて講演「静岡県の風土と文学」。》

《【本】フランス語訳詩集 Propos sur le Vent & autre poèmes（ドミニック・パルメ訳）を、éd. Brandes より刊行。》

《【本】英訳詩集 Beneath the Sleepless Tossing of the Planets（ジャニーン・バイチマン訳）を Katydid Books より刊行。》

《【雑誌】「文芸とやま」に座談会「富山から発信する二一世紀への文化」（高野悦子・辺見じゅん・中沖富山県知事・大岡信）掲載。》

《俳句について「ニューヨークタイムズ」からインタヴューを受ける。》

《【雑誌】「群像」五一巻一号に竹西寛子との対談「日本文学の言葉」掲載。》

《【雑誌】「現代詩手帖」三九巻一号に詩「踊る男　小島章司に」掲載→のち『光のとりで』に収録。》

《【雑誌】「世界」六一七号　創刊五〇周年記念号に「「第二芸術」から「読書室」まで」掲載。》

《【雑誌】「第三回国際文化交流シンポジウム報告書　ヨーロッパにおける日本文学翻訳事情」（財団法人　豊田市国際交流協会）にパネルディスカッション（ブラスタ・ヴィンケルヘーフェロヴァー　叡子・デューク　大岡信　近藤紀子・デ・フローメン　ジェイムズ・ウエスタホーベン　雪子・デューク　永井清陽）掲載。》

《【新聞】「日本経済新聞」（1996-01-07）に「津高和一と山村徳太郎　西宮展覧会異聞」掲載→のち『生の昂揚としての美術』に収録。》

《【本】『ことのは草』世界文化社（1996-01-20）刊行。》

《【新聞】「図書新聞」（1996-01-20）に「厳格な表現者にして他者に優しい人　寺田透氏を悼む」掲載→のち「現代の隠士寺田透」として『しのび草』に収録。》

《【講演】三一日、一語の辞典シリーズ（三省堂）発刊記念「いま、日本語を考え直す」講演と討論の夕べ（於津田ホール）に

加藤周一、網野善彦とともに参加。》

■二月

《【放送】八日、NHKFM「NHKFM芸能ジャーナル」にてインタビュー「オペラ「火の遺言」について」。》

《二〇日、武満徹死去。》

《【新聞】「毎日新聞」(1996-02-21)に「武満徹よ　さようなら」掲載↓のち『しのび草』に収録。》

『ノヴェンバー・ステップス』(一九六七年)の練習で、琵琶と尺八が初めて鳴り響いたとき、演奏していたニューヨーク・フィルの楽団員の中には、げらげら笑い出した者もいたと、武満の直話である。今では彼の屈指の名作として、内外の上演回数は数百回にもなるだろう曲も、立ち上がりはこの屈辱とともにあったのだということが、少なくとも私には忘れられない。というのも、武満は六十歳の誕生日を世界各地で祝われるほど名声に包まれていたけれど、根本はいつも孤独な、実に孤独な生活者、また瞑想家であり、そこにいるのは「音」に聴き入り、凝視し続ける人だけだったから。彼の音楽は実際、「聴かせる人」の音楽ではなく、本質的に、「聴く人」の音楽だったと思う。彼は音の首筋をつかんで雄弁に歌わせ、音楽を構築してゆく人ではなく、音を自由に呼吸させてやるという、困難で同時にひろびろとした空間を予感させる夢想のうちに生きた人だったと私は思う。だが、やんぬるかな、彼は去った。最愛の妻であり守護神でもある浅香《あさか》さんを置いて、彼ははるか彼方《かなた》に去ってしまった。この人生にやって来たときもそうだったように、はるかなものの呼びかけに満ちた彼自身の曲さながらに。

（「武満徹よ　さようなら」『しのび草』）

《【雑誌】「新潮」九三巻二号に「耳学問、句読点、朗読」掲載↓のち『ぐびじん草』に収録。》

《【雑誌】「ちくま」二九九号に「寺田透と道元の言語宇宙」掲載↓のち『しのび草』に収録。》

《【雑誌】「現代詩手帖」三九巻二号に濱田泰三との対談「言語宇宙への参入——寺田透の批評精神」掲載。》

《【雑誌】「草月」二二四号に第二二回いけばな論草月賞　選考を終えて「生き生きとした歴史の語り手」掲載。》

《【雑誌】「國文學　解釈と教材の研究」四一巻三号に「「第二芸術論」五〇年」掲載。》

■三月

《【講演】一四日、朝日文化講座「新・折々のうた　二——春のうた」(於有楽町朝日ホール)。》

《【雑誌】「群像」五一巻三号　特集「追悼　寺田透」に「自然

の産出力を抽象言語で」掲載→のち「追悼　寺田透」として『しのび草』に収録。》

《【本】『詩歌と日本人　平成七年度高岡市民教育セミナー講演録』高岡市教育委員会（1996-03-00）に「詩歌と日本人」掲載（講演：一九九五年九月四日　於富山県高岡文化ホール）。》

《【講演】二四日、第二回奥の細道文学賞表彰式にて「芭蕉について立派だと思うこと」（於草加文化会館ホール）講演→のち『日本詩歌の特質』に収録。》

《二九日～四月五日、日中文化交流協会の派遣で北京、西安、上海訪問。上海では同地で客死した祖父延時の旧居を訪ねあてる。》

■四月

《【放送】四日、NHK教育「ETV特集再発見　詩人たちの実像正岡子規　～インターネット時代を生きる精神～」に出演。》

《【新聞】「毎日新聞」にて連載「ちょっとひとこと」（四月六日～一九九七年三月一五日）。複数名でローテーションし、大岡はほぼ月一回で全一〇回分担する→のち『ことばが映す人生』に収録。》

「見れる」「食べれる」等々のラ抜き言葉の是非論は、少し下火の様子だが、私は幼童のときからラレルというのが当然だったので、ラ抜き語はいつまでたっても間が抜けていて耳障りな、だらしない言い方に聞こえてしまう。むろん、生まれ落ちた時からラ抜きの親兄弟、友人や教師たちの中で育った人々にとっては、ラレルであるべきだなどという主張は、ソリャ聞コエマセンのひと言だろう。

「見れる」「食べれる」をも含め、話しことばにはしょっちゅう流行《はや》り病いの風が吹いているらしい。それが単語一語の場合もある。たとえば例の「こだわり」をいい意味に使う下品な流行り病いは、広告宣伝業界やマスコミ業界を流行源として栄えつづけている。

私が近ごろ奇っ怪な現象と感じているもう一つの、やはり広告宣伝業界・マスコミ業界を発生源とするらしい流行り病いがあって、それは英語単語のカタカナ読みに集中している。元来は語頭に強いアクセントが置かれるべき語を、のっぺらぼうに平板化して発声したり、また柄杓《ひしゃく》でしゃくい上げるように、アクセントを後ろにしてはねあげる言い方。

たとえば「メディア」という場合、メディアをメディアに変える。「ゲーム」なら「ゲーム」から平らなゲームにする。（中略）発声教育を受けたはずの局のアナウンサーでも、けろりとしてこれをやっている。

「この流行り病いの発生源はどこだろう」とある〝業界通〟にきくと、「〝業界〟だろう」と彼は答えた。

アクセントが頭にあり、始めから力を入れて明確に発声せねばならぬ語、これが日本語人にとっては生理的に不慣れで苦痛ということもあるのか。日本語人独特の発声の経済学なのか。あるいはまた、カタカナ語のしゃれた言い回しのつもりか。みみっちい。

教訓――人を見くだす奴はいやだが、言葉の裾《すそ》をまくりあげるお人も品が悪い。

（「言葉の裾をまくりあげる」『言葉が映す人生』）

《【展覧会】「利根山光人記念館　開館パンフレット」に「お祝い」掲載↓のち『人麻呂の灰』にも収録。》

《【雑誌】「季刊　生命誌」四巻一号に中村桂子との対談「詩と科学の生まれるところ」掲載。》

《【本】『生きるってすばらしい17　芸の心技の心』作品社（1996-04-25）に「崇徳院、王羲之、空海の書」掲載。（『日本の名随筆』作品社（一九八二年一〇月～一九九九年五月）本巻一〇〇巻、別巻一〇〇巻を『新編・日本の名随筆　大きな活字で読みやすい本』として再編成したもの。）》

《【本】『対話　日本文化とこころ』平山郁夫著　実業之日本社（1996-04-25）に平山郁夫との対談「直観と創造の歴史観」掲載。》

■五月

《一日、「折々のうた」休載期間を終了し、連載を再開する。》

《一四日、菅井汲死去。》

《【新聞】「朝日新聞」（1996-05-20）に「闘争心持ち続けた輝しき「前衛」　菅井汲を悼む」掲載↓のち「菅井汲を悼む」と改題して『しのび草』に収録。》

「わたしは一億人からはみ出した日本人でありたいと願った。二十世紀の全世界の美術家よりはみ出した存在になりたい」と彼は若いころ書いたが、その通りに彼は徹底した独立自尊の人であり、非妥協的な芸術家だった。だがそれは独善や傲慢をいささかも意味しなかった。（中略）「売れることを第一に考えたら、絵には発展がなくなる。売れない状態でこそ、どんどん新しい試みができるのと違いますか」この覚悟こそ、菅井汲を最期まで輝かしい「前衛画家」であらしめたものだったろう。

（「菅井汲を悼む」『しのび草』）

《【講演】斎藤茂吉記念館講演会「茂吉初読――日記など」。》

《【講演】一六日、京都精華大学にて講演「日本の詩歌――その勘どころ」。》

《【講演】三〇日、神奈川県高校国語部会にて講演「自作を語る」。》

《タイ国プーケット島での「短詩型シンポジウム」に参加。俳人の有馬朗人がリーダー。》
《【雑誌】「へるめす」六〇号に追悼文「武満徹を考える」掲載→のち「武満徹を考える」として『ことばが映す人生』に収録。》
《【本】『国宝への旅1　古都夢幻』NHKライブラリー（1996-05-20）に「俊成・定家ファミリー」掲載。『NHK国宝への旅（一五）』（一九八九年）よりの再掲。NHK番組「NHK国宝への旅」（合計七三回　一九八六年～一九八九年に放映）をもとにした『NHK国宝への旅』シリーズ全二〇巻（別巻一）を全八巻（別巻二）に再編成した。》
《マケドニアの詩祭で大岡信が「金冠賞」に決定。これに先立ちマケドニアの詩人ペトレ・アンドレエフスキーとパスカル・ギレエフスキーが来日し、大岡と懇談。詩祭へのメッセージを送る。》

マケドニア詩人の皆さん、ストルーガ「黄金の冠賞」選考の皆さん。

長い歴史を誇る栄光ある詩祭の一九九六年度の「黄金の冠賞」を私に授与するという決定を下されたことに、深い感謝の念を捧げます。この授賞決定の知らせは、私にとってはまことに喜ばしい驚きでありました。なぜなら私はこの栄えある賞を与えられる日本の詩人は、私をもって最初とすることを知っていたからです。

言うまでもありませんが、日本はマケドニアからかなり遠い極東の地にあり、その言語も詩も、マケドニアの人々にとってはきわめて縁遠く、その意味では、ほとんど夢想の世界に横たわっているものであると言えるようなものでしょう。

たまたま、私の詩や連詩の試み、また詩に関するエッセーの仕事が、何か国かの言語に翻訳され、世界各地の人々に知られる幸運にめぐり会ったため、今日の名誉に浴することになったのでした。

このような遠国の詩人にこの栄えある賞を贈ることを決定されたということは、マケドニアの詩人そして市民たちの、高潔な友情の証しにほかなりません。

この高貴な決定は、マケドニアと日本という、豊かな文化歴史をもつ二つの偉大な文化の間に、一本の輝かしい精神の橋を架けようとするマケドニアの人々の、大いなる友情を示すものです。私は日本の最初の受賞者として、この一本の橋を渡り始めましたが、橋の両側から、両国のすぐれた詩人や作家たちが続くであろうことを、固く信ずるものです。

私たちは皆、言葉を使って詩を書きます。より正確に言えば、私たちは存在そのものにおいてすべて言葉であるのです。

従って、もし私たちの言葉が健かに生きているならば、それは、私たちが存在全体において健かに生きていることを意味しているでしょう。
その「言葉」の名において、私は心からの御礼を申しあげます。どうも有難う。

東京にて　一九九六年五月十二日

（「ストルーガ詩の夕べへのメッセージ」）

■六月

《【放送】一日、NHK BS1 列島スペシャル「正岡子規病牀六尺からのメッセージ」に出演。》
《【放送】二三日、NHKラジオ　こころの時代「芭蕉の臨終」出演。》
《【講演】二七日、朝日文化講座「新・折々のうた　二──夏のうた」（於有楽町朝日ホール）。》
《ロッテルダム詩祭に参加のため渡欧。》
《【雑誌】「草月」二二六号に座談会「次代につなぐ五〇年代、六〇年代──新しい時代を切り拓く反抗精神」（粟津潔・一柳慧・大岡信・山口勝弘・篠田達美（司会））掲載（座談会：四月一五日於草月会館）掲載。》
《【新聞】「東京新聞」（1996-06-21）に「肉体による精神的希求「抽象表現主義　アメリカ現代絵画の黄金期」展に寄せて（セゾン美術館）」掲載↓のち『詩人と美術家』に収録。》

■七月

《【講演】三日、姫路にて講演「漱石と子規」。》
《【雑誌】「横浜美術館ニュース　RGB」二四号に「私の好きな作品　サム・フランシス」掲載↓のち「「おまえのためにとサムはいった」と改題して『しのび草』に収録。》
《【展覧会】「芹沢光治良展」軽井沢高原文庫（七月）カタログに「芹沢さんの弔電など」掲載。（「高原文庫」11）》
《【本】『ぐびじん草』世界文化社（1996-07-01）刊行。》
《【本】『望岳　加藤楸邨遺稿集』大岡信編　花神社（1996-07-03）刊行。》
《【本】『ベラルーシの林檎（朝日文芸文庫）』岸恵子著　朝日新聞社（1996-07-01）に〈巻末エッセイ〉「岸恵子という人」掲載↓のち『しのび草』に収録。》
《【出版案内】『井伏鱒二全集』全二八巻＋別巻二巻　筑摩書房出版案内に「叡智の生んだ鏡」掲載。》

■八月

《マケドニアのストルーガ詩祭で大賞の「金冠賞」受賞。詩祭参加のため二一日～二六日滞在。最終日に行われた「金冠賞」授与の夜の詩祭では、参加したヨーロッパの詩人とともに高橋順子も自作の詩を朗読。》

ストルーガ詩祭にて

《これにあわせて、マケドニア語・仏語・英語・日本語からなる『大岡信詩集』刊行。「現代詩手帖」にも詩を掲載。》

（前略）文学者はこの領域での「国際協力」に対しても多くの寄与をなしうるし、またそうすべく努力することが求められていると思います。とりわけ詩人は、ここで重要な役割を果たしうるはずだと私は信じます。言葉とそれを行使する人間存在とに対する直観的・瞬間的・全体的了解では間髪を入れず、他方、多義性そのものである言葉と人間存在とに対する、尊敬と愛に貫かれた解明・探究の努力においては、全生涯を捧げて悔いない者、それが詩人であるはずだからです。

あなた方はきっとご存知だと思いますが、古代中国のある画家についての有名な伝説があります。彼はある寺院にすばらしい一頭の白い竜の壁画を描きました。すべてを描き終えて、最後に竜の目に瞳を描きこみました。たちまち白雲が巻き起こって、竜は大空に舞いあがりました。

私には、「文学における国際協力」というものは、すべての段階における各種の国際協力関係の中で、竜に瞳を描きこむ役割を果すものだろうと思われます。言いかえれば、「国際協力」というものは、この肉体化《アンカルナシン》に達しない限り、真実の成熟した関係を生み出すことはできないだろう、ということです。

「国際協力」は本来、相手と自分の間の差異を解消することに目的を置くべきものではない、と私は思っています。逆に、相手との差異そのものに対する、繊細な配慮に満ちた友情を敬意を育ててゆくことこそ、協力の最良のあり方でしょう。文学者、とりわけ詩人は、言葉に対する長年の付き合いを通じて、そのことの意味を痛感している者であるはずです。だから、「文学における国際協力」は時間がかかります。

しかし、これなしには、多様な段階での「国際協力」という白竜に、最後の黒い瞳は、入らないのではないでしょうか。

（「現代社会における詩と詩人」＊マケドニア詩祭式典で読み上げた声明文）

パスカル（編集部注：詩祭会長）が箱の蓋を開け、中におさめられている金細工の工芸品（編集部注：金冠のこと。月桂樹の幹から茂る枝葉をデザイン化してあり、その根っこにあたる部分に、重量のあるオニックス（縞瑪瑙）の台座がついている。）が、少しでもよく見えるように、箱を観衆に向かって高く掲げた瞬間、両岸からはじけるような拍手が起きたが、同時に呆れるようなことも起きた。橋の上から花火が打ち上げられ、噴水が両岸から中央で交差するように舞い上がったのである。「おいおい、何ちうこった、これは」。私は胸に呟いたが、もちろん声には出さなかった。（中略）こんな立派なご褒美をもらう資格がこのおれにあるのか。その思いは、その後ずっと私の中にある。（中略）私は六十五年の生涯のうち、五十年近くを、好き勝手なことをして生きてきた者である。取り柄といえば、その間、言葉という架空の、しかしどうしようもなく人間を根本的に支配している「非在の実在」に対して、わけもわからずに随順し、それの顕彰のために働いてきた馬鹿正直さそのものにあったとしか言いようがないと思っている。それで飯が食えてきたのは、私の才覚というよりも、その時々周囲にいて助けてくれた人々のおかげだった。そんな人間のどこに認めるに値する功績があったのか、ほんとは雲をつかむような話なのだ。その思いは、従って、マケドニアの人々への驚きをこめた感謝の思いにまっすぐつながっている。「こんな経済事情の国で、こんなものを、その他にももっといろいろな物を、遠い極東の国の詩人に、気前よくくれるなんて、もしおれがあえて言ってもいいなら、狂気の沙汰じゃないか」そういうと、パスカルはにっこり笑って、「あのね、経済は経済、詩は詩。詩は経済よりもはるかに永続的な価値。マケドニアの今の経済状態は、しだいに変わってゆく、でも詩は、変わらないものを保ち続けるんだ。気にする必要なんか全くない」と言った。（「マケドニア日記」『ことばが映す人生』）

《マケドニアから、深瀬サキとともに、スペインへ立ち寄る。マドリッド、エル・エスコリアルに滞在。大築勇吏仁とともに、古都ペドラッサのバロック音楽祭、セゴビアを訪問する。》

《**【雑誌】**「群像」五一巻八号に座談会「現代詩の行方をめぐって」（荒川洋治・清岡卓行・那珂太郎・大岡信・鈴村和成）掲載（座談会：六月一一日）。》

《**【雑誌】**「現代詩手帖」三九巻八号に「詩四篇」（「詩――マケドニア語訳新詩集序詩」「詩よ、来なさい」「私設美術館」「お伽ばなし」）掲載↓のち「詩よ、来なさい」「私設美術館」「お伽ばなし」は『光のとりで』に収録。》

《**【雑誌】**「月刊　酒文化」九月特別号に「私の酒　人の酒」掲載。》

《一七日、秋山邦晴（音楽評論家）死去。》

■九月

《【講演】七日、青森・あすなろ県民大学中央講座「正岡子規の生き方、死に方」。》

《【講演】一〇日、静岡県障害者雇用促進大会記念講演「いのちのうた」。》

《【講演】一二日、朝日文化講座「新・折々のうた　二——秋のうた」（於有楽町朝日ホール）。》

《【講演】二一日、三島市にて講演「ふるさとで語る折々のうた第三回　歌謡の豊かさ二——梁塵秘抄その二」。（増進会出版社主催　於三島市民文化会館ゆうゆうホール）》

《【本】『平林敏彦詩集（現代詩文庫142）』思潮社（1996-09-01）に「平林敏彦の詩」掲載。》

《【本】『現代詩の鑑賞101』新書館（1996-09-25）刊行→のち『現代詩の鑑賞101（新装版）』（一九九八）。》

《二九日、遠藤周作死去。三〇日毎日新聞朝刊には大岡コメント掲載。一〇月二日告別式に参列。》

《【講演】三〇日、富山・国民文化祭合同大会にて講演「日本人が作ってきた詩」。》

《【雑誌】「新潮」九三巻九号に「友だち——青年漱石・青年子規」掲載→のち『しのび草』に収録。》

■一〇月

《【講演】三日、愛知県立岡崎高等学校一〇〇周年記念講演「二一世紀を拓く——人の生き方、死に方」。校誌「学友」一九九七年三月号に記録掲載→のち『ことばが映す人生』に収録。》

我々が持っている知識とか、あるいは善悪の判断の基準とか、そういうものも、実は違ったものになってゆくかも知れないという頼りなさを持っているのではないかということがあります。これは昔も今も変わらずにあった問題ですけれども、今はとくにそういうことをちゃんと考える人が一人でも多くならないと、日本という国自体が全体として、ぐじゃぐじゃの無気力な、何やっているのかわからない、何考えているのかわからない、という国になっていくのではないかという不安を持ちます。これは必ずしも貴方がた一人一人にとって関係ないことではなくて、実は一人一人にとって一番関係のあることではないかと思うんです。ややこしいことばかり言って申し訳ないんですけれども、結局そういう場合に、次に考えるべきこととして、自分はそれではどのようにこれから生きて行ったらいいだろうかということがありますね。その場合にいろいろな答えがあります。ある人はだからこそ宗教が大事だと思う人もいるかも知れないし、また別の人は別の考え方があります。例えば私は、もう一つの考え方として、あまり流行らない言葉で申し訳ないんだけど、教養という言葉を考えます。実はこの段階でこそ、教養が大事になるんです。それ以前には、教養はそんなに問題じゃない。だけど、生きるか死ぬかという時に、その人が教養ある人か、あまりない人か、ということによって、すごく違ってしまう場合がしばしばあるというふうに私は思っています。（中略）教養というものを要するに一言で言えば、昔の人はどんな生き方をして、どんなものを書いたり、あるいはどんなことをしたかということを、頭だけではなく、心臓できちんと知っているかどうかということが、教養があるかないかの違いだと思います。

（「二十一世紀を拓く――人の生き方、死に方」『ことばが映す人生』）

《【展覧会】一〇日、「水俣東京展」品川駅前にて映画「水俣一揆――生を闘う人びと」鑑賞およびトークショー。》

《一五日、ベルナール・フランク死去。》

ベルナール・フランク教授。六十九歳。こんなに早く死ぬべき人ではなかった。日仏関係全体にとっても、この人の死は、他のだれによっても埋められない空白を生んだ。（中略）私にとっては、九四――九五年に、フランクさんの招きによって、「日本の詩と詩学」という総題の連続講義をコレージュで前後五回行うという、まさに千載一遇の機会を与えられ、フランスと日本でそれが本になるという幸運に恵まれた。（中略）京都の真言宗総本山東寺で、法名「遍照辨成仏蘭久金剛」さんの、実に心のこもった四十九日の法要が、夫人やお子さんたち、また日本仏教各派の最高指導者たちが参集して営まれた。「フランク教授は人の形をして仏の心なり」と東寺の代表砂原秀遍師が偈げの中で言われた。氏の声は時々哀悼の情に震え、私は涙がとまらなかった。人柄に無限の暖かさと魅力をたたえ、しんそこ日本の心を愛し、日本の山河を愛した人は逝ってしまった。

（「遍照金剛フランクさん」）

《【放送】ＴＶ神奈川「岸惠子の時代気分」出演。》

《【講演】二七日、俳誌「ホトトギス」創刊百年記念祝賀会（於新高輪プリンスホテル）にて「虚子文学の意味」講演↓のち『日本詩歌の特質』に収録。》

《【雑誌】「一冊の本」第一巻第七号に「マコト！　スイゴト！スイゴト！」掲載。（※マケドニアでのパスカル・ギレフスキーのことば）》

《【本】『西郷竹彦文芸・教育全集　第九巻　文芸の世界３　近現代詩』西郷竹彦著　恒文社（1996-10-10）に対談「現代詩の世界」（大岡信　西郷竹彦）掲載。》

《【雑誌】「文学」七巻四号に座談会「憂鬱なる教養」（有馬朗人・大岡信・西垣通・川本皓嗣（司会））掲載（座談会：八月八日

於赤坂・山の茶屋）。》

《中原中也の会発足。発起人の一人として参加。》

■一一月

《【講演】三日、金沢にて講演「日本の詩歌の特徴」。》

《四日、パルテノン多摩にて武満徹について湯浅譲二と対談。》

《【講演】一二日、芹沢光治良生誕百周年記念講演「芹沢文学の特質」（於沼津市民文化センター）。》

《二〇日、フランス大使館にてシラク大統領と会談。都内料亭で磯村尚徳（パリ日本文化館館長）、加藤周一とともに会食。》

《【講演】二三日、静岡音楽館AOI講演「折々のうた　こぼれ話」。》

《【公演】「SHOJI KOJIMA FLAMENCO'96」芝・メルパルクホール（二九、三〇日）パンフレットに詩「踊る男——小島章司に」掲載。》

《【展覧会】「サントリー美術館大賞特別展'96　挑むかたち（開館三五周年記念展V）」サントリー美術館（一一月～一二月）カタログによせて「サントリー美術館大賞寸感」掲載。》

《【雑誌】「國文學　解釈と教材の研究」四一巻一三号に座談会「名詩とは何か、詩をどう読むか」（大岡信・谷川俊太郎・天沢退二郎・野山嘉正（司会））掲載。》

《【本】『しのび草　わが師わが友』世界文化社（1996-11-01）刊行。》

《【本】『日本名詩集成　近代詩から現代詩まで』学燈社（1996-11-30）に詩「春のために」「炎のうた」「地名論」「虫の夢」「優しい威厳」掲載。》

■一二月

《【講演】五日、朝日文化講座「新・折々のうた　二——冬のうた」（於有楽町朝日ホール）。》

《【雑誌】「現代詩手帖」三九巻一二号「現代詩年鑑'97」に詩「大崩壊」（「櫂」三一号）掲載。》

《七日、「井上靖　偲ぶ会」（於新高輪プリンスホテル）に発起人の一人として出席。》

■——この年

《【教科書】中学校検定教科書「美術2・3上」開隆堂出版（一九九六年発行）に「たとえば地図を描いてみよう」掲載。》

《【教科書】高等学校検定教科書「現代文」右文書院（一九九六年発行）に「日本詩歌の特質」掲載。》

《【教科書】高等学校検定教科書「新現代文」第一学習社（一九九六年発行）に「折々のうた」掲載。》

《【教科書】高等学校検定教科書「新現代文2」第一学習社（一九九六年発行）に「ピカソを一点買う」掲載。》

《【楽曲】福島県三春町立岩江中学校校歌作詞（湯浅譲二作曲）。》

あの星の　鼓動を聞こう
この土地の　物語をも　天体に　聞かしてやろう
教室は　宇宙の小部屋
人はみな　星座をいだく（「福島県三春町立岩江中学校校歌」二番）

《【雑誌】「文芸三島」一九号に詩「だれに絵が」掲載→のち『光のとりで』に収録。》

■1997・平成九年――――66歳

■一月

《一九九六年度朝日賞を受賞。「長期にわたる『折々のうた』の連載と詩作、文芸批評における業績」により。》

《【放送】三日、ＮＨＫ総合「新春トーク　日本人は新しい物語を見つけられるか」に出演。》

《【講演】一九日、宮崎県などが主催する「若山牧水賞」第一回贈呈式にて講演「牧水が立派だったと思うこと」。》

《【講演】二四日、三鷹市にて講演「日本詩歌と女性」。》

《【雑誌】「現代詩手帖」四〇巻一号「現代日本詩集'97」に詩「ありふれた話」「にんげんの裏表」「故郷の地球にて」「光と闇」掲載→のち『光のとりで』掲載。》

《【雑誌】「文學界」五一巻一号に「マケドニア日記――詩の大海の一滴となって」掲載→のち「マケドニア日記――詩祭大賞を受けて」として『ことばが映す人生』に収録。》

《【雑誌】「四季の味」二巻三号に「食べ物と俳諧」掲載→のち『日本語つむぎ』に収録。》

《【本】『討議戦後詩――詩のルネッサンスへ』野村喜和夫　城戸朱理著　思潮社（1997-01-25）に鼎談（大岡信・野村喜和夫・城戸朱理）掲載。》

■二月

《【講演】八日、近代文学館にて詩の朗読。》

《【講演】一三日、調布にて講演「『しのび草』を読む」。》

《【講演】一四日、東京都調布市立富士見台小学校にて講演「豊かな話し手、聞き手を育てるために」。》

《【講演】一八日、富山県民カレッジ講演「文を作る――私の場合」。》

《二六日、岡田隆彦死去。三月三日の千日谷会堂での告別式で弔辞（「弔辞　岡田隆彦よ」。のち「現代詩手帖」四月号に掲載）。》

君は豊かな才能と教養の持主だったが、また甚だしいはにかみ屋、含羞の人だった。一つのことを主張する時も、三つの異なった表現を使って目標に近づくようなやり方をとらずにはいられない感受性のアンテナを、不断にぷるぷる震わせている詩人だった。君の詩の中で、言葉はたえず目いっぱい撓み、敏感に振れていたから、外見からすれば、身振りの大きい、饒舌体の文体とならざるを得なかった。しかし、君がそうせずにはいられなかったのは、人間であれ他の生物であれ、君が追い求めるものは、究極において、あらゆるものの生命の、発生し、膨張し、収縮し、醱酵し、腐敗し、反撥し、吸引し合っている、あいまいで、複雑で、精巧きわまりない活動の実態に、言語というもう一つの生命体によって、できる限り肉薄することにあったからだと私は思っている。その点では、君の書くものは、詩も批評も、根本的に同じものだった。それらは、どんなものでも、必ず信頼できる根拠の上に立っていると私には信じられた。私は自分より若い人のために弔辞を読んだことは今までになかった。それをするなんて考えられない筆頭の一人のために、こうしてここに立っている。人生の計り難さ、口惜《くちお》しさよ。

（「弔辞　岡田隆彦よ」『ことばが映す人生』）

《【本】『幸田文全集23』岩波書店（1997-02-00）月報に「〈絶筆宣言〉のこと」掲載→のち『ことばが映す人生』に収録。》

《【雑誌】「月刊　能」に「貫く棒のごときもの」掲載。》

■三月

《【講演】一日、朝日カルチャーセンター湘南開設一〇周年記念講演会にて「漱石・子規・虚子」講演。》

《【講演】九日、三島ゆうすい会「富士山のアバタをエクボにするシンポジウム」にて講演「心のふるさと富士山へのメッセージ」（於有楽町朝日ホール）。》

《【講演】一三日、朝日文化講座「折々のうた——秀逸集　二」（於有楽町朝日ホール）。》

《【講演】一八日、シニアプランフォーラム'97（岡山市）にて基調講演「ものを書くこと・生きること」。》

《【講演】二三日、「現代詩フェスティバル'97　ダンス／ポエジー」にて朗読と講演。小島章司（フラメンコ）が大岡の詩を踊る。》

《【雑誌】「小説 tripper」春季号に安野光雅との対談「天心の恋文から漱石・子規の書簡まで」掲載。》

《【本】『井上靖晩年の詩業——日本現代詩歌文学館を中心に——』日本現代詩歌文学館（1997-03-00）に「井上靖に関する三章」「弔辞」を掲載。》

《【雑誌】「学友」四〇号（愛知県立岡崎高等学校）に「二一世紀を拓く——人の生き方、死に方」掲載→のち『ことばが映す人生』に収録。前年一〇月の講演録。》

■四月

《第一回読売出版広告賞の審査委員として参加（第五回まで）。前年四月から三月末までの新聞広告を対象とし、審査するもの。》

《【展覧会】「サム・フランシスと仙厓――時空を超えた東と西の出会い展」徳山市美術館（四月～六月）カタログに「サム・フランシス　仙厓　出光佐三」掲載。》

《【雑誌】「現代詩手帖」四〇巻四号「追悼　埴谷雄高　岡田隆彦　池田満寿夫」に「弔辞」掲載→のち「弔辞　岡田隆彦よ」として『ことばが映す人生』に収録。》

《【雑誌】「図書」五七五号に書評「冷静な心熱の塊りの成果――斎藤茂吉著『万葉秀歌』（上・下）」掲載。》

《【本】『いきいきトーク知識の泉　著名人が語る〈生きるヒント〉12　歌のこころ』リブリオ出版（1997-04-25）に「日本の詩歌」掲載。富山県民生涯学習カレッジ発行の「県民カレッジ叢書」の一冊として刊行。》

《【雑誌】「ホトトギス」一〇〇巻四号に「虚子文学の意味」掲載（「ホトトギス創刊百年記念祝賀会」（前年一〇月）での記念講演）→のち『日本詩歌の特質』に収録。》

《【展覧会】「人間国宝　鹿児島寿蔵展　人形と短歌」小田急百貨店ほか（四月～九月）カタログに「寿蔵短歌をなりたたせる力」掲載。》

■五月

《【講演】三〇日、立山博物館にて講演「家持のいる風景」。》

《【雑誌】「企業年金」一六巻五号に「シニアプランフォーラム'97岡山開催」の基調講演「ものを書くこと生きること」掲載。三月一八日の講演録。》

《【本】『自分の著作について語る二一人の大家　下』明治書院（1997-05-20）に対談「言葉の力」（大岡信　長谷川泉）掲載（対談：一九八二年三月二六日）。教科書に掲載された作家と教科書編集委員との対談集。》

《【本】『シュルレアリスムと絵画』人文書院（1997-05-25）刊行。翻訳者の一人として参加。》

《【展覧会】「本宮健史展」ギャラリー上田（五月）カタログに「絵によって描かれている画家　本宮健史のために」掲載→のち『詩人と美術家』に収録。》

■六月

《【講演】一二日、朝日文化講座「折々のうた――秀逸集　二」（於有楽町朝日ホール）。》

《【本】『料理に「究極」なし　（文春文庫）』辻静雄著　文藝春秋（1997-06-00）に解説掲載→のち「飽くなき料理追跡者、

辻静雄」と改題して『ことばが映す人生』に収録。》
《【放送】ＮＨＫラジオ深夜便出演。》
《【講演】アルテピアッツァ美唄にて講演「私の好きな詩」、および安田侃と対談。》
《【雑誌】「現代詩手帖」四〇巻六号にエッセイ「舞・踊り・詩」、詩「踊る小島章司のデッサン」掲載↓のち『光のとりで』に収録。》
《【雑誌】「短歌研究」五四巻六号に第一回若山牧水賞記念講演「牧水が立派だったと思うこと（その1）」（一月一九日　宮崎市にて）掲載。》
《【雑誌】「出版レポート」（日本出版労働組合連合会）三四号　特集「あらためて文化と再販制を考える」に「人間のことが本当の意味でわかっていない」掲載。》
《【本】『みち草』世界文化社（1997-06-01）刊行。》

■七月

《二日、福島秀子死去。》
《【講演】五日、金色堂国宝指定百周年記念講演会「文化講演会――みちのく・文学と心」にて「いのちの言葉　ことばの命」講演。》
《【新聞】「読売新聞」にて連載「詩歌の百年」全三回（七月七日～九日）↓のち「日本の詩歌百年をかえりみる」として『ことばが映す人生』に収録。》

和洋混合は近代日本の衣・食・住すべての分野に見られるものであり、今はさらに「洋」の範囲そのものが刻々多様化し、単なる「西洋」を遥《はる》かに超えた地球規模の拡《ひろ》がりにおいて「洋」が「和」に侵入していることは、私たちの日夜見聞し体験している通りである。

これはそっくりそのまま、詩歌の世界の諸現象に重なり合っている。詩歌だけが独特の特権的な歴史をもち、価値体系を保ちつづけうるなどということは、ありえない。

なぜなら、詩歌はそれが生まれる社会の、とりわけ敏感な部分を代表し、社会の自己表現そのものだからである。ある時代の詩歌が、緊張感を欠いて低調であり、つまらないと多くの人に思われるなら、それはその社会そのものが精神において緊張感を欠き、低調でつまらない要素をもっているということである。

現在の詩歌界は全体としてどうか、と自問するなら、低調でつまらない要素がいっぱいあると答えざるをえないだろう。しかし、そう答えた途端、むらむらと反撥《はんぱつ》心が起こってくる。そして少なくとも私は、その反撥心が根っこにあるから、詩を作り文を綴《つづ》っているのだと、はっきり気がつく。

こんな状態は、詩そのものにとって幸せであるわけがない。

詩歌が心おきなく人を讃美し、物をも言語をもたたえることができないような状態は、詩歌の根源をなす率直で深く強い感動から人を遠ざける。現代の歌人も俳人も現代詩の詩人も、この根本的な問題に関しては、みな同じ出発点に立っている。

（中略）口語自由詩への道を歩み出した現代詩は、少なからぬ異才、俊才を輩出したが、その泣き所は、試みに次ぐ試みと実験の貴重な成果が、いわばある詩人の個人的成果以上に深められることが少なく、詩人一人一人が、〝孤立の栄光〟に甘んじている点にあろう。それにはさまざまな理由があるが、大きな理由は、口語詩というものが多くの人の口ずさむに足る安定した形式をまだ持ちえていないところにある。

そのことと、現代詩人で充実した成熟の詩境にまで達する人が少ないこととは、たぶん必然的なつながりがあるのだろう。形式の重要性はどれほど強調しても足りないほどである、とりわけ「現代詩」については。

（「日本の詩歌百年をかえりみる」『ことばが映す人生』）

《【本】アラビア語訳『折々のうた』M・オダイマ訳　刊行。》

《【本】The Poetry and Poetics of Ancient Japan（パリ、コレージュ・ド・フランス講義の英語訳、翻訳者トマス・フィッツシモンズ）がKatydid Productionから刊行。》

《【本】『日本うたことば表現辞典』全一五冊（植物編上下　動物編　叙景編　恋愛編　生活編上下　狂歌・川柳編上下　枕詞編上下　歌枕編上下　掛詞編　本歌本説取編）大岡信監修　日本うたことば表現辞典刊行委員会編　遊子館（一九九七年～二〇一〇年）刊行開始。》

《【放送】一〇日、NHKラジオ深夜便「大岡信の富士山讃歌」。》

《【放送】二三日、NHK教育「ETV特集　ふるさとに悠久の時を刻む～美唄市～」に安田侃と出演。》

《【展覧会】「駒井哲郎展（第一七回オマージュ瀧口修造）」佐谷画廊（七月）カタログに「五〇年代の駒井哲郎と伊達得夫、そして私」掲載↓のち『生の昂揚としての美術』に収録。》

《【雑誌】「現代詩手帖」四〇巻七号に詩「腐つた林檎――人間がゐる歴史の風景」「恋わづらひ――人間がゐる歴史の風景」「太鼓の風景――炎太鼓の池田美由紀一」「からだといふ楽器――炎太鼓の池田美由紀二」掲載↓のちそれぞれ「腐つた林檎」「恋わづらひ」「太鼓の風景」「からだといふ楽器」と改題して『光のとりで』に収録。》

《【本】『待ち遠しい春エッセイ'97』日本文藝家協会（1997-07-10）に「耳学問、句読点、朗読」掲載。「新潮」二月号よりの再掲。》

《【雑誌】「短歌研究」五四巻七号に第一回若山牧水賞記念講演「牧水が立派だったと思うこと（その2）」（一月一九日　宮崎市

にて）掲載。》

■八月

《【講演】八日、富山県民カレッジ夏季講座「友情——正岡子規と夏目漱石——」。》

《【放送】二四日、ＮＨＫ教育「ステージドア　伝承～古くて新しい心」に出演。》

《【公演】「松任国際太鼓エクスタジア'97　打弾吹聲」松任総合運動公園フェスティバルローン（八月九日）パンフレットに詩「太鼓の風景」「からだといふ楽器」掲載。「現代詩手帖」七月号よりの引用。》

■九月

《【講演】一一日、朝日文化講座「折々のうた——秀逸集　三」（於有楽町朝日ホール）。》

《【講演】一三日、三島市にて講演「ふるさとで語る折々のうた　第四回　歌謡の豊かさ三——閑吟集」。共演者は、草間路代、宮崎青畝。（増進会出版社主催　於三島市民文化会館ゆうゆうホール）》

《【講演】二五日、如水会館にて講演「ドイツにおける大型文化・学術行事」。》

《【講演】千駄ケ谷・建築家会館にて講演会「詩歌を通じて日本の心を見る」。》

《【展覧会】「榎本和子展　一九八七——一九八九」佐谷画廊（九月）カタログに「榎本和子の春のために」掲載。》

《【展覧会】「デザインの世紀展」パリ・日本文化会館（九月～一一月）カタログに「ポスター、デザイン、そして詩」掲載↓のち『生の昂揚としての美術』に収録。》

《【展覧会】「歓遊展」（大岡信・高橋治・中村真一郎・堀田善衛）ギャラリー上田（九月～一〇月）。》

《【雑誌】「菩提樹」七〇〇号記念号に「七百号を祝う」掲載。》

■一〇月

《一日、深瀬サキ新作能「紫上」が新潟市・新津美術館開館記念公演として初演されるにあたり、新津を訪れる。》

《【講演】一一日、「挿絵と装幀展」神奈川近代文学館（一〇月～一一月）の関連イベントとして「ささやかな体験から」講演。》

《【講演】二二日、福岡ユネスコ会議にて基調講演「連歌から連詩まで——詩歌の共同制作の伝統と展開」。》

《【講演】二三日、第四五回民間放送全国大会（福岡市）にて記念講演「菅原道真と望郷の詩歌」↓のち「日本人と漢詩文（一）　菅原道真の詩」として『日本語つむぎ』。》

《【本】ドイツ語訳詩集 Botschaft an die Wasser meiner Heimat

——Gedichte 一九五一——一九九六（エドゥアルト・クロッペンシュタイン訳）が、Edition q より刊行。》

《【雑誌】「櫂」三二号に詩「雪童子」掲載↓のち『世紀の変り目にしやがみこんで』に収録。》

《【本】『世界文学のすすめ（岩波文庫別冊）』岩波書店（1997-10-16）に「『唐詩選』をのぞく」、座談会「世界文学のすすめ」（大岡信・奥本大三郎・川村二郎・小池滋・沼野充義）掲載。》

《【本】『読書のすすめ（岩波文庫別冊）』岩波書店（1997-10-16）に「読書家・読書人になれない者の読書論」掲載。※毎年の岩波文庫フェアのための小冊子「読書のすすめ」に掲載されたものをおさめる。「読書家・読書人になれない者の読書論」は一九九一年五月のもの。》

《【本】『幽——観世栄夫の世界』観世栄夫著　林義勝写真　小沢書店（1997-10-30）に「観世栄夫を体験する」掲載。》

■一一月

《【公演】一日、浜離宮朝日ホール開館五周年記念公演「まほろばの響き」（一日〜二九日）の第一日「折々のうた　万葉集」に出演。》

《【講演】信州風樹文庫五〇周年記念講演会（於諏訪市文化センター）にて「読書のたのしみ」講演。》

《【講演】七日、沼津市民大学講座「若山牧水を語る」。》

《【公演】八日、静岡音楽館ＡＯＩにて、折々のうた２「万葉集・男と女の世界」　朗読：大岡信　歌・作曲：豊田喜代美　鍵盤・打楽器：谷川賢作　尺八：宮崎青畝　クリストファー遥盟。》

《一一〜二一日、パリ滞在。理事を務めるフランスの日本文化会館図書館オープニングセレモニーに出席。》

《【雑誌】「漱石の四年三カ月　くまもとの青春」（一九九六年「くまもと漱石博」記念誌）に記念講演「漱石の俳句」掲載↓のち『日本語つむぎ』に収録。》

《【本】『酒と日本文化（季刊文学増刊）』岩波書店（1997-11-05）に座談会「酒と日本文化」（大岡信・網野善彦・浅見和彦・松岡心平（司会））掲載（座談会：九月三日　於赤坂・山の茶屋）。》

《【本】『ことばが映す人生』小学館（1997-11-20）刊行。》

《【本】『光のとりで』花神社（1997-11-30）刊行。》

《【本】『新折々のうた３（岩波新書新赤版531）』岩波書店（1997-11-20）刊行。》

　このコラムが続き得ている一番簡単な理由は、たぶん、私自身がこれを書くことを、一度も苦痛に思ったことがなかった、という点にあるだろう。どの俳句でも歌でも、あるいはどの歌謡でも漢詩でも、私は自分が何らかの意味で面白く思った作だけをとりあげてきた。（中略）

もちろん、「面白い」と思うのは私一個の特殊な事情であって、だれでもそう思うとは限らない。だからこそ、私が書く意味があると言える。私の考えの筋道を追って書くこと、それが新聞の場合百八十字、新書の場合二百十字を使っての、このコラムの唯一の存在理由である。それがむつかしい時もあれば、割合に簡単な時もあるが、いずれの場合でも、私自身は、原作との間で、いわば二重奏を演じているようなものだから、自分だけの主張を遮二無二通そうという孤独な闘いは、ここではお呼びでないし、もしそういう行き方だったら、たちまち息があがってしまったに違いない。

だから、この本の文章は、著者である私自身が真先に、楽しんでいる文章なのだと思う。三百六十人前後の作者たちと、次々に短いおしゃべりを楽しんでいる本だともいえよう。

そういう性質の仕事だから、この本の仕事と私自身の詩作とは、まったく切り離されている。両者それぞれが完全に独立していて、干渉し合わないでいられるということが、「折々のうた」の長続きできた理由だ、とも言えるように思っている。

（『新折々のうた3』あとがき）

《文化功労者顕彰。「豊かな教養に裏打ちされた透徹した感受力と実存的な思考」として。》

■——一二月

《【講演】四日、朝日文化講座「折々のうた——秀逸集　四」（於有楽町朝日ホール）。》

《【講演】五日、明治大学一〇号館にて講演「わたしの折々のうた」。》

《【放送】五日、NHKラジオ「人生三つの歌あり」に出演。》

《【講演】七日、「富士山の光と陰」シンポジウム（於毎日新聞大阪本社ビルオーバルホール）にて基調講演。講演内容の一部は毎日新聞（大阪版）一一日付に掲載。》

《二五日、中村真一郎死去。二六日の毎日新聞朝刊訃報記事に大岡信コメントも掲載。》

《【本】『作家のエッセイ（一）本の置き場所』日本近代文学館編　小学館（1997-12-10）に「筆蹟その他のこと——近代詩展一面」掲載。》

《【本】『坂口謹一郎酒学集成33　愛酒樂酔』坂口謹一郎　岩波書店（1997-12-19）に解説掲載。》

■——この年

《【教科書】中学校検定教科書「国語2」光村図書（一九九七年発行）に「言葉の力」掲載。》

《【雑誌】「文芸三島」二〇号に詩「光と闇」掲載。》

《【出版案内】「女性作家シリーズ」全二四巻　角川書店出版案

内に推薦文掲載。》

■1998・平成一〇年——67歳

■一月

《一三日、愛猫を看取る。》

「拙宅に十八年近く家族として暮して参りましたシャム猫トム儀　今暁老齢の腎不全のため永眠仕りました（中略）倣漱石　雪解の地蔵のわきに埋めてやりぬ　拙宅の小庭に小さな地蔵あり」（知人あてに送ったハガキ）

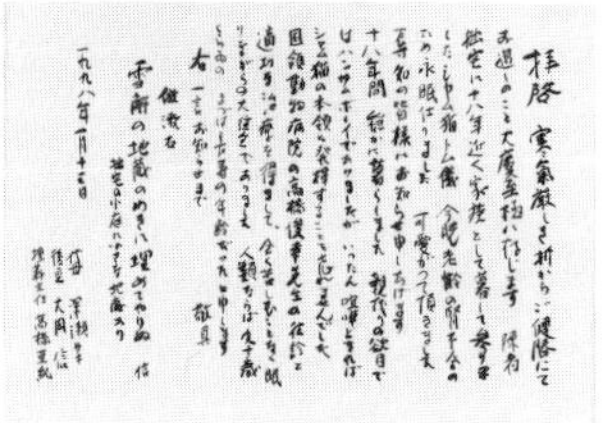
拝啓　寒気厳しき折から、ご健勝にて
お過しのこと大慶至極に存じます　陳者
拙宅に十八年近く家族として暮して参りま
したシャム猫トム儀　今暁老齢の腎不全の
ため永眠仕りました
倣漱石
雪解の地蔵のわきに埋めてやりぬ　信
拙宅の小庭に小さな地蔵あり
一九九八年一月十三日

トム死去の手紙

《ハガキに応え、飴山實、長谷川櫂から俳句、丸谷才一、高橋順子から付合が届いた。》

《【雑誌】思想文芸季刊誌「EXILIOS」（エクシリオス、マドリッド）創刊号で大築勇吏仁の絵画とともに大岡の詩を掲載。》

《【雑誌】「現代詩手帖」四一巻一号に詩「FRAGMENTS」掲載→のち『世紀の変り目にしやがみこんで』に収録。》

《【雑誌】「社会保険旬報」一九七〇号に詩「虫の夢」掲載。》

《【雑誌】「総合教育技術」五二巻一四号に新春特別インタビュー「大岡信さんに聞く――情報化文明と人の生き方」掲載。》

《【雑誌】「新潮」九五巻一号に座談会「定型という逆説」（大岡信・馬場あき子・佐佐木幸綱）掲載。》

《【本】『私の万葉集5（講談社現代新書）』講談社（1998-01-20）刊行。これをもって『私の万葉集』シリーズ全五巻は完結。》

私はこの鑑賞と批評の本を開始するにあたって「はしがき」を書き、自分が汗牛充棟のさまである類書の中に、敢えてまた同類の本をひとつ加える理由について、少しばかりの抱負を書きつらねました。

その一つは、現代の文芸批評というものがこの巨大で多様性そのものである古代文学の宝庫に立ち向かった場合、最低限どのような形でこれを論じたならば、「現代の批評文学」として読むに堪えるものが書けるだろうか、という問いをたえず自分の前に置いてゆくということでした。

それが結果としてこのような鑑賞の本になったわけです。果たしてどの程度にまで自分自身の出した問いに答え得ているか、それは読者諸賢のご判断にゆだねますが、私はいずれにしても対象である万葉集の作品を、古代の遺物として扱おうとしたことは一度もなかったと思います。ここでとりあげるのは、すべて現代の短詩型文学である、とさえ考えていました。

もちろんそれは、万葉集を意図的に現代に引き寄せるということではありません。万葉集の作品は、それそのものとして、現代の私たちと同一レヴェルにあるものとして扱かわれねばならない、というのが私の立場です。それは、菅原道真も紀貫之も藤原俊成も西行も芭蕉も、みな私たちの同時代人だというのと、まったく同じ理由からです。

なぜなら、「文学」というものは、本来そういうものだと私は信じているからです。「文学」を生みだす「ことば」というものが、私たちを常に同一レヴェルに置くからです。

(「あとがき」『私の万葉集5』)

■二月

《八日、渋沢孝輔死去。一三日、告別式で弔辞。》

《【講演】「日本におけるフランス年」の一環として「21世紀へ向けての文学シンポジウム」(於東京ビッグサイト)に参加。メインシンポジウム「フランスからみた日本文化の現在」(フランソワーズ・ルヴィアン　オリヴィエ・ジェルマン　高階秀爾　大岡信)。》

《【雑誌】「現代詩手帖」四一巻二号(追悼・中村真一郎)に鼎談「イマジネーションの宇宙」(加賀乙彦・大岡信・安藤元雄)掲載。》

《【本】『しおり草』世界文化社(1998-02-01)刊行。》

■三月

《【講演】一二日、朝日文化講座「新・折々のうた　三――春のうた」(於有楽町朝日ホール)。》

《【展覧会】「卒寿記念　秋野不矩展――インド　大地と生命の讃歌」大丸心斎橋店ほか(三月〜九月)カタログに「黄色の生命力」掲載→のち「秋野不矩　黄色の生命力」として『生の昂揚としての美術』に収録。》

《【雑誌】「日本近代文学館報」一六二号に中村真一郎の急逝によせての文章「中村さんへの感謝」掲載。》

《【雑誌】「現代詩手帖」四一巻三号　特集「追悼・渋沢孝輔」に「弔辞」、また「インタビュー詩の豊饒な記憶を求める「孤心」――わが「現代詩」五十年」掲載。》

■四月

《【楽曲】東京芸大奏楽堂開館記念演奏会によせて「オラトリオ開眼会（大仏開眼）」（野田暉行作曲）。》

《【雑誌】「日本語科学」三号に「「…的」と「ポストモダン」など」掲載→のちに「使いたくない言葉」として『日本語つむぎ』に収録。》

《【本】私家版随筆集「トム君　おはよう」制作。》

《【本】『群像日本の作家29　村上龍』小学館（1998-04-20）に「文学に現れた麻薬的感覚をめぐって」掲載。『現代文学・地平と内景』（一九七七年）よりの再掲。》

■五月

《「折々のうた」は一日から一九九九年四月三〇日まで休載。》

《【展覧会】岡本太郎記念館開館記念カタログに「『対極主義』と『爆発』」掲載→のち「岡本太郎の「対極主義」と「爆発」」として『生の昂揚としての美術』に収録。》

《【講演】一六日、上代文学大会にて講演「私の愛する万葉歌人たち」（於常葉学園大学）。》

《【本】『田中清光詩集　（現代詩文庫151）』思潮社（1998-05-01）に「田中清光小論」掲載。『田中清光詩集』琹（一九八〇年）よりの再掲。》

《【本】『心にのこる日本の詩　（青い鳥文庫）』嶋岡晨編集　講談社（1998-05-15）に詩「凧の思想」掲載。》

■六月

《【雑誌】「心の花」一一九六号　創刊一〇〇年記念号に「「心の花」から日本詩歌史を見る」を掲載。》

《【新聞】八日、静岡新聞（1998-06-08）に「天竜で『秋野不矩展』を見る」掲載。》

《【講演】一一日、朝日文化講座「新・折々のうた　三――夏のうた」（於有楽町朝日ホール）。》

《【講演】一六日、日本ペンクラブによるミニ・シンポジウム「漢字文化圏――歴史・現状・将来像」（於国際文化会館・樺山ルーム）に参加。》

《【本】『窪田空穂随筆集』岩波書店（1998-06-16）に解説掲載。》

息子が生まれた時、私はまだ名前も考えていなかった迂闊さで、あわてて空穂先生のところへ駆けつけ、命名をお願いした。気軽に「よしよし」と引受けてくれた先生は、歌人でもある夫人林圭子さんに、「おいおい、広辞苑を持っておいで」と声をかけた。辞典がくるとすぐに後ろの方を開け、大きな字の並んでいる部分を見ている。「しまった」と私は思った。当時の版にはあったのだが、人名についてだけ許容される、当用漢字以外の漢字が並んでいる部分である。「あ、先生、それは」と言う間もなく、「これがいいよ、これが」と先生が指さすのを見ると、「玲」である。アキラとよませるとルビつきである。私のすぐ下の妹が「玲子」と言ったが、満一歳になる前に風邪がもとで死んでいた。空穂先生が指さしていたのがその同じ名だったことに、私はちょっとしたおののきを感じた。（中略）空穂大人は上機嫌で半紙をひろげ、「命名　玲《アキラ》」と中央に書き、左脇に「八十一才の窪田空穂　わが齢にあやかれと願ひて命名す」とさらさら書いて、「はい、持ってきたまえ」と渡して下さった。

（『窪田空穂随筆集』解説）

《【新聞】「読売新聞」（1998-06-05）に「二一世紀への視座一〇〇人インタビュー」として「大岡信さんと考える　古典を読む理由と意義――生活の持続性　実感できる」掲載。》

《【講演】二六日、会津八一記念館（新潟市）新装開館記念講演会（於新潟市民プラザ）。》

■七月

《一一日、アンティーブにてアルトゥング財団を見学。秋に日本で開催される「アルトゥング展」について打ち合わせを行い、ピカソ美術館を訪ねる。》

《一三日、照明家で友人のジャン・カルマンを白羽明美の運転で妻・深瀬サキとともにエクス・アン・プロヴァンスに訪ねる。》

《一四～一六日、サン・ジャン・カップ・フェラのマティス家の別荘に妻および長女夫妻（亜紀、高橋明也）とともにA・モニエおよび家族を訪ねる。》

《【楽曲】男性合唱とピアノのための組曲『ハレー彗星独白』楽譜を音楽之友社より刊行（鈴木輝昭作曲）。》

《【放送】一二日、NHK教育「新日曜美術館　シリーズ無垢なる魂　星や鳥の紡ぐ詩　～ジョアン・ミロ～」に出演。》

《【本】『瀧口修造研究（コレクション瀧口修造　別巻　補遺）』みすず書房（1998-07-00）に座談会「絶対への眼差し」（大岡信・武満徹・岡田隆彦）掲載。「現代詩手帖」一九七九年一〇月号からの収録。》

《【展覧会】「榎本和子展　「無限のヴィジョン・八面体　A・デューラー〈メレンコリアI〉（第一八回オマージュ瀧口修造）」」佐谷画廊（七月）カタログに「多面体人間　榎本和子」掲載。》

《【本】『俳句のゆたかさ　森澄雄対談集』森澄雄著　朝日新聞社（1998-07-20）に対談「花鳥諷詠は大きな思想」（大岡信　森澄雄）掲載。》

■八月

《二六日、田村隆一死去。三一日、鎌倉妙本寺での告別式で弔

辞。》

田村さん　隆一さん
あんなに熾《さか》んだつた猿滑りの花の
鮮かなくれなゐも　薄れてしまつた
蟬時雨に包まれてあんたが死んだ一九九八年も
たちまち秋に沈んでゆく

頭の中にきれいな空き地をしつらへて
そこで遊ぶ名人だった隆一さん
あんたは頭のまんなか　小さいやうで広大な
空き地にまつすぐ　垂直に
高い棒を立てて遊んだ芸達者

一人で器用に棒をよぢ　てつぺんに達し
未来を見晴らし　現在に　あらためて退屈した
あんたの酒は有名だつたが
そんなにたいした酒呑みだつたか　疑はしい
詩とエッセーで酔はせてくれて　十分だつた

息が大事だ　エッセーが冴えてる時は
とぼけてぐさりと対象を刺す落語の呼吸
晴朗な青空が落ちかかるやうな
爽快な落ちで横隔膜までけいれんさせた
落ちが落ちず火遁《かとん》の術で消え去るのもをかしかつた

田村さん　隆一さん　あんたが
好き嫌ひともはつきり語つた二十世紀も了る
こほろぎがばかに多い都会の荒地を
寝巻の上へインバネス羽織つただけのすつてんてん
あんたはゆつくり　哄笑しながら歩み去る

大塚の花街《はなまち》に隣《とな》る料理屋育ちの
折目正しい日本語と　べらんめえの啖呵《たんか》の混ざる
あんたの口語は真似できさうで　できなかつた
沈痛な背高《せえたか》のつぽの色男にも　歯つかけの
爺さんにもなれた人　大柄な詩人　さやうなら

（詩「こほろぎ降る中で――追悼　田村隆一」）

《【本】『加藤克巳論・集成　加藤克巳著作選　別巻』沖積舎（1998-08-00）に「核弾頭五万個秘めて」掲載。》
《【雑誌】「おひさま」に連載「にほんむかしばなしシリーズ」大岡信・深瀬サキ再話　大野俊明絵　全六回（八月～一九九九年四月号）、連載「せかいむかしばなしシリーズ」大岡信・深

瀬サキ再話　大野俊明絵　全三回（二〇〇〇年六月〜八月号）、連載「「おひさま」こころの名作コレクション」大岡信・深瀬サキ再話　大野俊明絵　全六回（二〇〇一年一二月〜二〇〇三年六月号）。「にほんむかしばなしシリーズ」二回目の九月号には「お母さんがたに」も掲載。》

《【雑誌】「現代詩手帖」四一巻八号に詩「シャボン玉の歌」「巨乳伝説」「現代道徳教」掲載→のち「世紀の変り目にしやがみこんで」収録。》

《【本】『続続・大岡信詩集（現代詩文庫153）』思潮社（1998-08-01）刊行。『大岡信詩集続（現代詩文庫131）』（1995-07-10）の新編集・増補版。》

《【新聞】「読売新聞」（1998-08-28）に「田村隆一さんを悼む」掲載。》

■九月

《【講演】八日、金沢市民大学講座「短い文章を書くすすめ」。》

《【講演】一七日、朝日文化講座「新・折々のうた　三——秋のうた」（於有楽町朝日ホール）。》

《【講演】二七日、日本歌人クラブ五〇周年記念講演「日本の短詩型文学」。》

《【展覧会】「マルク・ドネイエル写真展」サント・クロワ美術館（フランス）九月〜一〇月のカタログに詩「光る花」（ドミニック・パルメ訳）掲載→のちこの経緯と共に「櫂」三三号に掲載→のち『世紀の変り目にしやがみこんで』に収録。》

《【雑誌】「俳句朝日」四巻一〇号に森澄雄句集『花間』評「覚悟のさだまった」掲載。》

《【雑誌】「味の手帖」三一巻九号に福原義春対談第九回「シラク大統領と万葉集談義」（大岡信　福原義春）掲載。》

《【本】「百代の夢　奥の細道・芭蕉企画事業・講演録集」草加市奥の細道まちづくり市民推進委員会（1998-09-25）に一九九六年三月の第二回奥の細道文学賞表彰式での講演「芭蕉について立派だと思うこと」掲載→のち『日本詩歌の特質』に収録。》

《【本】『西郷竹彦文芸　教育全集　第三二巻（対談　2児童文学者）』西郷竹彦著　恒文社（1998-09-10）に西郷竹彦との対談「児童文学者と語る（詩を詩で考える）」掲載。》

■一〇月

《【講演】一日、日仏学院「ジャック・ルボーと大岡信」にて詩の朗読ジャック・ルボーとの対談などを行う。》

《【講演】三日、三島市にて講演「ふるさとで語る折々のうた　第五回　歌謡の豊かさ四——隆達小歌」。共演者は、勇希はつ帆、宮崎青畝。（増進会出版社主催　於三島市民文化会館ゆうゆうホール）》

《【講演】七日、読売書法会一五周年記念シンポジウム「これからの書を展望する」（於東京商工会議所ホール）にて「生活と書」講演。》
《【展覧会】「アルトゥング展」愛知県美術館ほか（一〇月）カタログに「アルトゥングとアルトゥング財団」掲載↓のち『生の昂揚としての美術』に収録。一〇日に愛知県美術館にて記念講演。》
《一四〜一五日、静岡県田方郡函南町畑毛温泉にて、英詩人チャールズ・トムリンソン、ジェームズ・ラズダンを迎え、川崎洋、佐々木幹郎とともに日英連詩。日英詩交流プログラムで、国際交流基金及びセゾン文化財団が助成。》
《【講演】二〇日、東京倶楽部にて講演「日本の詩の短さの秘密」。》
《【講演】二五日、大分県日田市にて講演「日本の詩歌——その特徴」。》
《【講演】二九日、江戸東京自由大学講演「江戸東京歳時記——芭蕉の美意識について」（江戸東京博物館）。》
《NHKラジオ第二に出演「わが故郷わが青春」。》
《【雑誌】「現代詩手帖」四一巻一〇号　特集「田村隆一から田村隆一へ」に追悼座談会「壮烈な「労働」を続ける詩魂」（吉増剛造・佐々木幹郎・長谷川龍生・大岡信）掲載。》
《【雑誌】「室生犀星研究」一七号に「単独者の広大な時空の主宰者——中村真一郎さん追悼」掲載。》
《【本】『新折々のうた4（岩波新書新赤版585）』岩波書店（1998-10-20）刊行。》
《【雑誌】「Fukuoka UNESCO」三四号に前年一〇月の基調講演「連歌から連詩まで——詩歌の共同制作の伝統と展開」掲載。》

■一一月

《【講演】三日、静岡グランシップにて講演「日本の詩との出会い」。》
《【新聞】「毎日新聞」（1998-11-04）に詩「こほろぎ降る中で——追悼　田村隆一」掲載↓のち「こほろぎ降る中で」と改題して『世紀の変り目にしやがみこんで』『捧げるうた50篇』に収録。》
《【講演】二一日、富山県民カレッジ講座「主に恋歌の話——日本文化の特徴」。》
《【本】『花の名随筆』作品社　全一二巻（一一月〜一九九九年一一月）刊行。田中澄江　塚谷裕一　大岡信監修。》
《【雑誌】「上代文学」八一号に「私の愛する万葉歌人たち」掲載。》
《【公演】二八日、無伴奏混声合唱のための「誕生祭」鈴木輝昭作曲　大岡信作詞　コーロ・ソーノにより第四五回定期演奏会（於練馬文化センター大ホール）にて初演。》

《【放送】二九日、NHKラジオ深夜便に「カラオケから尺八まで」（クリストファー遙盟　大岡信）出演。》

■一二月

《【講演】四日、パリの日仏文化会館にて一〇月に刊行されたドミニク・パルメ訳の新詩集『Dans l'Océan du Silene』（沈黙の大洋にて）の出版記念会およびサイン会、朗読。》

《【放送】一二日、NHK教育「未来潮流　連詩～苦闘する詩人・響き合う言葉の宇宙～」として一〇月の日英連詩の模様放送。》

《【講演】一五日、朝日文化講座「新・折々のうた　三——冬のうた」（於有楽町朝日ホール）。》

《【公演】一八日、日中国際芸術祭にて講演（於浜離宮朝日ホール）。》

《【楽曲】歌曲集「とこしへの秋のうた」（服部公一作曲）、音楽之友社より楽譜刊行。》

《【出版案内】『速水御舟大成』全三巻（小学館）に推薦文「炎に舞い入る速水御舟」掲載。》

■——この年

《【教科書】高等学校検定教科書「国語I　改訂版」「国語総合　改訂版」「新国語総合　改訂版」教育出版（一九九八年発行）に「折々のうた」掲載。》

《【本】安田侃彫刻写真集「The sculpture of KAN YASUDA」（イタリア、スタンピア・アルティスティカ・ナツィオナーレ刊）に詩「名づけ得ぬものへの讃歌　安田侃に」掲載。》

《【雑誌】「文芸三島」二二号に詩「光る花」掲載。》

■1999・平成一一年——68歳

■一月

《【講演】二三日、京都造形芸術大学にて文芸復興をテーマに1年間で全六回の連続公開シンポジウム。その第一回にて基調講演「岡倉天心の考え方」。》

《【雑誌】「現代詩手帖」四二巻一号に詩「では、静かに行かう」掲載→のち「では、静かに行かう、生ける友らよ」として『世紀の変り目にしやがみこんで』に収録。》

《【本】『花の名随筆2　二月の花』大岡信編集巻　作品社（1999-01-10）に、巻頭詩「梅」（『詩とはなにか』よりの再掲）、「大伴旅人の梅花の宴」（『人生の黄金時間』よりの再掲）掲載。》

■二月

《【新聞】朝日新聞（1999-02-06）に牧水賞授賞式の選考委員

講評掲載。》
《【本】『近代作家追悼文集成41　窪田空穂　壺井栄　広津和郎　伊藤整　西条八十』ゆまに書房（1999-02-00）に「窪田空穂論序説」掲載。》
《【雑誌】「櫂」三三号に詩「光る花――前書き、詩、そしてフランス語訳」掲載→のち「光る花――前書きと詩」として『世紀の変り目にしやがみこんで』に収録。初出は「マルク・ドネイエル写真展」（一九八九年）カタログ。訳はドミニック・パルメによる。》
《【本】『拝啓　漱石先生』世界文化社（1999-02-10）刊行。》
《【本】『金の舌銀の味　この人この味このお店』福原義春著マガジンハウス（1999-02-18）に対談「文芸全般、なんでもござれが「折々のうた」」（福原義春　大岡信）掲載。》
《【本】『近代作家追悼文集成39　佐佐木信綱　三好達治　佐藤春夫』ゆまに書房（1999-02-25）に「三好達治」掲載。『本の手帖』三好達治追悼号（一九六四）掲載の「三好達治論補遺」の改題再掲。》

■三月

《【講演】一一日、朝日文化講座「新・折々のうた　四――春のうた」（於有楽町朝日ホール）。》
《【講演】一三日、沼津御用邸東附属邸改修後の一般公開に先立ち、記念行事。講演「日本の詩はなぜ短いか」。》
《【講演】表参道・新潟館ネスパスでのレクチャー企画「いま、そこにいる良寛」にて「良寛の和歌について」講演。のちこのレクチャーは現代企画室から単行本化。》
《【雑誌】「現代詩手帖」四二巻三号に日英連詩共同制作「燕は去るの巻」（チャールズ・トムリンソン　大岡信　ジェームズ・ラズダン　川崎洋　佐々木幹郎）掲載（連詩：一九九八年一〇月一四日～一五日　於伊豆畑毛温泉・大仙家）。》
《【雑誌】「世界」六五九号に中国現代詩座談会「詩はいかに生き延びていけるのか？――『今天』創刊二〇周年にあたって」（芒克・北島・大岡信・是永駿）掲載。》
《【展覧会】「大野俊明　原画展」三条祇園画廊・京都（三月）カタログに「大野俊明さんの挿絵」掲載。》

■四月

《【講演】七日、朝日カルチャーセンター名古屋講演「日本の詩歌――うたが語るもの」。》
《【展覧会】「文化勲章受賞記念　平山郁夫展」日本橋三越ほか（四月～九月）カタログに「平山郁夫の画業の意味」掲載。》
《【雑誌】「現代詩手帖」四二巻四号に弔辞「清水康雄氏のために」掲載。》
《【雑誌】「文学」一〇巻二号に座談会「歌謡の世界」（大岡信・

安部泰郎・岩佐美代子・永池健二・松岡心平（司会））掲載（座談会：二月一一日　於岩波書店会議室）。》

《【本】『佐佐木幸綱の世界10　古典篇1』佐佐木幸綱著　河出書房新社（1999-04-20）に座談会「歌の伝統とは何か」（寺山修司・大岡信・佐佐木幸綱）掲載。》

■五月

《一日、「折々のうた」休載期間を終了し、連載を再開する。》

《【講演】一五日、八芳園にて講演「『折々のうた』と現代俳句」。》

《【講演】二六日、三島にて講演「二〇世紀日本における恋愛詩の新しい潮流」。》

《【雑誌】「すばる」二一巻五号に歌仙「神の留守の巻」（大岡信　丸谷才一）掲載→のち『すばる歌仙』に収録。》

《【雑誌】「俳句雑誌　槙」二三二号に対談「現代俳句の時代」（大岡信　平井照敏）掲載。『鑑賞日本現代文学現代俳句』角川書店よりの再掲。》

《【本】『日本の古典詩歌』岩波書店　刊行開始。全五巻＋別巻（五月〜二〇〇〇年三月）。巻構成は第一巻「万葉集を読む」、第二巻「古今和歌集の世界」、第三巻「歌揺そして漢詩文」、第四巻「詩歌における文明開化」、第五巻「詩人たちの近代」、別巻「詩の時代としての戦後」。古典詩歌に関する論考の集大成。》

《【本】『近代日本文学のすすめ（岩波文庫別冊13）』岩波書店（1999-05-17）に「『赤光』その読みどころ」掲載。》

■六月

《【講演】五日、「'99日本の詩祭」で鼎談「22世紀の詩を語る」（大岡信・杉山平一・長谷川龍生）（於ダイヤモンドホテル）。第四九回H氏賞授賞式、第一七回現代詩人賞授賞式をかねて。》

《【講演】一〇日、朝日文化講座「新・折々のうた　四――夏のうた」（於有楽町朝日ホール）。》

《【放送】一二日、ＮＨＫＢＳ２「週刊ブックレビュー　漱石と私」に出演。》

《【本】『捧げるうた50篇　大岡信詩集』花神社（1999-06-30）刊行。作品は他書籍に収録されたものばかりだが、「詩の解釈として最小限役立つだろうと思われたことを書き綴ったもの」として巻末に「後日の註」が加えられている。》

現代詩の世界では、まだ珍しい試みだろうが、和歌や俳諧の世界では、相聞、贈答はそれぞれの詩型の存在理由そのものとさえ言っていい、現代詩にそれがないのは、ある意味では、このジャンルの孤立性の自己証明であるようにさえ思う。それがよろしいのかどうかは、考えるに値する問題だろう。私は『捧げるうた　50篇』を編むことによって、自分の過去五十年間にわたる詩作品の群れに一つの角度からする筋道をつけてみようと思った。それがこの詩集を作る主な動機だった。

（『捧げるうた　50篇』「あとがき」より）

《【展覧会】「宮田亮平金工展」ギャラリー日鉱（六月〜七月）カタログに「宮田亮平さんとイルカたち」掲載↓のち『詩人と美術家』に収録。》

■七月

《【講演】二二日、日本近代文学館「夏の文学教室」にて「師弟にして〝恋びと〟たち」講演。》

《【本】『エッセイの贈りもの5』岩波書店（1999-07-26）に「われ俳諧において鉄を噛む——尾崎紅葉の俳句」掲載。「図書」一九九〇年一二月号〜一九九八年九月号に収められたエッセイの中から二九篇を収録。「われ俳諧において鉄を噛む」は「図書」一九九四年二月号。》

■八月

《【講演】一日、信濃木崎夏期大学にて「日本の短詩型文学——その特徴」講演。》

《【講演】六日、入間・人事院研修所にて講演「折々のうたをめぐって」。》

《【雑誌】「現代詩手帖」四二巻八号に「旅みやげ二篇」として詩「スペインの一夜」「フィンランド　昼から夜へ」掲載↓のちそれぞれ「カスティリアの髪うるはしき女　スペイン」「ソ連国境の室内楽祭　フィンランド」として『旅みやげ　にしひがし』に収録。》

《【雑誌】「新潮」九六巻八号に丸谷才一との対談「詞華集と日本文学の伝統」掲載↓のち『おもひ草』に収録。》

《【本】『日本文学地名大辞典　詩歌編　上下巻』大岡信監修　日本文学地名大辞典刊行会　遊子館（1999-08-00）》

■九月

《【講演】三日、国際シンポジウム　しずおか世界翻訳コンクール表彰式（於伊東市）にて「旅みやげ　フィンランド昼から夜へ」を朗読。》

《【講演】九日、朝日文化講座「新・折々のうた　四——秋のうた」（於有楽町朝日ホール）。》

《【講演】一一日、富山県民カレッジ講座「日本の詩歌と女性の力」。》

《【講演】二三日、三島市にて講演「ふるさとで語る折々のうた　第六回　万葉集一——女性が万葉のうたを支える」。共演者は、豊田喜代美、宮崎青畝。（増進会出版社主催　於三島市民文化会館ゆうゆうホール）》

《【本】『和漢朗詠集（新編日本古典文学全集19）』小学館（1999-09-00）月報に「藤原公任の恩恵」掲載↓のち「日本人と漢詩文（二）『和漢朗詠集』のころ」として『日本語つむぎ』に収録。》

《【雑誌】「うたげの座」三号に詩「疾走する幻影の船」掲載↓のち『世紀の変り目にしやがみこんで』に収録。》

《【雑誌】「G——グランシップマガジン」創刊四号に「わが羅針」第五回「生きている言葉」掲載。一〇月末から「しずおか連詩の会」が始まるのにあたり、連詩のこと、その楽しみかたについて。》

《【雑誌】「季刊銀花」一一九号に「秋野不矩　オリッサの唄インドを描く画家」掲載。》

《【雑誌】「母の友」五五六号に「大岡信さんにきく——「子どものひろば」を出発点に」掲載。》

《三〇〜一〇月三日、「ドイツにおける日本年」の企画で、ベルリン芸術アカデミーにて、ユルゲン・ベッカー（独）、アダム・ザガヤルスキー（ポーランド）、インガー・クリステンセン（デンマーク）と大岡信（日本）による四カ国語詩人の連詩三六篇を巻く（「ベルリン四ヵ国語連詩」）。翻訳は、エドゥアルド・クロッペンシュタイン、福沢啓臣。》

■一〇月

《【講演】一四日、船橋市、市民大学にて講演『折々のうた』の二〇年」。》

《【講演】一六日、坂口謹一郎記念講演会「歌人坂口謹一郎」（御茶ノ水）。》

《【雑誌】「ユリイカ」三一巻一一号に「岡本太郎　走り書き風な太郎論」掲載↓のち『生の昂揚としての美術』に収録。》

《【雑誌】「菩提樹」加藤勝三追悼号に「遥かな昔のこと　加藤勝三さんの思い出」掲載。六日死去。》

《【雑誌】「向陵」四一巻二号　一高一二五年記念号に「「向陵時報」終刊のころ」掲載。》

《【講演】二三日、晩翠賞・晩翠児童賞の四〇周年記念「日本の詩100年の軌跡」展（於仙台文学館）の関連イベントとして「好きな詩あれこれ」講演。》

《【本】『鶴見和子の世界』藤原書店（1999-10-30）に「折々のうた」「女書生」の真骨頂」掲載。》

《二九〜三一日、「しずおか連詩の会」第一回「闇にひそむ光」。静岡県静岡市清水市境の有度山頂のホテルにて、ウリ・ベッカー（独）、ドゥルス・グリューンバイン（同）と谷川俊太郎、高橋順子とともに制作（翻訳はエドゥアルド・クロッペンシュタイン、松下たえ子）。主催・静岡県文化財団、共催・静岡新聞社、静岡放送。一一月三日に静岡グランシップで制作発表会。（以降、毎年秋に開催。）》

「しずおか連詩」第１回参加者たちと

県知事が、静岡県のために僕に連詩をやってくれないかと言ってきた。連詩は一人ではできませんので、ほかの方も加わった形でできるかということになると、難しい問題があるんじゃないかと思ったんですけど、声をかけたら、おれもやるという人がいた。最初に谷川俊太郎に話をしたら大賛成。（中略）毎年、外国人が必ず入っているという形で、それはつまり、連詩は単に日本人発の、日本人だけのものではなくて、いろんな国の人たちと一緒にやることが基本であるという私の考えに基づいていています。連詩全文は、一回について四十番までです。だいたい五人で一緒にやるものですから、そのうちの一人は五×八＝四十、つまり、八回は必ず詩を書かなくてはならない。その″制作発表は、静岡市の「グランシップ」という大きい建物でやります。（中略）連詩を作るのは、そことは違う、静岡の駅に近いホテルの中です。ホテルに泊まり込んで、三日間みっしりやって、四日目にそれを訂正、最後の一日はグランシップで発表会をするという形で、だいたい実質五日間は仕事をすることになります。

（「大岡信フォーラム」会報九号）

■一一月

《【講演】一二日、実践女子大学文芸資料研究所創立二〇周年記念講演会（於国文学研究資料館）にて「平安時代の女性詩人」講演↓のち「天平の詩」として『日本語つむぎ』に収録。》

《【講演】一三日、世田谷文学館「瀧口修造と武満徹」展関連講演「モダニズムの系譜・瀧口修造」。》

《【講演】二〇日、柿衛文庫一五周年記念講演「芭蕉と鬼貫」（於伊丹市）。》

《【講演】二一日、日本芸術院講堂にて講演「日本の中世の女性歌人たち」。》

《【雑誌】「すばる」二一巻一一号に歌仙「花の大路の巻」（丸谷才一・大岡信・岡野弘彦）掲載↓のち『すばる歌仙』に収録。》

《【放送】二七日、SBS静岡放送にて「連なる心をうたう　詩人と音楽家の創作」出演。》

《【新聞】二八日、日本経済新聞（1999-11-28）に「連詩の試

み」掲載。》

■一二月

《【講演】二日、「京王電鉄沿線めぐりの会」にて講演「私の旅」。》

《【講演】三日、朝日文化講座「新・折々のうた　四――冬のうた」（於有楽町朝日ホール）。連載五〇〇〇回記念として女優松たか子と対談。》

《【新聞】三日、毎日新聞（1999-12-03）インタビュー「この人と」欄に「北米万葉集――日系人たちの望郷の歌」著者・大岡信さん（酒井佐忠インタビュー）」掲載。》

《【本】『湾詩集――和田徹三追悼』沖積舎（1999-12-00）に追悼文「和田徹三氏の詩集――『自然回帰』を中心に」掲載。》

《【本】『北米万葉集　日系人たちの望郷の歌』集英社（1999-12-06）刊行。満州事変以後第二次世界大戦までの間にアメリカへ渡った日系移民の短歌を集めた。》

　アメリカに移住した日本人一世、そして二世、三世たちが、主として西部および中部アメリカで生計をたて、第二次世界大戦への突入から日米開戦、邦人の収容所送り、そして日本敗戦後までの数十年間に経験した、多くの激動と激変、不安、緊張と重圧の歴史は、すでにさまざまな角度から触れられ、論じられてきたが、短歌というまことにささやかな、そしてあえて言えば不十分、不完全な表現手段を通じて記録された移民たちの精神史については、まだ全く光をあてられたことがなかったと言ってよかろう。実をいえば、集英社新書編集部から、米国各地の邦字新聞などに小さな活字で掲載された短歌を、丹念にワープロで打ち直した草稿を示され、これを五百首にしぼってくれないかと相談を受けた時、はたして読むに値する一冊の本になるだろうかと心配になった。一首一首の歌をとってみると、当然のことながら作品としての、つまり短歌そのものとしての、面白みに欠けるものが多い。日々の暮らしの断片が、ほとんどの場合、つつましい呟きとして三十一音にまとめられているだけ、といってもいいような歌が多い。だが、これらの呟きの背景をなす大きな時代の変動を、まさに背景として短歌と一緒に並べてみることができるなら、歌の一首一首は、いわば巨大な歴史の間に浮かんで流れてゆく花びらのような象徴性を帯びてくるかもしれない、と私は感じた。

（『北米万葉集』あとがき）

■――この年

《【教科書】高等学校検定教科書「現代語」東京書籍（一九九九年発行）に「言葉と心」掲載。》

《【教科書】高等学校検定教科書「精選　現代文」東京書籍（一

九九九年発行）に「ときの詩」掲載。》

《【出版案内】『セミナー万葉の歌人と作品』全一二巻　和泉書院に推薦文「全階級的な布陣の歌集」掲載。》

《【本】『折々のうた』のフランス語訳 Poems De Tous Les Jours. Anthologie proposee et commentee がイヴ＝マリ・アリユー訳でピキエ社より刊行。》

《【雑誌】「文芸三島」二三号に詩「スペインの一夜」掲載。》

■2000・平成一二年———69歳

■一月

《【放送】三日、NHK教育「美を語る」に出演。》

《【雑誌】「すばる」隔月連載「旅みやげ」全一三回（一月〜二〇〇二年五月号）、一六篇の詩掲載。のち「現代詩手帖」（一九九九年八月号）掲載の「旅みやげ　二篇」とあわせて『旅みやげにしひがし』に収録。》

《【雑誌】「現代詩手帖」四三巻一号に「戯詩二篇」として詩「猿山が見える」「星から覗く地球」掲載→のち『世紀の変り目にしやがみこんで』に収録。》

《【雑誌】「俳句研究」にて連載「芝生の上の木漏れ日」全一二回（一月〜一二月号）→のち『瑞穂の国うた』に収録。》

《【雑誌】「國文學　解釈と教材の研究」四五巻一号に「光と闇——萩原朔太郎「浄罪詩篇ノオト」」掲載→のち「朔太郎の「光と闇」」として『日本語つむぎ』に収録。》

■二月

《【講演】八日、第四回牧水賞授賞式（宮崎観光ホテル）にて記念講演「旅びと牧水」。》

《【講演】一六日、朝日文化講座「折々のうた——恋のうた」（於有楽町朝日ホール）。》

《【楽曲】二〇日、混声合唱とピアノのための「大岡信の二つの詩『肖像』『水の生理』」（野平一郎作曲）、シンフォニア岩国（山口県民文化ホールいわくに）にて初演。》

《【雑誌】「文藝春秋」七八巻二号　特集「著名人アンケート」に「敗戦」掲載。》

《【新聞】「四国新聞」（2000-02-08）に「ある彫刻家の世界イサムノグチ」掲載。》

《【新聞】「朝日新聞」（2000-02-08）に第四回牧水賞授賞式（宮崎観光ホテル）での選考委員講評掲載。》

《【本】『おもひ草』世界文化社（2000-02-10）刊行。》

■三月

《一〜二四日、コロンビア大学ドナルド・キーン・センターの招聘により、ニューヨークのコロンビア大学、クーパー・ユニオン大学、ニュージャージー州プリンストン大学、マサチューセッツ州ハーヴァード大学、ボストンおよびサンフランシスコのジャパン・ソサエティその他で、英語による講演と詩朗読を行う。》

ニューヨークにて

ニューヨークは　何しろ足が棒になるまちだ。
それでもせつせと髪を枯らし
二十年後が思ひやられる若い衆などは
まるで見かけない。
その街に来て　旧友のマルティーヌに
電話したが要領を得ない、
仕方なしに絵ハガキを出すと、
十年前と少しも変らぬ粋なフランス女が現れた。
（詩「ニューヨークのマルティーヌ」より）

《【本】コレージュ・ド・フランス講義のドイツ語訳『Dichtung und Poetik der alter Japan』エドゥアルト・クロッペンシュタイン訳をカール・ハンザー書店より刊行。》

《【本】『高山辰雄の世界　素描と本画』思文閣出版（2000-03-00）に「極限を求めつづける　高山辰雄寸描」掲載→のち『詩人と美術家』に収録。》

《【雑誌】「文学」一巻二号に座談会「反《アンチ》・漱石？」（大岡信・高橋英夫・十川信介・中島国彦（司会））掲載（座談会：一月二一日於岩波書店会議室）。》

《【雑誌】「日本の美学」三〇号に鼎談「短詩の言語――屏風絵・和歌・俳句……」（高階秀爾・大橋良介・大岡信）掲載。》

■四月

《【展覧会】「菅井汲展」兵庫県立近代美術館ほか（四月～八月）カタログに「菅井汲　その生活と思想」掲載。》

《【展覧会】「第八回利根山光人アトリエ展」アルテ・トネヤマ（四月～五月）カタログに「利根山光人展に寄せて」掲載。》

《【雑誌】「家庭画報」四三巻四号に「花も葉桜もいい」掲載。》
《【本】『窪田空穂歌集』岩波書店（2000-04-14）に「窪田空穂」掲載。》
《【講演】一三日、日仏学院にてマルク・ドネイエルとの対談「花たちの言葉」。》

■五月

《【雑誌】「月刊美術」二六巻五号に「丹阿弥丹波子　丹波子さんと岩吉さんのこと」掲載→のち『生の昂揚としての美術』に収録。》
《【本】『戦後名詩選1　現代詩文庫特集版』思潮社（2000-05-30）に「さわる」「地名論」「丘のうなじ」「草府にて」「詩とは何か（抄）」掲載。》
《【本】『日本現代詩歌文学館　一〇周年記念誌』日本現代詩歌文学館（2000-05-27）に「懐かしいんだよな　地球も」掲載。》
《【展覧会】「日本現代詩人会50周年記念詩画展」アート・ミュージアムギンザ（五月～六月）に出品。》
《NPO富士山クラブの顧問に就任。》

■六月

《【講演】三日、現代詩人会創立五〇周年記念「日本の詩祭・2000」シンポジウムの基調講演として「現代詩五五年の証言」。》
《【講演】一〇日、中原中也の会第四回研究集会（於アテネフランセ文化センターホール）にて講演「私の知っている中也」。》
《【講演】一五日、朝日文化講座「折々のうた――秀逸集　春・夏のうた」（於有楽町朝日ホール）。》
《二三日、詩歌文学館一〇周年にあたり特別展「アララギの源流」展。東京・如水会館での感謝のつどいにて中村稔と記念対談「詩歌のこれから」。》
《【展覧会】「出光コレクションにみる二〇世紀作家の回顧　サム・フランシス展」出光美術館（東京／大阪）（六月～二〇〇一年四月）カタログに「サム・フランシスをなつかしむ」掲載→のち『生の昂揚としての美術』に収録。また、二八日に展覧会記念講演（東京）。》
《【雑誌】「現代詩手帖」四三巻六号に「わが師匠・安東次男」掲載。》
《【本】『ORIORI NO UTA, poems for all seasons』講談社インターナショナル（2000-06-09）ジャニーン・バイチマン訳　刊行。》
《【本】『Love Song from the Manyōsyū』講談社インターナショナル（二〇〇〇〇六二〇）宮田雅之（切り絵）、大岡信（解説）、リービ英雄（英訳）刊行。》

■七月

《【本】『歌のいろいろ』日本文芸家協会編　光村図書出版（2000-07-00）に「連詩の試み」掲載。》

《【雑誌】「現代詩手帖」四三巻七号にインタビュー「わかるということは何か」（きき手野村喜和夫）、「詩二篇」として詩「蜂蜜をたたへる（ブリュノ・マトンのために）」「ゴルフ場の神経はげ」掲載→のち『世紀の変り目にしやがみこんで』に収録。》

《【本】『連句の読み方——戦後詩論選』安東次男著　思潮社（2000-07-07）に「わが師匠・安東次男——梅が香の巻」掲載。》

《【本】『誤植読本』高橋輝次編著　東京書籍（2000-07-28）に「校正とは交差することと見つけたり」掲載。》

《オランダのアムステルフェーン市で、オランダ在住画家吉屋敬による大岡の詩をテーマとする詩画展が開かれたため渡欧し、同地で日本の詩歌について講演。その途次ブラッセルを訪ねる。列車乗り換え駅で目をはなした隙に旅行鞄の盗難に遭う。》

■八月

《【講演】一八日、ノートルダム清心女子大学カリタスホール（岡山市）にて講演「古今集の面白さ」。》

《【放送】二四日、NHKBS2「BSスペシャル　21世紀に残したい日本の風景」第2集「夏　私の富士山」に出演。》

《【講演】二九日、第一二回「講座　歴史の歩き方」（於よみうりホール）にて朧谷寿との対談「うたふ専制君主——後白河院が生きた院政期とその文化」。》

《【本】『〝Hängebrücken, Berliner Renshi, 一九九九〟』（ユルゲン・ベッカー、インガー・クリステンセン、アダム・ザガヤルスキー、大岡信　翻訳者福沢啓臣）がEdition qより刊行。》

《【雑誌】「文藝春秋」七八巻一〇号に「圏外の歌の面白さ」掲載。》

《【本】『現代詩読本　田村隆一』思潮社（2000-08-26）に追悼詩「こほろぎ降る中で」、作品論「田村隆一」掲載。それぞれ『捧げるうた50篇』、『現代詩人論』からの再掲。》

■九月

《都営地下鉄大江戸線本郷三丁目駅に「詩の壁」（四八篇の詩のプレート）完成。大岡の「地名論」も。》

《【講演】三日、三島市にて講演「ふるさとで語る折々のうた　第七回　万葉集二——柿本人麻呂の宇宙」。共演者は、豊田喜代美、小原清秋、宮崎青畝。（増進会出版社主催　於三島市民文化会館ゆうゆうホール）》

《九日、「大地の芸術祭・越後妻有アートトリエンナーレ」見学。同企画で、ナイジェリアのアーティスト、オル・オギュイべのプロジェクトに使われる詩の審査員および、写真と言葉のコンテスト「八万人のステキ発見」審査員を務めた。》
《【新聞】一二日、朝日新聞名古屋版（2000-09-12）に「加納光於『骨ノ鏡』あるいは色彩のミラージュ展　色操る自在な感性未知への驚異的な探究心」掲載。愛知県美術館で一五日から始まる同展の開催によせて。》
《【講演】一三日、朝日文化講座「折々のうた——秀逸集　秋」（於有楽町朝日ホール）。》
《【講演】一五日、松江国際文化協会創立一〇周年記念講演会（松江市）にて「世界の中の日本詩歌——ハーン生誕150周年に思う」講演。》
《【講演】二一日、下関市民文化大学にて講演「日本の詩歌——その特色」。》
《【雑誌】「現代詩手帖」四三巻九号に特別エッセイ「単独者の広大な時空の主宰者　わが中村真一郎」掲載。》
《【雑誌】「図書」六一七号に歌仙「鞍馬天狗の巻」（大岡信・岡野弘彦・丸谷才一）掲載↓のち『歌仙の愉しみ』に収録。》
《【雑誌】「東京人」一五巻九号に「東京ジャーナリズム大合評」第六シリーズの一一「新聞短歌に恋歌がないのはなぜ？」（大岡信・岡野弘彦・丸谷才一）掲載。》

■一〇月

《六～七日、オランダのポエトリー・インターナショナル主催による日本・オランダ連詩相互交流の会で連詩制作及び朗読を行う。日本側参加詩人多田智満子、谷川俊太郎、高橋順子、大岡信。オランダ側参加詩人ウィール・クステルス、ヒューア・ビュルスケンス、ペーター・ファンリール、ヨーケ・レウウェン。翻訳は、紀子・デ・フローメン。》
《【講演】二〇日、富山にて講演「詩歌と日本人」。》
《【講演】二一日、「宗祇五百年祭」（裾野市・定輪寺）にて講演。》
《【講演】二八日、長野県下諏訪向陽高等学校にて講演「文明のゆくえを考える」。》
《【雑誌】「現代詩手帖」四三巻一〇号に中村稔との対談「凛とした詩語の音楽——三好達治を再評価する」掲載（対談日：九月六日）。》
《【本】『田上菊舎全集』和泉書院（2000-10-20）に序文「田上菊舎を読む楽しみ」掲載↓のち『日本語つむぎ』に収録。》

■一一月

《二三～二四日、「しずおか連詩の会」第二回「千年という海の巻」。静岡市ホテルセンチュリー静岡にて、北島《ベイダオ》（中国）と新藤涼子、財部鳥子、高橋睦郎とともに制作（翻訳は、是永駿、

鄭民欽）。発表は静岡グランシップにて。》
《【展覧会】「ファンス・フランク陶磁展」ヒルサイドウエスト（一一月）カタログに「ファンス・フランク礼讃」掲載。》
《【放送】ラジオ日本「とっておきの話」に出演。》
《【公演】「SHOJI KOJIMA FLAMENCO　2000　「1929」」芝メルパルクホールほか（一一月）パンフレットに「《1929年》という年——あるエピソードとともに」掲載。》
《【雑誌】「ＭＯＲＥ」二四巻一一号の「モアライブラリー　心にしみる人生の詩。愛の詩。自然の詩。」コーナーの中で「自然の豊かさ、味わい深さ」の詩として「朝の頌歌」「水の生理」掲載。》
《【本】『座談の愉しみ——『図書』座談会集〈下〉』岩波書店（2000-11-15）に座談会「古典とつきあう」（大野晋　大岡信）掲載。》
《【本】『新折々のうた5（岩波新書新赤版699）』岩波書店（2000-11-20）刊行。》

本書の中でとりわけ大きな集団をなして取り上げられているのは、平成七年（一九九五）の終戦五十年を記念して編まれた沖縄合同歌集『黄金森』その他から取った、一ヵ月近くに及ぶ沖縄・奄美・台湾その他の作歌者たちの歌である。これは従来何かの形で紹介したいと思っていた沖縄の現代歌人の声が、終戦五十年という一つの区切りの年に、百五十九人、三千百八十首がぎっしりつまった形で一冊にまとめられて発表されていたのを好機として、一挙に取り上げることができたものである。この掲載の動機にはもう一つあって、それは「沖縄サミット」なる諸大国合同のお祭りが開催されることが明らかになったためだった。「サミット」、つまり「頂上」で論じられることなど金輪際ないであろうところに、沖縄の人々の重畳する無念の思いはあって、その一端がこの合同歌集につまっている。そのように感じていたから、サミット会議に先立ってこれらを紹介しておきたいと考え、一ヵ月近くの長きにわたってこれを取り上げ続けた。「もういい。やめてくれ。あまりにも悲惨だ」という声もあったらしい。私としてはそれが目的だったのだから、仕方がなかった。

（『新折々のうた5』あとがき）

■一二月

《【本】『第四回若山牧水賞　記念集』（2000-12-01）に記念講演「旅びと牧水」掲載（講演：二月八日）。》
《【本】『自然について、私の考えを話そう。』山と渓谷社（2000-12-01）に「おれが見ているもののこの美しさを見よ」掲載。》
《【講演】二日、富山にて県民生涯学習カレッジ特別講演「人の死に方——芭蕉の場合」。》

《【講演】一四日、朝日文化講座「折々のうた——秀逸集　冬」（於有楽町朝日ホール）。》
《【雑誌】「貂　TEN」九一号　二〇周年記念号に「お祝い一筆——本当は書かでもの事」掲載。》
《【新聞】「日本経済新聞」（2000-12-24）に「文房具が映す時代」掲載。》

■——この年

《【教科書】高等学校検定教科書「改訂版　新現代文」第一学習社（二〇〇〇年発行）に「折々のうた」掲載。》
《【教科書】高等学校検定教科書「改訂版　新現代文　2」第一学習社（二〇〇〇年発行）に「ピカソを一点買う」掲載。》
《【教科書】高等学校検定教科書「現代文」東京書籍（二〇〇〇年発行）に「友達——青年漱石・青年子規」掲載。》
《【楽曲】「春のために」を含む女声合唱曲集「春のヴァリアンテ」、千原英喜により作曲。》
《【出版案内】『新編中原中也全集』（角川書店）出版案内に推薦文掲載。》
《【雑誌】「文芸三島」二三号に「現代お伽話二篇」として詩「シャボン玉の唄」「現代道徳経」掲載。》

■2001・平成一三年————70歳

■一月

《【講演】一七日、「出光コレクションにみる二〇世紀作家の回顧　サム・フランシス展」出光美術館（大阪）において記念講演会。》
《【雑誌】「現代詩手帖」四四巻一号に「世紀の変り目にしやがみこんで」「オケイジョナル・ポエムズ」掲載↓のち『世紀の変り目にしやがみこんで』に収録（「オケイジョナル・ポエムズ」は「オケイジョナル・ポエム1」「オケイジョナル・ポエム2」に）。》
《【雑誌】「俳句研究」にて連載「虹の橋はるかに」全一二回（一月～一二月号）↓のち一〇のタイトルに再編成して『瑞穂の国うた』に収録。》
《【本】『百人百句』講談社（2001-01-18）刊行。装画・大岡亜紀。》

■二月

《【雑誌】「広告批評」二四六号　特集「100年後に贈る100人の21世紀最初の一日」に「不変不倒の日常」掲載。》
《【本】『日本人のこころⅡ　新しく芽ばえるものを期待して』鶴見俊輔編　岩波書店（2001-02-23）に鶴見俊輔との対談

「日々を詠み、日々を生きる」掲載（対談：一九九八年九月一二日　於銀座ガスホール（東京）「日本人のこころを考える会」主催）。》

《【公演】演劇集団円公演「シラノ・ド・ベルジュラック」エドモン・ロスタン作　渡辺守章訳・演出　世田谷パブリックシアター（二月）パンフレットに「守章・シラノ　そして功」掲載。》

■三月

《【講演】一五日、朝日文化講座「新・折々のうた　五――春のうた」（於有楽町朝日ホール）。》

《二六～三〇日、台湾にて「台北歌壇」との交流会。》

《【展覧会】書の展覧会「忘れられないことば展」長野県望月町（現佐久市）・天来記念館（三月～五月）に著名人63人出品。》

《【本】『日本文学史蹟大辞典［地図編］［地名解説編］』井上辰雄　太田幸夫　牧谷孝則　大岡信監修　遊子館（2001-03-00）刊行。（同年九月に『（同）［絵図編上・下］』刊行）。》

《【雑誌】「ＵＰ　University Press」三〇巻三号（東京大学出版会）に「連歌・連句そして連詩」掲載。》

《【雑誌】「樹木　高見順文学振興会会報」一九号に「弔辞（高見秋子夫人）」掲載。》

《【講演】二五日、第四回奥の細道文学賞授賞式（草加市文化会館）にて講演「芭蕉の臨終」。》

《【楽曲】愛知県田原市立田原福祉専門学校　校歌完成（作詞大岡信　作曲一柳慧）。》

■四月

《【楽曲】二一日、福島県立安積黎明高等学校校歌披露（作詞大岡信　作曲鈴木輝昭）及び講演「時代を編集する」。》

《「折々のうた」は翌日以降二〇〇二年四月三〇日まで休載。》

《【放送】一三日、ＮＨＫデジタルBSHi「奥の細道を行く　総集編　第一〇回福井から大垣へ」に出演。》

《【講演】二一日、第三回水俣フォーラム記念講演会（於有楽町朝日ホール）にて講演「この日本に生まれて」。》

《【展覧会】「安田侃　野外彫刻展　KAN　YASUDA Sculpturesat the Teien」東京都庭園美術館（四月～二〇〇二年三月）カタログに「名づけ得ぬものへの讃歌　安田侃に」掲載。》

《【本】『高橋順子詩集（現代詩文庫163）』思潮社（2001-04-15）に「高橋順子のために」掲載。『凪』（一九八一年）栞文の再掲載。》

《【本】『おーいぽぽんた　声で読む日本の詩歌166』『おーいぽぽんた　俳句短歌鑑賞　声で読む日本の詩歌166』櫂同人共著　福音館書店（2001-04-25）刊行。※二冊セット函入り。》

《【雑誌】「本」二六巻四号に『百人百句』こぼればなし」掲載。》

■五月

《五月下旬〜六月、フランス、ハンガリー滞在。パリの日本文化会館で講演会および、翌年フランスで出版される選詩集の打ち合わせ。》

《【放送】二三日、NHK総合「その時　歴史が動いた天心の恋〜東洋の美を追い続けた男〜」に出演。》

■六月

《【講演】五日、在ハンガリー日本大使館越智淳子書記官のコーディネイトにより、日本大使館においてハンガリー人の日本研究者、日本語学習者に向けて、日本語で「日本文学の特性」を講演。在ハンガリー日本大使館主催。》

《【講演】一四日、朝日文化講座「新・折々のうた　五——夏のうた」（於有楽町朝日ホール）。》

《【本】『Shoichi Ida "Garden Project"』阿部出版（2001-06-00）に詩「見えるものと見えないもの　画家井田照一のために」掲載→のち「見えるものと見えないもの」として『世紀の変り目にしやがみこんで』に収録。》

《【雑誌】「すばる」二三巻六号に歌仙「葛のはなの巻」（岡野弘彦・丸谷才一・大岡信）掲載→のち『すばる歌仙』に収録。》

《【本】『奥の細道をゆく　21人の旅人がたどる芭蕉の足跡』NHK「奥の細道をゆく」取材班編　KTC中央出版（2001-06-17）に第三〇旅「大垣（岐阜）」掲載（二〇〇〇年四月から放送されたNHKテレビ・ハイビジョン番組「奥の細道をゆく」の全三一回を収録）。》

■七月

《【公演】九日、「橋の会」第六五回公演　国立能楽堂　パンフレットにインタビュー「私と世阿弥」掲載→のち『世阿弥を語れば』に収録。》

《静岡新聞より、沼津中学時代および「鬼の詞」についてインタヴューを受ける。》

《【本】『丸谷才一と22人の千年紀ジャーナリズム大合評』都市出版（2001-07-20）に鼎談「新聞短歌に恋歌がないのはなぜ？」（大岡信・岡野弘彦・丸谷才一）掲載。「東京人」（二〇〇〇年九月号）からの再掲。》

《二七日、「三島ゆうすい会」一〇周年記念冊子のために、副会長の渡辺豊博氏と対談（於東京都新宿区「海燕亭」）。》

■八月

《【講演】三日、富山県立近代美術館開館二〇周年記念講演「私

の知っていた瀧口修造さん」。》
《【講演】五日、「宇佐美圭司・絵画宇宙」展　和歌山県立近代美術館オープニングイベントで鼎談（木村良樹知事・宇佐美圭司・大岡信）、講演「宇佐美圭司をめぐって」。》
《【雑誌】「草月」二五七号　追悼勅使河原宏号に「一貫した歩み——勅使河原宏さん哀惜」、詩「竹林孵卵」掲載。》

■九月

《【講演】一四日、朝日文化講座「新・折々のうた　五——秋のうた」（於有楽町朝日ホール）。》
《【講演】二八日、三島ゆうすい会一〇周年記念フォーラムにて講演「富士の恵みに感謝！」とパネルディスカッション「水辺がもたらす子供たちへの心の教育」。》
《【雑誌】「現代詩手帖」四四巻九号に「詩四篇」として詩「見る」「動く」「裂く」「夢みる」掲載↓のち『世紀の変り目にしやがみこんで』に収録。》
《【雑誌】「短歌現代」二五巻九号　特集「窪田章一郎」に「父窪田空穂とのつながり」掲載。》

■一〇月

《【新聞】読売新聞（2001-10-12）に秋野不矩追悼文「黄金の世界に浄福の光」掲載。》
《【新聞】静岡新聞（2001-10-12）に秋野不矩追悼文「秋野不矩さん死去　孤独で自由な旅人」。》
《【本】『Making of アルテピアッツァ——安田侃の芸術広場』（北海道新聞社）（2001-10-00）に詩「石が魚と化して」掲載↓のち『世紀の変り目にしやがみこんで』にも収録。》
《【本】『子規選集』増進会出版社　全一五巻（一〇月〜二〇〇三年九月）刊行開始。編集委員　粟津則雄　大岡信　長谷川櫂　和田克司。》
《【本】『世紀の変り目にしやがみこんで』思潮社（2001-10-25）刊行。》

　この詩集は私にとっては二一世紀に入って最初に出す詩集である。（中略）私の詩作モチーフには、何ものかに向かってこれらの言葉を捧げているのだ、という思いが常に底流していたように省りみられる。ただ最初からそのつもりで作った詩ではなく、後になってよくよく考えてみればそうだったんだ、となづかれることが多い。一方で、捧げるなんて気分には到底なれない心の状態にあり、不機嫌をそのままぶちまけてやろうと考えて書いた詩が、最近何年間かはどう仕様もなく多いのだが、それらの詩でさえ、後になって読んでみれば、不特定多数の人に向かってよびかけている気持ちの方が、前面に出ている。この詩集の前半の詩には特にそういう気分が強い。自分の

内面をひたすら掘り返すことをもって詩的行為と考える嗜好は、私にはない。（『世紀の変り目にしゃがみこんで』あとがき）

《【講演】二五日、全国高校国語教育連合会新潟大会にて講演「詩を楽しく読む」。》

《【講演】二七日、三島市にて講演「大岡信文化講演会　第八回　子規と万葉集」。共演者は、白石加代子、宮崎青畝。（増進会出版社主催　於三島市民文化会館ゆうゆうホール）》

■一一月

《【楽曲】一七日、混声合唱とピアノのための「ミチザネの讃岐」（一柳慧作曲）浜離宮朝日ホールにて初演。》

《【展覧会】「往超時空　多田美波特展　〝超空間へ〟」台湾・高雄市立美術館ほか（一一月〜二〇〇二年四月）カタログに「多田美波の彫刻」掲載。》

《【展覧会】二七日、ジョイント展「アートの源泉＝詩　詩と絵画の融合」ネザーランズセンター（神戸市）二七日〜一二月。大岡の英訳詩からイメージされた吉屋敬（在オランダ）のグラフィック作品展。オープニングでは大岡による朗読も行なわれた。》

《【雑誌】「現代詩手帖」四四巻一一号に「鮎川信夫の存在アンケート」回答掲載。》

《【雑誌】「文藝春秋」七九巻一三号に「最新翻訳事情」掲載。》

《【本】『新折々のうた6（岩波新書新赤版760）』岩波書店（2001-11-20）刊行。》

　コラムを書いている間、私はほとんど気にすることもなく過ごしてきたのだが、実は先日、本書のゲラ刷りを前にした時、不意に一種の感慨をおぼえて、自らぎょっとしたのだった。「ずいぶん長い間これを書き続けてきたものだな」。読者諸賢はこんな打ち明け話に呆れなさるかもしれない。しかしこれは事実なのである。私が自らぎょっとしたのは、長らく書き続けてきたという事実そのものについてではなく、そのことに対して一種の感慨をおぼえたという、自分自身の心の動きが、いまだかつて経験したことのないものだったことによる。「そんなことを感じるってのは、お前さん、気の弱りじゃないのか」ともう一人の私が冷たく批評する。そのおかげで私は我にかえる。ほとんど瞬間的な心の動きだったが、そういう出来事があって、記憶の中へゆっくり沈んでいった。

（『新折々のうた6』あとがき）

《二一〜二三日、「しずおか連詩の会」第三回「大流星群の巻」。静岡市ホテルセンチュリー静岡にて、カイ・ニエミネン（フィンランド）、ニルス・アスラク・ヴァルケアパー（通称アイル、

サーミ人)、高橋睦郎、木坂涼とともに制作(フィンランド語翻訳大倉純一郎)。発表は静岡グランシップにて。》

■一二月

《【新聞】朝日新聞(2001-12-11)「回顧2001　私の3点」として『浦伝い』飯島耕一／『倣古抄』高橋睦郎／『呼び声の彼方』辻井喬をあげる。》

《【講演】一三日、朝日文化講座「新・折々のうた　五――冬のうた」(於有楽町朝日ホール)。》

《【本】『第五回若山牧水賞　記念集』(2001-12-27)に「選者のことば」掲載。》

■――この年

《【講演】「九州市民大学講座」にて講演会。》

《【雑誌】「文芸三島」二四号に詩「ゴルフ場の神経はげ」掲載。》

■2002・平成一四年――71歳

■一月

《【本】『子規選集』第四巻『子規の俳句』刊行(増進会出版社)。子規の全句より一四〇〇句を選び、解説をつけた。》

ただ子規という人の精神活動が、最も活溌に営まれている姿が、ありありと感じとられるような句集を作ることを念願して、二万数千の句から千四百句を選び出しました。

(『子規選集』第四巻「子規の俳句」あとがき)

《【雑誌】「すばる」二四巻一号に歌仙「二度の雪の巻」(岡野弘彦　大岡信　丸谷才一)掲載→のち『すばる歌仙』に収録。》

《【雑誌】「現代詩手帖」四五巻一号に新春対談「単純な言葉、複雑な内容――形へのまなざし」(粟津則雄　大岡信)、「唄はれる詩　二篇」として「なぎさの地球　木下牧子のために」「天地のるつぼ　出雲讃歌　鈴木輝昭のために」掲載→のち『鯨の会話体』に収録。》

《【雑誌】「第三文明」五〇五号　特集「心という宇宙」に対談「詩心は内なる生命を広げる」(大岡信　松井孝典)掲載。》

《【雑誌】「短歌研究」五九巻一号に新年随想「詩は言葉で作るもの――「折々のうた」と私」掲載。》

《【公演】「焱太鼓」(一月)パンフレットに「太鼓の風景――「炎太鼓」のために」掲載。》

■二月

《二二日、理事を務めるパリ日本文化会館運営審議会（パリにて開催）に出席。》

《【放送】二二日、NHK国際放送「TOKYO発きょうの日本」の「TOKYO通信」コーナーで「没後百年・正岡子規の魅力」に出演。》

《【講演】二三日、富士山クラブ国際シンポジウム「富士山は世界遺産になれるのか」（於アカデミーヒルズ）にて基調講演「文化的・歴史的視点から富士山を考える」。講演の一部は毎日新聞三月五日朝刊に掲載。》

《【雑誌】「図書」六三四号に歌仙「夜釣の巻」（大岡信・岡野弘彦・丸谷才一）掲載↓のち『歌仙の愉しみ』に収録。》

■三月

《【本】『言葉と力』松下たえ子編　三省堂（2002-03-10）に「恋文の詩と真実——岡倉天心の場合」掲載。》

《【講演】一三日、朝日文化講座「新・折々のうた　六——春のうた」（於有楽町朝日ホール）。》

《【楽曲】出雲市より委嘱され作詞した混声合唱のための組曲「頌歌　天地のるつぼ——出雲讃歌」鈴木輝昭作曲、出雲市民会館で初演。》

《【講演】二七日、旧東京銀行OB会組織「正友会」にて講演「折々のうた　こぼれ話」。》

■四月

《九日、安東次男死去。一六日の千日谷会堂での告別式で弔辞。》

《【講演】一六日、日仏学院にて講演「ミロとカタルーニャ」。》

《【講演】一九日、「大岡信フォーラム」開講。研究会員を集め、毎月一回、株式会社増進会出版社御茶ノ水ビル（東京・神田淡路町）内において、自作の詩などを題材に自由に語る。以降、二〇〇九年三月まで毎月第三金曜日に例会開催。世話役は増進会出版社および花神社社長大久保憲一。第一回目のテーマは「詩『マリリン』について」。》

大岡信フォーラム　会報

私は、自分の詩について、皆さんに進んでお話をするなんていう人間ではありませんので、そんな話聞いたことがないという人が多いと思います。ですから、めずらしいという取柄がありますので、初めの何回かは自分の詩についてお話ししようと思います。自分の詩についてお話しするということは、当然、他の人についてもお話しすることになります。その話の中で、何か皆さんのご参考にでもなるようなことがあればいいなと思っているのです。私は今、申し上げたように、ここのところの二、三十年か三、四十年は居心地悪いという気がずっとしている人間です。自分が若かった頃は、もうちょっと違った感じでいたような気もするから、そのころに書いた詩などを題材として用いながら、周辺の話もしようと思っています。

（「大岡信フォーラム会報　第一号」）

《【本】楽譜『頌歌天地のるつぼ　混声合唱のための組曲　出雲讃歌』大岡信詩　鈴木輝昭作曲　音楽之友社（2002-04-00）刊行。》

《【本】『短歌俳句表現辞典　歳時記版』遊子館（四月〜二〇〇三年）全五冊（植物　自然　動物　愛情　生活）刊行開始。大岡信監修　瓜坊進編。》

《【雑誌】「まひる野」五七巻四号　特集「追悼窪田章一郎」に「父空穂とのつながり」掲載。》

■五月

《一日、「折々のうた」休載期間を終了し、連載を再開する。》

《【放送】九日、NHK総合テレビ「奥の細道を行く　総集編福井から大垣へ」に出演。》

《【公演】第一三九回文楽公演「菅原道真没後千百年　通し狂言菅原伝授手習鑑」国立劇場（五月）パンフレットに「道真の位置」掲載。》

《【講演】一七日、「大岡信フォーラム」月例会「詩『会話の柴が燃えつきて』」。テーマは書肆ユリイカ社主であった伊達得夫。》

《【雑誌】「現代詩手帖」四五巻五号　特集「いまこそ谷川俊太郎」に「そして私はいつか／どこかから来て――谷川俊太郎をめぐるよしなしごと」掲載。》
《【雑誌】「ももんが」（一高　昭和二五年卒業　五〇周年記念文集感想特輯）に「向陵讃歌　一高終焉半世紀に寄す」掲載。》

■六月
《【講演】一三日、朝日文化講座「新・折々のうた　六――夏のうた」（於有楽町朝日ホール）。》
《【講演】二二日、「大岡信フォーラム」月例会「詩『会話の柴が燃えつきて』二」。》
《【楽曲】混声合唱とピアノのための「大岡信の二つの詩」（野平一郎作曲）、全音楽譜出版より刊行。》
《【本】『精神の深部からの暗号――日本現代詩精選集』丸地守編　張香華編・中国語版訳　書肆青樹社（2002-06-00）に「箱舟時代」「大崩壊」掲載（中国語）。》

■七月
《【講演】一九日、「大岡信フォーラム」月例会。テーマ「詩『詩人の死――エリュアールの追憶のために』」。》

ある詩人を読んで好きだと思って、自分が好きな理由を伝えるために、なんらかの方法で評論みたいなものを書くということは、だれにでもありうることですけど、そういう場合にどこを出発点にするかということは、いつでも問題なんですね。さまざまな評論、作家論、詩人論を書く場合に、どこがポイントで、どこを書くことから始めるか、あるいは書いていってどこが中心になるということがぴしっとわかるというふうになるかならないか。それが、詩人論、あるいは作家論の決定的な問題じゃないかと僕は思っているんです。（中略）つまり自分は、エリュアールの一つの詩によった、「詩の単なる素材、或いは歌うための単なる手段としての自然ではなく、詩人と全的に共鳴することによって彼に途絶えることない歌を生みださせる、そういう自然を発見したのである」ということを、初めから言いたかったわけですね。当時（つまり一九三〇年代およびその後の）詩人たちにとって、エリュアールという詩人は、新しい詩の最先端にいるというふうにみんな思っていたわけです。それはもう明らかにそういう雰囲気があった。だけども、僕は違うんじゃないかと。つまり新しい詩などない、新しい光をあてられた詩だけがある、そういうことを思っていた。今でも、当時から五十年以上たってますけど、やっぱり同じように考えているんです。人間の考え方というのはそんなに新しくどんどん変わるということもないんじゃないかなと思うんです。

（「大岡信フォーラム会報　第四号」）

《【本】ジャニーン・バイチマン訳『対訳・折々のうた　Poems for All Seasons』を講談社インターナショナルより刊行。》
《【雑誌】「すばる」二四巻七号に座談会「昭和の詩——日本語のリズム」（大岡信・谷川俊太郎・井上ひさし・小森陽一）掲載↓のち『座談会　昭和文学史6』（二〇〇四）に収録。》

■八月
《二〇〇二年度国際交流基金賞を受賞（授賞式は一〇月四日）。ことばと文学による国際文化交流と相互理解に多大な貢献をしたとして。》
《【講演】関東ポエトリ・センターのセミナー（葉山）で講演。》
《【楽曲】ＮＨＫ学校音楽コンクール課題曲として木下牧子作曲による女声合唱曲「なぎさの地球」発表。》
《【本】『現代短歌全集15　昭和三八年〜四五年』筑摩書房（2002-08-10）に解説掲載。一九八一年の増補版。》
《【本】『沈黙のまわり——谷川俊太郎エッセイ選』谷川俊太郎著　講談社（2002-08-10）に巻末対談（大岡信　谷川俊太郎）掲載。》
《三日、伊藤信吉死去。毎日新聞で三日、朝日新聞で四日の訃報記事内にコメント掲載。》

■九月
《八日、一高時代の友人、元東久留米市長、社会学者の稲葉三千男死去。》
《【講演】一二日、朝日文化講座「新・折々のうた　六——秋のうた」（於有楽町朝日ホール）。》
《【楽曲】一八日、「木馬・光のくだもの——大岡信の二つの希望の歌」（伊東乾作曲）、東京オペラシティにて初演。》
《【講演】二〇日、「大岡信フォーラム」月例会。テーマ「詩『高井戸——志水楠男を哀しむ』」。》
《【本】フランス語選詩集〝citadelle de lumière〟（ドミニック・パルメ訳）がピキエ書店およびユネスコ共同出版により刊行。》
《【本】『ハンセン病文学全集』皓星社　編集委員：大谷藤朗　加賀乙彦　鶴見俊輔　大岡信　刊行開始。詩（第六巻（二〇〇三年一〇月）、第七巻（二〇〇四年一月））、短歌（第八巻（二〇〇六年八月））、俳句　川柳（第九巻（二〇一〇年七月））の編集解説を担当。》
《【本】『現代詩読本　特装版　大岡信』思潮社（2002-09-01）刊行。》
《【展覧会】「没後二〇年西脇順三郎展」世田谷文学館（九月〜一一月）カタログに詩「頌・西脇順三郎」掲載。》

■一〇月

《四日、国際交流基金賞受賞を記念し、私家版「ベルリン連詩一九九九」を刊行。謝意として知人らに送付。》

《【講演】六日、三島市にて講演「大岡信文化講演会　第九回子規と漱石」。共演者は、寺田農。（増進会出版社主催　於三島市民文化会館ゆうゆうホール）》

《一四日、日野啓三死去。作家。旧制一高、東大、読売新聞での先輩。東大時代の同人誌「現代文学」の同人。千日谷会堂にて一七日通夜、一八日葬儀、葬儀委員長を務める。朝日新聞で一八日に追悼文、読売新聞で一五日訃報記事内にコメント掲載。》

《【講演】一八日、「大岡信フォーラム」月例会。テーマ「詩『調理室――駒井哲郎に』」。前半で日野啓三を悼む》

《【講演】二〇日、北上市にて日本現代詩歌文学館・井上靖記念室開設記念講演「井上靖の詩と歌」。》

《【講演】二五日、日本近代文学館創立四〇周年記念講演会（於よみうりホール）にて「折々のうた　こぼれ話」講演。》

《【講演】二八〜二九日、富山県民カレッジにて視聴覚教材「叙景と抒情〜万葉集と家持」収録、講演会「道真のいる風景」。》

《【雑誌】「すばる」二四巻一〇号に歌仙「こんにゃくの巻」（丸谷才一・岡野弘彦・大岡信）掲載↓のち『すばる歌仙』に収録。》

《【雑誌】「国際交流」九七号に「『わからない、わからない』から始める」掲載。》

《【本】『日本語つむぎ』世界文化社（2002-10-10）刊行。》

《【本】『現代短歌全集17　昭和五五――六三年』筑摩書房（2002-10-20）に解説掲載。一九八一年の増補版。》

《【本】『素顔のイサム・ノグチ日米54人の証言』四国新聞（2002-10-26）に「深い孤独感を垣間見る」掲載。》

■一一月

《【講演】二日、思潮社主催の現代詩国際セミナーで講演「詩と日本語」および谷川俊太郎と対談「詩と日本語」（山口県秋吉台芸術村）。》

《【講演】九日、さいたま文学館開館五周年記念講演会（於桶川市民ホール）にて「日本の短詩型文学と辞世の歌や句」講演。》

《一四〜一六日、「しずおか連詩の会」第四回「ひらがなカタカナの巻」。静岡市ホテルセンチュリー静岡にて、白石かず子、谷川俊太郎、木坂涼、アーサー・ビナードとともに制作。発表は静岡グランシップにて。》

《【講演】二二日、「大岡信フォーラム」月例会。テーマ「詩『調理室――駒井哲郎』／『加納光於による六つのヴァリエーション――加納光於に』」。》

例えば、きれいな山がある。山を写実的に写す、そういうことが絵描きの仕事だと思っている人もたくさんいて、それはそれで十分いいですね。そういう絵を見て、人が大勢喜ぶわけです。だけど加納さんはそんなことは一切しない。とにかく自分の、これの極限は何だということを考えたら、それだけをものすごく追求する。一つのことを追求するということは、同時に一つの状態を追求するわけですね。ものじゃなくて、状態。その状態は常にそこへ近づけば近づくほど、変わります。変わっていくから、極限というものはどこにもない。ないんだけど、追求するという意味では常に極限は人間の心の中にある。その心の中にあるものを、ものとして一瞬一瞬つかんでいく。だけど、そのものはこれが極限だということはあり得ない。これが極限だって言ったらそれはうそ。極限というものは、まったく見えないものとして存在している。はっきりと存在しているんだけども、見えることはない。これがおもしろいんですね。

（「大岡フォーラム」会報七号）

《【本】『旅みやげ　にしひがし』集英社（2002-11-20）刊行。》

詩というものの書き方がよく判らなくなった、何年も前から。たぶん私は、「うたう」ということがどういうことか、よく判らなくなったのだろうと思う。いまだにその状態は続いている。この詩集『旅みやげ　にしひがし』は、その状態を克服するために考えついたものだったように思う。「うたう」ことができないなら、「かたる」ことで道を開くしかあるまい、と。素材として「旅」が選ばれたのは、私が旅行好きな人間ではないため、十年、二十年、三十年も前の旅でも、時と場合によって、かえって鮮明に蘇えることがあって、それらを「かたる」ことを通じ、自分が生きてきた時代を、私という一個の小さな運動体の軌跡に託して蘇えらせ、記録することができるのではないか、と思い至ったからである。

（『旅みやげ　にしひがし』あとがき）

《【本】『本についての詩集』長田弘選　みすず書房（2002-11-08）に「「文明」と「文化」の論（ヴィーコ「新しい学」）」掲載。》

《【本】『大岡信全詩集』思潮社（2002-11-16）刊行。》

《【本】『現代詩花椿賞　二〇回記念アンソロジー』資生堂（2002-11-21）に第七回（一九八九年）受賞『故郷の水へのメッセージ』の作品、感想、謝辞掲載。》

《【本】『交わす言の葉』川崎洋著　沖積舎（2002-11-28）に鼎談「「櫂」のあやしい魔力」（川崎洋・大岡信・谷川俊太郎）掲載。》

《【本】『この国のはじまりについて　司馬遼太郎対話選集』文藝春秋（2002-11-30）に対談「中世歌謡の世界」（大岡信　司

馬遼太郎）掲載。『対談集　東と西』朝日新聞社（一九九〇年）よりの再掲。》

■一二月

《【講演】一三日、朝日文化講座「新・折々のうた　六——冬のうた」（於有楽町朝日ホール）。》

《【講演】二〇日、「大岡信フォーラム」月例会。テーマ「大岡信氏と語ろう（連詩）」。》

《【本】『折々のうた三六五日　日本短詩型詞華集』岩波書店（2002-12-10）刊行。》

《【本】『ふと口ずさみたくなる日本の名詩』郷原宏選著　PHP研究所（2002-12-27）に「地名論」掲載。》

■——この年

《【教科書】小学校検定教科書「みんなと学ぶ小学校国語６年下」学校図書（二〇〇二年発行）に「「連詩」を発見する」掲載。》

《【教科書】中学校検定教科書「国語２」光村図書（二〇〇二年発行）に「言葉の力」掲載。》

《【本】『CITADELLE DE LUMIÈRE　光の砦　Anthologie personnelle de poèmes 一九五六——一九九七』（2002-00-00）》

《【雑誌】「文芸三島」二五号に詩「三島町奈良橋界隈」掲載。》

■2003・平成一五年——72歳

■一月

《【講演】一七日、「大岡信フォーラム」月例会。テーマは「連詩」。》

連詩というものをなぜ始めたか、なぜそんなことをやらなくてはならないのか、ということと、それは現代の時間ではなくて、むしろ未来に向かって自分を開いていくことに多少とも関係があろう、ということからきているということです。こういう試みを、現代詩を書くような人々の多くは、白眼視しているようですね。そういうものをやっている人間は、自分たちとは違う一つの枠を作って、そこで閉じこもっているというふうに見えるんですね。ですから、連詩をやるということは、そう言っただけで、それ以外の連詩に興味ない人に対しては、「あんたたちとは違うよ」と言っているように思うんですね。ほんとはそうじゃないんです。だけども、そう言っているように思っちゃう。これはとても不幸です。私自身は、実は、人見知りが激しくて、めったにほかの人に心を開かないという人間なんです、本当は。だけども、それではだめだということもわかっていて、そう思うことの一つは、とにかく詩というものの性格・本質が、まさに、そういう排他的行き方、自分以外の人々とは私は関係ないわという態度をとるのとは、反対だと思うからです。詩というのはそんなものじゃないということを、私は詩の本質論として思っているからですね。ですから、詩というものを考える人は、自分は仮に作らなくとも、連詩的なものに対して開かれた態度を持っていないといけないと思うんです。

（「大岡信フォーラム」会報八号）

《【雑誌】「図書」六四五号に歌仙「YS機の巻」（大岡信・岡野弘彦・丸谷才一）掲載→のち『歌仙の愉しみ』に収録。》

《【本】『狂歌川柳表現辞典歳時記版』遊子館　(2003-01-00)　大岡信監修　瓜坊進編　刊行。》

■二月

《一三日、第七回牧水賞授賞式（宮崎市）にて挨拶。》

《【講演】一四日、「大岡信フォーラム」月例会。テーマは「連詩（二）」。》

《【雑誌】「現代詩手帖」四六巻二号　特集「大岡信　現代詩のフロンティア」に谷川俊太郎との対談「幸福な出会い　秋吉台・現代詩セミナー「詩と日本語」より」掲載。他著者による大岡信論・作品論も掲載。》

《【雑誌】「古志」一〇〇号記念号に「初めて俳句を知ったころ」掲載。》

■三月

《四日、パリを訪れ、Maison de la Poesie（詩の家）にて朗読。》

《【講演】一二日、朝日文化講座「新・折々のうた　六――春のうた」（於有楽町朝日ホール）。》

《【新聞】毎日新聞（2003-03-12）にインタビュー記事「連鎖する物語　新詩集『旅みやげ　にしひがし』刊行・大岡信さんに聞く」（インタビュー酒井佐忠）掲載。》

《二四日、代官山スタークラブによる公募企画「宇宙連詩」（大岡信監修）が「星のシンポジウム」で披露される。》

《【講演】二八日、「大岡信フォーラム」月例会。テーマは一九九〇年におこなった「フランクフルト連詩」。》

《【雑誌】「國文學　解釈と鑑賞」六八巻三号に「芹沢光治良氏を悼む」掲載。》

《【雑誌】「文藝春秋」八一巻四号　臨時増刊号「桜」に鼎談「桜うた千年　「桜　詞華集」」（丸谷才一・岡野弘彦・大岡信）掲載。》

《【本】『やまとことば――美しい日本語を究める』河出書房新社（2003-03-20）に「「合」という言葉」掲載。》

《【本】『史話日本の古代6　大化の改新と壬申の乱』作品社(2003-03-30)に「万葉の青春悲歌——動乱の中の恋と死について」掲載。『史話　日本の歴史　第六巻　大化改新は存在したか』作品社(一九九一年)よりの再掲。》

■四月

《一二日、調布市深大寺から千代田区飯田橋のマンションに転居。》

私は過去三十二年間(それ以前の三鷹市時代を入れれば四十五、六年間)住みついていた都下調布市の深大寺周辺地域を、ある日ふと、という形で決心し、都心に引越してきた(中略)。今度は背の高いマンションの上層階なので、周囲の景観も環境も、変化したと言うも愚かな激変ぶり。四月半ばに転居はしたものの、今まで住んでいた地べた密着の生活が、高いところへ宙吊りの暮らしに変っただけでも、生活感覚に微妙なずれが生じるのは避けられない。今までは、いたる所にハミダシばかりあった「田舎暮らし」だったことを、あらためて認識し、無駄な空間というものの存在が許されないマンション生活というものの、便利と言えばまことに便利だが、怠けものが余白を確保するにはそれなりに工夫が大いに必要な暮らしに、今ごろになって気づき、あわてて気を引き緊めているところである。

(『新折々のうた7』あとがき)

《【講演】一八日、「大岡信フォーラム」月例会。テーマ「マケドニア詩祭」。》

《【展覧会】「浜口陽三・南桂子展」練馬区立美術館(四月)によせた大岡信と谷川俊太郎の詩が展示。》

《【本】『大岡信詩集　芸林二一世紀文庫』解説・粟津則雄　芸林書房(2003-04-04)刊行。既刊詩集よりの再掲。》

■五月

《「折々のうた」は一日以降二〇〇四年四月三〇日まで休載。》

《【講演】一一日、熊本こどもの本研究会記念講演会(於熊本県立劇場演劇ホール)にて講演「日本の詩歌」、谷川俊太郎との対談「うたうこと、かたること」。》

《【講演】一三日、「大岡信フォーラム」月例会。テーマ「マケドニア詩祭(一九九六年の「ストルーガ詩祭」金冠賞受賞式参加時のビデオ鑑賞)」。》

《【本】『メランコリーの水脈　講談社文芸文庫』三浦雅士著　講談社(2003-05-00)に解説掲載。》

《【本】『連続講座　岡本太郎と語る　'01——'02』岡本太郎記念館【編】二玄社(2003-05-30)に対談「泣く太郎」(岡本太郎大岡信)掲載(対談:二〇〇二年九月九日)。岡本太郎のアトリエ

で語る「私の中の岡本太郎」講座シリーズ。》

■六月

《【講演】一八日、朝日文化講座「新・折々のうた　六――夏のうた」（於有楽町朝日ホール）。》

《【講演】二〇日、「大岡信フォーラム」月例会。テーマ「詩のはじまり『憂愁』」。》

《【本】『飴山實全句集』花神社（2003-06-10）に跋文掲載。》

■七月

《【楽曲】五日、混声合唱組曲「春のために」（信長貴富作曲）初演。「時間」「春のために」「春少女に」「青年に」を含む。》

《【講演】一八日、「大岡信フォーラム」月例会。テーマ「『鬼の詞』」。》

《【放送】二〇日、NHK総合「たべもの新世紀　三陸のウニ」（桜井洋子　大岡信）出演。》

《二三日、富山県民カレッジ夏季講座「ことばの豊かな使い手になるために」。》

《【講演】三〇日、ホテルオークラにて「日本の女流書展」記念講演、「お習字のこと」。》

《【雑誌】「季刊　チルチンびと」二五号にインタビュー「語ってください、あなたの住まい観。」（深大寺の昔の家の写真も）掲載。》

《【雑誌】「3歳のお気に入りえほん集小学館の絵本雑誌「おひさま」の年齢別ベストセレクション」に「ぶんぶくちゃがま」（大岡信　深瀬サキ）掲載。》

《【展覧会】「谷川俊太郎展」軽井沢高原文庫（七月）カタログによせて「谷川俊太郎のこと」掲載。（高原文庫第一八号）》

《【雑誌】「現代詩手帖」四六巻七号に詩「ハマグチの秘密」掲載（浜口陽三・南桂子展（四月）によせた詩）→のち『鯨の会話体』収録。》

■八月

《【講演】一四日、「ぬましん文化講演会」沼津信用金庫にて講演「「詩人井上靖」を語る」、対談「私と井上靖」（県立静岡がんセンター総長・山口建　大岡信）。》

《二一～二三日、「大地の芸術祭・越後妻有アートトリエンナーレを見学。》

《【雑誌】「現代詩手帖　一九八五――二〇〇二代表詩選」、一九九五年の中で「ヒストリー」（『詩とはなにか』より）掲載。》

■九月

《【講演】五日、「大岡信フォーラム」月例会。テーマ「スタイルの模索『夏のおもひに』」。》

《【講演】一二日、朝日文化講座「新・折々のうた　六——秋のうた」（於有楽町朝日ホール）。》

《一三日、平井照敏死去。俳人、フランス文学者。》

《【講演・シンポジウム】二〇日、第四回しずおか翻訳コンクール表彰式とあわせ国際文学シンポジウム開催。トークセッション「文学は国境を越えられるか」（大岡信　荻野アンナ　司会・山本肇）（於アゴラ静岡）。》

《【雑誌】「図書」六五三号に歌仙「ぽつねんとの巻」（大岡信・岡野弘彦・丸谷才一）掲載→のち『歌仙の愉しみ』に収録。》

《【雑誌】「未定」八三号　富沢赤黄男生誕一〇〇周年記念特別号に「高柳重信と富沢赤黄男」掲載。》

■一〇月

《【講演】六日、三島市にて講演「大岡信文化講演会　第一〇回連句の楽しみ」。共演者は、長谷川櫂。（増進会出版社主催　於三島市文化センター）》

《【講演】一二日、第一八回国民文化祭（山形県）にて講演「芭蕉の晩年」（於山形県最上町中央公民館）。》

《【講演】一七日、「大岡信フォーラム」月例会。テーマ「崩壊のイメージ『壊れた街』」。》

《【講演】一八日、世田谷文学館「トーク&コンサート」にて講演「多面体の創造者　北原白秋」。》

《【講演】二五日、京都府舞鶴にて講演会「日本の中世歌謡」（舞鶴大使の佐谷画廊社長、佐谷和彦氏の紹介による）。》

《【展覧会】「井上靖展」県立神奈川近代文学館のカタログ編集と「最後のひとこと——酸素天幕の井上靖さん」寄稿。》

《【雑誌】「波」三七巻一〇号に書評「輪舞のテーマが主導する岸惠子の長編第一作　岸惠子『風が見ていた』」掲載。》

■一一月

《三日、文化勲章受章。私家版詩集「わたしは月にはいかないだろう」を刊行、謝意として知人らに送付。》

文化勲章受章

《四日、天皇皇后主催茶会に出席。》
《【講演】一二日、松山市子規記念博物館にて『子規選集』（増進会出版社）完結記念講演、「アンソロジスト子規」。》
《【講演】二二日、「大岡信フォーラム」月例会。テーマ「一つの転機『春のために』」。》
《二七〜二九日、「しずおか連詩の会」第五回「水平線の巻」。静岡市ホテルセンチュリー静岡にて、四元康祐、ヘンク・ベルンレフ、ウィレム・ファン・トールン、小池昌代とともに制作。発表は静岡グランシップにて。》
《静岡県三島市・沼津市の名誉市民となる。》
《【本】『新折々のうた7（岩波新書新赤版865）』岩波書店（2003-11-20）刊行。》

■一二月

《【講演】一七日、朝日文化講座「新・折々のうた　六——冬のうた」（於有楽町朝日ホール）。》
《【放送】二八日、NHK BS2「心のひとつ　若いあなたに伝えたい名作」に出演。》
《【雑誌】「すばる」二五巻一二号に「両吟　三つ物のこころみ」（大岡信　長谷川櫂）掲載（両氏による解もあり。「三つ物へのいざない」大岡信）。》
《【本】『瀧口修造の詩的実験　一九二七〜一九三七　限定復刻』思潮社（2003-12-01）に表紙裏に詩「地球人Tの小さな四つの肖像画」掲載。》
《【本】『世阿弥を語れば』松岡心平編　岩波書店（2003-12-05）に松岡心平との対談「モラリスト世阿弥」掲載。「橋の会」六五回公演「井筒」パンフレット（二〇〇一年）よりの再掲。》
《【本】『日本語の新しい方向へ』熊本子どもの本の研究会（2003-12-31）に講演「日本の詩歌」、対談「うたうこと・かたること」（谷川俊太郎　大岡信）掲載。熊本子どもの本の研究会二〇周年記念講演&コンサート&対談（五月一一日）を収める。》

■この年——

《【楽曲】神奈川県立保健福祉大学開学。校歌作詞・大岡信　作曲・一柳慧。》
《【雑誌】「文芸三島」二六号に詩「はぐくむ命の川　一三絃箏・歌のための」（二〇〇三年草間路代委嘱作品）掲載→のち『鯨の会話体』に収録。》

■2004・平成一六年――――74歳

■一月

《【新聞】日本経済新聞（2004-01-04）に「「去年今年」は季語だった！」掲載。》

《四日、宮中歌会始で召人を務める。お題は「幸」。》

詠進歌

いとけなき日のマドンナの幸《さつ》ちゃんも孫三《み》たりとぞe《イー》メイル来る

《【講演】交詢社（東京・銀座）にて講演「正岡子規のこと」。》

《【講演】一六日、「大岡信フォーラム」月例会。テーマ「詩『神話は今日の中にしかない』他三編」。》

《二〇日、ホテルエドモントにて、「大岡信フォーラム」主催による、文化勲章受章祝賀会開催。》

《【雑誌】「すばる」二六巻一号に歌仙「果樹園の巻」（大岡信・丸谷才一・岡野弘彦）掲載→のち『すばる歌仙』に収録。》

《【雑誌】「青春と読書」三九巻一号に三浦雅士との対談「うたげと孤心の精神」掲載。》

《八日、「出雲の春音楽祭二〇〇四」で「出雲讃歌　頌歌　天地のるつぼ（出雲市制施行六〇周年を記念して作られた委嘱作品　鈴木輝昭作曲　大岡信詩）」を再演するのに際し、対談「出雲讃歌「頌歌　天地のるつぼ」に寄せて」（大岡信　鈴木輝昭　出雲市長　米山道雄（司会））（於・山の上ホテル）。》

《【本】『ことばの流星群　明治・大正・昭和の名詩集』（2004-01-10）刊行。『ことばよ花咲け』（一九八四年四月）の新装版。》

■二月

《五日、第八回牧水賞授賞式（宮崎市）にて挨拶。》

《【講演】一〇日、調布市文化会館たづくりにて講演「言葉を紡ぐ」。》

《【講演】二〇日、「大岡信フォーラム」月例会。テーマ「詩『地下水のように』他三編」。》

《【展覧会】「歌を描く　絵を詠む　――和歌と日本美術展」サントリー美術館（二月）カタログに高階秀爾との対談「詩歌と美術をめぐって――万葉集から現代まで」掲載。二四日に記念講演「名歌にみる日本の美」。》

《【本】『不知火　石牟礼道子のコスモロジー』藤原書店（2004-02-25）に「生命界のみなもとへ――『椿の海の記』を読む」掲載。》

《【本】『座談会　昭和文学史6』井上ひさし　小森陽一編著　集英社（2004-02-00）に座談会「昭和の詩――日本語のリズム」（大岡信・谷川俊太郎・井上ひさし・小森陽一）掲載。》

■三月

《六日、三島ライオンズクラブにより「水辺の文学碑」の一基として建立された詩碑の除幕式に出席。》

水辺の文学碑除幕式

水辺の文学碑
地表面の七割は水
人体の七割も水
われわれの最も深い感情も思想も
水が感じ　水が考へてゐるにちがひない
（詩『故郷の水へのメッセージ』より）。

《【講演】一〇日、朝日文化講座「新・折々のうた　七――春のうた」（於有楽町朝日ホール）。》

《【講演】二六日、「大岡信フォーラム」月例会。テーマ「詩『肖像』『présence』そして『あとがき』」。》

《【講演】二八日、選考委員を務めている奥の細道文学賞の記念講演会「日本の中世歌謡について」（草加市）。》

《【雑誌】「図書」六五九号に歌仙「大注連の巻」（大岡信・岡野弘彦・丸谷才一）掲載→のち『歌仙の愉しみ』に収録。》

《【雑誌】「文藝春秋」八二巻四号に「歌会始の儀、召人をつとめる」掲載。》

《【本】『瑞穂の国うた』世界文化社（2004-03-01）刊行。》

《【雑誌】「東京人」一九巻三号　特集「東京からなくなったもの「街の風景」」に「街角の子供たち」掲載。》

《【本】『出雲讃歌　対談頌歌（ほめうた）天地のるつぼ』（2004-03-05）刊行。一月八日の対談を収める。》

■四月

《【新聞】「読売新聞」（2004-04-09）に加山又造追悼文「加山又造さんを悼む　日本画の枠破った革新者」掲載。》

《【講演】一六日、「大岡信フォーラム」月例会。テーマ「詩『静物』他三編」。》

《【講演】一八日、静岡市にて講演「若いころに読んだもの」。》

■五月

《一日、「折々のうた」休載期間を終了し、連載を再開する。》

《【講演】一一日、「北川フラム展――仕事と思想をめぐる、講談と11人との対話」於東京・INAXギャラリーにて北川と対談。》

《【講演】一五日、「高村光太郎展　私は彫刻家である」福島県立美術館の関連講演「蝉の指紋――高村光太郎」。》

《【講演】二一日、「大岡信フォーラム」月例会。テーマ「詩『春の内景』他四編」。》

《【講演】二九日、群馬県立女子大学県民公開授業にて講演「中世の天才女性歌人たち」。》

《【本】『いま、そこにいる良寛』北川フラム編　現代企画室（2004-05-00）に「良寛の和歌について」掲載。一九九九年三月の講演。》

《【本】『ファーブル博物記2　小さな強者たち』岩波書店（2004-05-25）刊行。「女の子たち」の章で、後平澪子・大岡信の共訳。全六巻とおして大岡信　日高敏隆　松原秀一編集委員。》

■六月

《【講演】一一日、「大岡信フォーラム」月例会。谷川俊太郎との対談を行う。》

《一四日、フランス政府よりレジオン・ドヌール勲章オフィシエ受章、フランス大使館にて叙勲式。》

《【講演】一五日、朝日文化講座「新・折々のうた　七――夏のうた」（於有楽町朝日ホール）。》

《【講演】一八日、白百合女子大学にて講演「若かりし日の読書体験」。》

《【放送】二三日、テレビ朝日「徹子の部屋」出演。》

《【本】『嶋田しづ』嶋田しづ著　美術出版社（2004-06-15）に「嶋田しづ――漂えど沈まず」掲載。》

■七月

《【講演】三日、大阪サンケイホールにて司馬遼太郎記念講演「日本の詩歌とことば」。》

《【講演】一六日、「大岡信フォーラム」月例会。テーマ「詩『心にひとかけらの感傷も』他二編」。》

《【講演】二二日、円覚寺夏期講座「日本の和歌を理解するために」。》

《【雑誌】「環」一八号に石牟礼道子との対談「救いとしての本物の美――新作能「不知火」奉納に託される思い」（対談：二〇〇三年一二月一三日於ホテルメトロポリタンエドモント）掲載。》

■八月

《【公演】八日、能舞台作品「生田川物語　求塚にもとづく」（一柳慧作曲　観世榮夫演出）神奈川県立音楽堂にて初演。》

《【雑誌】「俳句界」一〇巻八号にスペシャルインタビュー「初めて明かす「折々のうた」二五年目の秘話」掲載（インタビュー：六月一五日　於九段会館）。》

■九月

《一二日、歌人・島田修二死去。》

《【講演】一七日、「大岡信フォーラム」月例会。テーマ「詩『石と彫刻家』他二編」。読売新聞同期入社であった島田修二を悼む。》

《【講演】一五日、朝日文化講座「新・折々のうた　七――秋のうた」（於有楽町朝日ホール）。》

《【講演】一八日、米山梅吉記念館（静岡県長泉町）三五周年記念式典にて講演会「富士山は恋ごころの山」。》

《【本】『三島由紀夫全集（決定版）41　音声（ＣＤ）』新潮社（2004-09-10）　月報に「一度だけの便り」掲載。》

《【本】『日本の美を語る』高階秀爾編著　青土社（2004-09-10）に鼎談「短詩の言語――屏風絵・和歌・俳句」（大岡信・大橋良介・高階秀爾）掲載。》

■一〇月

《【講演】二日、三島市にて講演「大岡信文化講演会　第一一回」。文学系家族について、大岡玲、谷川賢作と鼎談。（増進会出版社主催　於三島市民文化会館ゆうゆうホール）》

《【講演】八日、「大岡信フォーラム」月例会。テーマ「詩『わたしは月にはいかないだろう』他三編」。》

小室等さんという作曲家がこれ（＊編集部注：詩「わたしは月にはいかないだろう」）を曲にしていて、レーベルが出ています。（中略）この詩について言えば、小室君がこれを作曲したいと思った理由が僕にはよくわからない。小室等君は、武満徹とは親しい関係にあった人ですし、現代詩的なものも彼の中にはあると思います。しかし、僕の名前を知るわけもないのですね。この詩を見て、これは作曲できると思って作ったらしい。何か物を見て「面白い」と思って、それでぽんとやってしまうというところは、僕は好きですね。この人は有名だからとか、この人は誰々さんの知り合いだからとか、そういう関係がだんだんくっついてくるというのは大嫌いです。この詩はそういうことを証明するような詩ですね。

（「大岡信フォーラム会報」二五号）

《【講演】一六日、富山県民生涯学習カレッジにて講演「折々のうた　こぼれ話」。》
《二二日、「櫂」同人で友人の川崎洋死去。》
《【講演】二四日、茨城県立図書館にて講演「山村暮鳥の人と作品」。》

■一一月

《【講演】一九日、「大岡信フォーラム」月例会。テーマ「『眼・ことば・ヨーロッパ』」。》
《【講演】二六日、静岡グランシップにて市内の高校で詩や小説などを書いて文芸活動をしている生徒12人に講演。また長谷川櫂との連句。》
《【本】アンソロジー詩集『きみはにんげんだから』水内喜久雄編　大岡亜紀画　理論社（2004-11-00）刊行。》
《【雑誌】「短歌現代」二八巻一二号に「近代の長歌を詠む空穂の長歌」掲載。》
《【本】『大岡信詩集　自選』岩波書店（2004-11-25）刊行。》
《【本】『連詩　闇にひそむ光』岩波書店（2004-11-25）刊行。一九九九年から二〇〇三年にわたる五回の「しずおか連詩の会」における作品と座談を収めた。》

■一二月

《【講演】一五日、朝日文化講座「新・折々のうた　七——冬のうた」（於有楽町朝日ホール）。》

■——この年

《【教科書】高等学校検定教科書「現代文1」東京書籍（二〇〇四年発行）に「花散る夢」掲載。》
《【雑誌】「文芸三島」二七号に詩「序曲」掲載。》

■2005・平成一七年————74歳

■一月

《【講演】二二日、「大岡信フォーラム」月例会。テーマ「詩『彼女の薫る肉体』」。》
《【雑誌】「現代詩手帖」四八巻一号　特集「現代日本詩集」に詩「萌え騰《あが》る八百《はっぴゃく》の坊主頭よ」掲載。》
《【雑誌】「古志」一三巻一号に長谷川櫂との対談「「三つ物」の楽しみ」掲載（二〇〇三年九月二三日　於三島市民文化会館での講演会。大岡信フォーラム会報より転載）。》
《【雑誌】「銀座百点」六〇二号に鼎談「わが心の富士山——神の山、恋の山、神秘の山」（大岡信・大山行男・竹谷靭負）掲載。》

■二月

《【講演】一八日、「大岡信フォーラム」月例会。長谷川櫂との対談「しずおか連詩の会」／「日本の短詩型、短歌と俳句について」（その1）。》

■三月

《【講演】一日、姫路文学館にて第一七回和辻哲郎文化賞授賞式　記念講演「岡倉天心とプリヤンバダの恋文」。》

《【講演】一五日、朝日文化講座「新・折々のうた　七――春のうた」（於有楽町朝日ホール）。》

《【公演】一九日、「第一九九回　東京混声合唱団定期演奏会」（東京文化会館）において、能「求塚」をモチーフとした大岡信の「水炎伝説」～合唱とピアノのための舞台作品～（一柳慧作曲）初演。》

《【講演】二五日、「大岡信フォーラム」月例会。長谷川櫂と対談「しずおか連詩の会」／「日本の短詩型、短歌と俳句について」（その2）。》

《【雑誌】「図書」六七一号に歌仙「焔星の巻」（大岡信・岡野弘彦・丸谷才一）掲載→のち『歌仙の愉しみ』に収録。》

■四月

《【講演】八日、「大岡信フォーラム」月例会。長谷川櫂と対談「しずおか連詩の会」／「日本の短詩型、短歌と俳句について」（その3）。》

《【講演】一四日、三島市中央婦人学級〝開講式〟四〇周年記念講演「私は三島で育った」。》

《【本】『続・詩歌の待ち伏せ』北村薫著　文藝春秋（2005-04-15）にプレヴェール詩「朝の食事」「手回しオルガン」の訳掲載→のち『詩歌の待ち伏せ3（文春文庫）』（二〇〇九）。》

《【雑誌】「米山梅吉記念館館報」五号に三五周年記念講演「富士山は恋ごころの山」掲載（講演：二〇〇四年九月一八日）。》

■五月

《「折々のうた」は一日以降二〇〇六年三月三一日まで休載。》

《【講演】一三日、「大岡信フォーラム」月例会。テーマ「翻訳された大岡信作品について」。》

《【講演】二一日、鶴岡市にて荘内日報創刊六〇周年記念講演「本を読むことについて」。》

《【講演】二六日、宮崎県で開催された第七回若山牧水顕彰全国大会にて記念講演「最初の歌人」。》

《【本】『早引き季語辞典』全五冊（新年・春　夏　秋　冬　俳枕）大岡信監修　瓜坊進編　遊子館（二〇〇五――二〇〇六年）刊行開始。》

■六月

《九日、塚本邦雄死去。読売新聞一〇日追悼記事内にコメント掲載。》

《【講演】一四日、朝日文化講座「新・折々のうた　七——夏のうた」（於有楽町朝日ホール）。》

《【講演】一七日、「大岡信フォーラム」月例会。テーマ『日本の詩歌　その骨組みと素肌』（一）。》

《【雑誌】「すばる」二七巻六号に歌仙「夏芝居の巻」（大岡信・岡野弘彦・丸谷才一）掲載→のち『すばる歌仙』に収録。》

《【本】『星の林に月の船　声で楽しむ和歌・俳句　岩波少年文庫131』岩波書店（2005-06-16）刊行。》

《【雑誌】「Serendipity　セレンディピティ」一号に「幼な児と仔猫」掲載。『詩とはなにか』青土社（一九八五年）よりの再掲。》

■七月

《【講演】一五日、「大岡信フォーラム」月例会。テーマ『日本の詩歌　その骨組みと素肌』（二）。》

《【雑誌】「現代詩手帖」四八巻七号に習作集一「言葉が夢の探索のギアに」掲載。》

《【楽曲】一七日、混声合唱とピアノのための「光のとりで」大岡信作詞　松下耕作曲　昭和女子大学人見記念ホールにて初演。「音楽がぼくに囁いた」「太鼓の風景」「詩よ、来なさい」「音楽である私」を含む。》

■八月

《【講演】四日、岐阜県学校図書館協議会の東海地区学校図書館研究大会にて講演「友との出会い　本とのあいさつ」（沼津市）。》

《【雑誌】「現代詩手帖」四八巻八号に習作集二「人は山河を背負ふ」として詩「たゆたふ命」「乗り手なき船」「人は山河を背負ふ」掲載→のち「たゆたふ命」「人は山河を背負ふ」は『鯨の会話体』に収録。》

《【雑誌】「現代詩手帖」四八巻八号に論考「息づまるような求道者の情熱「夕暮の諧調」」掲載。「海」一九七一年一二月号よりの再掲。》

《【本】『また来ます。安田侃の彫刻広場　アルテピアッツァ美唄アルテピアッツァ美唄』求龍堂（2005-08-31）に詩「名づけ得ぬものへの讃歌」掲載。》

■九月

《【講演】八日、朝日文化講座「新・折々のうた　七——秋のうた」（於有楽町朝日ホール）。》

《【講演】一〇日、「第五回国際文学シンポジウム」伊豆文学フェスティバル実行委員会（静岡市・あざれあ）においてドナルド・キーンと対談「『翻訳』の今後――しずおか翻訳コンクールの未来」。》

《【講演】一六日、「大岡信フォーラム」月例会。テーマ「『日本の詩歌　その骨組みと素肌』（三）。》

《【雑誌】「短歌研究」六二巻九号　特集「追悼・塚本邦雄」に「『方法論争』のころ」掲載。》

■一〇月

《【講演】八日、三島市にて講演「大岡信文化講演会　第一二回　詩人たちが考えた教科書のかたち『にほんご』」。共演は、大岡玲、谷川賢作、山村誠一。（増進会出版社主催　於三島市民文化会館ゆうゆうホール）》

大岡玲　この教科書を作るということは、言ってみれば当時の教科書に対するアンチテーゼなわけだから、アンチテーゼするときの基本ライン、この教科書はこういう理念に基づく、ということは、何であったのですか。

大岡信　「読み書きそろばん」というように、国語では「読み書き」がトップにきている。でも「読み書き」が最初に来るというのが正しいかどうかと考えた。人間は言葉に対するとき、最初に読んだり書いたりということが来るかというとそうではなくて、「聞く話す」でしょう。そこから行こうということでね。「聞く話す」から始まって、読み書きはずっと後のほう。

玲　人間のコミュニケーションにおける一番基本的な形。

信　人間関係が大事なの。人間関係は「君、僕」とか「お前、俺」とかそういう関係が一番基本的だから。自分自身をどういうふうに呼ぶか、相手をどう呼ぶかというところから始まる。それがあれば人間社会ができあがる。人間社会ができあがれば当然そこから、読んだり書いたりということが出てくる。その順序で書こうということになった。

（「文化講演会録」「大岡信フォーラム」会報三三号）

《【講演】二一日、「大岡信フォーラム」月例会。テーマ「『日本の詩歌　その骨組みと素肌』（四）。》

《【本】『希望の美術・協働の夢北川フラムの四十年』角川学芸出版（2005-10-05）に「北川省一さんから始まる」掲載。》

《【本】『辻邦生全集17　旅のエッセー』新潮社（2005-10-25）月報に「辻邦生との旅」掲載。》

■一一月

《【講演】五日、出版NPO「本を楽しもう会」主催講演会（於武蔵野公会堂パープルホール）にて「鬼の詞――敗戦直後の文学修行」講演。》

《【講演】一八日、「大岡信フォーラム」月例会。宇佐美圭司と対談。》
《一九日、美術評論家で友人の東野芳明死去。》
《二四〜二六日、「しずおか連詩の会」第六回「泡雪の富士の巻」。静岡市ホテルセンチュリー静岡にて、谷川俊太郎、平田俊子、岡井隆、井上輝夫とともに制作。発表は静岡グランシップにて。》
《【本】『詩人たち　ユリイカ抄』伊達得夫著　平凡社（2005-11-00）に解説掲載。『詩人たち』日本エディタースクール出版部（一九七一年）の改題。》
《【雑誌】「文藝春秋」一一月臨増特別版　一冊の本が人生を変える　に「誰が鬼に食われたのか　印度童話の魅惑」掲載。》
《【本】『新折々のうた8　（岩波新書新赤版983）』岩波書店（2005-11-18）刊行。》

日本の短歌という詩型は、日常生活の〝記録〟をするための道具として用いられるとき、きわめて有能な働きをすることがありうるということを（それは常日ごろから考えていることだが）、あらためて思い知らされている。（中略）本書には、大学受験の話題もあれば闘病の歌や交通事故死の歌も出てくる。メソポタミアの諺も出てくれば、二〇〇一年九月十一日のニューヨーク世界貿易センタービルの、テロ攻撃による崩壊の話題も出てくる。まさに現代社会の出来事は、あらゆる形で短詩型文学によって取りあげられる可能性があるということである。「折々のうた」というコラムの現在的な意義も、そういう点にあるだろう。

（『新折々のうた8』あとがき）

《【本】『現代俳句大事典』三省堂（2005-11-20）稲畑汀子　鷹羽狩行　大岡信監修　刊行。まえがき掲載。》
《【本】『おっとりと演じよう　丸谷才一対談集』文藝春秋（2005-11-25）に鼎談「咲く花、散る花に心をよせて——桜詞華集　桜うた千年」（岡野弘彦・大岡信・丸谷才一）掲載。》

■一二月

《【放送】三日、NHKBS2「あの日　昭和二〇年の記憶」に出演。》
《【講演】一五日、朝日文化講座「新・折々のうた　七——冬のうた」（於有楽町朝日ホール）。》
《【本】『すばる歌仙』集英社　丸谷才一　岡野弘彦　大岡信共著（2005-12-00）刊行。歌仙七巻と座談を収めた。》
《【講演】一〇日、「日欧現代詩フェスティバル」イタリア文化会館にて基調スピーチ。》
《【雑誌】「現代詩手帖」四八巻一二号に「武満徹を憶ふ」掲載↓のち『鯨の会話体』に収録。》

《【本】『最新日本現代詩集 Forilège de poèsie japonaise d'aujourd'hui』有馬敲編　竹林館（2005-12-14）に詩掲載（仏訳併記）。》

《【雑誌】「国語便覧」浜島書店に大岡信紹介掲載。》

■――この年

《【教科書】小学校検定教科書「みんなと学ぶ小学校国語6年下」学校図書（二〇〇五年発行）に「「連詩」を発見する」掲載。》

《混声合唱曲「わたしは月にはいかないだろう」が木下牧子により作曲される。》

《【雑誌】「文芸三島」二八号に詩「こぶしの畝を流れやまない」「空気のやうに偉大な詩は」掲載。》

■2006・平成一八年――75歳

■一月

《【講演】一三日、「大岡信フォーラム」月例会。明治大学在職中の教え子でダイヤモンド・ビッグ社社長の西川敏晴と対談。テーマは、西川の企画「地球の歩き方」シリーズ（ダイヤモンド・ビッグ社）にちなみ、大岡の紀行『アメリカ草枕』をとりあげる。》

《【講演】二九日、若山牧水賞授賞式および一〇周年記念講演「牧水　新雑誌への熱望」（於宮崎観光ホテル）。》

■二月

《【講演】一七日、「大岡信フォーラム」月例会。テーマは「『芭蕉七部集』評釈」（その一『猿蓑』「鳶の羽もの巻」）。長谷川櫂と、幸田露伴らこれまでの『芭蕉七部集』評釈を参照しながら、全二一篇の俳諧（連句）を読み解く試み。七月からは奇数月に対談を行うかたちで継続する。》

大岡信フォーラムでは今月から、大岡さんに「芭蕉七部集」について話を聞くことになりました。大岡さんは詩人であり、詩歌鑑賞の名手です。そして、何より、みずから連句を巻き、連句を発展させた連詩の創始者でもあります。現代において「七部集」の世界をよみがえらせるのに大岡さん以上の人はありません。芭蕉の連句に興味のある人なら誰だって、芭蕉と門弟たちとの名立たる付け合いに、大岡さんならどういうだろうか、ぜひ聞いてみたいと思うはずです。（中略）細部への過剰なこだわりより、むしろ芭蕉と弟子たちを包んでいた闊達な空気を大事に、千変万化の付となって現れては消えてゆく連句の音楽に耳を傾けたいと思います。

（長谷川櫂『芭蕉七部集評釈』をはじめるに当っての口上）

《一七日、「櫂」同人で友人の茨木のり子死去。二〇日読売新聞に追悼文「茨木のり子さんを悼む　外部に向かい果敢に対話」、二三日日本経済新聞に弔文「茨木のり子さんを悼む　気品漂うあねさん」掲載。二〇日付毎日新聞にもコメント。》

《【本】『辻邦生全集20　アルバム／雑纂／年譜／書誌など』新潮社（2006-02-25）に「仕事において無限に楽しむ人」掲載。》

■三月

《【講演】八日、静岡県三島市立山田中学校、同南小学校にて日本芸術院文化事業「子ども　夢・アート・アカデミー」の講演。》

《【講演】一五日、朝日文化講座「新・折々のうた　八——春のうた」（於有楽町朝日ホール）。》

《【講演】二四日、「大岡信フォーラム」月例会。長谷川櫂と『芭蕉七部集』を読む、「『芭蕉七部集』評釈（その二『猿蓑』「市中はの巻」）」。》

《【展覧会】「虹のかなたに　靉嘔AY―O回顧展　一九五〇―二〇〇六」福井県立美術館ほか（三月～八月）カタログに「色の狩人——靉嘔の作品について」掲載。「芸術新潮」一九九〇年七月号よりの再掲。》

■四月

《一日、「折々のうた」休載期間を終了し、連載を再開する。》

《【展覧会】朝日新聞事業部主催の巡回展「詩人の眼　大岡信コレクション展」開催。皮切りは東京・三鷹市美術ギャラリー（一五～五月二八日）。自身の持つ現代美術コレクションを展示。二二日に大岡玲と記念対談（於三鷹市芸術文化センター）。静岡県コンベンションアーツセンターグランシップ、福岡県立美術館、足利市立美術館、金刀比羅宮高橋由一館の全五会場を巡回。カタログには詩「過去は棚田のやうに整頓されて　大岡信コレクション展序詩」掲載。》

過ぎ去った時間は
棚田のやうに整頓されて
一枚　一枚　現在のぼくを折り畳み
さてそこで　一枚　一枚
明日のぼくをくり広げることに
熱中してゐる。

（詩「過去は棚田のやうに整頓されて」『大岡信コレクション展図録』より）

《【本】『生の昂揚としての美術』大岡信フォーラム　販売・花神社（2006-04-25）刊行。単行本未収録の美術論をおさめる。》
《【講演】二八日、「大岡信フォーラム」月例会。長谷川櫂と『芭蕉七部集』を読む、『芭蕉七部集』評釈（その三『猿蓑』「灰汁桶の巻」）」。》
《【雑誌】「ExOriente　えくす・おりえんて」一三号に大岡信講演「日本の詩歌とことば」掲載（講演：司馬遼太郎記念学術講演会二〇〇五年七月三日　於サンケイホール）。》
《【雑誌】「現代詩手帖」四九巻四号に鼎談「〈倚りかからず〉の詩心——茨木のり子を悼む」（大岡信・飯島耕一・井坂洋子）掲載。》
《【本】『日本語の本質（司馬遼太郎対話選集2）（文春文庫）』文藝春秋（2006-04-10）に司馬遼太郎との対談「中世歌謡の世界」掲載。》

■五月

《【講演】一日、朝日カルチャーセンターにて「大岡信コレクション展」関連講演「折々の美を求めて」。》
《【講演】一三日、「第四五回声のライブラリー」日本近代文学館ホールにて自作品朗読。》
《【放送】一四日、ＮＨＫ教育テレビ「新日曜美術館　大岡信美と生きる詩人」に出演。》
《【講演】一九日、「大岡信フォーラム」月例会。長谷川櫂と『芭蕉七部集』を読む、『芭蕉七部集』評釈（その四『猿蓑』「梅若菜の巻」）」。》
《【講演】二七日、信州岩波講座まつもと「親子ってなに？」（松本文化会館）で大岡玲、谷川俊太郎、谷川賢作とトークショー。》
《【雑誌】「アート・トップ」二〇九号に「悠遊閑歓（詩人の眼・大岡信コレクション展を翌月に控えてのインタビュー）」掲載。》
《【雑誌】「國文學　解釈と教材の研究」五一巻六号臨時増刊号に吉増剛造との対談「未来に向けて——世界の縦軸と横軸」掲載。》

■六月

《三日、友人で詩人の清岡卓行死去。一〇月に偲ぶ会。毎日新聞一〇月二五日記事にコメント。》
《【展覧会】「現代の詩歌と書の世界展」東京セントラル美術館（六月）に書を出品。日中文化交流協会創立50周年記念特別展。》
《【講演】一三日、朝日文化講座「新・折々のうた　八——夏のうた」（於有楽町朝日ホール）。》

《【講演】一六日、「大岡信フォーラム」月例会。テーマ『詩人の眼——大岡信コレクション展』について」。》

《【展覧会】「大岡信コレクション展」沼津信用金庫ストリートギャラリー（六月）。二四日に大岡玲の講演会開催。八月に静岡グランシップで始まる「大岡信コレクション展」のプレ企画。》

《四月に刊行した『生の昂揚としての美術』について読売新聞よりインタヴューを受ける。》

《【雑誌】「G——グランシップマガジン」二〇〇六年夏号に「詩人の目——大岡信コレクション展」掲載。》

《【雑誌】「図書」六八六号に歌仙「海月の巻」（大岡信・岡野弘彦・丸谷才一）掲載→のち『歌仙の愉しみ』収録。》

《【雑誌】「日本人のこころ」（日本人のこころを考える会）に英文対談「The Japanese Kokoro—the Poetry of Everyday Experience」（鶴見俊輔　大岡信）掲載。一九九八の対談を英訳したもの。》

《【雑誌】「水声通信」八号に「「アララットの船」のこと」掲載。》

《【本】『戦後代表詩選　鮎川信夫から飯島耕一（詩の森文庫P01）』思潮社（2006-06-30）に討議「戦後詩の歴史と理念——規範としての思想と技術」（鮎川信夫・大岡信・北川透）掲載。『現代詩の展望』思潮社（一九八六年一一月）収録の「戦後詩一〇〇選」を二冊に分けて新編集掲載。》

■七月

《【講演】二一日、「大岡信フォーラム」月例会。長谷川櫂と『芭蕉七部集』を読む、「『芭蕉七部集』評釈（その五『ひさご』「木のもとにの巻」）」。》

■八月

《【展覧会】「詩人の眼　大岡信コレクション展」静岡県コンベンションアーツセンターグランシップ（三〜二六日）開催。一九日には大岡玲との対談（於同ホール）。》

《【雑誌】「Voice」三四四号に「BOOKSTREET この著者に会いたい『生の昂揚としての美術』大岡信」掲載。》

■九月

《【講演】一三日、朝日文化講座「新・折々のうた　八——秋のうた」（於有楽町朝日ホール）。》

《【講演】一五日、「大岡信フォーラム」にて長谷川櫂と対談、「『芭蕉七部集』評釈（その六『ひさご』「いろいろの巻」）」。》

《【雑誌】「日本近代文学館　年誌　2006」に「「櫂」グループの終焉」掲載。》

茨木のり子・川崎洋の二人が亡くなったので、精神的に変りはないが、櫂というグループは終焉を迎えた。印刷物としては「櫂」第三三号一九九二年二月一〇日号をもって最終号とする。

（「櫂」グループの終焉）

《【講演】一八日、三島市にて講演「大岡信文化講演会　第一三回　ことばをつなぐ楽しみ」。共演は、谷川俊太郎、谷川賢作、山村誠一。（増進会出版社主催　於三島市民文化会館ゆうゆうホール）》

《【展覧会】「NHK日曜美術館三〇年展　名作と映像でたどる、とっておきの美術案内」東京藝術大学大学美術館ほか（九月〜一〇月）カタログに「落合朗風と加山さん」掲載。》

《【雑誌】「現代詩手帖」四九巻九号に詩「過去は棚田のやうに整頓されて——大岡信コレクション展　序詩」掲載。巡回展カタログからの再掲。》

大岡信コレクション展　は、二〇〇六年春、それ以前の約五十年間に私が所有してきた美術作品の中から、百五十点ほどを選んで広く展示することにしたものである。最初は、かつて居住していた三鷹市の駅前の三鷹アートギャラリーで展示し、ついで静岡グランシップ、福岡市美術館、栃木県足利市立美術館、四国香川県琴平町の琴平美術館で巡回展示された。コンピラさんの展示は二〇〇七年九月で、これをもって私のコレクション展は、無事完了した。

（詩の末尾の註より）

■一〇月

《【講演】一〇日、米沢女子短期大学にて講演「山形で語る折々のうた」。山形県出身の俳人である鷹羽狩行、川崎展宏、また歌人の斎藤茂吉らの作品について語る。》

《【講演】二〇日、「大岡信フォーラム」月例会。テーマ「岡倉天心について」。》

《【講演】二五日、「としま文化フォーラム」にて講演「私の『コレクション展』のこと」（東京芸術劇場）。》

《宇宙をテーマに連詩をつくる宇宙航空研究開発機構（JAXA）のプロジェクト「宇宙連詩」の監修、さばき手となる。シンポジウム出席。》

《【本】『谷川俊太郎の33の質問』谷川俊太郎著　筑摩書房（2006-10-15）に谷川俊太郎からの三三の質問への回答（七人の回答者の一人）掲載。》

《【雑誌】「CUE＋　きゅうぷらす」一一号に対談「詩人の眼」（大岡信　大岡玲）掲載。三鷹市美術ギャラリー「詩人の眼——大岡信コレクション」展記念対談「私と芸術——三鷹時代から半世紀」（四月二二日）を編集・再録したもの。》

■一一月

《【展覧会】「詩人の眼　大岡信コレクション展」福岡県立美術館（三日～一二月一〇日）開催。三日のオープニングに出席、四日に記念講演会「私と芸術」（於都久志会館）。》

《一一日、「清岡卓行を偲ぶ会」講談社主催　私学会館にて。発起人を那珂太郎・高橋英夫・吉本隆明とともに務める。》

《【講演】一七日、「大岡信フォーラム」月例会。長谷川櫂と『芭蕉七部集』を読む、『『芭蕉七部集』評釈（その七『炭俵』「むめがかにの巻」）』。》

《二三～二五日、静岡市ホテルセンチュリー静岡にて、野村喜和夫、アーサー・ビナード、岡井隆、木坂涼とともに「第七回しずおか連詩の会」で連詩「馬の銅像の巻」制作。発表は静岡グランシップにて。》

《【雑誌】「すばる」二八巻一一号に三吟歌仙「颱風の巻」（岡野弘彦・丸谷才一・大岡信）掲載。》

《【本】『自分で書く　わたしの百人一首』柿元華園　大岡信　世界文化社（2006-11-10）に百人一首解説掲載。》

《【本】『立原道造全集1』筑摩書房（2006-11-10）月報に「詩を作りはじめたころ」掲載。》

■一二月

《【講演】一三日、朝日文化講座「新・折々のうた　八——冬のうた」（於有楽町朝日ホール）。》

《【展覧会】「伊藤信吉生誕100年記念（萩原朔太郎生誕120年）展」カタログ「伊藤信吉論」前橋文学館（一二月～二〇〇七年一月）に「伊藤信吉さん」掲載。》

《【本】『日本人を元気にするホンモノの日本語　言葉の力を取り戻す』金田一秀穂　大岡信　ベストセラーズ（2006-12-30）刊行。》

詩を書いているとき、自分の心の方向性がきちんと決まっているときには、言葉は吸いついてくる感じがします。そういう面白いことばが出てくる場合には、その周りの言葉に対して、全部「どけ、どけ」みたいにして、空間がとてもすいてきて、必要な言葉だけがすーっと寄ってくるような感じがするわけですね。それはまことしやかには説明していますけど、本当はそうではないかもしれない。わからないですね。しかし、詩を書いているときの状態というのを考えてみると、たぶん、そういうものではないかという感じがします。言葉が吸いついてくるという感じがするように自分を持っていくというか、そういうことができる場合には、わりとうまくいくと思いますね。（中略）でも、そういうもっともらしい、偉そうな説明をすると、それを言った瞬間に、「嘘つきめ！」という感じが自分の中にあるんですね。「もう少し違うんじゃないか？」と。変なものですね。

（『日本人を元気にするホンモノの日本語』）

《【雑誌】「米沢国語国文」三五号　山形県立米沢女子短期大学国語国文学科創設五〇周年記念講演「山形で語る折々のうた」掲載。》

■この年――

《【教科書】中学校検定教科書「国語2」光村図書（二〇〇六年発行）に「言葉の力」掲載。》

《【雑誌】「文芸三島」二九号に「サウナと湖水――フィンランド紀行」掲載。》

■2007・平成一九年――――76歳

■一月

《【講演】一九日、「大岡信フォーラム」月例会。テーマ「『忘帰抄　20句交響』」、俳人加藤楸邨について大久保憲一と対談する。》

《【楽曲】二〇日、男声合唱組曲「美術館へ」（木下牧子作曲）、めぐろパーシモンホールにて初演（のち組曲「朝の頌歌」の中に収められた）。》

《【雑誌】「抒情文芸」一二一号に前線インタヴュー「大岡信」掲載。》

■二月

《【展覧会】「詩人の眼　大岡信コレクション展」足利市立美術館（一〇日〜三月二五日）開催。一一日に足利を訪れ、南画廊に勤めていた淺川邦夫と開催記念対談「南画廊の青春」。》

《【講演】一六日、「大岡信フォーラム」月例会。長谷川櫂と『芭蕉七部集』を読む、「『芭蕉七部集』評釈（その八『炭俵』「空豆の巻」）」。》

《二五日、飯田龍太死去。二八日読売新聞追悼記事にコメント掲載。》

《第一四回　井上靖文化賞授賞式（於山の上ホテル）にて受賞者志村ふくみ氏によせて「大地に根づいた生命から抽き出す色」。》

■三月

《【講演】一四日、朝日文化講座「新・折々のうた　八――春のうた」（於有楽町朝日ホール）。》

《【講演】一六日、二一世紀かながわ円卓会議「地球と地域との協働の道――社会関係資本を組み立てる」（於湘南国際村センター国際会議場）にて基調講演「文化の言動力」。》

《【講演】二三日、「大岡信フォーラム」月例会。長谷川櫂と『芭蕉七部集』を読む、「『芭蕉七部集』評釈（その九『炭俵』「振売のの巻」）」。》

《二七日、「宇宙連詩」第一回目完成披露シンポジウムに毛利衛らと出席。》

《三一日、朝日新聞連載「折々のうた」、六七六二回をもって終了。最後に採りあげた作品は、江戸時代の女性俳人、田上菊舎の「薦《こも》着ても好《すき》な旅なり花の雨」であった。》

《【雑誌】「環　歴史・環境・文明」二九号に「鶴見和子さんの歌一首」掲載。》

《【講演】立原道造記念館にて講演「勤勉な立原道造」。》

《【雑誌】スペイン誌「SAN LORENZO」五二号に「大岡信へのオマージュ――大築勇吏仁展」告知記事掲載。》

《【本】『NHK日曜美術館一九七六―二〇〇六　美を語る30篇』日本放送出版協会（2007-03-00）に「大岡信が語るカンディンスキー」（一九八七年七月一九日放送）掲載。「NHK日曜美術館」から厳選の三〇篇。》

《東京大学名誉教授・多田富雄の提唱するINSLA「〝自然科学〟と〝リベラル・アーツ〟を統合する会」発足。大岡も賛同者のひとりとなる。》

■四月

《スペインのサン・ロレンゾ・デ・エル・エスコリアル市文化部主催「大岡信へのオマージュ――大築勇吏仁展」（Yurihito Otsuki ― Homenaje a Makoto Ooka）開催。これを記念してカタログ詩画集（大築勇吏仁編纂訳、ルイス・ジェラエンリケ・プラダス共訳）と、オリジナルリトグラフ詩画集「咒《じゅ》」（INVOCACION）〝詩・大岡信、リトグラフ・大築勇吏仁、スペイン語訳・大築勇吏仁、エンリケ・プラダスをエル・エスコリアル市と共同出版する。記念祝賀会に出席のため、深瀬サキとともにスペインを訪問し、当地にて講演、詩の朗読。また、セゴビアを再度訪問。》

《【講演】三〇日、俳誌「古志」一五〇号記念講演。》

《【放送】八日、NHK教育「NHK俳句　〝切れ〟は言葉を生かす」に出演。》

■五月

《【講演】一八日、「大岡信フォーラム」月例会。長谷川櫂と『芭蕉七部集』を読む、「『芭蕉七部集』評釈（その一〇『炭俵』「雪の松の巻」）」。》

《【雑誌】「別冊太陽」一四七号に巻頭エッセイ「生に封印する井上靖」掲載。》

■六月

《八日、観世栄夫死去。日本経済新聞（2007-06-17）に「観世栄夫氏を悼む」掲載。》
《【講演】一〇日、「新収蔵資料展」窪田空穂記念館（六月）の記念座談会「現代に生きる空穂」（大岡信・馬場あき子・来嶋靖生・篠弘・小高賢（司会））（於松本市・Mウィング）に参加。同展には寄贈資料を含む。》
《【講演】一五日、「大岡信フォーラム」月例会。テーマ「『折々のうた』をふりかえって」。聞き手は、読売新聞の芥川喜好と小屋敷晶子。》
《三〇日、高藤鉄雄死去。沼津中学時代からの友人で第一三共株式会社社長。四日増上寺での葬儀で「お別れのことば」を述べる。》
《【雑誌】「文藝春秋」八五巻八号に「「折々のうた」を終って」掲載。》
《【雑誌】「國文學　解釈と教材の研究」五二巻七号に「『鴉と雨』のこと――与謝野寛の詩歌集」掲載。》
《【雑誌】「俳句研究」七四巻七号に「追悼飯田龍太　風のごとくに」掲載。》
《【本】『飯田龍太の時代　山廬永訣（現代詩手帖特集版）』思潮社（2007-06-10）に追悼「涼風の一塊として」、「明敏の奥なる世界――飯田龍太の句」掲載。『現代俳句全集　第一巻』立風書房（一九七七年）の解説の再掲。》

■七月

《【講演】三日、朝日文化講座「折々のうた〈ことばの宴にお別れ〉」にて谷川俊太郎、小島ゆかりと鼎談（於有楽町朝日ホール）。》
《【講演】六日、学士会館で「與門会」講演。「與門会」とは新しい文学や学問の創造のために、吉増剛造、長谷川郁夫、小池三子男、新福正武らが世話役をつとめる、文学者・編集者らの団体。団体名のいわれは、堀口大学が、与謝野鉄幹の新詩社門下であることから、「與門大学」と署名していたことによる。》
《【展覧会】「詩人の眼　大岡信コレクション展」金刀比羅宮・高橋由一館（一五日〜九月二日）開催。オープニングの一五日に訪れ、記念講演「大岡信と六〇年代美術」（聞き手：田窪恭治）。》
《【講演】二〇日、「大岡信フォーラム」月例会。長谷川櫂と『芭蕉七部集』を読む、「『芭蕉七部集』評釈（その一一『続猿蓑』「八九間の巻」）」。》
《【本】『精選折々のうた　日本の心、詩歌の宴　上・中・下巻』朝日新聞社（2007-07-30）刊行。「折々のうた」から二一〇〇回分を選ぶ。》
《【楽曲】女声合唱とピアノのための組曲「譚詩頌五花」作曲・鈴木輝昭　福島県立安積黎明高校と橘高校の共同委嘱。両校の

定期演奏会で初演。全五曲のうち、大岡の「肖像」を含む。》

■八月

《【講演】二六日、現代詩人会総会にて小講演。》

《【講演】三一日、「大岡信フォーラム」月例会。テーマ「『言葉の力』を読む」。》

■九月

《【楽曲】一八日、「一噌幸政三回忌追憶演奏会」にて能管と尺八による二重奏曲「オーロラのごとく　巻雲のごとく（大岡信の詩「光る花」より）」一噌幸弘作曲、宝生能楽堂にて初演。》

《【講演】二〇日、日本近代文学館創立四五周年・開館四〇周年・成田分館開館記念で「人類最古の文明の詩について」講演。》

詩は人間の心のわけのわからない衝動とか、理由づけはできないけれどもどうしても動かしがたく自分に感激を呼び起こすとか、非常に悲しいとかいう思いから出発して、それが言葉になり、文字になって大勢の人に読まれるものです。作者とは全然別の時代、別の場所で別の生活をしていながら詩を読んで心を打たれる。その間、一人の人の中から生まれた詩がほかの人に伝わる経路は、じつは非常に偶然的で、たとえばコンピュータで計算できるようなものではない。日本でいえば『万葉集』などにはいっている無名の歌人たちがつくった歌に、いまだにわれわれの心を動かすものがある。ここのところがほかの科学的に説明がキチンとつくようなものとは違うのです。

私は詩を書くだけでなく、詩について書くということもやってきて、批評文や詩史的なものを書いてきましたが、一編の詩が作者のどういう状態から生まれて、私なら私をどういうふうに打つかということの説明をしようとすると、じつにむずかしいのです。わずか一編の詩について自分はどう考えるかということでも、その日その日によってずいぶん違うことがあります。にもかかわらず、とにかくその詩をいいものだと判断するときの自分の勘というか能力については、ある種の自信がないわけではない。この能力は、人間の中にあるいろいろな能力の中ではまことに原始的で、うまく説明がつかないけれども古くからいまに至るまで生き残っている能力、つまり動物的本能に近い判断能力かと思います。

（『人類最古の文明の詩』）

《【講演】二一日、「大岡信フォーラム」月例会。長谷川櫂と『芭蕉七部集』を読む、「『芭蕉七部集』評釈（その一二『続猿蓑』「いさみ立《たつ》の巻」）」。》

《【講演】二二日、アミュー立川にてシンポジウム「一千年目の

源氏物語」（岡野弘彦・丸谷才一・大岡信・加賀美幸子）に出席。》

■一〇月

《【講演】六日、三島市にて講演「大岡信文化講演会　第一四回　ことばをつなぐ楽しみ～大岡信・長谷川櫂と連句を巻こう～」。共演は、長谷川櫂、伊東乾、青木涼子、根岸啓子。（増進会出版社主催　於三島市民文化会館ゆうゆうホール）》

《【放送】一四日、NHK教育テレビ「日曜フォーラム一千年目の源氏物語」（九月のシンポジウム）に出演。》

《【講演】一九日、「大岡信フォーラム」月例会。西川敏晴と対談。テーマは、大岡信の『今日も旅ゆく　若山牧水紀行』。》

《【本】『新折々のうた9（岩波新書新赤版1101）』、『新折々のうた総索引（岩波新書新赤版1102）』岩波書店（2007-10-19）刊行。》

一九七九年一月二十五日から「折々のうた」は始められたが、その時とりあげたのは高村光太郎の短歌、「海にして太古の民のおどろきをわれふたたびす大空のもと」だった。高村は専門歌人ではない。彼が若き日与謝野寛・晶子一門の短歌に親しむ歌人だったことを知る人も、ほとんどいないだろう。私がこの「折々のうた」開始の日に、専門歌人ではない彫刻家の若き日の作品を採りあげたのは、自分自身がこのようなコラムを受け持つことの非専門性を十分に意識していたからだった。そして三十年近い連載の最後に私が、これを、と思って選び出したのは、江戸後期の女性俳人田上菊舎の、これまた旅の俳句だった。（中略）連載の冒頭も終結時も、旅を詠んだ作品になったのは、もちろん私として意識的にやったことではなかったが、あとになって考えてみれば、「折々のうた」という連載そのものが、長期にわたる旅みたいなものだったから、無意識のうちにそのような考えが浮かんでいたのかもしれない。いずれにせよ、長いあいだ連載掲載中は一日の休みもなしに続けてきたわけで、われとわが身に呟いていることは、バカじゃなきゃ、できないよ、のひと言だけである。外国旅行の最中にも毎日のように新聞社にファックスを送っていたのは、今となっては、苦痛を我慢しつつやった記憶とともに、毎回解放感の小刻みの繰返しだったと思う。

（『新折々のうた9』あとがき）

■一一月

《一日、対談「出雲路講座」大岡信　森英恵　聞き手明治大学法学部教授土屋恵一郎　（於新宿京王プラザホテル）》

《【講演】二日、静岡県沼津市立浮島中学校で日本芸術院文化事業「子ども　夢・アート・アカデミー」講演。》

《【講演】一六日、「大岡信フォーラム」月例会。長谷川櫂と『芭蕉七部集』を読む、『芭蕉七部集』評釈（その一三『続猿

蓑』「猿蓑にの巻」)」。》

《二一～二四日、「しずおか連詩の会」第八回「ガラスの船の巻」。静岡市ホテルセンチュリー静岡にて、新井豊美、野村喜和夫、河津聖恵、田口犬男とともに制作。発表は静岡グランシップにて。》

《【雑誌】「週刊文春」広告ページにて大岡玲と対談。》

《【雑誌】「現代詩手帖」五〇巻一一号に対談「新しい詩歌のために――ジャンルの垣根を越えて」(岡井隆　大岡信)掲載。》

《【雑誌】「週刊朝日」一一二巻五四号「マリコのゲストコレクション(三八七)大岡信」として林真理子との対談掲載。》

■一二月

《二日、「日中現代詩シンポジウム」出席。》

《【講演】九日、府中市中央図書館リニューアルオープン記念講演会。》

《【講演】一一日、静岡県三島市立山田小学校で日本芸術院文化事業「子ども　夢・アート・アカデミー」講演。》

■――この年

《【教科書】高等学校検定教科書「新精選国語総合」明治書院(二〇〇七年発行)に「言葉の力」掲載。》

《日本現代詩人会会長就任(再任、翌年まで)。》

《【雑誌】「文芸三島」三〇号に詩「人は山河を背負ふ」掲載。》

■2008・平成二〇年――――77歳

■一月

《【講演】二五日、「大岡信フォーラム」月例会。長谷川櫂と『芭蕉七部集』を読む、『芭蕉七部集』評釈(その一四『続猿蓑』「夏の夜やの巻」)」。》

《【雑誌】「古志」に連載「折々雑記」全二四回(一月～二〇〇九年一二月)。既刊書籍からの再掲載中心。》

《【雑誌】「図書」七〇六号に歌仙「まつしぐらの巻」(大岡信　岡野弘彦　丸谷才一)掲載→のち『歌仙の愉しみ』に収録。》

《【本】『日本の現代作家12人の横顔――桃の実のエロス』マンフレート・オステン著　大杉洋訳　鳥影社(2008-01-25)にエッセイ「大岡信――人前で裸で入浴」掲載。》

■二月

《一〇日、白石かずこエッセー集『詩の風景・詩人の肖像』出版記念会と喜寿祝う会(於アルカディア市ヶ谷)に出席。発起人の一人として祝辞。》

《【講演】一五日、「大岡信フォーラム」月例会。テーマは『捧

げるうた50篇』」。》
《【本】『現代詩大事典』三省堂（2008-02-20）に「発刊のことば」掲載。安藤元雄　中村稔　大岡信監修。》

■三月

《九日、「宇宙連詩」第二回目完成披露シンポジウム出席。》
《【講演】二一日、「大岡信フォーラム」月例会。長谷川櫂と『芭蕉七部集』を読む、「『芭蕉七部集』評釈（その一五『冬の日』「狂句こがらしの巻」）」。》
《【放送】二五日、NHKBS「日めくり万葉集」出演。》
《【本】『歌仙の愉しみ（岩波新書新赤版1121）』岩波書店（2008-03-19）刊行。丸谷才一　岡野弘彦　大岡信共著。》

われもまたそつと加はる夜釣かな　信
　似あふ似あはぬ問はぬ夏帽　玩亭（丸谷才一）
車やる広野はるかに風立ちて　乙三（岡野弘彦）

大岡　この歌仙を巻いた季節がちょうど夏だったんです。それで発句は当然夏の句ということになります。ぼくが発句をつくったんですが、他にもう二つばかりつくりましたので、そちらもご披露しておきます。一つは、「梅雨空を持ちあげて飛ぶ小鳥かな」、もう一つは「川波を掃いて濡れずに飛ぶホタル」でした。最終的にお二方の観賞眼によって、

われもまたそつと加はる夜釣かな　信

になりました。

「そつと加はる」というところにある種の気分があるわけです。夏の夜釣ですが、一人で釣るわけではない。何人もお仲間がいてみんな静かに釣っていますから、その仲間のあいだに声もたてず、そっと加わる。おれも今日は夜釣するぞという、ある種のはやるような気持ちがありますね。

丸谷　この句が発句にふさわしいなあという気がした理由は、「夜釣」が歌仙を巻くことの比喩になっているからですね。

大岡　それは考えていましたね。

丸谷　ほかの二人も釣っている、その遊びのなかに自分も加えてもらう、そういう挨拶。「そつと」というのに挨拶の心が非常にうまく出ているんだね。

似あふ似あはぬ問はぬ夏帽　玩亭

「似あふ似あはぬ」というのは、帽子が似合う男もいる、自分はあまり帽子は似合わない（笑）、まあ謙遜の心だな。やっぱりこれも挨拶。

大岡　発句と非常によく合ってますね。

丸谷　夜釣のときの帽子なんて、凝ったものは買わないわけでしょう。値段の安い実用的な、まあそういう気分ね。

岡野　いまこうして聞くと、発句に対する脇の挨拶というの

が実によくわかるんですけど、第三をつけるのに、どう受けたらいいのか。この句、俳味はあるけど、同時にちょっと手がこんでいる。どうにも読み切れなかったですね。たしか二つほど出して……。

大岡　「日蔭さす広野はるかに風立ちぬ」と、もう一つ何かありました。

岡野　第三の句の付け方、これで非常に勉強になりましたよ。

丸谷　いや、第三は難しい。

大岡　展開しなければならないから。

丸谷　脇は寄り添えばいいけれども、第三は離れなければならない。離れるといっても、とてつもなく離れちゃだめだし、そこの呼吸が難しいですね。

岡野　ちょっと立句《たてく》のような格がなければならないし。それで、少し大景をもってこようと思って、

　車やる広野はるかに風立ちて　乙三

多少堀辰雄の連想もあったでしょうね。淑女がドライブしているような感じなんです。

（「夜釣の巻」『歌仙の愉しみ』）

《**【雑誌】**「日本の歳時記　ウィークリーブック」全五〇巻（三月～二〇〇九年四月）の各巻に「巻頭のことば」連載。》

《**【本】**『新選　書を語る』二幻社（2008-03-25）に「書と芸術性」掲載。》

■四月

《五日、前登志夫（歌人）死去。》

《**【講演】**一八日、「大岡信フォーラム」月例会。テーマは、文化勲章受章祝いに作成した小冊子『わたしは月にはいかないだろう』について。》

《**【雑誌】**「現代詩手帖」五一巻四号　特集「詩人と「私」――谷川俊太郎」に「『私』についての小感」掲載。》

《**【本】**『鯨の会話体』花神社（2008-04-28）刊行。》

■五月

《**【講演】**一六日、「大岡信フォーラム」月例会。長谷川櫂と『芭蕉七部集』を読む、「『芭蕉七部集』評釈（その一六『冬の日』「はつ雪のの巻」）」。》

《**【本】**『ブリタニカ国際年鑑二〇〇八年版』ブリタニカ・ジャパン（2008-05-00）に「文学の共同制作から」掲載。》

《一二日に起きた中国・四川大地震への救援寄金と震災をテーマにした詩・散文の募集（窓口は思潮社、「現代詩手帖」八月号で詳細報告）を谷川俊太郎ら八人の詩人と呼びかけ。》

《**【雑誌】**「すばる」三〇巻五号に三吟歌仙「春着くらべの巻」

（丸谷才一　大岡信　岡野弘彦）掲載。》

《【本】『人類最古の文明の詩』朝日出版社（2008-05-10）刊行。二〇〇七年九月の日本近代文学館での講演と、一九五〇年代に書いた詩についての文章とをおさめる。》

■六月

《【講演】二〇日、「大岡信フォーラム」月例会。音楽家一柳慧、伊東乾と鼎談。テーマは「ことばと音が出会うとき」。》

《【展覧会】「〈高岡開町四〇〇年記念プレイベント〉嶋田しづ展　第一五回井上靖文化賞受賞記念――画業六〇年の歩み」高岡市美術館（六月〜七月）カタログに「嶋田しづの栄誉をたたえる」掲載。》

《【本】『一千年目の源氏物語（シリーズ古典再生1）』伊藤春樹編　思文閣出版（2008-06-10）に「近江の君について」、パネルディスカッション（二〇〇七年九月二二日）の記録掲載。》

《【本】『不機嫌の椅子　ベスト・エッセイ二〇〇八』日本文藝家協会編　光村図書（2008-06-20）に「「折々のうた」を終わって」掲載。「文藝春秋」六月号の再掲。》

《【本】『清岡卓行論集成1』勉誠出版（2008-06-28）に論考「清岡卓行」（『現代詩人論』講談社文芸文庫　二〇〇一／二）、論考「清岡卓行」（『日本詩人全集　昭和詩集（2）』新潮社　一九六九／七）、追悼文「清岡卓行さん――「鰐」のころ」（「ユリイカ」二〇〇六／七）掲載。※（一と二が一つの箱に入っている）》

《【本】『清岡卓行論集成2』勉誠出版（2008-06-28）に書評「詩集『氷つた焔』」、「『手の変幻』」、「『海の瞳〈原口統三を求めて〉』」、「『夢を植える』」文芸時評」、「『清岡卓行大連小説全集』清岡卓行寸描」掲載。》

《【雑誌】「春秋」（創業九〇周年記念特集号）春秋社の本棚「私の一冊」に「放哉の句」掲載。》

■七月

《五日、「心の花」創刊一一〇年記念大会に出席。》

《【講演】一八日、「大岡信フォーラム」月例会。長谷川櫂と『芭蕉七部集』を読む、「『芭蕉七部集』評釈（その一七『冬の日』「包みかねての巻」）」。》

《二一日、三一日、岡野弘彦、丸谷才一、小島ゆかりと二日間で連句「かなかなの巻」を巻く（於赤坂三平）。増進会出版社の秋の文化講演会企画。》

「かなかなの巻」制作風景

《【雑誌】「現代詩手帖」五一巻七号に「新春綺想曲　本條秀太郎のために」掲載。一九九四年1月の「第二回本條秀太郎の会」のために作詞したもの。》
《【雑誌】「図書」七一二号に歌仙「茄子漬の巻」（小島ゆかり　大岡信　岡野弘彦　丸谷才一）掲載。》
《【本】『永田和宏（シリーズ牧水賞の歌人たち3）』青磁社（2008-07-02）に若山牧水賞講評「たゆたうユーモア感覚」掲載。》

■八月

《【本】『大岡博全歌集』大岡信編　花神社（2008-08-10）にあとがき掲載。》

大岡博は、経歴からして明らかなように、若いうちから教師として一家一族を支えなければならなかったため、生活は決してゆたかではなく、自分をすり減らしても家族のために働らかねばならないというつらい立場に身を置いていた。しかし、彼は徳川時代に旗本だったという、家系の誇りをかたく身に持していた人で、その雰囲気は終生かわることがなかった。この歌集は、そのような生活を営んできた大岡博の、全生涯を貫いていた「歌人大岡博」としての「生活と意見」を根幹として成立しているものであり、その生涯を彩っていた多くの知人たち、友人たちとの関わりの糸によって織りなされている織物でもあるということができるだろう。

（「編者あとがき」『大岡博全歌集』）

《【雑誌】「現代詩手帖」五一巻八号にて中国・四川大地震への救援寄金と震災をテーマにした詩・散文の募集を谷川俊太郎ら八人の詩人とともに呼びかける（窓口は思潮社）。作品「上海に死す」掲載。》
《【雑誌】「週刊文春」五〇巻三一号に「新　家の履歴書（一〇四）大岡信（詩人）　バラのアーチがきれいな玄関なしのボロ家で新婚生活が始まった。」掲載。》

■九月

《【講演】一九日、「大岡信フォーラム」月例会。長谷川櫂と『芭蕉七部集』を読む、『芭蕉七部集』評釈（その一八『冬の日』「炭売のの巻」）」。》

《【雑誌】「すばる」三〇巻九号に三吟歌仙「鮎の宿の巻」（大岡信・岡野弘彦・丸谷才一）掲載。》

《【雑誌】「現代詩手帖」五一巻九号に「アンツグさん」掲載。》

《【本】『現代俳句大事典（普及版）』三省堂（2008-09-10）刊行。『現代俳句大事典』（二〇〇五年）と同様に監修者の一人として参加。前回の「まえがき」に加えて「普及版のまえがき」掲載。》

《【本】『二〇〇八年版　生活語詩二七六人集　山河編』有馬敲　山本十四尾　鈴木比佐雄編　コールサック社（2008-09-27）に詩「地名論」掲載。》

■一〇月

《【講演】一七日、「大岡信フォーラム」月例会。大岡玲と西川敏晴の対談「安東次男さんのこと」。》

《【講演】一九日、三島市にて講演「大岡信文化講演会　第一五回（最終回）歌仙をたのしむ」。丸谷才一、岡野弘彦、小島ゆかりとともに七月に巻いた連句「かなかなの巻」の付けすじについて語り合う。草月流理事の福島光加が岩谷泰行のピアノをバックにダイナミックな生け花ライブで最終回の舞台を飾った。（増進会出版社主催　於三島市民文化会館ゆうゆうホール）》

《【本】『宇宙連詩』宇宙航空研究開発機構監修　メディア・パル（2008-10-07）に「旅する連詩」、二〇〇三年の宇宙連詩「地球の生命」掲載。》

■一一月

《二〇～二三日、「しずおか連詩の会」第九回「しなやかな声の巻」。静岡市ホテルセンチュリー静岡にて、八木忠栄　野村喜和夫　山田隆昭　杉本真維子とともに制作。発表は静岡グランシップにて。次年度以降は監修をつとめる。》

《【放送】二三日、「ラジオドラマアーカイブス」（NHK『ラジオ深夜便』内）で「あだしの」再放送、ゲスト出演。》

《【講演】二八日、「大岡信フォーラム」月例会。長谷川櫂と『芭蕉七部集』を読む、『芭蕉七部集』評釈（その一九『冬の日』「霜月やの巻」）」。》

《【雑誌】「図書」七一七号に岩波新書創刊七〇年記念号「私のすすめる岩波新書」として『万葉秀歌　上・下』『詩への架橋』『折々のうた』の紹介掲載。》

《【雑誌】「月刊美術」三四巻一一号に大築勇吏仁との対談「大築勇吏仁人の心を動かす表現の素晴らしさを」掲載。》

■一二月

《【放送】九日、NHK教育「NHK俳句　長谷川櫂選　第一回春蘭」にゲスト出演。》

《【雑誌】「現代詩手帖」五一巻一二号　現代詩年鑑二〇〇八に詩「前もつて知ることはできぬ　戦争はすべてを手遅れにする」掲載。『鯨の会話体』（二〇〇八年）よりの再掲。》

《【本】『ラヴレターを読む』中村邦生・吉田加南子編　大修館書店（2008-12-10）に「いいえ――何も書くことはありません。……わたしは元気で幸せです　岡倉天心」掲載。》

■この年――

《【雑誌】「文芸三島」三一号に詩「鯨の会話体」掲載。》

■2009・平成二一年―――78歳

■一月

《【講演】一六日、「大岡信フォーラム」月例会。長谷川櫂と『芭蕉七部集』を読む、「『芭蕉七部集』評釈（その二〇『冬の日』「いかに見よとの巻（表六句）」、『曠野《あらの》』「雁がねもの巻」）」。『芭蕉七部集』評釈は今回で終了。》

《【雑誌】「現代詩手帖」五二巻一号に詩「精子数万」掲載。》

《【雑誌】「図書」七一九号に歌仙「案山子の巻」（丸谷才一・大岡信・岡野弘彦）掲載。》

■二月

《【講演】二〇日、「大岡信フォーラム」月例会。テーマ「大岡博の歌からみる大岡信の少年時代」。進行は芥川喜好と小屋敷晶子。》

《【雑誌】「芸術新潮」六〇巻二号に「ミロを買った日」掲載。》

■三月

《【本】「みんなとつなぐ　中学校1～3年」沼津市言語科副読本に「故郷の水へのメッセージ」掲載。沼津市が言語教育特区として認定され、特例教育課程編成の一環として「言語科」を実践するにあたって。》

《【講演】一三日、「大岡信フォーラム」最終回。》

■四月

《静岡県裾野市に転居。》

■六月

《【雑誌】「現代詩手帖」五二巻六号に「声としての詩――朗読を聴いて即興的に」掲載。「現代詩手帖」創刊五〇周年復刻

「一九六八年七月号」。》

■七月

《【雑誌】「現代詩手帖」五二巻七号に「詩はほろびたか?――谷川雁の発言と今日の詩の問題点」掲載。「現代詩手帖」創刊五〇周年復刻「一九六六年二月号」。》

■一〇月

《四日、静岡県三島市に「大岡信ことば館」開館。開館記念式典に深瀬サキとともに出席。記念式典では、丸谷才一、谷川俊太郎の祝辞、及び一柳慧、観世銕之丞、白石加代子による「水炎伝説」の一節が披露された。》

《【展覧会】大岡信ことば館開館記念特別展として以降一年半にわたり「ようこそ大岡信のことばの世界へ」と題したシリーズ企画展を六回開催。第一期企画展テーマは「水のメッセージ」(一〇月五日〜一二月二七日)。大岡信の小学校〜沼津中学時代の文芸資料、美術コレクション紹介を通して大岡信のことばの世界の広がりを展示。》

大岡信ことば館開館記念展

記念式典にて

《【雑誌】「現代詩手帖」五二巻一〇号に西脇順三郎追悼座談会「比類ない詩的存在」掲載。「現代詩手帖」創刊五〇周年復刻「一九八二年七月号」。》

《【展覧会】「多田美波展　光を集める人　開館四〇周年記念」箱根彫刻の森美術館(一〇月)カタログに「光を集める人」。》

■一一月

《【雑誌】「現代詩手帖」五二巻一一号に瀧口修造追悼座談会「〈絶対〉への眼差し」掲載。「現代詩手帖」創刊五〇周年記念復刻「一九七九年一〇月号」。》

《二九日、俳人で友人の川崎展宏死去。》

《「しずおか連詩の会」第一〇回監修。》

《【本】『静かなアメリカ』吉増剛造著　書肆山田（2009-11-30）に対話「世界のみずみずしい凹み　詩の働く場所（大岡信とともに）」掲載。「國文学」（二〇〇六年五月臨時増刊号）よりの再掲。》

■一二月

《【雑誌】「現代詩手帖」五二巻一二号　現代詩年鑑二〇〇九に詩「精子数万」掲載。》

■この年――

《【教科書】高等学校検定教科書「現代文2　改訂版」「精選現代文　改訂版」大修館書店（二〇〇九年発行）に「折々のうた」掲載。》

《【教科書】高等学校検定教科書「新編古典　改訂版」大修館書店（二〇〇九年発行）に「百人一首の恋の歌」掲載。》

《【教科書】高等学校検定教科書「国語総合　改訂版」筑摩書房（二〇〇九年発行）に「考えられないものにさわる」掲載。》

《【教科書】高等学校検定教科書「展望現代文」筑摩書房（二〇〇九年発行）に「車座社会に生きる日本人」掲載。》

《【教科書】高等学校検定教科書「新精選国語総合」明治書院（二〇〇九年発行）に「言葉の力」掲載。》

《【雑誌】「文芸三島」三二号に詩「豆州三島」掲載。》

■2010・平成二二年――79歳

■一月

《【展覧会】大岡信ことば館開館記念特別展第二期「いのちにふれる」開催（一六日~三月三〇日）。大岡信の一高~読売新聞記者時代の文芸資料、美術コレクション紹介を通して大岡信のことばの世界の広がりを展示。》

■四月

《九日、井上ひさし死去。》

《【展覧会】大岡信ことば館開館記念特別展第三期「うたげと孤心」開催（一七日~六月二九日）。大岡信の三鷹・調布時代の文芸資料、美術コレクション紹介を通して大岡信のことばの世界の広がりを展示。》

《【雑誌】「古志」一八巻四号に「天性の俳人」掲載。一九九三年一月三一日の講演。》

■六月

《【楽曲】一二日、女声合唱曲集「ことのはの葉ずえで」信長貴富作曲　大岡信の短歌「流星」と詩「月の光に」「霧のちまた

に」「地名論」からなる組曲。湘南コールグリューン創立六〇周年記念のための作曲。藤沢市民会館大ホールにて初演。》

■七月

《【本】『日本詩歌の特質　大岡信講演集』大岡信フォーラム（2010-07-10）刊行（販売・花神社）。》

《【本】『ステキな詩に会いたくて――五四人の詩人をたずねて』水内喜久雄　小学館（2001-07-28）に「対話が一番大事なんです」掲載。》

《【展覧会】大岡信ことば館開館記念特別展第四期「ことばは織物」開催（一七日〜九月二八日）。大岡信の深大寺・飯田橋時代の文芸資料、美術コレクション紹介を通して大岡信のことばの世界の広がりを展示。》

■九月

《【公演】二四日、「声の力・言葉の力――伝統と現代」（銕仙会と大岡信ことば館共催）を翌年三月まで四回にわたり開催。かつて一九九〇〜九二年にかけて一五回開催された、谷川俊太郎・大岡信企画の「銕仙朗読会」と観世銕之丞企画の「声の力」を融合。第一回目は銕仙会能楽研修所にて「詩と能」。出演は、観世銕之丞、山本順之、柴田稔、大岡玲ほか。》

■一〇月

《【展覧会】大岡信ことば館開館記念特別展第五期「見ること見られること」開催（一六日〜二〇一一年一月一六日）。大岡信の「連詩」についての資料、美術コレクション紹介を通して大岡信のことばの世界の広がりを展示。》

■一一月

《【公演】一一日、「声の力・言葉の力――伝統と現代」第二回「詩と狂言と音楽」大岡信ことば館にて開催。出演は、山本東次郎、谷川俊太郎ほか。》

《「しずおか連詩の会」第一一回（大岡亜紀が連詩制作詩人として参加）監修。》

《【本】『仏像と私　21人の心の旅』世界文化社（2010-11-01）に「東国の仏像（黒石寺・薬師如来像）」掲載。》

■この年――

《【雑誌】「文芸三島」三三号に詩「悲しむとき」「橋はつなぐ」掲載。》

■2011・平成二三年――――80歳

■一月

《【公演】二七日、「声の力・言葉の力――伝統と現代」第三回「物語と文楽」銕仙会能楽研修所にて開催。出演は、豊竹咲大夫、鶴沢燕三、三浦しをんほか。》

■三月

《【展覧会】大岡信ことば館開館記念特別展第六期「捧げるうた」開催（五日～五月三一日）。大岡信の「捧げるうた」についての資料、美術コレクション紹介を通して大岡信のことばの世界の広がりを展示。》

■四月

《【本】『「10代とともに」語りあう――「異文化」交流を成長の糧に』ラボ教育センター新書（2011-04-01）に「ことばのちから、ことばのいのち」掲載。》

《二三日、大賀典雄死去。沼津中学時代からの友人で元ソニー株式会社名誉会長。》

■六月

《【公演】一二日、「声の力・言葉の力――伝統と現代」第四回「詩と美術と音楽」大岡信ことば館にて開催。出演は、観世銕之丞、真野響子、大岡玲ほか。（※三月二六日に予定していたが中止とし、ふりかえ。）》

■七月

《【展覧会】企画展「大岡信の万葉集展　～遊ぶ遊ぶ～」開催（二日～一〇月一八日）。》

《【公演】一六日、平成二三年度「声の力・言葉の力――伝統と現代」第一回「古事記の世界」を銕仙会能楽研修所で開催。出演は、三浦佑之、観世銕之丞、丹下一、大岡玲ほか。》

《【公演】三一日、「声の力・言葉の力――伝統と現代」第二回「万葉集の世界　その一」大岡信ことば館にて開催。出演は、白石加代子、山本東次郎ほか。》

■八月

《【公演】二〇日、「声の力・言葉の力――伝統と現代」第三回「アイヌ神謡集とアイヌの文化」を銕仙会能楽研修所で開催。出演は、ＯＫＩ、若村麻由美、RimRimほか。》

《【公演】二八日、「声の力・言葉の力――伝統と現代」第四回「万葉集の世界　その二」大岡信ことば館にて開催。出演は、谷川賢作、観世銕之丞、小林沙羅、黄木透ほか。》

■一一月

《【展覧会】企画展「大岡信の万葉集展　人麻呂の宇宙」開催（五日～二〇一二年二月一二日）。》

《「しずおか連詩の会」第一二回監修。》

■2012・平成二四年————81歳

■三月

《【本】"Memoria y presente" 大岡信スペイン語訳選詩集『記憶と現在』（大築勇吏仁選訳・編纂、ラウル・モラレス共訳）刊行。スペイン・マドリッドの詩集専門出版社Ediciones Vitruvio（ヴィトルビオ出版社）より。》

《【楽曲】四日、「The Premiere Vol. 2 ～春のオール新作初演コンサート～」しらかわホール（名古屋）にて無伴奏男性合唱曲集「天景」橋本剛作曲初演。大岡信作詞「海はまだ」を含む。》

《【展覧会】「宇佐美圭司——制動（ブレーキ）・大洪水展」大岡ことば館にて開催（一一～六月一二日）。》

《一六日、吉本隆明死去》

■六月

《【展覧会】企画展「大岡信の万葉集展　旅人と憶良」開催（三〇～一〇月一六日）。》

■一〇月

《一三日、丸谷才一死去。》

《一九日、宇佐美圭司死去。》

■一一月

《【展覧会】企画展「大岡信の万葉集展　家持と女たち」開催（六日～二〇一三年二月二四日）。》

■この年——

《【教科書】中学校検定教科書「国語2」光村図書（二〇一二年発行）に「言葉の力」掲載。》

■2013・平成二五年————82歳

■三月

《【展覧会】企画展「西湖詩篇　若き日の大岡信」開催（一三日～六月三〇日）。》

■五月

《【本】『詩人と美術家』大岡信フォーラム　販売・花神社
(2013-05-10) 刊行。単行本未収録の美術家論を収める。》

■八月

《【本】大岡信ことば館より『大岡信全軌跡』として『大岡信年譜』『大岡信著作目録』『あとがき集』の三冊組を刊行。》

■この年――

《【教科書】高等学校検定教科書「国語総合」「探求国語総合現代文・表現編」桐原書店（二〇一三年発行）に「言葉の力」掲載。》

《【教科書】高等学校検定教科書「国語総合古典編」「精選国語総合」大修館書店（二〇一三年発行）に「「和歌」という言葉の意味」掲載。》

《【教科書】高等学校検定教科書「国語総合」「新編　国語総合」教育出版（二〇一三年発行）に「折々のうた」掲載。》

＊本年譜は、三浦雅士・思潮社編集部による『大岡信全詩集』（二〇〇二年思潮社刊）所収の「年譜」をもとに、大岡信、深瀬サキおよび大岡亜紀、大岡信ことば館の補記を経て編まれた。

大岡信（おおおか　まこと）
1931年、静岡県生まれ。詩人。文化勲章受章。日本芸術院会員。詩集『記憶と現在』『故郷の水へのメッセージ』（現代詩花椿賞）『世紀の変り目にしゃがみこんで』『鯨の会話体』、評論『現代詩人論』『紀貫之』（読売文学賞）『折々のうた』（菊池寛賞）『詩人・菅原道真』（芸術選奨文部大臣賞）、『うたげと孤心』『正岡子規』『岡倉天心』、講演集『日本詩歌の特質』、美術評論集『生の昂揚としての美術』他多数。

大岡信・全軌跡　年譜

2013年8月1日　初版第1刷

発　行　大岡信ことば館　担当　田中さち代・森ひとみ
〒411－0033　静岡県三島市文教町1－9－11

発 売　株式会社　増進会出版社
〒411－0033　静岡県三島市文教町1－9－11
電話 055-976-9160 FAX 055-989-1360 振替 00800-1-158597

装　丁　岩本圭司

本文印刷・製本　大日本法令印刷株式会社
表紙印刷　合資会社三島印刷所
ISBN978-4-87915-842-0　C0095